Petra Ivanov
TATVERDACHT

Viel Spass mit
des Swimcay!

[signature]

Petra Ivanov

TATVERDACHT

Roman

*Der erste Fall für
Jasmin Meyer und Pal Palushi*

Appenzeller Verlag

Die Autorin dankt der Schweizer Kulturstiftung
Pro Helvetia für die grosszügige Förderung ihrer Arbeit
an diesem Buch.

1. Auflage, 2011

© Appenzeller Verlag, CH-9101 Herisau
Alle Rechte der Verbreitung, auch durch Film, Radio und
Fernsehen, fotomechanische Wiedergabe, Tonträger, elektronische
Datenträger und auszugsweisen Nachdruck sind vorbehalten.

Umschlaggestaltung: Eliane Ottiger
Umschlagbild: © Kompetenzzentrum Swissint
Gesetzt in Janson Text und gedruckt auf
90 g/m² FSC Mix Munken Premium Cream 17.5
Satz und Druck: Appenzeller Druckerei, Herisau
Bindung: Schumacher AG, Schmitten
ISBN: 978-3-85882-563-6

www.appenzellerverlag.ch

Für meine «Co-Autoren»
Stefan Flachsmann
und
François Furer

1

Die Schritte kamen näher. Fabian Zaugg schloss die Augen. Er vernahm das gleichmässige Stapfen schwerer Stiefel, dazwischen das leichte Quietschen von Ledersohlen. Bevor er ausmachen konnte, ob zwei oder drei Personen auf seine Zelle zusteuerten, übertönte das Knattern eines Huey-Helikopters die Geräusche. Automatisch huschte Fabians Blick zum Fenster hoch oben in der Wand. Er sah nur den klaren Oktoberhimmel. Noch gestern hatte eine dicke Wolkendecke das Camp in Grau gehüllt.

An die plötzlichen Wetterumschwünge in Kosovo hatte sich Fabian immer noch nicht gewöhnt. Manchmal schien die Sonne so erbarmungslos, dass ihm der Schweiss unter seiner Splitterschutzweste in Bächen hinunterlief. Die Staubwolken, die sich an trockenen Sommertagen hinter den Patrouillenfahrzeugen bildeten, erinnerten ihn an Szenen aus einem Western. Bereits wenig später konnte ein heftiger Regenfall die ungeteerten Wege in Matsch verwandeln. Meist hörte der Regen genauso rasch auf, wie er gekommen war. Selten bedeckte eine Wolkendecke die Ebene von Dukagjin über Tage hinweg.

Das Wetter war nicht das einzig Widersprüchliche in Kosovo. Fabian dachte an die Gastfreundschaft. Als Schweizer Soldat wurde er herzlich empfangen. Er trank mit den Dorfältesten Kaffee und plauderte mit ehemaligen Gastarbeitern. Kinder winkten vom Strassenrand, wenn er im Sprinter an ihnen vorbeifuhr. Dennoch spürte er stets eine gewisse Zurückhaltung. Zu Beginn seines Einsatzes hatte er die Stimmung der Menschen nicht wahrgenommen. Sie waren ihm fremd gewesen wie so vieles andere auch. Doch mit der Zeit hatte er gelernt, auf Blicke zu achten und Gesten zu deuten. Da war ihm aufgefallen, dass die Einheimischen ihre Ansichten hinter einer sorgfältig errichteten Mauer aus Höflichkeit verbargen.

Die Schritte waren verstummt. Ein Militärpolizist erteilte Anweisungen. Sein tiefer Bass hallte im Flur. Fabian erkannte die Stimme von Alex Brenner, der ihn vor vier Tagen verhaftet hatte. Die Antwort des zweiten Mannes war zu leise, als dass er den Inhalt hätte ausmachen können. Trotzdem wusste Fabian, wer sprach. Er schob die Hände in die Taschen seines Tarnanzugs, um das Zittern zu verbergen, das ihn plötzlich erfasste. Mit einem Klicken sprang die Tür auf. Als Brenner die Zelle betrat, erhob sich Fabian. Er mochte den Polizisten, trotz seiner ruppigen Art. Gestern nacht hatte Brenner ihm ungebeten eine zusätzliche Wolldecke gebracht, als die Temperatur gegen den Gefrierpunkt gesunken war. Nur die schwarze Binde an seinem Oberarm, die mit «MP» beschriftet war, löste in Fabian eine unerklärliche Angst aus. Sie erinnerte ihn an die Trauerbinde, die seine Grossmutter nach dem Tod seines Grossvaters getragen hatte.

Brenner kündigte mit den für ihn typischen kurzen Sätzen einen Besucher an. «Der Frisör. Der Antrag wurde bewilligt. Ohne Schere und Rasiermesser. 20 Minuten.» Er trat zur Seite, um einem schmalen Kosovaren Platz zu machen, der seit zwei Jahren im Camp arbeitete. Dabei warf er einen kritischen Blick auf Fabians Stoppeln.

Fabian schluckte und strich sich über den Kopf. Der letzte Haarschnitt lag erst zehn Tage zurück. Viel zu kürzen gab es nicht. Während Brenner es sich auf dem einzigen Stuhl bequem machte, öffnete der Frisör seine Tasche und holte einen Kurzhaarschneider, eine Schürze, Rasierwasser und einen Kamm hervor. Fabians Herz klopfte so heftig, dass er fürchtete, der Militärpolizist könne es hören. Er sah sich um, unsicher, wo er sich hinsetzen sollte. Brenner erkannte sein Dilemma, stand auf und schob den Stuhl in die Mitte der Zelle. Dann stellte er sich neben die Tür.

Der Frisör legte Fabian die Schürze um und nahm den Schneider zur Hand. Der Personalausweis, den er an einem Bändel um den Hals trug, schaukelte vor Fabians Augen hin und her. «Sabri Rahimi» stand unterhalb eines Passfotos, auf dem der Kosovare wesentlich älter aussah als 24jährig. Die dunkelbraunen Augen blickten ernst in die Kamera, das knochige Gesicht war überbelichtet, so dass die Schatten, die normalerweise unterhalb der markanten Wangenknochen lagen, kaum zu sehen waren.

Ein Summen ertönte neben Fabians Ohr. Im Gegensatz zu einem Schweizer Frisör begann ein Kosovare zuerst mit dem Schneiden der Haare. Das Waschen erfolgte nach dem Schnitt. Fabian hatte nie gefragt, warum, wie er sich auch nie gefragt hatte, weshalb Schweizer Soldaten der private Kontakt mit Einheimischen untersagt war, oder warum Infanteristen jedes Kontingents an Tankstellen hielten, um «Pop keks» zu kaufen, ein industriell hergestelltes Gebäck mit Cremefüllung. Es war nie seine Art gewesen, die Dinge zu hinterfragen.

Sabri Rahimi schaltete den Haarschneider aus und legte ihn beiseite. Normalerweise hätte er Fabian als Nächstes rasiert. Die Rasur war zwar noch unnötiger als der Haarschnitt, da Fabians Bart nur spärlich wuchs, doch sie gehörte dazu. Als der Frisör sein Rasiermesser suchte, fiel ihm ein, dass er es nicht hatte mitbringen dürfen. Entschuldigend zog er die Schultern hoch, verteilte aber trotzdem grosszügig Rasierwasser auf Fabians Wangen. Der Duft überlagerte den Geruch von Schweiss, feuchter Wolle und abgestandener Luft, der in der Zelle hing. Anschliessend holte Sabri Rahimi einen Frotteelappen hervor und befeuchtete ihn mit Mineralwasser. Mehrmals fuhr er Fabian damit über den Kopf. Als er fertig war, löste er die Schürze und schüttelte sie aus. Nun folgte das Finale eines kosovarischen Haarschnitts: die Massage.

Kräftige Finger bohrten sich in Fabians Schultern, strichen seinem Hals entlang und massierten seine Kopfhaut. Fabian schloss die Augen. Wärme breitete sich in seinem Nacken aus, durchströmte seine Arme und liess seine Fingerspitzen kribbeln. Er unterdrückte einen Seufzer, um überrascht die Luft anzuhalten, als die Hände des Frisörs seinen Rücken hinunter wanderten. Das gehörte nicht zum Standardservice.

Fabian spürte, wie ihm ein Zettel in die Tasche geschoben wurde. Er riss die Augen auf. Brenner stand bockstill neben der

Tür, die Arme vor der Brust verschränkt. Obwohl er Fabian beobachtete, schien er nichts bemerkt zu haben. Von draussen vernahm Fabian Motorengeräusche, kurz darauf das Knacken von Lautsprechern.

«Wir müssen los», sagte Brenner.

Sabri Rahimi packte seine Sachen zusammen und verliess die Zelle, ohne zurückzublicken. Fabian schaute ihm nach. Unausgesprochene Worte lagen ihm auf der Zunge. Brenner löste ein Paar Handschellen von seinem Gürtel und stellte sich vor Fabian.

«Hände», befahl er.

Es dauerte einen Moment, bis Fabian begriff, was Brenner von ihm erwartete. Verwundert streckte er dem Militärpolizisten die Hände entgegen. Als die Handschellen einrasteten, starrte Fabian sie mit offenem Mund an.

Brenner deutete auf die Tür. «Komm.»

«Aber... so? Warum?», stammelte Fabian.

Brenner runzelte die Stirn. «Vorschrift.»

Er packte Fabian am Oberarm und führte ihn aus der Zelle. Als sie in den frischen Herbstmorgen hinaustraten, kam ihnen die Untersuchungsrichterin entgegen.

«Sind Sie bereit?», fragte Maja Salvisberg.

«Jawohl», antwortete Brenner.

Fabian wartete auf eine Reaktion Salvisbergs. Er war überzeugt, dass die Untersuchungsrichterin Brenner bitten würde, die Handschellen aufzuschliessen. Doch Salvisberg schob lediglich eine hellbraune Haarsträhne hinters Ohr, die sich aus ihrem Gummiband gelöst hatte, und schlug den Weg zur Fahrzeughalle ein. Fabian folgte ihr mit gesenktem Kopf, Brenner an seiner Seite. Er hörte Fahrzeugtüren zuschlagen und Soldaten rufen. Plötzlich ertönten aus den Lautsprechern die ersten Takte einer bekannten Melodie.

«Flying home». Das Lied, das gespielt wurde, wenn jemand endgültig in die Schweiz zurückreiste. Aus dem Augenwinkel sah Fabian, wie sich eine Piranha neben einem Puch in Stellung brachte. Es war erst wenige Wochen her, seit Fabian diese Abschiedszeremonie miterlebt hatte. Damals war aber nicht er abgereist, sondern das Sommerkontingent. Langsam hatte sich der Reisebus einen Weg durch die Spalier stehenden Fahrzeuge gebahnt, unter der Schweizerfahne hindurch, die vom ausfahrbaren Arm eines Lastwagens gehangen hatte, vorbei an Sanitätsfahrzeugen, Staplern und Radschützenpanzern, aus denen Soldaten gewunken und die Heimkehrer mit Leuchtpetarden verabschiedet hatten.

Unwillkürlich traten Fabian die Tränen in die Augen. Bis jetzt hatte er nicht begriffen, dass er wirklich abreiste. Seine Verhaftung war ihm wie ein Traum vorgekommen. Alles, was seither geschehen war, schien nichts mit ihm zu tun zu haben. Immer hatte er damit gerechnet, plötzlich wieder im Container zu erwachen, der ihm die letzten sieben Monate als Schlafzimmer gedient hatte. Langsam dämmerte ihm, dass er ihn lange nicht mehr betreten würde.

Er kam an einer Gruppe Infanteristen vorbei, die ein Geländefahrzeug beluden. Fabian wollte ihnen zuwinken, doch seine Hände waren immer noch gefesselt. Er begnügte sich mit einem schiefen Lächeln und war überrascht, als die Soldaten wegschauten. Nur einige Österreicher starrten ihn neugierig an.

«Ist alles in Ordnung?», fragte Salvisberg.

Fabian nickte. Die Untersuchungsrichterin war einen Tag nach seiner Verhaftung aus der Schweiz angereist, zusammen mit Brenner. Obwohl sie Uniform trug, wirkte sie mit ihren geschwungenen Augenbrauen und den vollen Lippen weiblich. Ihr Anblick weckte in Fabian das Bedürfnis, den Kopf an ihre schmale Schulter zu legen und die Augen zu schliessen.

«Einsteigen», sagte Brenner.

Fabian realisierte, dass sie vor einem Fahrzeug der Militärpolizei standen. Brenner hielt ihm die Tür auf. Als Fabian auf den Rücksitz rutschte, stiess er mit dem Knie gegen eine scharfe Kante. Er spürte den Schmerz kaum. Sein Körper fühlte sich taub an, als gehöre er jemand anderem. Salvisberg nahm auf dem Beifahrersitz Platz und schüttelte dem Fahrer die Hand. Der Wagen setzte sich in Bewegung, hielt aber einige Meter weiter vorne hinter einem Sprinter wieder an.

«Wir sind gleich so weit», rief der Fahrer des Sprinters.

Fabian beugte sich vor und beobachtete, wie ein Major eine Reisetasche auf den Rücksitz schob. Mehrere Offiziere verabschiedeten sich von ihm. Plötzlich spürte Fabian eine Hand auf der Brust, die ihn gegen die Rückenlehne presste. Brenner gab ihm stumm zu verstehen, dass seine Neugier nicht erwünscht war. Im Schritttempo fuhren sie auf den Ausgang zu, rund zehn Meter hinter dem Major, begleitet von den Klängen des Abschiedslieds.

«Flying home». Nach Hause fliegen. Das Camp war sein Zuhause geworden, dachte Fabian, die oft eintönige Routine sein Alltag. Eine Rückkehr nach Münsingen konnte er sich nicht vorstellen.

«Wissen meine Eltern, dass ich komme?», fragte er.

«Sie sind informiert», antwortete Salvisberg.

«Holen sie mich am Flughafen ab?»

Salvisberg drehte sich um. Erneut wechselte sie mit Brenner einen Blick. Unbehagen stieg in Fabian auf.

«Sie fahren nicht nach Hause», erklärte Salvisberg mit seltsamer Stimme. «Wir bringen Sie nach Frauenfeld.»

«Frauenfeld?», wiederholte Fabian.

«Ins Gefängnis.» Salvisberg holte tief Luft. «Hören Sie, ich glaube, Sie verstehen die Lage nicht ganz ...» Sie wiederholte die Vorwürfe, die gegen ihn erhoben wurden.

Ihre Worte gingen im Hupkonzert der Spalier stehenden Fahrzeuge unter. Einige Gesichter erkannte Fabian wieder, viele waren neu. Zuvorderst stand der Kommandant. Er salutierte, als der Sprinter auf gleicher Höhe war. Kurz bevor das Fahrzeug der Militärpolizei die Stelle erreichte, wandte er sich ab. Auf einmal begriff Fabian, dass die Abschiedszeremonie nicht ihm galt, sondern dem Major.

Sein Blick blieb am Stacheldrahtzaun hängen, der das Camp umgab. Er schloss die Augen und öffnete sie erst wieder, als der

Fahrer beschleunigte. Die Gipfel der albanischen Alpen waren schneebedeckt, doch erstmals berührte die Schönheit der Landschaft Fabian nicht. Er lehnte die Stirn gegen die Fensterscheibe und starrte auf den Asphalt. Obwohl Salvisbergs Worte in seinem Kopf nachhallten, verstand er ihre Bedeutung nicht. Er begriff, dass er nicht zurückkommen würde. Aber nicht, dass er im Knödelbunker keine wässrigen Erbsen mehr essen würde. Ihm war klar, dass er in Frauenfeld übernachten würde, aber nicht, dass er am folgenden Morgen nicht vor einem Infanteriekommandanten zum Appell antreten musste. Dass er nie wieder auf der Falke Wache schieben würde. Keine Parties mehr im «Pulverfass» feiern konnte. Keine Längen im Löschwasserbecken schwimmen würde. Keine Massagen mehr geniessen durfte.

Am Flugplatz in Gjakova kontrollierte ein italienischer Zöllner ihre Pässe. Um ihm nicht in die Augen sehen zu müssen, beobachtete Fabian den Major, der in einer Pizzeria verschwand.

«Möchten Sie etwas essen?», fragte Salvisberg.

Fabian schüttelte den Kopf. Als Brenner ihm eine Flasche Mineralwasser reichte, nahm er einen kleinen Schluck. Anschliessend wurde er in eine Baracke geführt, wo er auf einem Plastikstuhl Platz zu nehmen hatte. Brenner warf Salvisberg einen fragenden Blick zu. Als die Untersuchungsrichterin nickte, schloss er die Handschellen auf. Dankbar vergrub Fabian seine Hände in den Hosentaschen. Seine Finger berührten ein Stück Papier, und er zuckte zusammen. Der Versuchung, die Nachricht zu lesen, konnte er kaum widerstehen. Doch er zwang sich, den Blick auf die Wand gegenüber zu richten und sich nichts anmerken zu lassen.

Der Versorgungsflug aus der Schweiz landete pünktlich. Schon eine Stunde später war die Maschine der Farnair bereit für den Rückflug. Neben dem Major flogen Botschaftspersonal und eine Mitarbeiterin des Bundes mit. Fabian wurde als Letzter an Bord geführt. Er setzte sich zusammen mit Brenner in die vorderste Reihe, direkt hinter den Frachtraum, in dem er sein Gepäck entdeckte. Salvisberg zog bereits während des Starts eine dicke Akte aus ihrem Handgepäck und begann, darin zu blättern.

Fabian wurde in den Sitz zurückgedrückt, als das Flugzeug abhob. Er spürte die Schwerkraft im Bauch; es kam ihm vor, als wehre sich ein Teil von ihm, fortgetragen zu werden. Obwohl Brenner das Fenster zur Hälfte verdeckte, sah Fabian die Ebene, die sich von Peja bis Prizren erstreckte. Bilder von halbfertigen Häusern, zahllosen Autowaschanlagen und Tankstellen stiegen in ihm auf; von Bauern, die mit einfachsten Mitteln ihre Felder bewirtschafteten. Er dachte an die vielen Gräber, die er gesehen hatte, an Gedenkstätten für gefallene UÇK-Kämpfer und an die ausgebrannten Häuser der Serben. An die Scharen von Kindern, die in Schichten zur Schule gingen, und an die vielen Arbeitslosen, die sich die Zeit in Cafés vertrieben. Ein Kloss bildete sich in seinem Hals.

«Ich muss aufs WC», sagte er.

Brenner stand wortlos auf und folgte Fabian durch den schmalen Gang. Links und rechts verstummten die Gespräche. Die einzige Flugbegleiterin an Bord lächelte ihnen zu und zog sich zurück. Vor der Toilette blieb Fabian unschlüssig stehen. Er fragte sich, ob Brenner ihm auch in die winzige Kabine folgen würde. Zögernd trat er ein. Brenner blieb im Gang stehen.

«Nicht abschliessen», sagte der Polizist.

Fabian zog die Tür zu und atmete auf. Mit zitternden Fingern klaubte er den Zettel aus seiner Hosentasche. Schweissperlen traten ihm auf die Stirn, als er das Papier auseinanderfaltete.

Darauf stand eine Telefonnummer.

Plötzlich hatte Fabian das Gefühl, nicht genug Luft zu bekommen. Die Wände der engen Kabine schienen auf ihn einzustürzen. Er setzte sich auf die Toilette und wiederholte die Ziffern, bis er die Nummer auswendig konnte. Übelkeit stieg in ihm auf. Er klammerte sich an den Rand des Lavabos. Im Spiegel darüber wirkte sein Gesicht käsig.

Es klopfte an die Tür. «Zaugg?»

Fabian zuckte zusammen. Schweiss rann ihm in die Augen und vermischte sich mit den Tränen, die er zurückzuhalten versuchte. Ein letztes Mal wiederholte er die Ziffern, dann warf er den Zettel in die WC-Schüssel. Bevor er spülen konnte, verkrampfte sich sein Magen. Fabian fiel auf die Knie und erbrach sich. Er beobachtete, wie sich die Tinte auf dem Zettel in der Flüssigkeit auflöste.

Die Tür ging mit einem Knall auf. «Zaugg!»

Fabian beugte sich vor, so dass Brenner den Inhalt der WC-Schüssel nicht sah. Mit einer Hand tastete er nach der Spülung. Es rauschte, und ein Loch tat sich auf. Das Erbrochene verschwand und schwemmte den Zettel fort. Desinfektionsmittel spülte die letzten Erinnerungen weg.

End of Mission.

2

«Verdammt, Mini, was soll das?»

Jasmin Meyer ignorierte ihren Bruder und startete den Tiguan. Sie hörte ein Knattern im Motorraum und schüttelte den Kopf. Der Wagen hatte erst 5000 km zurückgelegt, und bereits war die Parkbremse defekt.

«Mini!», rief Bernie erneut quer durch die Werkstatt. «Beweg deinen Arsch hier rüber!»

Jasmin schaltete den Motor ab, rutschte vom Fahrersitz und öffnete die Haube. Bevor sie das Steuergerät ausbauen konnte, tauchte ihr Bruder neben ihr auf. In der Hand hielt er eine Bestellung, die er Jasmin unter die Nase hielt.

«Bist du taub, oder was?», fragte Bernie. «Was soll der Scheiss?»

«Kannst du nicht lesen?», fragte Jasmin gereizt. «Und hör auf, mich ‹Mini› zu nennen.»

Schon als Kinder hatten ihre älteren Brüder sie Mini genannt. Dabei war sie mit ihren 1,65 m nicht einmal besonders klein. Doch in den Augen von Bernie und Ralf würde sie immer die kleine Schwester bleiben. Auch mit 34 Jahren noch.

«Du bist diejenige, die ein A nicht von einem B unterscheiden kann!», konterte Bernie, auf ihre Legasthenie anspielend. «Also schieb dir deine Sprüche anderswo hin.»

Jasmin packte einen Ring-Gabelschlüssel und schlug damit nach dem Formular in Bernies Hand. Mit grimmiger Genugtuung beobachtete sie, wie es zerriss. Noch lieber hätte sie Bernie zu Boden gehen sehen. Fluchend wich ihr Bruder zurück.

«Warum hast du ein neues AGR bestellt?» Bernie kam einen Schritt näher und baute sich vor ihr auf. «Ich hab gesagt, der Motor des Golfs braucht eine Generalüberholung!»

Jasmin antwortete nicht.

«Hier bin ich der Chef», sagte Bernie, während er die zwei Hälften des Bestellformulars zerknüllte. «Wenn ich dir einen Auftrag gebe, führst du ihn aus, kapiert? Ich befehle, du parierst. Dein Dickschädel geht mir langsam auf den Geist. Kein Wunder, hat dich die Polizei rausgeschmissen. Weiber!»

Jasmin schnappte nach Luft. Dass er ihr die Schuld daran gab, alles verloren zu haben, was ihr wichtig gewesen war, zog ihr den Boden unter den Füssen weg. Noch schlimmer war, dass sie tief in ihrem Inneren gleich dachte wie er. Sie spürte den Verlust und die Angst, das Leben nicht mehr in den Griff zu bekommen. Die Wut, die in ihr aufstieg, liess sie mit den Zähnen knirschen. Sie zwang sich, ruhig zu atmen und sich auf das eigentliche Problem zu konzentrieren.

«Nur das Abgasrückführventil ist defekt», presste sie hervor. «Der Motor ist okay.»

Bernie schüttelte den Kopf. «Es kommt Öl ins Abgassystem. Das ist überhaupt nicht okay.»

«Der Motor bringt die volle Leistung», widersprach Jasmin. «Der TDI hat 220000 km drauf, was erwartest du? Bei dieser Laufleistung verkokt das AGR gern. Das fängt schon beim Anschluss am Auspuffkrümmer an.»

«Scheisse, Mini, das reicht! Wenn ich sage, der Motor wird überholt, dann will ich nicht, dass du nur das AGR austauschst!»

Jasmin kniff die Augen zusammen. «Und wenn ich sehe, dass das nicht nötig ist, mach ich es nicht! Das kostet den Kunden einige Tausend Franken!»

«Davon bezahl ich dir deinen Lohn!»

Jasmin betrachtete Bernies roten Kopf. In der Werkstatt war es still geworden. Neugierige Mechaniker lauschten dem Streit gebannt. Seit vier Monaten arbeitete sie hier. Kein Tag verging, ohne dass es zu Meinungsverschiedenheiten zwischen ihr und Bernie kam. Er provozierte sie nicht absichtlich, doch es ging ihm offensichtlich nicht in den Kopf, dass sie ihm ebenbürtig war. Genau wie er hatte sie ursprünglich eine Lehre als Automechaniker absolviert. Schon kurz nach der Abschlussprüfung hatte sie sich jedoch bei der Polizei beworben, wo sie innert weniger Jahre zur jüngsten Sachbearbeiterin beim Dienst Kapitalverbrechen aufgestiegen war. Dennoch hatte sie sich weiterhin für Motoren interessiert. Sie las regelmässig Fachzeitschriften und schraubte in ihrer Freizeit an ihrem Motorrad herum.

«Weisst du was, Bernie? Du kannst mich mal.» Äusserlich ruhig wischte sie sich die Hände am Overall ab. «Das Steuergerät des Tiguans ist defekt. Es muss ersetzt werden. Bestell ein neues. Die Parkbremse ist übrigens elektrohydraulisch, nicht elektronisch, wie du aufs Auftragsformular geschrieben hast. Sie wird von einer elektrischen Pumpe betrieben.» Ohne zurückzublicken, marschierte sie auf die Garderobe zu.

«Mini!», rief ihr Bernie nach. «Wohin gehst du?»

In der Garderobe streifte sie den Overall ab, nahm ihren Motorradanzug vom Haken und zog ihn über. Unter ihren Stiefeln hatte sich eine Pfütze gebildet. Sie schüttelte das Wasser ab und schlüpfte hinein. Zuletzt stülpte sie sich entschlossen den Helm über den Kopf und stapfte zum Ausgang. Bernie rannte ihr nach. Sie zeigte ihm den Mittelfinger.

Als Jasmin die Kraft ihrer Ducati spürte, war es um ihre Selbstbeherrschung geschehen. Sie gab Gas und raste über den Parkplatz. Ihre Monster war zwar schon über sieben Jahre alt, dennoch wummerte der Motor immer noch in einem unvergleichlichen Stakkato. Drehzahlen unter 3000 pro Minute waren für diese Maschine eine Beleidigung.

Um zehn Uhr vormittags hatte sich der Berufsverkehr beinahe aufgelöst. Jasmin bog in die Hauptstrasse ein und wechselte auf die Überholspur. Hundert Meter vor ihr befand sich ein Blitzkasten. Sie kannte alle Standorte im Kanton Zürich. Als sie darauf zufuhr, schaltete sie, ohne die Geschwindigkeit zu verringern, in den zweiten Gang. Abrupt schloss sie das Gas, bremste hinten und zog mit dem Zeigefinger die Kupplung, um gleich darauf die Drehzahl auf 8000 zu erhöhen, ehe sie die Bremse löste und forsch einkuppelte. Das Vorderrad kam problemlos hoch. Sie grinste, als sie geblitzt wurde. Auf dem Foto würde ihr Nummernschild wegen des Winkels nicht zu erkennen sein. Ihre ehemaligen Kollegen beim Kapitalverbrechen hätten sie anhand der Duc und der Kleidung erkannt. Doch vor der Verkehrspolizei musste sie sich nicht fürchten.

Sie überholte eine Kolonne wartender Autos und hielt ungeduldig vor einem Rotlicht. Nur wenige Zweiradfahrer wagten sich im November noch auf die Strasse. Die glatte Fahrbahn war ihnen zu gefährlich, die frühe Dämmerung erhöhte das Risiko, von anderen Verkehrsteilnehmern übersehen zu werden. Das hinderte Jasmin nicht daran, das Gas voll aufzudrehen, als die Ampel auf Grün wechselte. Jasmin fuhr auf eine Kreuzung zu; leichter Regen setzte ein. Ohne zu überlegen, wählte sie die Spur, die in die Innenstadt führte. Die Wohnung ihrer Mutter, wo sie vor einem halben Jahr Unterschlupf gefunden hatte, lag in der entgegengesetzten Richtung. Jasmin hatte sich dorthin zurückgezogen, um ihre Wunden zu lecken. Diese waren zwar noch nicht verheilt, doch es war Zeit, wieder auf eigenen Füssen zu stehen. Ihre Mutter konnte ihr ebenso wenig helfen wie Bernie, der ihr mit dem Job in der Garage einen Dienst hatte erweisen wollen. Edith Meyer war nie besonders fürsorglich gewesen. Dafür hatte sie schlicht keine Zeit gehabt. Als ihr Mann kurz nach Jasmins Geburt verschwunden war, hatte sie neben ihrer Arbeit als Kellnerin im «Hirschen» zusätzlich an Banketten ausgeholfen, um sich und die drei Kinder durchzubringen. In den wenigen freien Stunden, die ihr geblieben waren, hatte sie die Hausarbeit erledigt. Gerieten Jasmin, Ralf oder Bernie jedoch in Not, so war sie immer für sie da gewesen. Wenn nötig, kämpfte sie für sie wie eine Löwin für ihre Jungen.

Ohne bewusst eine Entscheidung getroffen zu haben, bretterte Jasmin auf einen neurenovierten Altbau an der Löwenstrasse zu. Nachdem sie den Motor abgestellt hatte, blieb sie sitzen und starrte auf das Messingschild an der Mauer. «Pal Palushi» stand neben den Namen zweier weiterer Anwälte, die sich eine Kanzlei im dritten Stock des Gebäudes teilten. Regen tropfte vom Visier ihres Helms, doch Jasmin regte sich nicht. Als Pal vor einer Woche angerufen hatte, um ihr einen Auftrag zu unterbreiten, hatte sie ohne Kommentar aufgelegt. Sie war überzeugt gewesen, sein Angebot sei nur ein weiterer Versuch, ihr zu helfen. Jasmin wollte kein Mitleid. Wenn sie wieder dort anknüpfen wollte, wo ihre Beziehung zu Pal abgebrochen war, brauchte sie seinen Respekt. Doch ihr kindisches Benehmen trug nicht gerade dazu bei, dass sie sich Achtung verschaffen konnte, gestand sie sich widerwillig ein. Zumindest könnte sie sich anhören, worum es ging.

Langsam stieg sie vom Motorrad. Sie nahm den Helm vom Kopf; dabei fielen ihr die schwarzen Halbmonde unter ihren Fingernägeln auf. Sie hatte die Werkstatt so überstürzt verlassen, dass sie sich nicht einmal die Hände gewaschen hatte. Sie zuckte mit den Schultern und stiess die Tür auf. Statt den Lift zu nehmen, joggte sie die drei Stockwerke hoch, um die Durchblutung in ihren von der Kälte steifen Gliedern anzuregen. Vor der Kanzlei strich sie sich eine feuchte Haarsträhne aus dem Gesicht, klingelte kurz und trat ein.

«Ist er frei?», fragte sie die Sekretärin am Empfang, ohne stehenzubleiben.

Lisa Stocker sprang auf. «Einen Moment! Herr Palushi...»

Jasmin steuerte auf das Büro am Ende des Gangs zu. Um diese Zeit hatte Pal selten Besprechungen. Entweder war er am Gericht, oder er sass vor dem PC. Da die Tür geschlossen war, ging sie davon aus, dass er Schreibarbeiten erledigte. Ohne anzuklopfen, betrat sie sein Büro.

Ein verärgerter Ausdruck huschte über Pals kantiges Gesicht. Sobald er sie erkannte, glätteten sich seine Züge. Langsam stand er auf. Er war kaum grösser als sie, doch in seinem tadellos sitzenden Armanianzug wirkte er imposant.

«Jasmin», begrüsste er sie. «Bitte, setz dich.»

Sie hörte ein leichtes Zögern in seiner Stimme, das nicht zu seinem selbstsicheren Auftreten passte. Normalerweise legte er eine kühle Distanziertheit an den Tag, die schwer zu erschüttern war. Auch als sie sich mit ihrem nassen Motorradanzug auf den ledernen Besucherstuhl fallen liess, zuckte er mit keiner Wimper.

«Erzähl», sagte Jasmin.

Pal lächelte. Seine schiefen Zähne kamen zum Vorschein. Sie waren der Grund dafür gewesen, dass sich Jasmin vor über einem Jahr überhaupt getraut hatte, den Anwalt zu einem Date einzuladen. Seine Zähne und seine abstehenden Ohren. Sie hatten Jasmin davon überzeugt, dass Pal trotz seines geschliffenen Äusseren auch nur ein Mensch war. Dass er sein Studium als Jahrgangsbester abgeschlossen hatte, hatte sie erst später erfahren. Normalerweise schreckte sie vor intelligenten Männern zurück.

Pal Palushi nahm wieder Platz und griff nach einer Akte, die er jedoch nicht öffnete, sondern ihr hinschob. «Fabian Zaugg», begann er, «20jährig, Infanterist bei der Swisscoy. Vor einer Woche wurde er in Kosovo verhaftet. Er wird beschuldigt, eine lokale Angestellte im Camp vergewaltigt zu haben. Der Kommandant der Swisscoy hat eine Voruntersuchung angeordnet. Die Untersuchungsrichterin reiste sofort nach Suhareka.»

«Eine Frau? Berufsmilitär?»

«Zeitmilitär. Oberleutnant Maja Salvisberg ist seit drei Jahren militärische Untersuchungsrichterin. Sie ist eine von sechs Profis, die zur Entlastung der Miliz-Untersuchungsrichter eingesetzt werden. Davor arbeitete sie als UR im Thurgau. Ich kenne sie nicht, aber sie macht auf mich einen professionellen Eindruck. Sie hat einen Spezialisten vom Forensischen Institut Zürich mitgenommen, um die Spuren vor Ort zu sichern.»

«Gut.» Jasmin nickte anerkennend.

«Nein», widersprach Pal. «Zumindest nicht für Fabian Zaugg.»

Es dauerte einen Moment, bis Jasmin begriff. Vierzehn Jahre bei der Polizei hatten ihre Sichtweise geprägt. Sie war es gewohnt, Beweise zuhanden der Staatsanwaltschaft zu sammeln mit dem Ziel, eine Verurteilung zu erwirken, sofern der Täter schuldig war. Pal hingegen war Strafverteidiger.

«Hat er es getan?», fragte sie.

«Ich weiss es nicht. Er streitet es ab, doch seine Aussagen sind widersprüchlich. Ich habe das Gefühl, dass er etwas verheimlicht.» Pal legte seine Hand auf die Akten. «Lies sie durch. Deine Meinung interessiert mich.»

Jasmin kniff die Augen zusammen. Pal bewegte sich in der Regel nur innerhalb des gesetzlich erlaubten Rahmens. Da er an das Anwaltsgeheimnis gebunden war, hatte er kein Recht, ihr die Akten auszuhändigen. Als hätte er ihre Gedanken gelesen, holte er ein Dokument aus seinen Unterlagen, aus dem hervorging, dass Fabian Zaugg sein Einverständnis gegeben hatte.

«Etwas begreife ich trotzdem nicht», sagte Jasmin. «Seit wann kümmert es dich, ob ein Klient schuldig ist oder nicht?»

«Lies die Akten», wiederholte Pal.

«Was genau erwartest du von mir?»

«Ich muss wissen, wer dieser Junge ist. Wer er war, bevor er zur Armee ging. Ob er sich verändert hat und wenn ja, warum. Ich brauche jemanden, der mit seiner Familie, mit seinen Freunden und Kollegen spricht. Salvisberg gewährt mir zwar Einsicht in die Einvernahmeprotokolle, doch weitere Fragen an Zeugen kann ich nur mit einem Beweisergänzungsbegehren stellen, und das ist mir zu heikel.»

«Das verstehe ich nicht.»

Pal beugte sich vor. «Wenn ich Fragen stelle, ohne die Antworten zu kennen, gehe ich ein grosses Risiko ein. Ich könnte die Lage meines Klienten verschlechtern. Eigene Ermittlungen sind ebenfalls heikel. Ich darf mich nicht dem Vorwurf aussetzen, Zeugen zu beeinflussen. Wie weit ein Verteidiger gehen darf, ist in der Schweiz umstritten. Hinzu kommt, dass mir schlicht die Zeit fehlt. Fabian Zaugg ist nicht mein einziger Klient.»

«Seit wann übernimmst du überhaupt Militärfälle?»

«Die Militärjustiz hat einen Pflichtverteidiger ernannt. Vor einer Woche hat mich Fabian Zauggs Schwester aufgesucht und mich gebeten, das Mandat zu übernehmen. Karin Zaugg studiert im achten Semester Jus. Offenbar war sie der Meinung, ihr Bruder werde schlecht vertreten.»

«Stimmt es?»

Pal wich aus. «Der Pflichtverteidiger hat das einzig Richtige getan: Er riet seinem Klienten zu schweigen. Mindestens so lange, bis er Akteneinsicht hatte.»

«Warum hast du zugesagt?» Jasmins Augen verengten sich. Ihre ursprüngliche Skepsis kehrte zurück. Suchte Pal eine Beschäftigung für sie? Hatte er den Fall angenommen, damit er ihr die Ermittlungsarbeit übertragen konnte? Sie dachte an die vergangenen Monate zurück. Den Frühling hatte sie grösstenteils in der Wohnung ihrer Mutter verbracht. Pal hatte immer wieder versucht, sie hinauszulocken. Er schlug Motorradtouren vor, organisierte Tickets für den Moto GP von Spanien und bat sie sogar, sich sein Superbike anzuschauen, weil er angeblich Probleme mit den Kolben hatte. Beim Gedanken daran zuckten Jasmins Mundwinkel. Pal hätte seine Ducati 1098R mit verbundenen Augen in alle Einzelteile zerlegen und wieder zusammenbauen können. Die Vorstellung, dass er sie um Hilfe bat, war absurd. Nein, nicht absurd, korrigierte sie sich in Gedanken. Es zeigte lediglich, wie wichtig sie ihm war. Obwohl sie ihn immer wieder zurückgewiesen hatte, liess er nicht locker. Er verstand, dass sie Zeit brauchte. Weder hatte er Fragen betreffend die Zukunft gestellt, noch eine Gegenleistung für seine Unterstützung gefordert. Er war einfach da gewesen. Schliesslich hatte sie im Sommer einer Passfahrt zugestimmt. Noch heute spürte sie den Wind, der durchs halboffene Visier gedrungen war; sie sah den Asphalt wenige Millimeter unterhalb ihres Knies vorbeiziehen, als sie tief in einer Kurve lag. Die Tour hatte sie für einige Stunden von den Ängsten und Selbstvorwürfen befreit, die sie quälten. Obwohl sie seither immer wieder Phasen durchlebt hatte, in denen sie sich selbst verachtet hatte und ihr die Welt als feindliches Territorium vorgekommen war, stellte dieser Tag einen Wendepunkt dar. Nach der Tour hatte sie wieder begonnen, nach vorne zu schauen.

Pal hatte ihre Frage immer noch nicht beantwortet. Sein Pokerface mochte gegnerische Anwälte verunsichern, doch Jasmin beeindruckte er damit nicht.

«Warum hast du den Fall übernommen?», wiederholte sie.

Er legte seine Hand auf die Akten. «Ich möchte, dass du beim Lesen unvoreingenommen bist. Der Besprechungsraum ist den ganzen Tag frei. Mach es dir bequem.»

Fabian Zaugg hatte sich direkt nach der Rekrutenschule um einen Swisscoy-Einsatz beworben. Nach einem zwölfwöchigen Einführungskurs im Kompetenzzentrum Swissint in Stans reiste er im vergangenen April zusammen mit 160 weiteren Soldaten nach Kosovo. Als Infanterist war er oft auf Patrouille. Zu seinen Aufgaben gehörte aber auch die Sicherung und Überwachung von serbischen Kulturdenkmälern, Siedlungen sowie des Kfor-Hauptquartiers. Probleme mit ihm gab es nie. Er fügte sich gut in die Gruppe ein, hielt sich an die Vorschriften und befolgte die Befehle.

Bis zum 3. Oktober. An diesem Abend besuchte er das «Pulverfass» im Camp, wo er mit der Bardame flirtete. Laut Zeugenberichten stellte ihm Besarta Sinani Fragen über seinen Wohnort Münsingen. Offenbar arbeitete ein Verwandter von ihr dort auf einer Baustelle. Nach Barschluss wurden die beiden vor einem Gedenkstein für zwei verstorbene Soldaten beobachtet, obwohl Fabian Zaugg um diese Zeit in seinem Wohncontainer hätte sein sollen. Ein Infanteriekamerad gab später zu Protokoll, er habe circa um 23 Uhr ein unterdrücktes Weinen aus Fabian Zauggs Container gehört. Ob es sich um eine Frau gehandelt habe, konnte er nicht sagen.

Zwei Wochen später berichtete die «Bota Sot», eine der auflagenstärksten Tageszeitungen in Kosovo, eine lokale Angestellte im Camp Casablanca sei von einem Schweizer Soldaten vergewaltigt worden. Kurz darauf meldete sich Alban Sinani, der Cousin des mutmasslichen Opfers, bei der öffentlichen Anlaufstelle des Kfor-Hauptquartiers in Prizren und zeigte Fabian Zaugg an. Das Public Affairs Office kontaktierte sofort den österreichischen Bataillonskommandanten, Befehlshaber des Manöverbataillons Dulje. Dieser wiederum informierte den National Contingent Commander, Oberst Marcel Iseli, welcher den Legaladvisor der Swisscoy beizog, die Militärpolizei von den Anschuldigungen in Kenntnis setzte, Kontakt mit der zuständigen Untersuchungsrichterin in der Schweiz aufnahm und ihr den Befehl für eine Voruntersuchung erteilte.

Maja Salvisberg bat die Beteiligten, möglichst wenige Personen zu involvieren. Sie ahnte, dass der Fall hohe Wellen werfen würde. Weder der Infanteriekommandant noch Fabian Zauggs Zugführer erfuhren Einzelheiten. Obwohl die Untersuchung als «national matter» eingestuft wurde, kam NCC Iseli nicht darum herum, den Leiter der multinationalen Militärpolizei-Kräfte, den Kommandanten der Multinationalen Task Force Süd sowie den Public Information Officer der Swisscoy, Spec Of Daniel Pellegrini, ins Bild zu setzen. Vier Tage lang sah es aus, als könnte der Name des angeschuldigten Soldaten vor der Öffentlichkeit geheim gehalten werden. Am fünften Tag erschien in der «Bota Sot» ein Interview mit Alban Sinani. Darin beschuldigte er Fabian Zaugg namentlich, seine Cousine vergewaltigt zu haben. Am folgenden Tag wurde der Soldat in die Schweiz geflogen.

Jasmin legte den Bericht beiseite und sah auf die Uhr. Es war kurz vor Mittag. Frustriert stand sie auf. Sie hatte erst einen Bruchteil der Unterlagen gelesen. Sich durch das Labyrinth von Buchstaben zu kämpfen, war ein geistiger Marathon. Die vielen Abkürzungen und unbekannten militärischen Bezeichnungen erschwerten das Lesen zusätzlich. Obwohl sie wusste, dass ihre Legasthenie angeboren war und nichts mit mangelnder Intelligenz zu tun hatte, ärgerte sie sich über ihre Unfähigkeit, einen Text auf Anhieb zu verstehen. Bei der Kripo hätte ihr Bürokollege

Tobias Fahrni die Informationen mündlich für sie zusammengefasst. Bis sie für eine Führungsposition vorgeschlagen worden war, hatte er sogar ihre Berichte geschrieben. Dafür hatte sie ihm Arbeit an der Front abgenommen. Wehmütig dachte sie an ihren gutherzigen, hilfsbereiten Freund zurück. Eine Schwere, gegen die sie seit fast einem Jahr ankämpfte, breitete sich in ihren Gliedern aus. Rasch schob sie die Erinnerungen beiseite. Tobias Fahrni gehörte der Vergangenheit an. Pal um Hilfe zu bitten, kam für sie nicht in Frage. Er wusste nicht, dass ihr das Lesen Schwierigkeiten bereitete, und Jasmin würde dafür sorgen, dass es so blieb. In seiner Freizeit studierte Pal juristische Fachzeitschriften und Bundesgerichtsurteile. Die Lektüre von Sachbüchern über Politik und Gesellschaft betrachtete er als Erholung. Nicht nur auf Deutsch, sondern auch auf Englisch und Albanisch. Daneben kam sich Jasmin wie eine Analphabetin vor.

Schlechtgelaunt verliess sie den Besprechungsraum und machte sich auf die Suche nach der Küche oder einem Pausenraum. Sie hatte Pal erst wenige Male in seinem Büro aufgesucht und kannte sich in den Räumlichkeiten nicht aus. Neben der Toilette entdeckte sie eine Nische, in der eine Kaffeemaschine und ein Kühlschrank untergebracht waren. Sie fand Mineralwasser, Weisswein, Kaffeerahm und einen Behälter mit Salat, der bestimmt der Sekretärin gehörte.

«Brauchen Sie Hilfe mit der Kaffeemaschine?», fragte Lisa Stocker hinter ihr.

Jasmin wirbelte herum. Sie hasste Personen, die sich heranschlichen. «Gibt es in diesem Saftladen keine Cola?»

Erschrocken wich die Sekretärin zurück. «Nein, tut mir leid. Aber gleich gegenüber befindet sich ein Lebensmittelgeschäft.»

Ohne ein weiteres Wort schnappte sich Jasmin ein Glas, füllte es mit Wasser und stapfte zurück in den Besprechungsraum.

Die Untersuchungsrichterin hatte tatsächlich professionelle Arbeit geleistet. Kaum hatte sie von den Anschuldigungen erfahren, hatte sie den Wohncontainer von Fabian Zaugg versiegeln lassen.

Sie informierte das Forensische Institut Zürich und bat einen Kriminaltechniker, sie nach Kosovo zu begleiten. Dieser begann sogleich, die Spuren im Container zu sichern. Als Jasmin Pals Zusammenfassung studierte, kaute sie auf ihrer Unterlippe herum. Zwar waren seit der mutmasslichen Tat bereits zwei Wochen vergangen, doch dem Kriminaltechniker war es gelungen, belastendes Material sicherzustellen. Vor allem dank des Umstands, dass Enrico Geu, der mit Fabian Zaugg den Wohncontainer teilte, zwei Wochen lang abwesend gewesen war. Während dieser Zeit war sein Bett unberührt geblieben. Bis auf die Nacht des 3. Oktobers.

Die Spuren ergaben ein deutliches Bild. Auf Geus Kissen entdeckte der Kriminaltechniker eingetrockneten Speichel. Die Untersuchung durch das Institut für Rechtsmedizin in St. Gallen bestätigte, dass die sichergestellte DNA mit den Proben von Besarta Sinani übereinstimmte. Dies hatte Pal erfahren, als die Untersuchungsrichterin Fabian Zaugg mit den Beweisen konfrontiert hatte. Zudem war unter Fabian Zauggs Matratze ein gebrauchter Slip gefunden worden. Er konnte ebenfalls Besarta Sinani zugeordnet werden. Dass eine Drittperson DNA und Slip dort deponiert hatte, durfte bezweifelt werden. Auf dem Lichtschalter, der Stuhllehne sowie dem Bettgestell hatte der Kriminaltechniker Fingerabdrücke der Bardame gefunden.

Trotzdem stimmten die Informationen Jasmin nachdenklich. Wenn Fabian Zaugg ein Verbrechen begangen hatte, hätte er den Slip dann nicht entsorgt, statt unter der Matratze versteckt? Oder war er so naiv und glaubte, das Beweisstück bliebe unentdeckt? Heute schaute jeder C.S.I., oder wie die TV-Serien alle hiessen. Die Arbeit der Spurensicherung war einem breiten Publikum bekannt. Jasmin machte sich eine Notiz und blätterte weiter. Gerne hätte sie die Originalberichte des Forensischen Instituts und des St. Galler Instituts für Rechtsmedizin studiert. Als Sachbearbeiterin beim Kapitalverbrechen hatte sie immer Zugang zu den Resultaten der Spurensicherung gehabt. Erst jetzt merkte sie, wie sehr die Arbeit eines Verteidigers durch den Mangel an Informationen erschwert wurde.

Laut Untersuchungsrichterin war Besarta Sinani im deutschen Feldlazarett in Prizren von einer Ärztin untersucht worden. Diese entdeckte zwar Blutergüsse an ihren Armen, konnte aber nicht sagen, wann sie entstanden waren. Zu viel Zeit war seit der mutmasslichen Tat verstrichen. Auch die nachfolgende gynäkologische Untersuchung war wenig aufschlussreich gewesen. Jasmin schüttelte den Kopf. Als Polizistin hatte sie immer wieder erlebt, dass die wenigsten Opfer von sexuellen Übergriffen direkt nach einem Vorfall Anzeige erstatteten. Viele duschten zuerst ausgiebig, als hofften sie, die schmerzliche Erfahrung wegwaschen zu können. Sie fühlten sich unrein, manchmal sogar mitschuldig. Sie schämten sich für die Gewalt, die ihnen angetan worden war. Als hätten sie die Tat verhindern können, wenn sie vorsichtiger oder aufmerksamer gewesen wären.

Jasmin hatte nicht gemerkt, dass sie aufgestanden war. Sie stand am Fenster, die Arme um den Körper geschlungen. Früher hatte sie nicht verstehen können, was in einem Opfer vorging. Zwar hatte sie sich in Weiterbildungskursen intensiv damit beschäftigt, doch ein kleiner Teil von ihr hatte trotz des Fachwissens geglaubt, Opfer werde nur, wer es zulasse.

Plötzlich verspürte sie den Drang, sich zu bewegen. Wäre sie noch bei der Kantonspolizei gewesen, hätte sie jetzt ihre Sporttasche gepackt und wäre in den Kraftraum gegangen. Dort hätte sie Hanteln gestemmt, bis ihre Muskeln brannten. Anschliessend hätte sie auf dem Laufband einige Kilometer zurückgelegt, um sich zu entspannen. Jetzt begnügte sie sich mit ein paar Kniebeugen und Liegestützen.

Sie setzte sich wieder und nahm ein durchsichtiges Mäppchen in die Hand. Pal hatte alle Berichte ausgedruckt, die in den albanischsprachigen Zeitungen erschienen waren. Darunter befand sich auch ein Artikel aus dem englischen «Kfor Chronical». Jasmin glaubte, dass es sich um eine ausgeschmückte Pressemitteilung über den Vorfall handelte. Um den Inhalt genau zu verstehen, reichten ihre Englischkenntnisse jedoch nicht aus. Sie hatte einen Drittel überflogen, als es an die Tür klopfte.

«Hunger?», fragte Pal, auf seine Uhr deutend. «In der Brasserie um die Ecke gibt es ausgezeichnete Mittagsmenüs.»

Jasmin schielte auf die Befragungsprotokolle, die sie noch nicht gelesen hatte.

Pal bemerkte den Blick. «Was hältst du von Zauggs Aussage?»

«Hab schon Pläne», murmelte sie und gab vor, sich auf den Artikel vor sich zu konzentrieren. Sie wartete darauf, dass Pal den Raum verliess. Als er sich nicht bewegte, sah sie auf. «Was ist?», fragte sie gereizt.

«Soll ich dir etwas mitbringen?»

«Ich habe Nein gesagt!»

«Um 14 Uhr habe ich einen Gerichtstermin», informierte Pal sie kühl. «Vermutlich bin ich gegen 17 Uhr zurück. Wenn du etwas brauchst, wende dich an Lisa.» Mit einem kurzen Nicken verschwand er.

3

Pal Palushi fragte sich, ob es ein Fehler gewesen war, Jasmin um Hilfe zu bitten. Verspielte er seine letzte Chance, ihre Beziehung zu retten? Die wenigen glücklichen Wochen, die sie zusammen verbracht hatten, lagen fast ein Jahr zurück. Doch so lange auch nur ein Funken Hoffnung bestand, dass sie wieder zueinanderfänden, würde er weiterkämpfen. Das Problem bestand darin, das richtige Mass an Beharrlichkeit zu finden. Von sich aus machte Jasmin keinen Schritt auf ihn zu. Er musste also die Initiative ergreifen. Dabei durfte er jedoch nicht zu forsch vorgehen.

Wut stieg in ihm auf. Auf seine Unfähigkeit, zu ihr durchzudringen. Auf das Schicksal, das ihm ganz kurz gezeigt hatte, was Liebe bedeutete, nur um sie ihm gleich wieder wegzuschnappen. Aber vor allem auf die Person, die dafür verantwortlich war, dass Jasmin heute über die Schulter schaute, wenn sie ins Freie trat. Dass sie ihre kastanienbraunen Haare abgeschnitten hatte, damit niemand sie am Pferdeschwanz packen konnte. Oder dass sie immer mit dem Rücken zur Wand sass, um jeden im Blickfeld zu haben. Nicht die kleinste Veränderung war Pal entgangen. Auch der Hass nicht, der manchmal in ihren Augen aufloderte. Nicht auf das Schicksal. Sondern auf sich.

Damit kannte er sich aus. Zwar besass er heute ein gesundes Selbstwertgefühl, doch während seiner Studienzeit hatte er sich oft gewünscht, in einem anderen Körper zu erwachen. Die Vorurteile gegenüber Albanern und die gedankenlosen Sprüche von Kommilitonen hatten ihn manchmal in Rage versetzt. Ob er Jurisprudenz studiere, um Schlupflöcher im Schweizer Gesetz zu finden. Ob die Drogenmafia seine Ausbildung finanziere, damit er später Dealer vor Gericht vertreten könne. Fast schlimmer waren die Reaktionen von Personen, die seine Herkunft nicht kannten. Wenn er erklärte, dass er aus Kosovo stamme, so erntete er meist erstaunte Blicke. Oft bekam er zu hören, dass er «ganz anders» sei. Oder «gar nicht so». Dass der Grossteil der Kosovaren in der Schweiz kaum auffiel, war wenigen bewusst.

Pal nahm seinen Mantel vom Bügel und verliess die Kanzlei. Das Bezirksgericht Zürich lag nur zehn Minuten entfernt. Normalerweise fuhr er trotzdem mit seiner Duc hin; die paar Minuten auf dem Motorrad stellten einen willkommenen Unterbruch des Arbeitsalltags dar. Doch heute war ihm der Aufwand zu gross. Bis er seinen Motorradanzug angezogen, das Jackett sowie den Aktenkoffer verstaut hätte, wäre er längst dort. Rund um das Gericht befanden sich mehrere gute Restaurants. Eine Einzelperson fand immer Platz, auch ohne Reservation. Er hatte es sich zur Gewohnheit gemacht, über Mittag auswärts zu essen. Das ersparte ihm das Kochen zu Hause und gab ihm Gelegenheit, in Ruhe über bevorstehende Gerichtsverhandlungen nachzudenken. Heute schweiften seine Gedanken jedoch vom Beruflichen ab.

Statt gegen die Sprücheklopfer hatte Pal als Student seinen Zorn gegen sich selbst gerichtet. Er hatte sich über das geärgert, was er in ihren Augen war – und nicht war. Doch damit billigte er das Verhalten seiner Kommilitonen, genau wie Jasmin insgeheim die Verantwortung für das Verbrechen übernahm, das gegen sie verübt worden war. Manchmal hatte Pal das Bedürfnis, sie zu schütteln, bis sie endlich einsähe, dass sie nichts dafür konnte. Wenn er ihr aber in die trügerisch sanften, braunen Augen blickte oder ihre schmale Silhouette auf der mächtigen Duc sah, so wollte er sie nur noch in die Arme schliessen. Das würde sie jedoch nicht zulassen. Vielleicht würde sie aber diesen Auftrag annehmen. Allerdings musste er äusserst vorsichtig sein, um sich nicht dem Vorwurf auszusetzen, er behindere die Untersuchung. Das würde seinem Klienten schaden. Bis jetzt war Maja Salvisberg aussergewöhnlich offen gewesen; Pal wollte ihr Vertrauen nicht verspielen. Trotzdem musste auch ihr klar sein, dass er den Sachverhalt aufarbeiten musste. Nur so konnte er die nächsten Untersuchungsschritte voraussehen, Probleme frühzeitig erkennen und die entsprechenden Massnahmen für seinen Klienten ergreifen.

Pal hoffte, dass Jasmins Neugier stärker war als ihr Stolz. Dass sie in der Autowerkstatt ihr Talent vergeudete, war offensichtlich. Noch nie war er einer Polizistin begegnet, die Einvernahmetechniken und Intuition so geschickt verband. Sie entlockte einer Person Antworten, wo andere nicht einmal entsprechende Fragen stellten. Ihr etwas vorzumachen, war fast unmöglich. Deshalb wollte er ihre Meinung über Fabian Zaugg hören.

Pal war beim «Gattopardo» angekommen, einem edlen italienischen Lokal, das er oft aufsuchte. Er begrüsste den Patron und wurde zu einem Fensterplatz geführt. Nach einem kurzen Blick auf die Karte bestellte er Osso Bucco milanese mit Polenta, dazu ein Glas Chianti Classico Riserva.

Aus seinem Klienten wurde Pal nicht schlau. Normalerweise hatte er nicht die Kapazität, eigene Ermittlungen anzustellen. Das war Aufgabe des Untersuchungsrichters. Ausser, ein Angeschuldigter verlangte ausdrücklich danach und verfügte über die nötigen Mittel. Doch auch dann war Pal zurückhaltend. Ihm fehlten das Fachwissen und die nötige Erfahrung. Da er oft als Pflichtverteidiger amtete, waren derartige Anfragen selten. Häufig vertrat er wegen seiner Sprachkenntnisse Kosovaren:

Kleinkriminelle auf der Suche nach dem schnellen Geld; Männer, die Traditionen als Vorwand missbrauchten, Gewalt anzuwenden. Manchmal fühlte er sich nicht als Anwalt, sondern als Sozialarbeiter. Er versuchte, gleichgültige Jugendliche von der Notwendigkeit einer Ausbildung zu überzeugen, erklärte Drogendealern, dass sie auf dem Bau zwar weniger verdienten als auf der Strasse, dafür am Abend stolz auf ihre Leistung sein dürften. Selten gelang es ihm, seine Mandanten vom eingeschlagenen Weg abzubringen. Trotzdem arbeitete er sorgfältig. Jeder hatte das Recht auf eine gute Verteidigung – egal, ob schuldig oder unschuldig.

Daneben betreute er albanische Unternehmen, die in der Schweiz tätig waren – Reisebüros, Carunternehmen, Gastrobetriebe und Immobilienfirmen – und beriet Firmen, die im Balkan Geschäfte tätigten. Diese sogenannt erbetenen Mandate waren der Grund dafür, dass er im «Gattopardo» zu Mittag essen konnte und bei der Wahl seiner Kleidung nicht auf die Preisschilder achten musste. Sie finanzierten die Enduro-Maschinen, auf denen er Supermoto-Rennen fuhr, und hatten es ihm ermöglicht, Spritzschutz, Lufteinlasskanäle sowie die Abdeckungen seines 60 000 Franken teuren Superbikes mit exklusiven Carbonteilen zu ersetzen.

Fabian Zaugg gehörte weder der einen noch der anderen Kategorie an. Als seine Schwester vor einer Woche die Kanzlei betreten hatte, hatte Pal sie freundlich, aber bestimmt darauf hingewiesen, dass er keine Erfahrung mit Militärfällen habe. Doch Karin Zaugg hatte nicht lockergelassen. Die Jus-Studentin war von der Unschuld ihres Bruders überzeugt. Sie glaubte, dass Besarta Sinani log. Und dass nur ein Kosovare herausfinden könne, warum. Pals Einwand, dass er nicht Ermittler, sondern Strafverteidiger sei, liess sie nicht gelten.

«Fabian ist in irgendetwas hineingeraten», hatte sie behauptet.
«Haben Sie eine Vermutung?»
«Nein. Ich weiss nur, dass Fabian nie Gewalt anwenden würde. Er ist nicht aggressiv.»

«Immerhin hat er sich freiwillig für einen Armeeeinsatz gemeldet.»

«Für einen Friedenseinsatz! Und wären seine Freunde nicht gewesen, wäre es ihm überhaupt nie in den Sinn gekommen, sich bei der Swisscoy zu bewerben.» Karin Zaugg wickelte eine blonde Haarsträhne um den Zeigefinger. «Fabian, Patrick und Raffael sind seit ihrer Kindheit befreundet. Sie haben gleichzeitig die Rekrutenschule absolviert, alle drei als Infanteristen. Vermutlich war es Raffael, der auf die Idee kam, an die RS einen Auslandeinsatz anzuhängen. Es würde zu ihm passen. Er war es auch gewesen, der Fabian überredet hatte, sich in die Infanterie einteilen zu lassen. Eigentlich wollte Fabian zu den Sanitätstruppen. Er hält nichts von Waffen. Und dann erzählte er an einem Urlaubswochenende plötzlich, er wolle nach der RS zur Swisscoy. Zuerst dachte ich, er mache Witze. Fabian ist einfach nicht der Militärtyp, verstehen Sie? Ursprünglich wollte er sich sogar vor der RS drücken, irgendwelche Leiden vortäuschen, damit er als dienstuntauglich galt. Doch es war ihm ernst! Plötzlich wollte er etwas von der Welt sehen – behauptete er zumindest. Zuvor war er noch nie alleine im Ausland gewesen. Ich hatte ihn nicht einmal dazu überreden können, nach der Lehrabschlussprüfung einen Sprachaufenthalt in Betracht zu ziehen. Wir haben uns sogar deswegen gestritten. Ich war der Meinung, dass er seinen Horizont erweitern solle, bevor er eine Stelle suche, aber er begriff nicht, warum. Und nun wollte er nach Kosovo? Es passte überhaupt nicht zu ihm.»

«Die Armee war offensichtlich anderer Meinung», sagte Pal.

«Dass sie ihn genommen haben, hat mich ehrlich gesagt verblüfft. Raffael wurde abgelehnt, und Patrick machte im letzten Moment einen Rückzieher. Eigentlich hätte ich das eher von Fabian erwartet. Aber er blieb dabei, auch ohne Raffi und Patrick. Zu Beginn hatte er schrecklich Heimweh. Er gab sich Mühe, es zu verbergen, weil er beweisen wollte, dass er die richtige Entscheidung getroffen hatte. Aber mir konnte er nichts vormachen. Er verbrachte jede freie Minute auf Facebook.»

«Das passt nicht zur Tatsache, dass er seinen Einsatz verlängert hat», wandte Pal ein.

«Ich weiss.» Karin Zauggs Gesicht nahm einen besorgten Ausdruck an. «Irgendetwas ist da unten passiert. Auf einmal liess Fabian nichts mehr von sich hören. Seine Freundin klagte, er reagiere kaum auf ihre Mails. Michelle und Fabian sind seit über zwei Jahren zusammen. Zu Beginn seines Einsatzes hat er ihr regelmässig geschrieben. Im Laufe des Sommers zog er sich aber immer mehr zurück. Er hat nicht nur den Kontakt zu uns abgebrochen, er hat sich auch in anderer Beziehung verändert. Er liess sich zum Beispiel einen Millimeterschnitt verpassen.»

«Die meisten Infanteristen tragen die Haare kurz.»

«Fabian ist kein typischer Infanterist! Das ganze Machogehabe interessiert ihn nicht. Wenn er sich einfach den Kopf geschoren hätte, hätte ich es noch verstanden. Das ist im Militär bestimmt praktisch. Aber er hat sich Streifen rasieren lassen!»

Pal betrachtete das Foto, das Karin Zaugg ihm reichte. Die schmalen Streifen zogen sich von Fabian Zauggs Schläfen bis zu seinen Ohren. Die Frisur war zweifellos auffällig, doch Pal mass ihr keine besondere Bedeutung bei. Viele Jugendliche experimentierten mit ihrem Aussehen. Alles, was Pal bisher über Fabian Zaugg erfahren hatte, liess darauf schliessen, dass der Soldat auf der Suche nach der eigenen Identität war. Für einen 20-Jährigen keine Seltenheit. Vor allem nicht, wenn er tatsächlich so angepasst gewesen war, wie seine Schwester ihn beschrieb. Es erstaunte Pal auch nicht, dass sich Fabian Zaugg in Kosovo verändert hatte. Erstmals lebte er von seiner Familie getrennt. Er musste sich behaupten, wenn er nicht untergehen wollte. Möglicherweise hatte er sich so in die Rolle des Testosteron-Bolzen hineingesteigert, dass er Stärke und Gewalt nicht mehr trennen konnte.

Karin Zaugg schien seine Gedanken zu lesen. «Fabian hat diese Frau nicht vergewaltigt! Dafür lege ich die Hand ins Feuer. Egal, wie sehr er sich verändert hat, dazu ist er nicht fähig. Sie kennen ihn nicht. Er ist … Fibu könnte nie …» Mit hastigen Bewegungen klaubte sie ein Taschentuch hervor.

Pal wartete, bis sie sich gefasst hatte. «Wie sind Sie auf mich gekommen?»

Karin Zaugg putzte sich die Nase. «Internet und Kollegen. Ich habe nach einem albanischen Strafverteidiger in der Schweiz gesucht. Sie sind der einzige.»

«Gehen wir davon aus, dass Ihr Bruder unschuldig ist. Haben Sie sich überlegt, was das bedeuten würde?»

«Ich weiss, worauf Sie hinauswollen», erwiderte Karin Zaugg. «Es muss einen guten Grund geben, warum ihm jemand eine Tat anhängen will, die er nicht begangen hat. Genau deshalb brauche ich Sie. Sie verstehen die Kultur der Kosovaren. Sie kennen das Land. Sie sprechen die Sprache.»

«Warum vertrauen Sie mir?» Pal beugte sich vor. «Wenn Sie recht haben, so müssen wir davon ausgehen, dass Besarta Sinani lügt. Wissen Sie, was das bedeutet? Für eine albanische Frau ist eine Vergewaltigung eine Schande. Von sich aus würde sie eine solche Geschichte nie erfinden. Also müsste mehr dahinterstecken. Viel mehr. Woher wollen Sie wissen, dass ich neutral bin? Dass ich wirklich die Interessen Ihres Bruders vertrete?»

Erstmals lächelte Karin Zaugg. «Ich habe Referenzen eingeholt.»

«Referenzen?», wiederholte Pal.

«Bei einem Bekannten am Bezirksgericht Zürich, wo Sie ein Praktikum absolviert haben, bei Berufskollegen sowie Ihren ehemaligen Mitstudenten.»

«Verstehe.» Pal widerstand der Versuchung, nach dem Ergebnis ihrer Recherchen zu fragen. Verärgert stellte er fest, dass sich der Schweiss unter seinen Achseln sammelte. Er rief sich in Erinnerung, dass er einer Studentin gegenübersass. Ihre Meinung konnte ihm egal sein.

«Ich weiss, dass Sie nach dem Studium ein Jahr in den USA waren und den Master of Law gemacht haben. Anschliessend haben Sie die Anwaltsprüfung abgelegt und gleichzeitig ein Nachdiplomstudium in internationalem Wirtschaftsrecht abgeschlossen», sagte Karin Zaugg. «Wie Sie das geschafft haben, ist mir allerdings ein Rätsel. Einige Professoren können sich sogar an Ihren Namen erinnern. An einer grossen Uni wie Zürich grenzt das an ein Wunder. Sie müssen sie sehr beeindruckt haben. Ich weiss auch, dass Sie an einem Mentoring-Programm teilgenommen haben, um Studenten mit Migrationshintergrund zu unterstützen. Und dass Sie eine Topstelle in einem internationalen Konzern haben könnten, es aber vorziehen, Pro-bono-Arbeit zu leisten.»

Pal hob den Zeigefinger. «In Ausnahmefällen. In der Regel werde ich bezahlt. Als Strafverteidiger verlange ich üblicherweise 250 Franken pro Stunde, zuzüglich Mehrwertsteuer. Und einen Vorschuss von 3000 Franken. Liegt das für Sie drin?»

Erstmals wirkte Karin Zaugg unsicher. «Wäre es möglich, dass Sie Ihr Mandat in eine amtliche Verteidigung umwandeln?»

«Ich kann es versuchen, doch ob der Antrag genehmigt wird, weiss ich nicht.»

«Bei Pflichtverteidigern ist ein Stundenansatz von 180 Franken das Maximum», sagte Karin Zaugg. «Zumindest im Militärstrafprozess.»

«Sie haben sich genau erkundigt.»

Karin Zaugg lächelte gequält. «Was blieb mir anderes übrig? Ich weiss auch, dass im Militärstrafprozess ein Verurteilter nicht selbst für die Kosten eines amtlichen Verteidigers aufkommen muss, im Gegensatz zum zivilen Strafverfahren.»

«Sie gehen mit dem Anwaltswechsel ein finanzielles Risiko ein», führte Pal ihr vor Augen. «Wissen Ihre Eltern, dass Sie mich aufgesucht haben?»

Karin Zaugg senkte den Blick. «Meine Eltern halten es für eine schlechte Idee, dass ein Albaner Fabian vertreten soll.»

«Verständlich.»

«Überhaupt nicht! Wer sonst kann herausfinden, was dort unten geschehen ist?»

«Die Untersuchungsrichterin, zusammen mit der Militärpolizei. Dazu sind sie da.»

«Maja Salvisberg ist Schweizerin.»

«Haben Sie sich überlegt, dass innerhalb der Swisscoy etwas vorgefallen sein könnte? In diesem Fall bin ich die denkbar schlechteste Wahl. Einem Schweizer Anwalt gegenüber wären Armeeangehörige offener. Ausserdem bin ich mit den Besonderheiten des Militärstrafrechts nicht vertraut.»

Karin Zaugg wischte seine Bedenken mit einer Handbewegung beiseite. «Nach allem, was ich erfahren habe, dürfte das für Sie kein Problem darstellen. Und was die Armee betrifft: Diese Besarta ist Albanerin. Auch wenn andere Soldaten in die Geschichte verwickelt sind, so hat sie immer noch gelogen, zumindest, was Fabian betrifft.»

Schliesslich hatte Pal unter einer Bedingung zugestimmt: Er brauchte Fabian Zauggs Einverständnis. Nicht nur dafür, dass er den Soldaten vertreten, sondern auch, dass er eigene Recherchen anstellen durfte. Ohne das Vertrauen seines Mandanten konnte Pal nichts ausrichten. Er vertrat ausschliesslich seine Klienten. Nicht deren Familien. Ausserdem weigerte er sich, selbst zu ermitteln. Dazu fühlte er sich nicht kompetent genug. Im Hinterkopf hatte er bereits an Jasmin gedacht. Ihr traute Pal zu, Licht in die Angelegenheit zu bringen, ohne Zeugen zu beeinflussen. Er willigte ein, Fabian Zauggs Fall zu übernehmen, und versprach, sofort den Antrag auf Umwandlung des Mandats zu stellen.

Es war ein Spiessrutenlauf. Noch immer lief Pal Gefahr, wegen Behinderung der Untersuchung in Schwierigkeiten zu geraten. Trotzdem einigte er sich mit Karin Zaugg auf einen Stundenansatz von 180 Franken; zwei Stunden später hatte er bereits mit dem amtlichen Verteidiger gesprochen und eine Vollmacht nach Oberuzwil sowie ans Kantonalgefängnis Frauenfeld gefaxt, die Fabian Zaugg unterschrieb. Danach bewilligte Maja Salvisberg Pals Besuch bei Zaugg umgehend. Womit Pal nicht gerechnet hatte, war die Apathie des Soldaten. Als Pal ihn bat, die Ereignisse des 3. Oktobers zu schildern, starrte Fabian Zaugg teilnahmslos auf seine Hände. Pal erklärte ihm die nächsten Schritte, die darin bestanden, dass er mit Maja Salvisberg reden, sich um eine Haftentlassung bemühen sowie eine Verteidigungsstrategie entwerfen würde. Zwar nickte Fabian Zaugg an den richtigen Stellen, doch Pal war nicht sicher, ob er wirklich begriff, was er hörte. Unter seinen braunen Augen lagen tiefe Schatten, jede Bewegung erfolgte mit Verzögerung, als stünde er unter Medikamenteneinfluss. Der Unterschied zwischen dem Soldaten auf Karin Zauggs Foto und dem Häftling vor ihm war frappant.

Von Salvisberg erfuhr Pal, dass Fabian Zauggs Aussagen widersprüchlich waren. Zu Beginn habe er auf Anraten seines Rechtsvertreters gar nichts gesagt. Später habe er auf Salamitaktik umgestellt: Er gab nur gerade so viel zu, wie ihm nachgewiesen werden konnte. Die Ereignisse des 3. Oktobers schilderte Zaugg jedesmal anders. Unbehagen beschlich Pal. Wenn sich sein Klient bereits in ein Lügengeflecht verstrickt hatte, würde es schwierig werden, ihn daraus zu befreien.

Nach seinem zweiten Treffen mit Fabian Zaugg bereute Pal fast, dass er das Mandat angenommen hatte. Auf die meisten Fragen antwortete der Soldat ausweichend oder gar nicht. Egal, wie oft Pal ihn darauf hinwies, dass er auf Kooperation angewiesen sei, Fabian Zaugg gab nicht mehr preis, als Pal bereits aus den Akten wusste. Gegenüber der Untersuchungsrichterin hatte er lediglich zugegeben, sich in der fraglichen Nacht vor dem Gedenkstein mit Besarta Sinani unterhalten zu haben. Erst als die Resultate der Spurensicherung eingetroffen waren, hatte er gestanden, dass die Bardame mit ihm in den Wohncontainer gegangen sei. Als Salvisberg den Grund für die Lüge wissen wollte, hatte Fabian Zaugg erklärt, er habe die Konsequenzen gefürchtet, da den Soldaten der Kontakt mit lokalen Angestellten untersagt sei.

Vom Slip unter der Matratze seines Kameraden wusste Fabian Zaugg angeblich nichts. Auch die Speichelspuren konnte er sich nicht erklären. An Besarta Sinani sei er nie interessiert gewesen. Sie hätten sich nur ein bisschen unterhalten. Als Pal fragte, ob sich in der Nacht des 3. Oktobers eine weitere Person im Wohncontainer aufgehalten habe, zog Fabian Zaugg den Kopf ein und schwieg.

Sein Verhalten ergab einfach keinen Sinn. Entweder war er psychisch so angeschlagen, dass er sich nicht rational verhielt, oder er verheimlichte Tatsachen absichtlich. Traf Letzteres zu, so musste Pal dies respektieren. Doch die Signale, die sein Klient aussandte, waren unklar. Er schien um Hilfe zu rufen, gleichzeitig kam es Pal vor, als fürchte er die Konsequenzen.

Als Erstes wollte Pal dafür sorgen, dass Fabian Zaugg so rasch wie möglich aus der Untersuchungshaft entlassen wurde. Dass ihm der Gefängnisaufenthalt stark zusetzte, war offensichtlich. Dabei stiess Pal jedoch auf ein ernstes Hindernis: Offenbar hatte Fabian Zaugg gegen die Durchsuchung seines Computers Einspruch erhoben und dessen Siegelung verlangt. Dabei berief er sich auf Artikel 67 des Bundesgesetzes über den Militärstrafprozess, der das Privatgeheimnis regelt. Daraufhin wurde der Computer versiegelt und verwahrt, bis der zuständige Präsident des Militärgerichts über die Zulässigkeit der Durchsuchung entschieden hatte. Pal stöhnte innerlich. Damit hatte sein Klient der Untersuchungsrichterin einen idealen Vorwand gegeben, ihn in Haft zu belassen. Solange Maja Salvisberg nicht wusste, was sich auf dem Computer befand, würde sie argumentieren, es handle sich möglicherweise um Beweismaterial. Sie würde behaupten, es bestehe die Gefahr, dass Zaugg in Freiheit das belastende Material verschwinden lassen könnte.

Pal zweifelte keinen Moment daran, dass Salvisberg Fabian Zaugg mit der Haft lediglich unter Druck setzen wollte. Beugehaft war zwar offiziell nicht erlaubt, doch jeder UR wusste, dass ein Gefängnisaufenthalt einem Angeschuldigten derart zusetzen konnte, dass er auszupacken begann. Fabian Zauggs Pflichtverteidiger hätte ihn darauf aufmerksam machen müssen, dass ein Entsiegelungsentscheid unumgänglich sei. Wenn der Verdacht bestand, dass sich auf dem Computer belastende Beweise befanden, hatte Fabian Zaugg nicht die geringste Chance, sich gegen die Entsiegelung zu wehren. Er hatte direkt in die Arme der Untersuchungsrichterin gespielt. Der zuständige Präsident des Militärgerichts hatte einer Haftverlängerung um vier Wochen zugestimmt.

Als das Essen serviert wurde, zwang sich Pal, Fabian Zaugg für den Moment zu vergessen. Er konzentrierte sich auf das Osso Bucco, das ihm wie alles im «Gattopardo» hervorragend schmeckte. Pal schätzte nicht nur die Küche, genauso wichtig war ihm die gedämpfte Atmosphäre des Raums. Der dunkle Teppich und die schweren Ledersessel schluckten den Lärm und strahlten Ruhe aus. Da Pal oft bis elf oder zwölf Uhr nachts arbeitete, war der Mittag seine wichtigste Erholungsphase. Nach dem Essen bestellte er einen Espresso und schlug die Zeitung auf. Sofort sprang ihm eine Überschrift ins Auge: «Swisscoy-Soldat verhaftet».

4

Besarta Sinani nahm eine Tasse vom Regal, schüttete zwei Löffel Kaffeepulver hinein und goss kochendes Wasser dazu. Sie setzte sich auf den einzigen Stuhl im Zimmer und lehnte den Kopf gegen die Wand. Die Musik, die aus dem Laden im Erdgeschoss drang, liess die Mauer leicht vibrieren. Der Verputz war stellenweise abgebröckelt, die kahlen Stellen hatte Besarta mit Bildern aus Zeitschriften überdeckt. Zwischen bekannten Schauspielern hingen Fotos von Traumstränden und Grossstädten. Trotz des Elektroheizofens fror sie.

Am liebsten wäre sie wieder ins Bett gekrochen, doch die Nächte waren unerträglich lang, wenn sie tagsüber schlief. Seit sie nicht mehr arbeitete, wusste sie nicht, was sie mit den vielen Stunden anfangen sollte. Als sie die Stelle im «Pulverfass» angetreten hatte, war ihr klar gewesen, dass ihr Ruf irreparablen Schaden nehmen würde. Eine Frau, alleine unter lauter Soldaten – das würde ihr diese Gesellschaft nicht verzeihen. Trotzdem hatte sie zugesagt, denn sie hatte nichts mehr zu verlieren gehabt. Dass sie sich bei der Arbeit wohl fühlen würde, hätte sie nie geglaubt. Mit der Zeit aber lernte sie die Soldaten kennen, die regelmässig in die Bar kamen. Sie begann, sie als Menschen wahrzunehmen. Obwohl sie die Sprache nicht verstand, merkte sie, wer dazugehörte, wer etwas zu sagen hatte oder wer einsam war. Sie genoss die ausgelassene Stimmung, lachte über die Scherze der jungen Schweizer. Die Soldaten kamen und gingen. Sie blieb.

Der gute Verdienst erlaubte es ihr, regelmässig etwas beiseite zu legen. 325 Euro erhielt sie pro Monat. Fast doppelt so viel, wie sie als Verkäuferin oder Zimmermädchen verdient hätte. Das verschaffte ihr nicht nur Unabhängigkeit, sondern weckte auch Neid. Über die Hälfte der einheimischen Bevölkerung war arbeitslos. Zwei ihrer Brüder rackerten sich auf Baustellen im Ausland ab. Vom Geld, das sie nach Hause schickten, lebte die ganze Familie. Dass ausgerechnet sie einen Job hier in Suhareka hatte, war ihnen ein Dorn im Auge. Die teuren Wagen und die Markenkleider der Auswanderer kompensierten den Verlust der Heimat nicht.

Müde presste Besarta die heisse Kaffeetasse gegen ihre Wange. Sie fragte sich, wie lange ihr der Lohn noch ausbezahlt würde. Alban forderte von der Kfor eine Genugtuung. Für den Schaden, den sie erlitten habe, erklärte er. Beim Gedanken an ihren Cousin schauderte es sie. Besarta hatte ihn nie gemocht. Doch seit er Geld gerochen hatte, war er plötzlich ein fixer Bestandteil ihres Lebens geworden. Davor hatte er sie geschnitten, wie die anderen auch. Erst als er den Artikel in der «Bota Sot» gelesen hatte, war er in Suhareka aufgetaucht. Seither diktierte er jeden Schritt, den sie zu machen hatte.

Ein Fahrzeug hupte auf der Strasse, und eine Männerstimme rief etwas, das Besarta nicht verstand. Sie nahm die Geräusche zur Kenntnis, ohne dass sie ihre Neugier weckten. Ein Blick auf die Uhr zeigte ihr, dass es erst halb elf war. Sie stellte sich vor, wie sie unter normalen Umständen um diese Zeit in einen dicken Morgenmantel gehüllt das Zimmer verlassen hätte, um die Dusche am Ende des Gangs aufzusuchen. Das lauwarme Wasser verursachte ihr meistens Gänsehaut, doch beim Abtrocknen kehrte die Wärme stets in ihren Körper zurück und liess ihre Haut erröten. Als Erstes wäre sie in einen weichen Pullover geschlüpft, der ihre Brüste betonte. Danach in enge Jeans, damit sich die Rundungen ihrer Hüften deutlich abzeichneten. Je knapper die Kleider, desto höher das Trinkgeld.

Um sich zu schminken, stellte sie sich jeweils vor den Spiegel in der Kochnische. Der Sprung im Glas störte sie nicht. Er war entstanden, als ihr Kopf gegen den Spiegel geprallt war, und erinnerte sie daran, ihrem Vater nicht zu nahe zu kommen. Vor dem Spiegel zeichnete sie immer zuerst ihre Lippen nach, bevor sie Lippenstift auftrug. In der Regel wählte sie ein Rosé, das zu ihrem hellen Teint passte. Das Grün in ihren Augen hob sie mit lila Lidschatten hervor, denn Komplementärfarben verstärkten die natürliche Augenfarbe. Das hatte sie in einer Modezeitschrift gelesen. Auf Wimperntusche verzichtete sie. Sie hatte sie nicht nötig. Ihre Wimpern waren so lang, dass sie fast künstlich wirkten. Zum Schluss stieg sie in die Stiefel mit den hohen Absätzen, die sie sich von ihrem ersten Lohn gekauft hatte.

Besarta schloss die Augen. Sie malte sich aus, wie sie auf den Eingang des Camps zuschritt, wo sie sich wie alle lokalen Angestellten einem Sicherheitscheck unterziehen musste. Die meisten Wachen kannte sie. Besarta wusste genau, welche Soldaten keine Miene verziehen würden, während sie mit dem Metalldetektor ihren Umrissen entlangfuhren, und welche dabei verlegen den Blick senkten. Fabian Zaugg hatte nie Eingangskontrollen durchgeführt. Er hätte aber zu jenen gehört, die erröteten.

Als sie ihn das erstemal gesehen hatte, war er ihr nur aufgefallen, weil er sich einen Sonnenbrand eingefangen hatte. Er sass am Rand des Löschwasserbeckens, das von den Soldaten als Schwimmbad benutzt wurde. Obwohl es erst Anfang Mai war, war die Temperatur an diesem Tag auf über 25 Grad geklettert. Das Haar klebte ihm am Kopf, wo er unter dem Helm geschwitzt hatte. Während sich seine Kameraden eine Wasserschlacht lieferten, begnügte er sich mit der Rolle des Zuschauers. Offenbar war er über längere Zeit so dagesessen, denn die helle Haut auf seinem Rücken leuchtete rot.

Ins «Pulverfass» kam er damals selten. Er schien keine Gesellschaft zu suchen. Vielleicht war es ihm auch nur zu laut. Manchmal waren die Infanteristen nicht mehr zu bremsen. Sie stimmten Lieder an, die Besarta nicht kannte, und lachten über Witze, die ohne Bier vermutlich nur halb so lustig waren. Als sie neu gewesen war, hatte sie sich vor den Soldaten gefürchtet. Mit der Zeit hatte sie aber festgestellt, dass die meisten harmlos waren. Da ihnen der Kontakt zu einheimischen Frauen untersagt war, verhielten sie sich ihr gegenüber zurückhaltend. Keiner wollte Sanktionen riskieren. Nur in ihren Blicken sah Besarta manchmal die Begierde, die sie zu unterdrücken versuchten. In dieser Beziehung unterschieden sich die Schweizer nicht von den Kosovaren, die sie mit den Augen auszogen. Trotzdem hatte sie sich im Camp sicher gefühlt.

Ein Klopfen riss Besarta aus ihren Gedanken. Die Klinke wurde nach unten gedrückt. Da Besarta immer abschloss, ging die Tür nicht auf. Sie hörte ein ungeduldiges Murmeln und erkannte Albans Stimme. Was wollte er von ihr? Erst gestern war er hier gewesen, um das weitere Vorgehen zu besprechen. Sie wollte ihn nicht sehen. Auch wenn er der Einzige war, der sie besuchte.

«Besarta! Mach auf.»

Sie stellte die Tasse hin, stand auf und schob den Riegel zurück.

«Warum bist du noch nicht angezogen?», fragte Alban, auf ihre Trainerhose blickend.

Besarta schwieg.

«Ich warte draussen. Beeil dich.»

«Alban!», rief Besarta, als er sich abwandte. «Wohin gehen wir?»

«Du sollst dich beeilen, hab ich gesagt!» Er war schon bei der Treppe angekommen, als er sich nochmals umdrehte. «Und lass die Schminke weg.»

Verwirrt zog sie eine Hose und einen warmen Pullover an. Ohne Lippenstift fühlte sie sich nackt. Sie fuhr sich mit der Bürste durchs Haar und spritzte sich kaltes Wasser ins Gesicht, damit wenigstens ihre Wangen etwas Farbe bekamen. Alban sass am Steuer seines BMWs und rauchte. Er reichte ihr einen Schal.

«Was soll ich damit?», fragte sie.

«Bedeck dich.»
«So kalt ist es auch wieder nicht.»
«Tu, was ich dir sage.»

Folgsam schlang Besarta den Schal um ihre Schultern. Alban bog in die Hauptstrasse ein, die Richtung Pristina führte. Die Frühschicht in der Schule war zu Ende, Dutzende Kinder spazierten die Strassen entlang. Besarta erkannte die Tochter eines Handwerkers, der ebenfalls im Camp arbeitete. Sie fragte sich, was die lokalen Angestellten über sie erzählten. Daran, dass über sie getuschelt wurde, zweifelte sie nicht. Auch ohne die Zeitungsberichte hätte jeder Bescheid gewusst.

Sie kamen an einem modernen Supermarkt vorbei, der für die Internationalen und die Neureichen gebaut worden war. Besarta überlegte, ob sie sich dort nach offenen Stellen erkundigen sollte, doch sie rechnete sich keine Chancen aus. Obwohl die Angestellten sieben Tage die Woche arbeiten mussten, waren die Jobs begehrt. Man verdiente gut und durfte manchmal abgelaufene Ware mit nach Hause nehmen.

Alban hupte, als ein Bekannter vorbeifuhr. Er bog in eine Seitenstrasse ein, die nach Gjakova führte. Plötzlich beschlich Besarta ein flaues Gefühl. Sie ahnte, was Alban vorhatte. Als er an der nächsten Kreuzung den Weg nach Süden einschlug, klopfte ihr das Herz bis zum Hals.

«Nein, Alban», flüsterte sie.

Er zündete sich eine weitere Zigarette an.

Die Fahrt nach Rogova dauerte drei viertel Stunden. Besarta starrte auf die gefrorenen Felder. Als sie das letztemal über die holprige Strasse gefahren war, hatten Plastiksäcke, PET-Flaschen, Aludosen und leere Verpackungen den Weg gesäumt. Dass der Abfall zum grössten Teil verschwunden war, machte ihr klar, wie viele Jahre seither vergangen waren. Sie kamen an einem Restaurant vorbei, das damals noch nicht existiert hatte. Es war geschlossen. Vermutlich würde der Besitzer die Türen erst wieder im Juni öffnen, wenn Ausland-Kosovaren nach Hause strömten, um Hochzeiten und Wiedersehen zu feiern.

Von einer Rückkehr nach Rogova hatte Besarta all die Jahre nicht einmal zu träumen gewagt. Deshalb begriff sie nicht, was vor sich ging. Dass ihr Vater auf einmal Mitleid für sie empfand, schloss sie aus. Hasan Sinani war nur um eines besorgt: den Ruf der Familie. Er hatte seine Tochter vor fünf Jahren ohne zu zögern vor die Tür gesetzt. Besarta konnte sich nicht vorstellen, weshalb er sie jetzt wieder aufnehmen sollte. Schon gar nicht unter diesen Umständen.

Als sie Rogova erreichten, schnürte es ihr die Kehle zu. Die Spuren des Kriegs waren verschwunden. Statt Ruinen mit abgesprengtem Verputz und Einschusslöchern in den Mauern standen Rohbauten im Dorfkern. Doch Besartas Erinnerungen waren noch frisch. Vor allem an die Nacht, in der die Familie in einem Traktoranhänger geflüchtet war, unsicher, ob sie die albanische Grenze erreichen würde, ohne von serbischen Paramilitärs angehalten zu werden. Langsam war der Traktor über die ungeteerten Wege gefahren. Besartas Zähne hatten geklappert, ob aus Angst oder wegen des Holperns, wusste sie nicht. Sie hatte nur das Nötigste mitnehmen dürfen: eine Wolldecke, eine Jacke, Brot, Käse und Wasser. Besonders schwer war es ihr gefallen, den hellblauen Pullover mit den Goldfäden zurückzulassen. Besarta hatte ihn im Hühnerstall versteckt. Er war noch da gewesen, als sie zurückkehrte. Die Hühner nicht. Trotz des Schreckens überkam sie eine unerwartete Sehnsucht. Damals war sie noch Teil der Familie gewesen.

Neben ihrem Elternhaus ragte ein halbfertiges Gebäude in die Höhe. Das Untergeschoss schien bewohnt. Von Alban erfuhr Besarta, dass ihr jüngster Bruder Luan mit seiner Familie dort lebte. Ihre zwei Nichten hatte sie noch nie gesehen. Die ältere der beiden war fünf Jahre alt. Besarta kannte den Tag ihrer Geburt genau. Beim Gedanken daran schossen ihr die Tränen in die Augen. Alban schielte zu ihr hinüber, und ein verärgerter Ausdruck huschte über sein Gesicht. Besarta presste die Lippen zusammen und zwang sich, die Vergangenheit ruhenzulassen. Wenigstens bis sie verstand, warum sie hier war.

Alban parkierte seinen BMW im Hof, wo sich die Männer des Clans versammelt hatten. Nervös suchte Besarta mit den Augen die Gruppe ab. Ihren Vater entdeckte sie nirgends. Auch das wettergegerbte Gesicht ihres Grossvaters fehlte. Er war vor zwei Jahren gestorben; Besarta hatte erst drei Tage nach seinem Tod davon erfahren.

Sie blieb sitzen, während Alban ausstieg und auf die Männer zuging. Er umarmte jeden, bevor er auf sie deutete. Besarta sah, wie sich die Lippen ihrer Onkel und Cousins bewegten, doch durch die geschlossenen Autofenster verstand sie nicht, was sie sagten. Erst auf ein Zeichen von Alban hin öffnete sie die Tür. Als sie ausstieg, zog sie den Schal enger um den Körper.

Ihr Bruder trat aus der Menge heraus und machte einen Schritt auf sie zu. Luan war nur ein Jahr älter als sie. Sie hatten gemeinsam den Schulweg zurückgelegt, sich zusammen vor den Serben versteckt und im Bach weiter hinten im Tal Fische gefangen. Unter dem Zwetschgenbaum hatte er ihr Geschichten erzählt, die sie in andere Welten versetzten. In den fünf Jahren, seit sie ihn das letztemal gesehen hatte, war aus dem schlaksigen Jungen ein Mann geworden. Seine Schultern waren breiter, an der Taille hatte er Fett angesetzt.

Er blieb vor ihr stehen, ohne sie zu berühren. Sein Ausdruck war hart, doch als sich ihre Blicke trafen, sah sie in seinen Augen die Freude, die das Wiedersehen in ihm auslöste. Luan war immer folgsam gewesen. Obwohl sein Name «Löwe» bedeutete, strich er wie ein Kätzchen um die Beine seines Vaters. Es hatte eine Zeit gegeben, da hatte Besarta geglaubt, er würde trotz Widerstand seinen eigenen Weg gehen. Er hatte davon geträumt zu studieren. Er las Ismail Kadare, Gjergj Fishta und Fatos Lubonja; er begann, eigene Erzählungen niederzuschreiben und zu sammeln. Besarta schmunzelte, als sie daran dachte, wie er beim Kühe hüten manchmal den Rücken eines Tieres als Schreibunterlage benützt hatte. Hasan Sinani wollte nichts von den Schreibversuchen seines jüngsten Sohnes wissen. Er begriff nicht, wozu Geschichten gut sein sollten. Luan liess sich jedoch nicht von seinem Traum abbringen. Er reichte seine Texte an Wettbewerben ein, stellte Gesuche für ein Stipendium bei internationalen Organisationen und bewarb sich um Arbeitsstellen in Pristina.

Bis das Schicksal seine Pläne zerschlug. Die beiden ältesten Brüder hatten sich während des Krieges der UÇK angeschlossen, waren in den Bergen zu Kämpfern ausgebildet worden und starben ein Jahr später kurz hintereinander. Ihr Heldentod war schwer zu übertrumpfen. Die überlebenden Brüder fanden Arbeit auf Baustellen und schickten jeden Monat die Hälfte ihres Lohns nach Hause. Luan blieb als Einziger zurück. Ihm fiel die schwere Feldarbeit zu, er legte beim Wiederaufbau Hand an und wurde so rasch wie möglich verheiratet. Als seine Frau schwanger wurde, hatte er seinen Traum bereits begraben.

«Komm», sagte er.

Besarta folgte ihm. Aus dem Augenwinkel nahm sie eine Bewegung hinter einem Fenster im Erdgeschoss wahr. Vermutlich hatten sich die Frauen in der Küche versammelt. Erneut fragte sie sich, warum sie herbestellt worden war. Dass der Besuch in Zusammenhang mit dem Vorfall im Camp stand, war ihr klar. Wollte ihr Vater sie dafür auch noch bestrafen? Wie? Aus der Familie verstossen hatte er sie bereits.

Luan steuerte auf eine Treppe zu. Sie führte auf eine gedeckte Terrasse hinauf. An seinen Schuhen klebte Erde. Die Stufen erschienen Besarta viel zu hoch, sie hatte Mühe, die Beine zu heben. Als sie oben ankam, senkte sie den Blick, um die einsame Gestalt am Tisch nicht anschauen zu müssen. Sie fuhr sich mit der Zunge über die Zähne. Sie fühlten sich pelzig an.

«Setz dich», sagte Hasan Sinani.

Seine Stimme klang weniger einschüchternd, als Besarta sie in Erinnerung hatte. Sie wagte es, kurz aufzusehen. Ihr Vater sass mit dem Rücken zur Hauswand an einem Tisch, um den ein Dutzend unbesetzte Stühle standen. Die schmutzigen Gläser und vollen Aschenbecher deuteten darauf hin, dass die Männer, die nun unten im Hof warteten, soeben noch hier gesessen hatten. Doch für sie interessierte sich Besarta nicht. Ihre Aufmerksamkeit galt einzig und allein ihrem Vater. Sein ehemals volles Haar hatte sich gelichtet, das kräftige Kinn kam ihr weniger markant vor. Die Haarbüschel, die sie über dem obersten Knopf seines Hemdes erblickte, waren grösstenteils grau. Im fülligen Gesicht wirkten seine Augen kleiner. Besarta merkte jedoch sofort, dass ihm immer noch nichts entging.

Ihr Bruder war unschlüssig neben ihr stehengeblieben. Als Hasan Sinani die Augenbrauen zusammenzog, setzte sich Luan rasch in Bewegung. Er umrundete den Tisch und stellte sich neben seinen Vater. Besarta fühlte sich, als würde die Luft aus ihren Lungen gepresst. Dass Luan sie schon wieder im Stich liess, tat ihr weh. Nichts hatte sich verändert. Sie griff nach ihrem Schal und zog ihn enger um den Körper.

5

Als Jasmin die Wohnungstür aufstiess, stürzte ihre Mutter aus der Küche.

«Wo warst du?», fragte Edith Meyer. «Bernie ist ausser sich vor Sorge!»

Dass ihr Bruder sich Gedanken über ihr Wohlbefinden machte, kam Jasmin so unwahrscheinlich vor, dass sie mit dem Zeigefinger gegen ihre Schläfe tippte. Vermutlich war Bernie froh, sie loszusein. Sie schälte sich aus dem nassen Motorradanzug, den ihr Edith sofort aus der Hand nahm und ins Bad trug. Als ihre Mutter auch noch ihre Stiefel mit Zeitungen zu stopfen begann, wurde es Jasmin zu viel. Ihr ganzes Leben lang hatte sie zu hören bekommen, dass sie sich selbst um ihren Dreck kümmern solle. Auf einmal verhielt sich ihre Mutter wie eine Glucke.

«Sie sind nicht nass!», sagte sie gereizt.

«Ich wollte nur helfen!», entgegnete Edith.

«Wie oft muss ich dir sagen, dass ich keine Hilfe brauche!»

Jasmin stapfte ins Bad und schloss die Tür ab. Sie nahm den Motorradanzug aus der Wanne, warf ihre Kleider auf den Boden und stellte sich unter die heisse Dusche. Nicht, weil sie fror, sondern um in eine andere Welt einzutauchen. Sie richtete den Strahl auf ihr Gesicht und öffnete den Mund. Das Wasser fühlte sich wie Nadeln auf ihrer Haut an. Sie genoss den Schmerz, er war leichter zu ertragen als das Mitgefühl, das ihr alle entgegenbrachten. Erst als ihr von der Hitze schwindlig wurde, drehte sie den Hahn zu.

«Hast du Hunger?», rief ihre Mutter durch die Tür. «Ich habe Spaghetti gekocht. Mit selbstgemachter Carbonarasauce. Das Rezept habe ich aus dem Migros-Magazin. Da sind rohe Eier drin, deshalb muss man die Spaghetti sofort essen. Nimmt mich wunder, ob die Fertigsauce auch mit...»

Jasmin riss die Tür auf und schob sich an ihrer Mutter vorbei, nasse Fussspuren auf dem Linoleumboden hinterlassend. Sie verschwand in ihrem Zimmer, bevor sich Edith gefasst hatte. Die neun Quadratmeter waren in den letzten Monaten ihr Zufluchtsort gewesen. Obwohl sie sich früher in engen Räumen nie wohl gefühlt hatte, hatte sie Geborgenheit gebraucht. Eine grössere Fläche hätte sie nicht überblicken können. Jetzt kam sie sich plötzlich eingesperrt vor. Sie öffnete das Fenster.

Nachdem sie in eine Trainerhose und ein ärmelloses T-Shirt geschlüpft war, breitete sie eine Matte auf dem Fussboden aus und griff nach zwei Hanteln. Als ihre Finger das kalte Metall umschlossen, seufzte sie. Sie liebte es, ihre Muskeln bis zur Erschöpfung anzustrengen. Sie war süchtig nach dem Glücksgefühl, das sie dabei durchströmte, obschon sie wusste, dass es lediglich eine Folge der erhöhten Endorphinausschüttung ihres Körpers war.

Eineinhalb Stunden trainierte sie, bis sie schweissnass war. Dabei leerte sie bewusst ihren Kopf. Sie dachte nur an die Bewegung, die sie gerade ausführte. Sie vergass Bernie, den sie anrufen sollte, und schob den Gedanken an Pal beiseite, dem sie eine Antwort schuldete. Sie hatte die Kanzlei verlassen, bevor er zurückgekehrt war. Bestimmt hatte er versucht, sie zu erreichen, doch ihr Handy war ausgeschaltet. Als sie so erschöpft war, dass sie die Hanteln kein einziges Mal mehr stemmen konnte, stellte sie sich erneut unter die Dusche. Diesmal drehte sie das kalte Wasser auf. Dabei fasste sie einen Entschluss.

«Ich werde wieder ausziehen», teilte Jasmin ihrer Mutter mit, nachdem sie sich mit einem Teller Spaghetti an den Küchentisch gesetzt hatte.

Edith Meyer starrte auf die Resopalplatte und nickte langsam. Auf ihrem Gesicht zeichnete sich eine Mischung aus Resignation und Trauer ab. Dass sie nichts sagte, beunruhigte Jasmin. Sie hatte sich gegen einen Redeschwall gewappnet. Ihrer Mutter fehlte es nie an Worten.

«Es ist Zeit», erklärte Jasmin.

«Ich weiss.»

«Ich komme klar.»

«Du kommst immer klar. Aber kannst du wieder glücklich sein?»

«Um das herauszufinden, muss ich von hier weg.»

«Bernie meint es nicht böse», sagte Edith. «Du weisst, wie er ist. Er wollte dir nur…»

«Helfen, ich weiss. Es hat nichts mit Bernie zu tun. Auch mit dir nicht. Aber ich muss wieder selbständig werden. Ich muss herausfinden, was ich will. Das kann ich nicht, wenn ich hier bleibe.»

Edith Meyer tat etwas, das sie seit über zwanzig Jahren nicht mehr getan hatte: Sie nahm ihre Tochter in die Arme.

Jasmin hielt die Luft an. Als Kind hatte sie sich manchmal eine Mutter gewünscht, die ihr übers Haar strich und vor dem Schlafen einen Gutenachtkuss gab. Doch Edith Meyer war nie eine Frau gewesen, die ihre Liebe ausdrückte. Wenn ihr etwas nicht passte, sagte sie es laut und deutlich. Ein gelegentlicher Klaps auf den Hintern verlieh ihren Worten Nachdruck. Zärtlichkeiten waren selten.

Die unerwartete Sentimentalität verursachte Jasmin Unbehagen. Erst als ihre Mutter wieder einen Schritt zurücktrat, atmete sie auf. Sachlich fuhr sie fort. «Es wird schwierig sein, eine Wohnung zu finden. Notfalls ziehe ich von Zürich weg.»

Edith zog skeptisch die Augenbrauen hoch. Jasmin war in Schwamendingen aufgewachsen. Die letzten zehn Jahre hatte sie im zwei Kilometer entfernten Oerlikon gewohnt. Nie hatte sie Zürich-Nord verlassen. Auch Ralf und Bernie lebten ganz in der Nähe; Ralf mit seiner Familie in einer Genossenschaftswohnung zwei Querstrassen weiter, Bernie in Seebach.

«Wovon wirst du die Miete bezahlen?», fragte Edith.

«Ich habe einen Auftrag», erklärte Jasmin. Erst als sie die Worte laut aussprach, war sie sich sicher, dass sie zusagen würde. Grob schilderte sie, worum Pal sie gebeten hatte, ohne Namen zu nennen. Ihre Mutter interessierte sich nicht für den Fall. Als Jasmin aber Pal Palushi erwähnte, trat ein hoffnungsvoller Ausdruck in ihr Gesicht.

«Triffst du dich wieder mit ihm?», wollte sie wissen.

«Rein beruflich.» Jasmin schob sich eine grosse Portion Spaghetti in den Mund.

«Einen solchen Mann findest du nicht so schnell wieder!», sprudelte es aus Edith heraus. «Das ist einer, der auch noch da ist, wenn die Kinder kommen. Und der erst noch für sie sorgen kann! Was verdient ein Rechtsanwalt pro Monat? 10000 Franken? Mehr? Jedenfalls so viel, dass du nicht arbeiten müsstest. Was willst du mehr? Schade, ist er kein Schweizer, aber schau dir Ralf an. Als er eine Thailänderin anschleppte, war ich auch skeptisch. Doch Fay vergöttert ihn. Gut, Asiatinnen sind ruhig, das kann man von Jugos nicht behaupten, aber dein Pal ist kein typischer Jugo. Er wird dir keine Schwierigkeiten machen, ich hab ein Gespür für so was. Pass nur auf, dass ihm die Geduld nicht ausgeht. Er wartet schon so lange auf dich, an seiner Stelle hätte jeder andere...»

«Hör auf!» Jasmin schob den Teller weg. «Ich arbeite für ihn, das ist alles!»

Edith klopfte mit dem Zeigefinger auf den Tisch. «Reiss dich zusammen, Mädchen. Du wirst auch nicht jünger.»

Wortlos verliess Jasmin die Küche. Fünf Minuten später sass sie auf ihrer Monster und raste auf die Nordumfahrung zu.

Pal Palushi wohnte in der Siedlung «James», die vor wenigen Jahren auf dem Areal der ehemaligen Klima- und Lüftungsfirma Luwa in Zürich-Albisrieden errichtet worden war. Der Name erklärte zugleich das Konzept: Ein Butlerservice sorgte dafür, dass sich die Bewohner nicht um lästige Alltagsarbeiten kümmern mussten. Pakete, eingeschriebene Briefe und Lebensmittellieferungen wurden entgegengenommen; gegen Entgelt wurden sogar Kleider gereinigt und Pflanzen gegossen. Die Kommunikation erfolgte über Intranet, wofür in jeder Wohnung neben der Eingangstür ein Bildschirm hing.

Als Jasmin dem Concierge im Parterre des 13stöckigen Hochhauses mitteilte, dass sie zu Pal Palushi wolle, griff er zum Hörer. Während sie wartete, fiel ihr Blick auf einen Flyer. Darauf wurden den Bewohnern von «James» fertig geschmückte Weihnachtsbäume angeboten, inklusive Lieferung. Kopfschüttelnd wandte sich Jasmin ab.

«Herr Palushi erwartet Sie», erklärte der Concierge.

Jasmin bedankte sich und nahm den Lift in den sechsten Stock. Pal stand bereits in der Tür. Er trug immer noch Armani, das Hemd hatte er jedoch aus der Hose gezogen und die Krawatte abgelegt.

«Was weisst du über Besarta Sinani?», fragte Jasmin.

«Wenig», antwortete er, zur Seite tretend. «Ich habe nur das Protokoll der ersten beiden Einvernahmen mit ihr gelesen. Leider wurden sie durchgeführt, bevor ich das Mandat übernommen habe. Sie gab bereitwillig Auskunft, auch über intime Vorgänge. Das hat mich erstaunt. Genauso, dass ihr Vater bis jetzt nicht in Erscheinung getreten ist.»

«Dafür der Cousin», sagte Jasmin, während sie ihren Nierengurt löste. «Dieser Alban. Er war es, der Anzeige erstattet hat. Ist das glaubwürdig?»

«Um die Frage zu beantworten, müsste ich mehr über die Familie wissen. Alter und Rollen der Brüder zum Beispiel, Gesundheitszustand des Vaters. Von Salvisberg habe ich keine diesbezüglichen Informationen. Entweder will sie sich nicht in die Karten blicken lassen, oder sie hat noch nicht in diese Richtung ermittelt.»

«Und die Geschädigtenvertreterin? Ich nehme an, es handelt sich um eine Frau. Oder gilt das Opferhilfegesetz in Militärfällen nicht?»

Pal nahm ihr die Motorradkleider ab. «Die Rechtslage hat sich seit dem 1. Januar 2009 geändert. Neuerdings ist ein Untersuchungsrichter ausdrücklich verpflichtet, das Opfer beim ersten Kontakt darauf aufmerksam zu machen, dass es einen Rechtsvertreter beiziehen kann. Hat das Opfer nicht die nötigen Mittel wie in diesem Fall, so muss der UR einen unentgeltlichen Opferanwalt beantragen, und zwar bereits zu Beginn der Untersuchung, da auch der Angeschuldigte über einen Rechtsvertreter verfügt.»

«Wer ist es?»

Pal seufzte. «Zora Giovanoli.»

«Super», entfuhr es Jasmin. Als Pal die Lippen zusammenpresste, zügelte sie ihre Begeisterung. Zora Giovanoli war eine Kämpferin. Seit zwanzig Jahren trat sie für die Rechte von Frauen ein. Jasmin hätte sie selbst gern als Opferanwältin gehabt, doch sie war nicht verfügbar gewesen. Sie zwang sich, die Gedanken an Besarta Sinani beiseitezuschieben. Pal vertrat Fabian Zaugg, nicht das mutmassliche Opfer. Daran hatte sie sich immer noch nicht gewöhnt.

«Warum die Rechtsmedizin in St. Gallen?», fuhr Jasmin fort. «Warum nicht Zürich oder Bern? Die Institute sind grösser.»

«Das ist Salvisberg überlassen. Vermutlich kennt sie die Ärzte in St. Gallen noch aus ihrer Zeit als UR im Thurgau.»

«Und das Forensische Institut?»

«Salvisberg hat ein Übereinkommen abgeschlossen: Sie engagiert für die Spurensicherung im Ausland Kriminaltechniker vom Forensischen Institut, dieses wiederum hat sich verpflichtet, die nötige Kapazität zu garantieren. Möchtest du etwas trinken?»

«Cola.» Jasmin setzte sich an einen Glastisch, auf dem zahlreiche Unterlagen ausgebreitet waren. Zwischen einem Exemplar des Militärstrafprozesses und einem Notizblock stand eine Schale

Cornflakes. «Du hast mich gefragt, was ich von Fabian Zauggs Aussage halte.»

Pal reichte ihr eine Dose eiskaltes Cola. Jasmin verlor kurz den Faden. Sie zweifelte keinen Augenblick daran, dass er das Getränk extra für sie gekauft hatte. Er wusste, dass sie lieber aus Dosen als aus PET-Flaschen trank. Auch wenn sie von Öko-Freaks deswegen kritisiert wurde. Richtig kalt wurde Flüssigkeit nur in Alu-Dosen. Statt sich zu freuen, ärgerte sie sich. Hatte Pal nichts Besseres zu tun, als ihr die Wünsche von den Lippen abzulesen?

Sie riss sich zusammen und fuhr fort. «Salvisberg hat extrem sorgfältig gearbeitet. Das Protokoll der Einvernahme ist super. Gesprächspausen und Wortwiederholungen wurden notiert, stellenweise sogar Fabian Zauggs Gesichtsausdruck. Auch die Einvernahme selbst ist gut vorbereitet. Salvisberg hat eine klassische Glaubhaftigkeitsprüfung durchgeführt. Sie ging von einem neutralen Anknüpfungspunkt aus, dann kam sie auf das strafbare Verhalten zu sprechen. Als neutralen Anknüpfungspunkt wählte sie in diesem Fall Fabian Zauggs kaufmännische Lehre. Das macht Sinn, denn Fragen zu seiner Ausbildung würde er am ehesten ehrlich beantworten. Vor allem, wenn er kein geübter Lügner ist. So konnte Salvisberg sein normales Aussageverhalten beobachten. Nachher stellte sie ihm Fragen zur Tatnacht.» Ein Zischen ertönte, als Jasmin die Coladose öffnete. «Mir ist aufgefallen, dass Zaugg die Fragen zu seiner Lehrzeit weniger klar beantwortete, als ich es erwartet hätte. Er hat sich mehrmals korrigiert, an einer Stelle sogar die Namen seiner Lehrer verwechselt. Ich hätte ihn gern dabei beobachtet. Aber da wir nur das Protokoll haben, müssen wir damit arbeiten. Auf mich wirkt er verwirrt. Wenn er zu unseren regelmässigen Kunden zählen würde», sie korrigierte sich, «zu den regelmässigen Kunden der Polizei zählen würde, hätte ich ihm Absicht unterstellt. Aber er ist ein unbeschriebenes Blatt. Ich glaube nicht, dass er Salvisberg vorsätzlich täuschen wollte. Er hat ein anderes Problem.» Sie nahm einen Schluck Cola. «Und dann fiel mir noch auf, dass er trotz seiner Verwirrtheit im ersten Teil fliessend sprach. Er wiederholte sich zwar, machte Fehler und schweifte manchmal ab, aber sein Redefluss war normal. Wenn das Protokoll stimmt. Vielleicht kannst du Salvisberg mal darauf ansprechen. Als Zaugg zur Tat selbst befragt wurde, stockte er immer wieder. Er brach mitten im Satz ab, fügte erst nach einer Pause wieder ein Wort hinzu, als versuche er, dazwischen zu überlegen. Das gefällt mir nicht. Er verbirgt etwas.»

Pal lächelte. «Darf ich davon ausgehen, dass du den Auftrag annimmst?»

Jasmin stand auf und ging im Wohnzimmer hin und her. Die Einrichtung bestand hauptsächlich aus Chrom, Glas und schwarzem Leder. Sie strahlte Kälte und Nüchternheit aus, eine wohltuende Abwechslung zum bunten Durcheinander bei ihrer Mutter.

«Wie viel zahlst du?», fragte sie.

«150 Franken.»

«Pro...?»

«Stunde.»

Jasmin öffnete ungläubig den Mund.

«Die Abrechnung der Sozialleistungen übernehme ich. Reisewege werden pauschal abgegolten.» Pal verzog keine Miene. «Ich werde dir strikte Auflagen machen. Auf keinen Fall darf der Anschein erweckt werden, du würdest Zeugen beeinflussen oder Beweismaterial manipulieren. Ausserdem würdest du dem Anwaltsgeheimnis unterstehen, genau wie ich.»

«Alles klar.» Jasmin knackte mit den Knöcheln. «Dann beginnen wir mit...»

«Ich bin noch nicht fertig.» Pal blickte sie ernst an. «Du wirst umdenken müssen. Die Schuldfrage steht nicht im Zentrum. Ein Verteidiger orientiert sich an der prozessualen Wahrheit, nicht an der materiellen Wahrheit. Quod non est in actis non est in mundo!»

«Muss ich auch noch Latein lernen?», fragte Jasmin gereizt.

«Nicht was wahr ist, interessiert, sondern wie sich die Aktenlage darstellt», erklärte Pal. «Natürlich bin ich froh um Informationen. Ich bin sogar darauf angewiesen. Je mehr ich weiss, desto besser kann ich meinen Klienten schützen. Aber mich interessiert hauptsächlich, was objektiv beweisbar ist. Zugunsten von Fabian Zaugg, natürlich.»

«Willst du gar nicht wissen, ob er es getan hat?», fragte Jasmin.

«Es ist nicht relevant.»

Jasmin holte Luft, verkniff sich aber eine bissige Antwort. Wenn sie den Auftrag annehmen wollte, dann musste sie ihre Gefühle zurückhalten. In diesem Punkt hatte Pal recht. Sie war durch und durch Polizistin. In ihrer Arbeit hatte sie immer einen Sinn gesehen. Nun musste sie lernen, seriös zu ermitteln, ohne an das Ziel zu glauben.

«Jasmin», sagte Pal sanft. «Fabian Zaugg ist einem Apparat ausgeliefert, der ungleich viel mehr Macht hat als er. Maja Salvisberg kann auf Wissenschafter und Kriminalisten zurückgreifen. Ihr werden die nötigen Mittel zur Verfügung gestellt, um sich intensiv diesem Fall zu widmen. Zumindest zu Beginn der Untersuchung. Die Öffentlichkeit steht hinter ihr, obwohl in diesem Land – auf dem Papier – die Unschuldsvermutung gilt. Fabian Zaugg hingegen ist auf sich allein gestellt. Meine Aufgabe ist es, ihn durch den Gesetzesdschungel zu führen. Dafür zu sorgen, dass auch seine Interessen gewahrt werden. Ich muss wissen, dass du in seinem Sinn handelst.»

Jasmin nickte. «Verstehe. Lass uns über etwas anderes reden. Zum Beispiel darüber, warum ein Kfor-Soldat überhaupt vor einem Schweizer Gericht steht. Das ist mir nicht ganz klar.»

Pal legte eine Serviette auf den gläsernen Beistelltisch und stellte seine Cornflakes darauf. «Die Kfor hat keine Gerichtsbarkeit über Schweizer Soldaten. Der Grund dafür sind umfangreiche Immunitätsregelungen. Alle Kfor-Soldaten unterstehen ihren Entsendestaaten. Verschiedene Truppenstationierungsabkommen statuieren zwar eine generelle Pflicht, das lokale Recht zu beachten. Allerdings ist nicht ganz klar, welches Recht damit gemeint ist. Diese Unklarheit kann erhebliche strafrechtliche Konsequenzen haben oder unter Umständen dazu führen, dass der Entsendestaat für die schädigende Handlung seines Angehörigen haften muss. Die Diskussionen darüber sind sehr interessant. Zu reden gaben bis jetzt hauptsächlich Unterlassungen. Erinnerst du dich an den Tod eines Kindes im Norden Kosovos vor zehn Jahren? Es wurde in verschiedenen Zeitungen darüber berichtet.»

Jasmin schüttelte den Kopf.

«Eine Gruppe Kinder fand Teile einer Streubombe, die nicht explodiert waren. Als einer der Sprengsätze detonierte, wurde ein Junge getötet. Offenbar war die Kfor schon seit Monaten über die Bombe informiert gewesen, hatte der Entschärfung aber keine Priorität eingeräumt. Wer ist nun verantwortlich? Die Kfor? Die Nato? Gar die Vereinten Nationen?»

«Warum die Vereinten Nationen?», fragte Jasmin.

«Kennst du die rechtliche Basis des Kfor-Einsatzes?»

«Ich weiss allgemein wenig über die Kfor», antwortete Jasmin. «Nur, dass sie seit Kriegsende für Sicherheit in Kosovo sorgt.»

«Unter der Leitung der Nato. Die Basis dafür ist UN-Resolution 1244.» Er beschrieb, wie die Kfor nach dem Krieg die Rückkehr von Flüchtlingen überwacht sowie Tausende von Pistolen, Gewehren und Granaten entsorgt hatte. Später beteiligte sie sich am Aufbau der Infrastruktur, unterstützte Hilfsprogramme, übernahm Feuerwehrdienste und räumte Minen. Zusammen mit der Übergangsverwaltung der Vereinten Nationen, kurz Unmik, und der immer stärker werdenden lokalen Polizei sorgte sie für Recht und Ordnung. Sie ermittelte sogar bei kriminellen Aktivitäten.

Diese Information liess Jasmin aufhorchen. Sie machte sich eine mentale Notiz und bedeutete Pal fortzufahren. Er schilderte das positive Image der Kfor in der Bevölkerung.

«Ich dachte, die Kosovaren hätten langsam genug von den vielen Internationalen», wandte Jasmin ein. «Du hast mal etwas in dieser Richtung angedeutet.»

«Die Aggressionen richten sich in erster Linie gegen die Unmik», erklärte er. «Zu Beginn waren die Vereinten Nationen die Befreier. Mit der Zeit begannen die Einheimischen aber, sie als Besatzer zu betrachten. Es ist nicht unbedingt hilfreich, dass die Vertreter der internationalen Organisationen in imposanten Gebäuden sitzen und protzige Wagen fahren. Überhaupt treiben die vielen Internationalen die Preise in die Höhe. Heute bezahlt man für eine 4-Zimmer-Wohnung in Pristina 750 Franken. Zum Vergleich: Eine Minimalrente beträgt gerade mal um die 70 Franken. Pro Monat.» Pal schüttelte den Kopf. «Aber wie gesagt, dafür kann die Kfor wenig. Heute steht sogar die Regierung vermehrt unter Beschuss. Nach der Unabhängigkeit 2008 hofften viele auf eine bessere Zukunft. Doch für die Bevölkerung hat sich seither wenig verändert. Kosova* ist ein Armenhaus. Die wirtschaftliche Entwicklung kommt nicht recht in Gang, Korruption ist weitverbreitet. Wir könnten stundenlang diskutieren, warum es dem Land so schwer fällt, sich aus der Misere zu befreien. Aber wir sind vom Thema abgekommen. Zurück zur Streubombe: Die Kfor ist in multinationale Taskforces gegliedert. Jede Taskforce wird von einer Nation geführt. Der Hauptsitz befindet sich in Pristina. Im Westen ist Italien zuständig, im Zentrum Schweden, Finnland und Tschechien. Das Camp der USA, Camp Bondsteel, befindet sich im Osten. Die multinationale Taskforce Süd ist in Prizren stationiert und wird von Deutschland geleitet. Der Norden gehört in den Einflussbereich Frankreichs. Im Fall der Streubombe waren die Franzosen betroffen. Der Vater des getöteten Jungen behauptete, die Unterlassung der Kfor-Soldaten sei weder den Vereinten Nationen noch der Nato anzulasten, sondern ausschliesslich dem Staat, der das jeweilige Truppenkontingent stelle, also Frankreich. Die französische Regierung hingegen war der Meinung, die Kfor sei eine internationale Truppe unter gemeinsamer Führung, über die sie keine Befehlsgewalt habe. Das Kommando über die Truppen obliege schliesslich dem Sicherheitsrat. In diesem Fall bekam Frankreich recht. Doch wenn es um strafbare Handlungen von Kfor-Soldaten geht, ist

---

* Kosovarinnen und Kosovaren nennen ihr Land Kosova.

es umgekehrt. Ebenfalls im Jahr 2000 hat ein amerikanischer Soldat ein Mädchen vergewaltigt und getötet. Er wurde zu lebenslänglicher Haft verurteilt. Von den USA selbst. Wir agieren also rechtlich gesehen in einer Grauzone. Seit der Unabhängigkeit erst recht, da diese nicht von allen Staaten anerkannt wird.»

«Wie passt die Swisscoy da rein?», wollte Jasmin wissen.

Pal erzählte, die Swisscoy sei im Gebiet der multinationalen Taskforce Süd stationiert. Die circa 220 Soldaten seien zu einer Infanterie- und Supportkompanie zusammengefasst. Sie dienten dem Manöverbataillon Dulje, das unter österreichischer Führung stehe. Zurzeit bestehe die Swisscoy aus zwei Kompanien: einer Unterstützungskompanie und einer Infanteriekompanie. Letzterer gehöre Fabian Zaugg an.

«Bei wem könnte ich Informationen über ihn einholen?»

Pal zögerte.

«Natürlich ohne mögliche Zeugen zu beeinflussen», fügte Jasmin hinzu.

«Bei seinen Kameraden, dem Quartiermeister, seinem Zugführer oder dem Personalverantwortlichen im Camp zum Beispiel. Eventuell beim Infanteriekommandanten oder sogar beim NCC – dem National Contingent Commander, Marcel Iseli. Möglicherweise beim PIO.»

Jasmin sah ihn fragend an.

«Dem Presseoffizier», erklärte Pal und überlegte kurz. «Wenn ein Infanterist in etwas Grosses verwickelt wäre, wüsste vielleicht auch ein Verbindungsoffizier der Swic Bescheid. Aber ich glaube nicht, dass er auspacken würde. Swiss Intelligence», fügte er hinzu, als er sah, dass Jasmin die Bezeichnung nicht kannte.

«Ich hätte doch die Rekrutenschule absolvieren sollen», stellte sie fest. «Ich war damals hin- und hergerissen. Woher weisst du so viel über das Militär?»

«Ich bin bei den Panzertruppen.»

«Im Schweizer Militär?»

«Natürlich.» Pal lächelte. «Radschützenpanzerfahrer. Nicht so wendig wie ein Superbike oder meine Enduro-Maschinen, dafür kann eine Piranha Steigungen bis zu 60 Prozent bewältigen. 400 PS und ein 7-Gang-Automatikgetriebe sind auch nicht zu verachten. Und sie bringt es immerhin auf 100 km/h. Übrigens, wenn du dir ein Bild von Fabian Zaugg als Swisscoy-Soldat machen möchtest, gibt es einen einfachen Weg.»

«Die Rückkehrer.» Jasmin nickte. «Das letzte Kontingent ist wieder in der Schweiz. Wenn wir schon dabei sind: Du schuldest mir noch eine Erklärung. Warum hast du den Fall übernommen?»

Diesmal war es Pal, der aufstand. Er stellte sich an die Fensterfront, von wo aus er bis in die Innenstadt blicken konnte. Obwohl die Aussicht atemberaubend war, wusste Jasmin, dass er nicht deswegen dort stand. Er hatte ihr den Rücken zugekehrt, doch in der Fensterscheibe spiegelte sich sein Gesicht. Als Jasmin die Kummerfalte auf seiner Stirn sah, ballte sie die Hand zur Faust.

«Ich bin nicht eines deiner Sozialprojekte!», stiess sie hervor. «Wenn du unbedingt jemandem helfen willst, meld dich doch bei Pfarrer Sieber. Die Obdachlosen werden dir bestimmt dankbar sein. Woher kommt dein beschissenes Helfersyndrom? Turnt dich Dankbarkeit an? Suchst du einen Kick? Reichen dir die Supermoto-Rennen nicht mehr?» Pal zuckte mit keiner Wimper, was Jasmins Wut noch mehr anstachelte. «Oder geht's wieder um deinen lächerlichen Shipi-Komplex? Musst du der Welt beweisen, dass es auch gute Albaner gibt?»

Endlich zeigten ihre Worte Wirkung. Pals Rücken versteifte sich. Unter seinen Armen bildeten sich dunkle Flecken. Jasmin spürte, wie er Energie abstrahlte. Doch er hatte sich immer noch unter Kontrolle. Sie ging auf ihn zu.

«Spar dir die Mühe!», sagte sie. «In den Augen der Schweizer wirst du immer Albaner bleiben. Auch wenn du in einem Radschützenpanzer hockst. Da helfen dir auch deine Armanianzüge nichts. Schau doch mal in den Spiegel.»

Ein Muskel zuckte unterhalb von Pals Auge. Jasmin beugte sich vor, bis sie fast seine Schulter berührte. Die obersten Knöpfe seines Hemdes standen offen. Er war nur wenige Zentimeter grösser als sie, so dass sie seine glatte, durchtrainierte Brust sehen konnte. Der Anblick jagte ihren Puls in die Höhe. Der Geruch von Schweiss drang ihr in die Nase. Sie stellte sich vor, wie seine Haut schmeckte, und Verlangen stieg in ihr auf.

Plötzlich drehte sich Pal um. «Was gibt dir das Recht, über mich zu urteilen? Meine Beweggründe gehen dich überhaupt nichts an!»

Seine Wut löste in Jasmin einen Adrenalinschub aus. «Doch, wenn du dich in mein Leben einmischst, gehen sie mich sehr viel an!» Sie griff nach seinen Oberarmen und bohrte ihre Finger in seine Muskeln. Trotz des Hanteltrainings war sie voller Energie. Es war dieselbe Unruhe, die sie nachts nicht schlafen liess und immer wieder dazu verleitete, alle Vorsicht über Bord zu werfen. Doch Pal hatte nicht vor, ihr als Blitzableiter zu dienen. Er packte ihre Handgelenke. Sein Atem kam in heissen Stössen. Berauscht wartete Jasmin auf seinen Angriff. Sie liebte diesen Moment, den Bruchteil einer Sekunde, bevor der Gegner zum Schlag ausholte. Instinktiv suchte sie nach seiner verletzlichsten Stelle.

Dann drehte Pal den Kopf. Dabei streifte sein Blick ihre Handgelenke. Ihre Ärmel waren hochgerutscht, so dass die Narben zum Vorschein gekommen waren. Zwei hässliche rote Striche, wie eingravierte Armbänder. Sofort liess Pal sie los. Er schien unschlüssig, ob er zurücktreten oder sie umarmen sollte. Jasmin fühlte sich, als läge ihr Innerstes nackt vor ihm. Als sie das Mitleid in seinen Augen sah, machte sie auf dem Absatz kehrt und rannte zur Wohnungstür. Sie packte Stiefel und Helm; ihren Motorradanzug und den Nierengurt liess sie liegen.

Erst als sie durch die Novembernacht brauste, stellte sich eine wohltuende Taubheit ein. Diese verwandelte sich bald in Starre. Ihr war so kalt, dass sie es kaum schaffte, einen höheren Gang einzulegen. Trotzdem fuhr sie in einem Umweg nach Schwamendingen. Die Vorstellung, in die Wohnung ihrer Mutter zurückzukehren, ertrug sie fast nicht. Doch sie hatte keine Alternative. Zu ihrem einzigen Freund, Tobias Fahrni, konnte sie nicht. Auch daran war sie schuld. Sie hatte es geschafft, innerhalb eines einzigen Jahres alles zu zerstören, was ihr etwas bedeutet hatte.

6

Wm Daniel Odermatt, 32, Bravo Zugführer, Solothurn
Zaugg war ein Teamplayer. Fair, anpassungsfähig. Drückte sich nicht vor der Arbeit. Ein guter Mann. Aber am Anfang packte er es noch nicht so ganz. Kam zu spät zum Antrittsverlesen. Hatte die Mutz nicht auf dem Kopf. Hielt Dienstwege nicht ein. Entlud seine Waffe falsch. Stand auf Kriegsfuss mit der Waschmaschine. Sein Problem. Da ist niemand, der dir die Wäsche macht. Auf den social patrols war er passiv. Hielt die Augen nicht offen. Habe ihm gesagt, so gehe das nicht. Er hat den Finger rausgenommen. Wurde einer meiner besten Männer im Zug. Unser Auftrag: Show of force. Sicherheit zu vermitteln. Wir rapportierten alles. Die Probleme der Leute. Ihre Sorgen. Schlechte Wasser- und Stromversorgung. Die Lokalwahlen. Den Verkehr. Ein Sprachmittler, so nennen wir die Übersetzer, begleitete uns. Wenn uns etwas auffiel, machten wir Meldung. Den Puls der Kosovaren fühlst du nur, wenn du voll da bist. Zaugg war am Anfang zu Hause.

Am besten gefiel es ihm auf der Falke. Ein fixer Beobachtungsposten beim serbischen Kloster in Zociste. Dort ist man fünf bis acht Tage am Stück stationiert. In Zelten. 24-Stunden-Beobachten mit Feldstechern und Nachtsichtgeräten. Eintönig. Langweilig. Zu viel Zeit zum Denken. Du sitzt auf deinem Posten und schaust zu, wie die Serben das Kloster aufbauen. Zwei bis drei Mönche leben dort. Die neugebauten Häuser für serbische Rückkehrer stehen leer. Trotzdem läuten die Kirchenglocken jeden Tag. Eine Provokation für die unterhalb wohnenden Albaner. Bis jetzt ist nie etwas geschehen. Aber du weisst nie. Deshalb musst du bei der Sache sein. Die innere Ampel sofort auf Rot, auf Alarm schalten können.

Die Neuen sind immer nervös. Wir nannten sie Tapsis – total ahnungslose Person sucht Information. Die RS ist eine Übung. Kosovo ist Einsatz. Die Verlängerer wissen, wie es läuft. Sie gehen auf die Falke, um sich zu erholen. Bei Zaugg war es umgekehrt. Je länger er im Einsatz war, desto mehr suchte er Aufträge im Camp. Am Anfang freute er sich noch auf die Fix Task in Zociste. Fühlte sich im Camp nicht wohl. Gegen Mitte Einsatz war's umgekehrt. Keine Ahnung, warum. Er sagte nie viel, der Zaugg. Du weisst eine Woche im voraus, welcher Zug hochgeht zum Kloster. Zaugg war plötzlich immer schlecht drauf, wenn es ihn erwischte.

Ich war zwölf Monate in Kosovo. Macht sich gut im Lebenslauf. Im Januar beginne ich die Ausbildung beim Grenzwachtkorps.

7

Das Einfamilienhaus der Familie Zaugg lag am südlichen Rand des 11 000 Einwohner zählenden Münsingen. Dem Bau aus den Achtzigerjahren hätte ein neuer Anstrich gutgetan, doch ansonsten wirkte das Grundstück gepflegt. Rhododendren säumten die Hauswand, in einem Gartenbeet wuchs Nüsslisalat. Leere Halterungen an den Fenstern deuteten darauf hin, dass das Haus im Sommer mit Blumen geschmückt war. Als Jasmin das Gartentor öffnete, hörte sie einen Hund bellen.

Karin Zaugg kam zur Tür, bevor Jasmin klingeln konnte. Sie bückte sich, um den Foxterrier zurückzuhalten, der aufgeregt mit dem Schwanz wedelte. Hunde bedeuteten Jasmin nichts. Weil Karin Zaugg es aber zu erwarten schien, liess sie sich beschnuppern und tätschelte mechanisch den Kopf des Tieres. Schliesslich wollte sie ihr Vertrauen gewinnen.

«Bone ist manchmal etwas übermütig», entschuldigte sich Karin Zaugg. «Aber er wird bald das Interesse an Ihnen verlieren.»

«Bone?»

«Mr. Bone, um korrekt zu sein.» Karin Zaugg lächelte. «Fabian hat ihn getauft. Eine Mischung aus Mr. Bean und dem englischen Wort für Knochen. Wollen Sie mir Ihre Sachen geben?»

Jasmin reichte ihr den Helm sowie den Reserve-Motorradanzug, den sie im Keller ausgegraben hatte. Er war nur halb so bequem wie der Overall, den sie bei Pal liegengelassen hatte. Ausserdem liess er an den Nähten das Wasser durch. Als sie den hellen Spannteppich im Haus sah, zog sie auch die Stiefel aus. Sie folgte Karin Zaugg ins Wohnzimmer, wo die Eltern warteten. Kurt Zaugg war ein Mittfünfziger mit grauem Haarkranz und der stolzen Haltung eines Kleinunternehmers. Von seinem Vater hatte Fabian das weiche Kinn und die knochige Nase geerbt. Elisabeth Zaugg sah etwas jünger aus als ihr Mann, doch die Wollhose und die pastellfarbene Bluse, die sie trug, liessen sie älter erscheinen. Als sie Jasmin lächelnd die Hand reichte, erkannte Jasmin Fabians ebenmässige Zähne und die sanften Augen wieder.

«Bitte setzen Sie sich.» Elisabeth Zaugg deutete auf ein beiges Ledersofa.

Auf dem Beistelltisch standen vier Gläser und eine Flasche Mineralwasser. Während Karin Zaugg einschenkte, schaute sich Jasmin um. Das Wohnzimmer grenzte an ein offenes Esszimmer, das von einem ovalen Tisch aus Massivholz und sechs passenden Lederstühlen beinahe ausgefüllt wurde. An der Wand befand sich eine Glasvitrine, in der eine beträchtliche Anzahl Spirituosen aufgereiht war. Drei Rotweinflaschen lagen in einem gusseisernen Flaschenhalter mit Traubenverzierungen; an den Fenstern hingen transparente Vorhänge.

Das Wohnzimmer war im gleichen bürgerlichen Stil eingerichtet. Eine Reihe Fotos auf einem Sideboard weckte Jasmins Interesse. Sie stand auf, um sie genauer zu betrachten. Auf den meisten waren Karin oder Fabian Zaugg zu sehen. Die Bilder zeigten sie an ihrem ersten Schultag, an verschiedenen Feiertagen und besonderen Anlässen sowie am Strand oder auf Skipisten. Zuvorderst stand eine Grossaufnahme von Fabian Zaugg mit dem Foxterrier der Familie. Mr. Bone schnappte nach einem Gegenstand, der auf dem Bild nicht zu erkennen war. Fabian Zaugg lachte in die Kamera. Das dünne, dunkelblonde Haar hing ihm schräg in die Stirn und liess ihn jugendlicher wirken als auf den Fotos, die Jasmin in Pals Akten studiert hatte. Seine Arme waren runder, die Wangen mit pubertärer Akne überzogen.

«Das war nach seiner Lehrabschlussprüfung», erklärte Elisabeth Zaugg, die sich neben Jasmin gestellt hatte. «Er hat sich so über seine guten Noten gefreut. Wir uns auch.»

Jasmin schloss daraus, dass Fabian Zaugg auf dem Foto mindestens achtzehn Jahre alt sein musste. Älter, als sie geglaubt hatte. Doch es war nicht nur sein jugendliches Aussehen, das sie überraschte. Er strahlte eine Sorglosigkeit aus, um die sie ihn beneidete. Auf Pals Bildern wirkte er ernster.

«Haben Sie auch Fotos von ihm während der RS?», fragte Jasmin.

Elisabeth Zaugg verliess das Wohnzimmer und kam kurz darauf mit einem Umschlag zurück. «Die meisten Bilder sind auf Fabians Computer gespeichert, aber Karin hat einige Abzüge für uns gemacht.»

Jasmin blätterte die Bilder durch. Auf vielen war Fabian Zaugg mit anderen Rekruten zu sehen. Die Aufnahmen weckten in Jasmin Erinnerungen an Ferienlager. Ihre Brüder hatten über die Rekrutenschule geklagt. Sie waren immer froh gewesen, am Wochenende nach Hause kommen zu dürfen. Fabian Zaugg hingegen schien sich in Uniform wohl zu fühlen. Ein Widerspruch zu den Informationen, die sie von Pal erhalten hatte.

«Wie war sein Verhältnis zur Armee?»

«Er hat sich keine Gedanken gemacht», erklärte Karin Zaugg. «Er rückte einfach ein. So war er schon immer. Er machte, was von ihm verlangt wurde. Er hat nie etwas hinterfragt.»

Erstmals meldete sich Kurt Zaugg zu Wort. «Fabian akzeptierte seine Pflichten. Statt zu jammern, erledigte er, was erledigt werden musste.»

Die Worte waren an Karin Zaugg gerichtet. Unruhig blickte Elisabeth Zaugg zwischen ihrem Mann und ihrer Tochter hin und her. Karin Zaugg schien mit sich zu kämpfen. Als sie auf ihrer Unterlippe herumkaute, glich sie plötzlich ihrem Bruder, obwohl ihre Züge viel klarer geschnitten waren. Schliesslich kehrte sie ihrem Vater den Rücken zu.

«Fabian hat nie geklagt», erklärte sie Jasmin. «Aber das heisst nicht, dass er immer alles gerne tat. In dieser Beziehung war er einfach feige. Er ging Konflikten aus dem Weg. Lieber gab er nach und versuchte, das Positive an einer Situation zu sehen.»

«Und was ist daran falsch?», fragte Kurt Zaugg. «Das ist eine gesunde Einstellung zum Leben!»

Seine Frau legte ihm die Hand auf den Arm. «Frau Meyer würde bestimmt gern Fabians Zimmer sehen. Frau Meyer?»

Jasmin folgte ihr in den oberen Stock. Sie hörte, wie Karin und ihr Vater heftige Worte wechselten. Kurt Zaugg warf seiner Tochter vor, sie glaube, alles besser zu wissen. Karin Zaugg nannte ihn stur und engstirnig.

Elisabeth Zaugg entschuldigte sich. «Das geht schon seit Jahren so. Mein Mann fühlt sich von Karin provoziert, sie sich von ihm nicht ernst genommen. Es kann ... sehr anstrengend sein. Fabian ist ganz anders. Schon als Kind war er ein Sonnenschein. Er hat von Anfang an durchgeschlafen, im Gegensatz zu Karin. Sie litt unter heftigen Koliken. Manchmal weinte sie nächtelang. Fabian legte ich einfach in sein Bettchen, und er schlief ein.»

Sie waren bei einer geschlossenen Tür angekommen. Fast andächtig legte Elisabeth Zaugg die Hand auf die Türklinke. In ihren Augen schimmerten Tränen. Schweigend betrat Jasmin das Schlafzimmer. Sofort fiel ihr auf, wie sauber der Raum war. Kein Staubkorn war zu sehen, obwohl Fabian Zaugg seit fast einem Jahr nicht mehr hier wohnte. Offenbar putzte seine Mutter regelmässig. Zählte sie dabei die Tage bis zu seiner Rückkehr?

Die Einrichtung des Zimmers wirkte kindlich. Ein schmales Bett aus hellem Holz stand an der Wand, der grün-violett gestreifte Duvetbezug erschien Jasmin viel zu farbig für einen Jugendlichen. Ein Poster des Rappers «Bligg» hing an der Wand, auf einem Gestell lagen mehrere Pins, zwei Medaillen und eine Schachtel mit Tischtennisbällen. Elisabeth Zaugg erklärte, dass ihr Sohn im Tischtennis-Club Münsingen spiele. Jasmin dachte an Bernie und Ralf. Mit 18 hatte sich Bernie sein erstes Tattoo stechen lassen, während sich der zwei Jahre jüngere Ralf die Haare bis über die Schultern wachsen liess. In ihrem Zimmer hatte es immer nach Marihuana gerochen; zwischen herumliegenden Kleidungsstücken waren leere Bierdosen und volle Aschenbecher gestanden. Am spannendsten waren für Jasmin jedoch die Pornohefte gewesen, die unter der Matratze versteckt gewesen waren. Sie hatte sie immer wieder fasziniert durchgeblättert.

«Was empfanden Sie, als sich Fabian für einen Auslandeinsatz entschied?»

Elisabeth Zaugg zuckte etwas hilflos mit den Schultern. «Ehrlich gesagt, war ich überrascht. Karin hat recht, Fabian fühlte sich in der RS tatsächlich nicht so wohl, auch wenn er sich Mühe gab, es zu verbergen. Mein Mann will es nicht wahrhaben, aber Fabian hat nicht so eine dicke Haut, wie Kurt glaubt. Ich denke, der Umgangston der Soldaten war ihm oft zu rauh. Er hatte zwar nie Schwierigkeiten mit seinen Kameraden, trotzdem konnte ich mir nicht vorstellen, dass er weitermachen würde.» Sie strich über einen Stoffhund, der Mr. Bone ähnlich sah. «Ich glaube nicht, dass er sich die Entscheidung gründlich überlegt hat. Es war eher eine Kurzschlusshandlung.»

«Was hat sie ausgelöst?»

Elisabeth Zaugg zupfte die Bettdecke gerade. «Er hat es mir nicht gesagt.»

«Aber Sie haben eine Vermutung», sagte Jasmin sanft.

Elisabeth Zaugg seufzte. «Ich hatte das Gefühl, dass es zwischen Fabian und seiner Freundin nicht so gut lief. Michelle und er sind seit zwei Jahren zusammen. Während der RS begann er, sich von ihr zu distanzieren.»

«Ihr Sohn ging zur Swisscoy, weil er Abstand zu seiner Freundin brauchte?»

«Nicht nur», erklärte Elisabeth Zaugg. «Aber Michelle kann sehr dominant sein. Am liebsten hätte sie jede freie Minute mit Fabian verbracht. Fabian ist weniger stark auf eine Person fixiert.

Er hat immer viele Kollegen gehabt. Wegen seiner engsten Freunde, Patrick und Raffael, ging er sogar zur Infanterie.» Sie richtete ihren Blick aufs Fenster. «Ich weiss nicht, wer das Thema Swisscoy zuerst aufbrachte. Fabian kaum. Aber die Idee gefiel ihm. Vielleicht wollte er sich mehr Freiraum verschaffen, ohne mit Michelle Schluss zu machen. Er hat Konflikte schon immer gemieden. Beim Bewerbungsgespräch in Stans behauptete er, er wolle einen Beitrag zum Frieden leisten. Möglicherweise stimmt das sogar. Vielleicht hat ihn Karin mit ihren Idealen angesteckt. Ich weiss es nicht.» Sie stockte und betrachtete ihre Hände. «Ich habe mich immer vor der Pubertät der Kinder gefürchtet. Karin hat mich als Teenager gehasst. Sie trieb sich weiss Gott wo herum, missachtete alle Abmachungen, vernachlässigte ihre Pflichten. Wir stritten uns fast täglich. Fabian hingegen blieb der aufgestellte, gutmütige Junge, der er schon immer gewesen war. Während Karin uns mied, weil wir ihr peinlich waren, suchte Fabian als Teenager den Kontakt zu Kurt und mir geradezu. Sogar aus Kosovo telefonierte er zu Beginn regelmässig. Er litt furchtbar unter Heimweh. Doch dann, ganz plötzlich, begann er, sich zu verändern.»

«Wann genau?»

«Ende seines zweiten Monats, letzten Mai. Ich hörte es seiner Stimme an. Er rief zwar immer noch jede Woche an, aber er wirkte distanzierter. Dann wurden die Anrufe seltener, bis sie schliesslich ganz ausblieben. Karin schickte er immerhin noch Mails, doch Kurt und ich hatten auf einmal keinen Platz mehr in seinem Leben. Auch äusserlich veränderte er sich. Dieser Haarschnitt ist doch fürchterlich! Fabian sieht aus wie ein Punk.»

Für Jasmin klang das, als sei Fabian Zaugg endlich normal geworden, doch sie sprach ihren Gedanken nicht aus. Stattdessen bat sie um Erlaubnis, die Schubladen und Schränke durchsehen zu dürfen. Die Militärpolizei hatte Fabian Zauggs Zimmer zwar schon durchsucht, doch mitgenommen hatte sie, soweit Jasmin informiert war, nur wenig. Elisabeth Zaugg willigte ein.

«Wann dürfen wir ihn endlich besuchen?», wollte sie wissen.

«Das müssen Sie mit der Untersuchungsrichterin besprechen», antwortete Jasmin ausweichend, während sie sich Latexhandschuhe überstreifte. Hatte Pal den Zauggs erklärt, wie Besuche während der Untersuchungshaft abliefen? Wie würde Elisabeth Zaugg auf die Trennscheibe zwischen ihr und ihrem Sohn reagieren? Vor allem, wenn sie seine schlechte Verfassung sah? Wie empfände sie die fehlende Privatsphäre? Jeder Besuch wurde überwacht, da der Angeschuldigte nicht über den Fall sprechen durfte. Aus demselben Grund wurde seine Post gesichtet, ausser die Briefe zwischen ihm und Pal. Plötzlich dachte sie daran, dass Fabian Zaugg der Untersuchungsrichterin mit der Siegelung seines Computers einen Vorwand gegeben hatte, die Haft zu verlängern. Sie nahm sich vor, Karin Zaugg darauf anzusprechen. Vielleicht wusste sie, was er auf seinem PC versteckte.

Während Elisabeth Zaugg weiter von ihrem Sohn erzählte, stellte Jasmin das Zimmer auf den Kopf. Im September war Fabian Zaugg das letztemal hier gewesen, nur vier Wochen vor seiner Verhaftung. Er war für einen Kurzurlaub nach Münsingen gereist und hatte ihn offenbar mehrheitlich im Zimmer verbracht. Womit er sich beschäftigt hatte, wusste Elisabeth Zaugg nicht. Jasmin fand die übliche Ansammlung von Computerspielen und DVDs, einige Kriminalromane und ein albanisches Wörterbuch, in dem der Name «Christian Frick» stand.

«Lernt Fabian Albanisch?»

Elisabeth Zaugg schüttelte den Kopf. «Nicht, dass ich wüsste.»

Im unteren Stock waren die Stimmen verstummt. Jasmin hörte Schritte auf der Treppe, kurz darauf erschien Karin Zaugg in der Tür, Mr. Bone an den Fersen. Jasmin zeigte ihr das Wörterbuch.

«Mir gegenüber hat er nichts erwähnt», meinte Karin Zaugg. «Dass Fabian freiwillig eine Sprache lernt, passt nicht zu ihm. Dazu ist er zu faul. Ausserdem interessierte er sich gar nicht richtig für Kosovo. Meine Fragen konnte er nur oberflächlich beantworten. Mir kam es vor, als lebe er dort auf einer Schweizer Insel.

Irgendwie schräg. Er erzählte, dass es im Camp Fondue gebe und dass DRS 3 laufe.»

«Ein Soldat muss nach einem strengen Tag auftanken können», wehrte sich Elisabeth Zaugg für ihren Sohn. «Er ist nicht in den Ferien, sondern im Einsatz.»

Karin Zaugg rollte die Augen. «Mir ist klar, dass er keine Kulturreise gebucht hat. Aber trotzdem hätte er ein bisschen mehr Interesse zeigen können.»

Dem Gespräch lauschend, setzte Jasmin ihre Suche fort. Sie sah sich Fabian Zauggs Kleider an, die hauptsächlich aus Jeans und T-Shirts bestanden. Einige Hemden hingen an Bügeln, aber es sah nicht aus, als hätte er sich für die Arbeit in der Gemeindeverwaltung besonders herausputzen müssen. Aus der Ordnung im Kleiderschrank schloss Jasmin, dass Elisabeth Zaugg die Wäsche ihres Sohnes einräumte. Gab es überhaupt einen Winkel seines Lebens, zu dem sie nicht Zugang hatte? Wo würde Fabian Zaugg private Sachen verstecken? Hatte er gar keine? Manchmal waren fehlende Gegenstände genauso aufschlussreich wie vorhandene.

Unten im Schrank entdeckte Jasmin eine Sporttasche. Sie nahm sie heraus und fuhr mit der Hand dem Innenfach entlang. Als es knisterte, zögerte sie. Sie drehte sich so, dass sie Elisabeth und Karin Zaugg die Sicht auf die Tasche verwehrte, und zog einen Kassenzettel hervor. Er stammte aus einer lokalen Drogerie. Offenbar hatte sich Fabian Zaugg mit Präservativen eingedeckt, die er in der Sporttasche zwischengelagert hatte. Es erstaunte Jasmin nicht, dass er sie vor seiner Mutter versteckt hatte.

Was Jasmin jedoch überraschte, war die Anzahl Kondome, die er gekauft hatte. Dem Preis nach zu urteilen, zwischen 60 und 80 Stück. Das Datum des Einkaufs machte sie ebenfalls stutzig: 8. September. Während seines letzten Urlaubs. Entweder hatte er den Auftrag, seine ganze Truppe einzudecken, oder er wollte sich einen Wintervorrat anlegen. Was wiederum hiess, dass er eine Sexualpartnerin hatte. Oder zumindest die Aussicht auf eine. Und zwar in Kosovo. Als Jasmin die Bedeutung ihres Fundes klar wurde, legte sie den Kassenzettel mit einem mulmigen Gefühl zurück. Gegenüber der Untersuchungsrichterin hatte Fabian Zaugg bestritten, sich für Besarta Sinani zu interessieren. Der Kauf der Präservative könnte ihn also möglicherweise belasten. Salvisberg würde damit zu beweisen versuchen, dass Fabian Zaugg nicht nur an Geschlechtsverkehr gedacht, sondern den Akt auch geplant hatte. War er davon ausgegangen, dass seine Partnerin einverstanden wäre? Vielleicht hatte sie abgelehnt. Wie wäre er mit der Enttäuschung umgegangen?

Sie schob die Gedanken beiseite und konzentrierte sich auf ihre Aufgabe. Für Gewissensbisse war es nicht der richtige Zeitpunkt. Sie war hier, um Informationen zu sammeln. Unter den wachsamen Augen von Mr. Bone führte sie die Suche zu Ende. Sie entdeckte keine weiteren Gegenstände, die ihre Aufmerksamkeit erregten. Als sie in den Gang treten wollte, gab ihr Karin Zaugg ein Zeichen, stehenzubleiben.

«Kommen Sie mit», sagte sie, nachdem ihre Mutter die Treppe hinuntergestiegen war. «Ich möchte Ihnen etwas geben.»

Jasmin folgte ihr in ein Zimmer zwei Türen weiter. Es war schlicht, aber geschmackvoll eingerichtet. Bücherregale bedeckten die meisten Wände, nur neben dem Bett hing ein antiker Spiegel. Als sich Jasmin darin erblickte, zuckte sie zusammen. Sie sah aus wie eine Puppe, die zu lange im Freien gelegen hatte. Ausgebleicht, glanzlos und spröde. Ihre Augen waren zu gross für das schmale Gesicht, ihr Haar wirkte leblos und hatte keinen richtigen Schnitt. Sie könnte sich mit Fabian Zaugg zusammentun, dachte sie: Vorher. Nachher. Finde die zehn Unterschiede.

Karin Zaugg kniete neben einer Kommode. Sie öffnete eine Schublade mit Unterwäsche und holte einen schwarzen Gegenstand hervor, den sie Jasmin reichte. Sofort vergass Jasmin ihr Aussehen.

«Fabians externe Harddisk», erklärte Karin Zaugg. «Wenn er zu Besuch kam, nahm er immer seinen Laptop mit und speicherte die Daten darauf. Auch im September.»

Jasmin erstarrte. Sie betrachtete die Harddisk mit einer Mischung aus Hoffnung und Abwehr. Die Polizistin in ihr ahnte, dass sie darauf wichtige Informationen über Fabian Zauggs Leben in Kosovo finden würde. Gleichzeitig war ihr klar, dass Karin Zaugg gelogen hatte.

«Sie fürchten, Ihr Bruder könnte schuldig sein», stellte Jasmin fest.

Karin Zauggs Augen weiteten sich. «Wie kommen Sie darauf? Natürlich nicht! Ich habe Ihnen gesagt, dass Fabian keinem Menschen etwas zuleide tun könnte! Er ist nicht gewalttätig. Eher würde er sich selbst opfern, als jemandem zu schaden.»

Jasmin trat einen Schritt näher. «Dann erklären Sie mir, warum Sie die Harddisk versteckt haben.»

Ertappt senkte Karin Zaugg den Blick. «Ich sage nur, dass Fabian diese Frau nicht vergewaltigt hat. Dass er in etwas hineingeraten ist, ist wohl klar.»

«Wollen Sie damit sagen, dass er nicht merkte, was er Besarta Sinani antat?» Jasmins Stimme wurde schneidend. «Glaubte er vielleicht, ihre Proteste gehörten zum Vorspiel?»

«Natürlich nicht!», stiess Karin Zaugg entsetzt aus. «Aber vielleicht war noch jemand dort, und Fabian…»

«Und Fabian hat tatenlos zugesehen, wie dieser ‹noch jemand› die junge Frau vergewaltigt hat?»

«Nein!», rief Karin Zaugg. «Ich weiss nicht… aber es… auf wessen Seite stehen Sie eigentlich? Wir bezahlen Sie dafür, dass Sie Fabians Unschuld beweisen!»

Jasmin kam es vor, als hätte ihr jemand die Luftzufuhr abgedreht. Sie schloss die Augen, bis sie wieder normal atmete. Als sie den verzweifelten Ausdruck auf Karin Zauggs Gesicht sah, fühlte sie sich in ihre Zeit als Streifenpolizistin zurückversetzt. Immer wieder hatte sie Angehörigen von Taten berichten müssen, die sie ihren Liebsten nicht zutrauten.

«Ich sehe das anders», sagte Jasmin ruhig. «Sie bezahlen Herrn Palushi lediglich dafür, dass er das Bestmögliche für Ihren Bruder herausholt. Wie Sie wissen, versucht er, sein Mandat in eine amtliche Verteidigung umzuwandeln. Wenn Sie Glück haben, wird es Sie also nichts kosten. So oder so, er arbeitet für Ihren Bruder, nicht für Sie. Ich unterstütze Herrn Palushi dabei. Vielleicht wird die Wahrheit ans Licht kommen. Und möglicherweise wird sie Ihnen nicht gefallen. Doch es ist Ihr Bruder, der entscheidet, ob diese Wahrheit auch an die Öffentlichkeit kommt. Egal, ob er schuldig oder unschuldig ist.»

«Was, wenn er es doch getan hat?», flüsterte Karin Zaugg.

Die unsichtbare Hand griff Jasmin wieder an die Kehle. Jasmin straffte die Schultern und stellte sich vor, wie Energie durch ihren Körper floss. Dabei versuchte sie, die Schleusen zu öffnen, die immer wieder wie von alleine zugingen.

«Herr Palushi wird alles tun, um ihm zu helfen», sagte Jasmin – nicht, um Karin Zaugg zu beruhigen, sondern weil sie wusste, dass es der Wirklichkeit entsprach. In jedem Täter sah Pal auch ein Opfer. Ganz im Gegensatz zu ihr. Weder eine schwierige Kindheit, Leichtsinn noch Suchtprobleme rechtfertigten in Jasmins Augen eine Vergewaltigung. Ihrer Meinung nach hatte jeder Mensch die Möglichkeit, Entscheidungen zu treffen. War eine Entscheidung falsch gewesen, so musste man die Konsequenzen tragen.

Karin Zaugg hatte sich aufs Bett gesetzt. Nervös fuhr sie sich mit der Zunge über die Lippen, öffnete den Mund und schloss ihn wieder, ohne etwas zu sagen. Schliesslich vergrub sie das Gesicht in den Händen.

«Fabian hatte eine Freundin», murmelte sie. «Er hätte es nicht nötig, jemanden zu ... zwingen.»

Jasmin setzte sich neben sie. «Bei einer Vergewaltigung geht es in erster Linie um Macht, nicht um Sex.»

«Macht bedeutet Fabian nichts.»

Jasmin schwieg.

«Kann sich ein Mensch so verändern?», fragte Karin Zaugg. «Innerhalb eines einzigen Jahres? Liegt es am Militär? Haben Sie die RS gemacht?»

«Nein», erwiderte Jasmin. «Aber ich weiss, wie Gruppendynamik funktioniert.» Sie dachte an die Überlebensseminare, die sie neben ihrer Arbeit bei der Kripo im Auftrag von Firmen durchgeführt hatte. Drei- bis viermal pro Jahr hatte sie Manager in Extremsituationen gebracht. Die Kaderleute mussten Nervenstärke entwickeln und sich mit Lösungsstrategien auseinandersetzen. Für die Nachbetreuung war ein Psychologe zuständig gewesen. Zu Beginn hatte Jasmin hauptsächlich die Auseinandersetzung mit der freien Natur gereizt. Sie führte die Gruppen mitten im Winter in abgelegene Täler, ohne Ausrüstung und Verpflegung. Sie stellte die Teilnehmer vor die Wahl, von Felsen zu springen oder das Gesicht zu verlieren. Immer brachte sie die Männer an den Rand der Erschöpfung. Frauen waren selten dabei gewesen. Je länger Jasmin die Seminare durchführte, desto mehr begann sie sich für das Verhalten der Manager zu interessieren. Ihre Erfahrung hatte sich als nützlich erwiesen, als sie den Führungslehrgang bei der Polizei begonnen hatte.

«Am Anfang ist man unsicher, weil man die Regeln und Normen der Gruppe nicht kennt», erklärte Jasmin. «Man weiss nicht, wie man sich geben soll, um akzeptiert zu werden. Man beschnuppert sich und versucht herauszufinden, wie die anderen sind. Dann kommt die zweite Phase, Fachleute nennen sie ‹Storming›. Man sucht seinen Platz innerhalb der Gruppe und will die Erwartungen der anderen erfüllen, vielleicht die Führung übernehmen, je nach Typ. Wenn ich mir den durchschnittlichen Infanteristen vorstelle, so spielten in Fabians Umfeld sogenannte männliche Eigenschaften sicher eine wichtige Rolle. Nach allem, was ich bisher über Ihren Bruder weiss, hatte er in dieser Phase vermutlich Mühe mitzuhalten.»

«Jagen, kämpfen, saufen», sagte Karin Zaugg spöttisch. «Damit konnte Fabian tatsächlich nicht viel anfangen. Allerdings war es ihm egal. Er war trotzdem beliebt.»

«In seiner gewohnten Umgebung, ja. Hier hatte er Freunde, die ihn mochten, wie er war. Er konnte sie sich schliesslich aussuchen. In der RS waren immerhin noch Patrick und Raffael mit von der Partie. Als Fabian aber zur Swisscoy ging, war er plötzlich alleine. Unter solchen Umständen ist es völlig normal, dass er sich anzupassen versuchte, um dazuzugehören. Auch, dass er dabei möglicherweise Grenzen überschritt. Er befand sich in einer Extremsituation. Manchmal verlieren Menschen dabei den Boden unter den Füssen.» Als Karin Zaugg daraufhin nichts sagte, deutete Jasmin auf die Harddisk. «Haben Sie sie angeschlossen? Wissen Sie, was darauf ist?»

«Einige Bewerbungen, Fabians Lebenslauf, aber hauptsächlich Fotos, Filme und Musik.»

«Aktuelle Bilder?»

Karin Zaugg nickte. «Von Kollegen bei der Swisscoy, von Fabian selbst, vom Camp, von der Umgebung. Die Filme sind zum Teil peinlich. Soldaten haben einen komischen Humor. Und zu viel Zeit, wie es scheint.»

Jasmin stutzte. In Pals Akten hatte sie gelesen, dass den Soldaten das Fotografieren und Filmen im Dienst verboten war. Ausser, sie hatten als Zugsfotografen offiziell die Erlaubnis dazu. Hatte sich Fabian Zaugg deshalb gegen die Beschlagnahmung seines Laptops gewehrt? Fürchtete er eine Disziplinarstrafe? Oder gaben die Bilder Aufschluss über seine Beziehung zu Besarta Sinani? Eine Beziehung, die gar nicht hätte existieren dürfen?

In der Ferne hörte Jasmin, wie eine Kirchturmuhr die volle Stunde schlug. Ein Blick aufs Handy zeigte ihr, dass es bereits Mittag war. Aus der Küche drangen jedoch weder Geräusche noch Gerüche. Vermutlich würde Elisabeth Zaugg erst mit Kochen beginnen, wenn Jasmin gegangen war. Sie würde sich ausmalen, wie es wäre, wenn ihr Sohn auch am Familientisch sässe; sich vielleicht einzubilden versuchen, seine Verhaftung sei ein böser Traum gewesen. So hatte sich ihre eigene Mutter immer wieder für kurze Momente der Realität entzogen, als sie nicht wusste, ob sie Jasmin je wiedersehen würde.

Karin Zaugg war aufgestanden. Mit einer Hand fuhr sie sich durchs blonde Haar, mit der anderen zupfte sie sich eine Fussel vom Ärmel. Ihr Blick streifte das Bücherregal, glitt über den Boden und blieb an der Harddisk hängen, die Jasmin hielt. Unschlüssig verlagerte sie ihr Gewicht von einem Fuss auf den anderen. Sie wandte sich zum Fenster, schob den Vorhang beiseite und zog ihn wieder zu. Schliesslich drehte sie sich wieder zu Jasmin um. «Lassen Sie es mich wissen, wenn Sie etwas Verdächtiges finden.»

Erst auf der Autobahn merkte Jasmin, wie erleichtert sie war, der engen Welt der Zauggs zu entfliehen. Bevor sie gegangen war, hatte sie noch mit Kurt Zaugg gesprochen. Er machte kein Geheimnis daraus, dass er nicht viel von der militärischen Präsenz der Schweiz in Kosovo hielt. Für ihn war die Mission eine Verschwendung von Steuergeldern. Zudem betrachtete er sie als eine Bedrohung der Schweizer Neutralität. Wenn es nach ihm ginge, würde die Schweiz gar keine Soldaten ins Ausland schicken. Was seinem Sohn widerfahren war, bestätigte ihn in seiner Einstellung. Karin Zaugg hatte ihm daraufhin entgegengehalten, dass Friedensmissionen einen verfassungsmässigen Auftrag der Armee darstellten, doch das hatte nur zu einer weiteren heftigen Auseinandersetzung zwischen Vater und Tochter geführt.

Leichter Schneefall setzte ein. Jasmin überholte einen Lastwagen und begann, nach einer Raststätte Ausschau zu halten. Sie hatte seit dem Frühstück nichts gegessen. Obwohl sie lieber direkt nach Zürich zurückgefahren wäre, um die Harddisk anzuschliessen, brauchte sie eine Stärkung. Ursprünglich hatte sie vorgehabt, Raffael Gilomen und Patrick Aebersold aufzusuchen, da sie ebenfalls in Münsingen wohnten. Doch Fabian Zauggs Computerdaten hatten im Moment Priorität. Bei der Kripo hätte sie um Unterstützung gebeten, als private Ermittlerin war sie auf sich alleine gestellt. Daran würde sie sich gewöhnen müssen. Es standen ihr keine Sachbearbeiter vom Kriminaldienst zur Verfügung; auf die Informationen in den Polizeidatenbanken hatte sie keinen Zugriff mehr. Ohne ihren Dienstausweis war sie auf das Entgegenkommen ihrer Mitmenschen angewiesen. Eine schlimme Vorstellung. Am meisten Mühe bereitete ihr aber, dass sie ihre Dienstwaffe hatte abgeben müssen.

Sie hatte sich überlegt, einem privaten Schützenverein beizutreten, doch das hätte ihr nur erlaubt, mit einer Sportwaffe zu schiessen. Auf sich tragen dürfte sie die Pistole trotzdem nicht, ausser auf dem Weg zum Schiessstand. Deshalb hatte sie die Idee verworfen und sich nach Alternativen umgesehen. Schliesslich war sie auf Eskrima gestossen, eine philippinische Kampfsportart, bei der Stöcke und Messer zum Einsatz kamen. Vor zwei Monaten war sie einem Verein beigetreten. Bereits übte sie Angriffstechniken und komplizierte Würfe. Vor allem im Bodenkampf profitierte sie von zwanzig Jahren Erfahrung in Selbstverteidigung. Als 16-Jährige war sie Schweizer Juniorenmeisterin in Jiu-Jitsu gewesen, später kamen eine Silber- und zwei Bronzemedaillen hinzu.

Bis vor einem Jahr hatte sie drei Abende pro Woche in einem Dojo verbracht. Doch als es darauf angekommen war, hatte ihr der schwarze Gürtel nichts genützt. Sie hatte sich nicht verteidigen können. Auf der Matte war sie unschlagbar gewesen, ausserhalb des Dojos hingegen leichte Beute. Von dem Moment an hatte sie die Selbstverteidigung abgeschrieben. Um zu überleben, musste sie angreifen. Seither trug sie ein Messer am Bein. Nicht einmal nachts legte sie die Waffe ab. Wenn sie aus Albträumen hochschreckte, strich sie über die scharfe Klinge, bis sich ihr Herzschlag beruhigte.

Ein Schild kündigte eine Tankstelle mit Kiosk an. Jasmin stellte den Blinker und wechselte die Spur. Zwei Kilometer weiter hielt sie vor einer Zapfsäule. Nachdem sie vollgetankt hatte, kaufte sie sich ein Sandwich, das sie im Stehen verschlang und mit Cola hinunterspülte. Als sie die Flasche entsorgte, fiel ihr Blick auf eine Schlagzeile: «Swisscoy-Soldat schuldig?» Jasmin griff sich eine Zeitung und starrte auf das Foto von Fabian Zaugg, das die ganze Titelseite ausfüllte. Trotz des schwarzen Balkens über seinen Augen war er gut zu erkennen. Er stand am Eingang eines Militärzelts, ein Sturmgewehr in der Hand, und zeigte dem Fotografen seinen nackten Hintern.

8

Pal Palushi faltete die Zeitung und legte sie in die Hecktasche seines Superbikes. Wut stieg in ihm auf. Was hatte ihm sein Klient sonst noch verschwiegen? Wie konnte er Fabian Zaugg verteidigen, wenn dieser ihn belog? Pal kam es vor, als absolviere er mit verbundenen Augen einen Hindernisparcours. Wäre er nicht zufällig an einem Kiosk vorbeigefahren, hätte er die Schlagzeile nicht gesehen. Das Foto auf der Titelseite hatte zwar nichts mit seinem Fall zu tun, doch es liess seinen Klienten in einem schlechten Licht erscheinen. Genau das hatte der Journalist beabsichtigt. Da er nichts über die laufende Ermittlung zu berichten hatte, hatte er in eigener Regie Recherchen angestellt und daraus Schlüsse gezogen. Sein Fazit war simpel: Wer die Hosen für ein Foto herunterliess, dem war auch eine Vergewaltigung zuzutrauen.

Pal klappte sein Visier hinunter, startete den Motor und nahm die letzten Kilometer auf der schneebedeckten Strasse nach Oberuzwil in Angriff. Ob Maja Salvisberg den Artikel auch gesehen hatte? Würde sie Fabian Zaugg darauf ansprechen oder sich bedeckt halten? An Salvisbergs Stelle hätte Pal versucht, den Angeschuldigten in Widersprüche zu verwickeln. So, wie Pal seinen Klienten einschätzte, würde er die Existenz des Bildes abstreiten, bis ihm die Zeitung unter die Nase gehalten wurde. Die Instruktionen seines Anwalts beachtete er so gut wie gar nicht. Mehrmals hatte Pal Fabian Zaugg geraten zu schweigen. Er war überzeugt, dass die Beweise zum gegenwärtigen Zeitpunkt nicht für eine Verurteilung ausreichten. Dass sein Aussageverhalten Gewicht hatte, schien Zaugg aber nicht zu begreifen. Immer wieder hatte er Geschichten aufgetischt, die keinen Sinn ergaben. Was erhoffte er sich von seinen Lügen? Glaubte er tatsächlich, die Wahrheit käme so nicht ans Licht?

Pals Nerven summten wie eine Stimmgabel. Am Vortag hatte er Fabian Zaugg in Frauenfeld besucht, um die Einvernahme vorzubereiten. Sein primäres Ziel war im Moment, den Schaden zu begrenzen. Ohne Zauggs Unterstützung hatte er jedoch einen schweren Stand. Pal hielt nicht viel von autoritären Beziehungen zwischen Verteidiger und Klient. Er arbeitete auf partnerschaftlicher Basis. Deshalb besprach er jeweils seine nächsten Schritte bis hin zu seiner Gesamtstrategie mit seinem Klienten. Er erwartete nicht, gleich zu Beginn dessen volles Vertrauen zu geniessen. Es war Sache des Klienten zu entscheiden, wie viel er ihm erzählen wollte. Aber Pal war es gewohnt, dass zumindest seine juristischen Ratschläge ernst genommen wurden. Fabian Zaugg hingegen ignorierte sie. Bewusst? Oder war er so überfordert, dass er den Bezug zur Realität verloren hatte?

Pal dachte an den Fall einer Frau, die nach 47 Tagen Untersuchungshaft ein gravierendes Hafttrauma erlitten hatte. Die Folge waren anhaltende psychische Beeinträchtigungen und schwere gesundheitliche Schäden. Noch Jahre später war sie deswegen in Behandlung. Das Zürcher Obergericht hatte ihr eine Genugtuung von 32 000 Franken zugesprochen. Zwischen der Frau und Fabian Zaugg bestanden einige Gemeinsamkeiten. So wiesen beide einen tadellosen Leumund auf und waren vor der Verhaftung nie mit dem Gesetz in Konflikt geraten. Die Untersuchungshaft war ein Schock. Weiter hatten beide Fälle das Interesse der Öffentlichkeit geweckt. Auch wenn Fabian Zaugg freigesprochen oder das Verfahren gegen ihn sogar eingestellt wurde, so würden die Anschuldigungen noch Jahre, vielleicht sogar sein ganzes Leben lang, an ihm haftenbleiben.

Auf der gegenüberliegenden Strassenseite tauchte der Militärpolizeiposten auf. Pal bremste vorsichtig und klingelte am Metalltor. Er wartete, bis der Weg freigegeben wurde, bevor er auf den Parkplatz einbog. Hinter ihm ging das Tor langsam wieder zu.

Er glaubte nicht, dass Maja Salvisberg seinen Klienten in den nächsten Tagen aus der Haft entlassen würde. Vor allem, da sich Fabian Zaugg weiterhin gegen die Entsiegelung seines Computers wehrte. Dies, obwohl Pal ihm erklärt hatte, dass die Daten früher oder später sowieso der Untersuchungsrichterin zugänglich seien. Frustriert presste Pal die Kiefer zusammen. Er ahnte, dass Maja Salvisberg neue Informationen besass. Doch diesmal hatte sie ihm keine Einsicht in das Material gewährt.

Pal parkierte neben einem Mannschaftsbus der Militärpolizei, verstaute seinen Motorradanzug, wechselte die Schuhe und zog sein Jackett hervor. Mit dem Aktenkoffer in der Hand ging er auf den Haupteingang zu und meldete sich über Lautsprecher an. Ein Summen ertönte. Ehe er im Warteraum Platz nehmen konnte, erschien Salvisberg im Tarnanzug, gefolgt von Alex Brenner, der als Militärpolizist ebenfalls in Oberuzwil stationiert war. Die Untersuchungsrichterin erklärte, dass sich Brenner ums Protokoll kümmern werde.

Der Zellentrakt befand sich im ersten Obergeschoss. Pal stieg hinter Salvisberg eine Gitterrosttreppe hoch, wie er sie aus Industriebauten kannte. Er kam an einem Konfrontationsraum mit Einwegspiegel, einem Betreuungsraum für die Mannschaft und fünf Zellen vorbei. Nur eine Zelle war belegt. Als Brenner die Tür aufschloss, erhaschte Pal einen kurzen Blick auf eine grüne Plastikmatratze. Neben einer gefalteten Militärwolldecke sass Fabian Zaugg, das Kinn in die Hände gestützt. Salvisberg deutete auf die offene Tür eines Einvernahmezimmers. Pal nahm am Besprechungstisch Platz und holte seine Unterlagen hervor. Brenner führte Fabian Zaugg herein.

«Reicht Ihnen eine halbe Stunde?», fragte Salvisberg.

«Ja.» Pal hatte am Vortag angekündigt, dass er vor der Einvernahme seinen Klienten alleine sprechen wolle. Zwar war er mit Fabian Zaugg alle wichtigen Punkte bereits durchgegangen, doch vielleicht würde er zu ihm durchdringen, wenn er seine Ratschläge mehrmals wiederholte. Als er ihn nun von nahem sah, verflog Pals Wut. Die Schatten unter den Augen des Soldaten waren dunkler, als Pal sie in Erinnerung hatte. Seine Haut wirkte fast transparent, bis auf die entzündeten Stellen auf seinen Wangen, die rot glühten. Ein feiner Schweissfilm bedeckte seine Stirn. Ob er Fieber hatte?

«Wie geht es Ihnen?», fragte Pal, nachdem Salvisberg den Raum verlassen hatte.

«Gut», murmelte Zaugg.

«Sie sehen nicht gut aus. Brauchen Sie einen Arzt?»

Fabian Zaugg schüttelte den Kopf.

«Ihr Gesundheitszustand ist wichtig», sagte Pal. «Wenn Sie sich schlecht fühlen, wäre ich froh, Sie würden es mir sagen.»

«Ich bin okay.»

Pal zögerte. «Vielleicht sollten Sie noch einmal über das Gutachten nachdenken.»

Er hatte Fabian Zaugg vorgeschlagen, ein Gutachten über seine Schuldfähigkeit erstellen zu lassen. Es würde zwar nur eine Rolle spielen, wenn Fabian Zaugg für schuldig befunden würde. Pal hatte sich aber erhofft, die Diskussion darüber würde den Graben zwischen ihm und seinem Klienten verkleinern. Doch Zaugg hatte ihn nur erschrocken angeschaut und stumm den Kopf geschüttelt. Auch jetzt zuckte er zusammen, als Pal das Wort «Gutachten» in den Mund nahm.

«Ich will nicht zu einem Psychiater», stotterte Zaugg.

«Ich zeige Ihnen nur verschiedene Möglichkeiten auf», sagte Pal ruhig.

«Nein!»

Pal hob beschwichtigend die Hände. «Kein Problem. Dann lassen Sie uns auf die bevorstehende Einvernahme kommen. Heute ist ein Foto von Ihnen in der Zeitung erschienen, auf das Maja Salvisberg möglicherweise zu sprechen kommen wird.» Er legte Fabian Zaugg die Zeitung hin. Zaugg starrte darauf, ohne mit der Wimper zu zucken.

«Wer hat das Bild gemacht?», fragte Pal.

«Enrico Geu», sagte Zaugg leise. «Er ist… wir teilen zusammen den Container. Wir haben nur herumgealbert. Ein einziges Mal. Auf der Falke. Es war nicht viel los.»

«Gibt es noch weitere Bilder?»

Zaugg schüttelte den Kopf.

«Wie kam es an die Öffentlichkeit?»

«Keine Ahnung.» Zaugg führte seinen Daumen an den Mund und begann, am Nagel zu kauen. «Bekomme ich deswegen einen Verweis?»

Pal glaubte, sich verhört zu haben. Seinem Klienten wurde vorgeworfen, eine Frau vergewaltigt zu haben, doch er schien sich eher vor einem Verweis als vor einer Gefängnisstrafe zu fürchten. Entweder war er psychisch schwer angeschlagen, oder er hatte die Tat wirklich nicht begangen. Auf jeden Fall aber würde Maja Salvisberg ein Gutachten in Auftrag geben, dessen war sich Pal sicher. Damit würde die Frage beantwortet, ob Zaugg zur Tatzeit zurechnungsfähig gewesen war, sofern er Besarta Sinani wirklich vergewaltigt hatte. Genauso klar war Pal, dass sein Klient die Kooperation verweigern würde. Er stöhnte innerlich. Wenn Fabian Zaugg nicht mitmachte, würde möglicherweise ein reines Aktengutachten erstellt. Dieses war zwar weniger aussagekräftig, trotzdem befürchtete Pal, das Gericht würde sich davon beeinflussen lassen. Einer psychisch angeschlagenen Person wurde ein Verbrechen eher zugetraut.

«Gehen wir die Einvernahme noch einmal durch», schlug Pal vor. Er wiederholte, was er bereits am Vortag gesagt hatte. «Nehmen Sie den Tatvorwurf zur Kenntnis. Beschränken Sie sich darauf, die Anschuldigungen zu bestreiten. Versuchen Sie nicht, Erklärungen zu liefern. Und vor allem: Machen Sie keine Aussagen. Wir müssen zuwarten und sehen, was die Untersuchung zutage fördert. Haben Sie noch Fragen?»

«Werde ich nach der Einvernahme freigelassen?»

Als Maja Salvisberg den Einvernahmeraum betrat, merkte Pal, dass sich etwas in ihrem Verhalten verändert hatte. Bis jetzt hatte sie sich kooperativ gezeigt. Mehr, als die meisten zivilen Staatsanwälte, mit denen Pal zu tun gehabt hatte. Doch nun war ihr Händedruck fester, ihre Stimme kühler. Sie schien ihre Chance zu wittern und hatte nicht vor, sie sich entgehen zu lassen. Pal fragte sich, was sie gegen Fabian Zaugg in der Hand hatte. Neue Beweismittel? Zeugenaussagen? Resultate der Spurensicherung?

Er blickte zu seinem Klienten, der die Hände zwischen die Oberschenkel geklemmt hatte und auf die weisse Tischplatte starrte.

«Herr Brenner, sind Sie so weit?», fragte Salvisberg.

«Jawohl», antwortete der Militärpolizist.

Salvisberg wandte sich an Fabian Zaugg. «Es geht immer noch um den Vorwurf, dass Sie am 3. Oktober Besarta Sinani vergewaltigt haben sollen. Sie haben nach wie vor das Recht, die Aussage ohne Angabe von Gründen zu verweigern. Falls Sie Aussagen machen, werden diese als Beweismittel verwendet. Vom Recht, einen Verteidiger beizuziehen, haben Sie Gebrauch gemacht. Sind Sie heute bereit, Aussagen zu machen?»

«Ja», flüsterte Fabian Zaugg.

Pal warf ihm einen warnenden Blick zu.

«Herr Zaugg, Sie behaupten, in der Nacht des 3. Oktobers keinen Geschlechtsverkehr vollzogen zu haben», sagte Salvisberg. «Bleiben Sie bei dieser Aussage?»

«Ja.»

«Kam es vor dem 3. Oktober in ihrem Wohncontainer zu Geschlechtsverkehr?»

Als Pal sah, wie Fabian Zaugg die Lippen befeuchtete, hielt er die Luft an.

«Herr Zaugg?», drängte Salvisberg.

«Nein», antwortete Fabian Zaugg.

«Nach dem 3. Oktober?», fuhr Salvisberg fort.

«Nein.»

«Verstehe ich Sie richtig: Es kam weder vor dem 3. Oktober noch danach in Ihrem Wohncontainer zu Geschlechtsverkehr?»

Plötzlich sah Fabian Zaugg auf. «Darf ich zurück, wenn ich freigesprochen werde?»

Salvisberg klappte die Kinnlade herunter. Sogar Alex Brenner schaute vom Laptop auf. Pal schloss die Augen. Was ging seinem Klienten durch den Kopf? Ahnte er, wie seltsam sein Verhalten auf andere wirkte?

«Ich bitte um eine kurze Unterbrechung», verlangte Pal.

Wie erwartet, lehnte Salvisberg ab. Pal bestand darauf, dass Brenner im Protokoll einen entsprechenden Vermerk machte.

«Herr Zaugg, beantworten Sie meine Frage!», forderte Salvisberg.

Erneut versuchte Pal, Blickkontakt zu Fabian Zaugg herzustellen. Er hatte ihn instruiert, gar nichts mehr zu sagen, falls eine Besprechungspause zwischen Klient und Verteidiger verweigert wurde.

«Nein», antwortete Fabian Zaugg.

Schweiss sammelte sich unter Pals Achseln.

«Es kam in Ihrem Wohncontainer nie zu Geschlechtsverkehr?»

«Nein.»

«Haben Sie in Ihrem Wohncontainer masturbiert?»

Fabian Zaugg schoss die Röte ins Gesicht. Pal hörte, wie irgendwo eine Tür aufging. Schritte erklangen auf der Gitterrosttreppe, eine tiefe Stimme erteilte im Erdgeschoss Anweisungen. Die Schritte verhallten und liessen eine gespenstische Stille zurück. Brenner hatte aufgehört zu tippen und wartete auf Zauggs Antwort. Dass der Militärpolizist selbständig mitschrieb, ärgerte Pal. Üblich war, dass eine Untersuchungsrichterin Fragen und Antworten diktierte. Zumindest im Kanton Zürich. So konnte Pal sicher sein, dass das Protokoll stimmte. Im Nachhinein würde er sich nicht mehr an den genauen Wortlaut erinnern können.

«Herr Zaugg?», wiederholte Salvisberg.

Fabian Zaugg wand sich auf seinem Stuhl. Inzwischen glänzte nicht nur seine Stirn, sondern sein ganzes Gesicht. Er fuhr sich mit dem Ärmel über den Mund und richtete den Blick auf die Tischplatte. Pal konnte die Angst seines Klienten förmlich riechen. Er betrachtete die Flasche Mineralwasser, die in der Tischmitte stand. Er sehnte sich nach einem Schluck. Zu trinken käme aber einem Eingeständnis seiner Nervosität gleich, also liess Pal es bleiben.

«Herr Zaugg», bohrte Salvisberg. «Haben Sie in Ihrem Wohncontainer masturbiert?»

Fabian Zaugg schüttelte den Kopf.
«Ja oder nein?»
«Nein», murmelte Zaugg.
«Nein?», wiederholte Salvisberg. «Sie waren sechs Monate im Einsatz und haben sich nie einen runtergeholt?»
Fabian Zaugg zuckte zusammen.
«Ich wiederhole die Frage: Haben Sie in Ihrem Wohncontainer masturbiert?»
«Ich weiss nicht.»
«Wie muss ich das verstehen?», fragte Salvisberg. «Wissen Sie nicht, was Selbstbefriedigung ist, oder wissen Sie nicht mehr, wie oft Sie masturbiert haben?»
«Wie oft.»
«Also haben Sie masturbiert?»
«Würden Sie bitte vorlesen, was genau im Protokoll steht?», unterbrach Pal.
Verärgert klopfte Salvisberg mit dem Kugelschreiber auf den Tisch. «Sie haben im Anschluss die Möglichkeit...»
«Im Nachhinein ist es zu spät! Wenn etwas sinnverzerrt protokolliert wird, kann ich Sie nur jetzt davon überzeugen, Änderungen anzubringen. In zwei Stunden werden wir uns nicht mehr an den genauen Wortlaut der Aussage meines Klienten erinnern können.»
«Herr Brenner?», bat Salvisberg zähneknirschend.
Der Militärpolizist las den Text laut vor.
Als Pal nickte, fuhr Salvisberg fort. «Herr Zaugg? Haben Sie in Ihrem Container masturbiert?»
«Vielleicht.»
«Bitte antworten Sie mit Ja oder Nein.»
«Ja.»
«Wo?»
«Im Bett.»
«Wie häufig?»
Fabian Zaugg glühte. Pal schenkte ein Glas Wasser ein und stellte es ihm hin, wofür er von Salvisberg einen giftigen Blick

kassierte. Sein Klient rührte das Glas nicht an. Er hatte sich so klein wie möglich gemacht und rang um Fassung.

«Herr Zaugg?»

«Zwei-, dreimal.»

«Pro Tag?»

«Pro Woche.»

«Bitte beschreiben Sie, wie Sie sich befriedigt haben», bat Salvisberg.

Pal schlug mit der flachen Hand auf den Tisch. «Das reicht! Sie haben nicht das Recht, meinen Klienten blosszustellen! Ihre Fragen tragen nicht zur Klärung des Sachverhalts bei!» Er wandte sich an Brenner. «Bitte machen Sie eine Protokollnotiz, dass ich gegen diese Frage opponiere.»

Maja Salvisberg beugte sich vor. Der Duft eines blumigen Parfüms vermischte sich mit dem Schweissgeruch, der im Raum hing. Ruhig erklärte sie, dass sie mit ihren Fragen ein Ziel verfolge, und bat Brenner, den Einwand von Pal zu protokollieren. Obwohl ihr Gesicht ausdruckslos war, spürte Pal, dass sie sich ihrer Überlegenheit bewusst war. Pal unterdrückte den Ärger, der in ihm hochkam. Er war schon immer ein schlechter Verlierer gewesen. Im Moment spielte er jedoch nicht einmal mit. Er sass lediglich auf der Tribüne.

Eine halbe Stunde lang hörte er kommentarlos zu, wie Fabian Zaugg stotternd den Fragen auswich, Halbwahrheiten von sich gab und sich in Widersprüche verwickelte. Brenner tippte eifrig mit. Alle paar Sätze las er das Protokoll laut vor.

«Ich fasse also das Wesentliche zusammen», meinte Salvisberg. «Sie haben zwei- bis dreimal pro Woche in Ihrem Bett masturbiert. Dabei lagen Sie auf dem Rücken. Ejakuliert haben Sie ausschliesslich in ein Taschentuch. Ist das richtig?»

«Ja», flüsterte Fabian Zaugg.

Salvisberg nickte zufrieden. Pal wappnete sich gegen den unweigerlichen K.-o.-Schlag. Er musste nicht lange warten. Aus ihren Akten zog Salvisberg einen Bericht des St. Galler Instituts für Rechtsmedizin hervor.

«Ihre Bettwäsche wurde zur Untersuchung ins Labor geschickt», erklärte sie. «Es wurde ein Vortest durchgeführt. Die Resultate sind gestern eingetroffen. Es steht zweifelsfrei fest, dass sich Spermaspuren auf dem Leintuch befinden. Wie erklären Sie sich das?»

«Ein Vortest?», unterbrach Pal. «Reden wir hier von einer mikroskopischen Untersuchung oder lediglich von einem Crime-Light-Test?»

«Herr Zaugg?»

Fabian Zaugg zuckte mit den Schultern.

«Frau Salvisberg!», stiess Pal aus. «Um welchen Test handelt es sich?»

Die Untersuchungsrichterin beugte sich zu Fabian Zaugg hinüber. «Wie kommt Ihr Sperma aufs Leintuch, wenn Sie immer in ein Taschentuch ejakuliert haben?» Als sie keine Antwort erhielt, fuhr sie fort. «Beim Masturbieren haben Sie ein Taschentuch benützt. Nicht aber, als Sie Besarta Sinani vergewaltigt haben!»

Fabian Zaugg liess den Kopf auf den Tisch sinken.

Selten konnte etwas Pal Palushis Professionalität erschüttern. Als er aber die Ortstafel von Oberuzwil passierte, fluchte er so laut hinter seinem Visier, dass er über sich selbst erschrak. Erst auf der Autobahn ging seine Wut in dumpfe Resignation über. Am Resultat des Instituts für Rechtsmedizin gab es nichts zu rütteln, auch wenn der Test bloss mit einem Crime-Light durchgeführt worden war. Das UV-Licht liess Sperma aufleuchten. Um die Spur genauer zu bestimmen, wären eine mikroskopische Untersuchung oder sogar ein DNA-Test nötig. Unnötige Zusatzausgaben, denn Fabian Zaugg hatte gestanden, dass das Sperma von ihm stammte. Pal hatte versucht, die Situation zu retten. Er warf die Frage auf, ob eine Drittperson im Wohncontainer gewesen sein könnte. Statt den Notanker zu packen, stritt Fabian Zaugg die Beteiligung eines weiteren Soldaten vehement ab. Kurz überlegte Pal, ob sein Klient jemanden zu schützen versuchte. Doch das ergab keinen Sinn. Wenn sich ein anderer Soldat an Besarta Sinani vergangen hatte, würde Zaugg nicht gegen ihn aussagen? Warum eine Gefängnisstrafe riskieren? Sogar wenn die Beweise nicht für eine Verurteilung ausreichten, Zauggs Ruf hatte irreparablen Schaden erlitten. Erst recht, nachdem die halbe Schweiz das Bild seines nackten Hinterns gesehen hatte. In den Augen der Öffentlichkeit war Fabian Zaugg pervers. Was unter normalen Umständen als schlechter Spass heruntergespielt worden wäre, galt plötzlich als abartiges Verhalten. Pal fragte sich, wie die Swisscoy darauf reagieren würde. Der Imageverlust kam zu einem schlechten Zeitpunkt. Skeptiker würden sich auf die negativen Schlagzeilen stürzen. Egal, wie professionell die Truppen auftraten, ein einziger Fehltritt genügte, um sowohl Armeegegnern als auch politischen Kreisen, die Auslandeinsätze ablehnten, Aufwind zu geben.

Die Dämmerung setzte ein. Der Schneefall hatte nachgelassen, trotzdem kam Pal nur langsam voran. Die Fahrzeuge vor ihm krochen mit 80 km/h dahin. Er hatte damit gerechnet, am späten Nachmittag wieder im Büro zu sein. Doch die Einvernahme hatte über fünf Stunden gedauert. Anschliessend hatte er das Gespräch mit Maja Salvisberg gesucht. Er hatte sie gefragt, was er ihr bieten müsse, damit sie Fabian Zaugg aus der Untersuchungshaft entlasse. Wie erwartet, bestand sie auf der Entsiegelung des Computers. Sein Klient weigerte sich jedoch weiterhin hartnäckig, den Untersuchungsbehörden freiwillig Zugriff zu gewähren.

Auf Salvisbergs Liste waren vier weitere Zeugen, die sie vorladen wollte. Danach stünde eine weitere Einvernahme mit Besarta Sinani an. Vermutlich würde die Untersuchungsrichterin Fabian Zaugg erst danach auf freien Fuss setzen, um Absprachen zu verhindern. Pal fragte sich, ob sein Klient so lange durchhalten würde. Er kannte stabilere Persönlichkeiten, die an der Untersuchungshaft fast zerbrochen waren. 24 Stunden am Tag überwiegend alleine eingesperrt zu sein, trieb manche an die Grenzen des Wahnsinns. Ungewissheit, Angst, Hilflosigkeit und manchmal Reue belasteten die Häftlinge, doch ausgerechnet in dieser schwierigen Situation konnten sie sich nur bedingt an Freunde oder die Familie wenden. Der reguläre Vollzug war bedeutend angenehmer.

In Zürich angekommen, schlug Pal den Weg Richtung Oerlikon ein. Ins Büro zu fahren, lohnte sich nicht mehr. Um sieben würde er sich mit seinem langjährigen Freund Valentin Schaufelberger treffen. Seit neun Jahren spielten sie jede Woche zusammen Squash. Erst zweimal war der gemeinsame Abend ins Wasser gefallen, abgesehen von Krankheiten oder Ferienabwesenheiten: bei der Geburt von Valentins Sohn Max und als Jasmin letzten Herbst verschwunden war.

Vor fast genau einem Jahr. Nie würde Pal vergessen, wie Jasmins Vorgesetzter ihn an einem Supermoto-Rennen aufgesucht und in Handschellen abgeführt hatte. Lange hatte Pal zu den Verdächtigen gehört. Unter normalen Umständen hätten ihm die Vorwürfe schwer zu schaffen gemacht. Doch damals hatte er nur an Jasmin denken können. Er war überzeugt gewesen, sie nie lebend wiederzusehen. Und wusste, dass er einen Teil der Schuld daran trug.

Pal parkierte vor dem Squashcenter. Das Trottoir war mit grauem Matsch bedeckt, doch die Gebüsche entlang der Strasse leuchteten weiss, ebenso die Dächer der umliegenden Bürogebäude. Zwischen den Wolkenfetzen am Himmel waren einige Sterne zu erkennen. Überraschend stiegen Pal Erinnerungen an sein Heimatdorf auf. Die Dunkelheit in Zajqevc war so komplett gewesen, dass er am Himmel die Milchstrasse erkannt hatte. Als Kind hatte er versucht, die Sterne zu zählen, doch sie leuchteten jede Nacht an einem anderen Ort. Seine Schwester hatte ihm erzählt, sie würden tanzen. Shpresa war die Einzige unter den sechs Geschwistern, die heute in Kosovo lebte. Sie hatte sich in der Schweiz nie wohl gefühlt und war mit 18 Jahren nach Zajqevc zurückgekehrt.

Pal setzte sich an die Bar und bestellte ein Clubsandwich. Seine Squashausrüstung lag in einem gemieteten Kästchen, zusammen mit einem Satz Sportkleider für Notfälle. Schon oft war er nach einer Gerichtsverhandlung oder einer längeren Einvernahme direkt ins Trainingscenter gefahren und froh darüber gewesen. Er grüsste einen Bekannten und holte seine Unterlagen hervor, bevor sich dieser zu ihm setzen konnte. Während er ass, studierte er das Protokoll der Einvernahme und notierte sich seine Gedanken. Erneut fragte er sich, ob Fabian Zaugg nicht doch jemanden zu schützen versuchte. Er dachte an Geschichten, die er über die US-Armee gehört hatte. Von Soldaten, die über die Stränge geschlagen hatten; von Mutproben, Aufnahmeritualen und Vertuschungsaktionen. Konnte sich etwas Vergleichbares im Schweizer Militär abspielen? Harmlosere Versionen hatte er in der Rekrutenschule oder im Wiederholungskurs selbst erlebt. Die Hamburgertaufe, ein Eintrittsritual, wurde immer noch durchgeführt. Meist überschritten die Soldaten die Grenzen des Erlaubten jedoch nicht. Allerdings erinnerte sich Pal an einen Fall, der sogar vor Militärgericht gelandet war. Dabei war die sexuelle Integrität eines Wachtmeisters verletzt worden. Immer wieder hatte es auch Disziplinarstrafen gegeben. Aber bei der Swisscoy?

US-Soldaten standen unter enormem Druck. Sie hatten Kriege miterlebt, die Schweizer nur vom Bildschirm her kannten. Viele der in Kosovo stationierten Truppen befanden sich auf dem Rückweg von Irak oder Afghanistan. Der Balkan diente als Zwischenstation, bevor sie wieder in den Alltag eintauchten. Sie waren dort, um langsam in die Normalität zurückzukehren. Doch für Schweizer Soldaten war Kosovo der Ernstfall. Auch wenn der Strassenverkehr die grösste Gefahr darstellte, so war es vielleicht möglich, dass sich in den Köpfen der Soldaten mehr abspielte, als die Situation rechtfertigte. Dass sie sich zum Beispiel in ihre Rollen hineinsteigerten. Fabian Zaugg hatte sich die Haare immer kürzer schneiden lassen. Er hatte sich im Laufe seines Einsatzes vom heimwehgeplagten Jugendlichen zum harten Infanteristen gemausert. Welche Veränderungen hatte er noch durchlaufen? Wie weit wäre er gegangen, um dazuzugehören?

Erneut fragte sich Pal, wessen Spermaspuren sich tatsächlich auf dem Leintuch befanden. Als er Fabian Zaugg unter vier Augen vorgeschlagen hatte, eine DNA-Analyse zu verlangen, hatte sein

Klient heftig abgewehrt. Weil er wusste, dass es sich um sein eigenes Sperma handelte? Oder weil eine Drittperson anwesend gewesen war? Als Untersuchungsrichterin war Salvisberg verpflichtet, auch entlastenden Elementen nachzugehen. Doch jede DNA-Analyse erhöhte die Kosten. Wenn Fabian Zaugg nicht abstritt, dass es sich um sein Sperma handelte, würde Salvisberg vermutlich keine weiteren Untersuchungen durchführen lassen. Von neuem stieg Wut in Pal auf. Er schluckte einen grossen Bissen seines Sandwichs, ohne zu kauen. Wie sollte er seinen Klienten vertreten, wenn dieser sich nicht helfen liess?

«Du kriegst noch ein Magengeschwür», sagte eine vertraute Stimme neben seinem Ohr. «Reg dich lieber beim Squash ab!» Valentin Schaufelberger klopfte Pal mit einem schiefen Grinsen auf den Rücken. «Bist du schon lange hier?»

Pal legte eine Zwanzigernote auf die Theke und stand auf. Er erklärte, warum er früher gekommen war.

«Aus Oberuzwil?», fragte Valentin. «Ein Militärfall? Doch nicht etwa der Swisscoy-Soldat, dessen Knackarsch überall zu bewundern ist?»

Pal nickte grimmig. Zwar durfte er offiziell nicht über seine Fälle sprechen, doch bei Valentin Schaufelberger machte er eine Ausnahme. Seinem Freund vertraute er hundertprozentig. Mit irgendjemandem musste er sich austauschen können. Vor allem, wenn er nicht mehr weiterwusste wie jetzt. Mit einem mitleidigen Ausdruck hob Valentin die flache Hand. Pal schlug mit der Faust dagegen. Ein altes Ritual, das sie schon nach verpatzten Prüfungen im Studium praktiziert hatten. Allerdings war es damals Valentin gewesen, der sich hatte abreagieren müssen; Pal schrieb meist Bestnoten.

Auf dem Weg zur Garderobe schilderte Pal kurz den Fall. Einiges liess er weg, doch Valentin kannte ihn gut genug, um auch das zu verstehen, was er nicht aussprach.

«Einen Moment», unterbrach Valentin. «Bei mir läuten die Alarmglocken. Du glaubst, der Infanterist könnte unschuldig sein?»

«Ich weiss es nicht.»

«Aber du hältst es für möglich.» Valentin fuhr sich mit der Hand über sein gescheiteltes blondes Haar. «Das erinnert mich an...»

«Nein!», widersprach Pal. «Die Fälle haben keine Ähnlichkeit.»

«...den ‹Metzger›-Fall», schloss Valentin. «Da wollte sich dein Klient auch nicht helfen lassen.»

Pal stiess die Tür zur Garderobe auf, öffnete sein Kästchen und holte sein Squashracket heraus. Ohne Ball übte er einige Schläge. Schweigend zogen sie sich um. Vor dem Court holte Valentin Luft.

«Wie geht es Max?», fragte Pal rasch.

«Gut. Warum ausgerechnet du? Du hast noch nie Militärfälle übernommen.»

Während Pal erklärte, warum Karin Zaugg auf ihn gestossen war, dehnte er Arm- und Beinmuskeln.

«Also doch. Die Parallelen sind da», sagte Valentin, sich locker an die Wand lehnend.

«Du wirst dir eine Zerrung holen, wenn du das Dehnen auslässt», mahnte Pal.

Halbherzig winkelte Valentin ein Bein an. «Du kannst die Vergangenheit nicht mehr ändern», sagte er. «Auch nicht, wenn du jetzt einen Freispruch erwirkst. In dieser Beziehung haben die Fälle wirklich nichts miteinander zu tun.»

«Genau das sage ich doch.»

«Abgesehen davon ähneln sie sich in mancherlei Hinsicht: Du vertrittst einen Klienten, der lügt, und weisst nicht, warum. Du glaubst, aufgrund deiner Herkunft die Wahrheit erkennen zu müssen, tappst aber im dunkeln. Das macht dich fertig. Du hast es nie ertragen können, wenn du etwas nicht begriffen hast. Dein Ehrgeiz und dein Wahn, für alles verantwortlich zu sein, werden dich eines Tages mächtig in die Scheisse reiten, glaub mir.»

«Du hättest Anwalt werden sollen», antwortete Pal bissig. «An Eloquenz mangelt es dir nicht.»

Die Spieler vor ihnen sammelten ihre Sachen ein und verliessen den Court. Pal fischte einen Ball aus der Tasche und begann, sich aufzuwärmen. Er liebte das satte Geräusch des Aufpralls. Egal, wie angespannt er war, meist gelang es ihm nach wenigen Spielzügen abzuschalten. Doch heute schoben sich unerwünschte Bilder zwischen die Schläge. Vor sich sah er Fabian Zaugg, die Schultern gekrümmt, als versuche er, sich gegen die Anschuldigungen abzuschirmen; Jasmins stumpfen Blick, als Pal sie letzten Februar im Krankenhaus besucht hatte. Sie hatte sich von ihm abgewandt, so dass er im Spalt des Spitalnachthemds die Gazen auf ihrem Rücken sah. Und die blutige Wunde am Hinterkopf. Ihr Peiniger hatte sie ohne Anästhesie genäht.

Der Ball flog wenige Millimeter an seinem Ohr vorbei und riss Pal aus seinen Gedanken. Instinktiv drehte er sich um und schmetterte ihn über die Seitenwand zurück. Valentin hatte keine Mühe zu parieren. Obwohl er mit seinem schlaksigen Gang langsamer war als Pal, stand er immer am richtigen Ort. Dass sie sich als Gegner ebenbürtig waren, verstärkte in beiden den Wunsch zu gewinnen. Valentin befand sich in Hochform. Gnadenlos nützte er Pals geistige Abwesenheit aus. Bald konzentrierte sich Pal ausschliesslich auf den Match.

«Verdammter Sackabschneider!», rief er, als Valentin gekonnt einen Stopball plazierte. Er konterte mit einem harten Shot, der Valentin keine Reaktionszeit liess. Danach ging er in ein energisches Offensivspiel über. Dank seiner Explosivität lag Pal bald in Führung. Doch das bedeutete noch lange nicht den Sieg. Valentin bevorzugte lange, bewegungsreiche Ballwechsel und ging nur wenige Risiken ein. Sein Energieaufwand war deshalb bedeutend geringer. Meist holte er gegen Schluss rasant auf, als Pal müde wurde. Auch diesmal fehlte ihm nach drei viertel Stunden nur ein einziger Punkt zum Gleichstand. Dass Pal trotzdem als Sieger aus dem Match hervorging, verdankte er nur der Ungeduld der nachfolgenden Spieler. Valentins Konzentration liess nach, als die beiden Männer sie auf die Zeit aufmerksam machten.

«Wart nur ab, beim nächsten Spiel lass ich dir die Hosen runter», drohte Valentin beim anschliessenden Bier.

Pal prostete ihm zu.

«Apropos», fuhr Valentin fort, «wie wär's mit einem Ausflug nach Konstanz? Ist schon ein ganzes Weilchen her.»

Jahrelang hatten sie zusammen einen Begleitservice nahe der Grenze aufgesucht. Nach Valentins Heirat war damit vorerst Schluss gewesen, doch in unregelmässigen Abständen hatte er Pal später wieder Gesellschaft geleistet. Bis Pal Jasmin kennengelernt hatte. Zu Intimitäten war es zwischen Jasmin und ihm zwar nicht gekommen, doch Pal hatte die Lust an bezahlter Liebe verloren. Nicht so Valentin. Sein schlechtes Gewissen gegenüber seiner Frau linderte sein Verlangen nach Abenteuern nicht.

«Letzte Woche hast du gesagt, mit Sylvie laufe es im Moment so gut», wandte Pal ein.

Valentin lächelte mit einer Mischung aus Verlegenheit und Freude. «Schon, aber sie ist wieder schwanger.»

Pal stellte sein Glas hin. «Gratuliere! Das ist super! Seit wann weisst du es?»

«Seit sechs Wochen, aber ich habe ihr versprochen, bis zum dritten Monat zu schweigen. Sie hat Angst vor einer erneuten Fehlgeburt.»

«Zweifacher Vater, das ist nicht zu fassen!» Pal strahlte. «Du fährst jetzt nach Hause und massierst deiner Frau die Füsse. Vergiss Konstanz.»

Valentin riss die Augen auf, als hätte Pal vorgeschlagen, auf ewig enthaltsam zu bleiben. Doch dann seufzte er. «Es ist wegen Jasmin, nicht wahr? Will sie immer noch nichts von dir wissen? Etwas Ablenkung würde dich auf andere Gedanken bringen.»

Pals Lachen erlosch. «Sylvie ist mit deinem Kind schwanger, Valentin. Findest du nicht, dass sie Treue verdient?»

«Keine Moralpredigt, bitte», stöhnte Valentin. «Als nächstes kandidierst du für die CVP!»

Pal schwieg. Nie hatte Valentin seine konservative Einstellung verstehen können. Sogar Jasmin hatte ihn ausgelacht, als er ihr gestanden hatte, dass er vor der Ehe keinen sexuellen Kontakt mit seiner zukünftigen Braut wolle. Dass ein Mann trotzdem seine Bedürfnisse befriedigen musste, stand ausser Frage. Dafür gab es Einrichtungen wie den Begleitservice in Konstanz.

Valentin wechselte das Thema. Er berichtete, dass ihm sein Vater das Elternhaus in Stäfa überlassen wolle, jetzt, da die Familie wachse. Im gleichen Gebäude war der exklusive Oldtimer-Handel der Familie untergebracht. Gleichzeitig mit dem Umzug in eine Eigentumswohnung zwei Querstrassen weiter wollte sich sein Vater ganz aus dem Geschäft zurückziehen. Bis jetzt hatte er Valentin im Hintergrund noch beraten.

Pal hob sein Glas erneut. «Auf die Zukunft!»

Valentin lächelte schwach. «Davon hat mein Vater immer geträumt.»

«Ich hab schon immer gesagt, dass ihr im Herzen Albaner seid», entgegnete Pal. «Das Geschäft bleibt in der Familie, der Sohn wohnt nebenan, die Schwiegertochter sorgt für Nachwuchs.»

Auf der Heimfahrt dachte Pal über seine Worte nach. Er war immer davon ausgegangen, dass er vor Valentin heiraten und eine Familie gründen würde. Dass es nicht dazu gekommen war, lag daran, dass er sich in die falsche Frau verliebt hatte. Mira hatte wie er Jura studiert. Sie hatten die gleichen Werte vertreten und sich für dieselben Themen interessiert. Beide hatten das Anwaltspatent erwerben und später eine eigene Kanzlei eröffnen wollen. Ideale Voraussetzungen für eine gemeinsame Zukunft. Nur, dass Mira Serbin war.

Sein Vater hatte die Beherrschung verloren, als er davon erfahren hatte. Obwohl er aus dem Osten Kosovos stammte, wo Serben und Albaner lange Tür an Tür gelebt hatten, ohne dass es zu Zwischenfällen gekommen war, brannte in Nexhat Palushi ein Hass, den er ständig nährte. Er schien ihn zu brauchen wie ein Heizofen Öl. Weder mit sachlichen Argumenten noch mit Bitten hatte Pal ihn umstimmen können. Schliesslich hatte Pal nachgegeben. Dafür verachtete er sich heute noch. Als Kind hatte er seinen Vater kaum gekannt. Einmal im Jahr war Nexhat Palushi nach Hause gekommen und hatte Geschenke aus der Schweiz mitgebracht. Trotz seiner Abwesenheit, oder vielleicht gerade deswegen, wurde er für Pal zu einer zentralen Person. Während Nexhat Palushis kurzen Besuchen kämpften die Geschwister um die Aufmerksamkeit des Vaters. Sogar aus der Distanz hatte er noch über Autorität verfügt.

Als sich die Lebensumstände für Albaner in Kosovo verschlechterten und Nexhat Palushi seine Familie in die Schweiz holte, wurde er für Pal zum Helden. Erst als der Alltag in der 3-Zimmer-Wohnung einsetzte, die sich die achtköpfige Familie teilte, erkannte Pal, dass sein Vater weder reich noch übermächtig war. Trotzdem begegnete er ihm weiterhin mit Ehrfurcht und tat, was von ihm verlangt wurde. Auch, als Nexhat Palushi ihm verbot, sich mit Mira zu treffen.

Als Pal Jasmin kennengelernt hatte, wusste er, dass sie in Nexhat Palushis Augen keine passende Schwiegertochter abgeben würde. Doch diesmal, so schwor er sich, würde er seinen eigenen Weg gehen. Er war 32 Jahre alt. Alt genug, um selbst zu bestimmen, wen er heiraten wollte. Er würde es nicht zulassen, dass sein Vater eine weitere Beziehung zerstörte.

Jasmin war Mira in nichts ähnlich. Sie besass weder ihre zeitlose Eleganz noch ihre vornehme Zurückhaltung. Trotz ihrer zierlichen Figur ging eine Kraft von ihr aus, die Pal wie ein Magnet anzog. Er erkannte in ihr seine eigene Willensstärke wieder. Sie wich einem Hindernis nicht aus, sondern senkte den Kopf und steuerte darauf zu. Zusammenstösse waren unvermeidlich, doch sie wirkten auf Pal belebend, nicht zermürbend. Er wusste, dass sie gleich empfand. Letzten Herbst hatte sich zwischen ihnen etwas angebahnt; die Zuneigung beruhte auf Gegenseitigkeit. Dass das Schicksal ihnen einen Strich durch die Rechnung machte, würde Pal nicht zulassen. Solange Jasmin kämpfte, bestand die Hoffnung, dass sie die Erlebnisse irgendwann hinter sich lassen und wieder von vorne anfangen würde. Wenn es so weit war, wollte er in der Nähe sein.

9

Besarta lauschte den regelmässigen Atemzügen ihrer Cousinen. Als sie vor fünf Jahren nach Suhareka gezogen war, hatte sie monatelang keine Nacht durchgeschlafen. Sie hatte die Stille kaum ertragen. Es war ihr vorgekommen, als sei sie nicht nur von der Familie abgeschottet, sondern auch von der Welt um sie herum. Während der vielen Stunden, die sie an die Decke starrend im Bett gelegen war, hatte die Einsamkeit wie eine Ratte an ihr genagt. Doch irgendwann hatte sich das Tier satt gefressen. Besarta hätte nicht genau sagen können, wann. Eines Morgens war sie nach tiefem Schlaf ausgeruht aufgewacht. Sie war zwar nicht glücklich gewesen, aber ihr Leben hatte wieder Gestalt angenommen. Im «Pulverfass» hatte sie eine neue Art von Gemeinschaft gefunden. Sie ersetzte ihr die Verwandten nicht, aber sie hatte Besarta das Gefühl gegeben, irgendwohin zu gehören. Im Camp hatte niemand von der Schande gewusst, die sie über ihre Familie gebracht hatte. Die Soldaten hatten in ihr nicht die verstossene Tochter gesehen, sondern eine begehrenswerte Frau.

Insgeheim hatte sich Besarta trotzdem an die Hoffnung geklammert, irgendwann wieder Teil einer Familie zu sein. Dies, obwohl sie wusste, dass kein Mann sie heiraten würde und sie für ihre eigene Familie so gut wie tot war. Sie hatte auf ein Wunder gehofft. Nun war das Wunder geschehen. Entgegen allen Erwartungen lag sie in ihrem Elternhaus, schlief im selben Zimmer wie ihre Cousinen und hatte wieder einen Vater, der seine schützende Hand über sie hielt. Die Umstände, die sie nach Hause geführt hatten, verdrängte sie. Genauso, wie sie Fabian Zaugg zu vergessen versuchte.

Er hatte sie mit seiner Zurückhaltung für sich gewonnen. Mit seinen sanften Augen und seiner unscheinbaren Art glich er ihrem Bruder Luan. Wenn sie ihm ein Bier hinstellte, senkte er den Blick, statt ihr in den Ausschnitt zu linsen. Oft wurde er deswegen geneckt. Besarta hatte die Sprüche zwar nicht verstanden, doch den Tonfall erkannte sie. Mitleid stieg in ihr auf. Sie musste an Luan denken, der als Jugendlicher dem Spott seiner Kameraden ausgesetzt gewesen war, weil er lieber Geschichten geschrieben als Mädchen nachgestellt hatte. Sie begann, Fabian Zaugg bevorzugt zu behandeln. Ihm ein Lächeln zu schenken, wenn sie einkassierte. Ab und zu ein persönliches Wort an ihn zu richten. Dadurch änderte sich sein Status innerhalb der Truppe schlagartig. Er wurde bewundert, teilweise beneidet. Die Soldaten suchten seine Nähe, als hofften sie, dadurch ebenfalls zu den Auserwählten zu gehören. Nie hatte Fabian Zaugg die Situation ausgenützt. Weder hatte er sie unsittlich berührt, noch mit der Freundschaft geprahlt.

Besarta fragte sich, was daraus hätte entstehen können, wenn die Situation anders gewesen wäre. Er hatte begonnen, Albanisch zu lernen. Über seine hilflosen Versuche, die ungewohnten Laute auszusprechen, musste sie oft lachen. Als Fabian Zaugg sie das erstemal mit «Mirembrama» begrüsst hatte, hatte sie nicht begriffen, dass er «Guten Abend» zu sagen versuchte. Sie hatte geglaubt, er erzähle etwas über den US-Präsidenten Obama. Seither galt «Obama» als Standardgruss unter seinen Kollegen.

Auch an jenem Abend im Oktober hatte er «Obama» gerufen, als er sich an die Theke stellte. Er war ungewöhnlich gutgelaunt gewesen. Kameraden hatten über seine Scherze gelacht, vor allem die Neuen hingen ihm an den Lippen. Als Verlängerer gehörte Fabian Zaugg plötzlich zu den erfahrenen Soldaten. Er schien sich wohl zu fühlen in seiner Rolle, wirkte sicherer und trat bestimmter auf. Noch immer hielt er sich etwas abseits, doch aus eigenem Antrieb und nicht, weil er ein Aussenseiter war.

Als sie auf Münsingen zu sprechen kamen, packte Besarta die Gelegenheit und fragte, ob er ihr die Fotos auf seinem Computer zeigen würde. Beim Gedanken daran wurde ihr heiss. Auf einmal sah sie Fabian Zauggs Gesicht wenige Zentimeter vor ihrem, spürte seine Finger auf ihren Schultern und roch seine Bierfahne. Er hatte nicht viel getrunken, doch genug, um die Hemmungen zu lösen. Die geballte Faust auf den Mund gepresst, drehte sich

Besarta auf die Seite und versuchte, die Bilder in ihrem Gedächtnis zu löschen.

Sie konzentrierte sich auf ihre unerwartete Heimkehr. Das Glücksgefühl blieb aus. Sie betrachtete ihre schlafenden Cousinen und spürte weder Geborgenheit noch Zuversicht. Ohne es zu merken, hatte sie sich in den vergangenen Jahren verändert. Sie hatte alleine ihren Lebensunterhalt bestritten. Erstmals hatte sie für sich selbst Entscheidungen getroffen. Niemand hatte ihr gesagt, was richtig oder falsch war. Zwar wurde über sie getuschelt, und auf den Strassen mied man ihren Blick, doch sie war zurechtgekommen. Auch wenn viele Erfahrungen schmerzhaft gewesen waren.

Ein Hahn krähte. Neben ihr raschelte die Bettdecke. Ihre älteste Cousine war erst 16 Jahre alt. Mit ihren 23 Jahren gehörte Besarta nicht mehr hierher. Die gleichaltrigen Verwandten waren alle verheiratet. Jahr für Jahr würde sich der Abstand zwischen Besarta und ihren Cousinen vergrössern. Irgendwann wäre sie die ledige Tante, über die Gerüchte kursierten. Niemand wüsste genau, was damals geschehen war. Man würde die Vorfälle totschweigen. Der Ruf, verrucht zu sein, bliebe hingegen an ihr hängen.

Aus der Küche erklang das Scheppern einer Pfanne. Besarta schlüpfte unter der Decke hervor und zog sich rasch an. Seit sie wieder zu Hause war, stand ihre Mutter ungewöhnlich früh auf. Auf diese Weise war sie morgens eine Stunde lang alleine in der Küche, bevor die restlichen weiblichen Verwandten die Arbeit aufnahmen. In den ersten Tagen hatte sie Besarta mit feuchten Augen angeschaut, ohne dass sie einen Laut über die Lippen gebracht hatte. Inzwischen redete sie unaufhörlich. Sie erzählte ihrer Tochter, was sich in den letzten fünf Jahren in der Familie und im Dorf getan hatte. Wer wen geheiratet und wie viele Kinder zur Welt gebracht hatte. Sie berichtete von Skandalen, Tragödien und Glücksfällen. Fast nichts blieb in Rogova verborgen. Auch jetzt berichtete sie von Hasan Sinanis Sorgen, während sie Wasser aufsetzte.

«Luans Frau ist immer noch nicht schwanger.»

«Er hat doch schon zwei Kinder», stellte Besarta fest.

«Mädchen», seufzte ihre Mutter.

«Afrim und Sefer haben Söhne.» Ihre Neffen hatte Besarta noch nie gesehen.

«Aber sie leben in Deutschland. Hasan wünscht sich Nachkommen, die in seine Fussstapfen treten. Enkel, die die Familientradition weiterführen und unserem Namen Ehre machen. Die das Land so lieben wie Luan.»

«Luan liebt das Land nicht», widersprach Besarta. «Er ist nur Bauer, weil Vater es von ihm erwartet.»

Missbilligend presste ihre Mutter die Lippen zusammen. Sie gab Mehl in eine Schüssel und stellte sie Besarta hin.

«Schreibt er noch Geschichten?», fragte Besarta.

«Für solchen Unsinn bleibt ihm keine Zeit. Luan ist von frühmorgens bis spätabends auf den Beinen.»

«Schade», murmelte Besarta.

«Er weiss, was sich gehört.»

Der Vorwurf war unmissverständlich. Besarta widmete sich dem Teig. Obschon sie wusste, dass die Zeit in Rogova stillstand, staunte sie über die Einstellung ihrer Mutter. Vor fünf Jahren hätte Besarta sie nicht hinterfragt. Wäre sie nie weg gewesen, hätte sie vermutlich die Ansichten ihrer Eltern übernommen und sich nach den Wünschen ihres Vaters gerichtet. Inzwischen hatte sie gelernt, dass es mehr Möglichkeiten gab, als den vorgegebenen Weg einzuschlagen. Oft waren sie aber mit Leid verbunden.

Die Geräusche im Haus nahmen zu. Besarta hörte Wasser rauschen, auf dem Hof erklangen Schritte. Die Tür zur Küche ging auf, und Luan streckte den Kopf herein. Das gerötete Gesicht unter der Wollmütze wirkte müde.

«Die Wasserleitung im Stall ist wieder zugefroren», sagte er.

Besartas Mutter hatte offenbar damit gerechnet. Sie reichte Luan einen Topf kochendes Wasser und setzte neues auf. Eine Tante trat in die Küche und nahm Geschirr aus dem Schrank. Kinder rannten im oberen Stock durch den Gang, eine weitere

Tür ging auf und zu, die Klospülung rauschte. Als der zweite Topf Wasser kochte, wurde Besarta gebeten, ihn zum Stall zu tragen. Dankbar zog sie die Stiefel an und trat in die Kälte hinaus.

Die knorrigen Äste der Apfelbäume waren mit Rauhreif bedeckt. Dünnes Eis knirschte unter Besartas Füssen. Sie atmete die frische Luft ein, den Blick auf die schneebedeckten Berge gerichtet. Angesichts der Schönheit fielen die Sorgen von ihr ab. Auf einmal fühlte sie sich unbeschwert und leicht, wie als Kind, als sie einst hier im Hof gespielt hatte. In Erinnerungen versunken, trat sie in den Stall.

Luan hatte Tücher um die gefrorenen Rohre gewickelt und mit heissem Wasser getränkt. Als sie den Topf auf den Boden stellte, sah er vom Melken auf. Der müde Blick verschwand, als er ihr Lächeln bemerkte.

«Würdest du das heisse Wasser über die Tücher giessen?», bat er.

Während Besarta sich um die Leitung kümmerte, molk er weiter, die Stirn an die Kuh gelehnt. Das Geräusch der regelmässig spritzenden Milch wirkte hypnotisierend.

«Riona und Lori sind bezaubernd», sagte Besarta.

Voller Stolz begann Luan, von seinen Töchtern zu erzählen. Er schien sich jedes Detail ihrer Entwicklung eingeprägt zu haben. Mit blumigen Worten schilderte er Rionas Liebe zu Tieren, ihr Interesse an Buchstaben und wie sie im Schlaf die Handfläche an die Wange presste. Er berichtete, dass Lori eines Tages einfach aufgestanden und davongelaufen sei, als seien ihre ersten Schritte nichts Besonderes, und beschrieb, wie sich ihre Haut anfühlte, so zart wie ein Waldpilz.

Gebannt hörte Besarta zu. Sie vergass die Wasserleitung und horchte nur noch Luans weicher Stimme. Als er verstummte, ging sie neben ihm in die Hocke und lehnte den Kopf an seine Schulter. Er roch nach Rauch und feuchter Wolle. An seiner linken Hand entdeckte sie eine Narbe, die vor fünf Jahren noch nicht dort gewesen war.

«Ich vermisse ihn so», flüsterte Besarta.

Luans Rücken versteifte sich. Rasch stellte er den Eimer beiseite und stand auf, um das Rohr zu untersuchen.

«Luan?»

Er tat, als höre er sie nicht. Nachdem er die Lappen ein weiteres Mal getränkt hatte, wusch er sich mit dem restlichen warmen Wasser Gesicht und Nacken. Anschliessend schrubbte er damit den Dreck von den Flanken der Kühe. Als die Eimer leer waren, reichte er sie Besarta. Schweigend nahm sie sie entgegen und verliess den Stall. Die Männer der Familie hatten sich bereits um den Esstisch versammelt. Vor fünf Jahren hatten sie ihre Mahlzeiten noch auf dem Teppich sitzend zu sich genommen. Nicht nur der Tisch war neu, auch der Fernseher, der in einer Ecke lief, war früher nicht da gewesen. Ein Popstar sang mit nasaler Stimme über seine verflossene Liebe.

Die Frauen tischten Schalen und Löffel auf. Sie brachten Krüge mit heissem Caj fushe und Weissbrot. Während die Männer Brotstücke in den Kräutertee gaben und sie schlürfend löffelten, setzten sich die Frauen in die Küche, um selber zu frühstücken. Das Holz im Ofen knisterte, als ein Scheit in sich zusammenfiel. Obwohl ein neuer Elektroherd in der Ecke stand, war der alte Holzofen immer noch in Betrieb. Auf ihn war auch bei Stromunterbrüchen Verlass, zudem sorgte er während der kalten Wintermonate für angenehme Wärme.

Das Gespräch drehte sich um eine kommende Hochzeit. Besarta hörte nur mit halbem Ohr zu. Als ein Fahrzeug vor dem Eingang zum Hof hielt, war sie die Erste, die sich erhob und sich ans Fenster stellte. Ihr Blick fiel auf einen grünen Geländewagen. Ihr war, als würde sie in eiskaltes Wasser getaucht. Unfähig, sich zu bewegen, starrte sie auf das Fahrzeug der Militärpolizei. Als ihre Knie nachgaben, hielt sie sich am Fenstergriff fest. Zwei Polizisten stiegen aus und kamen aufs Tor zu. Gleichzeitig ging die Haustür auf. Hasan Sinani trat hinaus, dicht gefolgt von seinem Neffen Alban.

10

Jasmin betrachtete die Fotos, die auf dem Zimmerboden ausgebreitet waren. Von den 32 Personen hatte sie 27 identifiziert. Die meisten Soldaten, die Fabian Zaugg mit dem Handy fotografiert hatte, gehörten seinem Zug an. Sie kamen immer wieder vor: auf Patrouillen, bei Übungen, in der Freizeit. Vier davon hatte Jasmin in den vergangenen Tagen aufgesucht. Zudem hatte sie sich mit mehreren Logistikern und zwei Stabsmitgliedern unterhalten. Die Offiziere hatten sich zurückhaltend gezeigt, doch die Truppenkameraden gaben bereitwillig Auskunft. Ihre Aussagen bestätigten, was Jasmin bereits wusste: Während seines Einsatzes hatte sich Fabian Zaugg von einem unsicheren Soldaten in einen routinierten Infanteristen gewandelt. Die Veränderung war schleichend erfolgt. Soweit Jasmin erkennen konnte, war kein Ereignis ausschlaggebend gewesen. Gegen Ende Sommer häuften sich Vorfälle, bei denen Fabian Zaugg im Mittelpunkt gestanden war. Scherze und Regelverstösse, die nicht weiter aufgefallen wären, hätte sie nicht danach gesucht. Unter einem Puch versteckte er eine Nebelschockgranate, um dem Fahrer einen Schrecken einzujagen. Die Shampooflasche eines Kollegen füllte er mit Honig. Auf einem Beobachtungsposten blätterte er ein Pornoheft durch, statt die Umgebung im Auge zu behalten.

Jasmin kam es vor, als versuche er, den Macho zu spielen. Doch das ergab keinen Sinn. Zu diesem Zeitpunkt war er längst von den Kameraden akzeptiert worden. Einige ärgerten sich sogar über sein pubertäres Verhalten. Was bezweckte Fabian Zaugg damit? Während andere im Einsatz reifer wurden, machte er Rückschritte. Wollte er sich selbst etwas beweisen? Hatte er den Bezug zur Realität verloren?

Es gab aber auch eine andere Seite von Fabian Zaugg. Nicht alle Kameraden hatten sie wahrgenommen. Ein Fahrer beschrieb, dass der Infanterist immer einen Tischtennisball in der Tasche hatte. Begegnete er auf Patrouillen Kindern, so nahm er den Ball hervor und spielte mit ihnen. Dazu benützte er seine flache Hand als Schläger. Ein Brett oder sogar der Boden genügten ihm als Tisch. Ein weiterer Kollege lobte seine Zuverlässigkeit. Auf Zaugg sei zu hundert Prozent Verlass.

Über seine Beziehung zu Besarta Sinani hatte Jasmin ebenfalls Widersprüchliches erfahren. Einige Soldaten behaupteten, die Bardame habe mit Fabian Zaugg geflirtet. Andere waren der Meinung, Zaugg habe die Initiative ergriffen. Dass sie sich mochten, schien klar. Nicht aber, wie weit diese Zuneigung ging. Offenbar hatte Zaugg auf dem Handy ein Foto von ihr gespeichert. Da das Gerät nicht auffindbar war, konnte Jasmin die Aussage nicht überprüfen. Auf Zauggs Laptop fand sie nur ein einziges Bild von Besarta Sinani. Darauf stützte sie sich auf die Theke und lächelte in die Kamera. Es lag in einem Unterordner, der unbearbeitete Bilder enthielt. Entsprechend schlecht war die Qualität. In einem weiteren Ordner hatte Fabian Zaugg Fotos gespeichert, die er offenbar weiterverwenden wollte. Auf vielen war sein Zimmerkollege Enrico Geu zu sehen, ein bulliger Freiburger mit eng zusammenliegenden Augen und schmalen Lippen. Eine Aufnahme war Jasmin besonders ins Auge gestochen: Fabian Zaugg hatte seinen Kollegen beim Coiffeur fotografiert. Von Enrico Geu war nur die Schläfe zu sehen. Der Rest seines Kopfs wurde vom Frisör verdeckt. Doch auf dem kleinen Ausschnitt erkannte Jasmin das gleiche Muster, das sich Fabian Zaugg hatte rasieren lassen. Zufall? Oder hatten die Streifen eine Bedeutung?

Nachdenklich trommelte sie mit den Fingern auf die Oberschenkel. Wäre sie noch Kantonspolizistin, hätte sie Enrico Geu vorgeladen. Dass sie dazu nicht die Kompetenz hatte, frustrierte sie. Der Infanterist befand sich immer noch in Kosovo. Per E-Mail wollte sie ihn nicht kontaktieren. Sie würde damit die Chance vergeben, seine Reaktion zu beobachten, wenn sie ihn mit ihren Fragen konfrontierte. Möglicherweise könnte Pal eine Vorladung veranlassen, doch das würde er nur tun, wenn Enrico Geu Beweise für Fabian Zauggs Unschuld liefern konnte. Diese Garantie konnte Jasmin ihm nicht geben.

Sie wandte sich den anderen Fotos zu. Die fünf Personen, die sie auf den Bildern nicht identifiziert hatte, waren ein Österreicher sowie zwei deutsche und zwei amerikanische Kfor-Soldaten. Der Österreicher sass in der Kantine und führte eine Gabel Knödel zum Mund. Die Deutschen standen vor einem Café bei einer Autowaschanlage, wo sie von den Gästen am Nebentisch verstohlen beobachtet wurden; die Amerikaner traten mit Plastiksäcken in der Hand aus einem Geschäft, das laut Aussagen eines Fahrers, den Jasmin befragt hatte, eine grosse Auswahl an DVDs und CDs anbot. Ihre Recherchen hatten ergeben, dass es sich bei den Produkten vermutlich um Raubkopien handelte. Viele Geschäfte in Kosovo verkauften fast ausschliesslich illegale Kopien von DVDs, CDs, Software, Markenkleidern und -schuhen. Selten schritten die Behörden ein. Was Jasmin zu denken gab, war die Menge der Produkte und die gute Qualität. Dies liess darauf schliessen, dass hinter der Produktepiraterie organisierte Netzwerke standen. Sie dachte daran, dass die Kfor auch bei kriminellen Aktivitäten ermittelte, und fragte sich, ob Fabian Zaugg möglicherweise ahnungslos in eine weit grössere Geschichte hineingeraten war.

Warum er sich gegen die Entsiegelung seines Computers wehrte, war ihr ein Rätsel. Auch Pal begriff nicht, welche Bilder Fabian Zaugg vor der Untersuchungsrichterin verheimlichen wollte. Ausser von seinen Kollegen hatte er hauptsächlich Aufnahmen vom Camp gemacht, doch auf den Bildern waren keine sicherheitsrelevanten Sujets abgebildet. Häufig hatte er die Sportanlage und die Gebäude dahinter fotografiert. Auf manchen war der Frisör zu sehen, dessen Salon sich gleich beim «Pulverfass» befand. Hatte Fabian Zaugg ihn in der Hoffnung fotografiert, Besarta Sinani würde im Hintergrund aus der Bar treten?

Es klopfte an der Tür, und Edith Meyer kam herein. Jasmin ärgerte sich, dass ihre Mutter nicht ihre Antwort abgewartet hatte. Privatsphäre schien ihr ein Fremdwort zu sein.

«Ralf hat uns zum Abendessen eingeladen», sagte Edith. «Du kommst auch mit, oder?»

«Ich kann nicht.»

«Dein Bruder wohnt gleich um die Ecke. Trotzdem besuchst du ihn nie. Fay kocht extra ein Thaicurry für uns.»

«Fay kocht nicht für uns. Sie kocht für Ralf. Ihr Leben besteht daraus, ihm in den Arsch zu kriechen. Kein Wunder ist sie so braun.»

«Jasmin!»

Jasmin hatte Ralfs Frau von Anfang an nicht gemocht. Ihr Dauerlächeln und ihre Unterwürfigkeit gingen ihr auf die Nerven. Wenn sie in Fays Nähe war, überkam sie immer das Verlangen, die Thailänderin am Hals zu packen und wachzurütteln.

Edith Meyer stemmte die Hände in die Hüften. «Du könntest einiges von Fay lernen! Etwas Anstand zum Beispiel!»

«Ich muss um sieben zu einer Wohnungsbesichtigung», brummte Jasmin.

«Schon wieder?»

Es war die elfte Wohnung, die sich Jasmin anschaute. Vermutlich wäre sie wieder eine von fünfzig Bewerbern, die Schlange standen, um zwei winzige, übertuerte Zimmer zu besichtigen. Sie hatte sich damit abgefunden, dass die Aussicht auf eine Stadtwohnung gering war. Dass sie aber auch in den angrenzenden Gemeinden keinen Erfolg hatte, war ernüchternd. Sie bückte sich, um die Fotos auf dem Boden einzusammeln. Ihr Blick blieb an einem Bild hängen, auf dem Enrico Geu neben einer Piranha rauchte. Im Hintergrund war ein halbfertiges Haus zu sehen. Zwei Kosovaren trugen einen Zementsack über die Baustelle. Jasmin fragte sich, wie viele der neuerrichteten Häuser tatsächlich bewohnt wurden. Jede Familie baute für ihre Söhne eigene Häuser, sofern sie es sich leisten konnte, auch wenn die Söhne im Ausland arbeiteten und nur im Sommer zu Besuch kamen. Vermutlich standen die Häuser das ganze Jahr über leer. Und in Zürich fand Jasmin nicht einmal eine Zweizimmerwohnung.

Sie legte die Fotos zurück in den Umschlag und setzte sich aufs Bett. Sie hatte die Bilder ausgedruckt, um sie mitnehmen zu können, wenn sie Fabian Zauggs Kollegen befragte. Alle Daten seiner

Harddisk waren auch auf ihrem Laptop gespeichert. Unter dem Bildmaterial befanden sich zudem Filme. Obwohl sich Jasmin die Sequenzen schon dreimal angesehen hatte, liess sie sie jetzt ein viertes Mal laufen. Wie auf den Fotos waren meistens Szenen von Patrouillen oder dem Leben im Camp zu sehen. Zweimal kam Besarta Sinani vor. Einmal, als sie im «Pulverfass» Gläser polierte, ein anderes Mal beim Aufschliessen der Bar. Jasmin betrachtete die engen Jeans und das knappe Oberteil. Kein Wunder, regte sie die Phantasie der Soldaten an. Sie fragte sich, was ihr Vater von ihrer Aufmachung hielt. War er so fortschrittlich, dass er seiner Tochter nicht ins Gewissen redete? Von Pal wusste Jasmin, dass viele Kosovaren zu Hause weit weniger konservativ waren als ihre Landsleute in der Schweiz. Er erklärte das Phänomen damit, dass die Ausgewanderten ihre Traditionen in der Fremde zu bewahren suchten, während sich in Kosovo selbst die Gesellschaft weiterentwickelte. Trotzdem erschien Jasmin Besarta Sinanis Aufmachung gewagt. Sie signalisierte damit eine Offenheit für sexuelle Abenteuer, zu denen sie vermutlich nicht bereit war. Diese Widersprüchlichkeit war Jasmin bei vielen Kosovaren aufgefallen. Auch Pal vertrat konservative Werte, zögerte aber nicht, Prostituierte aufzusuchen. Jasmin wusste genau Bescheid. Bevor sie den Dienst quittiert hatte, hatte sie alle Akten über ihren Fall durchgelesen. Das Wissen, dass ihre Kollegen Zugang zu den intimsten Details ihrer Vergangenheit hatten, hatte schliesslich den Ausschlag gegeben für ihre Kündigung. Sie war sich nackt vorgekommen. Ihr Leben war auf die Tafel in der Kripoleitstelle geschrieben und analysiert worden. Wer nahm eine Polizistin ernst, die selbst Opfer eines Verbrechens geworden war?

Da Pal zu den Verdächtigen gehört hatte, waren auch über ihn umfangreiche Akten angelegt worden. Bevor sie ging, hatte sie jedes einzelne Blatt kopiert. Dass sie sich damit strafbar machte, war ihr egal gewesen. Pals Geheimnisse zu kennen, gab ihr den Mut, ihm gegenüberzutreten. Schliesslich hatte er als Verteidiger des Hauptverdächtigen ebenfalls Einsicht in die Unterlagen über sie gehabt.

Jasmin sah vom Bildschirm auf und merkte, dass ihre Mutter gegangen war. Die Zimmertür stand halb offen. Verärgert griff sie nach ihrem Kissen und schleuderte es gegen die Tür. Sie fiel mit einem Knall ins Schloss. Anschliessend klickte Jasmin auf Play. Enrico Geu führte auf dem Bildschirm eine Zigarette an den Mund und versuchte, Rauchkringel auszustossen. Im Hintergrund war das gleiche halbfertige Haus zu sehen wie auf dem Foto, das Jasmin vorher betrachtet hatte. Offenbar hatte Fabian Zaugg seinen Kollegen zuerst abgelichtet, dann aber festgestellt, dass die Rauchkringel auf dem Bild nicht zu erkennen waren. Im Hintergrund war sein Lachen zu hören. Als Enrico Geu zu husten begann, brach der Film ab.

Die nächste Sequenz zeigte Fabian Zaugg selbst mit einer goldvioletten Dose in der Hand. Zuerst glaubte Jasmin, dass er im Dienst Bier trank, doch dann entdeckte sie die Aufschrift «Golden Eagle». Den Energydrink kannte sie von ihrem Ex-Freund Valon, der behauptet hatte, er schmecke besser als die Produkte in der Schweiz, und der deshalb immer eine Tasche voll mitgebracht hatte, wenn er aus Kosovo zurückgekommen war. Fabian Zaugg nahm einen grossen Schluck und rülpste. Jasmin verdrehte die Augen. Sie dachte an die vereinzelten Frauen und die älteren Männer im Korps und fragte sich, wie sie es aushielten. Der nächste Film wurde im Camp aufgenommen. Darauf war zu sehen, wie der Frisör vor einem Holzgebäude rauchte. Jasmins Aufmerksamkeit galt jedoch der Bar hinter dem Salon. Die Tür des «Pulverfasses» stand offen, im Raum bewegte sich ein Schatten. Ob es sich um Besarta Sinani handelte, konnte Jasmin nicht erkennen. Nach rund dreissig Sekunden lief ein drahtiger Soldat quer durchs Bild. Mit ihm hatte Jasmin gesprochen. Er war von den Anschuldigungen gegen Fabian Zaugg aufrichtig betroffen gewesen, hatte aber kein Licht in die Angelegenheit bringen können.

Erstaunt hatte Jasmin, dass niemand etwas von den Präservativen wusste, die Fabian Zaugg gekauft hatte. Entweder hatte er sie nicht mit nach Kosovo genommen, oder er hatte niemanden eingeweiht. Brauchte er sie tatsächlich alle für sich? Wozu? Eine Beziehung zu einer Soldatin hätte er kaum geheim halten können. Zumindest Gerüchte wären zirkuliert. Hatte er jemanden ausserhalb des Camps kennengelernt? Wie? Auf Patrouille? Da er nie alleine unterwegs gewesen war, konnte sich Jasmin nicht vorstellen, dass er ohne Wissen seines Zuges eine Affäre gehabt hätte. Ausser, seine Kameraden wussten davon, hielten aber dicht. Doch würden die Soldaten für Zaugg Sanktionen riskieren?

Ein schlechtes Gewissen beschlich sie. Sie hatte Pal noch nicht von den Präservativen berichtet. Sie hatte ihn überhaupt nicht mehr gesprochen, seit sie aus seiner Wohnung gestürmt war. Die Fotos hatte sie ihm gemailt, worauf er zurückschrieb, er erwarte einen schriftlichen Bericht. Dass sie ihre Ermittlungen festhalten musste, hätte sie wissen müssen. Trotzdem hatte sie nicht daran gedacht, als sie den Auftrag angenommen hatte. Schon die Vorstellung jagte ihren Puls in die Höhe. Sie konnte niemanden um Hilfe bitten, da die Daten vertraulich waren. Pal von ihren Schwierigkeiten beim Schreiben zu erzählen, kam nicht in Frage. Weil sie keinen Ausweg sah, schwieg sie. Eine denkbar schlechte Lösung. Nervös schob sie eine Haarsträhne aus dem Gesicht und konzentrierte sich auf den Fall.

Auch Fabian Zauggs Freunde in Münsingen wussten nichts über eine neue Frau in seinem Leben. Als Jasmin Patrick Aebersold aufgesucht hatte, war er über ihre Fragen erstaunt gewesen. Er hatte erklärt, sein Freund sei in festen Händen. Obwohl Karin Zaugg Zweifel geäussert hatte, behauptete Patrick Aebersold, Fabian und Michelle seien noch ein Paar. Raffael Gilomen war weniger überzeugt von der Treue seines Kumpels. Im Laufe des Gesprächs hatte Jasmin jedoch gemerkt, dass er über keine fundierten Informationen verfügte, sondern nur seine eigenen Phantasien auf Fabian Zaugg übertrug. Dass er selbst von der Swisscoy abgelehnt worden war, machte ihm immer noch zu schaffen. Er schien es als persönlichen Affront aufzufassen. Jasmin war hingegen schnell klar, warum er kein Wunschkandidat gewesen war. Mit seinem Drang, im Mittelpunkt zu stehen, hätte er sich einem Gruppenführer nur schwer unterordnen können. Auch seine Selbsteinschätzung liess zu wünschen übrig.

Das Treffen mit Michelle Moser stand noch aus. Mehrmals hatte Jasmin vergeblich versucht, einen Termin zu vereinbaren. Entweder ging sie nicht ans Telefon, oder sie legte mit der Entschuldigung auf, sie habe keine Zeit. Offensichtlich wollte sie nicht mit Jasmin reden. Das liess Jasmin nur eine Möglichkeit: unangekündet aufzutauchen. Genau das hatte sie am nächsten Tag vor.

Ein Blick auf die Uhr zeigte ihr, dass sie los musste, wenn sie ihre Chancen auf die Wohnung wahren wollte. Sie fuhr ihren Laptop herunter und sprang vom Bett. Als sie ihren alten Motorradanzug überzog, fluchte sie. Sie hatte damit gerechnet, dass Pal die Sachen, die sie in seiner Wohnung zurückgelassen hatte, irgendwann vor ihrer Tür deponieren würde. Doch er hatte nichts dergleichen getan. Wenn sie ihren bequemen Anzug zurückhaben wollte, käme sie nicht darum herum, ihn sich zu holen. Für die Fahrt nach Konolfingen, wo Michelle Moser wohnte, würde es sich lohnen. Ausserdem befand sich ihr Pass in der Innentasche des Anzugs. Sie hatte ihn für einen Waffenerwerbsschein kopieren müssen und dort vergessen.

Es schneite wieder, als Jasmin die Wohnung verliess. Dünne Schneeflocken fielen auf ihre Nylonjacke, wo sie sofort schmolzen. Auf der Strasse bildeten sie jedoch bereits eine weisse Schicht. Auch die Wiesen und Hecken waren bedeckt. Das Quartier wirkte wie eine Szene aus einem Adventskalender und erinnerte Jasmin daran, dass die Feiertage näher rückten. Bei diesem Gedanken erschauerte sie. Zu frisch war die Erinnerung an ihr letztes Weihnachtsfest, das sie grösstenteils an ein Bett gefesselt verbracht hatte. Gegen eine Welle von Emotionen ankämpfend, schwang sie sich auf ihre Monster und startete den Motor. Die Ohnmacht und die Selbstverachtung, die sie überrollten, liessen sich nicht einfach verdrängen. Jasmin klammerte sich an den Lenker wie eine Gehbehinderte an ihre Krücken. Sie schloss die Augen und liess die Bilder vorbeiziehen, bevor sie in die Strasse einbog. Als sie auf der glatten Fahrbahn ins Rutschen geriet, konzentrierte sie sich ganz auf ihre Duc, froh um die Herausforderung. Auf den Strassen herrschte Ausnahmezustand.

Leider hielt der Schnee ihre Mitbewerber nicht von der Wohnungsbesichtigung ab. Als Jasmin die Schlange vor dem Eingang des Wohnblocks sah, blieb sie mit laufendem Motor stehen. Sie betrachtete die Wartenden: Alleinstehende und Paare, ab und zu eine Mutter mit Kind. Vermutlich alle mit regelmässigem Einkommen, Referenzen und einem gewinnenden Lächeln. Sie wendete und fuhr nach Albisrieden, wo sie direkt vor dem Eingang der Siedlung «James» parkierte. Der Portier öffnete den Mund, um zu reklamieren, doch etwas hielt ihn zurück. Vielleicht ihr verdrossener Gesichtsausdruck, vielleicht die Märchenlandschaft draussen.

Pal stand nicht in der Tür. Er hatte sie offen gelassen und sich wieder an den Tisch vor eine aufgeschlagene Zeitung gesetzt. Neben ihm stand eine Schale Cornflakes.

«Hast du eigentlich nichts anderes zu Essen im Haus?», fragte Jasmin.

«Dein Anzug hängt im Gästezimmer», sagte Pal, ohne aufzusehen. «Und zieh bitte die Schuhe aus.»

Jasmin ignorierte ihn und marschierte mit den nassen Stiefeln ins Zimmer nebenan, wo ein frisch bezogenes Bett auf einen Bruder, eine Schwester, einen Neffen oder eine Nichte wartete. Schon oft waren Pals zahlreiche Verwandte froh gewesen, hier Unterschlupf zu finden, weil sie sich mit den Eltern oder dem Partner gestritten hatten, oder weil sonst etwas in ihrem Leben schiefgelaufen war. Obwohl Pal seine Ruhe schätzte, wies er niemanden ab. In seiner Familie hatte es keiner so weit gebracht wie er, deshalb hielt er sich mit Kritik zurück und unterstützte seine Verwandten, wo er konnte. Ausser finanziell. Da zog er die Grenze. Nur seinem Vater überwies er monatlich einen fixen Betrag. Vermutlich würde er unterhalb des Existenzminimums leben, käme er den ständigen Bitten um Darlehen nach, dachte Jasmin.

Als sie die nassen Abdrücke auf dem teuren Parkett sah, empfand sie Genugtuung. Pal für ihre miese Laune zu bestrafen, war zwar unfair, doch seine Perfektion rief in ihr Aggressionen hervor. Obwohl sie wusste, dass er sich alles selbst erarbeitet hatte, führte er ihr vor Augen, dass sie versagt hatte. Sie kam sich kindisch vor, war aber machtlos gegenüber ihren Gefühlen. Trotzig griff sie nach ihrem Motorradanzug, der an einem Bügel hinter der Tür hing, und legte ihn aufs Bett. Sie wollte sich gerade bücken, um den Anzug zusammenzurollen, als sie einen Schatten wahrnahm. Pal stand hinter ihr und beobachtete sie. Er hatte sich noch nicht umgezogen, offensichtlich war er erst vor kurzem nach Hause gekommen. Die Krawatte hatte er abgelegt, und das Hemd trug er offen, so dass sie seine Bauchmuskeln sah. Sie stellte sich vor, wie sich die harten Wölbungen anfühlten, und schluckte trocken. Pal machte auf dem Absatz kehrt, verliess den Raum und kam kurz darauf mit einem Lappen zurück, den er ihr kommentarlos zuwarf.

Unschlüssig stand sie neben dem Bett. Pals harter Blick überraschte sie. Plötzlich flackerte Angst in ihr auf. War sie zu weit gegangen? Verlor er die Geduld? Der Gedanke liess ihr Herz schneller schlagen. Sie hatte nur noch ihn. Wenn er sich von ihr abwandte, stünde sie alleine da. Bestürzt registrierte sie ein fast unerträgliches Verlustgefühl. Gleichzeitig entfachte die Erkenntnis, dass sie von ihm abhängig war, ihre Wut von neuem. Sie schleuderte den Lappen auf den Boden.

«Hast du dir auch nur eine einzige Sekunde überlegt, wie es Besarta Sinani geht?», fuhr sie ihn an.

Schuldbewusstsein blitzte in Pals Augen auf.

«Wer kümmert sich um sie?», fragte Jasmin. «Dich interessiert nur dein Klient! Du willst ihn um jeden Preis freibekommen. Dieser Fall ist bloss eine weitere Sprosse in deiner verdammten Karriereleiter. Eine grosse, zugegeben, denn die halbe Schweiz schaut zu. Deshalb will auch Salvisberg unbedingt einen Erfolg vorweisen. Genau wie du benutzt sie das Mädchen! Aber wer ist für Besarta Sinani da? Wer sorgt dafür, dass sie zu ihrem Recht kommt?»

«Zora Giovanoli», antwortete Pal. «Eine Geschädigte kann im Rahmen eines Strafverfahrens adhäsionsweise Zivilforderungen gegenüber dem Angeschuldigten geltend machen. Sie übt Parteirechte aus, das muss ich dir nicht erklären. Natürlich wird der Anspruch nur beurteilt, wenn Fabian Zaugg auch verurteilt wird. In dieser Beziehung ist der Militärstrafprozess nicht anders als eine zivile Strafprozessordnung. Das Militärgesetz schliesst Adhäsionsforderungen nur aus, wenn die schädigende Handlung in Ausübung dienstlicher Verrichtungen erfolgt. Bei einem Unfall zum Beispiel. Ein Vorsatzdelikt wie eine Vergewaltigung, ohne jeden dienstlichen Zusammenhang, fällt natürlich nicht darunter.»

Jasmin schnaubte. «Hörst du dir eigentlich je selbst zu? Du klingst wie ein Lehrbuch!»

Pal holte tief Luft. «Mir blieb keine andere Wahl. Ich musste die Konteranzeige machen. Aus verfahrenstechnischen Gründen. Ich gehe aber davon aus, dass sie eingestellt wird.»

«Konteranzeige?», wiederholte Jasmin verwirrt.

Pal zögerte. «Wegen falscher Anschuldigungen. Ich dachte, du bist deswegen so ... vergiss es.»

«Du hast Besarta Sinani angezeigt?» Jasmin ballte die Hände zu Fäusten. «Bist du nicht ganz bei Trost? Ich fasse es nicht! Du bist ein noch mieseres Schwein, als ich gedacht ...»

«Jasmin!» Pal trat einen Schritt auf sie zu. «Hör mir bitte zu!»

«Ich will deine Ausreden nicht hören!», rief sie. «Wie kannst du nur? Hast du eine Ahnung, was du ihr damit antust?»

«Wenn ich es nicht tue, glaubt Salvisberg, ich halte Fabian Zaugg für schuldig.»

«Vielleicht ist er es tatsächlich! Aber das ist dir natürlich egal! Hauptsache, dein Klient bezahlt deine Rechnungen! Weisst du, was deine Anzeige bedeutet?» Sie lachte bitter. «Natürlich! Deshalb hast du sie gemacht, nicht wahr? Besarta Sinani kann jetzt nicht mehr als Zeugin befragt werden, sondern nur noch als Auskunftsperson. Damit ist ihre Aussage nur halb so viel Wert, da eine Aussageperson ohne Folgen lügen darf. Das ist ein ganz fieser Trick!» Entsetzt merkte Jasmin, dass sich ihre Augen mit Tränen füllten.

«Bitte, Jasmin …» Pal berührte ihren Arm.

Sie wich zurück. «Hast du eine Ahnung, was Besarta Sinani durchmacht? Wie es sich anfühlt, Übergriffe immer und immer wieder schildern zu müssen? Es ist, als würden sie jedesmal von neuem geschehen. Als wäre es nicht so schon schwierig genug, darüber hinwegzukommen! Man will alles am liebsten vergessen, aber nein, kaum heilt die Wunde, kratzt sie jemand wieder auf. Bei jeder Einvernahme kamen mir neue Details in den Sinn. Wie er mich mit seinem Scheiss-Jasminöl massiert hat. Wie sich sein Ausdruck von einem Moment auf den anderen verändern konnte. Er war eine Bombe. Nur wusste ich nicht, was ihn hochgehen lassen würde. Jeden Morgen fragte ich mich, ob es mein letzter Tag sein würde. Ob der Tod schmerzhaft wäre. Was die anderen Frauen in diesem Moment gefühlt hatten. Es war ein verdammter Horrortrip! Und dann die Langeweile. Hast du eine Vorstellung davon, wie endlos 24 Stunden sein können, wenn man an ein Bett gefesselt ist? Wie es sich überhaupt anfühlt, jemandem total ausgeliefert zu sein? Ich konnte mich nicht einmal kratzen, wenn mir danach war. Von wichtigeren Dingen wie pissen oder essen rede ich gar nicht!»

Ausser Atem verstummte Jasmin. Pals Gesicht war fahl geworden. Er starrte sie an, als nehme er sie zum erstenmal richtig wahr. Um Beherrschung ringend, schloss sie die Augen. Bereits bereute sie ihren Ausbruch. Wie hatte sie ihr Innerstes nur so nach aussen kehren können? Sie schluckte und zwang ihre Gedanken wieder zurück zum Fall.

«Salvisberg interessiert sich einen Dreck für Besarta Sinani», sagte sie kühl. «Sobald sie die Untersuchung abgeschlossen hat, wird sie einen Antrag auf Anklageerhebung stellen, dem Auditor ihre Akten überreichen und sich einem neuen Fall zuwenden. Irgendwann wird die Gerichtsverhandlung stattfinden. Besarta Sinani wird in die Schweiz zitiert werden, um vor fünf furztrockenen Militärrichtern – alles Männer, natürlich – zu schildern, wie sie vergewaltigt wurde. Danach wird sie wieder nach Hause …»

«Unter den Richtern wird mindestens eine Frau sein», unterbrach Pal mit dünner Stimme. «Das ist in solchen Fällen zwingend.»

«… verfrachtet werden», fuhr Jasmin fort, als hätte er nichts gesagt. «Wo sie selbst sehen muss, wie sie zurechtkommt. Und wenn Fabian Zaugg freigesprochen wird, muss sie womöglich alles selbst bezahlen.»

Pal schüttelte den Kopf. «Ein vom Staat bestellter Opferanwalt ist kostenlos.»

Jasmin hatte Mühe, die Tränen zurückzuhalten.

Behutsam legte ihr Pal die Hand auf den Arm. «Wenn du einen Rechtsvertreter brauchst, du weisst, ich helfe dir gern.»

«Ich brauche deine Hilfe nicht! Die Polizei kommt für meine Anwältin auf.» Jasmin schüttelte seine Hand ab. «Ich brauche auch keinen Pseudoauftrag! Du hast immer alleine gearbeitet. Ausgerechnet jetzt brauchst du Unterstützung. Seltsamer Zufall! Können mich die Zauggs überhaupt bezahlen?»

Pal tupfte sich mit dem Ärmel die Stirn ab. «Mein Antrag wurde bewilligt. Ich stehe Fabian Zaugg als amtlicher Verteidiger zur Verfügung. Im Moment finanziere ich zwar dein Honorar, aber ich werde beantragen, dass ich für die Zusatzkosten entschädigt werde.»

Pal schien noch etwas sagen zu wollen, überlegte es sich aber anders. Jasmin wandte sich ab und rollte ihren Motorradanzug zusammen. Als sie sich wieder umdrehte, hatte Pal das Zimmer verlassen. Sie setzte sich aufs Bett und zog die Stiefel aus. Mit den Socken trocknete sie die nassen Flecken auf dem Parkett. Den Lappen liess sie dort liegen, wo er hingefallen war.

Ihr Ausbruch hatte eine Mattigkeit hinterlassen, die sie lähmte. Sie liess sich auf die Matratze fallen und lauschte den Geräuschen aus dem Wohnzimmer. Sie hörte Papier rascheln, dann den Klang von Metall auf Porzellan, als Pal seine Cornflakes löffelte. Hinter dem breiten Fenster sah sie das UBS-Verwaltungsgebäude; in der

Ferne den dunklen Schatten des Uetlibergs. Sie stellte fest, dass es ihr gefallen würde, so hoch oben zu wohnen. Nicht wegen der Aussicht, sondern wegen der Sicherheit, die ihr die Höhe vermittelte. Sie kam sich vor wie in einem Turm. Abgeschottet, unerreichbar und erhaben. Als stünde sie über den alltäglichen Sorgen des Lebens. An den Fenstern hingen keine Vorhänge, was sie in einem tieferen Stockwerk nicht ertragen hätte, was ihr nun aber ein Gefühl von Freiheit vermittelte.

Als sich ihr Puls wieder beruhigt hatte, stand sie auf und ging ins Wohnzimmer. Pal sass auf dem Sofa und blätterte in einem Katalog. Er schaute nicht auf, als sie sich neben ihn stellte.

«Die 1198R ist soeben auf den Markt gekommen», sagte er. «Frisch von der Rennpiste. Mein Händler hat ein Sondermodell im Sortiment – eine limitierte Auflage der 1198R Corse. Sie hat ein Drehmoment von 134 Nm und 180 PS, in der 102-db-Version.»

Jasmin schaute ihm über die Schulter. «Geil.»

Pals Mundwinkel zuckten. «Der Tank fasst 2,5 Liter mehr. Er ist aus Alu, mit gebürsteter Oberfläche. Und trotzdem ein Kilo leichter als der Tank meiner 1098R.»

«Gesamtgewicht?»

«164 Kilo.»

«Sogar leichter als die Monster!»

Pal klappte den Katalog zu und erhob sich. «Ich hol uns etwas zu essen, da du Cornflakes anscheinend nicht magst. Auf dem Tisch liegt das Protokoll von Zauggs Einvernahme. Ich wüsste gern, wie du sein Verhalten beurteilst.»

Er wartete Jasmins Zustimmung nicht ab, sondern schnappte sich eine Jacke von der Garderobe und verliess die Wohnung. Einen Moment lang blieb Jasmin wie angewurzelt stehen. War das die Retourkutsche für ihren Ausbruch? Oder wollte er ihr lediglich Raum geben? Plötzlich schoss ihr ein weiterer Gedanke durch den Kopf: Vielleicht wusste er von ihren Leseschwierigkeiten und zog sich auf diese Weise diskret zurück. Sofort war die Anspannung wieder da. Unbehagen stieg in ihr auf, als sie nach dem Stapel Papier auf dem Tisch griff. Darunter befand sich nicht nur das Einvernahmeprotokoll, sondern auch ein Bericht, den Pal verfasst hatte. Darin hatte er notiert, wie Fabian Zaugg auf die Bilder reagiert hatte. Pal hatte ihm jedes einzelne vorgelegt. Erstaunt las Jasmin, dass Zaugg sich kaum dazu geäussert hatte. Er beschränkte sich darauf, die Namen der abgebildeten Personen zu nennen. Die Deutschen und die US-Soldaten kannte er offenbar nicht. Am Rand hatte Pal ein grosses Fragezeichen hingemalt. Offensichtlich glaubte er seinem Klienten nicht. Am Schluss des Berichts hatte Pal stichwortartig Fragen aufgeschrieben. Eine war mit Leuchtstift markiert: «Warum wehrt sich Z weiterhin gegen Entsiegelung?»

Genau dieselbe Frage stellte sich Jasmin. Auf Zauggs Computer befanden sich ausser den Fotos und Filmen nur Bewerbungsunterlagen. Auch die wenigen E-Mails, die Zaugg verschickt hatte, waren harmlos. Offensichtlich wollte er nicht, dass Salvisberg die Bilder sah. Nicht einmal die Aussicht, aus der Haft entlassen zu werden, stimmte ihn um. Es ergab einfach keinen Sinn. Nachdenklich ging Jasmin zum Einvernahmeprotokoll über. Als sie las, dass auf Fabian Zauggs Leintuch Spermaspuren gefunden worden waren, hielt sie inne. Warum hatte er Präservative gekauft, wenn nicht, um sie zu benützen? Ein schlechtes Gewissen überkam sie. Sie hatte Pal immer noch nichts von ihrem Fund erzählt, weil sie wusste, dass er auf einen schriftlichen Bericht bestehen würde. Bevor sie sich weiter Gedanken darüber machen konnte, hörte sie einen Schlüssel in der Tür. Fluchend schaute Jasmin auf die Uhr. Eine ganze Stunde war vergangen. Trotzdem hatte sie noch nicht alles gelesen.

«Lust auf Pizza?», rief Pal.

Erst jetzt merkte Jasmin, wie gross ihr Hunger war. Sie beschloss, mit der Beichte zu warten. Vielleicht könnte sie die Kaufquittung der Präservative nebenbei erwähnen, ohne dass es auffiel. Sie nahm den Ducati-Katalog unter den Arm und ging in die Küche. Pal war dabei, Teller aus dem Schrank zu nehmen.

«Gehst du nächstes Jahr wieder auf die Rennpiste?», fragte Jasmin.

«Ich werde mich für die Swiss Ducati Challenge anmelden. Hast du auch Lust? Es sind alle Modelle zugelassen.»

Jasmin stellte sich den Sound von aufgedrehten V2-Motoren vor, den Geruch von verbranntem Gummi und heissen Bremsbelägen. Keine Tempolimiten, kein Rollsplitt. Öl- und Benzindämpfe. Sie stöhnte leise.

«Wo?», fragte sie.

«Hungaroring, Most, Dijon oder Brünn. Wenn du alle vier buchst, erhältst du einen Rabatt.»

«Ich werd's mir überlegen.»

«Der Circuit de Catalunya ist ebenfalls eine sensationelle Piste. Ich war vorletztes Jahr dort und würde jederzeit wieder hinfahren. Gut 4,6 Kilometer lang, mit 13 Kurven.»

«Hat Loris Capirossi in Barcelona nicht seinen Rekord aufgestellt?»

«347 km/h auf der Start-Ziel-Geraden.» Pal trug Teller, Besteck und Servietten ins Wohnzimmer. «Bringst du die Pizza?»

Als Jasmin den warmen Käse roch, knurrte ihr Magen. Sie stellte den Karton auf den Tisch, liess sich auf den Stuhl fallen und griff nach einem Stück Pizza. Öl lief ihr übers Kinn und tropfte auf den Teller. Pal reichte ihr eine Serviette, bevor er Messer und Gabel zur Hand nahm. Jasmin hörte auf zu kauen. Ungläubig beobachtete sie, wie er sich einen Bissen abschnitt und zum Mund führte.

Mitten in der Bewegung hielt er inne. «Was ist?»

«Du isst Pizza mit Besteck?»

«Ja.»

Sie brach in schallendes Gelächter aus. Pal schien sich nicht entscheiden zu können, ob er mitlachen oder sich über ihren Spott ärgern sollte. Also verzog er keine Miene.

«Popcorn auch?», fragte Jasmin.

«Natürlich nicht.»

«Kebab?»

Pal zögerte.

«Das heisst ja», sagte Jasmin vergnügt.

«Die Sauce quillt immer heraus», erklärte Pal.

Jasmin stopfte sich den Rest des Pizzastücks in den Mund und bewegte ihre fettigen Finger vor Pals Gesicht hin und her. Er hörte auf zu kauen, wich aber nicht zurück.

«Mutprobe bestanden», grinste Jasmin. «Und jetzt sag mir, was du von Salvisberg hältst. Geht sie wirklich allem nach? Auch entlastenden Elementen?»

Erleichtert, sich auf sicherem Boden zu befinden, lehnte sich Pal zurück. «Maja Salvisberg macht ihre Sache gut. Sie arbeitet sorgfältig und lässt sich nicht zu voreiligen Schlüssen hinreissen. Sie weiss, dass sie sich keinen Fehler erlauben darf. Der Ruf der Militärjustiz ist ziemlich angeschlagen. Vor allem seit dem Jungfrau-Drama. Vielleicht schon seit dem ‹Sonntagsblick›-Fall im Jahr 2006.»

«Man wirft der Militärjustiz vor, sie sei nicht unabhängig», bemerkte Jasmin. «Ist das so?»

«Theoretisch hat die Armee kein Weisungsrecht gegenüber dem Gericht. Auch das Verteidigungsdepartement nicht. Wie es praktisch aussieht, kann ich nicht beurteilen. Ich weiss nur, dass seit Jahren über die Abschaffung der Militärjustiz diskutiert wird. 2008 hat der Ständerat ein Postulat seiner Rechtskommission angenommen, in dem eine generelle Überprüfung gefordert wird. Zudem ist ein Antrag hängig, der fordert, dass keine Zivilisten mehr vor Militärgericht gestellt werden. Das sind grundsätzliche Fragen. Sie haben jedoch nichts mit der Qualität der Arbeit zu tun.»

«Und wie findest du die?»

«Die Militärjustiz kann auf Spezialisten zurückgreifen. Braucht man beispielsweise einen Völkerrechtler oder einen Strafrechtsspezialisten, so findet sich bestimmt einer unter den Armeeangehörigen. Dasselbe gilt für andere Fachpersonen. Da ist sehr viel Know-how vereint, gekoppelt mit einer gesunden Fluktuation. Das wirkt sich möglicherweise positiv auf die Qualität der Arbeit aus. Vorausgesetzt, die Ressourcen werden auch genutzt. Ausserdem sind genügend Mittel vorhanden, um eine

Untersuchung gründlich zu führen. Davon können die Kantone nur träumen.»

«Bist du der Meinung, Salvisberg setze wirklich alles daran, den Sachverhalt zu klären?»

«Soweit ich es einschätzen kann, ja. Aber es ist klar, dass sie bei der Suche nach entlastenden Elementen schneller an ihre Grenzen stösst, als mir lieb ist.»

Jasmin wischte sich mit einer Serviette das Fett von den Fingern. «Es wäre aber genug Geld da, um Spermaspuren zu untersuchen, oder?»

«Ja», bestätigte Pal vorsichtig. «Falls Zweifel an deren Herkunft bestünden. Da Fabian Zaugg aber behauptet, es sei sonst niemand in seinem Bett gewesen, erübrigt sich die Untersuchung. Dem Vorwurf, Steuergelder zu verschwenden, darf sich die Militärjustiz nicht aussetzen.»

«Und wenn nicht klar ist, ob er wirklich alleine war?»

Pals Augen verengten sich.

«Du wolltest wissen, was ich von der Einvernahme halte», fuhr Jasmin fort. «Ich verstehe nicht, was Fabian Zaugg verheimlicht. Dazu musst du vielleicht wissen, dass er Präservative mit nach Kosovo genommen hat. Ziemlich viele sogar. Ich frage…»

«Woher weisst du das?», unterbrach Pal.

«Kaufquittung.» Jasmin führte die Serviette an den Mund.

Pal nahm ihr die Serviette weg. «Du hast eine Quittung für Präservative gefunden? Wo? Wann? Warum hast du mir nichts davon erzählt?»

«Ich hatte vor, den Bericht heute abend zu schreiben», log Jasmin. «Ich kam einfach noch nicht dazu. Aber mündlich ist es sowieso einfacher.»

Pal betrachtete sie mit steinerner Miene. «Wenn du für mich arbeitest, verlange ich, dass du dich an meine Vorgaben hältst. Nur so kann ich meinem Klienten die bestmögliche Verteidigung bieten. Sollte dir etwas nicht möglich sein, aus welchem Grund auch immer, so erwarte ich, dass du mich informierst.»

Jasmin errötete.

«Hast du verstanden?», fragte Pal.
«Muss ich jetzt vor dir auf die Knie gehen, oder was?»
«Ein simples Ja genügt.»
«Ja! Zufrieden?»
«Wenn du unter Zeitdruck stehst», sagte Pal, «kannst du deinen Bericht meiner Sekretärin diktieren. Lisa hat genug Kapazität, um dir Schreibarbeiten abzunehmen.»

Jasmin senkte den Blick. Wusste er Bescheid? Oder glaubte er wirklich, ihr fehle es an Zeit? Egal, er hatte ihr soeben einen Ausweg gezeigt. Sie würde ihre Ergebnisse in Zukunft auf Band sprechen und Lisa Stocker bringen, genau, wie sie es früher bei der Polizei mit ihrem Kollegen Tobias Fahrni gemacht hatte.

Pal holte eine Dose Cola und ein Mineralwasser aus der Küche. «Und jetzt möchte ich wissen, was du von Fabian Zauggs Aussagen hältst.»

Jasmin unterdrückte einen erleichterten Seufzer. «Okay. Zaugg hat sich rund 60 Präservative beschafft.» Sie senkte den Blick, als Pal die Augen aufriss. «Meiner Meinung nach ist das ein Indiz dafür, dass er sich in der Regel beim Sex schützt.»

Pal nickte gequält. «Wenn die Spermaspur tatsächlich von ihm stammt, könnte das bedeuten, dass er die Kontrolle über sich verloren hat.»

Nachdenklich stimmte Jasmin zu. «Interessant wäre es zu wissen, warum er überhaupt eine solche Menge Präservative brauchte.»

11

Fachof Bettina Röthlin, 31, Juristin/S1 Personal, Sissach
Schon in der zweiten Woche im Einsatz kam Fabian Zaugg zu mir ins Büro, um sich wegen Ferien zu erkundigen. Er litt stark unter Heimweh. Anfang Mai reiste er für zehn Tage in die Schweiz. Im Juni wollte er schon wieder Ferien beziehen, obwohl ich ihm riet, noch etwas zu warten. Bis Oktober dauerte es noch

lang. Ich fürchtete, er würde die sechs Monate nicht durchstehen. Meine Sorgen waren umsonst. Gegen Ende des Einsatzes musste ich ihn sogar darauf aufmerksam machen, dass er noch fünf Tage zugute hatte. Überstunden zahlen wir nicht aus.

Als Personalchefin, oder S1, wie ich genannt wurde, war ich für die Ferien- und Ruhetageverwaltung zuständig. Auch für die Betreuung des Kontingentes. Sie müssen sich vorstellen, viele dieser Soldaten sind zum erstenmal länger im Ausland. Manche sind mit administrativen Fragen überfordert, haben zum Beispiel noch nie eine AHV-Abrechnung gesehen, andere wissen nicht, wie es nach ihrem Einsatz weitergehen soll. Ich habe die Jungs bei Bewerbungsschreiben unterstützt, sie beraten und manchmal einfach nur zugehört, wenn sie sich etwas von der Seele reden mussten. Die Welt im Camp Casablanca ist klein. Nebensächlichkeiten werden plötzlich sehr wichtig. Fabian Zaugg kam in praktischen Belangen besser zurecht als die meisten. Dank seiner KV-Lehre war er mit administrativen Angelegenheiten vertraut, seine Sprachkenntnisse waren gut. Ich habe mich gewundert, dass er sich nicht um eine Assistentenstelle im Stab beworben hatte.

Besonders in Erinnerung geblieben ist mir ein Besuch im Juni. Nachdem wir sein Ferienguthaben angeschaut hatten, fragte ich ihn, ob er Pläne für die Zeit nach seinem Einsatz habe. Ich wollte ihn aufmuntern. Ihm eine Zukunftsvision vermitteln, an die er sich klammern konnte, wenn das Heimweh ihn übermannte. Doch er schüttelte nur den Kopf. In seinem Blick lag etwas Verlorenes, das mich tief berührt hat. Fast, als wisse er nicht mehr, wo sein Zuhause sei. Ich verstand nicht, was ihn quälte. Von Problemen mit seiner Familie hat er nie etwas erzählt.

Mit der Zeit vergass ich ihn wieder. Mein Tag begann um 7 Uhr früh mit dem Lagerapport und endete oft erst spätabends, und das sechs Tage die Woche. Im Gegensatz zu den Infanteristen langweilten wir uns im Stab nie. Für die Soldaten war es zermürbend: Wochenlang lief wenig, trotzdem mussten sie immer einsatzbereit sein. Nicht jeder konnte damit umgehen. Als

Rechtsberaterin des NCC bereitete ich auch Disziplinarstrafverfahren vor. Einige der Jungs hatten ziemlichen Blödsinn im Kopf. Nicht aus Bosheit, sondern aus Langeweile. Sie brannten auf Action. Sie waren für den Ernstfall ausgebildet worden und wollten beweisen, was sie draufhatten. Unterforderung ist genauso stressig wie Überforderung. Aber wie gesagt, sie waren die Ausnahme. Die meisten leisteten Superarbeit. Gegen Fabian Zaugg mussten wir nie eine Disziplinarstrafe aussprechen. Er verhielt sich immer korrekt. Bis zum 3. Oktober.

12

Das Anwaltszimmer im Kantonalgefängnis Frauenfeld unterschied sich kaum von jenen in anderen Gefängnissen. Es war kühl und funktional. Pal Palushi hätte nicht mehr sagen können, wie viele solche Räume er schon gesehen hatte. Wenn er jeweils die Sicherheitskontrollen eines Gefängnisses passierte, tauchte er ab in eine Parallelwelt, in der andere Massstäbe galten. Die Einschränkungen, Regeln und die uniforme Einrichtung übten auf ihn einen Sog aus, dem er sich kaum entziehen konnte. Unweigerlich wurde sein Schritt gleichmässiger, seine Stimme monotoner.

Für einen Untersuchungshäftling war der Wunsch nach einem einfachen Telefongespräch so unerfüllbar wie seine Hoffnung, er könne die Zeit zurückdrehen und begangene Fehler wiedergutmachen. Der Verteidiger war oft sein einziger Kontakt zur Aussenwelt, abgesehen vom Untersuchungsrichter. Deshalb versuchte Pal stets, Distanz zu wahren. Nur so konnte er die Leistung erbringen, die erforderlich war. Grenzte er sich nicht ab, so kam er sich vor wie ein Rettungsschwimmer, der ohne Ring einen Ertrinkenden zu bergen versucht. Die Gefahr, selbst unterzugehen, war gross. Nie überbrachte Pal Grüsse oder gar Geschenke, ausser, sie dienten als Mittel zum Zweck.

Wie jetzt.

Als er aus seinem Aktenkoffer den Lebkuchen nahm, den er hineingeschmuggelt hatte, beobachtete er Fabian Zaugg genau. Von Karin Zaugg wusste Pal, dass Lebkuchen in der Familie Tradition waren. Als Kinder hatten Fabian und Karin sie selbst verziert, später hatten sie sich hauptsächlich aufs Konsumieren beschränkt. Sogar der Hund der Familie bekam hin und wieder einen Bissen ab. Mit dem Geschenk wollte Pal ein letztes Mal versuchen, eine Verbindung zu seinem Klienten herzustellen. Er ging damit ein beträchtliches Risiko ein, da es ihm verboten war, Lebensmittel ins Gefängnis zu bringen. Doch wenn Fabian Zaugg ihn weiterhin anschwieg, konnte sich Pal die Mühe herzukommen sparen. Er hatte ohnehin keine Zeit für Besuche. In der Kanzlei warteten dringende Arbeiten auf ihn. Fristen, die er nicht verpassen durfte; Verhandlungen, die er vorbereiten, und Akten, die er studieren musste.

«Ihre Schwester hat gesagt, Sie mögen Lebkuchen», sagte Pal. «Sie lässt Ihnen ausrichten, dass sie in Gedanken bei Ihnen ist.»

Fabian Zaugg drehte den Lebkuchen in der Hand, ohne ihn richtig wahrzunehmen.

«In Ihrem Elternhaus riecht es wie in einer Bäckerei», fuhr Pal fort, obwohl er nie in Münsingen gewesen war. «Da läuft einem das Wasser im Mund zusammen.»

Sein Klient legte den Samichlaus auf den Tisch. Mit starrem Blick begann er, sich den Schorf von einer Wunde an der Hand zu kratzen.

«Bis zum ersten Advent sind es nur noch zwei Wochen», drängte Pal. «Sie könnten Weihnachten möglicherweise zu Hause feiern, im festlich geschmückten Wohnzimmer, zusammen mit Ihrer Familie. Unter dem Christbaum werden Geschenke liegen. Ihre Schwester wird Klavier spielen, wie jedes Jahr. Sie hat Mozarts ‹Ah, vous dirai-je, Maman› einstudiert. Danach wird Fondue Chinoise serviert. Knoblauchsauce mögen Sie am liebsten, hat Ihre Mutter erzählt. Sie hat ein Rezept für eine Kresse-Zitronen-Sauce gefunden, die sie dieses Jahr ausprobieren möchte. Klingt gut, finden Sie nicht? Wären Sie an Weihnachten nicht gern zu Hause?

Es liegt ganz an Ihnen. Wenn Sie einer Entsiegelung Ihres Computers zustimmen, steigen Ihre Chancen, aus der Haft entlassen zu werden.» Als sein Klient immer noch nicht reagierte, beugte Pal sich vor. «Habe ich Ihnen schon erzählt, dass Mr. Bone in Ihrem Bett schläft? Ihre Mutter ist zwar nicht einverstanden, aber der Hund kann mittlerweile die Zimmertür öffnen.»

Fabian Zaugg schaute auf. «Wie das?»

«Er stellt sich auf die Hinterbeine und springt hoch, bis seine Vorderpfoten die Türfalle berühren. Ich hatte auch einmal einen Hund, der es schaffte, eine Tür so zu öffnen», log Pal.

«Einen Foxterrier?», fragte Zaugg.

«Nein, einen Mischling.»

«Wie hiess er?»

«Qeni.»

«Jenny?», wiederholte Fabian Zaugg. Plötzlich neigte er den Kopf zur Seite. «Oder Qeni?»

«Qeni», erwiderte Pal. «Das heisst auf Albanisch...»

«Hund, ich weiss.»

Ein Lächeln huschte über Fabian Zauggs Gesicht. Es kam so unerwartet, dass sich Pal nicht gegen die Gefühle wappnen konnte, die es in ihm auslöste. Dankbarkeit, Mitleid und etwas, das an Zuneigung grenzte, stiegen in ihm auf. Obschon er wusste, dass seine Empfindungen nur die Folge seiner Erleichterung waren, weil sein Klient endlich kommunizierte, begann die unsichtbare Wand zwischen ihm und Fabian Zaugg ein klein wenig zu bröckeln.

«Sie lieben Ihren Hund», stellte Pal fest.

«Mein Funkname ist ‹Bone›.» Fabian Zaugg befeuchtete seine Lippen. «Wir dürfen unsere eigenen Namen nicht benützen, falls jemand mithört. Deshalb musste sich jeder einen Funknamen ausdenken.»

«Wie hiessen ihre Kollegen?»

«DJ, Joker, Pathfinder... Enrico nannte sich Shark.»

«Enrico Geu hat mit Ihnen den Wohncontainer geteilt, richtig?»

Fabian Zaugg nickte. «Schon in Stans, während der Ausbildung.»

«Das muss ziemlich eng gewesen sein. Zwei auf drei Meter? Geht man sich nicht auf die Nerven?»

«Man gewöhnt sich daran. Es ist immer noch besser, als alleine zu sein.» Sein Blick huschte zum vergitterten Fenster.

«Ich stelle mir die Truppen ein bisschen wie eine Grossfamilie vor», sagte Pal, bevor die Gedanken an die Einsamkeit seinen Klienten zum Verstummen brachten. «Man sehnt sich nach Freiraum, kaum hat man Luft, vermisst man die Kameraden. Der Gruppendruck ist auch vergleichbar. Es war bestimmt ziemlich anstrengend, immer mithalten zu müssen.»

«Wie meinen Sie das?»

«Erklären Sie es mir.»

«Keiner wird unter Druck gesetzt.»

«Auch Sie nicht?»

«Nein.»

«Warum haben Sie auf der Falke die Hose runtergelassen?»

Fabian Zaugg senkte den Blick. «Das habe ich Ihnen erklärt. Es war nur ein blöder Scherz. Ich weiss gar nicht mehr genau, wie die Sache angefangen hat. Aus irgendeinem Grund sagte Geu, man könne mein Gesicht nicht von einem Arsch unterscheiden. Da gab ich zurück, er habe noch nie einen Arsch gesehen. Und er meinte, ich solle ihm doch den Unterschied zeigen. Plötzlich hatte er sein Handy in der Hand. Keine Ahnung, wie das Bild ins Netz kam.»

«Es wurde auf Facebook markiert.» Pal lehnte sich vor. «Warum haben Sie mir nichts darüber gesagt?»

Fabian Zaugg begann wieder, an seiner Wunde zu kratzen. «Fotografieren im Dienst wird nicht gern gesehen.»

«Ich bin Ihr Verteidiger», stellte Pal klar. «Alles, was Sie mir erzählen, behalte ich für mich.»

Fabian Zaugg zuckte mit den Schultern. «Trotzdem.»

«Enrico Geu hat das Bild gemacht. Schützen Sie Ihre Freunde immer?», fragte Pal. «Auch, wenn Sie dafür die Konsequenzen tragen müssen?»

Sein Mandant zog den Kopf ein und klemmte die Hände unter dem Tisch zwischen die Beine. Unwillkürlich dachte Pal an ein U-Boot, das sich auf einen Tauchgang vorbereitet. Fieberhaft überlegte er, wie er Fabian Zaugg an der Oberfläche behalten könnte.

«Folni shqip?», fragte Pal.

Fabian Zauggs Kopf schnellte hoch. «Was?»

«Sprechen Sie Albanisch?», wiederholte Pal. «Vorhin haben Sie das albanische Wort für Hund gekannt.»

«Ja und?»

«Können Sie noch mehr?»

«Warum?» Plötzlich wurde Fabian Zaugg bleich. «Sie sind Albaner!»

«Ja», sagte Pal vorsichtig. Er begriff nicht, was seinen Klienten daran erschreckte. Oder interpretierte er die Reaktion falsch? Plötzlich wünschte er sich, Jasmin wäre hier. Sie hätte instinktiv gewusst, welche Richtung sie einschlagen müsste. Nicht instinktiv, korrigierte er sich. Jasmin brachte zwar Talent mit, vor allem aber war sie gut ausgebildet und konnte auf jahrelange Erfahrung zurückgreifen. Er hingegen hatte lediglich einige Kurse über Einvernahmetechniken besucht und Fachliteratur gelesen. Kaum wurde ein Gespräch emotional, fühlte er sich unsicher. Auseinandersetzungen mit Juristen lagen ihm mehr. Dabei kamen seine intellektuellen Fähigkeiten zum Tragen.

«Ihre Schwester war der Meinung, ich könnte Ihnen besser helfen als ein Schweizer», erklärte Pal ruhig.

«Karin hat Sie angestellt?», fragte Fabian Zaugg, als hätte Pal ihm nicht bereits erklärt, warum er ihn vertrete.

«Nein, Sie. Aber Ihre Schwester hat mich aufgesucht. Sie macht sich grosse Sorgen um Sie.»

«Wie ist Karin auf Sie gekommen?»

«Ich bin der einzige albanischstämmige Strafverteidiger in der Deutschschweiz.»

«Kommen Sie aus Suhareka?»

«Nein, aus Zajqevc. Das liegt im Osten Kosovas.»

Fabian Zaugg entspannte sich ein wenig, beäugte Pal aber immer noch misstrauisch. Pals Gedanken arbeiteten auf Hochtouren. Hatte sein Klient Angst vor einem Racheakt? Wenn sich Fabian Zaugg vor Kosovaren fürchtete, so war das ein Indiz für Schuld. Vermutlich wusste er um den Zusammenhalt innerhalb einer albanischen Familie. Swisscoy-Soldaten wurden mit der kosovo-albanischen Kultur vertraut gemacht, bevor sie ins Einsatzgebiet reisten.

Plötzlich fluchte Pal innerlich. Er hatte nicht abgeklärt, ob sich ein Mitglied des Sinani-Clans in der Schweiz aufhielt. Das grenzte an Nachlässigkeit. Gleichzeitig erinnerte er sich an eine Zeugenaussage: Gegenüber Salvisberg hatte ein Soldat behauptet, Fabian Zaugg habe Besarta Sinani Fotos von Münsingen zeigen wollen – weil ein Verwandter von ihr dort auf einer Baustelle arbeite. Wer war dieser Verwandte? Wartete er womöglich auf Fabian Zauggs Entlassung?

«Ich kann Ihnen besser helfen, wenn Sie mir die Wahrheit erzählen», sagte Pal.

Fabian Zaugg fuhr mit dem Finger über den Lebkuchen. «Darf ich ihn essen?»

«Natürlich», antwortete Pal. «Ich wäre übrigens froh, wenn Sie nichts davon erwähnen würden. Es ist verboten, Lebensmittel mitzubringen.»

Fabian Zaugg blinzelte überrascht. «Und Sie haben es trotzdem getan?»

«Ich wollte Ihnen eine Freude bereiten.»

«Danke.»

«Warum war Besarta Sinani in Ihrem Container?»

«Um sich Fotos anzuschauen», murmelte Zaugg. «Sie hat sich für Münsingen interessiert. Auch für Mr. Bone. Sie wusste nicht, wie ein Foxterrier aussieht.»

«Lieben Sie Besarta Sinani?»

Fabian Zaugg machte sich an der Verpackung des Lebkuchens zu schaffen.

«Herr Zaugg?»

Er schüttelte den Kopf.

«Finden Sie sie anziehend?»

Fabian Zaugg errötete. «Sie sieht gut aus.»

«Ist Besarta Sinani in Sie verliebt?», bohrte Pal.

Sein Klient zuckte mit den Schultern.

«Ja oder nein?»

«Weiss nicht.»

«Was geschah, nachdem Sie ihr die Fotos gezeigt haben?», fragte Pal weiter.

«Nichts. Ich habe den Laptop heruntergefahren und…» Er schluckte. «Okay, fast nichts… sie hat mich angefasst. Ich habe mir nichts dabei gedacht. Wir haben gelernt, dass Kosovo-Albaner Berührungen normal finden. Ich meine, es ist keine grosse Sache, wenn dich jemand umarmt.»

«Besarta Sinani hat Sie umarmt?» Pal hielt die Luft an.

«So ähnlich. Zuerst war es nur eine Umarmung. Dann hat sie… sie hat mich geküsst. Ich… ich habe ihr gesagt, dass ich das nicht will. Da hat sie geweint. Sie tat mir leid. Sie war völlig aufgelöst. Ich habe versucht, sie zu trösten, aber das wollte sie auch wieder nicht.» Fabian Zaugg zerbröselte den Lebkuchen zwischen den Fingern. «Sie hat gesagt, ich hätte ihr etwas vorgemacht.»

«Sie haben sie abgewiesen?»

«Ja.»

«Ich verstehe nicht, warum.»

«Weil sie… es ist nicht erlaubt.»

Pal schloss kurz die Augen. Die hübscheste Frau im Camp warf sich seinem Klienten an den Hals, und er sollte ihr eine Abfuhr erteilt haben? Mit der Begründung, dass es gegen das Dienstreglement verstosse? Und dieser Geschichte sollte er Glauben schenken? War es nicht umgekehrt gewesen? Hatte nicht eher Fabian Zaugg von Besarta Sinani einen Korb erhalten? Vielleicht konnte er die Niederlage nicht ertragen. Vielleicht glaubte er, es stünde ihm mehr zu. Schliesslich hatte sie ihm deutlich ihr Interesse signalisiert. Also bediente er sich. Im Nachhinein legte er sich die Szene im Kopf anders zurecht, um sein Gesicht zu wahren. Möglicherweise glaubte er sogar, der Vorfall habe sich tatsächlich so abgespielt.

Pal beugte sich vor. «Erklären Sie es mir! Was ging in Ihnen vor?»

«Wenn der S1 davon erfahren hätte, wäre ich nach Hause geschickt worden! Das wollte ich nicht.»

«Wie hätte er davon erfahren sollen? Sie waren alleine mit Besarta. Laut Ihrer eigenen Aussage ergriff die junge Frau die Initiative.»

Fabian Zaugg zuckte erneut mit den Schultern.

Pal schüttelte den Kopf. «Begreifen Sie, wie wenig glaubhaft Ihre Geschichte klingt? Warum hätte Besarta Sinani die Anschuldigungen erfinden sollen? Ihr Ruf ist ruiniert! Sie riskierte sogar ihre Stelle. Sollte sich nämlich herausstellen, dass sie tatsächlich den Kontakt zu Ihnen gesucht hat, könnte das Konsequenzen für sie haben. Wissen Sie, was das für eine Kosovarin bedeutet? Sie setzt ihre ganze Existenz aufs Spiel. Wenn schon ich mit der Geschichte Mühe habe, was wird Maja Salvisberg erst dazu sagen?»

Fabian Zaugg reagierte nicht.

«Ich habe Besarta Sinani wegen falscher Anschuldigungen angezeigt», seufzte Pal. «So, wie wir es besprochen haben.»

Sein Klient nickte.

«Sie bleiben also dabei, dass sie lügt?»

«Ja.»

«Wie erklären Sie sich den Slip, den man unter Ihrer Matratze gefunden hat?»

Fabian Zaugg schwieg erneut.

«Herr Zaugg!»

«Das war nicht ich.»

«Verstehe ich Sie richtig? Jemand anders hat den Slip unter Ihre Matratze gelegt?»

Wieder ein Schulterzucken.

«War am 3. Oktober ausser Ihnen und Besarta Sinani noch jemand im Wohncontainer?», bohrte Pal. «Enrico Geu befand sich im Urlaub, wenn ich richtig informiert bin.»

Fabian Zaugg schüttelte den Kopf.

«Nein, Geu war nicht im Urlaub», hakte Pal nach, «oder nein, es war niemand anders da?»

«Niemand da.»

«Dann muss also Besarta Sinani ihren Slip selbst unter der Matratze deponiert haben.»

Keine Reaktion.

«Wer war noch mit Ihnen im Container?»

«Ich war alleine mit ihr!», sagte Fabian Zaugg unerwartet laut.

«Sie waren zusammen in einem sechs Quadratmeter grossen Wohncontainer, und Sie haben nicht gemerkt, dass Besarta Sinani ihren Slip ausgezogen hat?»

Fabian Zaugg schwieg.

«Antworten Sie mir!»

«Ich war mit dem Laptop beschäftigt!», sagte Fabian Zaugg mit bebender Stimme. «Ich weiss nicht, was sie in dieser Zeit gemacht hat! Ich habe Bilder von Mr. Bone gesucht.»

Pal stiess einen Seufzer aus. Auf einmal kam ihm eine Szene aus seiner Kindheit in den Sinn. Seine Mutter hatte Baklava zubereitet, das Lieblingsdessert seines jüngeren Bruders. Florim musste sechs oder sieben Jahre alt gewesen sein. Da am Abend Gäste erwartet wurden, stellte sie das Gebäck vorübergehend ins Wohnzimmer. Als seine Mutter einige Gläser aus dem Schrank holen wollte, fiel ihr auf, dass die Alufolie zerrissen war. Zwei Stück Baklava fehlten. Florim sass mit honigverschmiertem Mund hinter dem Vorhang, die Hand zur Faust geballt. Als sie ihn zur Rede stellte, behauptete er, er habe kein Stück genommen. Sogar als seine Mutter die klebrige Faust öffnete und darin ein zerquetschtes Stück Baklava entdeckte, stritt Florim die Schuld ab. Er hätte sich prima mit Fabian Zaugg verstanden, dachte Pal.

«War zwischen dem 3. Oktober und Besarta Sinanis Anzeige gegen Sie eine dritte Person in Ihrem Wohncontainer?»

«Nein!»

«Dann stammt das Sperma auf Ihrem Leintuch also von Ihnen», sagte Pal provozierend. «Da niemand sonst im Container war.»

«Ja», gestand Fabian Zaugg.

«Haben Sie die Untersuchungsrichterin angelogen, als Sie ihr erzählten, Sie würden beim Masturbieren ein Taschentuch benützen?»

«Nein.» Plötzlich füllten sich Fabian Zauggs Augen mit Tränen.

«Wie kam das Sperma auf das Leintuch?»

«Keine Ahnung.»

Pal sah seinen Klienten durchdringend an. «Verwenden Sie beim Geschlechtsverkehr Präservative?»

Fabian Zaugg wischte sich mit dem Ärmel die Augen trocken. «Meistens. Es kommt drauf an. Ich meine...»

«Ja?»

«Meine Freundin nahm die Pille. Da war es nicht nötig.»

«Aber in Kosova haben Sie Präservative gebraucht.»

Fabian Zaugg atmete kaum noch. «Wie kommen Sie darauf?»

«Sie haben während Ihres Urlaubs in der Schweiz mehrere Schachteln gekauft.»

«Woher wissen Sie das?»

«Meine Mitarbeiterin hat die Quittung in Ihrer Sporttasche gefunden. Wozu haben Sie so viele Präservative benötigt?»

«Gar nicht. Ich meine, sie waren nicht für mich. Ich habe sie einem Kollegen gegeben.»

«Wem?»

«Mehreren Kollegen. Ich kann mich nicht an alle erinnern.»

Pal lockerte seinen Krawattenknopf um einige Millimeter. Er betrachtete seinen Klienten. Die rasierten Streifen wuchsen langsam nach, so dass sie nicht mehr gut zu erkennen waren. Dafür hatte die aknebedingte Entzündung zugenommen, seit Zaugg in Frauenfeld war. Es kam Pal vor, als verwandle sich der Soldat langsam wieder in den Jungen zurück, der er vor der RS gewesen war. Morphing, schoss es ihm durch den Kopf. Pal hatte kürzlich mit seinem Neffen eine wissenschaftliche Ausstellung für Kinder besucht. Auf einem Computer war der Morphing-Prozess demonstriert worden. Per Knopfdruck verwandelte sich ein Adler in ein Krokodil und umgekehrt. Die Übergänge waren so subtil, dass sie von blossem Auge fast nicht zu erkennen waren. Doch am Schluss hatte sie ein völlig anderes Tier vom Bildschirm angestarrt.

Pal nahm einen letzten Anlauf. «Wem haben Sie die Präservative gegeben? Nennen Sie mir einen einzigen Namen.»

Fabian Zaugg beugte sich vor und legte die Stirn auf seine verschränkten Arme. Pal konnte sich nicht entscheiden, ob er ihn durchschütteln oder trösten wollte. Beides würde nicht zum Ziel führen, also atmete er tief durch und wartete.

«Bitte», flüsterte Fabian Zaugg. «Holen Sie mich hier raus.»

Langsam packte Pal seine Unterlagen zusammen. Er steckte die verräterische Folie des Lebkuchens ein und wischte die Krümel vom Tisch. Als er das Schloss seines Aktenkoffers zuschnappen liess, sah Fabian Zaugg auf. Er öffnete den Mund, fuhr sich mit der Zunge über die Lippen und holte zitternd Atem.

Pal wartete gebannt.

«Was ist aus Qeni geworden?», fragte er.

Pal stand auf. «Dem Hund geht es gut», log er.

13

Die Autobahnraststätte Münsingen war ein idealer Ort, um nachzudenken. Jasmin sass vor einem Teller Spaghetti und starrte aus dem Fenster. Ihr Blick folgte den Fahrzeugen, ab und zu ass sie eine Gabel lauwarmer Teigwaren. Sie blendete die Stimmen im Restaurant aus, um sich das Gespräch mit Michelle Moser noch einmal durch den Kopf gehen zu lassen. Wie erwartet war Fabian Zauggs Freundin nicht erfreut gewesen, sie zu sehen. Jasmin hatte sie überrascht, als sie kurz vor Mittag die Filiale der Versicherung in Thun verlassen hatte, bei der sie als kaufmännische Angestellte arbeitete.

Sie hatte Michelle sofort erkannt. Obwohl die junge Frau das hellbraune Haar etwas kürzer trug, strahlte sie dieselbe Bodenständigkeit aus wie auf den Fotos, die Jasmin studiert hatte. Bis auf ein Nasenpiercing wirkte sie so unscheinbar wie Fabian Zaugg. Auf der Strasse wäre Jasmin an ihr vorbeigegangen, ohne sie wahrzunehmen. Umso überraschter war sie, als Michelle ihr mit tiefer Stimme und deutlichen Worten zu verstehen gab, dass sie nicht über ihren Freund reden wolle.

Ihren Ex-Freund, wie sich später herausstellte. Mit viel Überzeugungskraft war es Jasmin gelungen, sie zu einem Spaziergang zu überreden. Als Michelle endlich zu sprechen begann, war sie nicht mehr zu bremsen gewesen. Sie erzählte, dass Fabian Zaugg nach seinem Besuch im September per SMS mit ihr Schluss gemacht habe. Einen Grund hatte er nicht angegeben. Während seines Urlaubs war er ihr aus dem Weg gegangen. Als sie ihn zur Rede stellte, wich er aus. Sein Verhalten hatte sie tief verletzt. Sie begriff nicht, was zwischen ihnen schiefgelaufen war.

Sie schilderte, wie sich Fabian Zaugg seit Beginn der Rekrutenschule immer mehr zurückgezogen habe. Häufig sei er in sich gekehrt und in Gedanken ganz woanders gewesen. Seine Bewerbung bei der Swisscoy bezeichnete sie als Flucht. Zwar hatte er behauptet, etwas Sinnvolles tun zu wollen, doch sie habe es ihm nicht abgenommen. «Fibu hat ein gutes Herz», erklärte sie, «aber sein Leben ist hier. Er hat sich nie gross fürs Ausland interessiert.»

Im wesentlichen hatte sie bestätigt, was Jasmin bereits wusste. Zu einigen Punkten konnte sie aber neue Informationen beisteuern. So erfuhr Jasmin, dass Fabian Zaugg eine Woche Ferien für Ende Oktober beantragt hatte. Offenbar hatte er aber nicht vorgehabt, nach Hause zu kommen. Seine Pläne hatte er nicht verraten. Michelle nahm an, dass eine andere Frau im Spiel war. Was sie erstaunte, waren seine Lügen. Er sei Auseinandersetzungen zwar schon immer aus dem Weg gegangen, aber nicht auf diese Art und Weise. Es hätte zu ihm gepasst, dass er die Situation herunterzuspielen versuchte. Nicht aber, dass er Tatsachen abstritt.

Weiter berichtete sie, sie habe am 2. Oktober noch eine SMS von Fabian Zaugg erhalten. Dass das Ende der Beziehung einen

SMS-Dialog zur Folge hatte, war nicht bemerkenswert. Wohl aber, dass die SMS an Michelle Moser das letzte Zeichen vom vermissten Handy war. Seither hatte Fabian Zaugg das Gerät nicht mehr gesehen. Behauptete er. Entweder hatte er es selbst entsorgt, oder es war ihm gestohlen worden. Im Falle eines Diebstahls käme nur Besarta Sinani in Frage. Ausser, es war in der Nacht des 3. Oktobers noch jemand im Container gewesen.

Als Jasmin Enrico Geu erwähnte, verfinsterte sich Michelle Mosers Miene. Offensichtlich mochte sie ihn nicht. Sie hatte ihn in Stans kennengelernt, als sie ihren Freund an einem freien Wochenende abgeholt hatte. Sie beschrieb den Freiburger als grob, laut und derb. Weiter behauptete sie, er habe einen schlechten Einfluss auf Fabian Zaugg gehabt. «Fibu passte sich ihm an. Er begann, so wie Enrico Geu zu reden. Manchmal versuchte er sogar, seinen breitbeinigen Gang zu imitieren. Es war total lächerlich.»

Immer wieder kam Enrico Geu ins Spiel. Er war derjenige, der während der letzten sechs Monate die meiste Zeit mit Zaugg verbracht hatte. Jasmin legte die Gabel hin. Wie sollte sie herausfinden, was am 3. Oktober geschehen war, wenn sich ein Grossteil der relevanten Auskunftspersonen in Kosovo befand? Nicht nur Swisscoy-Soldaten, sondern auch Besarta Sinani und ihre Familie. Nicht einmal den mutmasslichen Tatort konnte sie in Augenschein nehmen.

Ein junges Paar mit Kind setzte sich an den Tisch nebenan. Während die Frau einen Brei auspackte, holte der Mann etwas an der Selbstbedienungstheke. Jasmin beobachtete, wie die Mutter ihrem Kind schmatzend vormachte, dass es den Mund öffnen sollte. Ab und zu ass die Frau selbst einen Löffel Brei. Der Mann kehrte mit zwei Stück Kuchen zurück. Er erntete dafür ein dankbares Lächeln. Jasmin senkte den Blick. Bis vor einem Jahr war sie davon ausgegangen, dass auch sie irgendwann Kinder haben würde. Nun konnte sie es sich nicht mehr vorstellen. Wenn sie nicht einmal auf sich selbst aufpassen konnte, wie sollte sie ein Kind schützen?

Als aus dem Radio ein Weihnachtslied erklang, hatte Jasmin genug von der rührseligen Stimmung. Sie fasste einen Entschluss. Hastig schaufelte sie die restlichen Spaghetti in sich hinein. Am Kiosk kaufte sie sich eine Strassenkarte von Südeuropa, fünf Petflaschen Cola und ein Multipack Mars. Ihr Pass befand sich immer noch in der Innentasche ihres Motorradanzugs. Sie konnte also direkt losfahren. Sogar die Ausdrucke von Fabian Zauggs Fotos hatte sie dabei, da sie Michelle Mosers Meinung dazu hatte hören wollen. Ein Ladegerät für ihr Handy würde sie sich unterwegs kaufen. Ebenso die wenigen Kleidungsstücke, die sie brauchte.

Schade, dass die schneebedeckten Passstrassen geschlossen waren. Sie würde einen Umweg durch den Gotthardtunnel in Kauf nehmen oder ihre Monster durch den Lötschberg und den Simplon verladen müssen. Sie entschied sich für den Gotthard. Als sie auf die Autobahn einbog, dachte sie an ihre letzte Passfahrt vor mehr als einem Jahr zurück. Sie war mit Pal über den Albula gefahren, Felswänden entlang und über enge Serpentinen. Leider war die Strasse holprig gewesen, so dass sie die Geschwindigkeit hatten anpassen müssen. Pal hatte vorgeschlagen, nächstesmal den parallel verlaufenden Julierpass unter die Räder zu nehmen, da dieser besser ausgebaut war. Dazu war es nicht mehr gekommen.

Letzten Sommer hatte Jasmin gar keine Touren unternommen. Wenn sie die Wohnung ihrer Mutter überhaupt verlassen hatte, dann nur, um Besorgungen zu machen. Wochenlang hatte sie sich ausschliesslich mit Hanteln und den Akten ihres Falls beschäftigt. Sie wollte gewappnet sein, wenn ihr Peiniger vor Gericht erschien. Physisch und psychisch. Bei der Urteilsverkündung würde sie ihm in die Augen schauen. Die Verhandlung war für Ende März geplant.

Als Jasmin Richtung Gotthard abbog, fühlte sie sich, als hätte sich in ihrem Innern eine Schleuse geöffnet. Noch nie war sie einfach losgefahren, ohne Termine, ohne Einschränkungen. Ihre Ferien hatte sie meist mit einem ihrer häufig wechselnden Freunde in Italien oder Spanien verbracht. Weite Reisen hatten sie nicht interessiert. Als Polizistin hatte sie sich täglich mit fremden Kulturen herumgeschlagen. Die Ferien waren dazu da gewesen, sich zu erholen. Hinzu kam, dass sie nicht besonders sprachbegabt war. Von ihrem letzten Freund hatte sie einige Brocken Sizilianisch gelernt, von Valon etwas Albanisch. Das bisschen Französisch aus der Schule hatte sie längst vergessen.

Nun aber freute sie sich auf das Unbekannte. Erstmals seit langem schaute sie vorwärts, nicht zurück. Sie verspürte den Drang, aus dem Käfig auszubrechen, in den sie sich selbst gesperrt hatte; Grenzen zu überschreiten, Neues zu entdecken. Das Messer an ihrem Bein verlieh ihr die nötige Sicherheit. Dass sie so gut wie nichts über den Balkan wusste, kümmerte sie nicht. Informationen schützten nicht vor Unvorhergesehenem. Keinen Moment zweifelte sie daran, dass sie klarkäme. Ein Lachen stieg in ihr auf. Sie überholte einen Lastwagen und streckte die Faust mit einer Siegesgeste in die Höhe.

Als sie den Eingang des Gotthardtunnels erreichte, wurde ihr mulmig. Sie wappnete sich gegen das Gefühl der Enge, beugte sich tiefer über den Benzintank und tauchte in die Röhre ein. Um keine Angst aufkommen zu lassen, zählte sie die Kilometer mit. Nach einer Viertelstunde erblickte sie wieder Tageslicht. Erleichtert gab sie Gas. Vor ihr tat sich die Leventina auf; der Himmel war zwar genauso grau wie auf der Alpennordseite, die Luft nicht weniger kalt, trotzdem fühlte sich Jasmin, als habe sie den Winter hinter sich gelassen. Erinnerungen an Ferien am Mittelmeer stiegen in ihr hoch. Bilder von gebräunter Haut, trockener Erde und schmelzenden Gelati; weiche Haut, fordernde Hände, der Duft von Pinien; Sand im Slip, Salzwasser im Mund.

In Chiasso erledigte sie ihre restlichen Einkäufe und bezog an einem Bancomat Euros. Gerne hätte sie sich einen guten Schlafsack gekauft, doch die Preise schreckten sie ab. Ihre Outdoor-Ausrüstung lag zu Hause im Schrank. Sie musste ohne auskommen. Die Hotelübernachtungen in Kosovo würden ihr Budget kaum sprengen, solange sie Pristina mied. Die Mitarbeiter von internationalen Organisationen, die sich in der Hauptstadt niedergelassen hatten, trieben dort die Preise in die Höhe, hatte ihr Pal erzählt.

Es war kurz nach vier Uhr, als sie die Grenze zu Italien überquerte. Den Schildern Richtung Mailand folgend, rechnete sie aus, wie weit sie heute noch kommen würde. Bis nach Venedig waren es rund 300 Kilometer. Das würde sie problemlos schaffen. Womit sie jedoch nicht gerechnet hatte, war der Stau. Sie landete mitten im Feierabendverkehr. Zwar schlängelte sie sich mit ihrer Duc zwischen den Kolonnen hindurch; trotzdem kam sie nur langsam voran, da die Fahrzeuge immer wieder ausscherten oder die Spur wechselten. Kurz vor Verona ging wegen eines Unfalls gar nichts mehr. Als sie die erste Ausfahrt nach Venedig erreichte, zeigte die Uhr im Cockpit ihrer Monster bereits halb zehn. Sie beschloss, die Stadt zu umfahren und entlang der Autobahn nach einem Motel zu suchen. Eine halbe Stunde später stiegen erstmals Zweifel in ihr auf. Hatte sie sich überschätzt? Weit und breit war kein Gebäude zu sehen.

Sie versuchte, die aufsteigende Panik zu unterdrücken. Die ersten Schritte waren immer die schwierigsten. Sie hatte seit fast einem Jahr keinen Gehversuch unternommen. Sie musste sich erreichbare Ziele stecken. Wenn sie keine Unterkunft fände, würde sie schlimmstenfalls die ganze Nacht durchfahren. In Verona hatte sie vollgetankt. Sie käme also weit. Kaum hatte sich ihr Herzschlag wieder beruhigt, entdeckte sie den leuchtenden Schriftzug eines Hotels. Ihre Nachfrage ergab, dass mehrere Zimmer frei waren. Sie entschied sich für das günstigste, nahm den Schlüssel entgegen und stieg die Treppe hoch. Als sie die Tür hinter sich zustiess, klingelte ihr Handy. Ein Blick aufs Display zeigte ihr, dass ihre Mutter sie zu erreichen versuchte. Obwohl Jasmin verstand, dass sie sich Sorgen machte, stieg Trotz in ihr auf. Sie war 34 Jahre alt. Sie hatte keine Lust, sich zu Hause abzumelden. Entschlossen schaltete sie das Handy aus, putzte sich die Zähne und legte sich schlafen.

Der nächste Tag führte sie über Triest nach Kroatien, wo sie ihre Strassenkarte hervorholte und über einer Tasse Kaffee den kürzesten Weg nach Kosovo suchte. Sie hatte sich noch nie mit der Geographie des Balkans auseinandergesetzt. Bis vor kurzem hatte sie nicht einmal gewusst, dass Kosovo und Albanien zwei verschiedene Länder waren. Als sie nun über den Höhenkurven brütete, realisierte sie, dass Kosovo im Landesinnern lag und von verschiedenen Gebirgszügen begrenzt wurde. Albanien hingegen erstreckte sich entlang der Adria. Eine neueröffnete Autobahnteilstrecke verband die beiden Länder.

Am späten Nachmittag packte Jasmin das schlechte Gewissen. An einem schmalen Strand legte sie eine Pause ein und schaltete ihr Handy ein. Sie hatte vier Anrufe ihrer Mutter und zwei von Pal verpasst. Sie wählte Edith Meyers Nummer.

«Jasmin!», rief ihre Mutter. «Wo bist du? Warum hast du dich nicht gemeldet? Mein Gott, ich habe mir solche Sorgen gemacht! Kannst du dir vorstellen, wie oft ... ich habe die ganze Nacht kein Auge zugetan! Weder Bernie noch Ralf wissen, wo du bist. Sogar deinen Freund habe ich aus dem Bett geklingelt. Er ist ausser sich vor Angst! Das kannst du einfach nicht machen. Nicht nach allem, was geschehen ist! Wir haben natürlich gleich ans Schlimmste gedacht, obwohl das völlig unlogisch ist. Der Blitz schlägt nie zweimal an derselben Stelle ein.»

Jasmin hielt das Handy einige Zentimeter vom Ohr weg. Sie betrachtete das Meer, das sich glucksend vorschob und zurückzog. Die Wellen erinnerten sie an die Zunge eines jungen Hundes. Sie dachte an Mr. Bone und stellte sich vor, wie der Foxterrier während der Familienferien der Zauggs am Strand gespielt hatte. Als Kind hatte sie sich auch ein Haustier gewünscht. Ihre Mutter hatte sich aber geweigert, einen Hund oder eine Katze anzuschaffen. Sie habe schon genug um die Ohren, hatte sie gemeint. Zu Jasmins neuntem Geburtstag schenkte sie ihr dann einen Hamster. Er hatte nur drei Wochen überlebt. An einem regnerischen Sonntag hatte Bernie ihn in den Trockner gesteckt. Um dem Tier eine Freude zu bereiten, wie er behauptete. Ein Trockner sei für einen Hamster abenteuerlicher als das langweilige Rad im Käfig.

«Hörst du mir überhaupt zu? Jasmin! Wo steckst du? Ich weiss, dass du erwachsen bist, aber du musst verstehen, dass wir Angst um dich haben! Warum hast du nicht angerufen? Wo zum Teufel bist du?»

«In Kroatien.»

Am anderen Ende herrschte Stille. Jasmin hörte, wie ihre Mutter etwas hinstellte. Dann wurde ein Stuhl über den Wohnzimmerboden gezogen. Sie stellte sich vor, wie sich Edith Meyer darauf fallen liess.

«Kroatien?», wiederholte ihre Mutter.

«Es ist wunderschön. Das Meer ist dunkel und still. Weit und breit ist kein Mensch zu sehen.»

«Was machst du in Kroatien? Warum weiss dein Pal nicht, dass du dort bist?»

Jasmin schluckte den Ärger hinunter, den der Vorwurf in ihr auslöste. «Weil es ihn nichts angeht. Ich schulde niemandem eine Erklärung.»

«Als du letzten Winter weg warst, hat er …»

«Ich war nicht weg», sagte Jasmin hart. «Ich wurde gefangengehalten.»

«Als du … gefangen warst, da suchte er nächtelang nach dir. Er hat kaum mehr geschlafen.»

«Ich auch nicht.»

«Ich sage nicht, dass es für dich weniger schlimm war!»

Jasmin lachte bitter. «Danke.»

«Aber verstehst du nicht, dass er sich Sorgen macht? Er liebt dich.»

«Ich muss gehen.»

«Wohin? Jasmin! Was machst du in Kroatien?»

«Ferien.»

Jasmin brach die Verbindung ab und schaltete ihr Handy wieder aus. Langsam liess sie sich in den Sand zurückfallen. Auf dem Rücken liegend, beobachtete sie die Wolken, die sich am Himmel jagten. Ein starker Südostwind war aufgekommen. Ob er für die angenehmen zehn Grad verantwortlich war, wusste Jasmin nicht. Vielleicht war es in Kroatien immer warm. Sie war überrascht. Sie hatte mit eisigen Temperaturen gerechnet.

Vielleicht sollte sie tatsächlich einige Ferientage einschalten. Sie könnte irgendwo ein Zimmer mieten, am Strand joggen, ihren Gedanken nachhängen. In den vergangenen Monaten hatte sie zwar kaum etwas anderes gemacht, als nachzudenken. Doch ihre Gedanken waren festgefahren gewesen. Hier lösten sie sich, wie die Wolken am Himmel formierten sie sich immer wieder neu.

Plötzlich sah sie Fabian Zaugg vor sich. War es ihm ähnlich ergangen? Vielleicht hatte er sich in der engen Welt seiner Familie auch gefangen gefühlt. Hatte er sich deshalb bei der Swisscoy beworben? Um auf legitime Art und Weise auszubrechen? Seine Mutter hatte ihn als «Sonnenschein» bezeichnet; sein Vater mit Stolz von ihm erzählt. War der Druck, ihre Erwartungen zu erfüllen, zu stark geworden? Auch Michelle Moser hatte klare Vorstellungen von der Zukunft gehabt. Sie hatte Jasmin erzählt, sie sei immer davon ausgegangen, dass Fabian Zaugg und sie irgendwann eine Familie gründen würden.

Schliesslich war Jasmins Neugier stärker als der Sog, der sie am Meer erfasst hatte. Sie wollte wissen, was in Kosovo mit Fabian Zaugg geschehen war. Entschlossen schüttelte sie den Sand aus ihren Haaren, stülpte sich den Helm über den Kopf und machte sich auf den Weg, vorbei an geschlossenen Feriensiedlungen, leeren Pensionen und eingewinterten Booten.

Es war dunkel, als sie den Shkodrasee erreichte, der die Grenze zu Albanien markiert. Sie hatte sich im Sumpfgebiet südlich von Podgorica verfahren, weil sie Zeit hatte sparen wollen und eine Abkürzung genommen hatte. Nun fuhr sie langsam hinter drei Lastwagen her, die sich über die Hochebene quälten. Die Strasse war zu schmal, um zu überholen. Sie machte sich auf eine längere Geduldsprobe gefasst, als plötzlich die Batterieanzeige aufleuchtete. Gleichzeitig wurden ihre Scheinwerfer schwächer. Die Batterie hatte sie erst vorletzten Sommer ersetzt, sie sollte mindestens weitere zwei bis drei Jahre halten. Der Laderegler? Probleme mit Ladereglern waren bei älteren 6ern keine Seltenheit. Sie würde die Verkabelung überprüfen müssen, doch dazu war es nun zu dunkel. Nach wenigen Sekunden erlosch das Licht. Jasmin beschloss weiterzufahren. Ohne Zwischenfälle erreichte sie Shkodra, wo sie problemlos eine Unterkunft fand. Auch diese Nacht schlief sie sofort ein.

Sie träumte von ihm. Die Presse hatte ihn «Metzger» genannt, weil er seine Opfer aufschnitt und ihnen die Organe entnahm. Davor hielt er sie Tage, Wochen oder Monate gefangen. Jasmin hatte die drei Monate, die sie ihm ausgeliefert gewesen war, nur oberflächlich geschlafen. Immer fürchtete sie, die Augen aufzuschlagen und die Klinge eines Messers zu erblicken. Zu Beginn hatte er sie massiert und bekocht. Als es ihm zu mühsam geworden war, sie zu versorgen, hatte er ihr eine Infusion gesteckt und sie über eine Woche mit verbundenen Augen liegenlassen.

Schweissgebadet wachte Jasmin auf. Sie sah lauter unbekannte Gegenstände. Panik erfasste sie. Wo war sie? Sie bewegte die Arme und stellte fest, dass sie nicht gefesselt waren. Keuchend tastete sie unter ihr Kopfkissen, wo sie ihr Messer versteckt hatte. Der Griff fühlte sich vertraut an und gab ihr Sicherheit. Langsam kehrten die Erinnerungen an den Vorabend zurück. Ihr Blick fiel auf ein Regal aus billigem Plastik, auf dem ihr Helm lag. Gleich daneben stand ein wackliger Stuhl, über dessen Lehne ihr Motorradanzug hing.

Sie hörte Schritte und realisierte, dass das Schlurfen sie geweckt hatte. Mit dem Messer in der Hand stellte sie sich hinter die Tür. Der Boden war kalt unter ihren nackten Füssen. Der Verputz an der Wand war stellenweise abgebröckelt, die Feuchtigkeit hatte braune Flecken hinterlassen. Wasser rauschte, als jemand die Toilettenspülung betätigte. Wieder hörte Jasmin Schritte, kurz darauf eine Tür, die geschlossen wurde. Sie blieb noch einen Moment stehen, bevor sie zurück unter die Decke schlüpfte. An Schlaf war nicht mehr zu denken. Mit offenen

Augen wartete sie, bis es dämmerte. Dann packte sie ihre Sachen zusammen und verliess das Zimmer. Auf eine Dusche verzichtete sie, da das Schloss der Badezimmertür defekt war.

Die schwerfälligen Bauten im Zentrum von Shkodra zeugten von der kommunistischen Vergangenheit der Stadt. Sie hätten auf Jasmin imposant gewirkt, doch die schmutzigen Fassaden und die trüben Fenster zerstörten den Eindruck. In einer belebten Seitenstrasse entdeckte Jasmin mehrere Cafés, die sie unter anderen Umständen gerne aufgesucht hätte. Immer noch sass ihr aber der Schrecken der Nacht in den Gliedern. Sie musste weg, irgendwohin, wo sie wieder den Überblick hatte. Erst als sie Shkodra hinter sich gelassen hatte und nach Osten fuhr, kam ihr in den Sinn, dass sie die Verkabelung der Batterie hatte überprüfen wollen. Fluchend klappte sie das Visier hoch, um den Motor besser zu hören. Er wummerte im gleichen Stakkato wie immer. Trotzdem war ihr nicht wohl. In Shkodra hätte sie womöglich Ersatzteile erhalten. Jetzt aber fuhr sie auf die Berge zu. Die Strasse schlängelte sich den Hang entlang, immer grössere Abgründe taten sich neben der Fahrbahn auf. Mehrmals kam sie an Gedenktafeln für verunfallte Autofahrer vorbei.

Kurz vor Mittag erreichte sie Resheni, wo die neugebaute Autobahnteilstrecke durch das Mirditagebirge begann. Durch gewaltige Brückenpfeiler gestützt, erstreckte sich die vierspurige Strasse weit über dem Fluss Fani ins kurvige Tal hinein. Pal nannte sie die «albanische Arterie», weil sie Kosovo und Albanien näher zusammenrücken liess. Viele Kosovaren verbrachten ihre Ferien an der albanischen Küste, vor allem in Durres, doch die Fahrt durchs Gebirge war bisher mühsam gewesen und hatte die Urlauber in der Hochsaison fast einen Tag gekostet. Gemäss Pal war der eigentliche Zweck des teuren Baus jedoch, die wirtschaftliche und politische Zusammenarbeit der beiden Länder zu fördern. Dass das Teilstück über eine halbe Milliarde Euro gekostet habe, sei stillschweigend akzeptiert worden. Nur hinter vorgehaltener Hand wurde von einer «Autobahn der nationalen Korruption» gesprochen.

Als Jasmin den neuen Belag unter den Rädern spürte, gab sie Gas. Die Strecke glich einer Rennbahn. Sie fragte sich, wie genau es die albanische Polizei mit Verkehrskontrollen nahm. Da sich niemand an die Geschwindigkeitsbegrenzung hielt, drehte sie voll auf. Berauscht brauste sie durch das Tal. Die Landschaft nahm sie kaum wahr. Viel zu rasch kam sie in Kalimash an, wo sie sich wieder auf schlechte Strassen und Schotterpisten umstellen musste. Die Einreise nach Kosovo verlief problemlos. Nachdem sie eine Transitversicherung gelöst hatte, wurde sie durchgewinkt.

Auf einmal brach die Realität über sie herein. Sie war hier. Bis jetzt war die Reise selbst ihr Ziel gewesen. Wie sie in Kosovo genau vorgehen wollte, hatte sich Jasmin nicht überlegt. Wenige Kilometer weiter hielt sie bei einem gewaltigen Stausee und setzte sich ans Ufer des milchigen Gewässers. Weder hatte Jasmin eine detaillierte Karte des Landes noch sprach sie Albanisch. Wo Besarta Sinani lebte, wusste sie nicht. Dass man sie einfach ins Camp Casablanca spazieren liesse, war unwahrscheinlich. Vermutlich hätte sie schon Glück, wenn sie ihr Anliegen überhaupt vorbringen könnte. Sie brauchte jemanden, der ihr die Türen öffnete. In Gedanken ging sie die Militärpolizisten durch, die sie kannte. Soweit sie wusste, war keiner in Kosovo stationiert. Anders hingegen sah es beim Bundesamt für Polizei aus. Die Kollegen der Fedpol hatten bestimmt Kontakt zu Angehörigen der Swisscoy. Auf Anhieb kamen Jasmin drei Namen in den Sinn. Ob alle noch in Kosovo waren, wusste sie nicht. Aber zumindest hatte sie ihre Handynummern gespeichert.

Bevor sie sich mit den Polizisten in Verbindung setzte, wollte sie ein Hotel suchen. Gähnend stand sie auf. Immerhin wusste sie, dass Suhareka nicht weit von Prizren entfernt lag, wo die deutschen Kfor-Soldaten stationiert waren. Da Jasmin sowohl mit der Ärztin sprechen wollte, die Besarta Sinani im Feldlazarett untersucht hatte, als auch die deutschen Soldaten auf Fabian Zauggs Foto identifizieren musste, war Prizren kein schlechter Ausgangspunkt. Die Stadt war bestimmt ausgeschildert.

Jasmin massierte sich die Handgelenke. Beim Fahren lastete der Grossteil ihres Körpergewichts auf ihren Armen. Sie war es nicht mehr gewohnt, so lange Distanzen zurückzulegen. Vor ihr erstreckte sich eine Ebene, die ab und zu durch niedrige Hügelzüge unterbrochen wurde. Jasmin war über die fortschreitende Zersiedelung der Landschaft erstaunt. Sie kam an Restaurants, Werkstätten, Gewerbebauten und halbfertigen Häusern vorbei. Industriekomplexe fehlten ganz, dafür entdeckte Jasmin zahlreiche Tankstellen und Autowaschanlagen. Ab und zu fuhr sie durch Dörfer, wo ihr neugierige Blicke folgten.

Ausgerechnet auf einer der wenigen menschenleeren Strecken leuchtete die Batterieanzeige erneut auf. Als Jasmin bremste, erstarb der Motor. Sie rollte von der Strasse und versuchte vergeblich, die Monster zu starten. Ein Blick auf die Verkabelung zeigte ihr, dass die Klemmen gut an der Batterie befestigt waren. Mit einem Multimeter hätte sie die Spannung messen können, nicht nur der Batterie, sondern auch zwischen Lichtmaschine und Laderegler. Doch sie hatte keinen dabei. Leise fluchte sie. Warum die Lima defekt sein sollte, wusste sie nicht. Sie achtete immer darauf, hochwertiges Vollsynthetiköl einzufüllen, damit die Isolation nicht beschädigt wurde.

Kurz überlegte sie, Pal anzurufen. Vielleicht hatte er schon etwas Ähnliches erlebt. Schliesslich überwog aber ihr Stolz. Sie war so weit gekommen. Sie würde auch dieses Problem alleine lösen. Entschlossen holte sie weiteres Werkzeug hervor. Bevor sie sich an den Befestigungsschrauben des Tankdeckels zu schaffen machen konnte, hörte sie ein Knirschen. Ein Auto hatte die Fahrbahn verlassen und hinter ihr angehalten. Als Jasmin sah, dass es sich um einen Streifenwagen der Kosovo Police handelte, wurden ihre Augen schmal. Geschichten von korrupten Beamten schossen ihr durch den Kopf. Ein Polizist mit verspiegelter Sonnenbrille und in einer Uniform, wie sie sonst amerikanische Ordnungshüter trugen, stieg aus. Jasmin legte die Hand ans Schienbein. Unter dem Anzug spürte sie den Griff des Messers.

14

Fourier Christian Frick, 36, Chef Chalet und Kompanie Fourier, Baden

Fabian Zaugg fiel mir lange Zeit nicht auf. Als Küchenchef im Swiss Chalet hatte ich wenig mit den Infanteristen zu tun. Ich bin auch nicht der Partytyp, deshalb verbrachte ich die Abende oft alleine. Irgendwann im Sommer sprach mich Zaugg an. Das muss Ende Juli, Anfang August gewesen sein, schätze ich. Er hatte gehört, dass ich Albanisch lerne, und wollte wissen, ob ich ihm ein Wörterbuch oder ein Lehrmittel leihen könne. Ich war total überrascht. Die wenigsten Soldaten interessieren sich für die Menschen in Kosovo. Sie glauben zwar an die Sache und sind voll dabei, wenn es darum geht, den Locals zu helfen. Trotzdem sind sie nicht besonders neugierig. Kaum jemand lernt die Sprache, liest ein Geschichtsbuch oder informiert sich genauer über die Bräuche. Einen Roma würden sie nur erkennen, wenn er ein Schild um den Hals trüge. Die Soldaten speichern, was sie in Stans gelernt haben. Das müssen sie, um ihre Aufgabe anständig zu erledigen. Aber damit hat es sich. Wenn sie ausserhalb des Camps essen, bestellen sie Pizza. Ich sage nicht, dass das schlecht ist. Es ist einfach Tatsache.

Mich fasziniert Kosovo. Als Küchenchef war ich ziemlich frei. Ich konnte auf dem Markt einkaufen, unterwegs Kaffee trinken, mit den Leuten quatschen. Jeder macht es ein bisschen anders. Natürlich war ich privilegiert. Ein Infanterist hat nicht so viel Spielraum. Früher durften die Patrouillen nicht einmal unterwegs anhalten. Heute ist es lockerer. Aber das nutzen nur wenige. Deshalb wunderte ich mich über Zauggs Bitte. Ich gab ihm mein altes Wörterbuch und kaufte mir ein neues. Er begann tatsächlich, Albanisch zu lernen. Die Sprache ist gar nicht so einfach. Vor allem, weil in Kosovo Dialekt gesprochen wird. Der Unterschied zur Schriftsprache ist so gross wie zwischen Schweizerdeutsch und Hochdeutsch. Ab und zu kam Zaugg mit Fragen zu mir. Ich habe ihm auch erzählt, was ich über die lokale Küche weiss. Im Swiss Chalet gab es zwar meistens Schweizer Gerichte – wir waren innerhalb der Kfor bekannt für Fondue und Raclette – aber manchmal liess ich etwas Balkan einfliessen.

Ich habe Zaugg als sensiblen, hilfsbereiten Menschen kennengelernt. Für einen Infanteristen kam er mir eher unsicher vor. Wenn ich es mir jetzt so überlege, ein Sozialpraktikum im Ausland hätte besser zu ihm gepasst als ein militärischer Einsatz. Doch für die Swisscoy ist es nur von Vorteil, wenn Soldaten wie Zaugg mit dabei sind. Er kam bei der Bevölkerung bestimmt gut an. Dass er Besarta Sinani vergewaltigt haben soll, kann ich mir nicht vorstellen. Sie gefiel ihm sicher, aber das gehörte sozusagen dazu. Jeder war ein bisschen in Besarta Sinani verliebt. Zaugg war da vermutlich keine Ausnahme. Aber er war nicht die Sorte Mensch, die sich einfach etwas nimmt. Wenn er etwas wollte, fragte er.

15

Jasmin widerstand der Versuchung, ihr Teeglas zu leeren. Bereits zum viertenmal war ihr trotz Protesten nachgeschenkt worden. Sie schloss daraus, dass sie einen Rest stehenlassen musste, wenn sie genug hatte. Bekim Shala beobachtete sie mit neugieriger Zurückhaltung. Ohne die verspiegelte Sonnenbrille wirkte der Polizist jünger, als sie ihn geschätzt hatte. Mitte zwanzig vielleicht. Seine glatten, nach hinten gekämmten Haare glänzten schwarz, seine ebenmässigen Züge waren klar geschnitten. Mit seinen weissen Zähnen erinnerte er Jasmin immer noch an einen Amerikaner, auch ohne Uniform. Sie war sicher, dass ihm viele Frauen nachschauten.

Auf Bekim Shalas Knien sass sein zweijähriger Sohn Rinor und rührte mit einem Löffel im Teeglas. Shalas Frau tischte die Nachspeise auf und setzte sich anschliessend wieder. Mit ihrem langen Gesicht war sie keine Schönheit, doch ihr honigfarbenes Haar war ein Blickfang. Jasmin fragte sich, ob die Ehe arrangiert worden war. Dass Lule ihren Mann anhimmelte, war aus ihren Gesten ersichtlich.

Zuerst hatte Jasmin gezögert, die Einladung anzunehmen. Zwar hatte sich ihre Befürchtung, der Streifenwagen der Kosovo Police habe nur angehalten, um ihr Geld abzuknöpfen, als falsch erwiesen. Trotzdem hatte Bekim Shalas Freundlichkeit ihr Misstrauen geweckt. Als er später mit süddeutschem Akzent erklärt hatte, sein Vater würde sich freuen, eine Schweizerin zu treffen, hatte sie zuerst abgelehnt. Shala erläuterte, dass er in Deutschland zur Welt gekommen und als Jugendlicher mit der Mutter und den Geschwistern nach Kosovo zurückgekehrt sei, da ihre Aufenthaltsbewilligung nicht verlängert worden sei. Sein Vater sei in Westeuropa geblieben – er hatte in der Region Schaffhausen eine Stelle als Kranführer gefunden. Dort lernte er Lules Familie kennen. Noch heute schwärmte Adem Shala von der Schweiz. Deshalb sei es ihm eine Ehre, eine Schweizerin zu bewirten, hatte der Polizist behauptet.

Als Jasmin erfuhr, dass Adem Shala im deutschen Kfor-Camp in Prizren arbeitete, gab sie ihren Widerstand auf. Vielleicht würde er ihr Zugang zur Ärztin verschaffen können, die Besarta Sinani untersucht hatte. Möglicherweise erkannte er sogar die deutschen Soldaten auf Fabian Zauggs Foto. Einen Versuch war es wert, hatte Jasmin gedacht. Da sie nicht in offizieller Mission unterwegs war, musste sie jede Gelegenheit ergreifen, die sich ihr bot. Also sagte sie zu. Bekim Shala organisierte den Transport der defekten Duc in eine Werkstatt in Prizren und empfahl Jasmin ein Hotel, das bei Ausländern beliebt war. Als sie darauf bestand, dass sich kein Mechaniker in ihrer Abwesenheit an der Duc zu schaffen mache, zuckte Bekim Shala mit den Schultern. «Kein Problem», hatte er versichert. Jasmin wusste nicht, was sie davon halten sollte. Sie hatte damit gerechnet, als Frau nicht ernst genommen zu werden.

Das Hotel entpuppte sich als Fünfsterne-Unterkunft und kostete 30 Euro pro Nacht – mehr, als Jasmin erwartet hatte. Weil sie rund um die Uhr Internetzugang hatte, willigte sie ein. Die Lage an der Hauptstrasse zwischen Prizren und Suhareka war ideal. Beim Einchecken wurde sie sogar auf ein kleines Hallenbad aufmerksam gemacht. Im Zimmer schälte sich Jasmin aus dem Motorradanzug und absolvierte ein kurzes Krafttraining. Nach der langen Fahrt fühlte es sich gut an, den Körper zu bewegen. Eine halbe Stunde später stellte sie sich unter die Dusche. Bekim Shala hatte versprochen, sie um sieben abzuholen. Die verbleibende Zeit wollte sie nutzen, um die Angestellten des Hotels kennenzulernen.

Im Restaurant bestellte sie einen Kaffee. Ein unscheinbarer Kellner stellte die Tasse auf den Tisch, ohne Jasmin anzusehen. Als sie ihn auf Englisch in ein Gespräch zu verwickeln versuchte, gab er einsilbige Antworten. Sie kramte die wenigen albanischen Wörter hervor, an die sie sich erinnerte, und wurde mit einem scheuen Lächeln belohnt. Das kantige Kinn des Mannes erinnerte sie an Pal. Sie fragte ihn, ob er aus Prizren stamme. Er verneinte mit einer leichten Kopfbewegung. Nach einigem Drängen erklärte er, dass seine Familie aus Prizren stamme. Verwirrt nahm Jasmin einen Schluck Kaffee. Sie versuchte, an seine Antwort anzuknüpfen, doch der Kellner war plötzlich weg. Der Mitarbeiter an der Réception gab sich genauso zugeknöpft. Als Bekim Shala um Viertel nach sieben in seinem privaten Opel auftauchte, war Jasmin erleichtert. Wenigstens konnte sie sich mit ihm unterhalten.

Adem Shala schob Jasmin einen Teller mit Keksen hin. Sein Haus lag am Stadtrand von Prizren, in einer Siedlung, die grösstenteils aus Neubauten bestand. Hohe Mauern trennten die Grundstücke voneinander ab. Die Holzmöbel und der beige Teppich lösten in Jasmin Erinnerungen an Ferienwohnungen in den Schweizer Bergen aus. Nur, dass hier die Möbel weniger massiv und die Tischplatten aus Glas waren.

«Was führt Sie nach Kosova?», fragte Adem Shala, eine Zigarette anzündend. Er hielt Jasmin das Päckchen hin.

«Danke, ich rauche nicht», lehnte sie ab und erzählte, dass sie die Swisscoy besuche.

«Bekim sagt, Sie seien mit dem Motorrad hergefahren.»

Jasmin schilderte ihre Reise. Adem Shala zeigte sich an allen Details interessiert. Nachdem sie seine Fragen beantwortet und ihm erklärt hatte, wo genau sie in der Schweiz wohne, begann er, von seinen Jahren in Schaffhausen zu erzählen. Er lobte die Genauigkeit der Schweizer und schwärmte von der Sauberkeit. Immer wieder strich er sich über das borstige Haar, als wolle er die Erinnerungen liebkosen. Als er kurz verstummte, wechselte Jasmin vorsichtig das Thema. Sie berichtete, dass sie früher Polizistin gewesen sei, und weckte damit sofort Bekim Shalas Interesse.

«Warum haben Sie den Dienst quittiert?»

«Ich habe in die Privatwirtschaft gewechselt», erklärte Jasmin.

«Wegen dem Lohn? Ist er in der Schweiz auch so tief?», fragte Bekim Shala. «Hier nehmen die Proteste zu. Die Regierung verspricht uns immer wieder Gehaltserhöhungen, doch alles bleibt beim alten.»

«Was hast du von Thaçi erwartet?», entgegnete sein Vater. «Er plündert die Staatskasse, und wir können sehen, wie wir über die Runden kommen. Jetzt verscherbelt er auch noch unseren letzten Besitz!»

Bekim Shala holte Luft. «Die Eulex …»

«Die Eulex, die Eulex! Was, bitte schön, unternimmt sie? Nichts! Sie schaut zu, wie Richter Schmiergelder kassieren und Verbrecher laufen lassen. Deine Polizei ist auch nicht viel besser.»

«Wofür ist die Eulex in Kosovo zuständig?», fragte Jasmin leicht beschämt. Pal hatte den Begriff oft erwähnt, doch sie hatte nicht genau hingehört.

«Im Rahmen der Mission Eulex werden Polizisten, Richter, Gefängnisaufseher und Zollbeamte aus verschiedenen EU-Staaten hierhergeschickt», erklärte Adem Shala. «Sie sollen uns beim Aufbau der Justiz und der Verwaltung helfen. Davon merkt man aber nicht viel.»

Bekim Shala zog eine Zigarette aus dem Päckchen und steckte sie sich zwischen die Lippen. Dass ein zweijähriges Kind auf seinen Knien sass, hinderte ihn nicht daran, sie anzuzünden. Es schien ihn aber zu stören, dass sein Vater vor einem Gast seine Frustration zeigte. Auch Jasmin staunte darüber, dass Adem Shala in ihrer Gegenwart Kritik am Staat äusserte. Sie hatte Kosovaren immer als verschlossen gegenüber Fremden erlebt. Probleme wurden nicht nach aussen getragen. Ihre Überraschung wurde noch grösser, als sich Lule Shala zu Wort meldete.

«Vor zwei Jahren waren wir voller Hoffnung», erklärte sie Jasmin mit leichtem Schweizer Akzent. «Endlich hatten wir einen eigenen Staat! Wir haben geglaubt, alles werde besser. Nun sind viele von der Regierung enttäuscht. Kürzlich hat der Premier sogar angekündigt, dass er Post und Telecom verkaufen wolle.»

«Er raubt sein eigenes Haus aus!», empörte sich Adem Shala. «Und die Polizei ist auch nicht besser.»

«Die meisten Kollegen machen ihre Arbeit gut», verteidigte Bekim Shala sein Korps. «Schwarze Schafe gibt es überall.»

«Schwarze Schafe!» Adem Shala wandte sich an Jasmin. «Kommt es in der Schweiz vor, dass 50 Kilogramm Heroin aus einem Polizeipräsidium verschwinden? Bei uns schon. Und seltsamerweise wurde dabei kein einziger Polizist verletzt. Die Täter hat man bis heute nicht gefunden. Niemand hat ein Interesse daran, die Sache aufzuklären. Schliesslich werden alle wichtigen Posten von Thaçis Leuten besetzt. Was denken Sie, womit die ihre teuren Wagen finanzieren? Und was tut die Eulex? Statt der Geschichte auf den Grund zu gehen, macht sie Kurti das Leben schwer und leckt den Serben die Butter vom Schuh.»

Bekim Shala erklärte Jasmin, dass Kurti der Führer der radikalen Bewegung «Vetevendosje» sei. In einer Protestaktion hatte er zwei Dutzend Geländewagen auf dem Parkplatz der Mission umgekippt. Auch eine Hackerattacke gegen die Website der Eulex wurde «Vetevendosje» zugeschrieben. Kurtis Aktionen stiessen bei der Bevölkerung auf immer grösseres Verständnis. Die Eulex wurde zunehmend als bevormundend empfunden; sie verhielt sich immer weniger als Partnerin. Heftige Proteste löste die Mission aus, als sie mit Serbien ein Polizeiabkommen abschloss. Kosovaren fürchteten, die Vereinbarung würde es Belgrad erleichtern, sich in die Angelegenheiten ihres Landes einzumischen. Ausserdem widerspreche es der Souveränität des jungen Staates, behaupteten Kritiker.

Jasmin hörte aufmerksam zu. Je besser sie die Lage verstand, desto eher konnte sie einschätzen, ob die Anschuldigungen gegen Fabian Zaugg mit seiner Funktion als Kfor-Soldat zusammenhingen. Wenn die Kfor so unbeliebt war wie die Eulex, war Besarta Sinani möglicherweise sogar instrumentalisiert worden. Pal hatte zwar behauptet, die Soldaten würden geschätzt. Doch bekanntlich schlug in Bergregionen das Wetter rasch um. Die Stimmung vielleicht auch.

«Wie ist das Zusammenleben mit den Kosovo-Serben?», fragte sie. «Kommt es immer noch zu Auseinandersetzungen? Alles wirkt so ruhig. Braucht es die Kfor überhaupt noch?»

«Die letzten Zwischenfälle liegen sechs Jahre zurück», erklärte Bekim Shala. «Zumindest hier im Süden hat sich die Lage beruhigt.»

«Der Schein trügt», widersprach sein Vater. «Ohne Kfor wäre es bald vorbei mit dem Frieden.»

Lule stimmte ihm zu. «Ich bin Tür an Tür mit einer serbischen Familie aufgewachsen. Die Tochter, Anna, war meine engste Freundin. Wir haben heute noch Kontakt. Sie betrachtet Prizren als ihre Heimat, würde aber nie zurückkommen. Ihre Angst ist zu gross.»

Bekim Shala schüttelte den Kopf. «Die Situation hat sich entspannt. Im Norden vielleicht nicht, aber hier bestimmt.» Er drehte sich zu Jasmin. «Letzten Sommer kehrten die meisten serbischen Polizisten in den Dienst zurück. Nach der Unabhängigkeit hatten sie ihre Arbeit niedergelegt, weil Belgrad Kosova nicht als Staat anerkannt hat. Dahinter steckte der Nationalist Kostunica. Wer nicht gehorchte, galt als Staatsfeind. Nun arbeiten wir wieder zusammen. In Prizren leben zwar tatsächlich keine Serben mehr, aber im Osten gibt es viele im Korps. Sie haben die Konflikte genauso satt wie wir.»

Lule holte frischen Tee. Eine nachdenkliche Stimmung hatte die Runde erfasst. Zigarettenrauch waberte über den Tisch. Adem Shala brachte das Gespräch wieder auf die Schweiz. Er lobte die direkte Demokratie und fragte Jasmin nach dem Zusammenleben von Deutschschweizern, Tessinern und Romands. Da sich Jasmin nie gross Gedanken über die Schweizer Politik gemacht hatte, konnte sie die Fragen nur oberflächlich beantworten. Fast schämte sie sich dafür, dass sie ihr Mitspracherecht als selbstverständlich ansah.

«Wie ist die Arbeit bei der Polizei in der Schweiz?», wollte Bekim Shala wissen.

Jasmin erzählte von ihren Aufgaben. Sie schilderte ihre Ausbildung, die Kompetenzen der Kantons- und Gemeindepolizei sowie die Zusammenarbeit auf Bundesebene. Besonders interessiert zeigte sich Bekim Shala an den technischen Möglichkeiten. Als Jasmin die Mittel beschrieb, die der Polizei zur Verfügung standen, hing er an ihren Lippen. Erst als sein Sohn das leere Teeglas umwarf, kehrte er in die Realität zurück. Lule streckte die Arme nach dem Jungen aus.

«Er muss ins Bett», verkündete sie. «Kann ich euch noch etwas bringen?»

«Nehmen Sie noch ein bisschen Tee?», fragte Adem Shala Jasmin. «Oder lieber Kaffee?»

Jasmin lehnte ab. «Ich werde mich langsam auf den Weg machen. Darf ich Sie vorher noch etwas fragen?» Sie holte das Foto der deutschen Kfor-Soldaten hervor. «Kennen Sie diese beiden Männer? Es sind Bekannte eines Freundes.»

Adem Shala kniff die Augen zusammen, um besser sehen zu können. Mit dem Zeigefinger deutete er auf den Soldaten links. «Dieser da steht manchmal am Eingang des Hauptquartiers Wache.»

«Zeig her.» Bekim Shala griff nach dem Foto. Plötzlich erstarrte er. Sein Mund stand leicht offen, als glaubte er nicht, was er sah.

«Kennen Sie die Soldaten?», fragte Jasmin aufgeregt.

«Nein.» Mit betonter Nachlässigkeit gab er ihr das Foto zurück. «Noch nie gesehen.»

Jasmin entging sein angespannter Tonfall nicht. Es kam ihr vor, als müsse sich der Polizist zwingen, ruhig zu atmen. Er verschränkte die Arme vor der Brust und lehnte sich im Stuhl zurück. Sein neutraler Ausdruck stand Pals Pokerface in nichts nach.

Der Abschied fiel kürzer aus, als Jasmin erwartet hatte. Rinor quengelte, so dass Lule ihn möglichst rasch nach oben bringen wollte. Adem Shala rang Jasmin das Versprechen ab, noch einmal vorbeizuschauen. Sein Sohn stand im Gang, den Autoschlüssel in der Hand. Als Jasmin bereit war, hielt er ihr schweigend die Tür auf. Kaum sassen sie im Wagen, drehte er sich zu ihr um.

«Warum sind Sie wirklich hier?»

«Was meinen Sie?», fragte Jasmin mit gespielter Unschuld.

«Sind Sie Journalistin?», bohrte Shala.

«Wie kommen Sie darauf?»

Shala umklammerte das Lenkrad mit beiden Händen. Als Jasmin merkte, dass er nicht nur aus Neugier fragte, sondern sich ärgerte, gab sie nach. Da sie hier keine Kontakte hatte, musste sie das Risiko eingehen, ihm zu vertrauen. Sollte sich herausstellen, dass er ihr nicht wohlgesinnt war, konnte sie zumindest damit rechnen, eine Reaktion zu provozieren. Staub aufzuwirbeln, erzielte manchmal bessere Resultate als Zusammenarbeit. Sie schilderte kurz, warum sie in Kosovo war.

«Eine schlimme Geschichte», nickte der Polizist, als Jasmin zu Ende erzählt hatte. «Offiziell ist die Kosova Police nicht in die Ermittlungen involviert, aber wir verfolgen den Fall natürlich. Für Kfor-Soldaten ist die Militärpolizei zuständig. Was haben die Fotos mit dem Vorfall zu tun?»

«Der angeschuldigte Soldat hat sie gemacht.»

Shala starrte auf die Strasse. Zwischen seinen dunklen Augenbrauen bildete sich eine tiefe Falte.

«Sie kennen die Deutschen, nicht wahr?», fragte Jasmin.

«Nein», beharrte der Polizist.

Er steuerte auf das Zentrum von Prizren zu. Trotz der Kälte herrschte Leben auf der Strasse. Junge Männer standen in kleinen Gruppen beisammen und rauchten; Musikfetzen drangen aus vorbeifahrenden Autos. Bekim Shala zeigte auf die Sinan-Pascha-Moschee, einen imposanten Bau aus der osmanischen Zeit. Er erklärte, dass sich dahinter das ehemalige Serbenviertel der Stadt befinde. Immer wieder begegneten sie den modernen Geländewagen der Organisation für Sicherheit und Zusammenarbeit in Europa, ab und zu einer Kfor-Patrouille. Auf Jasmin wirkten die Soldaten in der friedlichen Umgebung befremdend.

Sie betrachtete Bekim Shalas Profil. Seine Kiefermuskulatur arbeitete, als würde er kauen. Obwohl seine Körperhaltung Distanz signalisierte, bat sie ihn um einen Gefallen. «Könnte Ihr Vater für mich den Kontakt zu den deutschen Soldaten auf dem Foto herstellen? Ich würde gern mit ihnen reden. Oder zur deutschen Ärztin im Camp?»

«Es wäre besser, wenn Sie sich direkt an die zuständige Kfor-Stelle wenden würden.»

Vor dem Besuch bei Bekim Shala hatte Jasmin ihre Kollegen bei der Fedpol angerufen. Einer war nicht mehr in Kosovo, ein zweiter im Urlaub. Der dritte Kollege, der zusammen mit ihr die Polizeischule absolviert hatte, hatte ihrer Bitte jedoch sofort zugestimmt. Er versprach nicht nur, sich mit dem Presseoffizier der Swisscoy in Verbindung zu setzen, sondern wollte auch versuchen, Kontakt zur deutschen Ärztin herzustellen. Trotzdem griff Jasmin nach dem Zigarettenpäckchen, das auf dem Armaturenbrett lag, und notierte ihre Handynummer darauf. Je mehr Optionen sie hatte, desto besser.

«Wenn Ihr Vater einem der Soldaten begegnet, soll er ihm einfach meine Nummer zustecken. Mehr muss er gar nicht tun. Auch der Ärztin. Er würde mir damit einen grossen Gefallen erweisen. Als Polizist wissen Sie bestimmt, wie frustrierend es ist, wenn man sich mit bürokratischen Hindernissen konfrontiert sieht. Man will nur seine Arbeit richtig machen, allen Hinweisen nachgehen, kommt aber nicht vom Fleck, weil einem dauernd Steine in den Weg gelegt werden.»

«Oder Vorgesetzte andere Interessen verfolgen», stimmte Bekim Shala zu, der offenbar vergessen hatte, dass Jasmin den Polizeidienst verlassen hatte.

«Sehen Sie, genau das meine ich. Wir sind der Wahrheitsfindung verpflichtet, aber wen interessiert die Wahrheit schon? Immer sind andere Interessen im Spiel.»

Sie schien ins Schwarze getroffen zu haben. Bekim Shala nickte grimmig. Als Jasmin seinen entschlossenen Ausdruck sah, fragte sie sich, wie lange es dauern würde, bis auch er für Bestechungsgelder empfänglich war. Nach dem zweiten oder dritten Kind? Wenn sein Lohn nicht mehr reichte, um die Lebenskosten zu decken? Oder wenn er von korrupten Kollegen bedroht wurde?

«Was haben Ihre Ermittlungen bisher ergeben?», fragte der Polizist.

«Nicht viel», wich Jasmin aus. «Deshalb bin ich hier. Ich versuche, mir ein Bild von Fabian Zauggs Umfeld zu machen. Ausserdem möchte ich verstehen, unter welchen Bedingungen Besarta Sinani lebt.»

Bekim Shala presste die Lippen zusammen.

«Kennen Sie sie?», fragte Jasmin.

«Nicht persönlich. Aber die Frauen, die in den Camps arbeiten, sind alle gleich.»

«Wie meinen Sie das?»

«Es gehört sich einfach nicht. Eine Frau alleine unter Männern, dazu ausländische Soldaten...» Er schüttelte den Kopf. «Und jetzt wundert sie sich, dass es so weit gekommen ist. Damit musste sie rechnen.»

Jasmin war überrascht über seine Worte. Sie hatte den Polizisten nicht nur als integer, sondern auch als fortschrittlich eingestuft. Sie dachte an Pals Moralvorstellungen. War Bekim Shala genauso hin- und hergerissen? Oder hatte sie ihn völlig falsch eingeschätzt? Spielte er ihr etwas vor?

«Eines verstehe ich nicht», sagte Jasmin. «Warum durfte Besarta Sinani überhaupt im Camp Casablanca arbeiten? War ihre Familie nicht um ihren Ruf besorgt?»

«Wie gesagt, ich kenne sie nicht persönlich. Was mir zu Ohren gekommen ist, ist aber nicht sehr schmeichelhaft. Offenbar lebt sie schon eine Weile in Suhareka. Alleine», unterstrich er. «Das ist für ein Bauernmädchen aussergewöhnlich. Der Bruch mit der Familie muss schon länger zurückliegen.»

«Heisst das, sie kann machen, was sie will?»

«So kann man das nicht sagen.»

«Aber es wäre möglich, dass sie sich Hoffnungen auf eine gemeinsame Zukunft mit einem Soldaten gemacht hat? Vielleicht träumte sie davon, mit ihm in die Schweiz zu reisen. Das hätte alle ihre Probleme gelöst.»

«Das weiss ich nicht.»

«Können Sie es sich vorstellen?»

«Alles ist möglich.»

Seufzend lehnte sich Jasmin zurück. Der Polizist zündete sich eine weitere Zigarette an. Jasmins Augen brannten bereits vom Rauch. Sie war froh, als sie ihr Hotel erblickte. Hätte sie einen Badeanzug dabeigehabt, wäre sie eine Runde schwimmen gegangen. Sie nahm sich vor, am nächsten Tag ein Sport- oder Kleidergeschäft aufzusuchen. Einen weiteren Pullover könnte sie auch gut gebrauchen. Als sie Bekim Shala danach fragte, erklärte er ihr, wo sie die Sachen finden würde.

«Ich hoffe, Sie fühlen sich im Hotel wohl», sagte er zum Abschied.

«Bestimmt», versicherte Jasmin. «Danke für alles.»

«Ich hole Sie morgen um 9 Uhr ab und bringe Sie in die Werkstatt.»

«Das ist nicht nötig, ich nehme mir ein Taxi.»

Bekim Shala reichte ihr die Hand. Er fuhr erst los, als sich die Hoteltür hinter Jasmin geschlossen hatte. Lange schaute sie dem Wagen hinterher. Wie musste sie seine Hilfsbereitschaft interpretieren? Steckte mehr dahinter als Höflichkeit? Wollte er etwas von ihr? Privat oder beruflich? Dass sie nicht wusste, wem sie trauen durfte und wem nicht, machte sie nervös. Sie dachte an ihre Monster, die bei einem unbekannten Mechaniker in der Werkstatt stand, und stöhnte innerlich. Hatte sie einen Fehler begangen? Hätte sie ihren eigenen Händler anrufen und ihn telefonisch um Rat bitten sollen?

Plötzlich sehnte sie sich danach, Pals Stimme zu hören. Im Zimmer schaltete sie als Erstes ihr Handy ein. Niemand hatte versucht, sie anzurufen. Keine einzige SMS war eingegangen. Statt sich darüber zu freuen, fühlte sie sich einsam. Sie schalt sich eine Idiotin. Ihrer Mutter hatte sie klar und deutlich gesagt, dass sie ihre Ruhe wolle. Genauso deutlich wie Tobias Fahrni, der sich seit einem halben Jahr nicht mehr gemeldet hatte. Aber Pal? Warum liess er nichts von sich hören?

Sie drehte das Handy unschlüssig in der Hand. Schliesslich überwog die Sehnsucht. Sie wählte seine Nummer und wartete mit klopfendem Herzen, bis er den Anruf entgegennahm. Sie begriff nicht, warum sie auf einmal so nervös war.

«Ja?», fragte er kühl.

«Pali?», erwiderte sie, die albanische Anredeform gebrauchend.

Er schwieg.

«Was... wie geht es dir?»

«Gut.»

«Ich bin in Kosovo.»

«Ich weiss.»

«Von meiner Mutter?»

«Ja.»

Unsicher stand Jasmin auf und stellte sich ans Fenster. Als Pal nichts sagte, räusperte sie sich. «Ziemlich rauchig hier.»

«Jasmin, was willst du von mir?»

«Nichts.» Sie schluckte die Enttäuschung hinunter, die seine Distanziertheit in ihr auslöste. «Doch, ich habe eine Frage. Vielleicht kannst du mir weiterhelfen.» Sie schilderte die Panne ihrer Monster.

«Ich hätte auch auf die Lima getippt», sagte Pal. «Hast du die Verkabelung überprüft?»

«Ja, alles bestens.»

«Dann muss es der Regler sein. Soll ich ein Ersatzteil organisieren?»

«Mal sehen, was die Werkstatt meint. Morgen soll...»

«Du hast deine Duc in eine lokale Werkstatt gebracht?», stiess Pal aus.

«Was hätte ich sonst tun sollen?»

«Du kennst dich in Kosova überhaupt nicht aus! Woher willst du wissen, dass der Mechaniker seriös ist? Für so naiv hätte ich dich nicht gehalten.»

Seine Worte trafen sie wie Faustschläge. Sie hörte dahinter den Vorwurf, sie könne Gefahren nicht einschätzen. Was auch zutraf. Schliesslich war sie dem «Metzger» einfach in die Arme gelaufen. Sie hatte ihre Gefangennahme geradezu herausgefordert. Trotz ausdrücklichen Verbots hatte sie jenen Swingerclub besucht, von dem die Polizei vermutet hatte, dass der «Metzger» sich dort auf Beutesuche machte. Sie war sich sicher gewesen, dass sie den Täter so überführen könne.

Um sich der schmerzhaften Erinnerung nicht aussetzen zu müssen, griff sie an. «Du hast eine tolle Meinung von deinen Landsleuten! Und da wunderst du dich, dass du als Anwalt nicht ernst genommen wirst? Wie soll ein Schweizer einem Kosovaren trauen, wenn nicht einmal du selbst es tust?»

«Ich sage nicht, dass dich jeder übers Ohr hauen will. Aber du musst wissen, wer vertrauenswürdig ist und wer nicht.»

«Es erstaunt mich, dass du überhaupt Klienten hast!»

Eine Weile war es still am anderen Ende. Dann holte Pal Luft. «Wenn wir schon beim Beruflichen sind: Hast du dir überlegt, was geschehen wird, wenn du nichts Relevantes aufdeckst? Nichts, was Fabian Zauggs Version der Geschichte bestätigt?»

«Immerhin haben wir es versucht. Das ist besser, als herumzusitzen und Däumchen zu drehen.»

«Findest du?», fragte Pal eisig. «Man wird Fabian Zaugg erst recht für schuldig halten. Seine Verteidigung wäre gefährdet. Folglich müsste ich deinen Einsatz verschweigen. Ich bin bereits ein beträchtliches finanzielles Risiko eingegangen, indem ich dich angestellt habe. Wenn ich deinen Aufwand verschweigen muss, bleiben die Kosten an mir hängen. Wenn du in meinem Sinn handeln würdest, hätte ich wenigstens die Möglichkeit, einen Teil der Auslagen zurückerstattet zu bekommen. Ich würde es schätzen, wenn du dich in Zukunft mit mir über die Leistungen, die du erbringen willst, absprichst. Es gibt so etwas wie Verträge, die ...»

«Ich scheiss auf deine Verträge! Schieb sie dir woanders hin!» Jasmin drückte auf «Aus» und warf das Handy aufs Bett. Wut auf Pal und Selbsthass überrollten sie wie eine Flutwelle. Sie versuchte, sich mit Rumpfbeugen abzureagieren, doch es nützte nichts. Sie wusste, dass Pal recht hatte. Sie hätte ihn fragen müssen, ob er mit der Reise nach Kosovo einverstanden war. Und Bekim Shala hätte sie nicht einfach vertrauen dürfen. Vielleicht steckte er mit dem Mechaniker unter einer Decke. Was würde sie vorfinden, wenn sie ihre Monster abholte? Einen 50 PS-Motor? Für Reue war es zu spät. Bis morgen früh konnte sie nichts unternehmen. An Schlaf war jedoch nicht zu denken.

Sie zog ihre Stiefel an und schnappte sich den Zimmerschlüssel. Vielleicht war die Bar offen. Ein Bier würde ihre Nerven beruhigen. Auf der Treppe ins Erdgeschoss begegnete sie keinem anderen Gast. Auch das Restaurant war leer bis auf den Kellner, der ihr am Nachmittag den Kaffee serviert hatte. Er sass auf einem Barhocker und starrte in einen Fernseher, aus dem albanische Schnulzen klangen. Ab und zu zog er an einer Zigarette. Jasmin fielen seine schmalen Hüften auf. Die Lust auf ein Bier rückte plötzlich in den Hintergrund. Sie beobachtete, wie sich seine Brust hob, als er inhalierte. Als sie sich ihm näherte, stieg ihr eine Mischung aus Knoblauch und Schweiss in die Nase.

Er bemerkte sie erst, als sie neben ihm stand. Erschrocken sprang er vom Barhocker und stellte sich hinter die Theke, wo er auf ihre Bestellung wartete. Als sie nichts sagte, nahm er einen Lappen und begann, die Ablage zu putzen. Jasmin setzte sich auf den freigewordenen Hocker. Ihre Hand streifte wie zufällig die seine. Rasch wich er zurück. Als sie lächelte, senkte er den Blick. Sie versuchte, ihn in ein Gespräch zu verwickeln, doch seine einsilbigen Antworten waren kaum verständlich. Wenn sie ihr Ziel erreichen wollte, musste sie direkter sein.

Lasziv glitt sie vom Barhocker. Sie bestellte ein Bier und zeigte nach oben. Ohne zurückzublicken, verliess sie das Restaurant. Im Zimmer zog sie Stiefel, Hose und Pullover aus. Ihr Messer schob sie unters Kopfkissen. Es dauerte fast fünf Minuten, bis es endlich an die Tür klopfte. Als er Jasmin erblickte, begann das Tablett in seiner Hand zu zittern. Sie trat zur Seite, um ihm Platz zu machen, und schloss die Tür hinter ihm. Konzentriert setzte er einen Fuss vor den anderen, als balanciere er auf einem Hochseil. Sein Adamsapfel hüpfte auf und ab wie der Zeiger eines Druckmessgeräts. Der Knoblauchgeruch wurde stärker. Vorsichtig bückte er sich, um das Bier auf eine niedrige Fernsehkommode zu stellen. Jasmin legte ihm von hinten die Hände an die Hüften. Er verharrte reglos in seiner Position. Von der Hauptstrasse war das Geräusch vorbeifahrender Fahrzeuge zu hören.

Langsam zog ihm Jasmin das Hemd aus der Hose. Mit der flachen Hand strich sie seinen Rücken hinauf. Seine Haut fühlte sich heiss an. Berauscht lehnte sich Jasmin vor und presste ihr Becken gegen sein Gesäss. Sie hörte, wie er nach Luft schnappte. Zögernd richtete er sich auf. Ihre Hände fuhren seine Taille entlang zu seinem Bauch. Sie ertastete einen schmalen Haarstreifen, der in seinem Hosenbund verschwand. Mit klopfendem Herzen machte sie sich an seinem Gürtel zu schaffen. Er liess es widerstandslos geschehen. Als ihre Hand in seine Hose glitt, stöhnte er auf.

Jasmin blendete die Welt rundherum aus und gab sich dem Verlangen hin, das in ihr aufwallte. Mit der Zunge fuhr sie dem Kellner über den Hals. Als er den Kopf leicht drehte, sah sie, dass er die Augen geschlossen hatte. Sie fasste es als Zeichen der Zustimmung auf und zog ihm die Hose über die Hüften. Endlich löste er sich aus seiner Erstarrung. Hastig knöpfte er sein Hemd auf. Mehrmals verhedderte er sich. Als das Kleidungsstück zu Boden fiel, drehte er sich um. Noch immer mied er Jasmins Blick, er wagte es jedoch, sie zu berühren. Sie packte seine Arme und schob ihn zum Bett, bis er rückwärts auf die Matratze fiel. Auf seinem Gesicht lag eine Mischung aus Ungläubigkeit und Hoffnung. Als Jasmin ihren Slip abstreifte, entledigte er sich mit nervösen Bewegungen seiner Unterhose. Sie holte ein Präservativ aus ihrer Tasche, warf es dem Kellner zu und wartete, bis er es geschafft hatte, es überzustülpen. Dann setzte sie sich rittlings auf ihn.

16

Besarta Sinani hielt den Hahn mit einer Hand oberhalb der Krallen fest und versuchte, mit der anderen seine Schwungfedern zu packen. Das verzweifelte Krähen des Tiers hallte im Hof. Als sie den Hahn endlich fixiert hatte, griff sie nach dem Stab, den ihr Luan mitgegeben hatte. Die Kunst bestand darin, den Kopf so zu treffen, dass der Hahn nur betäubt wurde. Sie zwang sich, die Augen offen zu behalten. Je besser sie traf, desto schmerzloser für den Hahn. Sie hatte schon lange kein Tier mehr geschlachtet. Eigentlich gehörte es zu Luans Aufgaben, doch sie wusste, wie sehr er es hasste zu töten.

Als er zum ersten Mal einem Hahn den Kopf abgetrennt hatte, hatte er anschliessend geweint. Ihre Brüder lachten ihn deswegen aus. Ihr Vater hatte behauptet, er würde sich daran gewöhnen, doch Luans Abneigung gegen das Schlachten wurde immer grösser. Einmal hatte er sich zwei Tage im Wald versteckt, weil er wusste, was zu Hause auf ihn wartete. Als Besarta sah, wie sehr ihr Bruder litt, nahm sie ihm die Aufgabe heimlich ab. Sie hatte nie viel übriggehabt für Hühner. Spass bereitete ihr die dreckige Arbeit trotzdem nicht.

Ein dumpfes Geräusch ertönte, als sie den Kopf traf. Das Kreischen hörte von einem Augenblick auf den anderen auf. Rasch legte Besarta das Tier auf den Holzklotz und nahm das Beil zur Hand. Mit einem gezielten Schlag hackte sie den Kopf ab. Der Körper fing an, heftig zu zucken. Besarta hielt ihn über eine Schüssel. Während sie beobachtete, wie das Blut langsam ausfloss, fragte sie sich, was Luan während ihrer Abwesenheit gemacht hatte. Vermutlich hatte er sich mit seiner Aufgabe abgefunden, egal, wie zuwider sie ihm gewesen war.

Als der Hahn ausgeblutet war, holte Besarta aus der Küche einen Eimer mit heissem Wasser. Sie tauchte das Tier hinein, damit es sich anschliessend leichter rupfen liess. Die Wärme löste ein Kribbeln in ihren kalten Fingern aus. Im «Pulverfass» hatte sie nie gefroren. Als sie an die Bar dachte, überkam sie Wehmut. Wer hatte ihre Arbeit übernommen? Das neue Kontingent hatte sich inzwischen bestimmt eingelebt. Bald würden die Soldaten Weihnachten und Silvester feiern. Besarta erinnerte sich an die ausgelassene Stimmung und seufzte. Sie hatte damit gerechnet, das neue Jahr weit weg von hier zu beginnen. Die Militärpolizei hatte ihre Pläne jedoch durchkreuzt.

Als der Geländewagen vorgefahren war, hatte sie geglaubt, man werde sie abführen. Die Polizisten hatten aber nur mit ihr reden wollen. Sie wurde gebeten, noch einmal auszusagen. Besarta begriff nicht, warum. Schliesslich hatte sie schon alles erzählt. Doch Alban hatte zugestimmt. Er behauptete, sie müsse kooperieren, sonst werde sie womöglich nicht entschädigt. Nur darum ging es ihm, genau wie ihrem Vater. Besarta schloss die Augen. Warum hatte sie Alban wieder in ihr Leben gelassen? Wäre der Artikel in der «Bota Sot» nicht erschienen, hätte er womöglich gar nichts von der ganzen Geschichte erfahren. Sie hätte wissen müssen, dass er sich nicht verändert hatte. Trotzdem hatte sie seinem Vorschlag zugestimmt: Sie hatte eingewilligt, eine Genugtuung zu fordern. Im Gegenzug wurde sie wieder in die Familie aufgenommen. Doch was hatte sie davon? Sie war keinen Schritt weiter. Im Gegenteil. Die Schweizerin, die sie bei der Einvernahme unterstützt hatte, hatte sie gewarnt: Das Verfahren würde Monate dauern, vielleicht noch länger.

Sie war naiv gewesen. Sie hatte geglaubt, nach der ärztlichen Untersuchung sei alles vorbei. Damit hatte der ganze Prozess aber erst angefangen. Nun hatte sie von der Militärpolizei erfahren, dass sie für die Verhandlung sogar in die Schweiz würde reisen müssen. Dort würden sie mehrere Richter befragen. Schon die Vorstellung liess sie zittern. Noch grössere Angst hatte sie aber davor, ins Camp Casablanca zurückzukehren. Übermorgen würde man sie abholen. Sie würde das «Pulverfass» sehen, Bekannte treffen. Ihr altes Leben würde ihr vor Augen geführt.

Sie rupfte die letzten Federn und trug den Hahn in die Küche. Ihre Mutter hatte das Wasser für die Suppe bereits vorbereitet. Besarta durchtrennte die Sehnen und Bänder am Fersengelenk des Tiers und legte anschliessend den Kropf frei. Mit den Fingern griff sie nach Speise- und Luftröhre, um sie zu lösen. Die Bewegungen waren ihr vertraut, obwohl sie seit fünf Jahren kein Tier mehr ausgenommen hatte.

Ihre Mutter kam auf die bevorstehende Hochzeit ihrer Cousine zu sprechen. Sie schilderte die geplante Feier. «Deine Brüder kommen aus Deutschland.»

«Mit ihren Familien?»

«Ich hoffe es. Sefers Frau arbeitet in einem Altersheim. Sie kann sich nicht immer freinehmen, wenn sie möchte. Du wirst staunen, wie gross die Kinder geworden sind. Ich erkenne sie von Jahr zu Jahr fast nicht wieder.» Sie seufzte. «Es wäre schön, wenn sie hier aufwachsen würden. Aber so war es schon immer. Keine albanische Familie bleibt zusammen. Das ist unser Schicksal.»

«Manchmal kann man das Schicksal auch ändern.»

Ihre Mutter warf ihr einen scharfen Blick zu. «Das bringt Unglück.»

«Warum müssen wir immer alles akzeptieren? Wer sagt, dass wir uns nicht wehren dürfen?»

Traurig schüttelte ihre Mutter den Kopf. «Was ist nur aus dir geworden, Mädchen?»

«Mehr, als wenn ich hiergeblieben wäre!»
Schockiert legte ihre Mutter den Kochlöffel hin.
«Ich hatte Arbeit», fuhr Besarta fort. «Und einen guten Lohn.»
«Was redest du da! Du hast Schande über die Familie gebracht!» Ihre Augen trübten sich. «Du wirst nie einen Ehemann finden.»
«Vielleicht will ich gar keinen Ehemann», gab Besarta zurück. «Schau dir Luan an. Er hat seine Träume aufgegeben, um die Frau zu heiraten, die Vater für ihn ausgesucht hat. Aber ist er glücklich?»
«Wir sind nicht auf der Erde, um glücklich zu sein.»
«Wir können es wenigstens versuchen.»
Ihre Mutter riss die Augen auf. «Besarta! Was hast du vor?»
Besarta schnitt vorsichtig die Bauchdecke des Hahns auf, um den Darm nicht zu beschädigen. Als das Loch gross genug war, tastete sie mit den Fingern nach dem Magen. Sie zog ihn zusammen mit der Leber heraus. Sorgfältig trennte sie Leber und Galle voneinander. Die essbaren Innereien legte sie beiseite, um sie nachher zu waschen. Zum Schluss machte sie sich am Darm zu schaffen.
«Besarta! Sag es mir! Was hast du für Pläne?»
«Wo ist er?», fragte Besarta leise.
«Nein!»
«Bitte, sag mir, wo er ist!»
«Sei still, Kind!»
Besarta sackte zusammen. Mit dem blutigen Messer in der Hand kauerte sie am Boden. Ihre Mutter nahm es ihr vorsichtig aus der Hand, benetzte einen Lappen und wusch ihr die Hände, als sei sie ein Kind. Besarta liess es geschehen, doch sie empfand bei der Berührung keinen Trost. Ihre Mutter fürchtete sich vor der Reaktion ihres Vaters, wenn er erfuhr, dass sich Besarta immer noch nicht mit ihrem Schicksal abgefunden hatte.
Als sie wieder Kraft in den Beinen hatte, stand Besarta auf. Sie zog ihre Jacke an und schlang einen Schal um Kopf und Schultern. Mit schweren Schritten trat sie in den Hof hinaus.

Ein leichter Wind war aufgekommen. Eisige Luft blies ihr ins Gesicht. Sie hörte Hammerschläge und folgte dem Geräusch. Hinter dem Stall fand sie Luan, der eine Schubkarre reparierte. Seine Wangen waren vor Kälte gerötet, seine Nase tropfte. Als er Besartas Gesichtsausdruck sah, legte er sein Werkzeug beiseite.

Plötzlich lag sie in seinen Armen. Sie hatte schon so lange nicht mehr geweint, dass ihr die Schluchzer fast im Hals steckenblieben. Luan wiegte sie hin und her, sanfte Worte murmelnd. Er war wie ein Findling in einem reissenden Bergbach. Sein Körper fühlte sich fest und warm an. Ungebeten stiegen in Besarta Erinnerungen an Fabian Zaugg auf. Sie versuchte, sie zu verdrängen, spürte aber die heisse Haut des Soldaten und weinte noch heftiger. Der ganze Schmerz, die Wut und ihre Angst kamen hoch und strömten aus ihr heraus. Als sie nur noch kleine Seufzer von sich gab, nahm Luan sie an der Hand. Er führte sie zu einem Feldweg, den sie als Kinder oft beschritten hatten. Schweigend stapften sie über den gefrorenen Boden. In der Ferne kreisten drei Krähen um einen Gegenstand am Wegrand.

Sie kamen zu einer Verzweigung, wo Luan den Weg Richtung Wald einschlug. Besarta sah ihn fragend an. Luan lächelte. Es gab sie also noch: die Höhle, in der sie sich als Kinder versteckt hatten. Seit Jahren hatte Besarta nicht mehr an sie gedacht. Als sie den Waldrand erreichten, sah sie, dass das Gestrüpp stellenweise flachgedrückt war. Offenbar hatte Luan das Versteck weiterhin benützt. Die Vorstellung berührte sie.

Die Höhle war kleiner, als sie sie in Erinnerung hatte. Eher eine Nische im Felsen. Doch sie bot Schutz vor dem Regen und genug Platz, um einen kleinen Kunststoffbehälter zu verstecken. Als Luan den Deckel hob, spähte Besarta hinein. Neben einer Wolldecke lagen einige Bücher und ein Notizheft. Luan breitete die Decke auf dem Boden aus und nahm das Notizheft heraus.

«Du schreibst noch?», flüsterte sie.

Luans Augen funkelten, als er das Heft aufschlug. Besarta lehnte den Kopf an seine Schulter. Als er zu lesen begann, vergass sie die Welt um sie herum. Seine Worte zeichneten neue Bilder.

Sie war die Biene, die in einer Blume ertrank. Sie roch den getrockneten Kuhmist, der im Dragash-Tal zum Heizen verwendet wurde. Ihr Herz klopfte, als ein Geier sich auf den Kadaver eines Schafs stürzte. Es waren Gedichte, die Luan ihr vorlas, nicht Geschichten. Später, auf dem Weg zurück ins Dorf, erklärte er, dass es für ihn einfacher sei, Lyrik zu Papier zu bringen. Für Geschichten fehle ihm die Zeit. Gedichte schreibe er im Kopf. Bei der Arbeit oder wenn er nachts einschlafe. Manchmal feile er wochenlang an einer Strophe, so lange, bis jedes Wort passe. Erst dann schleiche er sich davon und notiere sie in seinem Notizheft. Es waren gestohlene Stunden, die er in der Höhle verbrachte. Kleine Inseln, die ihm die Kraft gaben, den schweren Alltag zu meistern. Besarta bewunderte seine Fähigkeit, aus jeder Situation das Beste zu machen. Nie wirkte er verbittert oder gar resigniert. Gleichzeitig wusste sie, dass sie selbst sich nicht mit ihrem Los abfinden würde. Ohne Hoffnung zu leben, war für sie schlimmer, als zu sterben.

Als sie sich dem Dorf näherten, hörte Besarta aufgeregte Stimmen. Gestalten bewegten sich zwischen den Häusern, ein Motor sprang an. War etwas geschehen? Ein Unfall? Luan liess ihre Hand los und rannte voraus. Besarta verstand, dass er sich wegen seiner Kinder Sorgen machte. Als ihr Cousin vor zwölf Jahren von einem Baum gestürzt war, hatte die gleiche Aufregung geherrscht. Der Sechsjährige war schwer verletzt worden. Noch heute ging er an einem Stock. Sie hielt ihren Schal mit der Hand fest und beeilte sich.

Ein Grossteil der Familie hatte sich im Hof versammelt. In der Mitte des Kreises stand ihr Vater, das wettergegerbte Gesicht in tiefe Falten gelegt. Er erteilte Anweisungen, die von allen Seiten Zustimmung ernteten. Früher war es ihr Grossvater gewesen, der wichtige Angelegenheiten geregelt hatte. Dass einmal Luan dort stehen würde, konnte sich Besarta nicht vorstellen. Mit seinem offenen Geist war er zwar die ideale Person, um Rat zu erteilen, doch er würde seine Meinung anderen nie aufzwingen.

Der Wind hatte zugenommen. Er fegte dürre Blätter um die Beine der Männer. Besarta richtete den Blick zum Himmel, der sich wie eine bleierne Decke bis zu den albanischen Alpen erstreckte. Bald würde es schneien, dachte sie. Vielleicht würde sie morgen erwachen und alles weiss vorfinden. Sie ging einige Schritte in den Hof hinein und hielt abrupt inne, als Alban aufschrie. Stille legte sich über die Anwesenden. Alle Köpfe drehten sich in ihre Richtung. Unwillkürlich schaute Besarta über die Schulter. Halb erwartete sie, dass ihr ein tollwütiger Hund gefolgt war und nun mit schäumendem Maul darauf wartete, sie anzugreifen. Doch sie sah nur die leere Strasse. Verwirrt blieb sie stehen.

Alban schritt ihr mit wütendem Ausdruck entgegen. Als er ihren Namen rief, sah sie den Atemhauch vor seinem Mund. Ihre Onkel und eine Schar von Cousins starrten sie mit einer Mischung aus Verlegenheit und gespannter Erwartung an. Unbehagen beschlich Besarta. War ihr Vater wütend, weil sie Luan von der Arbeit abgehalten hatte? Das erklärte nicht, warum die ganze Familie auf den Beinen war. Sie schluckte trocken, als sich Alban vor ihr aufbaute.

«Wo warst du?», polterte er.

«Spazieren, warum?»

«So lange?»

Am Fenster erblickte Besarta das besorgte Gesicht ihrer Mutter. Plötzlich begriff sie. Ihre Familie hatte geglaubt, sie sei gegangen. Nach dem Gespräch in der Küche musste ihre Mutter sofort ihren Vater aufgesucht haben, um ihm zu berichten, Besarta führe etwas im Schilde. Als ihr Vater sie daraufhin nicht gefunden hatte, hatte er eine Suchaktion in Gang gesetzt. Ohne Besarta käme er nicht an die Genugtuung heran, die sie in Aussicht hatte. Er brauchte sie. Ein ungewohntes Gefühl von Macht erfasste Besarta. Trotzig verschränkte sie die Arme. Doch sie hatte nicht mit Albans Zorn gerechnet. Er packte sie am Handgelenk und zog sie hinter sich her. Er verlangsamte sein Tempo nicht einmal, als sie stolperte.

«Lass mich los!», schrie sie.

«Halt den Mund! Du hast genug Schaden angerichtet. Diesmal wirst du gehorchen.»

Er zerrte so fest, dass sie glaubte, ihre Schulter würde sich auskugeln. Mit der freien Hand griff sie nach seinem Arm, bekam aber nur Stoff zu fassen. Ausser Atem stolperte sie hinter ihm her. Aus dem Augenwinkel erblickte sie Luan, der entsetzt den Mund aufriss. Besarta hörte nicht, ob er etwas sagte. In ihren Ohren rauschte es, als würde ein Militärjet über das Dorf fliegen. Alban steuerte auf die Küche zu, ging aber nicht hinein, sondern bog um die Ecke zum Eingang der Vorratskammer. Eine Vorahnung beschlich Besarta.

«Nein! Alban! Bitte nicht!», flehte sie.

Bei seinem Blick gefror ihr das Blut in den Adern. Folgsam blieb sie stehen, während er die Tür aufzog. Der Geruch von Kartoffeln, Erde und Käse wehte ihr entgegen. Er war ihr so vertraut, als sei sie erst gestern hier gewesen. Als sich ihre Augen an die Dunkelheit gewöhnt hatten, sah sie, dass sich nicht viel verändert hatte. Der Eingang war gut versteckt. Nur wer wusste, dass sich hinter der Kammer noch ein Raum befand, sah ihn. Alban schob zwei Mehlsäcke beiseite und öffnete die Tür.

Das Bett stand immer noch an der Wand. Auf einer Holzkiste lagen die Bücher, die sie nie gelesen hatte. Die Kerze daneben war zur Hälfte niedergebrannt. Ihre Mutter hatte vor fünf Jahren einen Teppich auf den Boden gelegt, um den Raum gegen die Kälte zu isolieren. Inzwischen roch er nach Moder, als habe er die ganze Feuchtigkeit aufgesogen. Besartas Blick wanderte zur unbezogenen Matratze. Die Wolldecke war verschwunden, so dass ihr der Fleck wie ein Mahnmal ins Auge stach. Inzwischen sah er mehr braun als rot aus.

Erinnerungen stürzten über Besarta ein. Schluchzend presste sie die Hände vors Gesicht. Alban forderte sie auf, den Raum zu betreten. Als sie nicht gehorchte, stiess er sie hinein. Sie fiel hin, sich den Kopf an der Bettkante stossend. Mit den Fingern tastete sie nach dem Fleck. Ein Teil von ihr erwartete, Feuchtigkeit zu spüren, doch die Stelle fühlte sich spröd an. Besarta strich darüber, als wäre der Fleck eine Flasche, deren Geist sie beschwören könnte. Sie vergrub ihr Gesicht in den Händen, versuchte, in die Vergangenheit zurückzukriechen, doch die Gegenwart hielt sie gefangen. Ein Bild des zuckenden Hahns blitzte auf. Es wurde vom Gesicht ihrer Mutter verdrängt, die mit Tränen in den Augen auf sie hinunterblickte. Vergeblich hatte Besarta damals auf Trost oder eine sanfte Berührung gewartet. Genau wie jetzt war sie alleine gewesen mit ihrem Schmerz.

Sie hörte nicht, wie Alban die Tür schloss. Als Besarta irgendwann die Augen öffnete, umhüllte sie Dunkelheit. Sie suchte nicht nach der Kerze, sondern rollte sich auf der Matratze zusammen und schlang die Arme um die Knie. Die Tränen flossen jetzt lautlos, wie das Blut des Hahns, als das Leben seinen Körper verlassen hatte. Aus Erfahrung wusste sie, dass ihr eigenes Herz nicht aufhören würde zu schlagen. Egal, wie lange sie weinte.

17

Enrico Geu bewegte sich genau so, wie Jasmin es anhand der Fotos vermutet hatte: langsam und schwerfällig. Den Oberkörper hielt er leicht nach vorne gebeugt. Seine kleinen Augen fixierten einen Punkt vor seinen Füssen, den er gezielt ansteuerte. Er wirkte, als könne ihn nichts aufhalten. Unwillkürlich dachte Jasmin an einen Mähdrescher.

«Sind Sie Bauer von Beruf?», fragte sie, nachdem er sich gesetzt hatte.

«Nein, Maschinenmech», antwortete Geu. «Aber ich bin auf einem Hof aufgewachsen. Mein Bruder hat ihn übernommen. Warum?»

«Nur so.» Jasmin blickte sich um. Der Raum bot Platz für mindestens ein Dutzend Personen. Die Baracke diente offensichtlich taktischen Besprechungen, denn die Karte an der Holzwand war für das Gespräch mit Jasmin abgedeckt worden.

Neben dem Infanteristen sass jetzt aber nur der Presseoffizier der Swisscoy. Daniel Pellegrini hatte sofort eingewilligt, das Gespräch mit Enrico Geu zu organisieren, als Jasmins Fedpol-Kollege ihn darum gebeten hatte. Gerne hätte Jasmin noch einen Militärpolizisten dabeigehabt, doch vermutlich hatte Maja Salvisberg vom Besuch erfahren und die Militärpolizei angewiesen, Jasmins Bitte abzulehnen. Ein Militärpolizist hätte bezeugen können, dass sie Enrico Geu nur unverfängliche Fragen stellte, wie Pal sie instruiert hatte. Nun musste schlimmstenfalls Pellegrini für sie einstehen, sollte man ihr später vorwerfen, Zeugen beeinflusst zu haben. Als sie an Pal dachte, breitete sich ein bitterer Geschmack in Jasmins Mund aus. Seit dem Telefongespräch hatte sie nicht mehr mit ihm geredet. Doch seine Worte wirkten in ihr nach. Sie musste entlastendes Material finden. Auch wenn sie Mühe mit der Vorstellung hatte, einem möglichen Vergewaltiger zu helfen, so hatte sie doch den Auftrag angenommen. Auf keinen Fall durfte sie Pals Verteidigung schaden.

Entschlossen wandte sie sich an Enrico Geu. Jasmin war klar, dass der Infanterist unter Beobachtung das sagen würde, was seine Vorgesetzten hören wollten. Deshalb fragte sie gar nicht erst nach seiner Beziehung zu Fabian Zaugg, sondern holte gleich zu Beginn die Fotos der unidentifizierten Personen hervor. Geu griff nach dem ersten Bild. Während er die Amerikaner darauf betrachtete, schob er seine Unterlippe vor. Langsam schüttelte er den Kopf. Auch die Deutschen kannte er nicht. Lediglich beim Österreicher klopfte er mit dem Zeigefinger aufs Foto.

«Wie der Typ heisst, weiss ich nicht, aber er hängt oft im ‹Ö-Hof› ab, manchmal auch in der ‹No-name-Bar›.»

«Das sind Lokale im Camp», erklärte Pellegrini. «Wenn Sie möchten, kann ich die Identität des Soldaten für Sie abklären.»

«Danke», antwortete Jasmin. Sie wandte sich wieder an Geu. «Haben Sie eine Ahnung, warum Fabian Zaugg den Österreicher fotografiert haben könnte?», fragte Jasmin.

«Der Typ interessierte ihn nicht. Nur die Knödel.» Er grinste. «Mahlzeit!»

Jasmin war nicht sicher, ob sie ihn richtig verstanden hatte. «Zaugg wollte die Knödel fotografieren?»

Geu schielte zum Presseoffizier. «Wir haben Sprüche über Knödel geklopft. Bone wollte ein Souvenir. Das war alles.»

Jasmin schob ihm das Bild der Deutschen hin. «Worum ging es hier? Gar nicht um die Soldaten?»

Geu schüttelte den Kopf. «Bone versuchte, sich selbst zu fotografieren. Er hielt das Handy aber verkehrt herum. Manchmal hatte er einfach Aussetzer. Sonst war er ganz in Ordnung.»

Der Presseoffizier unterdrückte ein Schmunzeln.

Jasmin zeigte auf das letzte Bild. «Und die Amerikaner?»

Diesmal war es der Infanterist, der grinste. Als er mit den Schultern zuckte, hob Jasmin ungläubig die Augenbrauen. Geus Lüge war offensichtlich. Als Jasmin die Frage ein zweitesmal stellte, schürzte er die Lippen.

«Es geht um den Laden im Hintergrund», gab er zu.

Jasmins Unterbewusstsein wollte ihr etwas sagen, doch sie bekam den Gedanken nicht zu fassen. Als Polizistin hatte sie solche Situationen oft erlebt. Grübeln hatte keinen Zweck, stattdessen notierte sie sich Geus Satz wörtlich und widmete ihre Aufmerksamkeit wieder dem Foto.

«Was ist am Laden besonders?», fragte sie.

Als Geu nicht antwortete, meldete sich Pellegrini zu Wort. «Er soll die grösste Auswahl an DVDs in der Region haben. Darunter zahlreiche Pornofilme.»

Geu betrachtete den Presseoffizier, als nehme er ihn zum erstenmal richtig wahr. «Schwedische Heimatfilme», bestätigte er. «Jede Menge.»

«Raubkopien, nehme ich an», sagte Jasmin.

«Natürlich», bestätigte Pellegrini.

«Finden Sie es nicht problematisch, dass Kfor-Soldaten Piraterieprodukte kaufen?», fragte Jasmin. «Immerhin ist die Kfor in Kosovo, um den Aufbau des Rechtsstaats zu unterstützen. Den Umsatz von Verbrecherorganisationen zu fördern, hilft da nicht gerade.»

«Vielleicht bleiben wir besser beim Thema», wehrte der Presseoffizier ab. «Darüber können wir gern ein anderes Mal reden.»

«Vielleicht gehört es zum Thema», wandte Jasmin ein. «Herr Geu, hat Fabian Zaugg oft dort eingekauft?»

«Ein einziges Mal, soviel ich weiss. Viel häufiger waren wir in PX-Läden. In Film City bekommst du so ziemlich alles. Die neuste Elektronik, CDs, DVDs. Mit Bone war ich mehrmals dort.»

«Postal Exchange», erklärte der Presseoffizier. «Fast jedes Land verkauft in seinem Camp Produkte aus der Heimat.»

«Sie scheinen häufig mit Fabian Zaugg unterwegs gewesen zu sein», stellte Jasmin fest. «Hat er sich manchmal auch abgesetzt?»

Geu schüttelte den Kopf. «Sich verschlaufen geht hier nicht. Das fällt sofort auf.»

«Ich meine nicht auf Patrouillen, sondern in der Freizeit.»

«Wir müssen eine Bewilligung einholen, wenn wir ein anderes Camp besuchen wollen», wich Geu aus. «Und uns jede Stunde per Funk melden.»

«Die Swisscoy begrüsst es, wenn sich die Soldaten untereinander austauschen», erklärte der Presseoffizier, «aber die Sicherheit hat immer höchste Priorität.»

Jasmin betrachtete Geu. Der massige Freiburger strahlte Selbstsicherheit und Abgeklärtheit aus. Befolgte er die Regeln tatsächlich so strikt? Oder kannte er die Schlupflöcher und nutzte sie zu seinen Gunsten? Seine Mimik deutete darauf hin. Jasmin fragte sich, ob er damit Fabian Zaugg beeindruckt oder eher eingeschüchtert hatte.

Der Presseoffizier hatte sich erhoben. «Sie wollten noch Zauggs Wohncontainer sehen», sagte er. «Ich schlage vor, wir brechen auf.»

Während die Stühle zurückgeschoben wurden, holte Jasmin ein Notizblatt hervor. Darauf kritzelte sie zwei Worte: «Nächste Patrouille?» und notierte ihre Handynummer. Als sie die Baracke verliess, steckte sie Geu den Zettel zu. Wenn er an Fabian Zauggs Unschuld glaubte und ihm helfen wollte, würde er sich vielleicht melden. Jasmin hatte das Gefühl, dass er einiges zu sagen hatte.

«Was hat es eigentlich mit den Streifen auf sich?», fragte sie, auf Geus Haarschnitt deutend.

«Nichts Besonderes», antwortete der Infanterist, während er die Treppe hinunterstieg. «Bone fand die Frisur geil. Er hat mich angesteckt.»

«Dann hat er sich die Streifen zuerst rasieren lassen? Das waren nicht Sie?»

Daniel Pellegrini schob sich zwischen Jasmin und Geu. Er deutete auf die schmale Strasse, die durch das Camp führte.

«Das ist die Longstreet», erklärte er. «Hier findet das eigentliche Leben im Camp Casablanca statt. Die ganze Anlage war früher übrigens eine Gummifabrik. Allerdings war sie nie richtig in Betrieb. Im Volksmund wurde sie wegen der grossen, weissen Halle ‹Casablanca› genannt. Die Halle dient uns heute als Fahrzeugpark.»

Jasmin betrachtete die Baracken entlang der Longstreet. Die meisten waren mit Holzbalkonen versehen, die die einzelnen Container miteinander verbanden. Ein altes PTT-Schild zeigte eine Poststelle an. Das oft erwähnte «Swiss Chalet» erkannte sie sofort. Es hätte irgendwo in den Schweizer Bergen stehen können. Hier wirkte es seltsam fremd, genauso wie der Holzstorch, der die Geburt eines Kindes verkündete.

Der Pressesprecher zeigte auf einen Barackenkomplex auf der rechten Seite der Strasse. «Das sind die Wohncontainer der Infanteristen. Die Angehörigen des Stabs und die weiblichen Militärs sind im hinteren Teil des Camps untergebracht.»

Die Eingänge zu den einzelnen Wohncontainern waren überdacht. Vor den Türen herrschte ein Durcheinander an Stiefeln, Rucksäcken, Splitterschutzwesten und Helmen. Wäscheleinen waren zwischen den Holzpfeilern gespannt worden; trotz der Kälte hingen nasse Kleidungsstücke daran. Auf einer Palette türmten sich PET-Flaschen mit Mineralwasser. Geu steuerte auf einen Container ganz am Ende der Reihe zu. Jasmin beobachtete, wie er einen Schlüssel aus der Tasche zog.

«Sind die Türen immer abgeschlossen?», fragte sie.

«Vorschrift. Wir bewahren auch unsere Sturmgewehre da drin auf.» Der Infanterist zwinkerte ihr heimlich zu. «Ich will schliesslich nicht, dass sich jemand an meiner Trudi zu schaffen macht.»

Er öffnete die Tür und gab die Sicht auf den Raum frei. Zwei schmale Betten standen an der Wand. Sie wurden durch einen Schrank voneinander abgetrennt, um wenigstens ein bisschen Privatsphäre zu schaffen. Das Bett beim Eingang war unbezogen. Jasmin schloss daraus, dass Fabian Zaugg hier geschlafen hatte. Geus Nische im hinteren Teil des Containers war eindeutig die angenehmere. An der Wand hing ein Poster eines Pin-up-Girls, das sich auf einem roten Ferrari räkelte. Jasmins Bruder Bernie hatte ein fast identisches Bild in seiner Werkstatt. Auf Zauggs Seite des Containers waren die Wände leer.

Jasmin konnte sich nicht vorstellen, sechs Monate so zu leben, schon gar nicht mit Enrico Geu. Doch Fabian Zaugg hatte sich nie über seinen Kollegen beschwert. Was hatte er in ihm gesehen? Einen grossen Bruder? Ein Vorbild? Oder traute er sich schlicht nicht, Geu zu kritisieren? Die Beziehung blieb für Jasmin rätselhaft.

«Hatte Zaugg auch Bilder aufgehängt?», fragte sie.

«Nur ein Foto seines Kläffers», antwortete Geu.

«Seine Sachen wurden ihm alle mitgegeben», erklärte Pellegrini.

«Sitzt er eigentlich immer noch?», fragte Geu.

Als Jasmin bejahte, öffnete Geu die Tür seines Schrankes. Er nahm eine Dose hervor, die er Jasmin zuwarf.

«Können Sie ihm den Energy Drink bringen? Er fährt total darauf ab.»

«Er wird sich bestimmt freuen.»

Geu bewegte seinen Kiefer hin und her. «Bone war schwer in Ordnung.»

Jasmin nickte. So viel Feingefühl hätte sie Geu nicht zugetraut.

«Ist Zauggs Handy immer noch nicht aufgetaucht?», fragte sie.

«Leider nicht», antwortete der Presseoffizier. «Wir können es uns nicht erklären. Ausser, er hat es selbst entsorgt.»

Oder Besarta Sinani, dachte Jasmin. Aus dem Augenwinkel sah sie, wie Geu den Kopf schüttelte. Langsam bekam sie ein differenzierteres Bild von ihm. Sie hoffte, sie hätte die Möglichkeit, allein mit ihm zu reden. Dies war jedoch nicht der geeignete Zeitpunkt. Der Presseoffizier hatte bereits zweimal auf die Uhr geschaut. Da sich Jasmin noch die Umgebung ansehen wollte, verabschiedete sie sich von Geu. Sie folgte Pellegrini die Longstreet hinunter und liess sich die verschiedenen Gebäude erklären. Sie kamen an einem alten Eisenbahnwagen vorbei, den die Soldaten für private Veranstaltungen mieten konnten. Fabian Zaugg hatte davon aber offenbar nie Gebrauch gemacht. Auch in der Wasserhalle, wo Trinkwasser fürs Camp aufbereitet wurde, hatte er keine Aufgaben zu erfüllen gehabt. Genauso wenig in der Werkstatt, die sie als Nächstes passierten.

Der Presseoffizier zeigte auf ein Holzgebäude. «Das ‹Pulverfass›», erklärte er. «Dort arbeitete Besarta Sinani.»

Das Lokal glich mehr einer Hütte als einer Bar. Der Türgriff hatte die Form eines überdimensionalen Taschenmessers. Jasmin erfuhr, dass die Handwerker jedes Kontingents Verbesserungen an der Infrastruktur anbrachten. Viel mehr interessierte sie jedoch die Umgebung des «Pulverfasses». Schräg gegenüber befand sich der Frisör, wie ein ovales Metallschild verkündete. Da er nur tagsüber arbeitete, hatte er Fabian Zaugg und Besarta Sinani am Abend des 3. Oktobers kaum zusammen sehen können. In rund fünfzig Metern Entfernung befanden sich weitere Wohncontainer. Die Zeugen, die Zaugg und die Bardame beobachtet hatten, mussten sich dort aufgehalten haben.

Jasmin fragte sich, welchen Weg die beiden eingeschlagen hatten, als sie sich zu den Containern der Infanteristen begeben hatten. Sie waren kaum die Longstreet hinunterspaziert. Als sie danach fragte, wurde sie an den Sportanlagen vorbeigeführt, wo sich spätabends selten Soldaten aufhielten. Warum?, fragte sich Jasmin immer wieder. Warum war Besarta Sinani mitgegangen? Waren ihr die Fotos auf Zauggs PC so wichtig gewesen? Die Geschichte ergab in Jasmins Augen einfach keinen Sinn. Ausser, es war der Bardame gar nicht um die Bilder gegangen, sondern um Fabian Zaugg. Jasmin kam immer wieder zum gleichen Schluss: Besarta Sinani wollte etwas vom Infanteristen. Sonst hätte sie nicht so viel riskiert. Nur begriff Jasmin nicht, was. War die Kosovarin in ihn verliebt gewesen? Oder versuchte sie, durch die Beziehung an eine Aufenthaltsbewilligung in der Schweiz zu kommen? Doch warum hatte sie nicht geschwiegen, als ihr Plan schiefgelaufen war? Warum hatte sie Fabian Zaugg angezeigt?

Beim Campausgang schaute der Presseoffizier erneut auf die Uhr. «Dr. Reiner ist bis 13 Uhr besetzt. Wollen wir uns um 13.30 in Prizren treffen? In der Altstadt gibt es einige ruhige Restaurants.»

Überrascht wandte sich Jasmin an ihn. «Dr. Reiner? Ist das die Ärztin, die Besarta Sinani untersucht hat?»

Pellegrini nickte. «Sie wollten sie doch sprechen, oder? Ich wurde gebeten, das Treffen zu arrangieren. Aber wenn es Ihnen nicht passt...»

«Klar passt es!», erwiderte Jasmin rasch. «Ich habe nur nicht damit gerechnet. Danke, das ist super!» Sie reichte ihm die Hand.

Als sie auf ihre Ducati zuging, machte ihr Herz einen kleinen Hüpfer. Noch immer konnte sie ihr Glück nicht fassen. Mit einem mulmigen Gefühl hatte sie am Vortag den Mitarbeiter an der Réception gebeten, ihr ein Taxi zu bestellen. Daraufhin hatte er zum Hoteleingang gezeigt, wo Bekim Shala in seinem Opel auf sie wartete. Obwohl Jasmin dem Polizisten versicherte, sie benötige seine Hilfe nicht, brachte er sie in die Werkstatt. Dort stellte Jasmin fest, dass man ihre Monster entgegen ihren Anweisungen bereits auseinandergenommen hatte. Während sie noch empört nach Luft schnappte, erklärte der Mechaniker, der Rotor habe sich von der Kurbelwelle gelöst. Jasmin sah, dass er den Schaden nicht nur kompetent repariert, sondern auch einige Wartungsarbeiten ausgeführt hatte. Plötzlich schämte sie sich für ihr Misstrauen. Die anschliessende Führung durch die Werkstatt endete in einem angeregten Gespräch über Motoren, das Bekim Shala hilflos zu übersetzen versuchte.

Den Rest des Tages hatte Jasmin damit zugebracht, die Umgebung kennenzulernen. Sie fand heraus, wo sich Besarta Sinanis Zimmer in Suhareka befand. Jasmin wechselte einige Worte mit dem Vermieter, vermochte ihm aber keine Informationen zu entlocken. Anschliessend kaufte sie T-Shirts sowie Socken und suchte ohne Erfolg einen Badeanzug. Auch Präservative fand sie keine. Hoffentlich war Fabian Zauggs Grosseinkauf kein Indiz dafür, dass in Kosovo keine erhältlich waren. Als Jasmin gestern abend ins Hotel zurückgekehrt war, hatte der Kellner erwartungsvoll aufgeschaut. Sie hatte sich mit einer Cola, ihren Notizen und einer Strassenkarte von Kosovo in eine Ecke des Restaurants gesetzt und gewartet, bis er Feierabend hatte. Daraufhin waren sie wortlos nach oben gegangen. Diesmal hatte er sich bei weitem nicht mehr so ungeschickt angestellt wie beim erstenmal. Bis zum Ende ihres Aufenthalts wäre er ein ganz passabler Liebhaber, dachte Jasmin.

Ihre Duc sprang problemlos an. Bevor sie auf die Hauptstrasse einbog, drehte sie auf dem Parkplatz einige Runden, um die kalten Reifen aufzuwärmen. Sie wartete, bis zwei Lastwagen vorbeigedonnert waren, und reihte sich anschliessend in den Verkehr ein. Der Fahrstil der Kosovaren behagte ihr. Sie wusste nie, wann ihr ein Wagen beim Überholen entgegenkommen oder der Fahrer vor ihr abrupt bremsen würde. Das sorgte für Abwechslung. Zwar führte die Kosovo Police häufig Kontrollen durch, doch diese hielten die Automobilisten nicht davon ab, die Geschwindigkeit zu übertreten.

Sie befand sich auf halbem Weg nach Prizren, als ihr ein Wagen rund zweihundert Meter hinter ihr auffiel. Überholte sie, gab er Gas. Bremste sie ab, liess er sich zurückfallen. Sie versuchte, im Rückspiegel die Automarke zu erkennen, doch der Wagen war zu weit weg. Ruhig suchte sie die Umgebung nach Gebäudekomplexen ab. Ein grosses Areal würde Schlupflöcher oder mehrere Ein- und Ausfahrten bieten. Die meisten Geschäfte waren jedoch niedrige Bauten, deren Parkplätze sich entlang der Hauptstrasse hinzogen. Das einzige zweistöckige Möbelhaus wirkte verlassen, dort würde sie sofort auffallen. Jasmin überlegte, wo sie grossen Menschenansammlungen begegnet war. Ihr kamen nur die Ströme von Schulkindern in den Sinn. Am Rand von Prizren fand regelmässig ein Markt statt, doch vermutlich käme sie mit dem Motorrad nicht zwischen den Ständen durch. Verwinkelte Gässchen gab es einzig im Zentrum der Stadt, bis dahin waren es noch einige Kilometer. Sie beschloss, auf der Hauptstrasse zu bleiben und den Wagen mit riskanten Überholmanövern abzuhängen.

Vor ihr fuhr ein Lieferwagen mit rund 70 km/h. Trotz der dichten Abgaswolke schloss sie bis auf wenige Meter auf. Als sich eine Gelegenheit bot, scherte sie nach links aus und überholte. Sie blieb auf der Mittellinie, was die entgegenkommenden Fahrzeuge dazu zwang, so nah wie möglich an die Seitenlinie zu fahren. Kein einziger Fahrer hupte oder schien sich darüber zu ärgern. Erst als ein Lastwagen auf sie zukam, bremste Jasmin ab und fuhr auf der rechten Spur weiter. Danach wiederholte sie das Manöver.

Ein Blick in den Rückspiegel zeigte ihr, dass hinter ihr niemand aufzuschliessen versuchte. Hatte sie sich den Wagen nur eingebildet? Sie überlegte sich, wer ein Interesse daran haben könnte, ihr nachzufahren. Bekim Shalas Reaktion auf das Foto der deutschen Soldaten fiel ihr ein. Am Vortag hatte sie den Polizisten noch einmal gefragt, ob er die beiden kannte. Wieder hatte er es abgestritten. Jasmin glaubte zwar nicht, dass er die Wahrheit sagte, aber der Wagen hinter ihr war eindeutig ein ziviles Fahrzeug gewesen und keines der Kfor.

Die einzige Person, die ein Interesse an ihren Nachforschungen haben könnte, war Besarta Sinani selbst. Behielt ein Mitglied der Familie Jasmin im Auge? Woher wussten die Sinanis, dass Jasmin im Auftrag der Verteidigung unterwegs war? Die Fragen häuften sich, während sie auf Prizren zufuhr. Dort parkierte sie auf einem bewachten Parkplatz entlang des Flusses und schlenderte zum alten Zentrum. Bis zum Treffen um 13.30 Uhr blieb ihr genug Zeit, um die Festung über der Stadt zu besichtigen.

Neugierig stieg sie den steilen Weg hinauf. Sie kam am ehemaligen Serbenviertel vorbei, das nur noch aus leeren, ausgebrannten Häusern bestand. Eine orthodoxe Kirche wurde von der Kfor bewacht, sonst begegnete Jasmin niemandem. Erst als sie die Ruinen der ehemaligen Festung erreichte, erblickte sie ein Pärchen, das die Aussicht genoss. Jasmin betrachtete die Häuser von Prizren, die sich, einem Flickenteppich gleich, unter ihr ausbreiteten. Die meisten waren ein- oder zweistöckig, auf fast allen Dächern waren Satellitenschüsseln montiert. Sie sahen aus wie weisse Micky-Maus-Ohren. Nur die Minarette der Moscheen ragten in die Höhe. Jasmin zählte 17 Stück. Eine beträchtliche Zahl, fand sie, vor allem, da Pal ihr erklärt hatte, die wenigsten Kosovaren seien religiös.

Auf der anderen Seite der Festung fiel der Hang steil ab. Im Tal verschwand eine schmale Strasse zwischen den Bergen. Als Jasmin ihre Karte konsultierte, sah sie, dass der Weg nach Brezovica führte, dem einzigen Skigebiet im Land. Wenn sie sich richtig erinnerte, waren in der Region ukrainische Kfor-Soldaten stationiert. Vielleicht würde sie einen Ausflug dorthin unternehmen. Die Vorstellung, unbegrenzt Zeit zu haben, entlockte ihr ein Lächeln. Was ihr bis vor kurzem noch bedrohlich erschienen war, bereitete ihr nun Freude. Die Weite löste nicht Beklemmung aus, sondern eröffnete Möglichkeiten. Jasmin machte sich keine Illusionen darüber, dass die Ängste, die sie monatelang geplagt hatten, endgültig verschwunden waren. Vermutlich würden sie sie immer wieder befallen. Doch im Moment genoss sie das Gefühl unerwarteter Leichtigkeit. Sie breitete die Arme aus und schloss die Augen. Der kalte Wind heulte leise zwischen den Ruinen. In der Ferne hörte sie das Knattern eines Helikopters, sonst war es still. Eine Haarsträhne kitzelte sie am Kinn und erinnerte sie wieder an die Qual, sich nicht kratzen zu können. Doch das Bild verschwand sofort, nachdem sie sich mit dem Ärmel übers Kinn gefahren war.

Ein Blick aufs Handy zeigte ihr, dass sie zurückkehren musste, wenn sie rechtzeitig im Café sein wollte. Voller Energie joggte sie hinunter in die Stadt. Im Café sassen nur vereinzelt Personen, Jasmin entdeckte Daniel Pellegrini und Silke Reiner sofort. Mit ihrer Kurzhaarfrisur hob sich die Ärztin deutlich von den anderen weiblichen Gästen ab. Als Jasmin auf sie zuging, stand sie auf.

«Dr. Reiner?»

«Silke, bitte.»

Jasmin reichte ihr die Hand. «Danke, dass du gekommen bist.»

«Wie ich bereits Daniel erklärt habe, unterstehe ich der Schweigepflicht.» Silke Reiner blickte zum Presseoffizier. «Ich glaube nicht, dass ich weiterhelfen kann.»

Jasmin nickte verständnisvoll. «Die Untersuchung von Besarta Sinani interessiert mich nicht im Detail. Aber vielleicht könntest du mir das Standardvorgehen erklären. Ganz allgemein.»

Silke Reiner entspannte sich ein wenig. Mit ihrem hohen Nasenrücken, den halb gesenkten Augenlidern und dem fliehenden Kinn erinnerte sie Jasmin an eine Schildkröte, die unter ihrem Panzer hervorguckte. Nachdem Jasmin einen Kaffee bestellt hatte, begann die Ärztin, präzise zu erklären, wie ein mutmassliches Vergewaltigungsopfer untersucht wurde. Zwar kannte Jasmin den Ablauf bereits, doch wenn sich Silke Reiner auf sicherem Boden wähnte, würde sie mehr preisgeben. Ein fliessendes Gespräch in eine bestimmte Richtung zu lenken war einfacher, als einer schweigenden Person Antworten zu entlocken. Die Ärztin beschrieb, wie sie Material unter den Fingernägeln sicherte und Kopf- sowie Schamhaare der Frau durchkämmte. Sie schilderte die Suche nach Speichel- oder Spermaspuren des Täters und betonte, wie wichtig es sei, Verletzungen, Blutergüsse oder Würgemale zu dokumentieren.

«Die Zeit spielt eine entscheidende Rolle», sagte sie zum Schluss. «Wenn sich eine Frau erst zwei Wochen nach der Tat untersuchen lässt, ist es schwierig, Spuren nachzuweisen.»

«Achtest du auch auf die Aussagen des Opfers?», fragte Jasmin. «Ob der geschilderte Ablauf zum Beispiel zu den Verletzungen passt?»

«Das gehört nicht zu meinen Aufgaben. Ich weise aber die Untersuchungsbehörden darauf hin, wie vorhandene Verletzungen zustande kommen können.»

«Sind solche Untersuchungen nicht sehr belastend?»

Silke Reiner nahm einen Schluck Mineralwasser. «Bevor ich nach Kosovo kam, war ich in Afghanistan stationiert. Ich bin mir einiges gewohnt. Nichts, was sich Menschen gegenseitig antun, kann mich noch überraschen.»

Jasmin holte ein Foto von Fabian Zaugg mit seinem Hund hervor und legte es der Ärztin hin. «Zaugg wird als hilfsbereit und warmherzig beschrieben. Er kam nach Kosovo, weil er einen Beitrag zum Frieden leisten wollte.»

Daniel Pellegrini warf einen Blick auf das Foto. «Heute sieht Zaugg ganz anders aus.»

«Sagt dir Abu Ghraib etwas?», fragte Silke Reiner.

Jasmin dachte an die Bilder der lachenden US-Armeeangehörigen, die im irakischen Gefängnis Abu Ghraib Gefangene schwer misshandelt hatten. Keiner der Soldaten war vorher negativ aufgefallen. Inzwischen waren alle zu mehrjährigen Haftstrafen verurteilt worden.

«Wir glauben, dass wir so etwas nie tun könnten», fuhr Silke Reiner fort. «Wir halten uns für moralisch integer. Dass wir immer ‹richtig› handeln», sie deutete mit den Zeigefingern Anführungs- und Schlusszeichen an, «liegt aber nur daran, dass wir uns in einem bekannten Umfeld bewegen. Wir kennen die Regeln und die Zwänge, also die Kräfte, die auf uns einwirken. Was aber, wenn plötzlich alles auf den Kopf gestellt wird? Wenn Gruppenzwang, Anonymität und im Fall von Irak die systematische Entmenschlichung des Feindes hinzukommen? Unter diesem Druck kann aus einem unauffälligen Menschen ein rücksichtsloser Täter werden. In Abu Ghraib lebten nicht nur die Gefangenen, sondern auch die Wärter unter furchtbaren Bedingungen. Das Gefängnis wurde fast jede Nacht mit Granaten beschossen. Die Soldaten schliefen aus Angst in den Zellen. Sie arbeiteten teilweise 12 Stunden am Tag, 7 Tage die Woche. Das Abwassersystem funktionierte nicht, es stank nach Fäkalien. Von oben erhielten sie den Befehl, die Gefangenen für die Verhöre weichzuklopfen.» Silke Reiner holte Luft. «Druck, Angst, Langeweile, Gewalt – das sind mächtige Kräfte.»

«Die Lage der Wärter in Abu Ghraib kann nicht mit der Situation im Camp Casablanca verglichen werden», wandte Pellegrini ein.

«Natürlich nicht. Darauf will ich gar nicht hinaus. Ich versuche nur zu erklären, dass wir alle zu Taten fähig sind, die wir unter normalen Umständen verurteilen.»

«Hältst du Fabian Zaugg für schuldig?», wollte Jasmin wissen. Kaum waren ihr die Worte entschlüpft, fluchte sie innerlich. Sie musste aufhören, zu denken wie eine Polizistin. Wenn Pal von der Frage erfuhr, würde er in die Luft gehen.

Silke Reiner nahm das Foto in die Hand. «Ich weiss nur, dass sanfte Augen nichts bedeuten. Genauso wenig wie die Liebe zu einem Haustier. Auch Folterer haben Familien und Freunde. Wir wissen nicht, unter welchem Druck dieser Soldat stand. Oder warum. Möglicherweise waren seine Probleme privater Natur. Zum Glück ist es nicht meine Aufgabe, zwischen Schuld und Unschuld zu entscheiden.»

«Auch Besarta Sinani könnte eine Täterin sein», hielt ihr Jasmin entgegen. «Vielleicht war sie es, die unter Druck stand, nicht Fabian Zaugg.»

«Das will ich überhaupt nicht ausschliessen. Allein die Tatsache, dass sie als ledige Frau geboren hat, deutet darauf hin, dass sie starker Kritik ausgesetzt gewesen sein musste. In diesem Land ist es nicht einfach, sich den Konventionen zu widersetzen.»

Jasmin griff nach ihrer Kaffeetasse, um ihre Aufregung zu verbergen. Besarta Sinani hatte geboren? In keinem Protokoll war ein Kind erwähnt worden. Hatte sie die Geburt verheimlicht? Wusste sie, dass eine gynäkologische Untersuchung die Tatsache ans Licht bringen würde? Hatte sie deshalb so lange gewartet, um Fabian Zaugg anzuzeigen? Die Fragen überstürzten sich. Wo war das Kind heute? Wer war der Vater? War es überhaupt möglich, eine Schwangerschaft zu kaschieren? Jasmin zwang sich, ruhig zu bleiben. Silke Reiner durfte nicht merken, dass sie soeben etwas verraten hatte.

«Mir ist aufgefallen, dass Albanern ihre Intimsphäre sehr wichtig ist», sagte Jasmin nachdenklich. «Trotzdem weiss jeder alles.»

«Kosovo ist ein Dorf. Man weiss nicht nur darüber Bescheid, was hier läuft, sondern auch, was die Verwandten im Ausland machen. Es ist schwierig, ein Geheimnis zu bewahren.»

«Aber nur wenige wissen von Besarta Sinanis Kind.»

Silke Reiner zuckte mit den Schultern. «Die Frauen sind sehr kreativ. Manche haben gelernt, ihren Weg zu gehen, ohne dass es jemand merkt. Ist das nicht in jeder patriarchalen Gesellschaft so?»

Jasmin schluckte. Obwohl sie die Erinnerung zu verdrängen versuchte, dachte sie daran, wie sie dem «Metzger» drei Monate lang etwas vorgespielt hatte. Hätte er nicht geglaubt, sie akzeptiere ihr Schicksal, wäre sie heute nicht mehr am Leben. Als Tobias Fahrni sie endlich gefunden hatte, war es eine Erlösung gewesen, ihren Hass ausdrücken zu dürfen. Sie hatte den «Metzger» angeschrien, ihrer Wut freien Lauf gelassen. Wie musste es sein, sich ein ganzes Leben lang unfreiwillig einem Mann unterzuordnen? Jasmin hatte nur sprechen dürfen, wenn der «Metzger» es erlaubt hatte. Sie bekam zu essen, wenn er es für richtig hielt. Kritik duldete er nicht. Sie hatte gelernt, ihre Bedürfnisse zu unterdrücken, und ein Sensorium für seine Stimmungen entwickelt. Eine Frau konnte aber auch ohne Fesseln gefangen sein. Zum Beispiel in einer Gesellschaft, deren Werte sie nicht teilte.

Hatte Besarta Sinani in Fabian Zaugg einen Mann gefunden, der sie mit Respekt behandelte, obwohl sie gegen die Konventionen verstossen hatte? Hatte sie gehofft, an seiner Seite in Zukunft so leben zu dürfen, wie sie es sich wünschte? Vielleicht mit ihrem Kind? Und die Enttäuschung nicht ertragen, als er abgelehnt hatte? Möglicherweise war sogar eine andere Frau im Spiel. Aus irgendeinem Grund hatte Fabian Zaugg während seines Urlaubs die Präservative gekauft.

Silke Reiner riss Jasmin aus ihren Gedanken. Sie zog ihr Portemonnaie hervor und erklärte, sie müsse zurück ins Lazarett. Jasmin nahm das Foto der beiden deutschen Soldaten aus dem Umschlag und legte es auf den Tisch. Schlagartig veränderte sich der Gesichtsausdruck der Ärztin. Entschlossenheit ersetzte die entspannten Züge.

«Was willst du von ihnen?», fragte sie.

«Ich kenne die Soldaten nicht. Fabian Zaugg hat das Foto gemacht», erklärte Jasmin. «Ich versuche herauszufinden, warum.»

«Die beiden haben nichts mit diesem Zaugg zu tun. Lass sie in Ruhe.»

«Warum bist du dir so sicher?»

«Sagen wir einfach, ich weiss es.»

Jasmin schüttelte langsam den Kopf. «Das ist mir zu wenig. Fabian Zaugg sitzt im Gefängnis. Egal, ob er verurteilt wird oder nicht, sein Leben wird nie mehr so sein wie früher. Er hat ein Recht darauf, dass ich allen Hinweisen nachgehe.»

Silke Reiner lehnte sich vor. «Auch meine Patienten haben Rechte», erklärte sie bedeutungsvoll. «Sie vertrauen mir. Und erwarten Diskretion. Dass zum Beispiel niemand von einer bestimmten Diagnose erfährt, die das Leben eines Soldaten verändern wird. Eine Diagnose, die ihn an wenig anderes denken lässt als an seine Zukunft. Die in ihm Dankbarkeit auslöst, dass er einen Freund hat, der ihm beistehen wird.» Sie gab Jasmin das Foto zurück.

Jasmin schwieg betroffen.

«Versprich mir, dass du die beiden nicht aufsuchst», bat die Ärztin. «Und niemanden auf das anspricht, was ich dir soeben gesagt habe.»

«Ich verspreche es.» Jasmin steckte das Foto ein. «Danke für deine Offenheit.»

Nachdem Silke Reiner und Daniel Pellegrini gegangen waren, blieb Jasmin noch einen Moment sitzen. Sie zweifelte nicht daran, dass die Ärztin die Wahrheit sagte. Ihre Aussage deckte sich mit jener von Enrico Geu, der behauptet hatte, Fabian Zaugg habe gar nicht die deutschen Soldaten, sondern sich selbst fotografieren wollen. Eine leise Stimme wollte ihr etwas sagen, doch wie schon am Vormittag entglitt ihr der Gedanke wieder.

Mass sie den Bildern zu grosse Bedeutung bei? Hatte Fabian Zaugg seinen Laptop aus einem anderen Grund nicht hergeben wollen? Vielleicht hatte sie Bekim Shalas Reaktion auf das Foto falsch interpretiert. Sie beschloss, zunächst mehr über Besarta Sinani herauszufinden. Vor allem darüber, was mit ihrem Kind geschehen war. Wie sie das allerdings anstellen wollte, wusste sie nicht. Sie brauchte einen Dolmetscher, dem sie trauen konnte.

Während Jasmin überlegte, spürte sie einen Luftzug. Sie drehte den Kopf und erstarrte. Am Eingang des Restaurants stand Bekim Shala und liess seinen Blick durch den Raum schweifen. Als er sie sah, zog er die Mundwinkel hoch. Gemütlich schlenderte er in ihre Richtung. Statt Uniform trug er dunkle Hosen und ein Hemd.

«Dass ich Sie ausgerechnet hier treffe! Darf ich mich dazusetzen?»

Misstrauisch nickte Jasmin. «Woher wussten Sie, dass ich hier bin?»

«Gar nicht.» Der Polizist klopfte eine Zigarette aus dem Päckchen und hielt es Jasmin hin.

«Ich rauche nicht», betonte sie.

Er lächelte. «Ich dachte, Sie hätten sich vielleicht an die hiesigen Sitten angepasst. Läuft das Motorrad?»

Jasmin gab einen zustimmenden Laut von sich. Dass Bekim Shala zufällig ins Café gekommen war, glaubte sie keinen Augenblick. Ihn so falsch eingeschätzt zu haben, kratzte an ihrem Stolz. Hatte sie die kulturellen Unterschiede unterschätzt? Sich durch seine Gastfreundschaft täuschen lassen? Als er sie fragte, was sie hier mache, beschloss sie, zurückhaltend mit ihren Informationen umzugehen.

«Ich war auf der Festung», erklärte sie, «und bin hergekommen, um mich aufzuwärmen. Der Kaffee in Kosovo ist hervorragend.»

Ein irritierter Ausdruck huschte über Shalas Gesicht. «Ganz alleine?»

«Ich geniesse die Ruhe», entgegnete Jasmin.

«Als ich herkam, ist mir Dr. Reiner begegnet.»
«Dr. Reiner?»
«Die Ärztin, nach der Sie vorgestern gefragt haben.»
«Wirklich?» Jasmin beobachtete, wie sich Shalas Miene verfinsterte. Wenn er es zu mehr als einem Streifenpolizisten bringen wollte, hatte er noch eine Menge zu lernen. «Warum sind Sie eigentlich nicht in Uniform?»
«Ich habe heute frei.»
Jasmin verkniff sich ein Lächeln. Als Shala sie am Vortag im Hotel abgeholt hatte, hatte er behauptet, er habe die ganze Woche Spätdienst. Deshalb sei es für ihn kein Problem, Jasmin in die Garage zu fahren. Sie beschloss, die Situation zu ihren Gunsten zu nutzen. Es gab viel, das sie wissen wollte, und nur wenige Menschen, die ihr Antworten geben konnten.

«Dann haben Sie bestimmt Zeit, um mir einige Auskünfte zu geben», meinte Jasmin. «Als wir vorgestern abend über Unruhen sprachen, haben Sie immer wieder den Norden Kosovos erwähnt. Dort stehen auch einzelne Swisscoy-Soldaten im Einsatz. Sagt Ihnen das Camp ‹Nothing Hill› etwas? Ist das serbisches Gebiet?»

Bekim Shala zog an seiner Zigarette und bestellte einen Espresso. Er entspannte sich, als habe er eine Prüfung bestanden. «Die Serben im Norden wollen nicht akzeptieren, dass sie politisch zu Kosova gehören. Sie orientieren sich an Belgrad. Sie haben eine Art Parallelsystem aufgebaut, wie wir Albaner es früher hatten – sie boykottieren zum Beispiel Lokalwahlen, schicken ihre Kinder in eigene Schulen oder lassen sich nur in serbischen Spitälern behandeln. Aber das soll sich jetzt ändern. Die EU will, dass der Norden integriert wird. Die Doppelstrukturen kosten zu viel. Diese Pläne kommen bei den Serben nicht gut an. Immer wieder brechen Unruhen aus. Der serbische Präsident Boris Tadic schiebt den Albanern die Schuld dafür in die Schuhe; unsere Regierung behauptet, die Gewaltausbrüche seien eine Strategie Serbiens, um Kosova zu schädigen. Vor einem Jahr wurden einige serbische Jugendliche verprügelt. Da hat Tadic einen Protestbrief an die UNO und die EU geschrieben. Er behauptete, Kfor und Eulex hätten nicht stark genug reagiert. Die Schweizer Truppen haben damit aber nichts zu tun, soviel ich weiss. Im Norden sind die Franzosen aktiv. In der Regel sind die Schweizer nur für Bewachungsaufgaben zuständig.»

«Welche Rolle spielt das Kosovo Protection Corps? Das ist doch einheimisch?»

«Das gibt es nicht mehr», antwortete Shala. «Unsere neue Armee heisst Kosova Security Force. Aber sie befindet sich immer noch im Aufbau. Irgendwann wird sie die internationalen Truppen ablösen. Den Serben ist die Kosova Security Force ein Dorn im Auge, weil sie aus ehemaligen UÇK-Mitgliedern besteht.» Shala zuckte die Schultern. «Es ist nun mal so, dass viele Kosovaren während des Krieges gekämpft haben. Das lässt sich nicht ändern. Viel schlimmer finde ich es, wenn ehemalige UÇK-Kämpfer heute gar nichts zu tun haben. Sie sind militärisch ausgebildet und gut vernetzt. Sie können sich vorstellen, wozu das führt.»

Jasmin nickte. «Ideale Voraussetzungen für eine Karriere im kriminellen Milieu.»

«Es ist schwierig, ihnen etwas nachzuweisen. Vor allem, wenn sie mit Politikern unter einer Decke stecken. Haben Sie die Geschichte von Thaçis Profikillern mitbekommen?» Als Jasmin verneinte, fuhr er fort. «Der Premier hat viele Posten mit ehemaligen Geheimdienstlern besetzt. Vor kurzem hat einer der Agenten ausgepackt. Er gab zu, im Auftrag von Thaçis Partei Auftragsmorde an politischen Gegnern begangen zu haben. Der Auftraggeber war ein enger Vertrauter Thaçis – der übrigens wie der Premier selbst in den 90er-Jahren als Flüchtling in der Schweiz gelebt hat, so wie die meisten UÇK-Führer.» Shala zündete sich eine neue Zigarette an. «Unter diesen Umständen ist es sehr schwierig, Täter zu überführen. Sie erhalten Schutz von ganz oben. Wie ist es in der Schweiz? Kommt es vor, dass Politiker in kriminelle Machenschaften verstrickt sind? Oder sind das eher die Banken?»

Jasmin lächelte. «Wirtschaftsverbrechen sind viel häufiger. Die Täter verstehen es, ihre Spuren zu verwischen. Sie aufzudecken, gehört zum Polizeialltag. Es genügt nicht, die Wahrheit zu kennen. Man muss sie auch beweisen können. Das ist häufig frustrierend.» Sie beugte sich vor. «Da sitzt einem jemand gegenüber, und man weiss genau, dass er lügt. Trotzdem hält er an seiner Geschichte fest. Kennen Sie das Gefühl?»

Ein Ausdruck von Verunsicherung huschte über Shalas Gesicht. Statt zu antworten, zog er an seiner Zigarette. Gut, dachte Jasmin. Offenbar hatte seine Ausbildung auch Gesprächstechniken beinhaltet. Schweigen war das beste Mittel, um jemanden zum Reden zu bringen. Stille auszuhalten war schwierig. Deshalb verspürten viele den Drang, sie auszufüllen. Jasmin lehnte sich zurück, ohne den Blick von Shala abzuwenden. Als sie nichts mehr sagte, wurde er zunehmend unruhig. Nach fast zwei Minuten kapitulierte er.

«Was haben Sie von Dr. Reiner erfahren?», fragte er.

«Warum interessiert Sie das?», erwiderte Jasmin.

«Ich wüsste gern, ob Sie bei Ihren Ermittlungen vorankommen.»

«Tatsächlich?»

Irritiert drückte Shala seine Zigarette aus. «Natürlich.»

«Wenn der Fall Sie beschäftigt, so erklären Sie mir doch, was Sie auf dem Foto erkannt haben.»

«Auf welchem Foto?», fragte der Polizist.

Jasmin stand auf, bezahlte an der Bar und verliess das Lokal, ohne zurückzublicken. Gerne hätte sie Bekim Shalas Gesichtsausdruck gesehen. Sie verkniff es sich, durch das Fenster des Lokals zu spähen. Je stärker sie den Polizisten provozierte, desto rascher würde er die Fassung verlieren. Ob er das in seiner Ausbildung auch gelernt hatte?

Sie schlenderte den Fluss entlang zum Parkplatz, wo sie die Gebühr entrichtete und ihre Strassenkarte hervorholte. Es war erst drei Uhr. Vor Einbruch der Dunkelheit blieb ihr noch genug Zeit, sowohl den DVD-Laden zu suchen, den die Amerikaner auf

Zauggs Foto mit Plastiksäcken in der Hand verlassen hatten, als auch die Autowaschanlage, vor der die Deutschen standen. Sie könnte auch beim Camp Casablanca auf die nächste Patrouille warten und den Soldaten nachfahren. Bestimmt ergäbe sich eine Gelegenheit, mit ihnen zu sprechen – ohne Presseoffizier. Sie beschloss, ihr Glück zuerst beim Camp zu versuchen. Möglicherweise käme sie so sogar am Laden oder an der Waschanlage vorbei.

Die Temperaturen waren deutlich unter den Gefrierpunkt gesunken. Trotz des warmen Motorradanzugs fror Jasmin. Vielleicht war sie auch nur müde. Sie hatte schlecht geschlafen, da ihr Unterbewusstsein die zahlreichen Informationen, die sie im Laufe der letzten Tage gesammelt hatte, zu verarbeiten versuchte. Sie war es nicht mehr gewohnt, so viel aufzunehmen. Im vergangenen Jahr war sie hauptsächlich mit sich selbst beschäftigt gewesen. Die Mauer, die sie um sich errichtet hatte, hatte sie erfolgreich gegen aussen abgeschirmt.

Als sie auf dem Weg nach Suhareka an ihrem Hotel vorbeikam, bremste Jasmin abrupt ab. Ob der Kellner auch am Nachmittag Zeit hatte? Ein bisschen Wärme täte ihr gut. Gäste übernachteten fast keine im Hotel. Viel zu tun hatte der Kellner also nicht. Irgendwann machte er bestimmt eine Pause. Jasmin bog in die Einfahrt ein, wo ihr Blick auf einen dunklen Mercedes fiel. Hoffentlich kein neuer Gast, dachte sie. Zumindest keiner, der essen wollte.

Mit steifen Gliedern stakste sie auf den Eingang zu. Die Réception war unbesetzt. Im Foyer schob eine ältere Frau einen Wagen mit Putzutensilien vor sich her. Sie musterte Jasmin verstohlen, die Stirn in Falten gelegt. Jasmin lächelte ihr zu. Sie hatte es aufgegeben, die Leute anhand ihres Benehmens verstehen zu wollen. Zu fremd waren ihr die Gesten, zu unpassend die Mimik dazu. Bevor sie ins Restaurant ging, kämmte sie sich mit den Fingern ihr Haar und tupfte sich die von der Kälte tränenden Augen ab. Nicht, dass der Kellner gross auf ihr Aussehen achtete, dachte sie schmunzelnd. Er war jeweils viel zu beschäftigt damit, ihre Anweisungen zu befolgen. Jasmin überlegte, was sie ihm heute beibringen könnte. Durch die Glastür sah sie, wie er langsam einen Löffel abtrocknete. Mit regelmässigen Bewegungen polierte er die Oberfläche, den Blick auf seine schmalen Hände geheftet. Ihr wurde heiss, als sie sich vorstellte, dass er sie mit diesen Händen vielleicht in wenigen Minuten berühren würde.

Sie stiess die Tür mit der Schulter auf und schlenderte zur Bar. Auf die Reaktion des Kellners war sie nicht gefasst. Statt eines scheuen Lächelns breitete sich auf seinem Gesicht blankes Entsetzen aus. Als sie sich auf die Theke stützte, wich er sogar zurück. Seine Hände zitterten so stark, dass es Jasmin nicht erstaunt hätte, wenn er den Löffel fallengelassen hätte. Fürchtete er sich vor ihr? Sie begriff nicht, was in ihn gefahren war. Keinen Moment hatte sie bisher daran gezweifelt, dass ihm der Sex genauso Spass machte wie ihr. Hatte sein Vorgesetzter davon erfahren? Verstiess er als Angestellter gegen eine Regel, wenn er mit einem Gast schlief? Einen Ehering trug der Kellner nicht, davon hatte sie sich überzeugt, bevor sie sich an ihn herangemacht hatte. Mit eingezogenem Kopf schaute er an ihr vorbei. Er schien auf etwas hinter Jasmin zu starren. Verwirrt drehte sie sich um. Und erstarrte.

Am hintersten Tisch, direkt am Fenster, sass Pal. Er beobachtete sie mit glühendem Blick. Seine Haltung war so steif, dass er einer Statue glich. Der massgeschneiderte Anzug und die polierten Schuhe von Fratelli Borgioli hätten eher an die Zürcher Bahnhofstrasse gepasst als an den Stadtrand von Prizren. Auf einmal wirkte das Fünfsternehotel schäbig. Ohne ein Wort erhob er sich. Jasmin glaubte zu spüren, wie der Kellner hinter ihr zusammenfuhr. Vermutlich kauerte er hinter der Theke. Mit langsamen Schritten kam Pal auf sie zu. Wie immer, wenn er wütend war, leuchteten seine Ohren rot. Jasmin hielt den Atem an. Pal trat so nah an sie heran, dass sie die pulsierende Ader an seiner Schläfe sehen konnte.

Sdt Nina Falk, 22, Zug Alpha, Brüttisellen
Klar wollte Bone etwas von der Bardame. Da war er nicht der Einzige. Kein Wunder, so, wie die rumlief. Mich erstaunt, dass sie ausgerechnet ihn auserkoren hat. Ich meine, er ist in Ordnung, aber nicht gerade George Clooney, wenn du weisst, was ich meine. Jeder konnte sehen, dass sie auf ihn abfuhr. An jenem Abend zog sie eine richtige Show ab. Als sie Bone ein Bier hinstellte, beugte sie sich über den Tisch und flüsterte ihm etwas ins Ohr. Mit ihrem weiten Ausschnitt… total daneben. Was hat sie erwartet? Manchmal versteh ich die Leute hier echt nicht. Vielleicht dachte sie, es springe etwas für sie raus. Für Geld machen Tätschköpfe alles.

Ich habe nicht mitbekommen, wie Bone sie abgeschleppt hat. Zutrauen würde ich es ihm aber. Manchmal hat er ziemlich über die Stränge geschlagen. Er musste dauernd beweisen, wie geil er war. Schon möglich, dass er weiter ging, als sie wollte. Er war alleine in seiner Dose – so nennen wir die Wohncontainer – Geu war ja weg. Da kommt man auf Gedanken. Vielleicht hat sie ihn provoziert. So sind die Albaner. Mich hat so ein Typ mal ‹Hure› genannt, da war ich echt sauer. Gut, das war in der Schweiz, nicht in Kosovo, aber trotzdem. Nur weil ich Uniform trug. Ich meine, da räum ich in seiner Heimat auf, und er hat nichts Besseres zu tun, als mich anzupöbeln. Das nervt gewaltig.

Nein, mit einer anderen Frau hatte Bone nichts. Jedenfalls nicht mit einer Schweizerin. Das wüsste ich. Wir waren so wenige, das hätte sich sofort herumgesprochen. Und mal ehrlich, so toll ist er nun auch wieder nicht. Bone, meine ich. Daran änderte auch der Haarschnitt nichts. Keine Ahnung, wen er damit beeindrucken wollte. Bei mir hat es nicht funktioniert. Geu hingegen sah cool aus mit den Streifen. Das war ein geiler Typ. Hatte überall seine Finger im Spiel, wusste immer, was lief. Aber ich hab mir geschworen, nichts mit einem Kollegen anzufangen. Als Frau kann man sich das einfach nicht leisten. Plötzlich heisst es, man sei leicht rumzukriegen, für jeden zu haben. Als hätte man es nötig. Schade, denn Geu hätte mir gefallen. Wer weiss, vielleicht meldet er sich, wenn er wieder zu Hause ist.

19

Pal kam es vor, als hätte die Welt mit Ausnahme von Jasmin aufgehört zu existieren. Er nahm weder den Fernseher wahr, der neben der Bar lief, noch den Kellner, der sich in die hinterste Ecke des Restaurants verdrückt hatte. Er starrte in Jasmins aufgerissene Augen und versuchte zu verstehen, was er sah. Unsicherheit? Triumph? Ärger? Freude? All das widerspiegelte sich in ihnen. Es war, als betrachte er eine Fotoserie auf einem Bildschirm.

Über seine eigenen Empfindungen war er sich im klaren. Sein Magen brannte vor Wut. Als er an der Réception nach Jasmin gefragt hatte, hatte er das kurze Zögern des Angestellten nicht verstanden. Doch die Reaktion des Kellners hatte ihm die Erklärung geliefert. Jasmins Hüftschwung, als sie auf die Bar zugegangen, nein, -geglitten war, hatte die letzten Zweifel zerstreut. Wie eine Katze auf Beutesuche hatte sie sich auf den Kellner zubewegt. Der Aufregung des jungen Mannes nach zu urteilen nicht zum erstenmal. Offenbar wusste er genau, was ihn erwartete.

Pals Wut drang langsam an die Oberfläche. Er fühlte sich wie ein Vulkan kurz vor dem Ausbruch. Ein Jahr lang hatte er geduldig gewartet. Sich immer wieder vor Augen geführt, was Jasmin während ihrer Gefangenschaft durchgemacht hatte. Er hatte für sie Verständnis aufgebracht, sie zu unterstützen versucht, ohne sie zu bedrängen. War für sie da gewesen, auch wenn ihre Launen ihn oft leer und erschöpft zurückgelassen hatten. Dass sie Zeit brauchte, um wieder Fuss zu fassen, begriff er. Eine weniger starke Frau wäre an der Gewalt zerbrochen, die ihr angetan worden war. Pal dachte daran zurück, wie er Jasmin nach der Festnahme des «Metzgers» im Spital besucht hatte. Sie war ihm wie eine hölzerne Marionette vorgekommen, die darauf wartete, dass jemand an den Schnüren zog. Dieser Anblick hatte ihn fast mehr erschreckt als die Nachricht ihres Verschwindens drei Monate zuvor. Doch dann hatte er unter dem dicken Verband um ihren Kopf ihre Augen gesehen. Er war auf Leere gefasst gewesen. Stattdessen sah er im tiefen Braun Scham und Trotz. Diese Gefühlsregungen waren ein Lebenszeichen; sie hatten ihn mit Erleichterung erfüllt.

Seither war fast ein Jahr vergangen. Immer wieder hatte sich Pal gefragt, ob etwas von dem, was zwischen ihnen da gewesen war, übriggeblieben war. Oder ob sie so traumatisiert war, dass sie nichts mehr von Männern wissen wollte. Er hätte es verstanden. Was er jedoch nicht begreifen konnte, war, dass sie die Nähe zu einem anderen Mann suchte. Während er sorgfältig abwog, ob, wann und wie er sie berühren durfte, war sie mit einem Unbekannten ins Bett gestiegen. Mit irgendeinem dahergelaufenen Kellner, den sie nie zuvor gesehen hatte.

«Wie konntest du nur?», brach es aus ihm heraus.

«Das geht dich einen Scheiss an!», gab sie zurück.

Pal packte sie an den Oberarmen. «Wofür hältst du mich? Einen Schosshund, den du herpfeifen kannst, wenn es dir gerade passt?»

«Ich habe dich nicht hergepfiffen! Was machst du überhaupt hier? Spionierst du mir nach?» Sie versuchte, sich ihm zu entwinden.

Pal verstärkte seinen Griff. «Seit letztem Winter versuche ich, Verständnis für ...»

«Ich will dein Mitleid nicht! Wann begreifst du das endlich?» Jasmin befreite sich mit einer gekonnten Bewegung und marschierte zur Glastür, die aus dem Restaurant führte.

Pal folgte ihr. «Was willst du dann?» Er griff nach ihrem Ärmel. «So nicht! Glaubst du, dass du jetzt einfach davonlaufen kannst? Ich hab die Schnauze voll! Ich lass mich nicht wie der letzte Dreck behandeln. Nicht einmal von dir!» Er schlug mit der Faust gegen die Wand. Statt seinem Ärger Luft machen zu können, erreichte er nur, dass seine Aggression zunahm. Er doppelte mit dem Fuss nach, hielt aber inne, als er Jasmins herausfordernden Blick sah.

«Los, mach doch! Du willst nicht die Wand bestrafen, sondern mich!» Provozierend ging sie in Kampfstellung.

Es juckte ihn in den Fäusten. Er stellte sich vor, wie sich seine Finger in ihre Schultern bohrten: wie er mit aller Kraft zudrückte, bis der spöttische Ausdruck von ihrem Gesicht verschwand. Wie sie ihren Widerstand aufgab und die Mauer um sie herum langsam zu bröckeln begann.

«Typisch Anwalt!», rief sie. «Nichts als Gerede!»

Leise zählte er auf zehn, um die Beherrschung nicht ganz zu verlieren. Als Jasmin aber das Gesicht zu einem Grinsen verzog, trennte sich Pals Körper von seinem Geist. Während sein Verstand weiterhin Jasmins Verhalten zu erklären versuchte, setzte sich sein Körper in Bewegung. Er ignorierte die warnende Stimme in seinem Innern und packte Jasmin erneut, diesmal an den Schultern. Sie öffnete den Mund, um zu protestieren. Den Laut, den ihre Lippen formten, nahm Pal jedoch nicht wahr. Er roch nur ihren Atem, eine Mischung aus herben Gewürzen, Cola und Wärme. Begehren mischte sich in seinen Zorn. Sein Verlangen wurde so stark, dass er alle Vorsicht beiseiteschob. Er war wie ein Satellit, der der Erdanziehungskraft nicht widerstehen konnte. Und genau so würde er verglühen, wenn er in die Atmosphäre einträte, dachte er. Doch es war ihm egal. Er wollte Jasmin. Jetzt.

Ohne Vorwarnung presste er seine Lippen auf die ihren. Fordernd drang er mit der Zunge in ihren Mund und war überrascht, als sie nicht zubiss. Er hatte mit heftiger Abwehr gerechnet, doch sie blieb aus. Stattdessen packte Jasmin ihn an den Hüften. Pal kam es vor, als rase er durch einen Tunnel. Zwar hielt er die Augen offen, doch die Welt um ihn herum wurde schwarz. Etwas Feuchtes berührte sein Ohr und liess ihn erschauern. Er hörte ein Stöhnen und merkte, dass es von ihm kam. Als er Luft holte, sah er aus dem Augenwinkel die Réception. Seine Akten befanden sich im Restaurant, schoss es ihm durch den Kopf. Leise fluchend löste er sich von Jasmin und reichte ihr seinen Zimmerschlüssel. Halb erwartete er, dass sie sich weigern würde, ihn entgegenzunehmen. Doch sie steckte ihn kommentarlos ein, machte auf dem Absatz kehrt und steuerte auf die Treppe zu. Als er zwei Minuten später mit seinen Unterlagen im Zimmer ankam, schälte sie sich aus dem Motorradanzug. Er stiess die Tür mit dem Fuss zu, liess alles fallen und streifte seine Schuhe ab. Während er sein Hemd aufknöpfte, zog sie ihren Pullover aus. Pal konnte seinen Blick nicht von ihr lösen. So oft hatte er sich diesen Moment ausgemalt, dass er glaubte, die weiche Haut unter seinen Fingern spüren zu können. In seiner Phantasie war er es jedoch gewesen, der Jasmin entkleidet hatte. Bevor er nun nach dem Verschluss ihres BHs greifen konnte, schob sie die Träger über ihre Schultern. Als ihre festen Brüste zum Vorschein kamen, blieb er wie hypnotisiert stehen. Er merkte kaum, wie sie sich an seinem Gürtel zu schaffen machte. Sein Herz pochte heftig, Feuchtigkeit sammelte sich in seinen Achselhöhlen. Kurz fürchtete er, sie könnte sich daran stören, doch der Gedanke verflog wieder, als sie ihm die Hose über die Hüften streifte.

Unfähig, sich zu bewegen, wartete er, bis sie sich ganz ausgezogen hatte. Ihre Schönheit überwältigte ihn. Dass sie trotz ihrer Kraft so grazil wirkte, hatte er nicht erwartet. Ihre muskulösen Schultern waren schmal, ihre Hüften wölbten sich sanft unterhalb der Taille. Seit Pal letzten Herbst den Skorpion auf ihrem Schulterblatt gesehen hatte, war er davon ausgegangen, dass sich unter ihren Kleidern weitere Tattoos verbargen. Doch ihre Haut war bis auf die roten Narben weiss.

Als sie ihn aufs Bett stiess und sich auf ihn setzen wollte, erwachte Pal aus seiner Trance. «Vergiss es», keuchte er und drehte sich blitzartig, so dass sie unter ihn zu liegen kam. Nicht, weil er ein Verfechter der Missionarsstellung war, sondern weil er begriff, dass sie einen Machtkampf ausfochten. Wenn er sich ihr jetzt unterordnete, würde sie den Respekt vor ihm verlieren. Er wäre nicht mehr als ein weiterer Kellner auf ihrer Liste. Ihre Blicke trafen sich. Jasmins Augen sprühten, ob vor Wut oder

Lust, konnte Pal nicht sagen. Er staunte noch darüber, dass sie sich so willig ergeben hatte, als sie ihn auf einmal mit einer Bewegung, die er nicht nachvollziehen konnte, runterwarf. Nach Atem ringend lag er wieder auf dem Rücken. Langsam schüttelte er den Kopf. Er zog sie in seine Arme und rollte zur Seite, bis er wieder auf ihr lag. Diesmal hielt er sie so, dass sie sich nicht aus seinem Griff winden konnte, ohne ihm weh zu tun. Ihr nächster Schritt würde die Weichen stellen. Wenn sie ihn nicht wollte, würde er es bald deutlich spüren. Er biss die Zähne in Erwartung des Schmerzes zusammen. Doch sie regte sich nicht. Als er seinen Griff sorgfältig lockerte, blieb sie liegen. Immer noch misstrauisch, verlagerte er sein Gewicht. Ein Lächeln umspielte ihre Lippen. Sie wickelte die Beine um seinen Körper und schloss die Augen.

Pal erwachte, als sich Jasmin in seinen Armen leicht bewegte. Ein tiefes Glücksgefühl durchströmte ihn. Zwar hatten sie noch kein Wort gesprochen, doch sie hatten sich mit einer Intensität geliebt, die er noch nie zuvor erlebt hatte. Er war tatsächlich verglüht, doch nicht so, wie er befürchtet hatte. Am meisten freute ihn aber, dass Jasmin danach bei ihm geblieben war. Er hatte angenommen, dass sie in ihr Zimmer zurückkehren würde. Doch sie hatte keine Anstalten dazu gemacht. Zärtlich küsste er ihr Haar.

Obwohl sie mit dem Rücken zu ihm lag, merkte er, dass sie nicht schlief. Draussen war es dunkel, ihre Umrisse wurden durch die Lichter der Strassenlaternen beleuchtet. Seine Lippen glitten ihren Nacken entlang zu ihren Schultern. Als er eine Narbe berührte, spürte er einen Druck auf seiner Brust. Weil sie während ihrer Gefangenschaft so lange in der gleichen Stellung hatte liegen müssen, waren im Laufe der Monate Druckstellen entstanden, die sich bald zu eitrigen Wunden entwickelt hatten. Aus einigen waren tiefe, offene Geschwüre geworden. Als er sich ihre Qual vorstellte, überrollte ihn der Hass auf den «Metzger». Er versuchte, seine Gedanken in eine andere Richtung zu lenken, doch nun meldeten sich seine Schuldgefühle.

Er war von der Unschuld seines Klienten überzeugt gewesen. Trotzdem war es ihm nicht gelungen, die Staatsanwaltschaft umzustimmen. Bajram Selmani hatte gestanden. Dass der traumatisierte Kosovare seine Kriegsverbrechen zu sühnen versuchte, hatte Pal nicht verstanden. Der «Metzger» hatte die Spuren sorgfältig gelegt. Alles hatte auf Selmani hingewiesen. Weder der Polizei noch der Staatsanwaltschaft konnte Pal Vorwürfe machen. Er hingegen hätte es merken müssen. Er war Selmani als Pflichtverteidiger zugeteilt worden, weil er seine Kultur verstand. Hätte er in den richtigen Bahnen gedacht, so hätte er den Zusammenhang sehen müssen. Alles wäre anders gekommen. Die Polizei hätte weiter nach dem wahren Täter gesucht. Der «Metzger» wäre gefasst worden, bevor Jasmin sein weiteres Opfer wurde.

«Du wirst mich nie berühren können, ohne daran zu denken», flüsterte Jasmin.

Ertappt richtete sich Pal auf.

«Wir hatten wunderbaren Sex», fuhr Jasmin fort, «aber sogar das verblasst dagegen. Du empfindest nur Mitleid mit mir.»

Pal wusste, dass es keinen Zweck hatte, die Tatsache abzustreiten. «Ich brauche Zeit. Bitte gib mir eine Chance.»

«Was wird sich ändern? Die Narben werden bleiben. Du wirst in mir immer das Opfer sehen und deshalb das Gefühl haben, ich könne nicht selbst auf mich aufpassen. Die ganze Zeit schon versuchst du, mich zu überwachen. Du räumst mir Steine aus dem Weg, behältst mich im Auge, als sei ich hilflos und unfähig. Ja, ich bin auf die Schnauze gefallen. Aber ich habe das Gehen nicht verlernt.»

Pal stützte sich auf den Ellenbogen. «Es stimmt, dass ich Mitleid empfinde. Wenn ich mir vorstelle, was der … ‹Metzger› dir angetan hat, so würde ich ihn am liebsten umbringen. Aber ich bewundere dich auch. Deinen Mut, deinen Willen, deine Energie. Genau die gleichen Eigenschaften, die ich an dir bewundert habe, bevor er dich entführt hat. Daran hat sich nichts geändert. Du bist die gleiche wunderbare Frau geblieben.»

Jasmin schluckte. «Ich bin nicht mehr die Gleiche.»

Pal strich ihr über den Arm, unsicher, was er darauf antworten sollte. Er fürchtete, sie mit weiterem Trost in die Flucht zu jagen. Noch konnte er kaum fassen, dass sie nicht nur neben ihm lag, sondern sich sogar öffnete. Irgendetwas musste in den vergangenen Tagen geschehen sein. Vielleicht wirkte die neue Umgebung befreiend. Oder die Ermittlungsarbeit erweckte sie zu neuem Leben. Egal, was die Ursache war, auf keinen Fall wollte er die Tür aus Versehen zustossen.

«Ich habe Angst einzuschlafen», erklärte Jasmin leise. «Als würde ich plötzlich wieder in seinem Bett erwachen. Manchmal vergesse ich sogar, dass ich mich bewegen kann. Ich liege so lange in der gleichen Stellung, bis mir alles weh tut. Erst dann merke ich, dass ich nicht festgebunden bin. Einmal…» Sie verstummte und zog die Knie an.

Die Scheinwerfer eines Lastwagens zeichneten einen Lichtstreifen an die Wand. Irgendwo wurde eine Autotür zugeschlagen und ein Motor gestartet. Das Geräusch des davonbrausenden Wagens verschwand in der Ferne. Trotz des schwachen Lichts sah Pal wie Jasmin die Schultermuskeln anspannte.

«Einmal», fuhr sie stockend fort, «vergass er, mich festzubinden. Er hatte Wein getrunken und war eingeschlafen. Er hielt mich… genau wie du vorhin. Ich hätte ihn überwältigen können. Meine Hände waren frei. Aber ich habe es nicht gemerkt. Kannst du dir das vorstellen?»

«Ja», sagte Pal sanft. «Das kann ich mir gut vorstellen – eher, als woher du die Kraft genommen hast durchzuhalten.»

Lange hatte die Polizei gerätselt, warum der «Metzger» einige seiner Gefangenen sofort tötete, während er andere monatelang in seiner Gewalt behielt. Erst das psychiatrische Gutachten hatte Aufschluss darüber gegeben. Danach hatte der «Metzger» geglaubt, er lebe mit seinem Opfer in einer echten Partnerschaft. Der kleinste Fehltritt hatte seine Wahnvorstellung jedoch erschüttert und eine blinde Wut in ihm entfacht. Jasmin hatte es geschafft, die Beziehung real erscheinen zu lassen. Sie hatte genug Widerstand gezeigt, um den «Metzger» nicht misstrauisch zu machen, gleichzeitig ihre Angst erfolgreich verborgen und ihn nie in Frage gestellt. Die emotionale Belastung musste enorm gewesen sein. Es war, als hätte sie in einem Minenfeld ein Ballett aufgeführt.

Jasmin drehte sich zu Pal. «Wirklich? Bist du sicher, dass du verstehst, was mit mir passierte? In dieser Nacht habe ich es akzeptiert. Ich habe mich nicht gewehrt.»

«Du hast während Monaten emotionale Höchstleistungen erbracht. Eine falsche Bewegung, und er hätte dich getötet. Dazu hast du unter starken Schmerzen gelitten. Du musstest abschalten, wenn es die Situation zuliess. Ich vermute, dass du ein Gespür dafür entwickelt hast, wann du dich gehenlassen konntest. Du hast ihn nicht akzeptiert, sondern auf diese Weise Kraft getankt. Was du geschafft hast, ist fast übermenschlich.»

Jasmin schüttelte den Kopf. «Am Anfang vielleicht, als ich noch Panik hatte. Aber irgendwann wurde es zum Alltag. Es passt vielleicht nicht in dein Bild, doch ich habe ihn manchmal sogar ... gemocht. Ich war dankbar, wenn er mir Wasser gab. Ich freute mich darüber, wenn er den Fernseher einschaltete! Sich um mich kümmerte!»

«Genau deshalb lebst du noch.»

«Vielleicht wäre es besser gewesen, ich wäre mich selbst geblieben. Auch wenn ich jetzt tot wäre. Ich habe mich verraten.»

«Nein», widersprach Pal. «Dank deiner Stärke konntest du dich so weit nötig anpassen. Du hast dabei nicht vergessen, wer du bist. Es war deine Entscheidung, alles zu tun, um zu überleben. Nicht seine. Dafür bewundere ich dich.»

Jasmin verzog das Gesicht. «Anwälte. Reden kannst du auf jeden Fall.»

«Nicht nur.» Pal küsste sie auf den Hals. Zögernd zu Beginn, weil er nicht wusste, ob sie nach ihrer Offenheit Distanz brauchte. Als sie sich aber gegen ihn presste, wurden seine Küsse fordernder.

«Dafür, dass du gegen vorehelichen Sex bist, legst du dich aber ganz schön ins Zeug», stellte Jasmin fest.

Pals Lippen glitten zu ihren Brüsten. «Diesmal darfst du oben sein.»

Jasmin packte ihn an den Ohren und zog seinen Kopf hoch. «Zuerst sagst du mir, warum du hier bist. Kontrollierst du mich, oder hast du wirklich Angst, es könnte mir etwas zustossen? Vor allem: Gibt es einen Grund dafür?»

«Weder noch.» Pal schnitt eine Grimasse. «Ich brauche meine Ohren noch. Würdest du sie bitte loslassen?»

«Sobald du mir die Wahrheit gesagt hast.»

«Morgen wird die Untersuchungsrichterin Besarta Sinani ein weiteres Mal einvernehmen. Ich will dabei sein. Auf einer Videoübertragung gehen zu viele Details verloren. Ich bin heute morgen zusammen mit Salvisberg angereist. Vom Presseoffizier habe ich erfahren, dass du hier wohnst.» Er rieb sich die Ohren, nachdem Jasmin sie losgelassen hatte.

«Besarta Sinani wird einvernommen?», wiederholte sie in seltsamem Tonfall.

«Ja. Können wir jetzt weitermachen?» Erfolglos versuchte er, sein Knie zwischen Jasmins Beine zu schieben.

«Pal!»

Er liess sich auf den Rücken zurückfallen.

Jasmin setzte sich auf. «Da gibt es etwas, das du wissen musst.»

«So wichtig kann das jetzt nicht sein.»

«Besarta Sinani hat ein Kind!»

Ihre Worte wirkten wie eine kalte Dusche. Pal hob die Arme über den Kopf und fuhr sich durchs Haar. Ein Kind? Uneheliche Kinder gab es in Kosovo offiziell nicht. Wusste Maja Salvisberg davon? Hatte sie die Information absichtlich zurückgehalten? Ihr wäre klar, dass Besarta Sinanis Glaubwürdigkeit dadurch stark beeinträchtigt würde. Wenn es der Bardame gelungen war, ihre Mutterschaft zu verheimlichen, war sie eine geübte Lügnerin. Das eröffnete Pal ganz neue Möglichkeiten. Darauf konnte er seine Verteidigungsstrategie aufbauen. Aufregung erfasste ihn.

Dass die Untersuchungsrichterin ihm die Information verschwiegen haben sollte, überraschte Pal dennoch. In erster Linie war Salvisberg an der Aufklärung des Falles interessiert, nicht an einer Verurteilung von Fabian Zaugg. Vielleicht glaubte sie aber Besarta Sinanis Version der Ereignisse und fürchtete, der Verstoss gegen die Sitten würde die Kosovarin in einem unnötig schlechten Licht erscheinen lassen. Pal ärgerte sich, dass er so wenig Informationen über Besarta Sinani besass. Er war sich sicher, dass die lokalen Angestellten im Camp Casablanca einem Sicherheitscheck unterzogen worden waren. Deshalb hatte er bereits vor Wochen ein Beweisergänzungsbegehren gestellt und die Unterlagen verlangt. Bis heute hatte er die gewünschten Dokumente jedoch nicht erhalten. Mit Absicht?

Jetzt, da sich seine Gedanken in Bewegung gesetzt hatten, konnte er sie nicht mehr stoppen. Dass Besarta Sinani im Camp arbeitete, deutete auf einen Bruch mit ihrer Familie hin. Das war Pal von Anfang an klar gewesen. Nun ahnte er auch den Grund. Er begriff auch, warum es Alban Sinani gewesen war, der Anzeige gegen Fabian Zaugg erstattet hatte. Hätte sich die Familie um die Ehre der Tochter Sorgen gemacht, so hätte sich der Vater oder ein Bruder bei der Kfor gemeldet. Dass der Cousin plötzlich auf der Bildfläche erschienen war, deutete eher auf finanzielle Interessen hin. Pals Abklärungen im Vorfeld hatten ergeben, dass Alban Sinani die Familie in Geldangelegenheiten vertrat. Die Frage war, ob Besarta Sinani zu Lügen angestiftet worden war oder ob ihre Familie lediglich die Gelegenheit ergriffen hatte, die sich ihr bot.

«Hast du sonst noch etwas über die Sinanis herausgefunden?», fragte Pal.

Jasmin schüttelte den Kopf. «Ich brauche einen Dolmetscher, weiss aber nicht, wem ich trauen kann.»

Nachdenklich starrte Pal an die Decke. «Ich wüsste jemanden. Was hältst du von meiner Schwester? Shpresa würde sich bestimmt freuen, dich kennenzulernen.»

«Super Idee!»

«Ich habe meinen Vater gefragt, was er über die Sinanis weiss», fuhr Pal fort. «Er meint, die Familie habe einen guten Ruf. Allerdings lebt kein Mitglied in der Schweiz. Zwei Söhne arbeiten auf deutschen Baustellen, einige Cousins sind in den USA.»

«Also hat Besarta Sinani gelogen, als sie sagte, ein Verwandter arbeite in Münsingen.»

«Es scheint so. Ich habe mir Sorgen gemacht, dass Fabian Zaugg nach seiner Entlassung in Gefahr sein könnte. Ich glaube es jedoch nicht.»

«Wie geht es ihm?»

«Gar nicht gut. Er ist psychisch völlig am Ende. Und trotzdem stimmt er der Entsiegelung seines Laptops nicht zu.» Pal presste die Lippen zusammen. «Ich weiss: Er verschweigt mir etwas!»

«Das glaube ich auch», stimmte Jasmin zu.

Pal setzte sich auf und lehnte sich mit dem Rücken gegen die Wand. Noch immer fuhren auf der Hauptstrasse Fahrzeuge vorbei, doch die Motorengeräusche waren seltener geworden. Auch im Hotel war es still. Wenn er am folgenden Tag fit sein wollte, sollte er schlafen. Doch er fühlte sich hellwach. Jasmin sass im Schneidersitz vor ihm, die Decke über die Beine gezogen. Ihre Brüste zogen ihn magisch an. Er streckte die Hand aus, um sie zu berühren, doch Jasmin wich zurück.

«Erklär mir zuerst das mit der Enthaltsamkeit vor der Ehe», forderte sie lächelnd.

Pal blieb ernst. «Ich weiss, es klingt in deinen Ohren seltsam, aber ich würde es vorziehen, erst nach der Heirat mit einer Frau sexuellen Kontakt zu haben.»

«Du hast deine Werte heute aber ganz schön schnell über den Haufen geworfen.»

«Würdest du mich heiraten, wenn ich um deine Hand anhalten würde?»

«Was?», entfuhr es Jasmin.

Obschon Pal wusste, dass Jasmins Entsetzen nicht ihm, sondern der Ehe als solche galt, versetzte ihm ihre Reaktion einen Stich. Bereits letzten Herbst hatte sie ihm klar gemacht, dass sie nicht viel von Versprechen hielt, die nicht gehalten werden konnten. Die Ehe zählte sie dazu. Als er ihr daraufhin Beispiele von funktionierenden Ehen aufgezählt hatte, hatte sie ihn nur ausgelacht. Alles eine Frage der Zeit, hatte sie behauptet.

Er zwang sich zu einem Lächeln. «Siehst du. Also bleibt mir die Wahl zwischen ewiger Enthaltsamkeit oder einem Bruch mit meinen Werten. Da ziehe ich Letzteres eindeutig vor.»

«Heuchler», neckte sie. «Ich weiss von Konstanz.»

Ihm wurde heiss. «Das ist etwas anderes.»

«Klar», grinste sie.

«Wo hast du in den vergangenen Tagen Informationen eingeholt?», lenkte er ab. «Ich weiss, dass du im Camp warst. Hast du sonst noch Gespräche geführt?»

Jasmin berichtete von ihrem Besuch bei der Familie Shala. Als sie erklärte, dass sie dem Polizisten nicht traue, wuchs Pals Unbehagen. Die Vorstellung, dass Jasmin auf eigene Faust in einem fremden Land ermittelte, gefiel ihm nicht. Sie kannte die Bräuche und Sitten zu wenig. Würde sie Gefahren rechtzeitig erkennen? Er zwang sich, seine Ängste beiseitezuschieben, auch wenn es ihm schwerfiel. Sie in Worte zu fassen, würde Jasmin nur verärgern und womöglich eine Trotzreaktion hervorrufen.

«Apropos Heucheln», kam sie aufs Thema zurück. «Wie kann man eine Schwangerschaft verstecken?»

«Indem die werdende Mutter versteckt wird», erklärte Pal. «Entweder im Haus ihres Vaters oder bei Verwandten. Nach der Geburt wird das Kind als Cousin oder Cousine ausgegeben. Natürlich muss auch eine verheiratete Frau mitspielen, die eine Schwangerschaft simuliert. Ich bin sicher, auch unter meinen Verwandten hat es uneheliche Kinder.»

«Leben noch viele hier? Verwandte von dir, meine ich.»

«Die meisten. Ausser meinem Vater sind nur vier Onkel mit ihren Familien ausgewandert. Die anderen leben in der Nähe von Zajqevc, wie meine Schwester. Einige in Kamenica. Da die Stadt kaum vom Krieg betroffen war, blieb meiner Familie die Flucht erspart. Die Region gilt als fortschrittlich. Serben und Albaner haben dort einen vergleichsweise gesitteten Umgang miteinander. Übergriffe kommen so gut wie nicht vor.»

«Ist deine Familie auch so fortschrittlich? Erwartet sie von dir nicht schon längst Kinder?»

Als Pal an die Erwartungen seines Vaters dachte, überkam ihn die Müdigkeit, die sich bis jetzt nicht hatte einstellen wollen. Er rutschte nach unten und streckte die Arme nach Jasmin aus. Kurz zögerte sie, dann legte sie sich ebenfalls hin, den Kopf in die Hand gestützt. Obwohl er nicht an Nexhat Palushi denken wollte, hörte Pal die ständige Kritik seines Vaters, als stünde er neben ihm. Jasmin erfasste seine Stimmung augenblicklich. Ihre Finger zeichneten Kreise auf seinen Bauch. Die Bewegung hatte eine hypnotisierende Wirkung. Bevor Pal seine Antwort formulieren konnte, war er eingeschlafen.

20

Besarta wartete darauf, dass das Krähen des Hahns den Morgen ankündigte. Obwohl sie unter der Decke eine Winterjacke trug, fror sie. Nicht einmal die Stiefel hatte sie ausgezogen. Die Erde an den Sohlen hinterliess auf dem Leintuch neue Flecken. Alles beschmutzte sie. Ihr Vater hatte sie deswegen oft genug gerügt. Die Bettwäsche liess sich waschen. Der Ruf der Familie nicht. Von ihm hing die Zukunft ihrer Geschwister, ihrer Cousins und Cousinen ab. Wer wollte einen Sohn oder eine Tochter aus schlechtem Hause heiraten? Geschäfte mit Partnern tätigen, die die Bedeutung der Ehre vergessen hatten?

Das Kissen war mit Besartas Tränen getränkt. Ihre Trauer schien unerschöpflich. Noch immer schüttelten die Schluchzer sie durch. Die Kammer weckte die Erinnerungen, die sie so sorgfältig begraben hatte. Vor fünf Jahren war die Tür nicht abgeschlossen gewesen. Sie hatte sich freiwillig hier verschanzt. Trotzdem war sie eingesperrt gewesen. Die Erwartungen der Familie, der Druck der Gesellschaft und ihre Angst vor der Zukunft hatten sie ihrer Freiheit beraubt. Bange hatte sie die Zeit abgesessen, ohne zu wissen, wie ihr Leben danach weitergehen würde.

Ein Teil von ihr hatte gehofft, dass Rick so plötzlich zurückkäme, wie er verschwunden war. Doch er liess sich nicht blicken. Die Enttäuschung schmerzte. Wenn sie ehrlich war, so vermisste Besarta nicht den Holländer, sondern das, was er für sie dargestellt hatte: einen romantischen Helden, der ihr das Gefühl vermittelt hatte, sie sei etwas Besonderes. Seine Schmeicheleien und seine Grosszügigkeit liessen seine weniger vorteilhaften Seiten in den Hintergrund treten. So sah sie darüber hinweg, dass er seine Versprechen nie hielt oder dass er immer neue Ausreden erfand. Sogar als sie ihm Arm in Arm mit einer anderen Frau begegnet war, war es ihm gelungen, eine überzeugende Entschuldigung zu erfinden. Am folgenden Tag hatte er ihr eine Goldkette geschenkt. Erst als ihr Vater diese zu verkaufen versuchte, erfuhr Besarta, dass das Schmuckstück nicht echt war.

Zu jenem Zeitpunkt war es bereits zu spät gewesen. Die Schwangerschaft war so weit fortgeschritten, dass kein Hausmittel dagegen half. Eine Abtreibung hätte ihr Leben gefährdet. Das wollte nicht einmal ihr Vater riskieren. Immer noch hatte Besarta geglaubt, Rick käme zurück. Er hatte mit seiner üblichen Gelassenheit auf die Nachricht seiner bevorstehenden Vaterschaft reagiert. Eine Zeitlang dachte Besarta, er freue sich auf das Kind. Sie malte sich ihr Leben an seiner Seite aus und konnte ihr Glück kaum fassen. Sie würde mit ihm in teuren Restaurants essen, Markenkleider tragen und sich bei einer Kosmetikerin schminken lassen. Er hielt es sogar für möglich, dass sie eine Karriere als Model einschlagen könnte. Besarta sah sich auf Laufstegen in Mailand, Paris oder New York. Ihr Bild würde in Modezeitschriften erscheinen, man würde sie auf der Strasse erkennen.

Er bat sie, niemandem von der Schwangerschaft zu erzählen. Er müsse zuerst einige Details regeln, hatte er erklärt. Geduldig wartete Besarta. Als sie es nicht mehr aushielt, rief sie ihn an. Seine Handynummer war nicht mehr in Betrieb. Stundenlang harrte sie am Strassenrand aus, bis ein weisses Fahrzeug der Organisation für Sicherheit und Zusammenarbeit in Europa vorbeikam. Der Fahrer kannte niemanden mit dem Namen Rick. Sie suchte die Cafés auf, in denen ihr Liebhaber einzukehren pflegte. Dort hatte man ihn schon länger nicht mehr gesehen. Ihr Interesse an einem hochrangigen Internationalen sprach sich herum. Es dauerte nicht lange, und ihr Vater erfuhr davon. Nie würde Besarta vergessen, wie er sie zur Rede gestellt hatte. Stotternd hatte sie ihre Schwangerschaft gestanden.

Der Zorn ihres Vaters hatte sie vor Angst zittern lassen. Noch am selben Abend setzten sich die Männer der Familie zusammen. Dass Besarta gehen musste, stand fest. Doch man bot ihr an, das Kind zu Hause auszutragen. Auf diese Weise würde niemand davon erfahren. Besarta war so erleichtert gewesen, dass sie nicht begriffen hatte, was der Vorschlag wirklich bedeutete. Sie hatte ein Dach über dem Kopf. Das war alles, was zählte.

Dass Luan gleichzeitig sein erstes Kind erwartete, führte ihr vor Augen, wie anders ihr Leben hätte sein können, wenn Rick sein Versprechen gehalten hätte. Stolz schob Luans Frau ihren Bauch vor sich her, während Besarta sich in der Kammer versteckte. Die Tage erschienen ihr endlos. Niemand sprach mit ihr darüber, wie es nach der Geburt weiterginge. Sie wusste nicht, womit sie ihren Lebensunterhalt verdienen sollte. Weder konnte sie schreiben wie Luan, noch verstand sie etwas von Geschäften. Sie war dazu erzogen worden, jemandem eine gute Ehefrau zu werden. Dieser Weg war ihr nun versperrt.

Sie würde nach Pristina gehen, beschloss sie. Vielleicht fände sie bei einer Familie Arbeit. Die Internationalen konnten sich Haushaltshilfen leisten. Ausserdem waren die Sitten weniger streng. Besarta klammerte sich an diese Hoffnung, obwohl sie nicht beurteilen konnte, ob ihre Pläne realistisch waren. Sie war noch nie weiter gereist als bis nach Prizren. Je näher der Geburtstermin rückte, desto ängstlicher wurde sie. Nicht einmal nachts traute sie sich aus der Kammer. Als die Wehen einsetzten, versuchte sie, die Schmerzen zu unterdrücken, in der Hoffnung, die Geburt lasse sich hinauszögern. Obwohl die Monate in ihrem Versteck endlos gewesen waren, hatte ihr der kleine Raum Sicherheit vermittelt. Sie wollte ihn nicht verlassen.

Von ihrer Mutter erfuhr sie, dass Luans Frau ebenfalls in den Wehen lag. Aufregung erfasste die Familie. Alle warteten auf Luans Sohn. Endlich ein Erbe, der hier zur Welt kam, nicht in der Fremde. Der Junge würde in die Fussstapfen seines Grossvaters treten, das Land bewirtschaften und dafür sorgen, dass die Traditionen weitergeführt wurden. Erstmals fragte sich Besarta, was mit ihrem Kind geschehen würde. Sie hatte immer nur an das Ende der Schwangerschaft gedacht. Langsam dämmerte ihr, dass damit ihre Mutterschaft begann.

Die Geburt verlief reibungslos. Während Luans Frau sich in Schmerzen wand, der Erschöpfung nahe, kam Besartas Kind innerhalb von zwei Stunden auf die Welt. Als sie es in die Arme nahm, stellte ihre Tante fast vorwurfsvoll fest, dass es ein Junge war. Noch nie hatte Besarta so etwas Schönes gesehen. Ein dichter Pelz schwarzer Haare bedeckte sein Köpfchen. Als er den Mund zu einem Schrei öffnete, vibrierte die winzige Zunge und weckte in Besarta eine Zärtlichkeit, die sie noch nie für einen anderen Menschen empfunden hatte.

Sie bekam nicht mit, wie ihre Tante den Raum verliess. Als man Besarta das Frühstück brachte, vernahm sie, dass Luans Frau immer noch kämpfte. Besarta nahm einige Bissen Brot zu sich und nickte wieder ein, ihren Sohn an der Brust. Er passte genau in die Höhle zwischen ihrem Bauch und ihrem angewinkelten Arm. Seine Augen waren geschlossen, doch seine Lippen suchten ihre Brustwarze. Erstaunlich kräftig sog er daran, obwohl noch keine Milch floss.

Am späten Nachmittag teilte man Besarta mit, dass Luan eine Tochter geboren worden war. Die Enttäuschung war gross. Besarta bekam ihren Bruder nicht zu Gesicht. Ihre Mutter versorgte sie schweigend. Unter anderen Umständen hätte Besarta unter ihrer Distanz gelitten, doch ihr Sohn liess ihr keinen Raum für trübe Gedanken. Sie begriff erstmals, was Liebe bedeutete. Die Gefühle, die sie für Rick gehegt hatte, waren im Vergleich dazu kaum erwähnenswert.

Die Tage und die Nächte flossen ineinander. Auf dem Hof ging das Leben weiter, doch in der Kammer schien es stillzustehen.

Besarta verbrachte die Stunden damit, ihren Sohn zu betrachten. Bald kannte sie jede Bewegung, jedes Schmatzen und jede Grimasse, die er machte. Lange suchte sie nach einem passenden Namen. Keiner erschien ihr bedeutungsvoll genug. Bis ihr Leonardo einfiel. Nicht nur war «Titanic» ihr Lieblingsfilm und Leonardo DiCaprio der Held, Luan hatte ihr auch von einem anderen Leonardo erzählt, der ein Genie gewesen sein soll. Besarta dachte an die Ehrfurcht in Luans Stimme und wusste, dass der Name zu ihrem Sohn passte.

Das Geräusch von Schritten riss Besarta aus ihren Erinnerungen. Sie hörte, wie eine Kiste beiseitegeschoben und der Riegel zurückgezogen wurde. Albans Gestalt füllte den Eingang aus. In der Dämmerung sah sie nur seine Umrisse.

«Es ist Zeit», verkündete er. «Geh dich waschen.»

Fast die gleichen Worte, die ihre Mutter vor fünf Jahren benutzt hatte. Nur der Tonfall war anders. Besarta bewegte sich nicht.

«Du sollst aufstehen, hab ich gesagt!»

Als Besarta immer noch nicht reagierte, durchquerte Alban den Raum und riss ihr die Decke weg. Er packte sie am Arm und zog sie hoch. Besartas Beine knickten ein. Wütend stützte Alban sie.

«Wo ist er?», wimmerte sie.

«Wer?»

Neue Schluchzer schüttelten sie.

«Komm nicht wieder damit!», drohte Alban. «Heute ist ein wichtiger Tag. Tu für einmal deine Pflicht! Du hast schon genug Schaden angerichtet.»

«Bitte, ich möchte nur wissen, dass es ihm gutgeht!»

Als ihre Mutter sie an jenem Morgen geholt hatte, war Besarta ahnungslos gewesen. Ihr Vater wolle mit ihr sprechen, wurde ihr mitgeteilt. Besarta liess Leonardo widerwillig in der Obhut ihrer Tante. Ihrem Vater mit dem unehelichen Kind unter die Augen zu treten, kam nicht in Frage. Noch immer hegte Besarta die Hoffnung, Hasan Sinani würde sie trotz der Schande zu Hause wohnen lassen. Die Nachbarn glaubten, sie sei bei ihrem Bruder in Deutschland, um ihm im Haushalt zu helfen. Sie würde einfach die Rückkehrerin spielen. Vielleicht könnte Luan Leonardo als seinen Sohn ausgeben. Dass seine Frau Zwillinge bekommen hatte, würde sogar die schwierige Geburt erklären.

Doch Hasan Sinani hatte seine Meinung nicht geändert. Als Besarta vor ihm stand, lag in seinen Augen eine Bitterkeit, die neu war. Seine Stimme klang brüchig, seine Worte hingegen waren deutlich. An seiner Entscheidung würde er nicht rütteln. Er sprach über die Familie, über Ehre und über den tadellosen Ruf der Sinanis, den Besarta zerstört habe. Sie senkte den Kopf, als sie begriff, dass ihre Hoffnung vergeblich gewesen war. Bange wartete sie darauf, dass er ihr den Termin nannte. Immer wieder schweifte er ab. Nach einer Stunde war ihr vor Anspannung übel.

Im Hof hörte sie das Knallen einer Autotür, dann einen startenden Motor. Da das Auto der Familie hinter dem Stall stand, musste ein Gast hier gewesen sein. Ihr Vater lauschte den Geräuschen ebenfalls. Als das Tor geschlossen wurde, beendete er schliesslich seine Rede. Besarta erfuhr, dass sie drei Tage Zeit habe zu packen. Sie versuchte zu verstehen, was die Frist bedeutete. Nach den endlosen Monaten kamen ihr drei Tage wie drei Minuten vor. Wohin sollte sie gehen? Wo übernachten? Gab es jemanden, an den sie sich wenden konnte?

Wie betäubt verliess sie den Raum. Sie überquerte den Hof, ohne die Gesichter ihrer Verwandten wahrzunehmen, die sie ehrfürchtig anstarrten. Sie sehnte sich nach dem warmen Körper ihres Sohnes, dem milchigen Geruch seiner Haut. Wenn sie Leonardo an sich drückte, schien alles möglich. Er vermittelte ihr ein Gefühl von Zuversicht; sie wusste, dass sie für ihn jedes Opfer auf sich nehmen würde. Zusammen würden sie es schaffen.

Ihre Tante war nicht in der Kammer. Stattdessen wischte ihre Mutter den Boden. Die Hände, die den Besenstiel umklammerten, zitterten. Besarta schaute sich nach allen Seiten um. War ihre Tante mit Leonardo ins Haus gegangen? Vielleicht war sie seinem Charme erlegen und wollte ihn den restlichen weiblichen Familienmitgliedern zeigen. Ihre Mutter fegte immer wieder dieselbe Stelle. Plötzlich realisierte Besarta, dass der bevorstehende Abschied endgültig war. Jetzt, da sie selbst ein Kind hatte, konnte sie sich besser in die Lage ihrer Mutter versetzen. Auch sie würde leiden. Daran hatte sie bisher nicht gedacht.

«Mama», begann sie leise. «Mach dir keine Sorgen.»

«Setz dich, Kind.»

Besarta gehorchte.

«Es wird ihm gutgehen», flüsterte ihre Mutter.

Verwirrt blinzelte Besarta.

«Er wird in einem grossen Haus aufwachsen», fuhr ihre Mutter fort. «Als Sohn der Familie. Sie können keine eigenen Kinder haben, deshalb…»

Besarta hörte sie nicht mehr. Ein Rauschen erfüllte ihre Ohren, schlimmer als der Lärm der Nato-Kampfflugzeuge während des Kriegs. Sie sah, wie ihre Mutter auf sie zukam, und wich zurück. Ihr Herz schlug so heftig, dass sie glaubte, ihr Brustkasten müsse bersten. Während sich ihr Verstand weigerte, die Worte ihrer Mutter zu verarbeiten, hatte ihr Körper sie längst begriffen. In Panik stürzte Besarta aus der Kammer. Sie rannte über den Hof aufs Haus zu. Die Frauen der Familie scharten sich um den Eingang. Besarta entdeckte ihre Tante und warf sich ihr vor die Füsse. Hände griffen nach ihr, zerrten sie hoch. Besarta riss sich los. Es konnte nicht wahr sein. Nicht Leonardo!

«Wo ist er?», schrie sie. «Leonardo!»

«Besarta! Reiss dich zusammen!»

Besarta wusste nicht, wer gesprochen hatte. Sie stolperte durchs Haus, jeden Winkel absuchend. Sie öffnete alle Schränke, zerrte Kleider heraus, spähte unter Betten, in Kisten, hinter Türen, bis sie von zwei Cousinen gepackt wurde. Tränen liefen ihr übers Gesicht. Die Mitglieder ihrer Familie nahm sie nur als verschwommene Umrisse wahr.

«Bitte!», flehte sie. «Nicht Leonardo! Ich gehe sofort! Ich komme nie mehr zurück. Aber bitte, bitte gebt ihn mir zurück.»

«Er ist weg», sagte eine Tante, nach ihrer Hand greifend. «Glaub mir, es ist besser so. Für alle.»

«Nein!», schrie Besarta. «Nein!»

Sie hörte ihre Schreie, spürte Arme, die sie stützten und zu einem Bett führten. Sie liess es geschehen. Genauso gut hätte sie sich auf den Boden fallenlassen können. Wo sie lag, war ihr egal. Sie rollte sich zusammen und wünschte sich, nie mehr aufwachen zu müssen.

Stunde um Stunde dämmerte sie im Halbschlaf vor sich hin. Sie ignorierte den Tee, den ihr ihre Mutter brachte, weigerte sich zu essen. Ihre Brüste schmerzten von der Milch, die sich staute. Sie stellte sich Leonardos Mund vor, die Saugblasen an seiner Oberlippe, und fragte sich, ob er auch litt. Ihre Tante wickelte ihr ein Tuch um den Oberkörper, wie eine Kompresse, damit der Milchfluss versiegte. Rund um sie herum ging das Leben weiter. Besarta hörte das Gackern der Hühner, das Klappern von Geschirr. Sie roch den Duft von Hühnersuppe, Kuhmist und gemähtem Gras.

Als sich ihre Mutter am dritten Tag zu ihr ans Bett setzte, hatte Besarta zwei Kilogramm abgenommen. Sie fühlte sich wie eine der Blumen, die sie als Kind hoffnungsvoll zwischen Luans Buchseiten gepresst hatte. Statt ihre Schönheit zu bewahren, hatten die Blüten ihre Leuchtkraft eingebüsst. Sie waren trocken und verblichen. Bei der kleinsten Berührung zerfielen sie.

«Es ist Zeit», flüsterte ihre Mutter.

Besarta starrte an die Decke.

«Du bist ein starkes Mädchen», fuhr sie stockend fort. «Schon als Kind hast du deinen Kopf durchgesetzt. Du wirst es schaffen, Besarta! Vielleicht ist es für dich richtig so. Niemand wird dir sagen, was du zu tun hast.» Sie wischte sich eine Träne aus dem Augenwinkel und hielt Besarta einen Umschlag hin. «Die Trauer wird vorbeigehen, und dann beginnst du ein neues Leben. Das wird dir dabei helfen. Es ist von … sie werden gut auf ihn aufpassen.»

Als sie Leonardo erwähnte, erwachte Besarta aus ihrer Lethargie. «Wo ist er? Wer hat ihn mitgenommen?»

«Das darf ich dir nicht sagen. Aber es wird ihm dort besser gehen als hier.»

Besarta riss den Umschlag in der Hoffnung auf, der Inhalt würde ihr einen Hinweis auf Leonardos Aufenthaltsort geben. Stattdessen fand sie ein Bündel Dollarscheine vor.

«Ihr ... ihr habt ihn verkauft?», stiess sie aus.

«Nicht so laut!» Ihre Mutter blickte ängstlich zur Tür. «Dein Vater weiss nichts vom Geld. Es ist ein Geschenk. Als Dank. Und weil deine ... weil sie weiss, dass du von nun an auf dich allein gestellt bist. Versteck es gut!»

Noch nie hatte Besarta etwas Wertvolles besessen. Als sie die Scheine aneinander rieb, verspürte sie einen Energieschub. Wenn sie reich wäre, könnte sie Leonardo zurückholen. Sie hatte keine Ahnung, wie viel Geld sie bräuchte. Auch nicht, wie sie ihren Sohn finden würde. Sie wusste nur, dass sie nun einen Grund hatte aufzustehen. Sie wankte zur Küche, wo sie einen Teller Suppe zu sich nahm. Danach wusch ihre Mutter ihr die Haare, als sei sie noch ein Kind. Lange kämmte sie die Strähnen, rieb die Spitzen mit Öl ein und strich Besarta über die Wangen.

Ihr Vater wartete im Wagen. Obwohl ihr schwindlig war, überquerte Besarta den Hof mit erhobenem Kopf. Ihre Cousinen sahen ihr eingeschüchtert nach. Luan stand zusammen mit den männlichen Familienmitgliedern neben dem Tor und knetete seine Finger. Hilflos blickte er in ihre Richtung. Besarta hätte viel darum gegeben, ihn zum Abschied umarmen zu dürfen. Als er das Gewicht von einem Fuss auf den anderen verlagerte, glaubte sie einen Moment lang, er würde auf sie zukommen. Doch er blieb stehen. Das Letzte, was Besarta sah, war sein gequälter Gesichtsausdruck.

Heute stand niemand im Hof, als Alban sie in die Kälte hinauszerrte. Die Haustür war geschlossen, aus dem Kamin stieg Rauch. Neben dem Miststock lag verlassen ein Ball. Vor fünf Jahren hatte Besarta geglaubt, sie würde ihr Zuhause nie wieder sehen. Als ihr Vater sie an der Bushaltestelle abgesetzt hatte, war es ihr vorgekommen, als begebe sie sich auf eine Weltreise. Weit war sie nicht gekommen. Nur bis Suhareka. Trotzdem hatte sie einen langen Weg zurückgelegt: Sie hatte ein Zimmer und Arbeit gefunden; sie war selbständig geworden; sie hatte es geschafft, jeden Morgen aufzustehen und weiterzumachen, statt sich von ihrem Schmerz erdrücken zu lassen. Die Worte ihrer Mutter hatten sich zwar nicht bewahrheitet, aber sie lernte, mit der Trauer zu leben.

Das führte sie sich nun vor Augen. Sie hatte sich in einen Strudel der Verzweiflung hineinziehen lassen. Die Kammer hatte die Erinnerungen an die Oberfläche geschwemmt, sie das Loch von neuem spüren lassen, das Leonardos Abwesenheit hinterlassen hatte. Deshalb hatte sie es zugelassen, dass Alban sie wie ein hilfloses Kind behandelte. Doch sie war nicht mehr das unsichere Mädchen von damals. Sie war freiwillig hier, auch wenn Alban sie eingesperrt hatte. Sie hatte dem Vorschlag ihres Vaters zugestimmt, um an Informationen zu kommen. Noch immer wusste sie nicht, wer ihren Sohn mitgenommen hatte. Jede Dollarnote hatte sie einzeln untersucht, um einen Hinweis auf deren Herkunft zu erhalten. Sie hatte Nachforschungen über ihre Familie angestellt, so gut sie das alleine konnte. Da sie ihre entfernteren Verwandten nicht kannte, stiess sie bald an Grenzen. Die Dollarscheine legten die Vermutung nahe, dass sich Leonardo in den USA befand. Doch sicher konnte Besarta nicht sein. Trotzdem hatte sie in den vergangenen fünf Jahren fleissig Englisch gelernt.

Endlich liess Alban sie los. «Sieh zu, dass du dich wäschst. Und zieh etwas Anständiges an. Du musst einen guten Eindruck machen. Sonst glauben dir die Schweizer nicht.»

Besarta schluckte und verschränkte die Arme. «Ich werde nicht aussagen.»

Albans Kinnlade klappte nach unten.

«Nur, wenn du mir sagst, wo er ist», forderte Besarta.

Alban fasste sich wieder. «Ich lass mich nicht von einer Hure erpressen!»

«Ich brauche das Geld nicht», fuhr Besarta fort. Dass sie eine Genugtuung erhalten könnte, hatte sie nicht gewusst, als sie Fabian Zaugg beschuldigt hatte. Erst Albans Auftauchen hatte ihr klar gemacht, dass ihr bei einem Schuldspruch eine Geldsumme zugesprochen würde. Obwohl die Vorstellung verlockend war, den Betrag anzunehmen, war sie nicht auf das Geld angewiesen. Sie hatte genug gespart, um Leonardo suchen zu können. Sogar, um ein neues Leben mit ihrem Sohn zu beginnen. Die Summe musste nur reichen, bis sie eine neue Stelle hatte. Sie würde in den USA Arbeit finden, davon war sie überzeugt. Das Einzige, was sie brauchte, waren Informationen. Sobald sie Leonardos Aufenthaltsort kannte, würde sie abreisen.

Alban wusste offensichtlich nicht, wie er mit der Situation umgehen sollte. Mit heimlicher Genugtuung stellte Besarta fest, dass er nervös wurde. In zwei Stunden mussten sie im Camp Casablanca sein. Er ging einige Schritte vor, hielt aber gleich wieder an und änderte die Richtung. Schliesslich steckte er sich eine Zigarette zwischen die Lippen, zündete sie an und inhalierte tief. Besarta schlang die Arme um ihren Körper. Die Temperatur war weiter gesunken, so dass die Luft sie beim Einatmen in der Nase kitzelte.

Die Tür ging auf, und Besartas Mutter kam heraus. Sie forderte ihre Tochter auf, in die Küche zu kommen. Besarta drehte sich um und überquerte den Hof. Halb erwartete sie, Alban würde sie packen, doch er regte sich nicht. In der Küche kochte ihre Mutter Wasser und reichte Besarta eine Tasse heissen Tee. Sie sprach die bevorstehende Einvernahme nicht an. Besarta legte die Hände um die Tasse und spürte, wie die Wärme langsam ihre Arme hinaufkroch. Noch konnte sie es nicht ganz fassen, dass sie sich gegenüber Alban durchgesetzt hatte. Er stand nicht mehr im Hof. Vermutlich sprach er mit ihrem Vater.

«Musst du dich nicht bereitmachen?», fragte ihre Mutter, als Besarta keine Anstalten machte aufzustehen.

«Nein.»

Ihre Mutter legte den Kopf schräg, sagte aber nichts.

«Ich werde nur aussagen, wenn ich erfahre, wo Leonardo ist.»

Vor Schreck riss ihre Mutter die Augen auf.

Besarta schlürfte ihren Tee.

Ihre Mutter legte das Messer hin, mit dem sie Brot geschnitten hatte, und setzte sich zu Besarta. Sie nahm die Hand ihrer Tochter zwischen ihre eigenen Hände. «Du weisst nicht, was du tust! Provozier sie nicht! Bitte! Ich will dich nicht ganz verlieren!»

21

Kpl Peter Hess, 36, Mun Verwalter, Zuckenriet

Auf dem Schiessplatz war Zaugg eine echte Niete. Da lag er im Kämpfer auf dem Boden, das Sturmgewehr im Anschlag. Statt die Zielscheibe im Visier zu behalten, schaute er einem Vogel nach. Dachte wohl, er liege am Strand. Dafür, dass er im Fitnessraum einen auf Macho machte, zuckte er bei jedem Schuss ganz schön zusammen. Ein Scharfschützenabzeichen wird er nie von nahem sehen. Aber das war nicht mein Problem. Damit musste sein Kadi klarkommen. Ich war nur fürs Material zuständig.

Die erste Waffeninspektion führte ich Ende April durch. Zauggs Gewehr war in Ordnung, alle 18 Schuss hatte er dabei. Auch später fehlte nie Munition. Einmal ist ihm der Zündstift gebrochen, ansonsten war immer alles tiptop. Da hab ich auch schon anderes erlebt. Einige Soldaten scheinen zu glauben, ihre Ausrüstung sei gratis. Diese Gleichgültigkeit verstehe ich nicht. Je jünger, desto schlimmer. Zaugg zählte aber wie gesagt nicht dazu.

Sonst hatte ich wenig mit den Infanteristen zu tun. Deshalb weiss ich nicht viel mehr über ihn. Warten Sie, da war doch was. In der Halle. Stimmt, das war der Zaugg. Ich hörte ein Geräusch und wollte nachschauen. Plötzlich kam er hinter einem Sprinter hervor. Normalerweise ist die Halle leer. Es ist ziemlich staubig da drin, kein Ort, um sich zu verkriechen. Ich fragte ihn, was er dort suche, da schlich er mit eingezogenem Schwanz davon. Ich dachte mir, was soll's. Es ist nicht verboten, sich in der Halle herumzutreiben.

22

Pals Notizen füllten bereits den halben Schreibblock. Die Befragung von Besarta Sinani war aufschlussreicher, als er sich erhofft hatte. Zwar trugen ihre Aussagen wenig zur Klärung des Sachverhalts bei, doch in anderer Hinsicht erfuhr er viel. Besarta Sinani wiederholte immer wieder die gleichen einfachen Sätze. Weder schilderte sie Details, noch sprach sie über ihre Gefühle. Als Maja Salvisberg den Ablauf des 3. Oktobers rückwärts durchging, hatte Besarta Sinani Mühe, die Ereignisse richtig aneinanderzureihen.

Unter normalen Umständen hätte Pal daraus geschlossen, dass sie log. Da sie wegen der Konteranzeige nicht mehr als Zeugin einvernommen wurde, sondern als Auskunftsperson, war die Wahrscheinlichkeit gross. Doch ihr Aussehen liess ihn zweifeln. Tiefe Schatten lagen unter ihren Augen. Ihr Gesicht war bleich, die Haut papieren. Beim Reden starrte sie unablässig auf ihre Hände, um nicht in die Kamera blicken zu müssen, die auf sie gerichtet war. Salvisberg hatte ihr zu Beginn erklärt, dass Fabian Zaugg die Befragung über Video mitverfolge. Besarta Sinani schien sich dadurch bedroht zu fühlen.

Gerne wäre Pal bei seinem Klienten gewesen, um die Anschlussfragen direkt mit ihm besprechen zu können. Fabian Zauggs Reaktionen auf Besarta Sinanis Schilderungen waren vermutlich aufschlussreich. Doch er hatte sich entscheiden müssen: Oberuzwil oder Suhareka. Schliesslich hatte er eine Substitutin nach Oberuzwil geschickt. Seine Präsenz hier war unerlässlich. Die Videoübertragung hätte ihm nie so viele Informationen geliefert. Nicht nur über Besarta Sinani, sondern auch über ihren Cousin. Es fiel Alban Sinani schwer, sich zurückzuhalten. Maja Salvisberg hatte ihn mehrmals ermahnen müssen, bis er endlich begriffen hatte, dass er sich nicht äussern durfte. Dass sich Zora Giovanoli über seine Anwesenheit ärgerte, war offensichtlich. Doch Besarta Sinani wollte ihn dabeihaben. Zumindest behauptete sie das. Vielleicht gab ihr Alban das Gefühl von Sicherheit. Pal vermutete, dass Besarta Sinani sich noch mehr vor ihm, dem Anwalt, fürchtete als vor ihrem Cousin. Dafür hatte er gesorgt.

Absichtlich hatte er den teuersten Wagen gemietet, der erhältlich gewesen war. Eine Stunde zu früh hatte er beim Campeingang parkiert, damit er Besarta Sinanis Ankunft nicht verpasste. Als sie eintraf, stieg Pal langsam aus dem schwarzen Mercedes. Mit übertriebener Sorgfalt schlüpfte er in seinen Kaschmirmantel und richtete seine Krawatte. Aus dem Augenwinkel hatte er gesehen, wie Besarta Sinani ihn anstarrte. Auch ihr Cousin konnte den Blick nicht von ihm abwenden. Ohne die beiden zu beachten, war Pal mit erhobenem Kopf zur Eingangskontrolle marschiert, wo er gut sichtbar seinen Schweizer Pass hochhielt. Macht und Geld – der einfachste Weg, seine Landsleute einzuschüchtern. Besarta Sinani sollte sehen, dass sich Fabian Zaugg eine gute Verteidigung leisten konnte.

Seit drei Stunden beantwortete sie nun Maja Salvisbergs Fragen. Pal hatte die Untersuchungsrichterin ausdrücklich darauf hingewiesen, dass die ersten beiden Einvernahmen prozessual nicht verwertbar waren, da Besarta Sinani als Zeugin statt als Auskunftsperson befragt worden war. Deshalb musste die Untersuchungsrichterin alle Fragen wiederholen. Diesmal diktierte sie dem Protokollführer die Antworten direkt, so dass Pal sie überprüfen konnte. Noch immer betrafen sie die mutmassliche Tat selbst. Während der vergangenen Stunde hatte Besarta Sinani den Abend im «Pulverfass» beschrieben und erzählt, wie sie sich später die Fotos auf dem Bildschirm in Fabian Zauggs Wohncontainer angesehen habe. Plötzlich habe er ihr von hinten die Hände an die Hüften gelegt. Anschliessend habe er den Unterleib gegen ihr Gesäss gepresst und ihre Brüste angefasst, behauptete sie. Als sie sich zu wehren versuchte, habe er sie umgedreht und an sich gezogen. Mit einem Arm habe er sie festgehalten, mit der freien Hand ihr die Hose ausgezogen. Dies, obwohl sie sich gewehrt habe.

Pal musterte Besarta Sinanis enge Jeans. Sogar mit ihrer Einwilligung wäre es nicht einfach gewesen, sie mit einer Hand runterzuziehen. Von Jasmin wusste er, dass die Bardame ausschliesslich figurbetonte Kleidung trug. Auch am Abend des 3. Oktobers war sie mit enganliegenden Hosen bekleidet gewesen. Pal dachte an die Spermaspur, die sein Klient nicht untersuchen lassen wollte. Hatte sich doch eine zweite Person im Container befunden? Zu zweit wäre es möglich gewesen, die Jeans auszuziehen. Oder log Besarta Sinani, was die Gewalt betraf? Hatte sie sich freiwillig entkleidet?

«Bitte schildern Sie, was anschliessend geschah», bat Maja Salvisberg.

«Er hat mich aufs Bett gedrückt», flüsterte Besarta Sinani.

Maja Salvisberg wartete, bis die Dolmetscherin die Antwort übersetzt hatte. «Beschreiben Sie die Kleidungsstücke, die Sie trugen.»

Besarta Sinani schluckte. «Einen Pullover und einen Slip.»

«Keinen BH?»

«Doch.»

«Socken?»

«Nein.»

«Wo waren Ihre Socken?»

Verwirrt betrachtete Besarta Sinani ihre Hände. «Auf dem Boden.»

«Verstehe ich Sie richtig: Herr Zaugg hat Ihnen die Socken ausgezogen?»

«Ja.»

Pal machte sich eine Notiz. Hätte sein Klient Besarta Sinani vergewaltigt, so wie sie es schilderte, hätte er sich kaum die Zeit genommen, ihr die Socken auszuziehen. Er sah, dass Maja Salvisberg dasselbe dachte.

«Was geschah, nachdem Sie auf dem Bett lagen?», fragte sie.

«Sie müssen die Frage nicht beantworten!», unterbrach Zora Giovanoli.

Ohne den Blick von ihren Händen zu lösen, beschrieb Besarta Sinani, wie sich Fabian Zaugg auf sie gelegt hatte und in sie eingedrungen war. Aus ihren Worten wurde deutlich, dass sie den

Geschlechtsakt schon erlebt hatte. Hätte Pal nicht von Jasmin gewusst, dass sie ein Kind geboren hatte, hätte er die Vergewaltigungsgeschichte womöglich geglaubt. Die Vorstellung, ein Bauernmädchen könnte sexuelle Erfahrungen haben, wäre ihm zu unwahrscheinlich erschienen. Nun aber interpretierte er die Aussage ganz anders. Pal vermutete, dass Besarta Sinani nicht eine Vergewaltigung, sondern einen Liebesakt beschrieb. Möglicherweise war der Sex zuerst einvernehmlich gewesen. Vielleicht war es zu einem Streit gekommen, in dessen Verlauf Fabian Zaugg sie psychisch so verletzt hatte, dass sie sich mit der Anzeige zu rächen versuchte.

«In welcher Stellung lagen Sie?», fragte Salvisberg.

«Ich bitte um eine Unterbrechung», sagte Giovanoli. «Ich möchte unter vier Augen mit meiner Klientin sprechen.»

Salvisberg lehnte ab. «Frau Sinani weiss, dass sie die Fragen über ihre Intimsphäre nicht beantworten muss. Frau Sinani? Können Sie Ihre Stellung während des Geschlechtsakts beschreiben?»

«Ich lag auf dem Rücken.»

«Die ganze Zeit?»

«Ja.»

«Warum haben Sie nicht um Hilfe geschrien?»

«Er hat mir den Mund zugehalten.»

«Womit?»

«Mit der Hand.»

«Nur mit der Hand?»

«Ja.»

Maja Salvisberg blätterte in ihren Unterlagen. «Während der ersten Einvernahme haben Sie ausgesagt, Herr Zaugg habe Ihnen ein Kissen aufs Gesicht gedrückt. Bleiben Sie bei dieser Aussage?»

«Ja.»

Pal richtete sich auf. «Die erste Einvernahme ist nicht verwertbar! Sie dürfen Frau Sinani nicht mit dieser Aussage konfrontieren, weil…»

«Die Aussage entlastet Ihren Klienten», stellte Salvisberg klar.

«Ich bestehe trotzdem darauf.»

Zora Giovanoli machte die Untersuchungsrichterin darauf aufmerksam, Besarta Sinanis Aussagen seien in einem Prozess wegen falscher Anschuldigung genauso wenig verwertbar. Salvisberg veranlasste eine entsprechende Protokollnotiz.

«Wie muss ich das verstehen», fuhr die Untersuchungsrichterin fort. «Hat Herr Zaugg Ihnen nun mit der Hand den Mund zugehalten, oder hat er Ihnen ein Kissen aufs Gesicht gedrückt?»

«Beides.»

«Befand sich ausser Ihnen und Herrn Zaugg noch jemand im Wohncontainer?»

«Nein.»

Maja Salvisberg nickte langsam. Mit einem kaum hörbaren Seufzer schaute sie auf die Uhr und schlug eine Mittagspause vor. Zora Giovanoli kündigte an, sie werde mit Ihrer Klientin ausserhalb des Camps essen. Obwohl Pal nicht viel von Kantinespeisen hielt, willigte er ein, mit Salvisberg in den Knödelbunker zu gehen. Die Gelegenheit, das Umfeld seines Klienten zu besichtigen, würde er so bald nicht wieder haben. Bevor er sich mit der Untersuchungsrichterin auf den Weg machte, rief er seine Substitutin an. Sie berichtete, dass Fabian Zaugg die Befragung aufmerksam mitverfolgt habe. Er bleibe jedoch bei der Behauptung, Besarta Sinani lüge. Zu dritt besprachen sie die Ergänzungsfragen, die Pal stellen wollte. Zaugg hatte keine Einwände. Nach dem Telefonat führte Salvisberg Pal durch das Camp, bevor sie sich gemeinsam in die Cafeteria setzten.

«Ich nehme an, Sie werden die Spermaspuren auf dem Leintuch untersuchen lassen», sagte Pal.

«Möglicherweise», wich Salvisberg aus.

Sein Klient würde keine Freude daran haben. Als Pal ihm vor zwei Wochen vorgeschlagen hatte, die Untersuchung in Auftrag zu geben, hatte sich Fabian Zaugg vehement dagegen gewehrt. Nach Besarta Sinanis widersprüchlicher Aussage kam Salvisberg jedoch nicht umhin, die Anwesenheit einer Drittperson aus eigener Initiative abklären zu lassen. Insgeheim war Pal froh. Die

Lage für seinen Klienten konnte sich dadurch höchstens verbessern. Stimmte die Spur mit Fabian Zauggs DNA überein, so änderte sich nichts. Schliesslich behaupteten sowohl er als auch Besarta Sinani, dass sich niemand sonst im Container aufgehalten habe. Stellte die Rechtsmedizin jedoch fest, dass das Sperma von einer Drittperson stammte, so würden damit erhebliche Zweifel an Zauggs Schuld geweckt.

«Ich muss Sie nicht darauf hinweisen, dass es der Aussage der Geschädigten an logischer Konsistenz mangelt», drängte Pal. «Besarta Sinani kann die Handlungen nur in einer einzigen, chronologischen Abfolge schildern. Ausserdem fehlen Details oder Nebensächlichkeiten. Sie wissen, dass es sich dabei um Glaubwürdigkeitskriterien handelt.»

«Allerdings», antwortete Salvisberg. «Und genau diese vermisse ich auch in den Aussagen Ihres Klienten.»

«Im Zweifel für den Angeklagten», konterte Pal.

«Erhebliche und nicht zu unterdrückende Zweifel», zitierte Salvisberg das Bundesgericht. «Ausserdem sind richterliche Zweifel genauso subjektiv wie richterliche Überzeugungen.»

«Ich habe die Security Files über Besarta Sinani immer noch nicht von der Swisscoy erhalten», fuhr Pal fort. «Ich möchte nach der Befragung der Geschädigten einen Personalverantwortlichen des Camps sprechen.»

Salvisberg nahm einen Bissen Knödel, legte die Gabel hin und schaute Pal in die Augen. «Besarta Sinani hat die Stelle im ‹Pulverfass› dank eines Sprachmittlers erhalten. So werden die Übersetzer hier genannt. Er hat sich für sie eingesetzt. Meine Abklärungen haben ergeben, dass dieser Sprachmittler ihren Bruder kennt, Luan Sinani.»

«Sie kam also durch Beziehungen ins Camp?»

«Die Stellen sind begehrt. Es bewerben sich viele. Dass jemand ein gutes Wort für eine Kandidatin einlegt, bedeutet noch nicht, dass sie den Job deswegen bekommt. Aber es hilft bestimmt. Bei Besarta Sinani kam hinzu, dass sie alleine lebte. Ich muss Ihnen nicht erklären, dass das für eine Kosovarin aussergewöhnlich ist.

Warum sie von ihrer Familie verstossen wurde, weiss ich nicht. Aus dem Bewerbungsgespräch geht nur hervor, dass sie auf Arbeit angewiesen war.»

Pal nickte dankbar. Dass eine Untersuchungsrichterin freiwillig Informationen mit ihm teilte, erlebte er selten. Zwar war die Anklage grundsätzlich der Wahrheitsfindung verpflichtet, in der Praxis hatte er aber meist den Eindruck, sie strebe eine Verurteilung an. Er hätte Salvisberg nun erzählen können, dass Besarta Sinani ein Kind geboren habe. Pal war überzeugt, dass die Kosovarin deswegen aus ihrer Familie ausgeschlossen worden war. Doch er wollte den Überraschungseffekt auf seiner Seite haben, wenn er die Geschädigte damit konfrontierte, also schwieg er.

«Werden Sie ein Gutachten über die Glaubhaftigkeit der Aussagen in Auftrag geben?», fragte er stattdessen.

«Ja», antwortete Salvisberg. «Sie werden den Gutachterauftrag zu gegebener Zeit erhalten und die Gelegenheit haben, allfällige Ergänzungsfragen zu stellen. Haben Sie übrigens gesehen, dass der Präsident des Militärgerichts die Entsiegelung gutgeheissen hat? Ich wurde heute davon in Kenntnis gesetzt.»

Pal hatte seine Mails noch nicht abgerufen. «Das heisst, mein Klient wird aus der Haft entlassen?»

«Möglicherweise diese Woche noch. Falls die Auswertung keine neuen Anhaltspunkte für weitere Untersuchungen gibt. Seine Freiheit darf meine Ermittlungen nicht beeinträchtigen.»

Erleichterung erfasste Pal. Auf einmal hatte er Appetit auf das zähe Schnitzel, das vor ihm lag. Obwohl er sich Mühe gab, Distanz zu wahren, war ihm Fabian Zaugg ans Herz gewachsen. Dass sein Klient so stark litt, setzte Pal mehr zu, als er sich eingestehen wollte. Dabei spielte es keine Rolle, ob Fabian Zaugg ein Verbrechen begangen hatte oder nicht. Im Gegensatz zu Jasmin teilte er Menschen nicht in gute und böse ein.

Beim Gedanken an Jasmin breitete sich eine wohlige Wärme in seinem Körper aus. Noch konnte er kaum fassen, was geschehen war. Er fühlte sich grossartig. Nicht, weil sie sich geliebt hatten, sondern hauptsächlich, weil sich Jasmin endlich zu öffnen begann. Pal schmunzelte in sich hinein. Wem versuchte er, etwas vorzumachen? Der Sex war ihm genauso wichtig gewesen wie ihre Offenheit. Noch nie hatte er eine so intensive Nacht erlebt. Dass sich Jasmin nahm, was sie brauchte, empfand er als befreiend. Und wenn er heute morgen ihren Blick richtig gedeutet hatte, hatte sie noch nicht genug. Seine Handflächen wurden feucht.

Er räusperte sich. «Werden Sie einen Antrag auf Anklageerhebung stellen?»

«Ja», antwortete Salvisberg. «Sobald der Sachverhalt geklärt ist. Aber jetzt sind Sie dran. Geben Sie mir etwas. Was versteckt Ihr Klient?»

Pal legte Fingerspitzen an Fingerspitzen. «Seine Harddisk wird keinen Aufschluss über seine Beziehung zu Besarta Sinani geben. Er behauptet, es würden sich vor allem Fotos darauf befinden. Er befürchtet deswegen eine Disziplinarstrafe.»

Ein verärgerter Ausdruck huschte über Salvisbergs Gesicht. Pal verriet nur, was sie ohnehin nächstens erfahren würde.

«Ich konnte keine Verwandten von Besarta Sinani in Münsingen ausfindig machen», fuhr Pal fort. «Ihre Brüder arbeiten in Deutschland.»

«Weiter?» Salvisberg kniff die Lippen zusammen.

Pal beugte sich vor. «Ich werde Ihnen etwas geben. Aber ich muss Sie um Geduld bitten. Sie erfahren es heute noch. Darf ich Ihnen eine Tasse Kaffee bringen?»

Salvisberg lehnte ab und holte sich ihren Kaffee selbst. Auf dem Weg zurück ins Besprechungszimmer richtete sie kein Wort an Pal. Eine Gruppe Infanteristen, die soeben von einer Patrouille zurückgekehrt war, starrte sie neugierig an. Enrico Geu befand sich nicht unter ihnen. Ob er Jasmin kontaktieren würde, wie sie es sich erhoffte? Pal fragte sich, wie sie mit den Ermittlungen vorankam. Es gefiel ihm nicht, dass sie alleine unterwegs war. Sie hatte ihm am Morgen erzählt, dass sie sich heute die Schauplätze auf den Fotos ansehen wolle. Als er sie gebeten hatte, vorsichtig zu sein, hatte sie lachend auf ihr Messer gedeutet. Die Geste hatte Pal nicht beruhigt. Im Gegenteil. Er zweifelte daran, dass sich Jasmin an die Grenzen der erlaubten Notwehr halten würde, sollte sie die Waffe je einsetzen müssen.

Besarta Sinani wartete bereits auf die Fortsetzung der Befragung. Als sie nach ihrem Wasserglas griff, fiel Pal auf, dass ihre Hand zitterte. Alban Sinani warf ihr einen strengen Blick zu. Pal holte seine Notizen hervor. Salvisberg hatte ihm am Morgen erklärt, dass er seine Ergänzungsfragen nach jedem Fragenkomplex stellen dürfe. Als er jedoch den Mund öffnete, wies ihn die Untersuchungsrichterin zurecht.

«Herr Palushi, Sie haben im Anschluss die Möglichkeit, Fragen zu stellen.»

Pal liess sich seinen Ärger nicht anmerken. Ruhig legte er seine Blätter hin. Dass Salvisberg es für nötig befand, Macht zu demonstrieren, fasste er als gutes Zeichen auf. Er lehnte sich zurück und konzentrierte sich auf Besarta Sinani. Er war froh, dass er ihre Antworten verstand, ohne auf die Übersetzung der Dolmetscherin angewiesen zu sein. Ihre Sprache verriet, dass sie nicht lange zur Schule gegangen war. Gleichzeitig konnte sie sich auf Englisch verständigen, was Pal verblüffte.

«Frau Sinani, ich möchte auf die Zeit unmittelbar nach der Tat zu sprechen kommen», begann Maja Salvisberg. «Bitte erzählen Sie, was sie gemacht haben, nachdem Sie das Camp verlassen haben.»

Mit monotoner Stimme beschrieb Besarta Sinani, wie sie nach Hause gegangen war. Zu Fuss brauchte sie für die Strecke über eine halbe Stunde. Sie erinnerte sich an die Fahrzeuge, die an ihr vorbeigefahren waren, an die Wetterverhältnisse und sogar daran, in welchen Fenstern Licht gebrannt hatte. Der Unterschied zur Schilderung der Vergewaltigung war frappant. Anschliessend habe sie geduscht und sei zu Bett gegangen. Am nächsten Tag erschien sie wie gewohnt zur Arbeit.

«Haben Sie jemandem erzählt, was passiert ist?»

«Nein», flüsterte sie. «Ich habe mich geschämt.»

«Haben Sie Ihrer Familie gegenüber etwas erwähnt?»
«Nein.»
«Oder gegenüber Ihrem Cousin Alban Sinani?»
«Nein.»
«Wann erfuhr Ihre Familie davon?»
«Alban hat es in der Zeitung gelesen.»
«Woher hatte der Journalist seine Informationen?»
«Ich weiss es nicht.»

Pal beobachtete Alban Sinani. Bei jeder Aussage seiner Cousine nickte er leicht. Genau wie sie war er ein schlechter Schauspieler. Pal vermutete, dass Besarta Sinani die Wahrheit sagte. Also hatte sie Fabian Zaugg nicht auf Druck ihrer Familie angezeigt. Unbehagen erfasste Pal. Hätte sich die Bardame rächen wollen, weil Fabian Zaugg sie zurückgewiesen hatte, so hätte sie sofort Anzeige erstattet, nicht erst Wochen später. Maja Salvisbergs Gedanken gingen offenbar in die gleiche Richtung. Denn sie wollte im Detail wissen, wie es zur Anzeige gekommen war.

«Alban sagte, es sei wichtig», erklärte Besarta Sinani.
«Warum?»
«Das weiss ich nicht.»
«Ist es nicht so, dass er sich eine finanzielle Genugtuung erhoffte?»

Zora Giovanoli holte Luft.

Gleichzeitig richtete sich Alban Sinani auf. «Und was ist daran falsch? Dieser Soldat hat unsere Familie…»

«Herr Sinani! Sie kennen die Regeln. Wenn Sie sich nicht daran halten, sehe ich mich gezwungen, eine Ordnungsbusse auszusprechen!»

Alban Sinani verschränkte die Arme vor der Brust. Dass ihn eine Frau zurechtwies, machte ihm offensichtlich zu schaffen. Pal musterte ihn mit der Andeutung eines Lächelns, was Alban dazu veranlasste, ihm einen zornigen Blick zuzuwerfen. Er glaubte es, begriff Pal plötzlich. Er war davon überzeugt, dass seine Cousine tatsächlich vergewaltigt worden war. Wie gut kannte er sie? Wie lange hatte er sie nicht mehr gesehen? Pal vermutete, dass er sie erst kontaktiert hatte, nachdem er den Artikel in der «Bota Sot» gelesen hatte.

«Frau Sinani?», insistierte Salvisberg.

Sie sah auf. «Davon wusste ich nichts! Ehrlich!»

Es war die erste Aussage, die vollkommen spontan und glaubhaft wirkte. Pal spürte, wie sein Magen gegen das Schnitzel rebellierte. Aus finanziellen Gründen hatte sie Fabian Zaugg also nicht beschuldigt. Obwohl Rache als Grund für Pal keinen Sinn ergab, musste er seine Fragen darauf ausrichten. Bis er sich endlich äussern durfte, verstrich jedoch eine weitere Stunde. Erst um 15 Uhr kündigte Maja Salvisberg an, dass Pal nach einer zwanzigminütigen Pause seine Ergänzungsfragen stellen könne. Erneut telefonierte er mit seinem Klienten. Wie erwartet hatte Fabian Zaugg nichts beizutragen. Die Substitutin erzählte, er habe sich übergeben müssen und sei anschliessend eingenickt.

Pal klappte sein Handy zu und kehrte in den Besprechungsraum zurück. Er stellte sich das fiebrige Gesicht und die fahrigen Bewegungen seines Klienten vor. Wütend liess er sich auf den Stuhl fallen. Ohne einen Blick auf seine Notizen zu werfen, lehnte er sich vor.

«Frau Sinani», begann er auf Albanisch. «Warum haben Sie Fabian Zaugg in den Wohncontainer begleitet?»

«Herr Palushi!», unterbrach Maja Salvisberg verärgert. «Stellen Sie Ihre Fragen gefälligst auf Deutsch!»

Pal gab zähneknirschend nach. Er begriff, dass Salvisberg über die Zulassung seiner Fragen entscheiden musste, trotzdem ärgerte ihn das langsame Tempo. Bis der Protokollführer die Frage getippt hatte und sie von der Dolmetscherin übersetzt worden war, verstrich zu viel Zeit. Er wollte Besarta Sinani keine Gelegenheit geben zu überlegen. Als der Protokollführer nickte, wiederholte Pal die Frage selbst auf Albanisch. Aus dem Augenwinkel sah er, wie die Dolmetscherin Salvisberg die Richtigkeit der Übersetzung bestätigte.

Besarta Sinani wich zurück. «Er wollte mir Fotos zeigen.»
«Von Münsingen?»
«Ja.»
«Warum interessieren Sie sich für Münsingen?»
«Ein Bekannter lebt dort.»
«Ein Bekannter? Haben Sie an der letzten Einvernahme nicht erzählt, Ihr Bruder arbeite in Münsingen?» Pal klopfte mit dem Kugelschreiber auf den Tisch.
«N-nein.»
«Wie heisst Ihr Bekannter?»
«Ich weiss es nicht mehr.»
«Verstehe ich Sie richtig: Sie sind alleine mit einem Soldaten in dessen Schlafzimmer gegangen, um Fotos von Münsingen anzuschauen. Aber Sie wissen nicht einmal, wen Sie in Münsingen kennen?»
«Fab… er wollte mir auch Bilder von seinem Hund zeigen.»
«Ist es in Ihrer Familie üblich, dass Frauen Männern ohne Aufsicht Besuche abstatten?»
Alban Sinanis Gesicht verfärbte sich rot.
«Ich opponiere gegen diese Fragestellung!», rief Zora Giovanoli.
Maja Salvisberg bat Pal fortzufahren.
Pal sah Besarta Sinani herausfordernd an.
«N-nein», antwortete sie.
«Warum nicht?»
«Weil ein Mann… weil etwas geschehen könnte», flüsterte sie.
«Erklären Sie mir das bitte.»
Besarta Sinani führte eine Hand an den Mund. «Eine Frau könnte ihren guten Ruf verlieren.»
«Wie das?»
Hilfesuchend schaute sie zu ihrem Cousin. Zora Giovanoli holte wieder Luft, doch Salvisberg hob mahnend die Hand. Im Raum waren nur Besarta Sinanis hastige Atemzüge zu hören.
«Frau Sinani?», drängte Pal.
«Sie könnte entehrt werden», stotterte sie.

«Trotzdem gingen Sie in den Wohncontainer», stellte Pal fest. «Zusammen mit Fabian Zaugg. Ohne Begleitung. Fürchteten Sie nicht um Ihren Ruf?»

«Nein. Doch.» Sie schaute sich um. «Aber Fabian war nicht so.»

«Sondern?» Als sie nicht antwortete, präzisierte Pal die Frage. «Wie war Fabian Zaugg?»

«Nett.»

«Nett?», wiederholte Pal. «Wie muss ich das verstehen?»

«Er hat mich nie so angeschaut wie die anderen.»

«Er wollte von Ihnen keinen Sex?»

«Nein!»

«Und Sie? Was wollten Sie von Fabian Zaugg?»

Erschrocken riss Besarta Sinani die Augen auf. «Nichts!»

«Sie mochten ihn, nicht wahr?»

Besarta Sinani nickte.

Pal vergewisserte sich, dass die Bewegung protokolliert wurde. «Was gefiel Ihnen an ihm?»

Alban Sinani ballte die Hände zu Fäusten.

«Er war nett», wiederholte seine Cousine.

«Fanden Sie ihn sexy?», bohrte Pal.

Besarta Sinani senkte den Blick.

«Diese Emotionalität dulde ich nicht!» Zora Giovanolis Augen funkelten. «Ich verlange, dass die Fragen über die Untersuchungsrichterin gestellt werden!»

Salvisberg lehnte erneut ab und gab Pal ein Zeichen weiterzufahren.

«Sie wären ihm gern nähergekommen, nicht wahr?», fuhr Pal fort.

«Nein!»

«Warum nicht?»

«Das gehört sich nicht!»

«Seit wann kümmert Sie das?» Pal hielt einen Moment inne, um die Wirkung seiner Worte zu verstärken. «Es wäre schliesslich nicht das erstemal gewesen.»

Besarta Sinani schnappte überrascht nach Luft. «Was meinen Sie?»

«Mir können Sie nichts vormachen!» Pal stand auf. «Sie sind nicht mehr Jungfrau! Sie hatten bereits…»

«Herr Palushi!», unterbrach Salvisberg. «Setzen Sie sich!»

Auch Zora Giovanoli stand auf. «Das reicht! Frau Salvisberg, ich verlange eine Unterbrechung!»

«Sie hatten schon mindestens einmal Geschlechtsverkehr!» Pal hob die Stimme. «Sie haben Schande über Ihre Familie gebracht! Sie wissen nicht, was sich gehört!»

Plötzlich krachte Alban Sinanis Stuhl zu Boden. Bevor jemand reagieren konnte, stürzte er sich auf Pal. Doch Pal war darauf vorbereitet. Geschickt wich er aus. Alban Sinani stolperte und fiel auf einen Hellraumprojektor, der gegen die Wand prallte. Schnaubend kam er wieder auf die Füsse und griff nach Pal. Er packte ihn am Jackett, ehe ihn der protokollführende Militärpolizist daran hindern konnte. Pals Faust schoss nach oben und erwischte Alban Sinani am Kiefer. Dieser kam nicht dazu, den Schlag zu erwidern. Der Militärpolizist packte ihn von hinten und drehte ihm den Arm auf den Rücken. Ehe Alban Sinani wusste, wie ihm geschah, lag er am Boden. Handschellen rasteten ein.

«Warte nur!», zischte Sinani. «Dich kriege ich!»

Sein hasserfüllter Blick löste in Pal ein flaues Gefühl aus. War er zu weit gegangen? Auch wenn Besarta Sinani von ihrer Familie verstossen worden war, so hatte Pal sie trotzdem beleidigt. Und damit den ganzen Clan. Er schob den Gedanken beiseite, strich mit erhobenem Kinn sein Jackett glatt und richtete seine Aufmerksamkeit auf die Bardame, die weinend am Tisch sass. Maja Salvisberg löste sich aus ihrer Erstarrung. Wütend öffnete sie den Mund.

«Frau Sinani», sagte Pal rasch. «Stimmt es, dass Sie ein uneheliches Kind haben?»

Maja Salvisbergs Mund blieb offen, doch kein Laut kam ihr über die Lippen.

«Frau Sinani?», bohrte Pal.

«Sie müssen die Frage nicht beantworten!» Zora Giovanoli klang plötzlich unsicher.

Besarta Sinani fiel in sich zusammen. Weinend legte sie den Kopf auf die Arme. Pal ging neben ihr in die Hocke.

«Junge oder Mädchen?», fragte er leise.

«Ein Junge», nuschelte sie.

«Wie alt ist er?»

«Fünf.»

«Wer ist der Vater?»

Schluchzer schüttelten Besarta Sinani durch. Sie merkte nicht, wie ihr Cousin abgeführt wurde. Salvisberg gab Pal ein Zeichen, sich wieder an seinen Platz zu setzen. Die Dolmetscherin legte einen Arm um Besarta Sinani und drückte sie kurz.

«Frau Sinani?», versuchte es Pal noch einmal.

Maja Salvisberg fand ihre Stimme wieder. «Brauchen Sie eine Pause, Frau Sinani?»

«Ja», antwortete Giovanoli an ihrer Stelle.

«Ich bin gleich fertig», sagte Pal rasch. Erneut wiederholte er seine Frage. Doch Besarta Sinani nahm nichts mehr wahr. Frustriert hielt Pal die Luft an. Er hatte zu viel Druck ausgeübt. Immerhin war es ihm gelungen, Besarta Sinanis Glaubwürdigkeit so weit zu zerstören, dass ihre Aussagen ernsthaft in Zweifel gezogen werden mussten. Sein Blick traf den von Maja Salvisberg. In ihren Augen lag eine Mischung aus Bewunderung und Verdrossenheit. Zora Giovanoli hingegen betrachtete ihn fast so wütend wie Alban Sinani.

23

Die SMS kam kurz vor 15 Uhr. «Leaving Charlie Hotel. Duck. S.» Jasmin starrte auf das Display. Geus Nummer. Sie brauchte einen Moment, bis sie die Bedeutung der Nachricht begriff: Der Infanterist fuhr mit einer Patrouille los. Duck? Im Sinne von «Duck dich»? Meinte er damit, sie solle sich verstecken? Und warum unterschrieb er mit «S»? Oder war «Duck» Geus Funkname? Während sie überlegte, stülpte sie sich den Helm über und joggte zu ihrer Monster. Sie verstaute die DVD, die sie gekauft hatte, und startete den Motor. Bis zum Camp waren es nur zehn Minuten. Sie würde die Patrouille problemlos einholen.

Sie hatte den DVD-Laden über eine Stunde gesucht. Auf den ersten Blick waren ihr alle Geschäfte gleich erschienen. Erst als sie sich auf den Parkplatz davor konzentrierte, erkannte sie das Sujet auf Fabian Zauggs Foto wieder. Doch niemand konnte sich an die beiden Amerikaner auf dem Foto erinnern. Der Verkäufer hatte nur gelangweilt mit den Schultern gezuckt. Als Jasmin Interesse an den Waren im Laden zeigte, rang sich der Bursche wenigstens zu einem Lächeln durch. In gebrochenem Englisch erklärte er, dass täglich Soldaten ein und aus gingen. Immer neue, doch alle wollten das Gleiche. Daraufhin hatte er auf einige Pornos gedeutet.

Seine Worte hallten in Jasmins Kopf wider. Englisch, durchfuhr es sie. Mit «Duck» war der englische Begriff gemeint. Die Entenstrasse! Alle Hauptstrassen Kosovos hatten Tiernamen. Auf den Schildern waren Enten, Hunde, Tiger, Löwen und andere Tiere abgebildet. Einige Kosovaren behaupteten, die Amerikaner hätten die Symbole gewählt, weil ihre Soldaten kaum lesen könnten. Andere meinten, damit habe die Nato politisch korrekt sein wollen. Statt sich für die serbische oder die albanische Schreibweise zu entscheiden, habe die Nato eine neutrale Beschilderung gewählt. Als «Duck» wurde die Route bezeichnet, die durch Suhareka führte. Plötzlich war Jasmin auch die Bedeutung des «S» klar: Geu fuhr Richtung Süden. Sie schüttelte den Kopf. Noch komplizierter hätte er es kaum schreiben können.

Kurz darauf kam ihr ein Puch entgegen. Als Jasmin das Schweizerkreuz sah, wendete sie. Ein Blick in den Rückspiegel zeigte ihr, dass niemand ihr folgte. Den ganzen Tag über hatte sie sich beobachtet gefühlt. Sie hatte sogar überlegt, ihre Duc gegen ein unauffälliges Fahrzeug einzutauschen, doch dann hätte sie auch an Geschwindigkeit und Wendigkeit eingebüsst. Die Kfor-

Patrouille bog in eine Umfahrungsstrasse ein und schlug den Weg nach Westen ein. Jasmin liess einige Fahrzeuge überholen, um den Abstand zu vergrössern. Sie wusste nicht, ob die Infanteristen ihre Monster kannten. Neuigkeiten sprachen sich im Camp schnell herum.

Die Patrouille führte durch die umliegenden Dörfer. Ab und zu hielt der Jeep an, Soldaten stiegen aus, gingen in einen Laden oder wechselten einige Worte mit der Bevölkerung. In der Ferne erkannte Jasmin Geu. Seine massige Gestalt war nicht zu übersehen. Eine Stunde lang beobachtete sie die Infanteristen. Plötzlich kündigte ihr Handy eine neue SMS an: «5 km, links. Café.» Jasmin fuhr einen Umweg, um nicht direkt an der Patrouille vorbeizudonnern. Tatsächlich befand sich weiter vorne ein Café an der Hauptstrasse. Als sie die Autowaschanlage erblickte, schwante ihr etwas. Sie parkierte und holte Fabian Zauggs Foto hervor. Es handelte sich um das gleiche Café. Hier hatte Fabian Zaugg versucht, sich selbst zu fotografieren, und dabei die deutschen Soldaten abgelichtet.

Sie setzte sich an einen Fensterplatz und bestellte einen Kaffee. Wie es Pal wohl erging? Erhielt er von Besarta Sinani die Antworten, die er sich erhoffte? Sie dachte an den tadellos sitzenden Anzug und die polierten Schuhe. Beeindruckte seine Eleganz die Bardame? Als Jasmin nach der Kaffeetasse griff, fielen ihr die dunklen Schatten unter ihren Nägeln auf. Das Motorenöl brachte sie nie ganz weg. Eine Schramme zog sich quer über ihren Handrücken. Plötzlich fragte sie sich, was er an ihr fand. Wie lange würde der gute Sex darüber hinwegtäuschen, dass sie bei intellektuellen Themen nicht mithalten konnte? Zugegeben, die Nacht war phantastisch gewesen. Pal war weit weniger gehemmt, als sie vermutet hatte. Auch stellte er sich anschliessend nicht gleich unter die Dusche, was sie überraschte. Ihre Narben vergass er zwar nicht ganz, doch sie würde ihn schon noch dazu bringen, richtig loszulassen. Im Bett waren sie kompatibel. Aber würden sie sich auch auf einen Film einigen können, wenn sie ins Kino gingen? Sah sich Pal überhaupt Filme an? Oder las er nur? Wann würde er es als Nachteil empfinden, dass er mit ihr nicht über seine Bücher sprechen konnte? Dass sie kein Interesse an Politik zeigte? An Geschichte? An Kunst?

Die Tür ging auf, und das kleine Lokal füllte sich mit Schweizer Soldaten. Geu befand sich an der Spitze der Gruppe, eindeutig das Alphatier. Als er Jasmin sah, zwinkerte er ihr zu. Er klopfte einem genauso kahlgeschorenen Kameraden auf den Rücken, richtete einige Worte an ihn und setzte sich zu Jasmin an den Tisch. Die neidischen Blicke der Kollegen quittierte er mit einer selbstsicheren Grimasse.

«Geile Maschine! Bist du aus der Schweiz damit hergefahren?»

Jasmin nickte. «Fährst du auch?»

«Eine Honda. Nur eine 125er», gab er zu.

«Macht ihr keine Motorradpatrouillen?»

Geu lachte. «Die einzigen Zweiräder im Camp sind Velos. Und dafür braucht man vermutlich auch noch einen speziellen Führerschein.»

«Was?», stiess Jasmin aus.

Geu zuckte mit den Schultern. «Ich weiss es nicht. Hab mich nie dafür interessiert. Aber im Militär muss man für jede Rolle Klopapier ein Formular ausfüllen oder eine Bewilligung einholen.»

Kopfschüttelnd nahm Jasmin einen Schluck Kaffee. «Es ist wohl alles ziemlich reglementiert. Aber das hat dich anscheinend nicht daran gehindert zu verlängern.»

«Du hast bestimmt schon gehört, was Kfor bedeutet», sagte Geu entspannt. «Krasse Ferien ohne Rechnung. Was will man noch mehr? Wenn ich zurückkehre, wird mir beim Stempeln nicht mal eine Sperrfrist auferlegt.»

«Betrachtete Fabian Zaugg seinen Einsatz auch als Ferien?»

Geu grinste. «Was Bone dachte, ist wohl niemandem wirklich klar. Ein schräger Typ. Aber völlig in Ordnung.» Er beugte sich vor. «Das mit den Ferien musst du nicht an die grosse Glocke hängen. Ich sag nicht, dass der Einsatz nichts bringt. Es ist auch nicht nur easy. Aber immer noch besser, als meinem Bruder auf dem Hof zu helfen.»

«Erzähl mir von Film City», forderte Jasmin ihn auf.
«Kommst du immer so direkt zur Sache?», fragte Geu anzüglich.
«Ja. Und die Anmache kannst du dir sparen. Erzähl.»
Geu nahm ihr die Abfuhr nicht übel. «Film City», begann er. «Mit Bone war ich oft auf Jukuhu.» Als er Jasmins Blick sah, fügte er hinzu: «Frag mich nicht, woher der Begriff kommt. Das heisst einfach, von Camp zu Camp zu fahren. Viel anderes gibt es am Day off nicht zu tun. Man bekommt einen Jukuhu-Badge und zieht los. Film City ist geil. Wie ich dir schon erzählt habe, gibt's dort alles. Aber du willst nur wissen, was Bone interessierte, nehme ich an. Nicht das Gleiche wie mich, so viel ist klar.»
Jasmin sah ihn fragend an.
Geu streckte sich. «Vor Film City bekommst du für einen Spottpreis eine Thaimassage.» Er zwinkerte. «Mit Happy End.»
«Und daran war Zaugg nicht interessiert?»
Geu schüttelte den Kopf. «Überhaupt nicht.»
«Was hat er gemacht, während du dem Happy End entgegengefiebert hast?»
Geu lachte. «Er trieb sich meistens herum. Beim Camp gibt's massenhaft Stände mit Billigware.»
«Er war also alleine?»
«Höchstens eine Stunde oder so.»
«Könnte er sich mit einer Frau getroffen haben?»
Nachdenklich rührte Geu in seinem Kaffee. «Ich denke schon, aber ich habe nichts bemerkt. Es macht auch keinen Sinn, wenn du verstehst, was ich meine. Die Thaimassage war praktisch umsonst. Warum hätte Bone etwas Verbotenes tun sollen, wenn es ihm eine legal besorgen konnte? Er ist einfach nicht der Typ dazu.»
«Was hältst du von den Anschuldigungen gegen ihn?»
Geu zog eine Grimasse. «Ich weiss echt nicht. Irgendwie geht die ganze Sache nicht auf. Ich meine, klar ist es hart, so ganz ohne Weiber. Thaimassagen sind auch nicht das Gelbe vom Ei. Aber Bone war der Letzte, der reklamierte. Nicht nur, was Weiber

betraf. Auch im Dienst. Er robbte noch durch den Schlamm, wenn es uns allen längst zu blöd war. Er hat sogar die verdammte Camp-Katze gerettet! Im ‹Charlie Bravo› war es die Titelstory. Hast du sie gelesen? Das ist die Campzeitung, die ‹Swisscoy Daily News›. Das blöde Vieh kam nicht mehr vom Dach runter, da ist Bone raufgeklettert und hat es geholt.»

Das passte zu Fabian Zaugg, dachte Jasmin. Überrascht war sie, dass sich Geu deswegen nicht über ihn lustig machte. Unter seiner harten Schale verbarg sich offenbar echte Zuneigung für seinen Kameraden. Und umgekehrt? Empfand Fabian Zaugg gleich? Wie weit würde er gehen, um Geu zu schützen?

«Hat Fabian Zaugg dir gegenüber je Präservative erwähnt?», fragte sie.

«Gummis?» Geu zog die Augenbrauen hoch. «Nein, warum?»

«Hatte er welche?»

«Nicht, dass ich wüsste. Wozu auch?»

Jasmin ignorierte die Frage. «Am 3. Oktober warst du im Urlaub. In der Schweiz, richtig?»

Geu nickte. «Zwei Wochen lang.»

«Mit wem verbrachte Zaugg seine Freizeit, wenn du weg warst?»

«Er kam mit allen klar. Da war niemand besonderes.»

«Der Chef des Swiss Chalet, Christian Frick, hat ihm geholfen, Albanisch zu lernen.»

«Albanisch?» Geu lachte auf. «Bone soll Albanisch gelernt haben? Nie und nimmer!»

Jasmin liess sich ihre Überraschung nicht anmerken. Warum hatte Fabian Zaugg sein Interesse an der Sprache verschwiegen? Je mehr Jasmin über ihn erfuhr, desto stärker hatte sie das Gefühl, er trage verschiedene Masken. Wem zeigte er welches Gesicht? Konnte er die Rollen noch auseinanderhalten? Vor allem: Warum das ganze Versteckspiel?

Enrico Geu bestellte noch einen Kaffee. «Es gibt etwas, das du über Bone wissen musst: Er machte nichts aus eigener Initiative. Albanisch hätte er sofort gelernt – wenn man es ihm befohlen hätte. Aber nicht einfach so. Das einzige Originelle an ihm war seine Frisur. Die hat er niemandem abgeschaut. Alles andere ist kopiert.»

«Wenn ihm jemand befohlen hätte, Besarta Sinani in seinen Wohncontainer zu locken, hätte er es getan?»

Geu sah sie an. «Sofort. Aber das hätte niemand von ihm verlangt. Dafür leg ich meine Hand ins Feuer. Wir klopfen zwar Sprüche, aber das hat nichts zu bedeuten.» Er schaute zu seinen Kameraden. «Sie sind alle schwer in Ordnung.»

Jasmin blieb sitzen, nachdem die Patrouille weitergefahren war. Nach anfänglichem Misstrauen nahmen die Männer im Lokal ihre Gespräche wieder auf. Über ihre Stimmen legte sich die albanische Musik, die aus zwei Lautsprechern in den Ecken kam. Eine ungewöhnliche Ruhe erfasste Jasmin. Einen Moment lang war alles richtig, genau so, wie es war. Zigarettenrauch waberte über die Tische, aus der Küche roch es nach Fritieröl.

Sie nahm das Foto der deutschen Soldaten hervor und legte es vor sich hin. Es war zu einer wärmeren Jahreszeit aufgenommen worden: Die Tür zum Café stand offen, die Tische vor dem Lokal waren besetzt. Jasmin schaute aus dem Fenster und stellte sich vor, wo Fabian Zaugg gestanden haben musste, um das Bild aufzunehmen. Er hätte sich mit dem Rücken zum Café gedreht, da er selbst das Sujet hätte sein sollen.

Neben sich spürte sie einen Luftzug und schaute auf. Der Kellner starrte auf das Foto, einen ängstlichen Ausdruck auf dem Gesicht. Als er Jasmins Blick bemerkte, wandte er sich rasch ab. Jasmin stand auf, das Foto in der Hand.

«Kennen Sie diese Männer?», fragte sie, auf die deutschen Soldaten deutend.

Der Kellner murmelte einige albanische Worte und verschwand in der Küche. Die Gäste im Lokal drehten die Köpfe in ihre Richtung. Jasmin marschierte zu einem Tisch, an dem fünf Männer beisammensassen.

«Spricht jemand von Ihnen Deutsch?», fragte sie.

Ein Enddreissiger mit hoher Stirn wiegte den Kopf hin und her. Trotzdem legte Jasmin ihm das Bild hin und wiederholte ihre Frage. Die anderen Männer beugten sich vor, um das Foto ebenfalls zu sehen. Auf einmal brach eine heftige Diskussion aus. Frustriert stemmte Jasmin die Hände in die Hüften.

«Was wollen Sie von ihm?», fragte der Enddreissiger in gutem Hochdeutsch.

Jasmin sah, dass er auf einen Mann deutete, der hinter den Deutschen am Tisch sass. Beinahe hätte sie laut aufgestöhnt. Wie hatte sie nur so voreingenommen sein können? Warum war sie immer davon ausgegangen, dass die relevanten Personen die Hauptsujets auf den Fotos waren? Plötzlich kam ihr das letzte Gespräch mit Enrico Geu in den Sinn. Als er «den Laden im Hintergrund» erwähnt hatte, hatte sich etwas in ihrem Unterbewusstsein geregt. Es war die ganze Zeit da gewesen, aber sie hatte es nicht zu fassen bekommen. Wichtig war der Mann im Hintergrund!

«Wer ist er?», fragte Jasmin zurück.

«Besser, Sie lassen die Finger von ihm», bekam sie zur Antwort. «Vergessen Sie, dass Sie hier waren!»

Jasmin zog ihre alte Dienstmarke hervor. «Polizei.»

Erneut fielen aufgeregte Worte. Einige Gäste verliessen rasch das Lokal. Jasmin setzte sich neben ihre Auskunftsperson. Energie strömte durch ihren Körper. Endlich war sie auf etwas gestossen.

«Ich muss wissen, wer er ist», beharrte sie.

«Gefährlich», wurde sie gewarnt. «Gehen Sie!»

Sie betrachtete die Gestalt auf dem Foto. Das Gesicht war schwer zu erkennen, doch seine gerade Haltung und die kräftigen Schultern liessen auf regelmässiges Training schliessen. Er strahlte eine professionelle Härte aus, die Jasmin mit dem organisierten Verbrechen assoziierte. Gehörte er der albanischen Mafia an? Das würde die allgemeine Furcht vor ihm erklären. Hatte Fabian Zaugg unabsichtlich etwas festgehalten, was er nicht hätte sehen sollen? Jasmin unterdrückte ein ungläubiges

Lachen. Er hatte gar nichts gesehen. Er hatte das Foto verkehrt herum gemacht.

Als ihr klar wurde, dass sie keine Antworten auf ihre Fragen bekommen würde, wählte sie Pals Nummer. Er nahm sofort ab. Sie erfuhr, dass er soeben das Camp verlassen hatte.

«Dass Besarta Sinani ein Kind...», begann er.

«Pali! Ich brauch deine Unterstützung!» Jasmin erklärte, wo sie sich befand. «Kannst du herkommen?»

«Bin schon unterwegs», gab er zurück.

Jasmin versuchte, die verbliebenen Gäste hinzuhalten. Sie steckte das Foto weg und wechselte das Thema. Ein fliessendes Gespräch kam zwar nicht zustande, aber immerhin waren einige der Männer noch anwesend, als Pals Mercedes vorfuhr. Der Anblick versetzte ihnen einen Schock, was Jasmins Verdacht, die Mafia sei in die Geschehnisse verwickelt, verstärkte. Wer sonst hätte sich einen luxuriösen Wagen leisten können? Regierungsmitglieder, beantwortete sie die Frage gleich selbst.

Als Pal die Tür aufstiess, war nur noch die Musik aus dem Fernseher zu hören. Kein Gast bewegte sich. Pal blieb reglos auf der Schwelle stehen und liess seinen Blick über die Anwesenden gleiten. Dass er eine achtstündige Befragung und eine schlaflose Nacht hinter sich hatte, war ihm nicht anzusehen. Seine Augen waren wach, seine Kleidung wie immer tadellos. Jasmin fiel auf, dass er tagsüber das Hemd gewechselt hatte. Er strahlte eine Selbstsicherheit aus, die einschüchternd wirkte. Plötzlich begriff Jasmin, warum viele Frauen Macht sexy fanden. Bis anhin hatte sie sich davon provozieren lassen. Nun spielte sich etwas ganz anderes in ihrem Körper ab. Gleichzeitig wurde ihr klar, dass Pal in der Schweiz nie die gleiche Wirkung haben würde. Dort bestach er durch seinen Intellekt. Hier durch seine Erscheinung.

Als er auf sie zuschritt, folgten ihm alle Blicke. Jasmin stand auf und reichte ihm das Foto. In wenigen Worten erklärte sie, was sie erfahren hatte. Pal musterte die Männer im Lokal. Plötzlich deutete er auf einen älteren Mann mit wettergegerbtem Gesicht. Gemeinsam setzten sie sich an einen Tisch etwas abseits. Als sich

Jasmin dazugesellen wollte, schüttelte Pal kaum merklich den Kopf. Leicht verärgert kehrte sie an ihren Platz zurück. Auch die anderen Gäste widmeten sich wieder ihren Gesprächen. Jasmin sah ihnen jedoch an, dass sie Pàl im Auge behielten. Fast eine halbe Stunde lang sprach er mit dem alten Mann. Schliesslich schob er ihm einen Geldschein hin, stand auf und bedeutete Jasmin, ihm zu folgen.

Jasmin bezahlte ihre Getränke und verliess das Lokal. Pal drehte sich nicht nach ihr um. Er ging zum Mercedes und hielt ihr die Beifahrertür auf.

Jasmin deutete auf ihre Monster. «Die lass ich nicht da.»

«Steig ein.»

Bevor sie protestieren konnte, schob er sie auf den Beifahrersitz und schloss die Tür. Jasmin war so überrascht, dass sie sich nicht wehrte.

«Was soll das?», entfuhr es ihr, als Pal auf den Fahrersitz rutschte.

Pal schloss die Tür und sah durch die getönten Scheiben zum Lokal. «Sie beobachten uns. Wenn ich mich dir gegenüber nicht als Mann benehme, verlieren sie den Respekt.»

Jasmin schnappte nach Luft. «Kannst du mir erklären, was soeben abgegangen ist?»

«Der Mann, mit dem ich gesprochen habe, war der wichtigste im Lokal. Du musst unbedingt Hierarchien einhalten, wenn du etwas erfahren willst.»

«Und woran hast du das erkannt?»

«Das spürt man», antwortete Pal. «Oft ist es der Älteste, manchmal auch der Reichste. Ausser, es sind Kriegshelden anwesend. Veteranen geniessen noch mehr Ansehen.»

«Toll», schnaubte Jasmin. «Dann soll ich also zuerst Ausweise und Bankauszüge verlangen?» Als Pal keine Miene verzog, seufzte sie. «Sorry, ich bin frustriert. Mich haben alle angeschwiegen, kaum tauchst du auf, machen sie sich fast in die Hosen.»

Pals Lippen zuckten. «Bevor du Fragen stellst, musst du dich erkundigen, wie es der Familie deines Gesprächspartners geht –

den Eltern, den Kindern, der Frau und den Geschwistern. Dann, wie es bei der Arbeit läuft und wie es um seine Gesundheit steht. Anschliessend kommt die Gesundheit der Eltern, der Kinder und so weiter. Das gehört sich so. Langsam wird er sich öffnen. Der 50-Euro-Schein, den ich springen liess, war ebenfalls hilfreich.»

«Kommt das auf die Spesenrechnung?», fragte Jasmin trocken.

«Willst du nun wissen, wer der Mann auf dem Foto ist, oder nicht?»

«Er hat einen Namen genannt?»

«Zeqir Kastrioti», sagte Pal. «Ehemaliger UÇK-Kämpfer. Heute offiziell arbeitslos. Inoffiziell im Auftrag eines sehr wohlhabenden Geschäftsmannes unterwegs.»

«Lass mich raten», schnaubte Jasmin. «Der Geschäftsmann handelt mit... Heroin? Schmuggelware? Vielleicht sogar Frauen?»

«Vermutlich mit allem», bestätigte Pal. «Warum er im Café war, habe ich nicht erfahren.»

«Aber was hat das mit Fabian Zaugg zu tun?», rätselte Jasmin. «Oder denkst du, Besarta Sinani ist in verbrecherische Machenschaften verwickelt?»

Pal schlug vor, im Hotel darüber zu reden. Jasmin stieg aus dem Mercedes und setzte sich unter den wachsamen Blicken der Gäste auf ihre Monster. Auf der Fahrt zurück nach Prizren blieb Pal dicht hinter ihr. Ihre Gedanken kreisten unentwegt um die neuen Informationen. Im Hotel zog sich Jasmin um und traf Pal kurz darauf im Restaurant. Er schilderte die Befragung von Besarta Sinani.

«Zora Giovanoli behauptet natürlich, Besarta Sinani habe keine andere Wahl gehabt, als das Kind zu verschweigen», fasste Pal zusammen. «Nach dem Motto: Einer ‹Hure› nimmt man eine Vergewaltigung weniger ab als einer Jungfrau. Ihrer Meinung nach mindern die Lügen ihrer Klientin deren Glaubwürdigkeit kein bisschen. Salvisberg ist zum Glück anderer Ansicht.»

«Ich finde, da ist was dran», sagte Jasmin. «An Zora Giovanolis Haltung, meine ich. Besarta Sinani hat ihr Kind jahrelang verschwiegen, auch vor ihrem Arbeitgeber. Natürlich rückt sie jetzt nicht plötzlich damit raus. Hast du die Sicherheitsüberprüfung erhalten?»

Pal nickte. «Ich habe den Bericht erst kurz überflogen. Darin ist kein Kind erwähnt. Der Swic entging aber nicht, dass die Sinanis ihre Tochter verstossen haben. Der Verfasser ging dem Grund nach und brachte in Erfahrung, dass sie ein Verhältnis mit einem verheirateten Mitarbeiter der Organisation für Sicherheit und Zusammenarbeit in Europa hatte. Das allein muss für die Familie schon eine Katastrophe gewesen sein. Wenn ich mir vorstelle, dass sie auch noch schwanger wurde…»

Er verstummte, als der Kellner ihnen die Speisekarten reichte und rasch wieder davonhuschte. Jasmin schaute ihm nach. Pal räusperte sich. Seine Ohren nahmen eine dunklere Farbe an. Die offensichtliche Eifersucht freute Jasmin.

«Ich kann mir nicht vorstellen, was das Kind mit der Geschichte zu tun hat», meinte sie. «Oder glaubst du, der Vater habe seine Finger im Spiel?»

«Er ist nicht mehr in Kosova stationiert», erklärte Pal. «Aber langsam frage ich mich, ob nicht viel mehr Leute involviert sind, als wir vermuten.»

«Oder ob wir es mit zwei ganz unterschiedlichen Geschichten zu tun haben: Fabian Zauggs Lügen müssen nicht mit Besarta Sinani zusammenhängen.» Jasmin richtete den Blick in die Ferne. «Wenn tatsächlich eine dritte Person im Container war, bildet sie möglicherweise die Verbindung zwischen den einzelnen Gliedern.»

«Du meinst, dass Besarta Sinani von dieser Drittperson vergewaltigt und anschliessend gezwungen wurde, Fabian Zaugg zu beschuldigen?»

«Oder dass Besarta Sinani im Auftrag einer Drittperson lügt.»

«Sie setzt damit ihre Existenz aufs Spiel», wandte Pal ein.

Jasmin legte die Speisekarte beiseite, ohne sie angeschaut zu haben. «Heute morgen traf ich einen Sprachmittler, der im Camp arbeitet. Es war kaum etwas aus ihm herauszubekommen. Immerhin hat er aber angedeutet, dass viele lokale Angestellte um ihre Stellen fürchten. Offenbar kursieren Gerüchte, dass der Swisscoy-Einsatz nicht mehr verlängert wird.»

Pal schüttelte den Kopf. «Der neue sicherheitspolitische Bericht des Bundesrats sieht einen Ausbau der friedensfördernden Einsätze vor. Es ist zwar lediglich die Rede von einer ‹qualitativen› Steigerung, mehr Soldaten werden also nicht ins Ausland geschickt, aber von einem Abbruch oder einer Abschaffung kann im Moment nicht die Rede sein – auch wenn Bundesrat Maurer das gerne sähe.» Pal verzog das Gesicht. «Wenn es nach ihm ginge, hätte die Schweiz sowieso bald eine Retro-Armee. Zum Glück haben Calmy-Rey und Burkhalter auch noch etwas zu sagen.»

«Ich nehme nicht an, dass Besarta Sinani den Bericht gelesen hat», erwiderte Jasmin trocken. «Aber dass sich die Armee in einer Krise befindet, habe sogar ich mitbekommen. Darüber wird bestimmt im Camp gesprochen. Vielleicht hat Besarta Sinani geglaubt, sie habe nichts mehr zu verlieren.»

«Willst du damit sagen, sie wurde bezahlt, um die Anschuldigungen gegen Fabian Zaugg vorzubringen? Von wem? Und warum? Weil er dieses Foto gemacht hat?»

«Keine Ahnung. Ich versuche nur aufzuzeigen, dass es unzählige Möglichkeiten gibt, die wir noch nicht in Betracht gezogen haben. Da wäre zum Beispiel noch Zauggs Handy. Vielleicht erhielt Besarta Sinani den Auftrag, es zu klauen, weil sich darauf ein kompromittierendes Foto befand. Möglicherweise lief das Ganze aus dem Ruder.»

Pal umklammerte seine Faust. «Warum zum Teufel redet Fabian Zaugg nicht?»

Er winkte dem Kellner und gab seine Bestellung auf. Jasmin schloss sich seiner Wahl an, auch wenn es sich vermutlich um die teuerste Speise auf der Karte handelte. Bevor der Kellner wieder davoneilte, fügte Pal einen albanischen Satz hinzu, der offenbar nichts mit dem Essen zu tun hatte. Der Kellner schüttelte den Kopf, ohne den Blick zu heben.

Nachdem er abgeschlichen war, grinste Jasmin. «Der arme Kellner kann nichts dafür.»

Pals Ausdruck wurde düster. «Du weisst gar nicht, was ich ihm gesagt habe.»

«Ich kann es mir vorstellen.» Jasmin streifte ihren Turnschuh ab und schob ihren Fuss zwischen Pals Beine.

Pal rutschte fast das Wasserglas aus der Hand.

«Sag's mir», forderte Jasmin.

«Was?», hauchte Pal.

«Womit du ihm gedroht hast.»

«Ich habe ihm nicht gedroht», sagte Pal atemlos. «Jasmin! Nicht hier!»

Jasmin lachte auf.

«Ich habe ihm nur gesagt, er solle sich von dir fernhalten.»

«Aha.» Jasmin bewegte die Zehen. «Und warum hat er den Kopf geschüttelt?»

«Das bedeutet Zustimmung», erklärte Pal mit einem unterdrückten Stöhnen. «Wenn du nicht sofort aufhörst, krieg ich keinen Bissen runter.»

Doch Jasmin hatte ihren Fuss bereits zurückgezogen. «Ein Kopfschütteln bedeutet ‹ja›?»

Pal atmete halb erleichtert, halb enttäuscht auf. «Es ist kein richtiges Kopfschütteln. Eher so ein Wackeln.» Er ahmte es nach.

Jasmin schlug die Hand gegen die Stirn. Wievielmal hatte sie eine Antwort falsch interpretiert, weil sie die Bewegung für eine Verneinung gehalten hatte? In Gedanken ging sie die Begegnungen der letzten Tage durch. Sie konnte sich nicht mehr erinnern, wer auf ihre Fragen wie reagiert hatte. Nur das Kopfschütteln des Kellners hatte sie noch in Erinnerung. Also war er doch nicht so zurückhaltend gewesen, wie sie geglaubt hatte. Ein Lächeln schlich sich auf ihr Gesicht.

Pal kniff die Augen zusammen. «Woran denkst du?»

«Soll ich es dir zeigen?», fragte sie verführerisch.

«Nicht jetzt!»

«Nachher?»

Pal sah aus, als hätte er Sägemehl verschluckt. Jasmin erlöste ihn, indem sie das Thema wechselte. Als der Kellner das Essen brachte, fragte sie, wie lange Pal in Kosovo bleiben werde.

«Ich fliege morgen abend zurück», antwortete er zögernd. «Angesichts der Entwicklungen ist mir nicht wohl dabei. Aber übermorgen steht eine wichtige Einvernahme in einem anderen Fall an.»

Enttäuschung wallte in Jasmin auf. Der Damm, der in ihr gebrochen war, hatte eine Sturzflut ausgelöst, die sie nicht mehr aufhalten konnte. Ungeduldig spiesste sie drei Fleischwürfel auf. Sie musste sich zwingen zu kauen, obwohl das Rind hervorragend schmeckte. Bei den Kartoffeln machte sie sich gar nicht erst die Mühe, sondern schluckte die Stücke ganz. Während des Essens erzählte Pal, dass seine Schwester sich bereit erklärt habe, Jasmin als Dolmetscherin zu begleiten.

«Ohne ihren Mann?», fragte Jasmin.

Pal vergewisserte sich, dass sie sich nicht über Shpresa lustig machte. «Ja, aber Gentian ist nicht besonders erfreut. Und ehrlich gesagt habe ich auch Bedenken. Wenn Zeqir Kastrioti wirklich etwas mit den Ereignissen zu tun hat, ist es gefährlich, Fragen zu stellen. Ich finde, wir sollten die Polizei einschalten.»

Jasmin schnaubte und erinnerte ihn an Bekim Shala. Bestimmt hatte der Polizist Kastrioti auf dem Foto auch erkannt. Warum hatte er sie nicht gewarnt? Schwieg er aus taktischen Gründen? Oder weil er selbst etwas zu verbergen hatte? Jasmin dachte an ihre erste Begegnung mit ihm zurück. Instinktiv hatte sie ihm misstraut. Allerdings nicht, weil er ihr Anlass dazu gegeben hatte, sondern aufgrund ihrer Vorurteile.

Sie schob ihren Teller weg. «Ich bin bereit fürs Dessert!»

Pal hielt inne, die Gabel auf halbem Weg zum Mund. Jasmin nahm sie ihm aus der Hand, fischte unter dem Tisch ihren Turnschuh hervor und stand auf. Verdattert schob Pal seinen Stuhl zurück. Als er sich erhoben hatte, presste sich Jasmin gegen ihn und klaubte das Portemonnaie aus seiner Gesässtasche. Während sie nach einer Geldnote tastete, fuhr sie ihm mit der Zunge über die Lippen. Der Kellner wandte sich rasch ab.

Jasmin legte einen Zwanzig-Euro-Schein auf den Tisch und bewegte sich zum Ausgang, ohne die Lippen von Pals Mund zu lösen. Er schielte nach links und rechts, um sich zu vergewissern, dass sie die einzigen Gäste waren, bevor er ihren Kuss erwiderte. Kaum befanden sie sich im Gang, kroch seine Hand unter ihren Pullover. Halb stolpernd stiegen sie die Treppe hoch. Jasmin kicherte, als Pal einen Tritt verfehlte.

Als sie Jasmins Zimmer erreichten, erstarb ihr Lachen. Die Tür war nur angelehnt. Jasmin war sich sicher, abgeschlossen zu haben. Instinktiv schob sie Pal hinter sich und griff nach ihrem Messer. Mit einer Hand hielt sie die Waffe einsatzbereit, mit der anderen stiess sie vorsichtig die Tür auf. Ihre Kleider lagen auf dem Bett verstreut, der Schrank stand offen. Sie konzentrierte sich auf Geräusche oder Bewegungen. Blitzschnell schaute sie nach, ob sich jemand hinter der Tür gegen die Wand drückte. Als sie sicher war, dass niemand sie von hinten überfallen würde, suchte sie die wenigen verbleibenden Verstecke ab. Der Dieb war weg.

Fluchend steckte sie das Messer zurück in den Schaft. Pal trat vorsichtig ins Zimmer. Auf seinem Gesicht spiegelte sich eine Mischung aus Wut und Schuldgefühlen, als schäme er sich für seine Landsleute. Kurz überlegte Jasmin, ob sich der Kellner für die Zurückweisung gerächt hatte, aber er war die ganze Zeit über im Restaurant gewesen. Ein anderer Hotelangestellter? Ein Passant? Eine organisierte Diebesbande? Jasmins Blick fiel auf ihren Pass, der unangetastet auf dem Nachttisch lag. Noch bevor sie ihn öffnete, wusste sie, was sie vorfinden würde.

Ihr Geld war noch da. Das Foto mit Zeqir Kastrioti im Hintergrund, das sie zwischen die Seiten geschoben hatte, fehlte. Sie eilte zum Motorradanzug, der über der Stuhllehne lag, und tastete die Innentasche ab. Erleichterung stieg in ihr auf, als sie die restlichen Bilder spürte. Sie blätterte sie durch und stellte fest, dass keines fehlte. Entweder hatte der Dieb sie nicht gefunden, oder er hatte sich nicht dafür interessiert. Jasmin vermutete Letzteres.

24

Besarta Sinani glaubte zu ersticken. «Du hast mir dein Wort gegeben! Du hast versprochen, dass du mir sagen wirst, wo Leonardo ist!» Nur deshalb hatte sie erneut ausgesagt.

Ihr Vater betrachtete sie streng. «Ich habe mein Versprechen gehalten. Das Kind ist in Amerika.»

«Aber wo? Amerika ist riesengross!»

Hasan Sinani klopfte eine Zigarette aus einer Schachtel und hielt das Päckchen seinem Neffen hin. Alban gab ihm Feuer. Besartas Blick glitt von ihrem Vater zu ihrem Cousin. Beide sassen auf dem Sofa, Hasan breitbeinig, Alban sprungbereit. Noch war seine Wut nicht verraucht. Auf der Rückfahrt hatte er unablässig davon gesprochen, wie er es dem Anwalt heimzahlen werde. Dass es sich um einen Landsmann handelte, machte die Angelegenheit für Alban noch schlimmer, als sie ohnehin schon war. Er war sicher, Pal Palushi habe absichtlich die Familienehre der Sinanis verletzt. Besarta war zu erschöpft gewesen, um zu widersprechen. Ihre Anwältin hatte ihr gesagt, dass niemand erfahren werde, was an der Befragung gesagt worden sei. Erst an der Gerichtsverhandlung in der Schweiz komme es wieder zur Sprache, und bis dann dauere es noch lange. Doch Besarta würde sich nicht wundern, wenn bald das ganze Dorf von Leonardo wüsste. Der schicke Anwalt würde bestimmt Gerüchte in die Welt setzen, um ihr zu schaden. Und dann? Was würde Alban mit ihr anstellen? Sie für den Rest ihres Lebens in die kleine Kammer sperren? Vielleicht wäre das gar nicht mehr nötig. Möglicherweise würde sie schon bald in einer Gefängniszelle sitzen. Das behauptete dieser Palushi zumindest.

Besarta schluckte. Sie verstand nicht, warum sie plötzlich die Angeschuldigte war. Alles lief aus dem Ruder. Es kam ihr vor, als stünde sie mitten auf einer Kreuzung. Von allen Seiten fuhren Autos auf sie zu, doch sie konnte sich nicht entscheiden, woher die grösste Gefahr kam. Ihre natürliche Reaktion wäre es gewesen, stillzustehen und die Augen zu schliessen. Wenn sie diesem Impuls nachgab, würde sie Leonardo aber nie wieder sehen. Sie hatte es einmal geschafft, ihr Leben in die Hand zu nehmen. Sie würde es auch ein zweitesmal schaffen.

Sie baute sich vor ihrem Vater auf. «Ich gehe wieder zurück nach Suhareka», verkündete sie.

«Kommt nicht in Frage!», donnerte ihr Vater. «Du bleibst hier bis zur Gerichtsverhandlung!»

«Das ist nicht mehr mein Zuhause», erwiderte Besarta.

Ihr Vater war fassungslos. «Du wagst es, mir zu widersprechen? Alban!»

Alban sprang auf und stellte sich vor Besarta. Sie wappnete sich gegen den Schlag, der unweigerlich folgen würde.

«Lass sie gehen, Hasan», sagte eine leise Stimme hinter ihr.

Ungläubig drehte sich Besarta um. Ihre Mutter stand mit gesenktem Blick in der Tür. Besarta fiel auf, wie unscheinbar sie wirkte. Ihr eigenes Reich füllte sie aus wie Teig eine Backform. Inmitten von Töpfen mit kochenden Speisen und frischen Lebensmitteln war sie Besarta immer allmächtig vorgekommen. Im Wohnzimmer ihres Mannes jedoch war sie kaum mehr als ein Schatten.

Hasan Sinani war so überrascht über den unerwarteten Widerstand, dass er keinen Ton hervorbrachte. Ohne Anleitung schien auch Alban nicht zu wissen, wie er handeln sollte. Die Mutter gab ihr ein Zeichen, den Raum zu verlassen, doch Besarta fürchtete, dass Hasan Sinani die Hand gegen sie erheben würde. Soviel sie wusste, hatte er ihre Mutter noch nie geschlagen. Aber sie hatte sich ihm auch noch nie widersetzt.

«Geh, Kind», flüsterte ihre Mutter.

Langsam setzte sich Besarta in Bewegung. Sie wartete darauf, dass Alban sie packte, doch nichts geschah. Als sie die Tür erreichte, sah ihre Mutter auf. Im runden Gesicht entdeckte Besarta Falten, die sie noch nie bemerkt hatte. Sie nahm den Geruch von Kernseife wahr, den sie immer mit ihrer Mutter verbunden hatte, und musste sich zwingen, die Arme nicht nach ihr auszustrecken.

Sie wollte Hasan Sinani nicht provozieren, indem sie ihre Liebe für ihre Mutter zeigte. Im Vorbeigehen streifte sie jedoch ihre Hand. Ihre Mutter seufzte leise.

Im Hof huschte eine Cousine an Besarta vorbei, um die Hühner zu füttern. Ein Hund jaulte im Dorf, weitere Tiere stimmten ins Gebell ein. Aus dem Kamin stieg Rauch empor. Besarta legte den Kopf in den Nacken und beobachtete, wie er sich verflüchtigte. Genauso würde sie langsam aus dem Leben hier in Rogova verschwinden. Zuerst wären die Erinnerungen an sie allgegenwärtig, doch langsam würden sie verblassen. Irgendwann wären nur noch Bruchstücke vorhanden, ausgelöst durch einen Geruch oder eine Bemerkung.

Nachdem sie ihre wenigen Sachen gepackt hatte, suchte Besarta Luan. Sie fand ihn neben dem Holzstapel, wo er eine Schubkarre mit Scheiten füllte. Als er Besartas Tasche sah, schien ihn die Energie zu verlassen. Er lehnte sich gegen die Mauer und wischte sich den Schweiss von der Stirn. Seine Augen waren voller Fragen, doch er stellte sie nicht – vielleicht aus Angst vor den Antworten, dachte Besarta.

Sie legte ihm die Hand auf die Wange. «Ich gehe.»

Luan nickte.

«Ich komme nicht mehr zurück.»

Noch immer schwieg er. Besarta umarmte ihn und vergrub ihr Gesicht in seinem Kragen. Seine Jacke roch nach Stall und Schweiss. Besarta schloss die Augen und prägte sich den Geruch ein. Die Vorstellung, dass sie Luan vielleicht nie wieder sehen würde, war mehr, als sie ertragen konnte. Mit erstickter Stimme versuchte sie, die Stille zwischen ihnen auszufüllen.

«Bald bekomme ich ein Visum», erzählte sie, obwohl Luan gar nicht danach gefragt hatte. «Man hat es mir versprochen. Dann verlasse ich Kosova.»

Ein ängstlicher Ausdruck trat auf sein Gesicht. «Besarta», flüsterte er. «Was hast du getan?»

«Was ich tun musste», erklärte sie. «Er ist mein Sohn.»

«Wo wirst du nach ihm suchen?», fragte er.

«Ich weiss es nicht. Aber ich werde ihn finden.»
«Das Visum – woher hast du es?»
«Eine albanische Familie hat mich eingeladen. Ich reise nach Amerika.»

Erst als sie die Worte aussprach, wurde ihr klar, dass der Zeitpunkt gekommen war. Ursprünglich hatte sie geplant, mit der Abreise zu warten, bis sie Leonardos Aufenthaltsort kannte. Doch sie glaubte nicht mehr, dass ihr Vater ihr die Adresse oder den Namen der Familie nennen würde. Er würde sie so lange hinhalten, bis er die Genugtuung, die ihr zustand, erhalten hatte. Anschliessend würde er einen neuen Grund finden, ihr die Information vorzuenthalten.

Sie hatte keine Zeit mehr. Sie musste gehen, solange sie frei war. Das Geld für das Flugticket hatte sie beisammen. Das Visum würde sie nächstens erhalten. Es erlaubte ihr zwar nur einen zeitlich begrenzten Aufenthalt, doch Amerika war gross. Sie würde untertauchen. Niemand würde sie finden. Die Behörden nicht, die Schweizer Anwälte nicht, ihr Vater nicht. Bei der Vorstellung verebbte der Schmerz, den der Abschied in ihr ausgelöst hatte. Zärtlich strich sie Luan übers Gesicht.

«Versprich mir, dass du nie aufhören wirst zu schreiben», bat sie ihn.

Luans Augen füllten sich mit Tränen. «Ich verspreche es.»

Unter seiner Jacke spürte Besarta seinen Herzschlag. Sie wünschte, sie könnte den Moment wie ihre Zahnbürste einpacken, um ihn wieder hervorzuholen, wenn sie nicht mehr weiterwusste. Als sie sich von ihrem Bruder löste, blieb ein Teil von ihr zurück. Abrupt drehte sie sich um und eilte aufs Tor zu. Sie weinte nicht. Ihre Tränen waren versiegt. Während sie zum zweitenmal das Dorf verliess, in dem sie aufgewachsen war, betrachtete sie die Umgebung mit nüchterner Klarheit. Sie merkte sich jedes Detail: den krummen Nussbaum vor dem Tor, die Grabsteine am Dorfrand, wo ihre Brüder lagen; wie die Sonne Schatten der neuerstellten Dächer auf die Felder warf und den gurgelnden Bach glitzern liess.

Ob sich die Bäche in Amerika auch einen eigenen Weg durch die Landschaft suchten? Im Fernsehen sah alles gerade aus: die Zähne der Menschen, die Strassen, die Gartenzäune zwischen den Einfamilienhäusern. Besarta stellte sich vor, wie Leonardo auf einem grünen Rasen spielte, mit Turnschuhen an den Füssen und Grasflecken an den Knien. Dass ihr Sohn schon fünf war, erschien Besarta unmöglich. Hatte er bereits eine Zahnlücke? Besarta dachte an andere Fünfjährige. Luans Tochter hatte noch alle Milchzähne. Damit sie sich Leonardo immer genau vorstellen konnte, hatte sich Besarta angewöhnt, sich jeden Tag die möglichen Entwicklungsschritte auszumalen. So verhinderte sie, dass sie sich auf ein Bild von ihm als Säugling fixierte. Nie zweifelte sie daran, dass sie ihn sofort erkennen würde, wenn sie ihn fand. Schliesslich war sie seine Mutter.

Im Bus setzte sich Besarta ganz nach vorne, als gewinne sie dadurch schon Distanz zu Rogova. Der Fahrer fragte nicht, warum sie alleine unterwegs war. Träge starrte er auf die Strasse. Die Musik aus dem Radio schien er nicht wahrzunehmen, ebenso wenig die Gespräche der Fahrgäste. Auch Besarta starrte aus dem Fenster. Vor wenigen Jahren war die Strasse Richtung Prizren noch voller Schlaglöcher gewesen, jetzt war sie glatt, bis auf einige feine Risse. Auch die Verkehrsschilder waren neu.

Das gleichmässige Rattern liess Besarta in einen Dämmerzustand gleiten. Sie kam in Prizren an, ohne die Fahrt bewusst wahrgenommen zu haben. Sie stieg in den Bus nach Suhareka um. Einige Gesichter kamen ihr bekannt vor, doch niemand sprach sie an. Obwohl sie seit fünf Jahren in Suhareka wohnte, gehörte sie nicht dorthin. Es machte ihr nichts aus. Sie wusste, wo ihre Heimat war: dort, wo Leonardo lebte.

Ihr Zimmer sah genauso aus, wie sie es zurückgelassen hatte. Eine angebrochene Packung Kekse stand auf dem kleinen Tisch, daneben lag eine Modezeitschrift, die Besarta schon mehrmals durchgeblättert hatte. Im Raum war es eiskalt. Als sie den Wasserhahn aufdrehte, kam kein Tropfen heraus. Ohne die Jacke auszuziehen, kroch Besarta ins Bett. Sie zog die Decke bis ans

Kinn und schloss die Augen. In Gedanken befand sie sich auf einem gepflegten Rasen, die Sonne im Gesicht. Leonardo sass auf einer Schaukel, die Besarta vorsichtig anstiess. Auf seinem Gesicht lag ein strahlendes Lachen.

25

Jedesmal, wenn Jasmin in Shpresas goldbraune Augen blickte, glaubte sie, Pal zu sehen. Nicht nur die Farbe war dieselbe, auch die kräftigen Augenbrauenbogen wiesen auf die Verwandtschaft hin. Shpresas Kinn war jedoch weniger kantig, die Lippen waren geschwungener. Der grösste Unterschied bestand in der Mimik. Im Gegensatz zu Pal, der sich stets zurückhielt, zeichnete sich auf Shpresas Gesicht jede Regung ab.

Im Moment betrachtete sie Jasmin mit Bewunderung. Jasmin lächelte grimmig. Der Journalist der «Bota Sot» gehörte zu jener Sorte Menschen, denen Jasmin wenn möglich aus dem Weg ging. Ein Möchtegern-Intellektueller, der seine Defizite mit Überheblichkeit kompensierte. Ihre Fragen hatte er herablassend mit Halbwahrheiten beantwortet. Dabei hatte er jeden noch so billigen Trick angewandt, um sich selbst wichtiger erscheinen zu lassen. Er hiess Jasmin und Shpresa auf zwei niedrigen Stühlen Platz nehmen, während er sich auf die Lehne eines Sessels setzte. Er schenkte ihnen Wasser ein und bestellte bei einer Sekretärin für sich Kaffee. Als er mitten im Gespräch den Raum verliess, weil ihn jemand sehen wollte, war Jasmin der Kragen geplatzt. Ohne zu zögern, hatte sie sich an den Schreibtisch des Journalisten gesetzt und seine Unterlagen durchgeblättert. Mit Shpresas Hilfe begriff sie rasch, dass er kein Ordnungssystem hatte. Neues Material hatte er einfach zuoberst auf einen Stapel gelegt. Seine Notizen über Besarta Sinani hatte Jasmin zwischen einer Gebrauchsanleitung für ein Mobiltelefon und dem Foto eines Politikers gefunden. Sie hatte sie eingesteckt und das Büro verlassen, bevor der Journalist zurückgekehrt war.

Shpresa war zwar schockiert gewesen, hatte sich aber nicht getraut zu protestieren.

Nun sassen sie in einem Café an einer Tankstelle südlich von Pristina. Lastwagen donnerten auf der vierspurigen Strasse vorbei, nur selten hielt ein Fahrzeug, um zu tanken. Dies bestätigte ihre Vermutung, dass die modernen Tankstellen hauptsächlich der Geldwäscherei dienten und illegale Geschäfte tarnten. In Kosovo gab es mehr Benzin als Wasser. Jasmin verschwendete keinen weiteren Gedanken daran. Ungeduldig wartete sie, bis Shpresa das Material gesichtet hatte.

Pal war am Vorabend abgereist, hatte jedoch angekündigt, am Freitagabend zurückzukehren, um das Wochenende in Pristina zu verbringen. Er hatte für Jasmin ein Zimmer in der Hauptstadt gebucht, weil sie dort angeblich sicherer war. Als Jasmin gestern das «Ambassador» betreten hatte, wurde ihr klar, warum. Das Hotel bot einen gehobenen Service. Dazu gehörte, dass der Empfang immer besetzt war und die Besucher kontrolliert wurden. Vor allem aber befand sich die Schweizer Botschaft gleich nebenan.

Zwar ärgerte sich Jasmin über Pals Bevormundung, doch sie musste zugeben, dass seine Sorgen berechtigt waren. Seit Tagen wurde sie beobachtet. Jemand wusste, dass sie Fragen über Zeqir Kastrioti stellte. Was sie inzwischen über ihn herausgefunden hatte, war alles andere als beruhigend. Der Geschäftsmann, für den er arbeitete, war offenbar in der Sicherheitsbranche tätig. Jasmin hatte rasch begriffen, dass es dabei um das Einkassieren von Schutzgeldern ging. Kastrioti betreute die Kunden. Vor allem überzeugte er Ladenbesitzer und Inhaber von Gastrobetrieben davon, dass es in ihrem Interesse sei, den Zahlungsanweisungen Folge zu leisten. Was er mit Fabian Zaugg zu tun hatte, wusste Jasmin immer noch nicht.

Shpresa legte das letzte Blatt hin. «Die ganze Geschichte ist ziemlich verworren», fasste sie zusammen. «Es sieht so aus, als habe der Journalist einen anonymen Hinweis erhalten. Jemand rief ihn von einem öffentlichen Telefon aus an und schilderte, was im Camp geschehen sein soll. Er nannte den Namen des Soldaten und der Bardame. Der Anrufer war männlich und aufgrund seiner Ausdrucksweise vermutlich über 40 Jahre alt. Er schien über ziemlich viele Informationen zu verfügen. Daraufhin hat der Journalist Besarta Sinani aufgesucht. Sie bestätigte die Vergewaltigung.» Shpresa zögerte.

«Was ist?», fragte Jasmin.

Shpresa strich über das Blatt. Jasmin betrachtete ihre langen, gepflegten Fingernägel und fragte sich, wie sie damit den Haushalt erledigte und fünf Kinder versorgte.

«Du hast ihn gesehen», fuhr Shpresa fort. «Den Journalisten, meine ich. Wenn mir so etwas zugestossen wäre…»

«Dann hättest du dich zuletzt diesem Arschloch anvertraut», beendete Jasmin den Satz.

Shpresa lächelte.

«Besarta Sinani wollte, dass die Geschichte auffliegt», mutmasste Jasmin. «Aber ohne dass es verdächtig wirkte. Vielleicht war der anonyme Anrufer ihr Cousin Alban. Er behauptet zwar, er habe erst durch den Artikel vom Übergriff erfahren; doch wie ich ihn einschätze, würde er alles sagen, was ihm einen Vorteil verschafft.»

Shpresa erschauerte. Als sie am Morgen gemeinsam Rogova besucht hatten, waren sie Alban Sinani begegnet. Zwar hatten sie auf Pals Anraten nicht erwähnt, dass sie in Fabian Zauggs Auftrag Fragen stellten, trotzdem hatte Alban Sinani sie bedroht. Es reichte, dass sich Shpresa als Besartas Bekannte ausgegeben hatte. Er warf ihnen vor, sie würden sich in fremde Angelegenheiten mischen, und befahl ihnen, das Dorf sofort zu verlassen. Shpresa war ohne ein weiteres Wort zu ihrem Subaru gehuscht. Nur mit Mühe hatte Jasmin sie davon abhalten können, augenblicklich loszufahren.

Gewissensbisse packten Jasmin. Sie würde bald abreisen, aber Shpresa lebte hier. Verständlicherweise war sie vorsichtiger. Die weiteren Gespräche im Dorf hatten nichts zutage gefördert. Sie erfuhren nur, was sie ohnehin schon wussten. Offenbar war es den Sinanis gelungen, Besartas Kind zu verheimlichen. Niemand vermutete hinter den Fragen ein Geheimnis. Trotzdem hatte sich

Shpresa nicht wohl gefühlt. Dauernd hatte sie über die Schulter geschaut.

Jasmin beugte sich vor. «Wenn dir das alles zu viel ist, kann ich eine andere Dolmetscherin suchen. Ich würde es verstehen, wirklich.»

Shpresa schüttelte den Kopf. «Pal hat mich noch nie um etwas gebeten. Immer ist er derjenige, der anderen hilft. Ich freue mich, dass ich ihm – euch – einen Gefallen erweisen kann.»

«War er immer schon so?», fragte Jasmin neugierig.

Shpresas Züge wurden weich. «Wenn du mich fragen möchtest, ob du ihm vertrauen kannst, ist meine Antwort: ja. Einen besseren Ehemann wirst du nie finden.»

Jasmin errötete. «So meinte ich das nicht. Es ist nur… er ist aussergewöhnlich. Nach allem, was ich gesehen habe, auch für kosovarische Verhältnisse.»

«Das kann man wohl sagen», antwortete Shpresa stolz. «Er war schon immer etwas ganz Besonderes. Wenn er sich ein Ziel gesetzt hat, hält ihn nichts davon ab. Einmal, da war er etwa zehn Jahre alt, wollte er unbedingt ein BMX-Fahrrad haben. Mein Vater konnte es sich aber nicht leisten. Da marschierte Pal in ein Warenhaus, verlangte den Manager zu sprechen und bot an, so lange für ihn zu arbeiten, bis er sich ein BMX-Fahrrad verdient hatte. Der Manager lachte ihn natürlich aus. Aber Pal ging jeden Tag zurück und wiederholte sein Angebot. Nach zwei Wochen gab der Manager nach. Von da an verbrachte Pal jeden Samstag dort. Er füllte Regale auf, half Kunden beim Einpacken, putzte sogar. Nach vier Monaten kam er mit dem teuersten BMX-Fahrrad im Angebot nach Hause. Das Zweitbeste war ihm nicht gut genug gewesen.» Shpresa schüttelte den Kopf. «Typisch Pal! Was er einige Wochen später gemacht hat, ist genauso typisch: Er hat das Fahrrad verschenkt. Einem Jungen, der dauernd von allen gehänselt wurde.»

Jasmin schluckte gerührt. «Ich wusste nicht, dass er schon früher so war. Ich dachte, erst sein Beruf habe seine soziale Ader zum Vorschein kommen lassen.»

«Nein, er hat Jus studiert, um Menschen zu ihrem Recht zu verhelfen. Ursprünglich interessierte er sich für Völkerrecht. Ich weiss nicht, wann er sein Augenmerk auf einzelne Personen zu richten begann. Ich kam gleich nach der Handelsschule nach Kosova zurück. Danach hatten wir einige Jahre lang wenig Kontakt.» Sie lachte. «Meine Mutter sagt, unsere Namen hätten uns geprägt. ‹Shpresa› heisst auf Deutsch ‹Hoffnung›. Ich bin eine Optimistin. Deshalb bin ich vermutlich als Einzige der Familie nach Hause zurückgekehrt. Ich hoffe immer noch, dass wir irgendwann auf dieses Land stolz sein können.»

«Was heisst ‹Pal›?»

Shpresa schmunzelte. «Der ‹Kleine›. Sprich Pal lieber nicht darauf an. Was seine Grösse betrifft, ist er ziemlich empfindlich. Es ist aber kein muslimischer Name, wie du sicher bemerkt hast, sondern die albanische Form von ‹Paul›. Und der Apostel Paul ist für die Christen ein Heiliger. Der Name passt also auch in dieser Beziehung nicht schlecht. Ich würde Pal zwar nicht als heilig bezeichnen, aber er ist ein wirklich guter Mensch.»

«Ist es nicht unüblich, einem muslimischen Jungen einen christlichen Namen zu geben?»

«Doch», antwortete Shpresa. «Aber meine Mutter wollte sich damit bedanken. Es war für sie nicht einfach, so ganz alleine mit uns. Mein Vater arbeitete in der Schweiz, ein- oder zweimal im Jahr kam er für wenige Wochen nach Hause. Ich glaube, sie war oft einsam. Ganz in der Nähe lebten Jesuiten, die eine Schule leiteten. Wenn Mutter Rat brauchte, konnte sie sich immer an sie wenden.»

Jasmin wurde hellhörig. «Rat?»

«Ich meine nicht nur Ratschläge. Die Jesuiten lebten, was sie predigten. Als mein ältester Bruder krank wurde, hat einer der Jesuiten geholfen, ihn zu pflegen. Sokol hatte eine schwere Lungenentzündung. Ohne Bruder Pauls Hilfe, vor allem ohne die Medikamente, die er brachte, wäre Sokol möglicherweise gestorben.»

Jasmin beschlich eine Ahnung. «Wie alt war Sokol damals?»

«Erst sechs.»

Sokol war sieben Jahre älter als Pal, rechnete Jasmin aus. Das heisst, Pals Mutter wurde im selben Jahr schwanger, als Sokol erkrankte. Ein ungläubiges Lachen stieg in ihr auf. Nur mit Mühe unterdrückte sie es. Am liebsten hätte sie Shpresa gefragt, wofür sich ihre Mutter eigentlich bedankt habe, als sie ihren Sohn nach dem Jesuiten nannte. Als sie jedoch in Shpresas unschuldige Augen blickte, realisierte Jasmin, dass sie nie auf die Idee gekommen war, ihr Bruder könnte einen anderen Vater haben als sie. Und Pal?, fragte sich Jasmin. Hatte er einen Verdacht?

«Wohin gehen wir jetzt?», fragte Shpresa. «Musst du noch mit weiteren Personen reden?»

Jasmin zwang sich, ihre Aufmerksamkeit wieder den Ermittlungen zu widmen. Da sie schon in Pristina waren, wollte sie sich die Verkaufsstände vor dem Kfor-Hauptquartier Film City anschauen. Vielleicht würde sie erfahren, was Fabian Zaugg dort gemacht hatte, während Enrico Geu mit der Masseuse beschäftigt war. Als sie erklärte, was sie vorhabe, stand Shpresa auf. Sie tankte ihren Wagen voll, lehnte aber ab, als Jasmin die Kosten übernehmen wollte. Mit schlechtem Gewissen stieg Jasmin ein. Die 40 Euro, die Shpresa dem Tankwart zahlte, mussten für sie ein Vermögen darstellen.

Auf dem Weg nach Film City erzählte Shpresa von ihrer Familie. Der älteste Sohn war schon 15 Jahre alt; er träumte davon, wie sein Vater Arzt zu werden.

«Möchtest du auch Kinder?»

Jasmin betrachtete sie misstrauisch.

Shpresa schüttelte den Kopf. «Ich bin in der Schweiz aufgewachsen. Ich weiss, dass eine eigene Familie nicht das Ziel jeder Frau sein muss.»

«Ich weiss es ehrlich gesagt nicht mehr.» Jasmin schaute aus dem Fenster. Eine nasse Schneeschicht bedeckte die Landschaft. Sie erdrückte die Häuser fast. Die Menschen, an denen sie vorbeikamen, hatten die Kragen hochgeklappt und die Köpfe eingezogen. Vorsichtig bahnten sie sich einen Weg durch den Matsch. Genauso ging auch sie seit einem Jahr durchs Leben, dachte Jasmin. Früher war sie vorgeprescht, ohne an die Gefahren zu denken. Jetzt schaute sie genau, wo sie ihre Füsse hinsetzte. Nur selten wagte sie, den Blick vom Boden zu heben und in die Zukunft zu schauen.

Trotz des schlechten Wetters boten Händler ihre Waren vor dem Kfor-Hauptquartier an. Jasmin holte ein Foto von Fabian Zaugg in Uniform hervor und erklärte Shpresa, was sie wissen wollte. Gemeinsam machten sie einen Rundgang. Die meisten Händler schüttelten den Kopf. Es seien zu viele Soldaten, erklärten sie. Immer wieder andere. Sie kämen und gingen, einer hebe sich kaum vom anderen ab. Wie um die Aussage zu illustrieren, zog eine Gruppe Deutscher lachend an ihnen vorbei. Kahle Köpfe, vor Kälte gerötete Wangen – Jasmin hätte sich an kein einziges Gesicht erinnert, wenn sie später danach gefragt worden wäre.

An einem CD-Stand verwickelte Shpresa den Verkäufer in ein Gespräch. Jasmin nutzte die Gelegenheit, um das Musikangebot zu überfliegen. Die Qualität war vermutlich nicht die beste, doch bei diesen Preisen erwartete sie das auch nicht. Albanische Musik hatte ihr schon immer gefallen. Die Chance, ihre Sammlung mit neuen Interpreten aufzustocken, würde sie sich nicht entgehen lassen. Als sie den Verkäufer fragen wollte, was er empfehlen würde, legte Shpresa plötzlich die Hand auf Jasmins Arm.

«Dein Soldat war hier», übersetzte sie. «Irgendwann im August.»

Jasmin legte die CD zurück. «Hier? Ist der Verkäufer sicher? War es wirklich Zaugg?»

«Ja», bestätigte der Mann, nachdem Shpresa übersetzt hatte. «An diesen Soldaten kann ich mich gut erinnern. Vor allem an den Haarschnitt, auch wenn er eine Mütze trug. Er hatte dieselben Streifen an den Schläfen wie auf dem Foto.»

«Woran können Sie sich noch erinnern?»

Der Verkäufer streckte sich und nahm eine CD aus einem Regal an der Wand. «Sein Kollege hat ihm dieses Album von Ermal Fejzullahu empfohlen.»

«Er war nicht alleine?», fragte Jasmin.

«Nein, vielleicht ist er mir auch deshalb aufgefallen.» Der Verkäufer blickte zum Stacheldrahtzaun entlang des Kfor-Hauptquartiers. «Die meisten Soldaten leben abgeschottet in ihren Camps. Man erzählt, es sehe drinnen genauso aus wie bei ihnen zu Hause. Sie haben Bars, Fitnessräume, eigene Läden, ich glaube, sogar Kinos. Der Strom fällt nie aus, das Wasser ist immer warm. Ich frage mich, ob die Soldaten überhaupt wissen, wo sie sind. Sie sitzen ihre Zeit ab und verschwinden wieder. Es sind keine schlechten Kerle, aber sie interessieren sich nicht wirklich für uns. Dieser Junge hingegen», er tippte auf das Foto, «war anders. Nur schon, weil er mit einem Kosovaren unterwegs war. Und dann hat er sich auch noch auf Albanisch verabschiedet. ‹Mirupafshim› ist doch wirklich nicht so schwierig, oder? Trotzdem war es das erstemal, das ich das Wort aus dem Mund eines Soldaten gehört habe.»

«Können Sie den Begleiter beschreiben?», fragte Jasmin aufgeregt.

Der Verkäufer rieb sich nachdenklich das Kinn. «Er war etwa gleich alt wie der Soldat, würde ich schätzen. Genauso gestresst.»

«Wie meinen Sie das?»

«Der Soldat hat dauernd über die Schulter geschaut. Die Mütze zog er tief in die Stirn, als versuche er, sich darunter zu verstecken. Damit fiel er erst recht auf.»

Jasmin fluchte in sich hinein. Gerne hätte sie dem Verkäufer das Foto von Zeqir Kastrioti gezeigt, doch sie hatte nur einen einzigen Ausdruck mitgenommen. Sie hatte Pal bitten wollen, ihr die elektronische Version zu mailen, aber sie hatte es nicht über sich gebracht. Dazu hätte er die Datei auf ihrem Laptop suchen müssen. Und möglicherweise ihre Notizen entdeckt oder ein Dokument geöffnet, das sie geschrieben hatte. Mit schlechtem Gewissen dachte sie daran, dass sie ihm noch keinen einzigen Bericht abgeliefert hatte. Ihre überstürzte Abreise hatte ihre Pläne über den Haufen geworfen. Die Zeit hatte nicht mehr gereicht, Lisa Stocker die erste besprochene Kassette vorbeizubringen.

Jasmin wandte ihre Aufmerksamkeit wieder dem Verkäufer zu.
«Wissen Sie, wohin die beiden gegangen sind?»
Der Mann zeigte die Strasse hinunter. «In diese Richtung. Sie hatten es ziemlich eilig.»
«Folgte ihnen jemand?»
«Aufgefallen ist mir nichts, aber so genau habe ich nicht hingeschaut.»
«Vielen Dank», sagte Jasmin auf Albanisch, was dem Verkäufer ein Lächeln entlockte. «Sie haben uns sehr geholfen.»
«Es war mir eine Ehre», antwortete er. Zum Abschied reichte er Jasmin die CD, die sie angeschaut hatte. Als sie bezahlen wollte, winkte er ab. «Ein Geschenk.»
Jasmin reichte ihm die Hand. «Mirupafshim.»
«Mirupafshim», erwiderte er mit einem Augenzwinkern.
Bevor sie zum Wagen zurückkehrten, folgte Jasmin dem Weg, den Fabian Zaugg mit seinem Begleiter gegangen war. Er führte in ein Seitensträsschen, weg von Film City. Jasmin konnte sich nicht vorstellen, was Zaugg hier gesucht hatte. Wohnte sein Bekannter in der Nähe? War Zaugg von ihm unter Druck gesetzt worden? Weswegen? Frustriert schob sie die Hände in die Hosentaschen. Fabian Zaugg musste in etwas verwickelt gewesen sein. Warum gab er es Pal gegenüber nicht zu? Hatte Karin Zaugg doch einen Fehler begangen, als sie einen albanischen Anwalt gesucht hatte? Fürchtete sich Fabian Zaugg genau deswegen vor Pal? Warum hätte er dem Anwaltswechsel unter diesen Umständen zustimmen sollen?
Im Auto rief Jasmin Pal an. Sie war überrascht, als er abnahm. Offenbar hatte sie eine Einvernahmepause erwischt. Seine Stimme liess sie kurz vergessen, was sie ihm sagen wollte. Sie weckte Erinnerungen an seine warme Haut, die harte Wölbung seiner Oberarme und die weiche Stelle unterhalb seines Ohres, an der sie seinen Puls gespürt hatte. Ihr Frust machte einem Kribbeln Platz.
«Ich liebe es, wenn du mir ins Ohr schnaubst», sagte Pal leise, «aber ich nehme nicht an, dass du deswegen anrufst.»

Jasmin räusperte sich ertappt. «Ich war kurz abgelenkt.»
«Durch wen?»

Die Worte kamen locker daher, doch seine Anspannung entging Jasmin nicht. Seine Eifersucht gefiel ihr – solange er nicht besitzergreifend wurde. Sie schlug einen sachlichen Ton an und schilderte, was sie erfahren hatte.

«Ich habe keine Ahnung, wer der Begleiter sein könnte», stellte Pal verwundert fest. «Ich kann mir schlicht nicht vorstellen, wie Zaugg es geschafft hat, Beziehungen ausserhalb des Camps zu knüpfen. Weder feindliche noch freundschaftliche. Ich werde ihn darauf ansprechen, aber mach dir keine grossen Hoffnungen. Er ist wieder genauso verschlossen wie zu Beginn. Irgendetwas belastet ihn stark. Zusätzlich zur Haft, meine ich.»

«Weisst du schon, wann er entlassen wird?»

«Morgen, wenn nichts dazwischenkommt. Ich habe vor einer halben Stunde mit Salvisberg telefoniert. Sie scheint ziemlich enttäuscht zu sein über die Daten auf dem Laptop. Sie hat sich vermutlich mehr erhofft, nachdem sich Zaugg so vehement gegen die Entsiegelung gewehrt hat.»

«Hast du ihr von Kastrioti erzählt?»

«Nein.» Pal stiess einen abschätzigen Laut aus. «Sie würde behaupten, wir machten ihr mit unseren Ermittlungen den Fall kaputt. Ich ziehe es vor, keine schlafenden Hunde zu wecken.»

Die Verbindung wurde schlechter, als Shpresa nach einem Rotlicht beschleunigte. Sobald Jasmin Pal wieder hören konnte, verabschiedete sie sich. Er rang ihr das Versprechen ab, vorsichtig zu sein, und gab ihr seine Flugdaten durch.

«Ich freue mich aufs Wochenende», sagte er. «Brauchst du etwas? Ich kann bei deiner Mutter vorbeigehen und einige Sachen für dich holen, wenn du möchtest.»

Jasmin zögerte. Pal nach Schwamendingen zu schicken, war wie einem sabbernden Hund einen Knochen zuzuwerfen. Edith Meyer würde ihn zu Brei zermalmen. Aber zusätzliche Pullover und Socken könnte sie gut gebrauchen. Ebenso ihren Schlafsack für die Rückreise. Sie warnte Pal vor ihrer Mutter und zählte die

Kleidungsstücke auf, die er mitbringen sollte. Auf eine kleine Provokation konnte sie nicht verzichten.

«In der obersten Schublade findest du ausserdem eine Auswahl an Strings. Nimm diejenigen, die dir am besten gefallen. Aber achte darauf, dass sie zu Schwarz passen. Ich habe nur schwarze BHs dabei.»

Einen Moment lang war es still. «Wie bitte?»

Jasmin biss sich auf die Unterlippe, um nicht loszuprusten. Sie genoss die Leichtigkeit, die sie erfasst hatte. Als sie aber aus dem Augenwinkel sah, wie Shpresa errötete, richtete sie rasch einige Abschiedsworte an Pal und drückte auf «Aus». Shpresa bog in eine schmale Strasse ein, die an der Schweizer Botschaft vorbei zum Hotel hinaufführte. Autos säumten den Rand, nirgends tat sich eine Parklücke auf. Jasmin bedankte sich und sprang aus dem Wagen, damit Shpresa gleich weiterfahren konnte. Sie winkte ihr nach, bis sie um die Ecke verschwunden war. Einen Moment bereute Jasmin, dass sie Shpresas Angebot, bei ihr zu wohnen, abgelehnt hatte. Doch in Pristina konnte sie sich den Ermittlungen viel effektiver widmen.

Im Zimmer zog sich Jasmin bis auf die Unterwäsche und ein T-Shirt aus, um ein leichtes Krafttraining zu absolvieren. Nach den Liegestützen und Rumpfbeugen hatte sie jedoch mehr Energie als davor. Was ihr guttäte, wäre eine Runde zu joggen. Kritisch betrachtete sie ihre Motorradstiefel. Warum nicht, beschloss sie. Mit Stiefeln zu joggen, war nicht anders, als mit Gewichtsweste zu trainieren. Sie zog den Stadtplan von Pristina hervor, den ihr Shpresa geschenkt hatte, und suchte darauf ihr Hotel. Nicht weit davon entfernt befand sich ein Park.

Die Dämmerung hatte bereits eingesetzt, als Jasmin wieder in die Kälte hinaustrat. Eine schmale Strasse führte zu einer Anhöhe, die auf der Karte als Grünfläche eingezeichnet war. Die schneebedeckte Ebene war menschenleer. Ein Denkmal ragte in die Höhe; als Jasmin sich näherte, sah sie, dass es sich um das Grab des ehemaligen Staatspräsidenten Ibrahim Rugova handelte. Sie spazierte daran vorbei und machte einige Dehnübungen, bevor sie in leichten Joggingschritt verfiel. Die Temperatur war seit Einbruch der Dunkelheit deutlich gesunken. Die kalte Luft brannte in ihrem Hals und regte den Tränenfluss an. Sie zog die Ärmel ihrer Jacke über die Hände. Ihre Motorradhandschuhe anzuziehen, war ihr übertrieben vorgekommen, doch nun wäre sie froh darum gewesen.

Nach einigen Runden um den Park spürte Jasmin die Kälte kaum noch. Nicht nur ihre Glieder wurden warm, auch ihre Gedanken begannen zu fliessen. Sie liess Bilder und Gesprächsfetzen vorbeiziehen, ohne sie festzuhalten. Plötzlich merkte sie, was ihr in letzter Zeit gefehlt hatte: Bei der Kripo hatten sie gemeinsam im Team die Daten eines Falls zusammengetragen, so dass sich die Sachbearbeiter jederzeit eine Übersicht über das Material verschaffen konnten. Da Jasmin alleine arbeitete, war es ihr gar nie in den Sinn gekommen, ihre Informationen zu ordnen. Sie würde sich ein System aneignen müssen, wenn sie in Zukunft privat ermitteln wollte. Der Gedanke überraschte sie. Sich selbstständig zu machen, hatte sie nie in Betracht gezogen. Warum eigentlich nicht? Die Unabhängigkeit gefiel ihr. Niemand schrieb ihr vor, wo sie bei den Ermittlungen anzusetzen hatte; die Schwerpunkte legte sie nach eigenem Ermessen fest, ebenso, wofür sie ihre Zeit einsetzen wollte. Mit ihrem Hintergrund dürfte es nicht schwierig sein, an Aufträge zu kommen. Vielleicht würde sie sich sogar im Personenschutz betätigen. Ebenfalls auf privater Basis natürlich. Sie konnte nicht nur auf eine Karriere bei der Kriminalpolizei zurückblicken, sie hatte auch eine Grenadierausbildung vorzuweisen. Unwillkürlich beschleunigte sie das Tempo.

Als sie die Schritte hörte, befand sie sich auf der nördlichen Seite des Parks. Pristina lag vor ihr, ein Lichtermeer, das sich bis zu den umliegenden Hügeln erstreckte. Jasmins Blick blieb am Jugend- und Sportpalast hängen, einem kommunistischen Bau im Zentrum der Stadt, der seinen Glanz längst eingebüsst hatte. Er gehörte einer Zeit an, die viele junge Kosovaren gar nicht mehr erlebt hatten.

Zuerst glaubte Jasmin, das Geräusch stamme vom Drahtseil des Fahnenmasts neben Rugovas Grab. Doch dann merkte sie, dass es immer gleich laut war, auch, als sie sich wieder vom Grab entfernte. Als würde ihr jemand folgen. Sie widerstand der Versuchung, über die Schulter zu blicken. Wenn tatsächlich jemand hinter ihr her war, wollte sie wissen, um wen es sich handelte. Deshalb liess sie sich ihren Verdacht nicht anmerken. Stattdessen versuchte sie, alle anderen Geräusche auszublenden. Die Gegend bestand hauptsächlich aus niedrigen Wohnhäusern. Bei dieser Kälte hielt sich kaum jemand im Freien auf. Ab und zu bog ein Auto in eine Einfahrt ein oder parkierte am Strassenrand; Haustüren wurden geöffnet und eilig wieder geschlossen. Nur vor einem Lebensmittelgeschäft diskutierten zwei Männer miteinander. Um ihr Tempo unauffällig zu ändern, liess Jasmin die Arme beim Joggen kreisen. Die Schritte hinter ihr verlangsamten sich ebenfalls. Sie achtete auf den Aufprall ihrer eigenen Füsse und versuchte abzuschätzen, wie weit entfernt sich ihr Verfolger befand. Höchstens hundert Meter, vermutete sie. Eher weniger. Woher wusste er, dass sie hier war? Hatte er vor dem Hotel auf sie gewartet? Oder sie bereits zuvor im Auge behalten? Jasmin dachte an den Wagen, der ihr in Prizren gefolgt war. Es lag auf der Hand, dass es sich um ein und dieselbe Person handelte. Allerdings würde das bedeuten, dass der Verfolger nicht der Einbrecher war. Ausser, er wollte mehr als das Foto von Zeqir Kastrioti. Doch was? Sie besass nichts von Interesse. Wenn er ihr etwas antun wollte, würde er ihr kaum nachrennen. Oder wartete er auf einen günstigen Augenblick?

Jasmin sah sich um. Im Park würde er sie nicht angreifen. Hinter den Fenstern der umliegenden Häuser befanden sich zu viele Augenpaare. Viel eher würde er warten, bis sie in eine ruhige Seitenstrasse einbog. Sinnvoller wäre es gewesen, wenn er sein Vorhaben bereits auf dem Hinweg umgesetzt hätte. Vielleicht waren zu viele Passanten unterwegs gewesen. Jasmin versuchte, sich zu erinnern, wem sie begegnet war, doch sie hatte nicht darauf geachtet.

Sie könnte weiterrennen, bis ihrem Verfolger der Atem ausginge. Sie verwarf den Gedanken wieder, weil sie fürchtete, er könnte sich davonschleichen. Sie wollte wissen, mit wem sie es zu tun hatte. Also musste sie angreifen. Er rechnete kaum damit, dass sie den Spiess umdrehte. Ausserdem wusste er nichts von ihrem Messer, das einsatzbereit im Schaft steckte. Wenn sie das Überraschungsmoment nutzte, hätte er keine Chance. Hauptsache, sie zögerte nicht.

Jasmin rannte eine weitere Runde um den Park und bereitete sich mental vor. Als sie erneut an Rugovas Grab vorbeikam, bückte sie sich blitzartig, drehte sich um 180 Grad und zog in der gleichen, fliessenden Bewegung ihr Messer hervor. Ohne einen Schritt auszusetzen, spurtete sie den Weg zurück, den sie gekommen war. Sie sah ihn schon nach wenigen Schritten. Er war einfach stehengeblieben, offenbar so überrascht, dass er sich nicht entschliessen konnte, ob er sich auf sie stürzen oder fliehen sollte. Sie nahm ihm die Entscheidung ab. Mit einer geübten Bewegung warf sie ihn auf den Bauch, drehte ihm den Arm auf den Rücken und hielt ihm das Messer seitwärts an den Hals. Er grunzte und versuchte, den Arm nach unten zu bewegen. Mit dem Knie drückte Jasmin ihn in den Schnee; mit der freien Hand tastete sie ihn ab. An seiner Hüfte entdeckte sie ein Holster. Als sie eine geladene Pistole herauszog, glühten ihre Nerven wie heisse Drähte.

«Lassen Sie mich los!»

Es dauerte einen Moment, bis Jasmin begriff, dass sie die Stimme kannte. Sie steckte die Pistole in ihren Hosenbund. Langsam drehte sie den Mann auf den Rücken, ohne das Messer von seinem Hals zu nehmen. Obwohl sein Gesicht mit Schnee bedeckt war, erkannte sie Bekim Shala sofort.

26

Als Pal Maja Salvisbergs Ausdruck sah, wusste er, dass sie neue Informationen hatte. Ein ungutes Gefühl beschlich ihn. Er hatte damit gerechnet, dass dies sein letzter Besuch in Oberuzwil sein würde. Da die Entsiegelung von Fabian Zauggs Laptop keine weiteren Ermittlungsschritte notwendig gemacht hatte, war er davon ausgegangen, sein Klient würde nach der Einvernahme entlassen. Doch Maja Salvisberg mied beinahe krampfhaft seinen Blick. Als ihr Handy klingelte, verliess sie dankbar den Raum. Auch Zora Giovanoli ignorierte Pal. Sie las konzentriert in ihren Akten, als sei er gar nicht anwesend. Trotzdem merkte er, dass sie ihn wahrnahm. Sie blätterte kaum weiter, ihre Wangen waren unnatürlich gerötet. Offensichtlich hatte sich ihre Wut auf ihn noch nicht gelegt.

Die Einvernahme fand diesmal im Sitzungszimmer im Dachstock statt. Holzbalken sorgten für eine gemütliche Atmosphäre, die ganz und gar nicht zu Salvisbergs Stimmung passte. Verärgert stellte Pal fest, dass sich der Schweiss unter seinen Achseln sammelte. Als Fabian Zaugg endlich hereingeführt wurde, hätte sich Pal am liebsten kurz umgezogen. Ein Reservehemd hatte er immer dabei. Doch es war erst 10 Uhr. Wenn Salvisberg tatsächlich Neuigkeiten hatte, könnte die Einvernahme länger dauern als geplant – und ihm noch weit mehr Schweiss abverlangen.

Pal betrachtete seinen Klienten und versuchte abzuschätzen, in welcher Verfassung er sich befand. Zaugg hielt den Kopf gesenkt, doch Pal sah trotzdem, wie er sich immer wieder mit der Zunge über die Lippen fuhr. Er wirkte nervös, als wüsste er, was ihn erwartete. Das ungute Gefühl, das Pal beschlichen hatte, wurde langsam zur Gewissheit: Bald würde er eine unangenehme Überraschung erleben.

Während Salvisberg Zaugg über seine Rechte aufklärte, versuchte Pal, seinem Klienten einen aufmunternden Blick zuzuwerfen. Doch Zaugg war auf seinem Stuhl so weit nach unten gerutscht, dass er nur noch die Tischplatte vor seiner Nase sah. Er wirkte wie ein Jugendlicher, der sich gegen eine elterliche Tirade wappnete. Inzwischen bereute Pal das ausgiebige Frühstück, das er auf dem Hinweg gegessen hatte.

Wie erwartet betraf der erste Fragenkomplex die Bilder auf Fabian Zauggs Laptop. Die meisten Personen auf den Fotos hatte Salvisberg identifiziert. Pal empfand eine leise Genugtuung, als er daran dachte, dass Jasmin bereits einen Schritt weiter war. Dies, obschon sie nicht die Ressourcen gehabt hatte, auf die Salvisberg zurückgreifen konnte. Das kurze Gefühl von Überlegenheit machte aber rasch Unbehagen Platz, als sich Zaugg weigerte, die Fragen der Untersuchungsrichterin zu beantworten.

Pal begriff nicht, was mit ihm los war. Während der ganzen Untersuchung hatte er Zaugg geraten zu schweigen. Nie hatte sein Klient auf ihn gehört. Ausgerechnet jetzt, kurz vor der Entlassung, sagte er kein Wort. Dabei belasteten ihn die Bilder in keiner Weise. Zumindest nicht in Bezug auf die offiziellen Anschuldigungen, die gegen ihn erhoben wurden. Dass er unerlaubterweise im Dienst fotografiert hatte, liess sich nicht abstreiten. Angesichts seiner Lage war dieser Fehltritt jedoch kaum der Rede wert.

Als Pal ihm nach seiner Rückkehr aus Kosovo von Zeqir Kastrioti erzählt hatte, war Zauggs Verblüffung echt gewesen. Er hatte keine Ahnung gehabt, wen er im Hintergrund abgelichtet hatte. Schuldbewusst hatte Zaugg gestanden, dass man ihn in der Ausbildung genau davor gewarnt hatte: dass unüberlegte Handlungen unabsehbare Folgen haben könnten.

Was immer ihm jetzt auf dem Herzen lag, Zaugg hatte nicht vor, sich Erleichterung zu verschaffen, so viel war Pal klar. Stumm starrte er vor sich hin. Obwohl sie keine Antworten erhielt, ging Salvisberg ihre Fragen Punkt für Punkt durch. Da es keine Aussagen zu protokollieren gab, herrschte dazwischen eine seltsame Stille. Pal notierte sich keine einzige Ergänzungsfrage.

Salvisberg rückte ihre Brille mit einem Seufzer zurecht. Jetzt kam es, dachte Pal. Er straffte die Schultern und bemühte sich um einen neutralen Gesichtsausdruck. Ein Schweisstropfen rann ihm die Schläfe hinunter. Unauffällig wischte Pal ihn weg. Alle Augen waren auf Zaugg gerichtet, die Bewegung fiel niemandem auf. Der Protokollführer legte die Finger auf die Tastatur, als Salvisberg in ihren Unterlagen blätterte. Auf dem Blatt, das sie hervorzog, erkannte Pal das Logo des St. Galler Instituts für Rechtsmedizin. Plötzlich wurde ihm kalt.

«Herr Zaugg», begann Salvisberg, «Sie haben behauptet, Sie seien am 3. Oktober alleine mit Besarta Sinani in Ihrem Wohncontainer gewesen. Die DNA-Untersuchung hat jedoch ergeben, dass die Spermaspuren auf Ihrem Leintuch nicht von einer einzigen Person verursacht worden sind.» Salvisbergs Ton wurde schärfer. «Verstehen Sie mich? Die Spuren stammen von mindestens zwei unterschiedlichen Personen. Einer der Flecken konnte Ihnen zugeordnet werden. Wer ist der Verursacher der anderen Spur?» Als Salvisberg keine Antwort erhielt, klopfte sie mit dem Kugelschreiber auf den Tisch. «Enrico Geu hat ausgesagt, sie hätten vor seinen Ferien gemeinsam beide Leintücher und Kissenbezüge gewaschen. Er habe sich um den Waschgang gekümmert, Sie hätten die Wäsche anschliessend in den Tumbler geworfen – und dort vergessen. Worauf er sie um 21 Uhr leicht verärgert aus dem Waschraum geholt und sein Bett bezogen hatte. Das war am Abend des 29. Septembers gewesen. Am 1. Oktober reiste Geu in die Schweiz. Seine DNA wurde überprüft: Er ist nicht der Spurenverursacher. Zwischen dem 1. Oktober und Ihrer Verhaftung gut zwei Wochen später hat sich eine Drittperson in Ihrem Wohncontainer aufgehalten! Wer war es?»

Pal hielt den Atem an.

«Nennen Sie mir den Namen!», verlangte Salvisberg.

Fabian Zaugg schwieg.

Salvisberg klopfte heftig mit dem Kugelschreiber auf die Tischplatte. «Herr Zaugg! Wer war in Ihrem Bett?»

Fabian Zaugg schloss die Augen. Sein Gesicht war kreideweiss. Pal erhob sich leicht, um bereit zu sein, falls sein Klient zusammenbrach. Doch Zaugg schlug die Augen plötzlich wieder auf und schüttelte heftig den Kopf.

«Wer, Herr Zaugg?», bohrte Salvisberg.

«Niemand!», platzte er heraus. «Ich war alleine, okay? Ja, ich habe es getan! Ich habe Besarta vergew...»

«Sagen Sie nichts!» Pal sprang auf.

«Herr Palushi! Setzen Sie sich!»

Pal ging leicht in die Knie, die Hände auf den Tisch gestützt, setzte sich aber nicht. «Ich bitte um eine Unterbrechung!»
Zaugg setzte erneut an: «Ich habe sie...»
«Frau Salvisberg!», rief Pal.
Der Raum begann sich vor seinen Augen zu drehen. Pal kam es vor, als sei alle Luft abgesogen worden. Zora Giovanoli warf ihm einen triumphierenden Blick zu. Pal zwang sich, regelmässig zu atmen. In seinen Ohren pochte es, als hätte sich sein Herzschlag dorthin verirrt. Ein Schweisstropfen fiel auf seinen Handrücken, doch er konnte kein Taschentuch hervorholen. Er brauchte beide Hände, um sein Gleichgewicht zu bewahren. Ein Sturm hatte ihn erfasst und tobte in seinem Körper. «Ich habe sie getötet», hörte er die Stimme Bajram Selmanis, als er eine Tat gestand, die er nicht begangen hatte. Vor sich sah Pal die leeren Augen seines ehemaligen Klienten. Teilnahmslos hatte er die Einvernahmen über sich ergehen lassen. Keine Frage beantwortet. Kein Wort gesagt. Bis er am Schluss ein Geständnis abgelegt hatte. Ein Geständnis, das zwei Frauen das Leben gekostet hatte. Und fast auch Jasmin.
Pal kam es vor, als sei er aus einem Albtraum erwacht, nur um gleich wieder einzuschlafen und denselben Traum von neuem zu durchleben. Was übersah er diesmal? Er war kein Psychologe, doch er hatte Menschen immer relativ gut einschätzen können. Trotzdem hatte er bei einem Landsmann ein Kriegstrauma nicht erkannt. Was war es bei Fabian Zaugg? Von wem wurde er unter Druck gesetzt? Warum traute er seinem Verteidiger nicht? Nicht einmal den Namen der Person, die mit ihm vor dem Kfor-Hauptquartier CDs angeschaut hatte, gab er preis. Pal hatte ihn am Vortag danach gefragt, doch Zaugg behauptete, er sei alleine gewesen, der Verkäufer täusche sich.
Zu Pals Überraschung stimmte Salvisberg der Unterbrechung zu. Zora Giovanoli nutzte die Pause, um sich zu verabschieden, da sie beim Haftrichter erwartet werde. Genau wie Pal hatte sie nicht damit gerechnet, dass die Einvernahme bis in den Nachmittag hinein dauern würde. Bevor sich Pal mit seinem Klienten

unterhalten durfte, wollte Salvisberg Pal alleine sprechen. Pal folgte ihr unsicheren Schrittes aus dem Sitzungszimmer, verärgert über seine Unzulänglichkeit. Dass er schwitzte, als befände er sich in einer Sauna, fachte seine Wut zusätzlich an. Zum Glück stand heute seine wöchentliche Squashpartie auf dem Programm, dachte er zähneknirschend. Valentin würde keine Chance haben.

Salvisbergs Büro befand sich ein Stockwerk tiefer. Sie bot Pal ein Glas Mineralwasser an, das er ablehnte. Mit einem Seufzer verschränkte sie die Arme vor der Brust. «Herr Palushi, ich muss endlich Klarheit in diese Angelegenheit bringen. Sie wissen, dass ich unter starkem Druck stehe.»

«Und Sie wissen, dass mein Klient Besarta Sinani nicht vergewaltigt hat», erwiderte Pal.

«Ich neige dazu, Ihnen recht zu geben», stimmte Salvisberg zu. «Aber Fabian Zaugg macht es mir nicht einfach. Sie sind sein Anwalt! Dringen Sie endlich zu ihm durch! Machen Sie ihm klar, dass ich ihn nicht gehenlassen kann, bevor er mir nicht den Namen des anderen Soldaten nennt. Er könnte kolludieren: Spuren verwischen beispielsweise oder seinen Kollegen warnen. Das ist mir zu heikel!»

«Was werden Sie tun, wenn er den Namen nicht verrät? Entlassen Sie ihn trotzdem? Sie können nicht jeden Soldaten im Camp überprüfen. Das wäre unverhältnismässig.»

«Aber die Personen, die Zugang zum Wohncontainer von Zaugg und Geu hatten. So lange wird er in Haft bleiben müssen.»

«Es gibt keinen Passepartout für die Wohncontainer, das habe ich abklären lassen. Nicht einmal Kopien der Schlüssel, ausser für die Bewohner selbst.»

«Die Türen lassen sich leicht öffnen», widersprach Salvisberg. «Die Türangeln liegen aussen. Zudem sind die Schlüssel nicht patentiert. Zaugg hätte seinen ohne weiteres in der Schweiz kopieren lassen können.»

«Dass sich zwei Spuren auf dem Leintuch befinden, entlastet meinen Klienten», drängte Pal. «Ausserdem ist Besarta Sinanis Aussage nicht glaubhaft! Das wissen Sie ganz genau.»

Salvisberg lachte ohne Humor. «Normalerweise stehe ich vor dem Dilemma, dass mir zwei plausible Geschichten präsentiert werden. Zum ersten Mal sind beide Aussagen gleichermassen absurd.»

Pal entspannte sich ein wenig.

«Finden Sie heraus, wen Ihr Klient schützt!», sagte Salvisberg. «Ich gebe Ihnen eine halbe Stunde.»

Der Protokollführer verliess auf Anweisung Salvisbergs das Sitzungszimmer, als Pal wieder eintrat. Fabian Zaugg sass aufrecht an seinem Platz, die Ärmel bis zu den Ellenbogen aufgerollt. Der Unterschied zum ängstlichen Häftling von vorhin war frappant. Ein trotziger Ausdruck hatte sich auf sein Gesicht geschlichen. Er schob das Kinn vor, als sich Pal neben ihn setzte.

«Ich mache mit Ihnen einen Deal», sagte Zaugg. «Ich gestehe, dafür wird die Strafe auf Bewährung ausgesprochen.»

Pal glaubte, sich verhört zu haben. «Wir sind hier nicht in den USA. So funktioniert das nicht. Ausserdem stehe ich auf Ihrer Seite. Ich stelle keinen Strafantrag. Das macht die Anklage. Ausgesprochen wird die Strafe schliesslich vom Gericht, sofern es zu einer Verurteilung kommt. Bedingt wird sie kaum ausfallen, so viel kann ich Ihnen jetzt schon sagen.»

«Ich will einen neuen Anwalt», forderte Zaugg.

«Und ich will, dass Sie mit diesem Blödsinn aufhören!», entgegnete Pal hart. «Ich weiss, dass Sie Besarta Sinani nicht vergewaltigt haben. Wen schützen Sie?»

«Niemanden!»

«Herr Zaugg! Mir reicht es langsam! Sie helfen einem Vergewaltiger! Irgendwann wird er sich wieder an einer Frau vergreifen. Verstehen Sie, was Sie mit Ihren Lügen anrichten? Können Sie mit diesem Wissen leben?»

Zaugg verschränkte die Arme. Pal unterdrückte die Versuchung, ihn zu schütteln. Zum ersten Mal ahnte er, wie der Infanterist auf andere gewirkt haben musste, wenn er sich als Macho aufspielte. Kein Wunder, hatten sich seine Kameraden über ihn geärgert. Doch welches war sein wahres Gesicht? Wusste er es überhaupt? Vielleicht litt er tatsächlich unter einer psychischen Krankheit. Da er sich weigerte, bei der Erstellung des Gutachtens zu kooperieren, würden sie es vermutlich nie herausfinden.

«Hören Sie», sagte Pal nach einem tiefen Atemzug. «Was wir unter vier Augen besprechen, bleibt zwischen uns. Von mir haben Sie nichts zu befürchten. Ich versuche einzig, Ihnen zu helfen. Also sagen Sie mir, wer am 3. Oktober mit Ihnen im Container war.»

«Besarta», antwortete Zaugg.

Pal wartete. Als nichts mehr kam, wiederholte er seine Frage.

«Besarta Sinani», sagte Zaugg mit einem herausfordernden Blick. «Ich habe sie vergewaltigt.»

Pal packte ihn am Kragen. «Wer war noch da?»

«Ich will einen neuen Anwalt!», rief Zaugg. «Sie stecken mit ihnen unter einer Decke! Ich bin nicht der Idiot, für den Sie mich halten!»

Pal liess ihn los, als hätte er sich verbrannt. «Von wem reden Sie? Mit wem stecke ich unter einer Decke?»

Zaugg presste das Kinn gegen die Brust.

«Herr Zaugg! Antworten Sie mir!», forderte Pal.

«Lassen Sie mich in Ruhe!»

«Sie könnten möglicherweise heute noch entlassen werden! Wenn Sie nur endlich mit diesen Lügen aufhören würden!»

«Ich war alleine!»

Zaugg machte mit dem Arm eine ausgreifende Bewegung. Dabei streifte er das Wasserglas vor ihm, so dass es vom Tisch flog und auf dem Boden zerbrach. Die Tür wurde aufgestossen, und Alex Brenner eilte herein. Er schien sich nicht entscheiden zu können, vom wem die grössere Gefahr ausging. Als sein Blick an Pal hängenblieb, fragte sich Pal, ob man ihm seine Wut so gut ansah. Er spürte, wie seine Ohren glühten, und bereute, die Kontrolle über sich verloren zu haben. Beschwichtigend hob er die Hand und deutete auf die Tür. Nachdem der Militärpolizist gegangen war, versuchte Pal, seinen Klienten mit vernünftigen Argumenten davon zu überzeugen, dass es in seinem Sinn sei, den Namen des zweiten Soldaten zu nennen. Genauso gut hätte er an eine Wand reden können. Als Salvisberg nach einer halben Stunde zurückkam, schüttelte Pal resigniert den Kopf. Der restlichen Einvernahme wohnte er schweigend bei. Ausser dafür zu sorgen, dass das Protokoll den genauen Wortlaut der Aussagen seines Klienten wiedergab, hatte Pal keine Aufgabe. Weder hatte er Ergänzungsfragen, noch wollte Zaugg im Anschluss die nächsten Schritte mit ihm besprechen.

Das Gefühl, eine bittere Niederlage erlitten zu haben, verfolgte Pal bis nach Zürich. Es liess sich auch durch die Squashpartie nicht verdrängen. Er spielte unkonzentriert und ohne Strategie, was Valentin zu seinem Vorteil nutzte. Pal verlor deutlich. Erst beim anschliessenden Bier gelang es ihm, den Fall einen Moment lang zu vergessen. Valentin fragte, ob Pal nicht doch noch einmal mit ihm nach Konstanz fahren wolle.

Ein Lächeln schlich sich auf Pals Gesicht. «Nicht nötig.»

Valentin schlug mit der Faust auf den Tisch. «Du hast es geschafft! Mann, ich fass es nicht! Deshalb hast du so schlecht gespielt. Jasmin muss dich ganz schön fertiggemacht haben. Warst wohl ausser Übung. Ich hab dich gewarnt, aber du wolltest nicht auf mich hören. Wie war es? Erzähl!»

Pal grinste, als die Erinnerungen in ihm aufstiegen. «Sagen wir mal, ich spüre immer noch Muskeln, von deren Existenz ich bis vor kurzem nicht einmal gewusst habe.»

Valentin seufzte neidisch. «Details, bitte.»

Pal schüttelte den Kopf. «Du wirst dich mit deiner Phantasie begnügen müssen.»

«Pal!» Valentin setzte eine leidvolle Miene auf. «Sylvie ist beim letztenmal einfach eingeschlafen. Wenn ich schon körperlich auf Entzug bin, dann brauche ich wenigstens etwas für den Geist. Eine Vision, an die ich mich halten kann!»

Pal schnaubte. «Damit du beim nächstenmal an mich denkst, wenn deine schwangere» – er betonte das Wort – «Frau zu müde ist für Sex? Nein danke!»

Valentin verschluckte sich. «An dich? So meinte ich das nicht! Perversling!»

Langsam kehrte Pals Appetit zurück. Nach der Einvernahme hatte er keinen Bissen hinuntergebracht. Er bestellte ein Clubsandwich und lehnte sich zurück. «Wie geht es Max?»

Valentins Augen glitzerten. «Sehr gut. Er hat ein neues Stofftier, das er heiss und innig liebt. So ein unförmiges Ding mit riesigen, abstehenden Ohren. Er nennt es Pali.»

«Das war bestimmt deine Idee!»

«Sicher nicht! Weisst du noch, als du letztesmal bei uns warst? Wie Max auf deinem Rücken geritten ist? Woran hat er sich festgehalten?» Valentin zog an seinen Ohren, bis sie ihm vom Kopf abstanden. «Deine Ohren haben ihn mächtig beeindruckt!»

Pal verzog das Gesicht. «Wenigstens habe ich einen Fan. Auch wenn es nur wegen meiner Ohren ist.»

Valentin runzelte die Stirn. «Was ist mit dir los? Ist es dein Vater? Sitzt er dir wieder im Nacken?»

Pal schüttelte den Kopf. «Er weiss noch nichts von Jasmin. Diese Schlacht steht mir noch bevor. Aber ich werde nicht zulassen, dass er meine Beziehung wieder zerstört.»

«Es ist dir ernst, nicht wahr?»

Pal sah Jasmin vor sich, wie sie ihn zum Abschied geküsst hatte, die Augen weit aufgesperrt, so dass sie viel zu gross für ihr Gesicht schienen. Unwillkürlich war ihm in den Sinn gekommen, dass ihre Kollegen bei der Polizei sie «Bambi» genannt hatten. Jasmin hatte sich immer gegen den Spitznamen gewehrt, da sie glaubte, er erwecke den Eindruck von Hilflosigkeit. Pal fand ihn jedoch zutreffend. Nicht, weil ihre Augen ihn tatsächlich an die Augen eines Rehs erinnerten, auch wenn ihm der Vergleich klischeehaft vorkam, sondern weil er in ihnen die ständige Bereitschaft zur Flucht erkannte. Vor einem Jahr war dieses Flackern noch nicht dort gewesen. Es weckte in Pal das Bedürfnis, Jasmin Schutz zu bieten; einen sicheren Ort, an dem sie nicht ständig über die Schulter blicken musste. Doch Geborgenheit und Gefangenschaft lagen nahe beieinander. Zu viel Schutz, und sie würde fliehen.

Als Valentin ihn fragend ansah, schilderte Pal sein Dilemma. Wie immer hörte sein Freund geduldig zu. Er erteilte keine Ratschläge, sondern wartete, bis Pal sich selbst darüber im klaren war, wie er zu seiner Beziehung stand, worauf er verzichten konnte und wo seine Grenzen lagen. Zwar machte sich Valentin in Bezug auf sein eigenes Leben nur halb so viele Gedanken, doch er akzeptierte, dass Pal durch ständiges Analysieren ein Gefühl von Kontrolle über seinen Alltag erlangte, das ihm Sicherheit gab.

«Was ist, wenn sie gar nie heiraten will?», fragte Valentin. «Du hast immer gesagt, ohne Trauschein laufe bei dir nichts.»

«Ich weiss es nicht», gestand Pal. «Die Umstände sind speziell. Ich kann verstehen, dass ihr Bindungen Angst machen. Wenn ich ehrlich bin, erstaunt es mich, dass sie überhaupt noch etwas von einem Mann will.»

«Das ist ein Kompliment an dich.»

Pal dachte an den Kellner. Ihn hatte er nicht erwähnt. Zwar hätte Valentin nie auch nur ein einziges Wort von dem, was Pal ihm anvertraute, weitererzählt oder gegen ihn verwendet, doch Pal empfand es als persönliche Beleidigung, dass Jasmin für einen dahergelaufenen Trottel die Beine breitgemacht hatte. Schon bei der Vorstellung schoss sein Puls wieder in die Höhe. Obwohl ihm sein Verstand Erklärungen für Jasmins Verhalten zu liefern versuchte, hörte er absichtlich nicht hin. Alles hatte seine Grenzen. Er wechselte das Thema und erzählte Valentin von Fabian Zaugg.

«Du glaubst, dein Klient fürchte sich vor etwas? Oder jemandem?», fasste Valentin zusammen.

Pal blähte die Backen auf. «Er hat mir vorgeworfen, ich würde mit ‹ihnen› unter einer Decke stecken.» Er berichtete vom Foto. «Auch wenn Zeqir Kastrioti gemerkt hat, dass er fotografiert wurde, ergibt das Ganze keinen Sinn. Nehmen wir an, er habe sich darüber geärgert. Er hätte deswegen kaum Besarta Sinani kontaktiert und sie gebeten, eine Vergewaltigung vorzutäuschen, um sich an Fabian Zaugg zu rächen. Die Idee ist lächerlich.»

«Bist du dir sicher, dass diese Bardame die Vergewaltigung vortäuscht?»

«Nein», gestand Pal. «Aber dass sie etwas verbirgt. Möglicherweise schützt sie den wahren Täter.»

«Warum? Welchen Unterschied macht es für sie? Mit den Anschuldigungen hat sie sich eine Menge Probleme aufgehalst. Kommt es da drauf an, wen sie beschuldigt? Ich meine, wenn sie vergewaltigt wurde, ist ihr Ruf sowieso dahin, oder? Also könnte sie geradeso gut mit dem Finger auf den Richtigen zeigen.»

«Ausser, sie wurde entsprechend instruiert.» Ein unwillkommener Gedanke schoss Pal durch den Kopf. «Zum Beispiel von meinem Klienten.»

«Du meinst, weil er jemanden schützen will?»

«Möglicherweise.»

«Du schilderst ihn als ziemlich unreif», sagte Valentin. «Traust du es ihm zu, jemanden so zu bewundern, dass er den Kopf für ihn herhalten würde? Einen Vorgesetzten vielleicht?»

«Und damit eine Gefängnisstrafe riskieren?» Pal schüttelte den Kopf. «So naiv ist er nun auch wieder nicht. Vielleicht spielt er uns allen auch nur etwas vor. Manchmal beschleicht mich das Gefühl, dass er ganz genau weiss, was er tut. Nur nicht, mit welchen Konsequenzen er rechnen muss.»

«Bleibt die Frage, was er davon hat. Du hast mir einmal gesagt, irgendjemand profitiere immer von einer Handlung. Was gewinnt dein Klient mit einer Lüge? Oder vielleicht musst du dir überlegen, was er verlieren würde, wenn er die Wahrheit sagt. Was ist ihm wichtig?»

«Wenn ich ihn richtig einschätze, so will er vor allem dazugehören», sinnierte Pal. «In dieser Beziehung ist er tatsächlich unreif. Er würde auch viel tun, um nicht aufzufallen. Deshalb macht das Geständnis keinen Sinn. Schon durch die Anschuldigungen ist er gebrandmarkt. Eine Verurteilung würde ihn bis ans Lebensende verfolgen.»

«Es muss etwas geben, das für ihn noch schlimmer ist», mutmasste Valentin. «Hat er ein Geheimnis? Nimmt er Drogen? Ist er krank?»

«Drogen kaum», erwiderte Pal. «Eine Sucht könnte er in diesem Umfeld nicht verbergen. Eine Krankheit eher, obwohl alle Soldaten einer ärztlichen Untersuchung unterzogen werden. Trotzdem wäre es möglich. Nur verstehe ich den Zusammenhang nicht.» Er schüttelte wieder den Kopf. «Das passt nicht.» Plötzlich sah er auf. «Seine Familie ist ihm wichtig. Im Container hat er sogar Bilder seines Hundes aufgehängt. Um seine Eltern und seine Schwester zu schützen, würde er womöglich lügen. Wenn er in irgendetwas hineingezogen wurde, wenn jemand drohte, seiner Familie zu schaden, so würde er tun, was von ihm verlangt würde. Da bin ich mir sicher. Genau deswegen tragen Soldaten auf Patrouillen keine Namensschilder. Damit sie nicht erpressbar werden. Verdammt», fluchte er. «Es läuft immer auf das Gleiche hinaus: Ich muss sein Vertrauen gewinnen! Ich begreife nicht, warum er sich mir verschliesst. Ich unterstehe dem Anwaltsgeheimnis. Ausser mit dir rede ich mit niemandem über den Fall. Wovor fürchtet er sich also?»

«Traut er überhaupt jemandem? Vielleicht ist er von Natur aus misstrauisch.»

«Sein Umfeld behauptet, er habe sich in Kosova verändert.»

«Siehst du, dann hat es nichts mit dir zu tun. Könnte es sein, dass dein Klient einfach jemandem im Wege war?»

Valentin kam richtig in Fahrt. Es passte nicht zu ihm, sich einzumischen. Pal vermutete, dass sein Freund ab und zu bereute, das Geschäft seines Vaters übernommen zu haben. Valentin gab es zwar nicht zu, doch wenn Pal von spannenden Fällen berichtete, hing er an seinen Lippen. Seit feststand, dass er bald alleine die Verantwortung für den Oldtimer-Handel tragen würde, mehr denn je. Vielleicht versuchte er sich vorzustellen, wie sein Leben als Anwalt verlaufen wäre.

«Wie kommst du darauf?», fragte Pal.

Valentin zuckte mit den Schultern. «Das würde erklären, warum ihn die Bardame beschuldigt hat. Ist doch klar, dass ein Soldat sofort nach Hause geschickt wird, wenn er ein Verbrechen begeht. Eine Vergewaltigung ist nahezu perfekt: schwierig zu beweisen und trotzdem schwerwiegend. Vielleicht weiss dein Klient sogar, wer dahintersteckt, traut sich aber nicht, den Namen zu nennen. Ich meine, stell dir einmal vor: Wer so weit geht, um jemanden loszuwerden, ist ziemlich skrupellos. Was würde er erst tun, wenn die Sache auffliegt?»

«Klingt ziemlich weit hergeholt. Nur weil die Sache in Kosova passiert ist, muss das nicht heissen, dass die Mafia dahintersteckt.»

Valentin zuckte mit den Schultern. «Ich sag nicht, dass es so war. Du hast diesen Kastrioti erwähnt. Könnte doch sein, dass dein Klient ihn nicht nur fotografiert, sondern auch etwas gesehen hat. Du sagst immer, du würdest nicht an Zufälle glauben. Kastrioti und Zaugg waren zur gleichen Zeit am gleichen Ort. Das könnte etwas zu bedeuten haben.»

Pal schob den Teller mit dem halb gegessenen Sandwich zur Seite. «Dann müsste es auch eine Verbindung zwischen Besarta Sinani und Zeqir Kastrioti geben.»

«Die Bardame scheint mir kein Unschuldslamm zu sein. Was ist ihr Motiv? Falls sie lügt, meine ich.»

Pal erzählte ihm von ihrem unehelichen Kind. «Das ist ihr wunder Punkt. In ihrem Heimatdorf weiss niemand davon. Besarta Sinani hat gesagt, der Junge sei fünf Jahre alt. Also lebt er noch. Entweder in einem Waisenhaus oder in einer anderen Familie. Ich tippe auf eine Familie im Ausland, das würde erklären, warum Besarta Sinani Englisch lernt.»

«Versteh ich nicht.»

«Sie hat keine Ausbildung», erklärte Pal. «Nach der Grundschule hat sie im Haushalt und auf dem Feld gearbeitet. Doch Englisch kann sie. Nicht nur das, offenbar schreibt sie sich auch neue Wörter auf. Sie lernt also aktiv. Das hat ein Soldat Jasmin erzählt. Deutsch hingegen spricht sie kaum. Dies, obwohl sie seit Jahren unter Schweizern und Österreichern arbeitet. Es interessiert sie nicht. Sie will Englisch lernen.»

«Um auszuwandern?»

«Oder ihren Sohn zu besuchen», erwiderte Pal. Nachdenklich betrachtete er eine Essiggurke auf seinem Teller. Wenn Besarta Sinani tatsächlich log, bekam sie etwas dafür. Geld? Unterstützung? Papiere? Irgendetwas, das sie dringend brauchte. Wusste Fabian Zaugg, wer die Bardame angestiftet hatte? Wer könnte ihm solche Angst einflössen?

Gegen diese Version der Geschehnisse sprachen die Spuren im Wohncontainer. Vor allem die Tatsache, dass sich fremdes Sperma auf dem Leintuch befand. Die dritte Person musste direkt involviert sein, nicht nur als Bedrohung im Hintergrund. Also doch jemand aus dem Camp Casablanca. Oder aber, es war noch eine vierte Person im Spiel. Pal rieb sich die Schläfen.

«Nimm die Sache nicht so ernst», riet Valentin. «Du betreibst viel zu viel Aufwand. All die Stunden wird dir die Militärjustiz nie im Leben bezahlen. Und Jasmins Recherchen vermutlich auch nicht. Ehrgeiz ist gut und recht, aber es gibt noch ein Leben neben der Arbeit. Kommst du wieder mal vorbei? Sylvie würde sich freuen. Max sowieso. Hast du Lust, am Sonntag zum Essen zu kommen? Ich verspreche dir, ich werde keine Sprüche über deine Ohren machen.»

Pal hörte kaum zu.

Valentin wedelte mit der Serviette vor seinem Gesicht herum. «Ich rede mit dir!»

«Wen meinte er mit ‹ihnen›?», murmelte Pal. «Mit wem soll ich unter einer Decke stecken?»

Valentin seufzte.

Pal sah auf. «Du hast recht, es müssen Kosovaren dahinterstecken. Warum sonst würde er glauben, ich... der Deal! Er meinte tatsächlich mich! Das war nicht einfach ein Versprecher. Fabian Zaugg wollte mit mir einen Deal abschliessen. Verdammt, was glaubt er, mit wem ich zusammenarbeite?» Er liess sich gegen die Rückenlehne des Stuhls sinken.

27

Oblt Etienne von Büren, 32, Air Operator, Biel
Zaugg wollte im September plötzlich nicht mehr in die Schweiz fliegen. Als Air Ops bin ich für die ganze Flugabwicklung zuständig. Ich stelle die Passagierlisten zusammen, begleite Swisscoy-Angehörige nach Gjakova, organisiere den Transport zurück ins Camp. Im letzten Moment fragte Zaugg, ob er seine Pläne ändern könne. Das läuft eigentlich über den S1, nicht über mich. Ich führe nur Anweisungen aus. Ich weiss aber, dass kurzfristige Änderungen nicht beliebt sind. Ferienabwesenheiten müssen koordiniert werden. Das sagte ich ihm natürlich. Er erklärte, er wolle seine Ferien gar nicht verschieben. Er wolle nur nicht in die Schweiz fliegen. Zuerst begriff ich nicht, was er meinte. Hierbleiben, sagte er, zivil. Meine erste Reaktion war: «Schleift's dir? Du kannst doch nicht einfach in Zivilkleidung aus dem Camp spazieren!» Das musste sogar ihm klar sein, auch wenn Infer nicht immer die Hellsten sind. Die Reise muss in Uniform angetreten werden, das sind die Dienstvorschriften. Soldaten haben das Land zu verlassen.

Auf dem Weg zum Flughafen haben wir uns nochmals unterhalten. Zaugg wollte wissen, ob ich auch Privatausflüge organisiere. Mach ich schon, wenn jemand meine Hilfe braucht. In der Regel verbringen die Soldaten ihre Ferien natürlich zu Hause. Für ein verlängertes Wochenende fahren sie aber manchmal nach Skopje, um Stadtluft zu schnuppern und auf den Putz zu hauen. Dort können sie die Uniform ablegen. Einige brauchen das, um abzuschalten.

Zaugg wollte aber nicht nach Skopje, sondern nach Albanien. Ich war ziemlich überrascht. Ende Oktober, sagte er. Er habe dann wieder eine Woche Ferien. Ich fragte ihn, was er in Albanien vorhabe. Relaxen, meinte er. Verstehen Sie mich nicht falsch, Albanien ist ganz in Ordnung. Aber wenn man ein halbes Jahr lang in Kosovo stationiert ist, hat man irgendwann genug von Balkanschnulzen, Staub und Abfall am Strassenrand. Das mit dem Abfall ist zwar viel besser als früher. Die Locals haben aufgeräumt.

Natürlich war ich neugierig. Ich wollte mehr über Zauggs Pläne erfahren. Doch er rückte nicht richtig heraus damit. Er nuschelte etwas von Meer und Sandstränden. Albanien hat tatsächlich eine schöne Küste, aber Ende Oktober ist nicht gerade Badesaison, wenn Sie verstehen, was ich meine. Das habe ich ihm auch gesagt, vielleicht hatte er da eine falsche Vorstellung. Trotzdem wollte er nach Albanien. Ich riet ihm, von Pristina nach Tirana zu fliegen. Das ist nur ein Katzensprung.

Danach sah ich ihn nur noch einmal, an einem Coy cooking. Da der Knödelbunker am Samstag zu hat, wechseln wir uns mit Kochen ab. Am vorletzten Samstag im September war der Stab NCC dran. Zaugg war gerade zurück aus der Schweiz. Ich sass zufällig an seinem Tisch und fragte ihn, ob Albanien noch aktuell sei. War gutgemeint, ich wollte ihm zeigen, dass ich mich an das Gespräch erinnerte. Deshalb fuhr mir seine Reaktion ziemlich ein. Er sah mich an, als hätte ich ihm vor versammelter Mannschaft die Hose runtergelassen. Ich hab sofort gemerkt, dass etwas nicht stimmte. Zaugg blickte sich nervös um. Als ihm klar wurde, dass uns niemand zuhörte, beruhigte er sich ein wenig. Der Appetit war ihm aber offensichtlich vergangen. Er verabschiedete sich, bevor das Essen serviert wurde. Das, obwohl der S1 Steinpilzrisotto angekündigt hatte.

28

Noch immer beschäftigte Jasmin die Frage, ob Bekim Shala ihr die Wahrheit erzählt hatte. Ihre Mundwinkel zuckten, als sie daran dachte, wie er sie fassungslos angestarrt hatte, als er plötzlich im Schnee gelandet war. Jasmin hoffte, dass sie ihm eine Lektion erteilt hatte – zu seinem eigenen Schutz. Wenn er nicht lernte, schneller zu reagieren, wäre sein Sohn Rinor bald Halbwaise.

Seine Geschichte klang plausibel, obwohl er widerwillig damit herausgerückt war. Jasmin hatte ihm das Messer so lange an den Hals gehalten, bis er ihr Antworten auf ihre Fragen geliefert hatte. Erst als sie überzeugt gewesen war, dass keine Gefahr vom Polizisten ausging, hatte sie ihren Griff gelockert. Bekim Shala gab zu, Zeqir Kastrioti auf dem Bild gleich erkannt zu haben. Die Kosovo Police wusste, dass er Schutzgelder eintrieb. Die meisten Betriebe kamen seinen Aufforderungen sofort nach, ab und zu wagte es aber jemand, sich zu widersetzen. Letzten August hatte sich ein Restaurantbesitzer in Suhareka geweigert, die geforderte Summe zu bezahlen. Drei Tage später war seine Leiche am Strassenrand gefunden worden, eingewickelt in eine Plastikplane. Die Verletzungen des Toten trugen eindeutig die Handschrift Zeqir Kastriotis, doch der Verdächtige konnte ein Alibi vorweisen. Ein einflussreicher Politiker behauptete, Kastrioti sei zum Zeitpunkt der Tat in Pristina gewesen. Einmal mehr war die Polizei machtlos. Bis Fabian Zauggs Foto von Kastrioti auftauchte. Es belegte nicht nur, dass sich Kastrioti zum fraglichen Zeitpunkt in Suhareka aufgehalten hatte, sondern verriet auch, wer seine Kontaktperson gewesen war.

Jasmin gähnte. Langsam erwachte Suhareka. Die klare Nacht hatte eine Eisschicht über das Städtchen gelegt. Durch die beschlagene Windschutzscheibe beobachtete Jasmin, wie ein Gemüsehändler Kartoffelsäcke von seinem Lieferwagen lud. Vorsichtig bahnte er sich einen Weg zu einem Lebensmittelgeschäft. Jasmin griff nach dem Taschentuch auf dem Armaturenbrett und wischte die Scheibe trocken, um ihn besser sehen zu können. Shpresa blickte nicht von ihrem Buch auf.

Den Mord am Restaurantbesitzer hatte Shpresa bestätigt. Am Vortag hatte sie sich in Suhareka umgehört. Offenbar ermittelte die Kosovo Police tatsächlich. Bekim Shala hatte also die Wahrheit erzählt.

«Warum haben Sie mich nicht einfach um einen Abzug des Fotos gebeten?», hatte Jasmin vom Polizisten wissen wollen.

«Sie hätten Fragen gestellt!», rechtfertigte der Polizist sein Vorgehen. «Über eine laufende Ermittlung darf ich nicht sprechen! Woher soll ich wissen, dass Sie wirklich sauber sind?»

«Und deshalb sind Sie in mein Hotelzimmer eingebrochen und haben das Bild gestohlen?»

«Ich hatte keine andere Wahl. Sie wollten das Foto herumzeigen!»

«Wozu die Verfolgungsspielchen? Das war Ihr Wagen. Sie sind mir nachgefahren.»

«Zeqir Kastrioti ist gefährlich. Sie wissen nicht, mit wem Sie sich da anlegen! Fragen über ihn zu stellen, kann Sie in Lebensgefahr bringen.»

«Wollen Sie damit sagen, Sie haben mich beschützt?»

«Natürlich! Im Auftrag meiner Vorgesetzten!»

Ohne den Blick von Bekim Shala zu nehmen, hatte Jasmin nach der Pistole in ihrem Hosenbund gegriffen und sie dem Polizisten zurückgegeben. Wenn er ihr etwas antun wollte, hätte er es längst getan. Trotzdem war sie misstrauisch. Seine Erklärung klang plausibel, aber das musste nicht heissen, dass sie den Tatsachen entsprach.

«Was hat Zeqir Kastrioti mit Fabian Zaugg zu tun?», fragte sie.

Bekim Shalas Finger umschlossen den Griff der Waffe. Erst jetzt wagte er es, sich aufzurichten. Seine Augen funkelten vor Wut. Jasmin erkannte verletzten Stolz und einen Anflug von Scham. Sie seufzte innerlich. Sie hätte dem Polizisten erklären können, dass ihre Überlegenheit nur eine Frage des Trainings sei, doch es hätte nichts genützt. Er fühlte sich sowohl in seiner beruflichen Ehre als auch in seiner Männlichkeit verletzt, diese Kränkung würde er ihr nicht so rasch verzeihen. Blieb zu hoffen, dass er professionell genug war, um die Angelegenheit sachlich zu regeln.

Einen Moment glaubte Jasmin, er würde sie mit Schweigen bestrafen, doch dann steckte er die Waffe ein, deutete mit dem Kopf Richtung Stadt und setzte sich in Bewegung. Auf dem Weg zurück zum Hotel berichtete er, was die Kosovo Police herausgefunden hatte.

«Zeqir Kastrioti hat bis jetzt nicht gewusst, dass das Foto existiert. Wir können aber nicht ausschliessen, dass Ihre Fragen seine Aufmerksamkeit erregt haben. Reagiert hat er noch nicht.»

«Gibt es eine Verbindung zwischen Kastrioti und Zaugg?», fragte Jasmin.

Shala verneinte.

«Und Besarta Sinani?»

Wieder schüttelte Shala den Kopf. Niedergeschlagenheit machte sich in Jasmin breit. Sie war überzeugt gewesen, endlich eine Spur entdeckt zu haben. Log Bekim Shala, damit sie nicht weiterforsche? Oder war sie wirklich in einer Sackgasse gelandet? Die Vorstellung betrübte sie. Nicht nur, weil es ihre Fähigkeiten in Zweifel zog, sondern auch, weil sie Pal nicht enttäuschen wollte. Er hatte ihr mit diesem Auftrag einen Rettungsring zugeworfen. Damit war er ein beträchtliches Risiko eingegangen, sowohl finanziell als auch beruflich. Sie wollte nicht, dass er seine Entscheidung bereue.

Sie waren beim Hotel angekommen, wo Shala stehenblieb. Er starrte weiterhin an Jasmin vorbei. Als das Eingangslicht auf sein Gesicht fiel, entdeckte Jasmin eine tiefe Schramme. Hatte sie ihm die Verletzung zugefügt? Sie reichte ihm ein Taschentuch, das er nach einem kurzen Seitenblick gegen seine Wange presste.

«Verfolgen Sie noch andere Spuren?», fragte Shala.

Jasmin erzählte ihm vom Journalisten der «Bota Sot», ohne zu erwähnen, dass sie die Informationen gestohlen hatte. «Er behauptet, ein Unbekannter habe ihm den Tipp gegeben.»

«Haben Sie eine Ahnung, wer es war?», fragte Shala.

«Nein, aber es würde bestimmt weiterhelfen, ihn zu kennen», erwiderte Jasmin.

Bekim Shala nickte kurz. «Ich werde sehen, was ich tun kann.»

«Danke.» Jasmin deutete auf seine Wange. «Es tut mir leid. Das wollte ich nicht.»

Ohne ein Wort des Abschieds machte sich der Polizist auf den Weg. Jasmin schaute ihm nach. Wenn er sie tatsächlich beschattet hatte, um sie zu beschützen, schuldete sie ihm etwas. Seine Erklärung hatte ihre Zweifel jedoch nicht ausgeräumt. Lange lag sie im Bett wach und liess sich die Ereignisse chronologisch durch den Kopf gehen. In dieser Nacht schlief sie schlecht. Sie träumte vom «Metzger», als er sich aber umdrehte, nahm er Shalas Gestalt an, wie eine venezianische Karnevalsfigur. Als Jasmin versuchte, ihm die Maske herunterzureissen, merkte sie, dass sie an Händen und Füssen festgebunden war – danach war an Schlaf nicht mehr zu denken gewesen.

Jasmin knackte mit den Knöcheln. Shpresa sah sie fragend an. Jasmin schüttelte den Kopf. Seit zwei Tagen harrten sie vor Besarta Sinanis Wohnung aus. Ein einziges Mal hatte die Bardame ihr Zimmer verlassen, um Brot zu kaufen. Jasmin fragte sich, womit sie sich die Stunden vertrieb. Freunde schien sie keine zu haben. Zumindest erhielt sie keinen Besuch. Jasmin rutschte auf dem Sitz hin und her, fand aber keine bequeme Stellung. Observationen hatte sie schon immer gehasst. So lange stillzusitzen, empfand sie als Qual. Wenigstens hatte sie als Polizistin aber die Aussicht auf Ablösung gehabt. Shpresa las ruhig weiter. In ihrer Gegenwart fühlte sich Jasmin überraschend wohl. Normalerweise bevorzugte sie die Gesellschaft von Männern. Nie hatte sie eine enge Freundin gehabt, nicht einmal als Jugendliche. Mit ihrer direkten Art hatte sie andere Mädchen vertrieben, sie hingegen hatte die versteckten Anspielungen ihrer Kameradinnen nicht verstanden. Shpresa war zwar diskret, doch es lag nichts Hinterhältiges in ihrer Zurückhaltung. Als sie am Vortag ungebeten aufgetaucht war, hatte sich Jasmin zuerst bedrängt gefühlt. Um Besarta Sinani zu beobachten, brauchte sie keine Dolmetscherin. Shpresa hatte Jasmin freundlich, aber bestimmt darauf hingewiesen, dass es zu kalt sei, den ganzen Tag auf einem Motorrad zu sitzen. Sie hatte Jasmin die Fahrertür ihres Subarus aufgehalten, ihr den Zündschlüssel sowie eine Thermosflasche heissen Tee gereicht und sich auf den Beifahrersitz gesetzt. Seither las sie. Als Jasmin sie fragte, ob sie zu Hause nicht vermisst werde, winkte sie ab. Das sei geregelt.

Die Sonne ging über den Dächern Suharekas auf und verwandelte die Strasse in ein glitzerndes Band. Eine Schar Kinder begab sich zur ersten Unterrichtsschicht. Als Jasmin die dünnen Jacken sah, fragte sie sich, ob die Schule geheizt war. Sie spürte Shpresas Blick auf sich und drehte sich um.

«Warum bist du zurückgekommen?», fragte Jasmin. «Mit deinem Handelsschulabschluss hättest du in der Schweiz eine gute Stelle finden und ein angenehmes Leben führen können.»

«Das ist mein Zuhause», sagte Shpresa schlicht.

«Du bist in der Schweiz aufgewachsen.»

«Die Schweiz ist ein schönes Land», erklärte Shpresa. «Aber ich habe mich immer unter Druck gefühlt. Ich wusste von klein auf, dass ich heiraten und Kinder haben wollte. Fragte mich jemand nach meinen Zukunftswünschen, traute ich mich nicht, ehrlich zu sein. Sofort hätte man in mir nur noch die unemanzipierte Muslima gesehen. Ich hatte das Gefühl, mich dauernd rechtfertigen zu müssen.»

«Bereust du es nie? Das Leben hier ist so hart.»

«Ich brauche keinen Luxus. Aber meine Familie fehlt mir.» Sie lachte. «In dieser Beziehung lebe ich traditioneller, als ich es ursprünglich wollte: Eine albanische Frau wird mit der Heirat der Familie ihres Mannes übergeben. Für manche war das früher sehr schwierig. Heute haben alle ein Handy, und sogar abgelegene Dörfer sind erschlossen. Eine Frau bleibt auch nach der Heirat mit ihrer Familie in Kontakt. Ich hingegen habe nur Gentians Familie, wenn auch nicht aus traditionellen Gründen. Meine Eltern zu besuchen, liegt finanziell nicht drin. Ich sehe sie nur einmal im Jahr, wenn sie im Sommer zu Besuch kommen.»

«Genau das meine ich», stellte Jasmin fest. «Dein Mann ist Arzt. Dass er weniger verdient als ein Maurer, will mir einfach nicht in den Kopf.»

«Kosova lernst du nicht mit dem Kopf kennen, sondern mit dem Herzen.» Sie sah Jasmin an. «Pal ist im Herzen ein Albaner, auch wenn sein Kopf wie eine Schweizer Uhr tickt. Es gibt Dinge, die wird er immer anders sehen.»

«Ist das eine versteckte Warnung?»

Shpresa lächelte. «Eher eine versteckte Frage. Ist es dir ernst mit ihm?»

«Findest du, wir passen zusammen?», fragte Jasmin zurück.

«Man sagt, Gegensätze ziehen sich an», antwortete Shpresa diplomatisch.

«Also nein», bemerkte Jasmin trocken.

«So meinte ich das nicht!», protestierte Shpresa.

Jasmin goss sich einen Becher Tee ein. Dabei erhaschte sie im Rückspiegel einen Blick auf sich. Ihre Lippen waren von der Kälte gesprungen, ihre Wangen gerötet. Ihr Haar hatte sie notdürftig zusammengebunden, einige Strähnen waren jedoch noch zu kurz und fielen ihr ins Gesicht. Immerhin waren ihre Nägel länger als üblich. Aber nur, weil sie keinen Nagelclip dabeihatte. Sie schmunzelte. Bei seinem letzten Besuch hatte sie Pal gefragt, ob er einen Clip mitgenommen habe. Aus seinem Necessaire hatte er daraufhin eine Nagelfeile hervorgezogen. Ungläubig hatte Jasmin festgestellt, sie kenne keinen einzigen Mann, der seine Nägel feile. «Tu ich auch nicht», bemerkte Pal daraufhin kühl. «Das macht meine Kosmetikerin.» Jasmin brach über seinen Scherz in Gelächter aus. «Macht sie dir auch Pediküre?» Pal verzog keine Miene. Erst da dämmerte es ihr, dass er es ernst meinte. Wenn sich Gegensätze tatsächlich anzogen, waren sie wie für einander geschaffen.

«Pal hat immer gesagt, er wünsche sich eine Frau, mit der er sein Leben teilen kann», sagte Shpresa. «Die seine Arbeit versteht und ähnliche Interessen hat. Aber keine Partnerin, die sich einfach anpasst. Ob Albanerin oder Schweizerin ist ihm egal. Ich glaube, du bist so eine Frau.»

Jasmin spürte, wie sich Wärme in ihr ausbreitete. Heute abend würde sie ihn wiedersehen. Weil die Swiss Pristina nur morgens direkt anflog, hatte er einen Flug über Kroatien gebucht. Das verschaffte ihnen eine zusätzliche Nacht zusammen. Jasmins Atem beschleunigte sich bei diesem Gedanken.

Auf einmal legte ihr Shpresa die Hand auf den Arm. «Schau!»
Besarta Sinani kam hinter einem parkierten Wagen hervor, eine Handtasche unter den Arm geklemmt. Sie hielt den Kopf gesenkt – ob, um sich vor der Kälte zu schützen, oder um nicht erkannt zu werden, war Jasmin nicht klar. Ihre Füsse steckten in Stiefeln mit hohen Absätzen, die sie jedoch nicht daran hinderten, zügig auszuschreiten.

Jasmin startete den Motor und reihte sich in den Verkehr ein. Wegen des Betriebs, der in Suhareka herrschte, kam sie nur langsam voran. Immer wieder musste sie hinter einem stehenden Lieferwagen warten oder Hindernisse umfahren. Die Verzögerungen kamen ihr entgegen. So konnte sie Besarta Sinani folgen, ohne Aufmerksamkeit zu erregen. Die Bardame blieb auf der Hauptstrasse. Als sie zum Hotel «Rozafa» kam, steuerte sie auf den Eingang zu. Jasmin parkierte auf einem Gästeparkplatz und freute sich bereits auf den Kaffee, den sie bestellen würde. Sie brauchte das Koffein dringend. Da Besarta Sinani sie noch nie gesehen hatte, würde sie es wagen, sich mit Shpresa ins Restaurant zu setzen.

Die übliche dichte Rauchwolke schlug ihr entgegen, als sie die Tür aufzog. Besarta Sinani hatte bereits Platz genommen. Den Kopf hielt sie weiterhin gesenkt. Trotzdem konnte ihr kaum entgangen sein, dass die Blicke fast aller Männer im Raum auf sie gerichtet waren. Jasmin brauchte die Gesichter nur anzuschauen, um sich eine Vorstellung über die Bedeutung der gemurmelten Bemerkungen zu machen – dazu waren keine Albanischkenntnisse notwendig.

Sie setzte sich neben den Eingang, wo sie die Strasse im Auge behalten konnte. Das würde ihr einen Vorteil verschaffen, sollte Besarta Sinani das Restaurant überstürzt verlassen. Shpresa bestellte zwei Tassen Kaffee und begab sich zur Toilette. Aus einem Lautsprecher drang die obligate Musik; im Fernsehen berichtete ein Nachrichtensprecher stumm über einen Brand irgendwo. Die meisten Tische waren besetzt. Die Stimmen der Männer vermischten sich mit dem Zischen der Espressomaschine und bildeten eine harmonische Geräuschkulisse.

Besarta Sinani hatte einen Tee bestellt, rührte ihre Tasse jedoch nicht an. Sie starrte darauf, als wolle sie ins heisse Wasser eintauchen. Trotz der Menschen im Raum war sie isoliert. Vermutlich sprachen viele über die Bardame; doch niemand richtete das Wort an sie. Als würde eine unsichtbare Mauer Besarta Sinani vom Rest der Welt trennen, dachte Jasmin. Als sich Shpresa wieder an den Tisch setzte, fragte Jasmin sie nach dem Grund.

«Ist es wegen der Vergewaltigung? Ihrer Arbeit im Camp? Oder weil ihre Familie sie verstossen hat?»

«Alles zusammen», erklärte Shpresa. «Kommt hinzu, dass sie ohne männliche Begleitung hier ist.»

«Das sind wir doch auch.»

«Ausländische Frauen haben einen anderen Status. Du giltst als meine Begleitung.»

Nachdenklich führte Jasmin die Tasse an den Mund. Ein Teil von ihr empörte sich über die Selbstverständlichkeit, mit der Shpresa die niedrige Stellung der Frau akzeptierte. Gleichzeitig war Jasmin klar, dass die vordergründige Unterwürfigkeit täuschte. Frauen lebten ihre Macht einfach anders aus. Das war Jasmin nicht nur in ihren Überlebensseminaren immer wieder aufgefallen, sie sah es an sich selbst. Als Kind hatte sie für ihre Brüder kochen müssen, wenn ihre Mutter arbeitete. Dies, obwohl sie die jüngste der drei Geschwister war. Dadurch hatte sie Bernie und Ralf aber in der Hand gehabt. Oft hatte sie die Mahlzeiten als Druckmittel eingesetzt, wenn sie etwas von ihren Brüdern wollte. Dass Besarta Sinani trotz ihrer Stigmatisierung weiterhin tiefe Ausschnitte und enge Hosen trug, liess Jasmin vermuten, dass auch die Bardame ihre Macht bewusst ausübte. Oder war sie so naiv, dass ihr die Wirkung ihrer Kleidung entging?

Ein kühler Luftzug streifte Jasmin, als die Tür aufgezogen wurde. Ein Mittfünfziger mit wettergegerbtem Gesicht betrat das Restaurant. Er nahm die Mütze vom Kopf und sah sich um. Irgendetwas an ihm kam Jasmin bekannt vor. Leicht gebeugt ging er an ihrem Tisch vorbei, die Glieder offenbar steif von der Kälte. Als er sich zu Besarta Sinani setzte, schoss das Adrenalin durch

Jasmins Körper. Fieberhaft überlegte sie, ob sie dem Mann schon einmal begegnet war.

Besarta Sinani wirkte erleichtert, ihn zu sehen. Von den anderen Gästen wurde der Neuankömmling hingegen kritisch beäugt. Als klar wurde, dass er nicht vorhatte, mit der Bardame in einem der Hotelzimmer zu verschwinden, liess das Interesse nach. Besarta Sinani beugte sich vor, um ihr Gegenüber etwas zu fragen. In ihrem Blick lag eine Dringlichkeit, die an Verzweiflung grenzte.

Shpresa neigte den Kopf konzentriert zur Seite.

«Kannst du etwas verstehen?», drängte Jasmin.

«Nein», antwortete sie mit reuevollem Blick. «Sie reden viel zu leise.»

«Verdammt! Ich muss wissen, wer der Typ ist! Glaubst du, es handelt sich um ein Familienmitglied der Sinanis?»

Shpresa schüttelte den Kopf. «Es sieht nicht so aus. Besarta würde sich anders benehmen.»

Unauffällig betrachtete Jasmin den Mann. Noch immer bewegte er sich steif, was in Jasmin den Verdacht weckte, nicht die Kälte sei die Ursache dafür. Als er sich zurücklehnte, zuckte ein Muskel in seinem Gesicht. Genau wie Besarta Sinani wirkte er isoliert, doch auf eine andere Art und Weise – fast, als sei er in seinem Körper gefangen. Seinen Kaffee rührte er kaum an. Gemeinsam gaben die beiden ein Bild ab, das Jasmin nicht so schnell vergessen würde. Wenn sie sich das Leben als Fluss vorstellte, lag Besarta Sinani gestrandet am Ufer; ihr Gegenüber steckte in einem Strudel fest, der ihn herumschleuderte.

Nach zehn Minuten standen Besarta Sinani und der Unbekannte gleichzeitig auf und verliessen das Restaurant. Jasmin legte zwei Euro auf den Tisch und folgte ihnen. Als der Mann in einen alten Toyota stieg, stand sie vor einem Dilemma. Wem sollte sie folgen? Sie beschloss, sich dem Unbekannten an die Fersen zu heften. Höchstwahrscheinlich würde sich Besarta Sinani wieder in ihr Zimmer verkriechen. Shpresa teilte Jasmins Einschätzung.

Die Eisschicht war unter der Sonne weggeschmolzen, so dass der Verkehr flüssiger lief. Der Toyota schlug den Weg nach Norden ein, Richtung Dulje-Pass. In der Ferne sah Jasmin, wie eine Kolonne Lastwagen die Steigung im Schneckentempo bewältigte. Die schneebedeckte Landschaft wirkte märchenhaft. Rauch stieg aus den Kaminen und löste sich im blauen Himmel auf. Einige Schafe standen dicht aneinandergedrängt am Strassenrand und suchten nach Gras oder Unkraut. Über einem Feld kreisten Krähen; als sich eine Kfor-Patrouille näherte, flogen sie wie auf Kommando davon.

Einige Kilometer ausserhalb von Suhareka bog der Toyota in eine Nebenstrasse ein, nach weiteren fünf Minuten in einen ungeteerten Weg. Jasmin liess sich weit zurückfallen, da kaum Fahrzeuge unterwegs waren. Sie konnte knapp ausmachen, wo der Toyota hielt. Sie bat Shpresa, im Wagen zu bleiben, sollte der Toyota weiterfahren, und stieg aus. Zu Fuss ging sie den Feldweg entlang, bis sie zu einem Grundstück kam, auf dem zwei halbfertige Häuser standen. Einen Briefkasten oder ein Namensschild entdeckte Jasmin nirgends. Gegenüber dem Grundstück befand sich eine bröckelnde Mauer, die ein ideales Versteck bot. Von dort aus konnte Jasmin den Eingang der Häuser im Auge behalten, ohne selbst gesehen zu werden. Sie rief Shpresa an und fragte, ob sie sich im Dorf umhören würde. Möglicherweise konnte sie in Erfahrung bringen, wer hier wohnte.

Hinter einem der Fenster sah Jasmin einen Schatten, der sich gleich wieder entfernte. Geräusche hörte sie aus keinem der Gebäude. In einem Gehege gackerten einige Hühner und weckten in Jasmin Erinnerungen an eine abgebrochene Ferienwoche auf einem Bauernhof. Sie war in der vierten Klasse gewesen, als ihre Mutter sie ins Emmental geschickt hatte. Edith Meyer war der Ansicht gewesen, die Landluft täte ihrer Tochter gut. Jasmins Proteste hatten sie nicht davon abbringen können. Die Familie, die sie aufnahm, hatte sechs Kinder. Von allen wurde erwartet, dass sie auf dem Hof mithalfen, auch von Jasmin. Am dritten Tag hatte sie genug. Nach fünf Stunden im Gemüsegarten schlich sie davon. Sie setzte sich auf einen Traktor und brach zu einer Spritzfahrt auf. Noch am gleichen Tag wurde sie nach Schwamendingen zurückgeschickt.

Trotz der Hühner schien es sich bei der Familie, die hier wohnte, nicht um Bauern zu handeln. Jasmin sah weder landwirtschaftliche Geräte noch andere Tiere. In einem Gemüsebeet wuchs Kohl, entlang der Hauswand stapelte sich Baumaterial. Was hatte Besarta Sinani mit dieser Familie zu tun?, fragte sich Jasmin. Wohnte ihr Sohn möglicherweise hier? Nichts deutete auf die Anwesenheit von Kindern hin. Vielleicht fehlte aber schlicht das Geld für Spielsachen.

Eine Stunde lang beobachtete Jasmin das Haus. Niemand kam heraus. Sie beschloss, zum Wagen zurückzukehren. Shpresa sass bereits wieder am Steuer. Sie reichte Jasmin einen Becher heissen Tee und ein Stück Pita, das sie im Dorf gekauft hatte. Hungrig griff Jasmin zu. Das Brot war mit Kartoffelwürfeln gefüllt, eine Variante, die Jasmin nicht kannte. Bis anhin hatte sie in Kosovo erst Pita mit Hackfleisch oder salzigem Ricotta gegessen.

«Die Familie heisst Isufi», berichtete Shpresa. «Sie besteht aus dem Familienoberhaupt Agim, seiner Schwester, zwei Töchtern und einem Neffen. Im Dorf wird erzählt, sie werde vom Pech verfolgt. Bis zu seinem schweren Unfall arbeitete Agim Isufi im Ausland. Als er zurückkehrte, erkrankte seine Frau und starb kurz darauf. Vor vier Jahren kam der Schwiegersohn bei einem Autounfall ums Leben. Seither wohnt die Tochter mit ihren vier Kindern wieder hier. Die zweite Tochter sei seltsam, sie habe nie geheiratet. Ich vermute, dass eine Behinderung im Spiel ist. Eine dritte Tochter lebt im Ausland. Söhne waren Isufi keine vergönnt. Der Neffe, ebenfalls hier aufgewachsen, sei ein Säufer. Über ihn fiel kein gutes Wort. Agim Isufi hingegen wird von allen geschätzt.»

«Weisst du, ob die Tochter einen fünfjährigen Jungen hat?», fragte Jasmin.

«Nach dem Alter der Enkelkinder habe ich nicht gefragt. Ist das wichtig?» Plötzlich begriff sie. «Besarta Sinanis Sohn!» Ein bekümmerter Ausdruck huschte über ihr Gesicht. «Ich kann nicht zurück, um weitere Fragen zu stellen. Das würde Misstrauen wecken. Aber wenn du möchtest, kann ich versuchen, es auf einem anderen Weg herauszufinden.»

«Das wäre super», antwortete Jasmin.

Ein Blick auf die Uhr zeigte ihr, dass sie aufbrechen mussten, wenn sie rechtzeitig in Pristina sein wollten. Jasmin hatte sich mit dem Kollegen der Fedpol, der für sie die Kontakte hergestellt hatte, zum Essen verabredet. Anschliessend würde sie Pal am Flughafen abholen. Erneut spürte sie ein Kribbeln, als sie an ihn dachte. Er hatte sie gebeten, mit dem Motorrad zu kommen, nicht mit Shpresas Wagen. Warum, begriff sie nicht. Vielleicht wollte er Shpresa keine zusätzliche Mühe bereiten. Allerdings hätte es Jasmin in diesem Fall naheliegender gefunden, ein Taxi zu nehmen. So könnten sie wenigstens gemeinsam zum Hotel fahren. Fürchtete Pal, der Taxifahrer würde sie übers Ohr hauen, wenn er nicht dabei wäre?

Eine Stunde später setzte Shpresa sie vor dem Hotel ab. Jasmin bedankte sich und versprach, sie am nächsten Abend mit Pal zu besuchen. Als sie die Worte aussprach, realisierte sie, dass es sich dabei nicht um eine Pflicht handelte. Sie freute sich, Shpresas Familie kennenzulernen. Nach einem ausgiebigen Krafttraining duschte Jasmin und zog frische Kleider an. An Wäsche musste sie nicht mehr sparen, heute bekäme sie Nachschub. Im Foyer des Hotels wartete ihr Kollege bereits auf sie.

Das Nachtessen verlief enttäuschend. Schnell wurde Jasmin klar, dass ihr Kollege über die Ereignisse des letzten Jahres Bescheid wusste. Das Getratsche hatte offensichtlich nicht vor den Landesgrenzen halt gemacht. Trotzdem sprach er sie nicht darauf an. Er wirkte seltsam gehemmt, und weil sie sich verletzt fühlte, ging sie nicht darauf ein. Auf einen Kaffee nach dem Essen verzichtete sie. Sie erklärte, dass sie losmüsse, obwohl es zu früh war, um Pal abzuholen. Ihr Kollege wirkte erleichtert. Kaum sass Jasmin auf ihrer Monster, liess sie ihrem Frust freien Lauf. Nach den Tagen in Shpresas Subaru genoss sie den Fahrtwind und die waghalsigen Manöver. Sie tourte durch Pristina, lernte Wohnquartiere und Einkaufsstrassen kennen, bis sie um halb zwölf am Flughafen parkierte. Pals Flugzeug war gerade gelandet. Jasmin kaufte sich eine Cola, die sie in einem Zug leerte, und ein Pack Wrigley's mit Minzegeschmack. Während sie nervös kaute, lachte sie über sich. Sie kam sich vor wie ein verliebter Teenager.

Erwartungsvoll blickte sie zum Zoll. Bei den Passagieren, die durch die Tür kamen, handelte es sich fast ausschliesslich um Kosovaren. Die meisten gingen augenblicklich in den Umarmungen ihrer Familien unter, nur Einzelne machten sich alleine auf den Weg. Ungeduldig trat Jasmin von einem Fuss auf den anderen. Ob Pal sich auch freute? Oder hätte er sich nach der anstrengenden Arbeitswoche lieber zu Hause erholt? Auf einmal überkamen sie Zweifel. Vielleicht reiste er nur nach Pristina, weil er sich Sorgen um ihre Sicherheit machte, und nicht, weil er sie vermisste. Jasmin war so in ihre Überlegungen vertieft, dass sie Pal zuerst gar nicht erkannte, als er endlich durch den Zoll trat.

Automatisch hatte sie nach einem dunklen Anzug Ausschau gehalten, obwohl sie wusste, dass Pal diesmal nicht geschäftlich unterwegs war. Als eine Gestalt in voller Ledermontur auf sie zukam, am Arm einen Helm, blieb ihr Blick bewundernd an den schmalen Hüften hängen. Erst da registrierte sie, dass Pal vor ihr stand. Er stellte seine Reisetasche ab und hob zögernd den Arm, als wolle er ihr die Hand schütteln.

Auf einmal löste sich Jasmin aus ihrer Erstarrung. Sie lachte auf und warf sich ihm an den Hals. Dabei entging ihr Pals erleichterter Ausdruck nicht.

«Träum ich, oder willst du tatsächlich auf der Duc mitfahren?», fragte sie.

«Du träumst», antwortete Pal mit einem schiefen Lächeln. «Ich hatte eher vor, dich mitzunehmen.»

«Was?» Jasmin schnappte nach Luft. «Auf meiner Monster? Vergiss es!»

Pal küsste sie. «Dann lass ich dich eben fahren. Aber nur, wenn uns niemand sieht. Sonst ist mein Ruf dahin.»

Jasmin schnaubte, doch innerlich war sie gerührt. Als Motorradfahrer zum Beifahrer degradiert zu werden, war die Hölle. Einmal war sie von einem Kawasakifahrer ausgeführt worden. Mehrmals hatte sie eingreifen wollen, wenn er eine Kurve falsch anpeilte oder zu spät schaltete. Nach der Tour war sie so fertig gewesen, dass sie seine Einladung zum Essen ausgeschlagen hatte. Er hatte nie begriffen, warum.

Pal liess sich jedoch nichts anmerken. Nachdem Jasmin die Abdeckung des Beifahrersitzes abgeschraubt hatte, setzte er sich mit einem neutralen Gesichtsausdruck hinter Jasmin. Als sie losfuhren, passte er sich vertrauensvoll ihren Bewegungen an. Ihn hinter sich zu spüren, versetzte Jasmin in einen Rauschzustand. Stundenlang hätte sie durch Pristina fahren können, Pal zuliebe nahm sie aber den direktesten Weg zurück ins Hotel. Mit einem Seufzer des Bedauerns stellte sie den Motor ab. Augenblicklich sprang Pal vom Sitz. Nur sein gequältes Lächeln verriet, dass er die ganze Fahrt über die Zähne zusammengebissen hatte.

Jasmin nahm ihm den Helm vom Kopf und legte ihre Hände auf sein Gesicht. Sie massierte seinen Kiefer, bis er den Mund leicht öffnete. Mit der Zunge setzte sie die Massage von innen fort. Der Geruch des Leders weckte in ihr das Bedürfnis, ihre Zähne darin zu vergraben. Sie begnügte sich damit, den Reissverschluss aufzuziehen. Als sie Pals rasenden Herzschlag spürte, liess sie ihn los und rannte auf den Hoteleingang zu. Pal folgte ihr auf den Fersen.

29

Besarta putzte sich die Nase. Die Vorstellung, endlich ihre Reise anzutreten, trieb ihr immer wieder die Tränen in die Augen. Zu überwältigend war der Gedanke, dass das lange Warten endlich vorbei war. Sie starrte auf einen Wasserfleck an der Decke und stellte fest, dass er die Form eines Elefanten hatte. Seltsam, dass sie ihn zuvor nie bemerkt hatte. Überhaupt fielen ihr Dinge auf, die sie bisher nicht beachtet hatte: ein Nagel an der Wand, wo früher einmal ein Bild gehangen hatte; ein Kratzer in der Fensterscheibe; dass der Spiegel über dem Lavabo schief hing oder die Tür quietschte, wenn sie sie langsam aufzog.

Jetzt, da sie das Zimmer bald verlassen würde, betrachtete sie es mit anderen Augen. Zum ersten Mal fühlte sie sich hier zu Hause. Was war nur mit ihr los? Warum löste der bevorstehende Abschied gemischte Gefühle in ihr aus? Sie hatte so lange auf diesen Augenblick gewartet. Als Agim Isufi erklärt hatte, die Papiere seien gekommen, hatte sie sich kaum getraut zu atmen. Nun musste sie damit nur noch zur amerikanischen Botschaft. Davor hatte sie am meisten Angst. Würde man ihr ansehen, dass sie trotz aller Versprechungen nicht vor hatte zurückzukehren? Wussten die Amerikaner von den Ereignissen im Camp Casablanca? Vielleicht würden sie deshalb ihren Antrag ablehnen.

Auf einmal fror Besarta. Sie zog die Decke bis zum Kinn und rollte sich zusammen. In letzter Zeit dachte sie oft an Fabian Zaugg. Vielleicht, weil ihr eigenes Glück plötzlich greifbar nah war. Dass er immer noch im Gefängnis sass, tat ihr weh. Das hatte er nicht verdient. In Kosovo wurde niemand eingesperrt, nur weil er sich an einer Frau vergriff. Es erstaunte sie, dass die Schweizer so ein Aufsehen darum machten. Wenn sie erst einmal in den USA wäre, würden die Behörden Fabian Zaugg bestimmt freilassen, tröstete sie sich. Schliesslich würde sie keine Fragen mehr beantworten und keine Dokumente unterschreiben können. Ohne Unterschrift waren Papiere wertlos, so viel wusste sie. Also musste die Anwältin in Uniform Fabian Zaugg auf freien Fuss setzen. Oder etwa nicht? Gerne hätte sie ihre eigene Anwältin gefragt, doch sie wagte es nicht. Mit ihren roten Haaren und dem stechenden Blick erinnerte Zora Giovanoli sie an eine Hexe. Nicht, dass Besarta wirklich an Zauberei glaubte. Aber die Anwältin hatte etwas Beängstigendes an sich. Allerdings war sie nicht halb so schlimm wie dieser Palushi. Immer wieder fragte sich Besarta, warum Fabian Zaugg einen albanischen Anwalt gewählt hatte. Ahnte er etwas? Zora Giovanoli hatte gemeint, die Anzeige wegen falscher Aussage sei nur Formsache. Von rechtlichen Dingen verstand Besarta nichts. Besser, sie zerbrach sich nicht den Kopf darüber. Bald wäre sie weg.

Agim Isufi hatte ihr erklärt, dass sie einen Flug nach Newark buchen solle. Das war der nächstgelegene Flughafen. Sie musste dorthin fliegen, wo seine Tochter lebte, sonst würden die Amerikaner Verdacht schöpfen und ihr kein Visum ausstellen. Für Besarta spielte es keine Rolle, wo sie ihre Suche begann. Sie würde sich von ihrem Gefühl leiten lassen, da sie keine Ahnung hatte, wo Leonardo war. Sie war sich sicher, dass ihr Mutterinstinkt sie nicht im Stich lassen würde.

Mehr Gedanken machte sie sich darüber, ob Leonardo Albanisch sprach. Ihre Neffen verstanden die Sprache zwar, redeten jedoch viel lieber Deutsch, da ihnen Kosova fremd war. Oft hatte ihr Vater seinen Sohn deswegen gescholten. Mit fünf Jahren war Leonardo aber noch jung genug, seine Muttersprache zu lernen, falls er in seiner neuen Familie nur Englisch gelernt hatte. Grosse Sorgen machte sich Besarta deswegen nicht. Mutter und Sohn brauchten keine Worte, um einander zu verstehen.

Sie griff nach dem Kissen und presste es gegen die Brust. Wenn sie die Augen schloss und die Geräusche der Hauptstrasse ausblendete, gelang es ihr, sich in die Zeit nach der Geburt zurückzuversetzen. Sie konnte den Geruch von Leonardos Haut heraufbeschwören, das weiche, pelzige Haar auf seinem Kopf spüren und sein Schmatzen hören. Liebevoll küsste sie das Kissen. Das leise Klopfen an der Tür nahm sie gar nicht wahr.

Erst als es lauter wurde, öffnete sie erschrocken die Augen. Es besuchte sie nie jemand. Schon gar nicht mitten in der Nacht. Ihr erster Gedanke galt Pal Palushi. War er gekommen, um sie unter Druck zu setzen? Er wusste, dass ihr niemand helfen würde. Was würde er ihr antun? Eine schreckliche Vorstellung erfasste sie: Wenn sie tot wäre, käme Fabian Zaugg frei. Diesem Anwalt war alles zuzutrauen. Solche aalglatten Typen wurden nie erwischt. Vielleicht hatte ihn Fabian Zaugg genau deswegen ausgewählt.

In Panik sprang Besarta aus dem Bett. Ob sie aus dem Fenster klettern konnte? In drei Schritten durchquerte sie das Zimmer und rüttelte am Fenstergriff. Er klemmte. Sollte sie die Scheibe einschlagen? Das würde man auf dem Gang hören. Palushi wäre gewarnt. Noch vor ihr würde er unten auf der Strasse stehen und sie abfangen. Einen anderen Ausgang gab es aber nicht. Fieberhaft sah sie sich um. Das Bett! Sie würde es vor die Tür schieben, damit Palushi sie nicht aufbrechen konnte. Besarta liess sich auf die Knie fallen und zerrte am Gestell. Problemlos liess es sich Richtung Tür bewegen. Das Klopfen hatte aufgehört. Ob er das Schleifen hörte? Entsicherte er in diesem Moment seine Waffe? Besarta schickte ein Stossgebet gegen den Himmel. Sie war so weit gekommen! Bald wäre sie am Ziel. Jetzt durfte nichts mehr schieflaufen! Leonardo zuliebe nicht.

Als das Bett quer zur Tür stand, setzte sich Besarta auf den Boden und lehnte den Rücken gegen das Gestell, um mit ihrem Gewicht zusätzlich Druck zu erzeugen. Sie schloss die Augen und versuchte, das Kratzgeräusch auszublenden, das nun hinter ihr erklang. Sie hätte Suhareka verlassen sollen. In Pristina hätte sie sich verstecken können. Die hohen Lebenskosten dort hatten sie aber abgehalten.

«Besarta! Bist du da drin?», drängte eine bekannte Stimme.

Besarta presste die Hände auf die Ohren. Ihr Unterbewusstsein wollte ihr etwas sagen, doch ihr Verstand weigerte sich, es zur Kenntnis zu nehmen. Ihre Glieder schmerzten gleichzeitig vor Hitze und vor Kälte. Sie hatte nicht gewusst, dass Angst weh tun konnte. Ein Bild tauchte vor ihrem inneren Auge auf. Sie war auf dem Hof gewesen, noch halb ein Kind, und hatte mit den Welpen gespielt. Einer der Hunde sprang davon, wild mit dem Schwanz wedelnd. Er torkelte zum Tor, das einen Spalt offenstand. Besarta folgte ihm, obwohl sie strikte Anweisungen hatte, den Hof nicht zu verlassen. Es gelang ihr nicht, den Hund rechtzeitig einzufangen, also rannte sie ihm nach. Seine Ohren wippten auf und ab wie zwei Flügel. Er rutschte aus und fiel in eine Grube. Lachend stieg ihm Besarta nach.

Die Motoren hörte sie erst, als die serbischen Paramilitärs bereits ins Dorf hineinfuhren. Eine laute Stimme erteilte Befehle, Stiefel knallten auf den Boden. Besarta kauerte im Graben, unfähig, sich zu bewegen oder einen klaren Gedanken zu fassen. Der Hund zappelte in ihren Armen, doch sie liess ihn nicht los. Der Duft von Veilchen stieg ihr in die Nase. Noch Jahre später würde sie immer an die Serben denken, wenn die Veilchen blühten. Die Paramilitärs stürmten das Haus des Lehrers. Seit die albanische Sprache an den Schulen verboten war, unterrichtete er zu Hause. Sie hatte gehört, wie ihr Onkel seine Tapferkeit rühmte. Als die Serben ihn aus dem Haus zerrten, wirkte der Lehrer aber nicht mehr tapfer. Sein Gesicht war angstverzerrt, sein ganzer Körper zitterte. Zwischen seinen Beinen bildete sich ein dunkler Fleck. Es dauerte einen Moment, bis Besarta begriff, dass er sich genässt hatte. Die Erkenntnis erschütterte sie. Der Lehrer war für sie unantastbar gewesen – eine Autoritätsperson, vor der sich die Schüler fürchteten.

Sie vergrub ihr Gesicht im Fell des Hundes, der merkwürdig still geworden war. Fast, als habe er den Ernst der Situation begriffen. Sie hörte, wie die Frau des Lehrers schrie, Autotüren zuschlugen und Motoren aufheulten. Besarta wagte nicht, die Augen zu öffnen. Auch als die Motorengeräusche leiser wurden, regte sie sich nicht. Langsam kehrte Leben ins Dorf zurück. Besarta vernahm wütende Stimmen und noch mehr Weinen. In ihren Armen begann der Hund zu zappeln. Als sie ihn fester an sich presste, jaulte er. Sie kniff die Augen zusammen, bis farbige Punkte unter ihren Lidern tanzten.

Plötzlich hörte sie ihren Namen. Sie spürte einen warmen Körper neben sich, eine Hand auf ihrem Rücken. Der Hund wedelte aufgeregt mit dem Schwanz. Zwei dünne Arme legten sich um sie, ein zweiter Herzschlag raste mit ihrem um die Wette. Sie wagte es, die Augen einen Spaltbreit zu öffnen, und sah Luans aufgeschlagenes Knie. Es waren noch keine drei Stunden her, da war er gestolpert, als er Backsteine geschleppt hatte, viel zu schwer für einen Elfjährigen. Auf einmal konnte sie wieder atmen.

«Besarta! Warum machst du nicht auf?», fragte es von der Tür her.

Besartas Verstand setzte wieder ein. Sie erkannte Luans Stimme. Nicht der Anwalt stand vor der Tür, sondern ihr Bruder. Erleichterung durchflutete sie. Sie sprang auf, schob das Bett zurück und entriegelte die Tür. Bevor Luan auch nur ein Wort äussern konnte, warf sie sich ihm in die Arme. Sie fragte sich nicht, was er in Suhareka machte, wo er sie noch nie besucht hatte. Er war hier, das allein zählte.

Luan löste sich sanft aus ihrer Umarmung. Mit einem nervösen Blick über die Schulter schob er Besarta ins Zimmer und schloss die Tür. Er wirkte angespannt, als werde etwas von ihm verlangt, das ihm Unbehagen bereitete. Genauso hatte er ausgesehen, als er zum erstenmal kämpfen musste. Ein Schulkollege hatte Besarta beleidigt, Luan war keine Wahl geblieben, als ihre Ehre zu verteidigen. Widerwillig hatte er die Fäuste geballt, einen bekümmerten Ausdruck auf dem Gesicht.

«Ist etwas passiert?», fragte Besarta mit dünner Stimme.

Luan vergrub die Hände in seiner Jacke. Er hatte den Geruch von Stall und brennendem Holz mit ins Zimmer gebracht. An seiner Wollmütze klebte Kuhmist. Besarta wollte ihm die Jacke abnehmen, obwohl es drinnen fast so kalt war wie draussen. Luan schüttelte den Kopf. Sein Kinn verschwand im Kragen, seine Nase tropfte, doch er wischte sie nicht ab. Aus der Tasche zog er einen Zettel, den er Besarta reichte.

Verwirrt faltete sie das kleine Stück Papier auseinander. In Bleistift hatte jemand eine Adresse hingekritzelt. Besarta erkannte Luans Schrift sofort. Als ihr das Wort «Michigan» ins Auge sprang, beschlich sie eine Ahnung. Sie wusste nicht genau, wo Michigan lag, nur dass es ein Staat in den USA war. Bei Feldarbeiten hatte Luan ihr einmal alle Staaten aufgezählt. Die meisten hatte sie gleich wieder vergessen, doch Michigan war ihr geblieben, weil der Name auch in einem anderen Zusammenhang gefallen war. Viele Kosovaren hatten Verwandte dort. Besartas Mund wurde trocken.

«Ist das...», ihre Stimme versagte.

«Ich muss zurück», nuschelte Luan. «Bevor jemand merkt, dass ich nicht da bin.»

«Luan! Lebt Leonardo dort? Ist das die Adresse?»

Luan senkte den Blick. «Es tut mir leid.»

Besarta warf sich ihm in die Arme. «Danke! Danke!», schluchzte sie, überwältigt von der Zuneigung zu ihrem Bruder und dem Glück, das sie auf einmal empfand. Eine Tür war aufgegangen, ohne dass sie überhaupt nach der Klinke gegriffen hatte. Nein, ein Tor, korrigierte sie sich in Gedanken. Ein schweres Eisentor, das ihr den Weg zu ihrem Sohn versperrt hatte. Sie brauchte nur noch hindurchzugehen und wäre endlich zu Hause.

«Wie hast du... woher?» Besarta fand die richtigen Worte nicht.

«Es tut mir so leid», wiederholte Luan.

«Was? Ich verstehe nicht.»

Besarta strich ihm über den Rücken wie er ihr damals in der Grube. Als er immer noch nichts sagte, führte sie ihn zu ihrem Bett, wo er sich auf den Rand setzte. Besarta kniete sich vor ihn hin, damit sie seine Augen sah. Die Scham, die in ihnen lag, überraschte sie.

«Luan?», flüsterte sie.

Er sah sie an. «Ich hätte es dir schon lange sagen müssen, aber ich war zu feige.»

«Du hast es immer gewusst? Dass Leonardo in Michigan ist?»

«Ja.»

Besarta rang nach Luft. «Bitte, erzähl mir davon!»

Luan richtete seinen Blick nach innen, als erforsche er seine Erinnerungen. Auf seinem Gesicht zeichnete sich zuerst Sorge, dann Unbehagen ab. Besarta kam es vor, als sähe sie einen Film auf der Leinwand. Es dauerte einige Minuten, bis er fähig war zu reden.

«Als Vater von deiner Schwangerschaft erfuhr, hat er getobt», begann Luan stockend. «Noch nie hatte es in unserer Familie so etwas gegeben. Er wollte dich am liebsten gleich vor die Tür setzen. Es gelang Sefer, ihn davon abzubringen. Sefer und Afrim waren extra aus Deutschland angereist. Sie überzeugten Vater, es sei für die Familie besser, wenn du in Rogova bliebest, bis das Kind da wäre. So würde niemand von der Schande erfahren. Das Argument überzeugte Vater. Zuerst hatten sie überlegt, ob du vielleicht in Deutschland gebären könntest, aber dort ist es schwierig, ein Kind … loszuwerden.»

Besarta presste die Faust an den Mund.

«Für Vater war klar, dass das Kind sofort verschwinden musste», fuhr Luan mit erstickter Stimme fort. «Die Familie sollte nicht immer an die Schande erinnert werden. Gleich nach der Geburt musste das Problem aus der Welt geschafft werden. Wir begriffen, dass er das Kind töten wollte. Wieder war es Sefer, der es ihm ausredete. Er zeigte Vater auf, dass sich die Zeiten geändert hatten. Die Internationalen würden keine Gnade walten lassen, wenn die Geschichte aufflog. Sefer schlug vor, das Neugeborene in ein Waisenhaus zu geben oder irgendwo auszusetzen, wo es gefunden würde. Da niemand wusste, dass du schwanger warst, würde man uns nicht aufspüren.» Luan strich sich gedankenverloren über die Hand. «Mutter hatte die Gespräche mitverfolgt. Ich sah oft, wie sie an der Tür stand und lauschte. Eines Abends brachte sie Kaffee und erklärte, sie habe eine Lösung. Vater war so überrascht, dass er sie ausreden liess. Mutters Onkel war in den Achtzigerjahren in die USA ausgewandert. Sie kennt ihn nicht, doch sie weiss natürlich über die Familienverhältnisse Bescheid. Zum Beispiel, dass der Sohn seines Sohnes, also Mutters Grossneffe, kinderlos war und darunter litt. Sie schlug vor, Kontakt zur Familie aufzunehmen. Vater gefiel die Idee nicht, er wollte keine Fremden einweihen. Schliesslich handelte es sich um Mutters Familie, nicht um unsere. Irgendwie gelang es ihr, ihn davon zu überzeugen. Das Paar reiste zum ersten Mal nach Rogova, als du etwa im fünften Monat schwanger warst. Du solltest nichts davon erfahren, weil Vater fürchtete, du würdest rebellieren. Die Details wurden geregelt, Pläne geschmiedet. Es wurde vereinbart, dass Dafina eine Schwangerschaft vortäuschen und das Kind als ihr eigenes ausgeben würde.»

Besarta konnte die Informationen kaum verarbeiten. «Hast du sie gesehen? Wie ist sie?»

Luan nahm ihre Hand. «Es sind gute Menschen! Dafina ist Lehrerin, sie geht liebevoll mit Kindern um. Sie ist etwa zehn Jahre älter als du. Ich bin sicher, dass Florim bei ihr glücklich ist.»

«Florim?»

«Sie haben ihn Florim genannt.»

Besarta zog die Hand zurück, als hätte sie sich verbrannt. «Er heisst Leonardo!»

Luan sagte nichts.

«Sein Name ist Leonardo!», wiederholte Besarta laut.

Sie stand auf und schlang die Arme um ihren Körper. Die Hitze war weg. Jetzt fühlte sie nur noch Kälte. Obwohl sie gewusst hatte, dass Leonardo in einer Familie aufwuchs, war diese bis anhin ein Phantom gewesen. Nie hatte sich Besarta gefragt, wer die Frau war, die sich als Leonardos Mutter ausgab. Nur die Adresse hatte sie interessiert. Auf einmal sah Besarta mehr als den grünen Rasen und den weissen Zaun vor sich: Eine Frau tauchte vor ihr auf. Sie stand am Fenster und rief Leonardo zu, das Essen sei fertig. Sie holte ihn vom Kindergarten ab, band ihm die Schuhe und deckte ihn nachts zu.

«Ich hätte es dir viel früher sagen sollen», entschuldigte sich Luan erneut. Schwerfällig stand er auf.

«Geh nicht!», stiess Besarta aus. «Bitte ... wie ist sie? Beschreib sie! So, wie in deinen Geschichten.»

Luan streifte seine Mütze vom Kopf und rieb sich das Gesicht. «Ihre Augen haben die Farbe von reifen Haselnüssen und sind fast genauso rund, was sie leicht erstaunt aussehen lässt. Die Augenbrauen darüber sind jedoch ungewöhnlich gerade, wie von einem Lineal gezeichnet. Auch ihre Nase ist ein gerader Strich, ihr Mund hingegen klein und rund, als spreche sie den Buchstaben O aus. Wenn sie geht, wippt sie auf und ab; selten steht sie ganz still. Um den Hals trägt sie eine schmale Goldkette, daran hängt eine Träne mit einem hellen Stein.»

«Eine Träne?»

«Der Anhänger hat die Form einer Träne, ich glaube aber nicht, dass er Traurigkeit symbolisiert. Dafina strahlt Zufriedenheit und Glück aus. Als sie... sie hat geweint vor Freude, als...»

Besarta hielt die Luft an.

Luan drehte die Mütze zwischen den Fingern. «Es geht ihm gut. Du musst dir keine Sorgen machen. Ich bin sicher, dass ihm nichts fehlt.»

«Wie sieht das Haus aus?»

«George hat erzählt...»

«George?»

«Er heisst Gjergj, nennt sich aber George. Amerikaner hätten Mühe, fremde Namen auszusprechen, meinte er. George hat erzählt, sie wohnten auf dem Land, in einem zweistöckigen Haus mit angebauter Garage. Die ist so gross, dass zwei Autos darin Platz haben. Sogar der Hund hat ein eigenes Haus.»

«Gibt es einen Zaun?»

«Ich weiss es nicht.»

«Eine Schaukel?»

«Gut möglich.» Luan liess den Kopf hängen. «Mehr kann ich dir nicht erzählen. Besarta, Flo... Leonardo weiss nichts von dir. Er wird Zeit brauchen, sich an dich zu gewöhnen. Vergiss nicht, dass es für ihn auch schwierig ist. Er wächst im Glauben auf, Dafina sei seine Mutter.»

Ein Kloss bildete sich in Besartas Hals. Luan setzte die Mütze wieder auf und umarmte sie. Lange standen sie engumschlungen da. Zum zweiten Mal versuchte Besarta, sich jedes Detail ihres Bruders einzuprägen. Diesmal schoben sich aber immer wieder Bilder von Dafina und George dazwischen. In Gedanken war Besarta bereits in Michigan.

30

Ein Klingeln riss Pal aus tiefem Schlaf. Es dauerte einen Moment, bis er begriff, dass es Jasmins Handy war. Als sie nicht abnahm, öffnete er die Augen. Der Platz neben ihm war leer. Benommen setzte er sich auf. Das Handy lag auf dem Nachttisch. Von Jasmin keine Spur. Bevor er nach dem Telefon greifen konnte, verstummte es. Mit einem leisen Ächzen liess sich Pal auf die Matratze zurücksinken. Jeder Muskel tat ihm weh. Bei der Erinnerung an die Ursache seiner Schmerzen lächelte er. Dafür bezahlte er gerne den Preis.

Möglichst ohne sich zu bewegen, liess er seinen Blick durch das Hotelzimmer schweifen. Jasmins Helm lag auf dem Stuhl, weit konnte sie also nicht sein. Die Tür zum Bad stand offen, keine Geräusche drangen aus dem Dunkeln. Gerade als er überlegte, ob sie bereits frühstückte, ging die Tür mit einem leisen Klicken auf und Jasmin trat ein. Sie trug die Trainerhose und Turnschuhe, die Pal ihr von zu Hause mitgebracht hatte. Ihre Haut war gerötet, ihre Augen glänzten.

«Warst du ... joggen?», fragte Pal ungläubig.

Jasmin schloss die Tür und kam auf ihn zu. «Guten Morgen, Faulpelz!»

Sie beugte sich über ihn und presste ihre Lippen auf die seinen. Pal erwiderte den Kuss zurückhaltend, da er sich die Zähne noch nicht geputzt hatte. Doch Jasmin gab nicht nach. Forsch drang sie mit der Zunge in seinen Mund, gleichzeitig kroch ihre Hand unter die Decke. Sie roch nach Wintermorgen und frischem Schweiss, was sie genauso wenig zu kümmern schien wie die Tatsache, dass er noch nicht geduscht hatte. Als ihre Finger nach unten glitten, schnappte Pal nach Luft.

«Ich kann mich kaum bewegen», protestierte er halbherzig.

«Das übernehme ich», grinste Jasmin.

Er schloss die Augen und liess sie gewähren. Wenn es ein Paradies gab, so musste es so sein, dachte er. Bald konnte er jedoch gar keinen klaren Gedanken mehr fassen. Er liess sich in einen Tunnel ziehen, der kein Ende zu haben schien. Tiefer und tiefer hinein, bis er alle Gedanken an Hygiene vergessen hatte und sich nur noch seinen Empfindungen hingab. Diese kamen einem Feuerwerk gleich. Erst als der letzte Funken erloschen war, war er wieder fähig, die Welt um sich herum wahrzunehmen.

Er drehte sich zu Jasmin, die auf die Ellenbogen gestützt neben ihm lag. Das Lächeln, das sie ihm schenkte, löste eine neue Welle von Gefühlen aus, diesmal hauptsächlich zärtliche. Er realisierte, dass er nicht ein einziges Mal an ihre Narben gedacht hatte. Pal wollte das Thema ansprechen, da trafen sich ihre Blicke. Jasmin legte den Zeigefinger auf seine Lippen. Er schloss den Mund wieder. Stumm formte sie das Wort «Danke». Pal fuhr mit der Hand den Umrissen ihres Körpers entlang. Vom Gang her näherten sich Stimmen, begleitet vom Rattern eines nachgezogenen Koffers. Gemeinsam lauschten sie den Klängen des Morgens, unwillig, das Schweigen zu brechen. Erst das Knurren von Jasmins Magen brach den Bann.

Sie verzog das Gesicht. «Sorry, ich hab noch nichts gegessen.»

«Soll ich dir etwas holen?», fragte Pal.

«Ich stell mich lieber kurz unter die Dusche und geh dann in den Frühstücksraum. Kommst du mit?»

«Unter die Dusche?», fragte Pal listig.

Jasmin sprang aus dem Bett, riss ihm die Decke weg und zog ihn am Arm hoch.

«Das war ein Witz!», stiess er aus.

«Dann pass in Zukunft besser auf, wenn du Sprüche klopfst!»

Sie schob ihn ins Bad, folgte ihm in die Duschkabine und drehte das Wasser auf. Ein eiskalter Strahl traf ihn und verschlug ihm den Atem. Damit er nicht flüchten konnte, versperrte sie ihm den Weg. Das kalte Wasser schien ihr nichts auszumachen. Er stiess eine Reihe albanischer Flüche aus, von denen er nicht einmal wusste, dass er sie kannte.

Vergnügt lachte sie. «So gefällst du mir!»

Langsam wurde das Wasser wärmer. «Ich fluch auch gerne für dich, ohne dass du mich einer Schockbehandlung unterziehst! Sag einfach, wenn dir danach ist.»

Jasmin begann, ihn einzuseifen. «Das ist nicht das Gleiche. Kontrollierte Flüche sind leblos.»

«Ich auch, wenn ich einen Herzstillstand erleide.»

«Weichei!»

Pal kniff die Augen zusammen. Mit einer Hand tastete er nach dem Wasserhahn und drehte ihn wieder auf kalt. Mit gespielter Ruhe griff er nach dem Shampoo und verteilte eine grosszügige Portion auf Jasmins Haar. Als er ihren Kopf zu massieren begann, zuckte sie zusammen. Plötzlich erinnerte er sich daran, dass der «Metzger» ihr regelmässig die Haare gewaschen hatte. Das war mit ein Grund dafür gewesen, dass sie sie nach der Gefangenschaft abgeschnitten hatte. Jasmin bemerkte sein Zögern.

«Mach weiter», sagte sie mit zusammengebissenen Zähnen.

Hastig spülte Pal das Shampoo von ihrem Kopf und stellte das Wasser ab. Eine angespannte Stimmung hatte die Leichtigkeit verdrängt. Er wickelte Jasmin in ein grosses Badetuch ein und rieb sich anschliessend ebenfalls trocken.

«Weisst du schon, wann Fabian Zaugg entlassen wird?», wechselte Jasmin das Thema.

«Bald», antwortete Pal sachlich. «Salvisberg steht vor einem Problem. Sie kann nicht von jedem Mann im Camp DNA-Proben nehmen. Das wäre unverhältnismässig. Sie hat demzufolge keine Möglichkeit, die Spermaspur jemandem zuzuordnen.»

«Muss sie auch nicht, da Zaugg gestanden hat.»

«Er hat sein Geständnis wieder zurückgezogen.»

Jasmin hielt inne. «Das ist nicht dein Ernst! Wann?»

«Gestern abend.» Ein schwaches Lächeln huschte über Pals Gesicht. «Ich kam nicht dazu, es dir zu erzählen.»

«Hat er wenigstens eine Erklärung dafür geliefert?»

«Natürlich nicht.»

«Und was heisst das jetzt?»

«Ich rechne damit, dass Maja Salvisberg die Untersuchung bald abschliesst. Es gibt nicht mehr viel abzuklären.»

«Kommt der Fall vor Gericht?»

«Es steht Aussage gegen Aussage. Im Zweifelsfall wird der Auditor Klage erheben. Gegen eine Einstellungsverfügung würde Zora Giovanoli rekurrieren», erklärte Pal. «Aber dass ein zweiter Mann im fraglichen Zeitraum im Container war, könnte Zaugg entlasten. An eine Gruppenvergewaltigung glaube ich nicht. Es ist mir allerdings ein Rätsel, weshalb weder mein Klient noch Besarta Sinani den Namen herausrücken wollen.» Während Pal sich anzog, erzählte er vom Gespräch mit Valentin. «In was auch immer Zaugg hineingeraten ist, eines ist klar: Er fürchtet, dass ich mit drin stecke, weil ich Kosovare bin.»

«Es ist gut möglich, dass Besarta Sinani zu den Anschuldigungen angestiftet wurde», meinte Jasmin, sich einen warmen Pullover überstreifend. «In dieser Beziehung teile ich Valentins Meinung. Aber wer sollte Zaugg loswerden wollen? Ich glaube, Kastrioti können wir vergessen, auch wenn der Zufall mit dem Foto unglaublich ist.» Sie schlüpfte in ihre Turnschuhe und stand auf.

«Du glaubst dem Polizisten also?», fragte Pal, die Tür aufhaltend.

«Bekim Shala? Ja.» Jasmin folgte Pal zum Lift. «Ich bin in Gedanken alle Gespräche mit ihm durchgegangen. Seine Erklärung passt.»

«Hätte Kastrioti meinen Klienten bedroht, so ergäbe Zauggs Verhalten ebenfalls einen Sinn», bemerkte Pal. «Sogar die Siegelung des Computers.»

Die Lifttür ging auf. Statt den Aufzug zu betreten, starrte Jasmin auf den dunklen Teppich. Pal legte die Hand an die Lichtschranke, um die Tür am Schliessen zu hindern.

«Was ist?», fragte er.

«Komme gleich wieder!» Jasmin spurtete zurück zum Zimmer. Zwei Minuten später kehrte sie mit einem Umschlag zurück. «Die Fotos! Ich war so auf Kastrioti fixiert, dass ich gar nicht weitergesucht habe. Ein Anfängerfehler! Scheisse, bei der Kapo hätte man mir dafür den Arsch versohlt! Wie konnte ich nur so dumm sein? Kastrioti ist nicht der einzige Kosovare auf den Bildern!»

Im Frühstücksraum setzten sie sich an einen Tisch am Rand. Während Pal seinen Teller mit Eiern, Fruchtsalat und Käse füllte, sah Jasmin die Fotos durch. Pal holte ihr eine Tasse Kaffee, die sie gedankenversunken entgegennahm. Plötzlich erstarrte sie. Langsam stellte sie die Tasse ab, ohne den Blick von einem der Fotos zu nehmen.

«Das ist er!», stiess sie aus. «Deshalb kam er mir bekannt vor!»
Pal lehnte sich vor. «Wer?»
«Agim Isufi! Ich wollte dir schon gestern von ihm erzählen, aber….» Sie schilderte, wie sie mit Shpresa dem Mann gefolgt war, den Besarta Sinani getroffen hatte.

Pal nahm das Bild in die Hand. Darauf war Enrico Geu zu sehen, der neben einer Piranha rauchte. Im Hintergrund stand ein halbfertiges Haus; zwei Kosovaren schleppten einen Zementsack über die Wiese, vermutlich zu einem Stapel Backsteine neben der Mauer. Jasmin zeigte auf den älteren der beiden Männer.

«Die gleiche Szene hat Zaugg auch gefilmt», fuhr sie fort. «Ich habe nur immer auf Geu geachtet! Scheisse, das ist sie! Das ist die Verbindung zwischen Fabian Zaugg und Besarta Sinani!»

Aufregung erfasste Pal. «Was bedeutet das Foto? Hast du eine Vermutung?»

«Nein, aber ich werde es herausfinden!» Jasmin schob ihren Stuhl zurück und marschierte zum Buffet, wo sie ihren Teller mit Brot, Käse, Honig und Salami belud.

Fasziniert beobachtete Pal, wie sie sich abwechslungsweise Brot in den Mund schob, Käse durch den Honig zog und Salamischeiben zusammenrollte, die sie ganz ass. Dazwischen schüttete sie Zucker in ihren Kaffee und leerte die Tasse dann in einem Zug. Immer wieder hörte sie mit Kauen auf, um von ihren Erlebnissen während der vergangenen Tage zu berichten. Obwohl er den Gedanken zu verdrängen versuchte, sah er plötzlich eine

Mahlzeit bei Valentin vor sich. Pal war schon so oft bei ihm und Sylvie eingeladen gewesen, dass er vom Meissner Porzellan bis zum Silberbesteck jedes Detail vor Augen hatte. Er stellte sich Sylvie mit ihren Perlenohrringen und einem der Kaschmirpullover vor, die sie im Winter meist trug. Sogar der kleine Max wurde dazu angehalten, mit der Gabel zu essen, obwohl er noch kaum dazu fähig war.

«Was ist?», fragte Jasmin plötzlich. «Du starrst mich an, als käme ich vom Mars!»

Ertappt räusperte sich Pal. «Ich hab nur an Valentin gedacht. Hast du eine Ahnung, wie du an Informationen über Isufi kommen willst?»

«Das ist die Knacknuss», gestand Jasmin. «Shpresa ist mir eine riesige Hilfe. Doch auch sie kann nicht beliebig Fragen stellen. Meinst du, es wäre möglich, Isufis DNA zu überprüfen?»

«Auf welcher Grundlage?»

«Fabian Zaugg liess seinen Computer versiegeln, weil er nicht wollte, dass wir das Bild sehen. Also weiss er, dass Agim Isufi hinter allem steckt. Vielleicht stammt die zweite Spermaspur von ihm.»

«Er hätte unmöglich ins Camp eindringen können.»

«Vielleicht hat er dort Bauarbeiten erledigt», mutmasste Jasmin. «Ich sage nicht, dass es wahrscheinlich ist, aber ich würde ihn gern mit Sicherheit ausschliessen.»

«Salvisberg wird nichts unternehmen, es fehlt schon ein Anfangsverdacht. Aber wenn du etwas findest, das Isufi mit dem Tatort in Verbindung bringt, sähe es anders aus.» Pal nahm ihre Hand. «Du leistest tolle Arbeit!»

«Woran hast du vorhin tatsächlich gedacht?»

Pal tupfte sich mit der Serviette den Mund ab. «An Valentin. Er würde dich gerne kennenlernen.»

«Das ist der Bonze von der Goldküste, oder?»

Pal richtete sich auf. «Er ist mein bester Freund.»

«Hat er ein Boot? Ich wollte schon immer mal mit einem Motorboot über den Zürichsee flitzen.»

«Nein, aber eine Garage voller Oldtimer.» Er beschrieb einige Wagen. «Die meisten stehen nur zum Verkauf, aber mit seinem Ponton macht er manchmal Ausfahrten.»

«Ein 180er oder ein 190er?»

«180 D. Baujahr 55, mit Faltschiebedach. 43 PS, soviel ich weiss. Hast du Lust auf eine Sonntagsfahrt?»

«Der Ponton ist ein bisschen lahm, findest du nicht? Fährt dein Val auch Motorrad?»

Pal schüttelte den Kopf. «Er ist nicht so risikofreudig.»

«Schade. Wenn du mir jetzt gesagt hättest, dass die neue Multistrada bei ihm in der Garage steht...»

Überrascht zog Pal die Augenbrauen hoch. «Ich dachte, du seist eine überzeugte Monster-Fahrerin.»

«Bin ich. Ich habe keine Lust, ganz der Elektronik ausgeliefert zu sein. Trotzdem würde ich gerne mal erleben, wie es sich anfühlt, per Knopfdruck den Modus zu wechseln. Da sitzt du auf einer Sportmaschine, und plötzlich wird daraus ein Touren-Motorrad. In der Stufe ‹Enduro› wird sogar der Federweg hinten verlängert. Ist doch irre.»

«Die Leistung wurde auf 150 PS gekappt.»

«Nur, damit sie sauberer ans Gas geht. Aber das ist immer noch viel für eine Touringmaschine. Du darfst es nicht mit deinem Superbike vergleichen.»

Pal zuckte mit den Schultern. «Wenn ich ins Gelände will, dann nehme ich eine richtige Enduromaschine.»

«Wirst du nächstes Jahr wieder Rennen fahren?»

«Nicht mehr in der Kategorie Challenger. Dafür hätte ich während der letzten Saison eine höhere Punktzahl gebraucht. Aber Promo ist mir auch recht. Ich komme im Moment nicht dazu, genug zu trainieren.»

Pal schenkte Kaffee nach. Dass seine Leistung so stark nachgelassen hatte, hing mit Jasmin zusammen. Nach den Ereignissen im letzten Jahr hatte er sich einfach nicht mehr konzentrieren können. Es war ihm absurd erschienen, seine Energie in Supermoto-Rennen zu investieren, während Jasmin alle Kraft brauchte, um den Alltag zu bewältigen. Sie jetzt so voller Schwung zu sehen, hob seine Stimmung.

«Warum bittest du eigentlich nicht den Polizisten um Hilfe?», fragte er. «Du hast gesagt, du vertraust Bekim Shala. So, wie du ihn schilderst, würde er dir bestimmt helfen, Agim Isufi abzuklären.»

«Da bin ich mir nicht so sicher.» Jasmin verzog das Gesicht. «Ich habe seinen Stolz verletzt. Du weisst, was das für einen Mann bedeutet. Noch dazu einen Kosovaren.»

Pal lächelte. «Pass auf, was du sagst.»

«Du bist nicht besser», stellte Jasmin fest. «Nur kannst du deine Gefühle besser verbergen.»

«Jetzt bin ich neugierig: Was genau hast du Shala angetan? Du hast mir lediglich gesagt, dass du ihn zur Rede gestellt hast.»

Jasmin zuckte mit den Schultern. «Hab ich auch. Aber dabei habe ich ihm ein Messer an den Hals gehalten. Und davor die Dienstwaffe abgenommen.»

Pal wusste nicht, ob er laut auflachen oder Jasmin tadeln sollte. Er entschied sich für den Mittelweg und machte sie auf den Tatbestand des Notwehrexzesses aufmerksam. «Mit dem Einsatz eines Messers könntest du schnell einmal die Grenze der erlaubten Notwehr überschreiten. Erst recht, wenn du dich zwar bedroht fühlst, aber nicht wirklich angegriffen wirst. Das hätte leicht schiefgehen können; dann hättest du dich wegen Körperverletzung verantworten müssen.»

«Das Risiko nehme ich gern in Kauf!», fuhr Jasmin ihn wütend an. «Lieber, als überfallen zu werden! Ich wusste schliesslich nicht, wer hinter mir her war.»

«Das verstehe ich», sagte Pal beruhigend. «Ich bitte dich nur, vorsichtig zu sein.»

«Jetzt hast du wieder diesen Tonfall drauf. Langsam ahne ich, wie es gewesen wäre, mit einem Vater im Haus aufzuwachsen! Nur falls es da Unklarheiten geben sollte: Ich habe keinen Nachholbedarf!»

Pal presste verärgert die Lippen zusammen. Auf eine Auseinandersetzung hatte er keine Lust, doch Jasmin schien sie zu suchen. Was sie daran reizte, war ihm ein Rätsel. Ertrug sie es nicht, wenn er, statt seine Gefühle zu zeigen, einen sachlichen Tonfall anschlug? Damit würde sie leben müssen, wenn die Beziehung zwischen ihnen von Dauer sein sollte. Er hatte nicht vor, ihr zuliebe sein Verhalten zu ändern. Er legte Wert auf Zurückhaltung. Vor allem in der Öffentlichkeit.

Viele Gäste hatte es im «Ambassador» zwar nicht, stellte Pal fest, als er sich im Frühstücksraum umblickte. Vermutlich sah es unter der Woche anders aus, da hauptsächlich Geschäftsleute und Mitglieder von internationalen Organisationen hier übernachteten. Ein Touristenziel war Pristina nicht. Pal staunte jedoch, wie sich die Stadt in den letzten Jahren entwickelt hatte. Das Leben pulsierte; eine neue Generation wuchs heran, die den Krieg nur noch vage in Erinnerung hatte. Bis die Wunden ganz verheilt wären, würde es aber mehrere Generationen brauchen. Falls es nicht vorher zu neuen Unruhen kam.

Er stand auf. «Ich hol mir eine Zeitung. Brauchst du auch etwas?»

Jasmin schüttelte den Kopf, fügte dann aber hinzu: «Mein Handy.»

Plötzlich kam Pal der Anruf in den Sinn. Er berichtete Jasmin davon.

«Vermutlich Shpresa. Sie wollte herausfinden, ob ein fünfjähriger Junge bei den Isufis wohnt. Oder Pellegrini. Der Presseoffizier der Swisscoy», erklärte sie. «Ich habe ihn gebeten abzuklären, ob jemand zur gleichen Zeit wie Fabian Zaugg in die Ferien wollte.»

«Ich bring es dir mit.»

Zehn Minuten später kehrte Pal mit zwei Zeitungen und dem Handy zurück. «Es ist eine lokale Nummer, aber nicht Shpresas. Haben die Swisscoy-Anschlüsse nicht eine 031er-Vorwahl? Wie jene der Diplomaten?»

«Pellegrini hat zwei Nummern. Gib her.» Jasmin warf einen Blick auf ihr Handy. «Der Presseoffizier ist es nicht.» Sie drückte die Rückwahltaste.

Pal schenkte Kaffee nach und schlug die Zeitung auf. Mit dem Handy am Ohr ging Jasmin hinter ihm hin und her. Als sie auf Deutsch zu reden begann, sah er auf. Sie starrte auf einen Punkt an der Wand, jeder Muskel ihres Körpers war angespannt. Kaum hatte sie die Verbindung abgebrochen, gab sie Pal ein Zeichen.

«Wir müssen los», sagte sie, auf die Tür zusteuernd. «Das war Bekim Shala. Er hat Neuigkeiten!»

Pal faltete die Zeitung zusammen. Jasmin war bereits verschwunden. Er holte sie vor der Zimmertür ein, wo sie ungeduldig die Schlüsselkarte in den Schlitz schob.

«Was für Neuigkeiten?», fragte Pal.

«Das wollte er am Telefon nicht sagen.» Sie holte ihre Zahnbürste aus dem Bad und begann, zähneputzend ihre Sachen zu packen. «Willst du überhaupt mitkommen?», nuschelte sie.

«Natürlich!» Pal fuhr sich übers Kinn. Er hatte vergessen, sich zu rasieren. Jasmin brachte seine Morgenroutine total durcheinander. Während er wartete, bis sie im Bad fertig war, fragte er sich, wie lange es dauern würde, bis sie aufeinander abgestimmt wären. Zwischen Mira und ihm waren keine Absprachen notwendig gewesen. Instinktiv hatten sie gewusst, wer als Nächstes welchen Schritt tun würde, als führten sie einen gut einstudierten Tanz auf. Als Pal nun zur Zahnseide griff, stand Jasmin bereits vollständig angezogen in der Tür und sah ihn verständnislos an.

«Wir müssen los!», drängte sie.

«Ich bin noch nicht so weit.»

«Du bist schön genug, komm.»

Plötzlich packte ihn die Wut. Er stiess die Badezimmertür zu und schloss ab, Jasmins überraschte Proteste ignorierend. In Ruhe putzte er sich die Zähne und beendete seine Morgentoilette. Irgendwann verliess Jasmin das Hotelzimmer. Pal versuchte zu verstehen, was ihn so verärgert hatte. War er es einfach nicht mehr gewohnt, auf eine andere Person Rücksicht zu nehmen? Oder hatte er sich während des vergangenen Jahres zu stark zurücknehmen müssen? War sein Vorrat an Geduld aufgebraucht?

Dafür konnte Jasmin nichts. Es war seine Entscheidung gewesen, sich trotz der Umstände um sie zu bemühen.

Mit dem Helm unter dem Arm stieg er die Treppe hinunter. Ob sie ohne ihn losgefahren war? Bereits in der Lobby hörte er das Wummern ihrer Monster. Jasmin wartete mit laufendem Motor vor dem Hotel. Erleichtert ging Pal auf sie zu. Als Jasmin ihn sah, rutschte sie nach hinten.

«Steig auf!», befahl sie, auf den Sitz vor sich deutend.

«Ich soll fahren?» Zögernd blieb Pal stehen.

«Mach schon, sonst überleg ich es mir anders!»

Pal stülpte sich den Helm über den Kopf und nahm vor ihr Platz. Er testete die Grundfunktionen, die sich nicht allzu sehr von seinem Superbike unterschieden. Als er Gas gab, zog die Monster etwas weniger stark an, ansonsten wirkte sie seltsam vertraut. Eine Ducati war eben eine Ducati. Pals Pulsschlag erhöhte sich, als die Häuser an ihm vorbeirasten. Hinter ihm passte sich Jasmin seinen Bewegungen an, die Arme eng um seinen Bauch geschlungen. Auf einmal war er zurück, dieser Rausch, der ihn so oft erfasste, wenn er mit ihr zusammen war. Er fühlte sich unbeschwert und voll Zuversicht, war überzeugt, die Unterschiede zwischen ihnen stellten keine Hürden dar, sondern sorgten lediglich für eine lebendige Beziehung.

Als sie eine Stunde später die Stadtgrenze von Prizren erreichten, war Pal fast enttäuscht. Gerne wäre er noch weitergefahren. Mit dem Auto hätte er für die gleiche Strecke fast doppelt so lang gebraucht, da das Überholen schwieriger war. Jasmin wies ihm mit Handzeichen den Weg, bald kamen sie zu einem neugebauten Einfamilienhaus. Widerwillig stellte Pal den Motor ab und klappte das Visier hoch.

Jasmin sprang vom Motorrad, zerrte den Helm vom Kopf und schüttelte ihr Haar aus. Sie stiess einen erleichterten Seufzer aus, der Pal ein Grinsen entlockte. Genau so hatte er nach der Fahrt vom Flughafen reagiert. Bevor er einen Kommentar abgeben konnte, ging die Haustür auf, und ein Polizist in Uniform trat heraus. Bekim Shala sah genau so aus, wie Jasmin ihn beschrieben hatte. Steif gab er ihr die Hand, um sich rasch an Pal zu wenden. Auf Albanisch stellte er sich vor und erkundigte sich nach Pal und seiner Familie. Die traditionelle Begrüssung passte nicht ganz zum Polizisten. Pal vermutete, dass er damit sein Unbehagen Jasmin gegenüber zu kaschieren versuchte. Ausnahmsweise war sie taktvoll genug zu schweigen. Ihre Ungeduld zeigte sich nur in einem ununterbrochenen Auf- und Abwippen.

Bekim Shala bedeutete ihnen, ins Haus zu kommen, wo seine Frau Lule mit Tee und Kaffee auf sie wartete. Sie tauschten Höflichkeiten aus, bis Lule die Getränke serviert und sich in die Küche zurückgezogen hatte. Jasmin wurde von Sekunde zu Sekunde unruhiger. Als sie mit dem Löffel zu spielen begann, presste Pal die Lippen zusammen. Der Polizist beachtete sie jedoch nicht. Seine Aufmerksamkeit galt alleine Pal.

«Sie haben mich gebeten, Kontakt mit dem Journalisten der ‹Bota Sot› aufzunehmen», begann Bekim Shala. «Wegen des Artikels über Besarta Sinani.»

Jasmin holte Luft. «Das war …»

«Danke, dass Sie sich solche Mühe machen», sagte Pal rasch. «Wir schätzen Ihre Hilfe sehr.»

«Dafür ist die Kosova Police da», antwortete Shala, als habe er den Text in der Ausbildung gelernt. «Meine Vorgesetzten unterstützen mich voll und ganz.»

Pal fragte sich, warum Bekim Shala sie zu Hause empfing, wenn er offizielle Anweisungen hatte, ihnen behilflich zu sein.

«Wir gehen davon aus, dass Sie dem Mann, der die ‹Bota Sot› informierte, einen Besuch abstatten wollen», sagte Shala. «Zu Ihrer eigenen Sicherheit werde ich Sie begleiten.»

Auf einmal begriff Pal. Da nichts gegen diesen Informanten vorlag, wollte Bekim Shala den Mann nicht vorladen. Der Polizist wusste aber, dass seine Uniform Eindruck machte. Indem er Pal und Jasmin begleitete, erweckte er den Anschein einer offiziellen Befragung. Dadurch stiegen Jasmins und Pals Chancen, Antworten auf ihre Fragen zu erhalten. Pal strich mit der Hand über seinen Oberschenkel und verfluchte seine Lederhose. Hätte er gewusst, dass er geschäftlich unterwegs sein würde, hätte er einen Anzug mitgenommen.

«Dann hat der Journalist Ihnen also einen Namen genannt?», fragte Pal.

Jasmin hatte den Löffel hingelegt und folgte dem Gespräch gebannt.

Shala nickte. «Beim Informanten handelt es sich um einen 55jährigen Mann, der etwas ausserhalb von Suhareka wohnt. Bisher trat er nie polizeilich in Erscheinung. Er gilt als höflich und hilfsbereit. Sie können sogar Deutsch mit ihm sprechen. Er lebte während zwanzig Jahren in der Schweiz.»

Jasmin erhob sich halb vom Stuhl. «Heisst er Agim Isufi?»

Überrascht drehte Bekim Shala erstmals den Kopf in ihre Richtung. «Woher...»

«Ich sagte es doch!» In einer Siegesgeste ballte Jasmin die Hand zur Faust. «Er ist die Verbindung, die wir gesucht haben!»

Pal gab ihr ein Zeichen, sich zu beruhigen. Bekim Shala schien enttäuscht, dass seine Information nicht überraschend kam.

«Wir ahnten nicht, dass Agim Isufi hinter dem Zeitungsartikel steht», erklärte Pal rasch. «Wir wissen nur, dass er sich kürzlich mit Besarta Sinani getroffen hat. Wie haben Sie es geschafft, dem Journalisten den Namen zu entlocken? Das dürfte schwierig gewesen sein.»

Bekim Shala straffte die Schultern. «Man hat so seine Methoden.»

Pal nickte anerkennend.

«Was wissen Sie über Isufi?», drängte Jasmin. «Lebte er in Münsingen?»

Bekim Shala richtete seine Antwort wieder an Pal. «Ich weiss nicht, wo in der Schweiz er gelebt hat. Wenn Sie möchten, begleite ich Sie nach Suhareka. Sie können Ihre Fragen Agim Isufi direkt stellen.»

«Wir wären froh um Ihre Unterstützung, wenn es Ihnen keine Umstände macht», erwiderte Pal.

Bekim Shala nickte kurz und stand auf. «Am besten, wir nehmen meinen Wagen.»

Pal folgte ihm zur Tür. Als Jasmin bereits draussen war, bedankte sich Pal beim Polizisten, dass er sie beschützt hatte. Shala errötete leicht, doch Pal tat, als bemerke er es nicht. Stattdessen fragte er nach Zeqir Kastrioti und erfuhr, dass die Kosovo Police einen Durchbruch erzielt hatte. Shala rechnete mit einer baldigen Verhaftung. Als Pal die Neuigkeit kurz darauf Jasmin erzählte, schüttelte sie nachdenklich den Kopf.

«Was hat Fabian Zaugg in seiner Naivität wohl sonst noch angestellt? Ist doch nicht zu fassen. Wirst du es ihm sagen?»

«Natürlich», antwortete Pal. «Dafür werde ich schliesslich bezahlt. Aber auch sonst finde ich es wichtig, dass er weiss, welche Konsequenzen seine Handlungen haben. Auch wenn es paternalistisch klingen mag», fügte er mit einer Spur Sarkasmus hinzu.

«Ich habe nichts gesagt!», entgegnete Jasmin.

Bekim Shala hielt ihnen die Tür zu einem Streifenwagen auf, den er vermutlich eigens für die Fahrt zu Agim Isufi organisiert hatte. Als Pal sich neben Jasmin auf den Rücksitz setzen wollte, winkte der Polizist ab und deutete auf den Beifahrersitz. Pal nahm Platz, ohne Jasmin anzuschauen. Er spürte, wie sie innerlich kochte. Kosovo war kein Land für eine Frau mit starker Persönlichkeit. Doch er wollte Bekim Shala nicht beleidigen. Ein gutes Verhältnis zur lokalen Polizei war ihm im Moment wichtiger, als sich zu Gleichberechtigungsfragen zu äussern. Jasmin teilte seine Ansicht offenbar, denn sie verkniff sich eine Bemerkung.

Auf der Fahrt unterhielt sich Pal mit Bekim Shala über die jüngsten Entwicklungen in Kosovo. Erneut war es in den vergangenen Tagen zu Zwischenfällen gekommen. Weil die lokalen Behörden Mobilfunkanlagen serbischer Betreiber demontiert hatten, war es zu Protestkundgebungen und Sabotageakten gekommen, daraufhin zu Angriffen von Albanern gegen serbische Rückkehrer. Für das Abmontieren der Basisstationen hatte Pal Verständnis, auch wenn die Art und Weise einer Provokation gleichkam. Ohne Vorwarnung hatte die Regierung ihr Vorhaben umgesetzt und dabei verschiedene serbische Enklaven von der Umwelt abgeschnitten. Doch kein Land duldete fremde Anlagen auf seinem Territorium. Das serbische Netz war ein Zeichen dafür, dass Boris Tadic sich weigerte, Kosovo anzuerkennen. Das Vorgehen der Behörden wurde sogar von der Eulex unterstützt. Die Angriffe gegen die Rückkehrer gaben Pal jedoch zu denken. Sie richteten sich gegen mehrere Hundert serbische Familien, die in ihrer Heimat im Westen Kosovos vorerst in Zelten wohnten. Die provisorischen Häuser waren mit Steinen beworfen und die Familien beschimpft worden.

«Viele der Rückkehrer waren in Kriegsverbrechen verwickelt», rechtfertigte Bekim Shala die Proteste.

«Denken Sie, ein Zusammenleben wird je möglich sein?», fragte Pal.

«Es funktioniert bereits. Aber nicht mit Verbrechern. Wenn Sie den ehemaligen Nachbarn erkennen, der Ihren Vater in den Tod geschickt hat, würden Sie ihm auch nicht täglich begegnen wollen, Minderheitenschutz hin oder her.»

Bekim Shala bog in eine Nebenstrasse ein, die von neuerstellten Häusern gesäumt war. Einschusslöcher in den Mauern oder ausgebrannte Ruinen waren kaum mehr zu sehen. Doch Pal wusste, dass der Krieg in den Köpfen der Menschen noch präsent war. Er fühlte sich plötzlich schwer, als er an die zahlreichen Opfer dachte. Ein Junge am Strassenrand beobachtete den Streifenwagen neugierig. Wenigstens verband er die Polizei nicht mit Schrecken, dachte Pal. Als Bekim Shala winkte, lächelte das Kind gar stolz.

Das Grundstück, vor dem Shala parkierte, war nicht so gepflegt wie die anderen. Es wirkte verlassen, als warte es immer noch auf die Rückkehr des Eigentümers. Eine Bewegung am Fenster deutete jedoch darauf hin, dass mindestens eines der halbfertig gebauten Häuser bewohnt war. Eine dünne Rauchsäule stieg aus dem Kamin.

Jasmin sprang aus dem Wagen, noch ehe Bekim Shala den Motor abgestellt hatte. Der Polizist setzte seine Sonnenbrille auf und folgte ihr. Sein breitbeiniger Gang glich jenem eines amerikanischen Cops, was Pal trotz seiner nachdenklichen Stimmung ein Schmunzeln entlockte. Ganz anders erging es dem Mann, der die Tür auf Shalas Klopfen hin öffnete. Agim Isufi, den Pal aufgrund des Fotos erkannte, riss die Augen vor Schreck weit auf, als er die Besucher sah. Der Anstand gebot ihm, die Gäste ins Haus zu bitten, doch Pal sah ihm an, dass er die Tür lieber gleich wieder zugeworfen hätte. Fast widerwillig trat Agim Isufi zur Seite, um sie hereinzulassen. Nachdem sie die Schuhe ausgezogen hatten, deutete er aufs Wohnzimmer, wo zwei kleine Mädchen und ein etwa achtjähriger Junge gebannt auf einen Fernseher starrten. Mit steifem Gang folgte Isufi den Besuchern in den Raum.

Bekim Shala stellte sich vor und zeigte auf Pal. Als er erklärte, dass dieser Rechtsanwalt sei, wich die Farbe aus Agim Isufis Gesicht. Der Kosovare setzte sich langsam auf einen Stuhl, den Blick auf den Boden geheftet. Pal nahm ihm gegenüber Platz, um sein Gesicht sehen zu können. Auch Bekim Shala setzte sich, einzig Jasmin blieb stehen. Die Kinder schauten weiterhin entrückt fern. Aus der Küche vernahm Pal das Klappern von Geschirr.

«Ich möchte Ihnen einige Fragen stellen», begann Pal.

Agim Isufi reagierte nicht.

«Sagt Ihnen der Name Besarta Sinani etwas?»

Ein konsternierter Ausdruck trat auf Isufis Gesicht, doch er antwortete nicht.

«Kennen Sie Besarta Sinani?», wiederholte Pal.

«Beantworten Sie die Frage!», befahl Bekim Shala.

«Nein», sagte Isufi.

Jasmin reichte Pal ein Foto der Bardame, das er dem Kosovaren zeigte. Sichtlich aufgeregt knetete Isufi die Hände, bestritt aber weiterhin, Besarta Sinani zu kennen.

«Sie wurden am vergangenen Donnerstag um 9.30 Uhr zusammen mit Besarta Sinani im ‹Rozafa› gesehen», hielt Pal ihm vor.

Agim Isufi fiel in sich zusammen. «Bitte», flüsterte er. «Meine Familie braucht mich. Sie hat sonst niemanden.»

Wie um das Gesagte zu unterstreichen, ging die Tür auf, und eine Frau trat ein, gefolgt von einem etwa zehnjährigen Mädchen. Mit einem scheuen Blick stellte das Mädchen vier Teegläser auf den Tisch und legte kleine Löffel daneben. Die Frau schenkte ohne zu fragen frisch aufgebrühten Tee ein. Anschliessend scheuchte sie die Kinder aus dem Wohnzimmer. Den Fernseher liess sie laufen. Vermutlich die Schwiegertochter, dachte Pal, nachdem sie ohne ein Wort gegangen war. Unter den Kindern befand sich kein fünfjähriger Junge.

«Woher kennen Sie Besarta Sinani?», fragte Pal.

Als Agim Isufi nicht reagierte, beugte sich Jasmin vor. «Lass mich», flüsterte sie Pal ins Ohr. «So funktioniert das nicht.»

Pal zögerte. Er zweifelte nicht an Jasmins Fähigkeiten. Aber würde sich Isufi von einer Frau beeindrucken lassen? Widerwillig stand er auf und machte Jasmin Platz.

«Herr Isufi», begann Jasmin, nachdem sie sich gesetzt hatte. «Sie haben lange in der Schweiz gewohnt. Wo genau?»

«In Wettingen.»

«Hat es Ihnen dort gefallen? Erzählen Sie mir bitte davon.»

«Von Wettingen?», fragte Isufi überrascht. Als Jasmin nickte, kratzte er sich am Ohr. Leicht verwundert beschrieb er die Wohnung, in der er mit seiner Familie gelebt hatte. Zuerst nur skizzenhaft, als Jasmin aber nachhakte, erwähnte er immer mehr Details: die Wohnwand, in der Andenken aus der Heimat aufgestellt gewesen waren; das ausziehbare Sofa, auf dem er mit seiner Frau geschlafen hatte, wenn Gäste kamen. Auf dem Balkon war eine Satellitenschüssel montiert gewesen, die es ihnen erlaubte, albanische Sendungen zu empfangen. Die Schilderungen kamen Pal seltsam vertraut vor – eine typische Wohnung albanischer Gastarbeiter, ganz ähnlich jener seiner Eltern. Wie Agim Isufi hätten sie sofort sagen können, wo sich der nächstgelegene Laden mit Spezialitäten aus dem Balkan befand, hätten aber keine Ahnung gehabt, wo die Bibliothek oder der Quartiertreff waren.

Als Jasmin fragte, ob er immer vorgehabt habe, nach Kosovo zurückzukehren, erzählte Isufi, dass er jedes Jahr an seinem Haus weitergebaut habe, damit er sich nach der Pensionierung hier hätte niederlassen können. Im Krieg sei jedoch vieles zerstört worden. Er machte eine Geste, die alles um ihn herum umfasste, und beschrieb, wie er das Gebäude 2001 vorgefunden habe.

«Die Mauern waren schwarz, die Möbel weg. Nur die Vorhänge am Schlafzimmerfenster hingen noch. Ich weiss nicht, warum sie nicht verbrannt waren.»

«Woher fanden Sie die Kraft, noch einmal von vorne zu beginnen?»

Agim Isufi sah sie mit einem verständnislosen Blick an. «Was hätte ich sonst tun sollen?»

«Dachten Sie nie daran, in der Schweiz zu bleiben?», wollte Jasmin wissen.

«Ich möchte in meiner Heimat begraben werden», sagte Isufi. «Bei meiner Familie. Dafür habe ich all die Jahre gespart. Hier bin ich zu Hause.»

«Sie sind früher zurückgekehrt, als ursprünglich geplant», stellte Jasmin fest. «Was war der Grund?»

Agim Isufi blickte sie ernst an. «Nach meinem Unfall konnte ich nicht mehr arbeiten. Hier ist das Leben günstiger.»

«Was genau ist passiert?»

Einen Augenblick glaubte Pal, Isufi würde die Frage nicht beantworten. Ein unsicherer Ausdruck huschte über sein Gesicht. Doch dann schilderte er, wie er an einem Aprilmorgen vor acht Jahren wie gewohnt zur Arbeit gegangen sei. Er sei damals auf einer Baustelle ausserhalb von Baden als Eisenleger tätig gewesen. Gemeinsam mit einem Kollegen musste er an diesem Tag Faltbühnen montieren. Der Gruppenführer war für das Ausmessen zuständig, Isufi und sein Kollege montierten die Schraubanker in die Kletterkonen. Isufi erzählte, wie er die nötigen Befestigungsschrauben im vorgegebenen Abstand anbrachte. Obwohl die Lücken zwischen den einzelnen Faltbühnen nicht grösser als 1,5 Meter sein durften, betrug der Abstand zwischen zwei Faltbühnen über drei Meter. Offenbar hatte der Gruppenführer etwas falsch berechnet. Doch statt weitere Schraubanker montieren zu lassen, wies er Isufi an, die Lücke mit Gerüstbrettern zu überbrücken.

Der Hilfsarbeiter, der Isufi unterstützte, arbeitete erst wenige Wochen auf dem Bau. Er merkte zwar, dass eines der Gewinde schräg lag, schätzte die Gefahr aber falsch ein. Deshalb orientierte er den Gruppenführer nicht über die mangelhafte Verschraubung, sondern setzte seine Arbeit fort. Kurz darauf deponierte ein Kranführer einen Bund Armierungseisen auf den Faltbühnen. Niemand merkte, wie sich der Bühnenhaken unter der Last löste.

«Ich stand auf einem Gerüstbrett, das nicht fest montiert war», kam Isufi zum Schluss. «In zehn Metern Höhe. Auf einmal kippte alles. Zuerst habe ich geglaubt, das Gebäude stürze ein. Dann merkte ich, dass es nur die Bretter waren. Ich dachte, jetzt ist alles vorbei. Ich kann mich nicht erinnern, wie ich auf den Boden aufprallte. Meine Frau hat mir erzählt, ich sei mehrere Tage bewusstlos gewesen. Ich erwachte in einem Krankenhaus und konnte mich nicht mehr bewegen. Viele Knochen waren gebrochen.» Er schluckte. «Der Kollege hatte weniger Glück. Er starb auf der Baustelle. Er war erst 22 Jahre alt.»

Schweigen breitete sich im Wohnzimmer aus. Sogar Bekim Shala musterte betroffen seine Fingerspitzen. Nur aus dem Fernseher drang eine hohe Frauenstimme.

Agim Isufi sah auf. «Ich kann nicht mehr arbeiten! Sie müssen mir glauben! Bitte!»

Pal glaubte ihm. Trotzdem begriff er nicht, was Isufi damit sagen wollte, ebenso wenig, was die Geschichte mit Besarta Sinani zu tun hatte. Jasmins Gesichtsausdruck nach zu schliessen, war sie genauso ratlos. Um Zeit zu gewinnen, griff sie nach ihrem Teeglas.

«Weiss Besarta Sinani von Ihrem Unfall?», fragte sie.

«Ja.»

«Warum haben Sie ihr davon erzählt?»

«Ich musste ihr Vertrauen gewinnen», erklärte Isufi leise.

Jasmin beugte sich vor. «Besarta Sinani hat Fabian Zaugg in Ihrem Auftrag der Vergewaltigung beschuldigt, nicht wahr?»

Agim Isufi schloss die Augen. «Ja.»

Pal hielt den Atem an. In Gedanken stiess er einen Jubelschrei aus. Wenigstens in diesem Punkt hatte Fabian Zaugg die Wahrheit gesagt. Er hatte Besarta Sinani nicht vergewaltigt. Und wenn Agim Isufi keinen Rückzieher machte, konnte Pal die Unschuld seines Klienten sogar beweisen. Gebannt wartete er auf Jasmins nächste Worte.

«Bitte erklären Sie mir, warum», sagte sie sanft.

«Ich sah keine andere Lösung.»

Kaum merklich runzelte Jasmin die Stirn. «Wofür?»

Agim Isufi hielt inne. Pal sah die Verwirrung auf seinem Gesicht. Auch Jasmin nahm den Stimmungswechsel wahr. Sie versuchte, das Gespräch in eine andere Richtung zu lenken, doch es war zu spät. Agim Isufi hatte gemerkt, dass sie nicht so viel wussten, wie er geglaubt hatte. Die Atmosphäre im Raum veränderte sich. Die Intimität verschwand, und plötzlich ging Pal die Frauenstimme aus dem Fernseher auf die Nerven.

«Was hat Ihnen Fabian Zaugg angetan?», versuchte es Jasmin weiter. «Warum wollten Sie ihm schaden?»

Agim Isufi starrte mit ausdrucksloser Miene auf seine Füsse.

31

Fabian Zaugg mochte die Fahrten nach Oberuzwil nicht. Im Gefängnis gelang es ihm, seine Probleme zu verdrängen. Die Zelle war nicht viel anders als sein Wohncontainer im Camp. Wenn er sich anstrengte, konnte er die Realität ausblenden und sich der Illusion hingeben, nichts habe sich verändert. Brachte die Militärpolizei ihn aber nach Oberuzwil, so wurde er sich seiner Ohnmacht bewusst. Er verliess zwar das Gefängnis, durfte sich aber nicht frei bewegen. Rund herum sah er Leben, ein Leben, wie er es auch einmal geführt hatte. Die Autobahn, die sich vor ihm erstreckte, führte zwar nach St. Gallen und nicht nach Thun, doch die Umgebung war irgendwie gleich. Die Namen der

Möbelhäuser, der Schuhketten und Sportgeschäfte waren die selben. Die kräftigen Strassenmarkierungen liessen keinen Zweifel offen, wie der Verkehr zu fliessen hatte. Niemand kam ihnen auf der falschen Spur entgegen; es lag kein Abfall auf den Feldern, die Menschen standen nicht in Gruppen zusammen und tauschten keine Neuigkeiten aus.

Wenn sein Anwalt recht hatte, war diese Fahrt jedoch anders als alle vorangegangenen. Es könnte die letzte sein, die er in Polizeibegleitung unternähme. Zumindest in diese Richtung. Heute morgen war Pal Palushi nach Frauenfeld gekommen, um ihm die Neuigkeit mitzuteilen. Obwohl die Gespräche mit dem Anwalt eine Abwechslung im monotonen Alltag darstellten, mochte Fabian sie genauso wenig wie die Fahrten nach Oberuzwil. Die Anwesenheit des Anwalts bereitete ihm Unbehagen. Nicht nur wegen seiner distanzierten Art, sondern auch, weil er aus Kosovo stammte. Während seines Einsatzes hatte Fabian gelernt, dass Kosovo ein Dorf war. Man kannte sich. Dass Pal Palushi in der Schweiz wohnte, änderte nichts an dieser Tatsache. Bestimmt hatte er mindestens fünfzig Cousins in seiner Heimat. Es konnte sich nicht um einen Zufall handeln, dass ausgerechnet er den Fall übernommen hatte.

Ganz sicher war sich Fabian jedoch nicht. Manchmal glaubte er seiner Schwester, die behauptete, sie habe Pal Palushi aus eigener Initiative angefragt, weil er ein engagierter Anwalt sei, der Widersprüchlichkeiten aus Prinzip auf den Grund gehe. Sein Ehrgeiz verlange, dass er nichts unversucht lasse, um einem Klienten zu helfen. Bald würde sich zeigen, ob Karin ihn richtig eingeschätzt hatte. Wenn Fabian ihm glauben durfte, würde er heute noch entlassen. Vielleicht war das Ganze aber auch nur ein Trick. Oder noch schlimmer.

Fabian schluckte trocken. Was, wenn es nicht genügte, dass er aus Suhareka verschwunden war? Wie weit würde ein Kosovare gehen, um die Ehre seiner Familie wieder herzustellen? Half Pal Palushi, ihn, Zaugg, freizubekommen, damit er endlich die Strafe bekäme, die er verdiente? Übelkeit stieg in ihm auf. Als das Fahrzeug der Militärpolizei eine Kurve etwas schnell nahm, bedeckte Fabian unwillkürlich seinen Mund mit der Hand. Das knappe Frühstück, das er am Morgen nur mit Mühe hatte hinunterwürgen können, drohte hochzukommen. Konzentriert starrte Fabian auf die Strasse. Vor ihnen tauchte bereits Uzwil auf. Langsam aber sicher kannte er die Strecke.

Fabian zwang sich, ruhig zu atmen. Er rief sich das Gespräch mit Pal Palushi in Erinnerung, doch es ergab keinen Sinn. Fabian kannte keinen Agim Isufi. Und warum sollte ein Unbekannter Besarta Sinani zu einer Lüge anstiften? Vielleicht war es Pal Palushi, der log. Wollte er, dass sich Fabian in Sicherheit wiegte? Seine Aufmerksamkeit auf diesen Isufi konzentrierte, damit er den wahren Täter nicht sah, wenn dieser zuschlug?

Eine neue Welle von Übelkeit überrollte Fabian. Der Speichel lief ihm im Mund zusammen, als hätte er in eine Zitrone gebissen. Während er gegen den Brechreiz ankämpfte, hielt der Militärpolizist vor dem Tor des Postens. Langsam rollte es zur Seite. In Gedanken zählte Fabian bis zehn, um sich abzulenken. Eine andere Zahlenfolge kam ihm in den Sinn. Eine Telefonnummer, die er jeden Tag seit seinem Rückflug in die Schweiz mindestens dreimal wiederholt hatte, um sie nicht zu vergessen. Auf einmal realisierte er, was die Freilassung bedeuten würde. Er würde endlich telefonieren dürfen! Schlagartig verschwand die Übelkeit. Ein einziger Anruf genügte, und er würde wissen, auf wessen Seite Pal Palushi stand.

Das flaue Gefühl, das sich nun in seinem Magen ausbreitete, hatte nichts mit Unbehagen zu tun. Als er es zum erstenmal gespürt hatte, hatte er es nicht richtig einordnen können. Michelle hatte ganz andere Gefühle in ihm geweckt. Obwohl Fabian geglaubt hatte, sie zu lieben, war die Wärme, die er für sie empfand, lediglich das Resultat ihrer Freundschaft gewesen. Das war ihm deutlich vor Augen geführt worden, als er spürte, wie sich Liebe wirklich anfühlte. Die Erinnerungen an die ersten zaghaften Berührungen jagten seinen Puls in die Höhe. Er hatte nicht gewusst, dass eine Umarmung ihn in eine andere

Welt tragen konnte. Dass ein Kuss aus zwei Menschen einen einzigen machte.

«Sie sehen glücklich aus», sagte eine Frauenstimme.

Fabian zuckte zusammen. Es dauerte einen Moment, bis er Maja Salvisberg erkannte. Neben ihr stand Pal Palushi.

«Stimmt es, dass ich heute entlassen werde?», fragte Fabian die Untersuchungsrichterin.

Sein Anwalt warf ihm einen seltsamen Blick zu. «Ich habe Ihnen heute morgen erklärt, dass Frau Salvisberg die Entscheidung über das weitere Vorgehen erst nach der Einvernahme treffen wird.»

Maja Salvisberg lächelte unverbindlich. «Gehen wir ins Rapportzimmer.»

Zora Giovanoli sass bereits am Besprechungstisch. Als sie Fabian mit ihren stechenden grünen Augen fixierte, sah er rasch weg. Der Militärpolizist, der ihn begleitete, nahm weit entfernt von ihr Platz. Nur Pal Palushi schien ihre Anwesenheit nichts auszumachen. Er nickte ihr zu, setzte sich und breitete seine Unterlagen aus.

Auf Maja Salvisbergs Fragen war Fabian vorbereitet. Pal Palushi hatte ihm genau erklärt, wo sie sich noch Klärung erhoffte. Wie sein Anwalt es vorhergesehen hatte, kam sie noch einmal auf die Spermaspur zu sprechen. Fabian schob die Hände zwischen die Oberschenkel und verharrte so, bis sie das Thema wechselte. Als sie endlich Agim Isufi erwähnte, atmete er erleichtert auf.

«Nein, ich kenne ihn nicht», antwortete Fabian ehrlich.

Maya Salvisberg legte ihm ein Foto hin. «Im Vordergrund sehen Sie Enrico Geu. Die Männer, die hinter ihm den Zementsack tragen, sind Agim Isufi und sein Neffe. Haben Sie das Bild gemacht?»

«Ja», gestand Fabian. «Aber die Männer sind mir damals nicht aufgefallen.»

«Sind Sie diesem Mann sonst wann begegnet?»

«Nein.»

«Auch im Camp Casablanca nicht?»

«Nein.»

«Können Sie sich erklären, woher Agim Isufi Besarta Sinani kennt?»

«Nein.»

Als sie fertig war, kam Zora Giovanoli noch einmal auf die Spermaspur zu sprechen. Fabian merkte, dass sie ihm nicht glaubte. Sie wollte wissen, wen er schütze, und ob dieser Soldat sich ebenfalls an Besarta Sinani vergangen habe. Über die Formulierung ärgerte sich Pal Palushi. Er betonte, dass Fabian die Tat bestreite, und bestand darauf, dass Maja Salvisberg dies entsprechend im Protokoll vermerkte. Fabian schielte zum Militärpolizisten, der mit ausdrucksloser Miene da sass, die Hände auf der Tastatur. Er fragte sich, wo Brenner war.

Am Schluss der Einvernahme fasste Salvisberg das Gesagte noch einmal zusammen. Fabian hätte gerne gewusst, ob sie mit allen gleich verfuhr oder ob sie ihn für besonders vergesslich hielt.

«Haben Sie Beschwerden gegen meine Amtsführung anzubringen?», fragte Salvisberg.

Fabian schüttelte den Kopf.

«Konnten Sie sich frei äussern?»

Er nickte und wartete, bis ihm das Protokoll vorgelegt wurde. Als er die Blätter in die Hand nahm, verschwammen die Buchstaben vor seinen Augen. Es störte ihn nicht weiter. Er hatte noch nie einen Fehler gefunden. Nur sein Anwalt hatte immer etwas zu bemängeln gehabt. Während er so tat, als würde er lesen, legten Pal Palushi und Zora Giovanoli das Protokoll gleichzeitig hin. Im Nu waren sie in eine heftige Diskussion verwickelt. Die Anwältin von Besarta Sinani warf Pal Palushi vor, mit seinen Ermittlungen die Untersuchung zu gefährden. Sie behauptete, die Aussage von Agim Isufi sei wertlos.

Salvisberg machte der Diskussion ein Ende. «Wir haben einen schriftlichen Rapport des Polizisten Bekim Shala. Agim Isufi hat in seiner Gegenwart gestanden, Besarta Sinani zu einer Aussage wegen Vergewaltigung angestiftet zu haben.»

«Das heisst nicht, dass ihre Aussage falsch war!», beharrte Zora Giovanoli. «Er kann sie auch davon überzeugt haben, die Wahrheit zu erzählen! Woher wissen...»

«Sie werden Gelegenheit haben, Ihre Fragen direkt Herrn Isufi zu stellen», unterbrach Salvisberg. «Ich schlage vor, wir kümmern uns um die organisatorischen Aspekte. Ich möchte sowohl Agim Isufi als auch Besarta Sinani noch einmal einvernehmen. Wie sieht es mit Terminen aus?»

Fabian blendete ihre Stimme aus. Während sich die Anwälte über ihre elektronischen Agenden beugten, schweiften seine Gedanken ab. Es war erst Anfang Dezember. Dem Winterkontingent blieben noch über drei Monate. Wenn tatsächlich dieser Isufi für die Anschuldigungen verantwortlich war, stand einer Rückkehr nach Suhareka nichts im Weg. Oder würde man ihn dafür bestrafen, dass er Besarta Sinani mit in den Container genommen hatte? War das ein Grund, ihn vom Dienst zu suspendieren?

Ein bitterer Geschmack breitete sich in Fabians Mund aus, als er an ihren Verrat dachte. Er hatte sich gut mit ihr verstanden. Von einer Freundschaft konnte zwar nicht die Rede sein, aber das war unter diesen Umständen auch nicht zu erwarten gewesen. Trotzdem hatte er sich immer gefreut, sie zu sehen. Er erinnerte sich an ihr Lächeln, wenn er albanische Wörter ausgesprochen hatte. Sie hatte ihn nie blossgestellt, sondern seine Versuche mit Aufmunterungen unterstützt. Zwischen ihnen war etwas gewesen, das sich nur schwer in Worte fassen liess. Hatte er diese Verbundenheit missverstanden? Hatte er ihr Hoffnungen gemacht, ohne es zu realisieren?

Pal Palushi hatte ihm vom unehelichen Kind der Bardame erzählt. Der Anwalt war der Ansicht, Besarta Sinanis Handlungen hingen mit dem Jungen zusammen. Wie, begriff Fabian nicht, doch Pal Palushi nannte das Kind ihren Schwachpunkt. Das sei das Gefährliche an Geheimnissen, hatte er mit zweideutigem Blick zu Fabian gesagt. Einen kurzen Moment lang hatte Fabian geglaubt, Pal Palushi habe ihn durchschaut. Die Vorstellung hatte ihn beinahe gelähmt. Wenn die Wahrheit ans Licht käme, könnte er nie ins Camp zurückkehren. Unvorstellbar, wie Geu oder seine Kameraden reagieren würden. Fabian schob die Hände in die Taschen. Seine Fingerspitzen waren eiskalt. Er hatte so viel Energie darauf verwandt, Geu auf seine Seite zu ziehen. Fabian hatte rasch gemerkt, dass der Freiburger ein Anführer war. Schon immer hatte er ein Gespür dafür gehabt, wer in einer Gruppe das Sagen hatte. Bereits in Stans war ihm klar geworden, dass Geu darüber entscheiden würde, wie Fabians Einsatz verlief. Seine Meinung hatte Gewicht. Während der ersten zwei Wochen hatten sie sich beschnuppert wie zwei fremde Hunde. Fabian hatte sich Geu nicht zu schnell unterordnen wollen. Unterwürfigkeit verschaffte keinen Respekt. Die Kunst bestand darin, Stärke zu markieren, ohne Geu vor den Kopf zu stossen, um im richtigen Moment das Feld zu räumen. Oft genug hatte er beobachtet, wie das Ritual bei Mr. Bone ablief. Manchmal legte sich der unterlegene Hund sogar kurz hin, um gleich darauf wieder aufzuspringen und mit dem anderen davonzurennen.

«Ist alles in Ordnung?», wollte Maja Salvisberg wissen.

Fabian blinzelte. «Was?»

Irritiert runzelte sie die Stirn. «Ich werde jetzt den Entlassungsbefehl ausstellen.»

«Bin ich frei?»

«Die Militärpolizei wird Sie zurück nach Frauenfeld begleiten», erklärte Salvisberg. «Ich bin sicher, Ihr Anwalt hat Ihnen den Ablauf erklärt. Dort müssen Sie noch einige Formalitäten erledigen. Sie bekommen Ihre Effekten zurück, danach können Sie gehen.»

«Ich darf gehen? Zurück nach Suhareka?»

«Sie möchten Ihren Einsatz fortsetzen?», fragte Salvisberg überrascht.

«Ich sehe nichts, was dagegenspricht», sagte Pal Palushi rasch. «Mein Klient möchte sein Leben wieder aufnehmen. Um wieder arbeiten zu können, muss er nach Suhareka zurück.»

«Besarta Sinani befindet sich in Suhareka», wandte Zora Giovanoli ein. «Solange die Untersuchung nicht abgeschlossen ist, halte ich das für keine gute Idee. Wenn Sie trotzdem zustimmen, bestehe ich auf einem Kontaktverbot.»

«Besarta Sinani arbeitet für die Dauer der Untersuchung nicht im ‹Pulverfass›.» Pal Palushi wandte sich an Maja Salvisberg. «Wie Sie wissen, ist es einem Infanteristen der Swisscoy kaum möglich, sich frei zu bewegen. Er untersteht im Camp Casablanca strengen Kontrollen. Zudem muss ich Sie nicht daran erinnern, dass keine Haftgründe mehr vorliegen. Also dürfen Sie auch keine Ersatzmassnahme aussprechen.»

«Ich werde den NCC im Camp Casablanca über die Freilassung informieren», sagte Salvisberg, an Fabian gewandt. «Melden Sie sich in Stans. Wenn die Verantwortlichen einer Rückkehr zustimmen, habe ich nichts dagegen einzuwenden. Ich möchte aber sofort davon in Kenntnis gesetzt werden.» Sie wandte sich an Pal Palushi und Zora Giovanoli. «Die Medienstelle des Oberauditorats wird gemäss meinen Vorgaben eine Pressemitteilung verfassen. Ich gehe davon aus, dass das Interesse der Öffentlichkeit gross sein wird.»

Salvisberg reichte Fabian die Hand. Zora Giovanoli verschwand mit einem kurzen Nicken. Pal Palushi bat die Militärpolizei um einige Minuten alleine mit seinem Klienten. Nachdem alle den Raum verlassen hatten, schloss der Anwalt die Tür. Er betrachtete Fabian erwartungsvoll.

«Ich muss telefonieren!», platzte Fabian heraus. «Es ist wichtig!»

«Natürlich.» Pal Palushi sah sich um. Im Raum befand sich kein Telefon. Er zog sein Handy hervor und reichte es Fabian. «Ich warte draussen.»

Dankbar nahm es Fabian entgegen. Als der Anwalt die Tür hinter sich zugezogen hatte, wählte er die Nummer, die er auswendig gelernt hatte. Sein Herz schlug ihm bis zum Hals. Fabian versuchte, sich vorzustellen, wie in diesem Moment in Suhareka ein Handy klingelte. In einer Hosentasche? Auf einem Tisch?

Vielleicht ging der Klingelton unter, weil gleichzeitig das Radio lief. Fabian biss sich auf die Unterlippe. Was, wenn niemand abnahm? Vielleicht hatte…

«Yes?», flüsterte eine Stimme.

Fabian schnappte nach Luft. «Bist du es?»

«Fabian?»

«Ich… ja… ich konnte nicht früher anrufen. Ich war im Gefängnis.» Die englischen Worte kamen nur stockend.

«Ich weiss, man redet darüber.» Schweres Atmen war zu hören. «Wie geht es dir? Was ist passiert? Ich verstehe nicht. Hat es mit mir zu tun?»

«War es nicht dein Vater? Ich dachte…» Fabian schluckte den Kloss hinunter, der sich in seinem Hals gebildet hatte. Im Laufe der Wochen hatte er eine Mauer um seine Gefühle errichtet. Die vertraute Stimme war wie ein Sprengsatz, der seine Sehnsucht und seine Ängste von einem Moment auf den anderen freilegte.

«Bist du noch da?»

«Ja», antwortete Fabian.

«Mein Vater hat nichts damit zu tun. Er weiss immer noch nichts von uns.»

Also stimmte Pal Palushis Geschichte, schoss es Fabian durch den Kopf. Sein Anwalt hatte ihn nicht belogen. Er wischte sich mit dem Handrücken eine Träne ab, die ihn am Kinn kitzelte.

«Bist du sicher?», fragte er dennoch.

«Of course. Wenn er es wüsste, wäre die Hölle los, glaub mir. Alles ist wie immer. Kommst du zurück?»

«Sobald ich kann! Ich muss noch alles organisieren. Bist du… kann ich dich zurückrufen? Heute abend vielleicht?»

«Das Handy ist immer an.» Am anderen Ende war ein tiefes Einatmen zu hören. «Du fehlst mir!»

«Du mir auch! Obama.»

Fabian schaffte es fast nicht, die Verbindung abzubrechen. Erst, als am anderen Ende der Summton erklang, merkte er, dass er auf dem Boden sass, mit dem Rücken zur Wand. Er legte den Kopf auf die verschränkten Arme, unfähig aufzustehen. Vergeblich versuchte er, die Mauer wieder aufzubauen, die ihn während der vergangenen Wochen geschützt hatte. Er dachte an die Schneckenhäuschen, die er als Kind gesammelt hatte. Er hatte sie immer mit einer Mischung aus Freude und Mitleid betrachtet. Freude, weil sie ihm wie Kunstwerke vorgekommen waren; Mitleid, weil er sich vorstellte, wie schutzlos die Schnecken ohne ihre Häuschen waren. Bis heute wusste er nicht, ob sich Schnecken erst beim Tod von ihren Häuschen trennten, oder ob sie ihnen vorher entwuchsen.

Ein Schluchzer schüttelte ihn. Alles war noch in Ordnung. Er hatte sich grundlos Sorgen gemacht. Nichts war ans Licht gekommen. Sie konnten dort weitermachen, wo sie aufgehört hatten. Doch wohin würde sie der Weg führen? Wie lange konnten sie das Versteckspiel durchziehen? Was würde im April geschehen, wenn sein Einsatz zu Ende war? Er verdrängte die Fragen. April war weit weg. Jetzt musste er sich darauf konzentrieren, so rasch wie möglich nach Suhareka zurückzukehren. Nun, da sein Ziel in Reichweite gerückt war, fühlte er sich seltsam kraftlos.

Es klopfte an der Tür. «Herr Zaugg? Alles in Ordnung?»

Fabian wollte antworten, doch er schaffte es nicht. Tränen rannen ihm übers Gesicht, ausgelöst durch die Erleichterung, aber auch durch das Wissen um den steinigen Weg, der vor ihm lag. Sein Anwalt klopfte lauter, offensichtlich beunruhigt. Die Tür ging auf.

«Herr Zaugg! Was ist passiert?» Pal Palushi ging neben Fabian in die Hocke. «Gibt es Schwierigkeiten? Kann ich etwas für Sie tun?»

Fabian schüttelte den Kopf.

«Holt Sie jemand in Frauenfeld ab?», fragte der Anwalt.

Daran hatte Fabian gar nicht gedacht. Die Vorstellung, zurück nach Münsingen zu fahren, beengte ihn. Er fühlte sich dort nicht mehr zu Hause. Ausserdem hatte er nicht die Kraft, seinen Eltern etwas vorzuspielen. Doch wo sollte er sonst hin?

«Haben Sie mit Ihren Eltern telefoniert?»

Erneut schüttelte Fabian den Kopf.

«So, wie ich Ihre Familie kennengelernt habe, holt Sie gerne jemand ab.»

«Ich nehme den Zug.»

Der Anwalt zögerte. «Was ist mit Ihrer Schwester?»

«Karin?»

«Sie setzt sich sehr für Sie ein. Ich bin sicher, sie käme sofort. Möchten Sie sie anrufen?»

Fabian schloss die Augen. Er kämpfte gegen die Schwere an, die seinen Arm daran hinderte, Karins Nummer zu wählen. Seine Gedanken verloren sich in einem dichten Nebel. Er spürte, wie sein Anwalt ihm das Telefon aus der Hand nahm, und hörte, wie er eine Nummer wählte. Offenbar nahm Karin ab, denn Pal Palushi schilderte die Umstände und fragte, ob sie nach Frauenfeld kommen könne.

«Es ist geregelt», sagte Pal Palushi. «Sie wird dort sein, wenn Sie die Strafanstalt verlassen. Sie fährt gleich los.»

Er half Fabian auf die Beine und begleitete ihn zur Toilette. Fabian spritzte sich Wasser ins Gesicht und spülte den Mund. Das Gesicht im Spiegel kam ihm fremd vor. Am Nacken und über den Ohren waren seine Haare viel zu lang, weil er sie seit sechs Wochen nicht mehr hatte schneiden lassen. Die Streifen erkannte er kaum mehr. Seine Haut war unnatürlich gerötet, seine Augen waren geschwollen. Auf einmal hasste er seinen Körper mit einer Vehemenz, die ihn selber überraschte. Er fühlte sich in ihm gefangen und wusste, dass ihn kein Entlassungsbefehl befreien konnte.

32

Jasmin lauschte gebannt Pals Schilderungen. Seit dem Morgen wartete sie darauf, dass Agim Isufi das Haus verliess. Offenbar hatte er nichts zu erledigen. Jasmin hatte weder ihn, seinen Neffen noch seine Schwiegertochter zu Gesicht bekommen. Das einzige Lebenszeichen war von den drei älteren Kindern gekommen, als sie am Vormittag aus dem Haus gegangen waren, um die Schule zu besuchen. Seit ihrer Rückkehr waren mehr als acht Stunden vergangen. Jasmins Vorrat an Cola war aufgebraucht, mit ihrer Geduld sah es nicht viel besser aus. Sie vermisste Shpresa, die heute einen Termin wahrnehmen musste, den sie nicht hatte verschieben können.

«Hast du erfahren, wen er angerufen hat?», fragte Jasmin, als Pal seine Ausführungen beendet hatte.

«Es ist eine Prepaidnummer aus Kosova», antwortete Pal. «Ich habe Bekim Shala gebeten, sie abzuklären. Er hat mir aber keine grossen Hoffnungen gemacht. Wenn er nichts herausfindet, bleibt uns nur noch, die Nummer selbst anzurufen.»

«Heikel», meinte Jasmin. «Wenn der Empfänger merkt, dass irgendetwas faul ist, hast du's verspielt. Ein zweites Mal wird er nicht abnehmen.»

«Deshalb warte ich vorerst auf Shalas Rückmeldung.»

«Hast du die Schlagzeile in der ‹Bota Sot› schon gesehen?»

Als Pal verneinte, erzählte Jasmin, dass Zeqir Kastrioti verhaftet worden sei. «Bekim Shala wird also guter Laune sein. Ein ‹junger, ehrgeiziger Polizist› wird im Artikel erwähnt, wenn ich es richtig verstanden habe. Die elektronischen Übersetzungen sind nicht immer zuverlässig.»

«Das sind tolle Neuigkeiten», erwiderte Pal. «Wenn Shala merkt, dass sein Einsatz zum Erfolg führt, wird er sich selbst treu bleiben. Das Land braucht Leute wie ihn. Das Vertrauen in die Justiz ist immer noch minimal.»

Im Eckzimmer von Agim Isufis Haus ging ein Licht an. Jasmin beobachtete, wie sich ein Schatten im Raum bewegte. Wenn ihre Erinnerung sie nicht täuschte, handelte es sich um die Küche. Der Schatten löste sich in zwei Einzelgestalten auf und verschmolz kurz darauf wieder. Schwiegertochter und Enkelin beim Kochen? Die behinderte Schwester, die Jasmin bis jetzt noch nicht gesehen hatte?

«Hast du Isufis Geschichte schon überprüfen können?», fragte sie Pal.

«Die ‹Aargauer Zeitung› hat ausführlich über die Gerichtsverhandlung berichtet», bestätigte er. «Der Gruppenführer wurde der fahrlässigen Tötung sowie der fahrlässigen schweren Körperverletzung schuldig gesprochen. Die Liste der Verletzungen, die Agim Isufi erlitten hat, ist beträchtlich: mehrfacher Oberarmbruch, Scapula- und Claviculafraktur – also Schulter- und Schlüsselbeinbrüche – sowie ein komplizierter Schambeinbruch. Von einem Thoraxtrauma war auch die Rede, Einzelheiten sind mir aber nicht bekannt. Der Begriff umfasst so ziemlich alle inneren Verletzungen im Brustbereich. Isufis Kollege starb an Schädel-Hirn-Verletzungen.»

«Scheisse.» Jasmin blieb stehen, als sie sich das Leid vorstellte, das eine kurze Unachtsamkeit verursacht hatte. «Isufi wird sich bestimmt nie mehr ohne Schmerzen bewegen können. Hat er wenigstens eine Genugtuung erhalten?»

«Die Schadenersatzforderungen laufen noch. Er muss sie auf zivilem Weg einfordern, da sie noch nicht bezifferbar sind. Weil der Angeklagte den Fall nach dem erstinstanzlichen Urteil weitergezogen hat, liegt das rechtskräftige Urteil erst seit einem halben Jahr vor.»

Bevor Jasmin etwas erwidern konnte, ging Isufis Haustür auf. Ein Mann trat heraus, dem lockeren Gang nach zu schliessen eher der Neffe als Isufi selbst. «Ich muss Schluss machen! Ich ruf dich zurück.»

Rasch steckte Jasmin ihr Handy ein und trat in den Schatten der Mauer, hinter der sie ihre Monster parkiert hatte. Sie hörte, wie die Schritte näherkamen und dann Richtung Hauptstrasse verebbten. Seit die Sonne untergegangen war, war die Temperatur deutlich gesunken. Stellenweise war der Schnee bereits wieder gefroren. Damit kein Knirschen sie verriet, folgte sie dem Neffen in sicherem Abstand. Er marschierte zielstrebig auf eine Kreuzung zu, an die sich Jasmin erinnern konnte, weil sich dort ein Lebensmittelladen und eine Pizzeria befanden. Beissender Geruch stieg ihr in die Nase; Jasmin vermutete, dass die Häuser nicht ausschliesslich mit unbehandeltem Holz beheizt wurden.

Vor ihr überquerte der Neffe die Kreuzung, die Schultern hochgezogen, wie um sich besser vor der Kälte zu schützen. Er ging auf die Pizzeria zu und zog die Tür ohne einen Blick zurück auf. Jasmin war hin- und hergerissen, ob sie ihm folgen oder draussen warten sollte. Vermutlich würde er anschliessend lediglich nach Hause zurückkehren. Wenn sie mehr erfahren wollte, standen ihre Chancen in der Pizzeria besser. Sie würde zwar auffallen, da er sie aber nicht kannte, würde er nicht misstrauisch werden.

Dicke Luft und Männerstimmen schlugen ihr entgegen. Die Wärme wirkte nach den vielen Stunden im Freien lähmend. Mit klammen Fingern zog Jasmin den Reissverschluss ihrer Jacke auf. Sie entdeckte den Neffen an der Bar, wo ihm ein Raki eingeschenkt wurde. Er war nicht der Einzige, der sich mit Alkohol wärmte. Die meisten Anwesenden waren nicht hier, um Pizza zu essen, sondern um sich ein Feierabendbier oder einen Schnaps zu genehmigen. Gerne hätte Jasmin sich ihnen angeschlossen, um die Kälte aus ihren Gliedern zu vertreiben, doch sie wollte nicht riskieren, wegen Alkoholkonsums ihre Reaktionsfähigkeit zu beeinträchtigen. Sie setzte sich an die Bar und bestellte einen Kaffee. Bis auf die Kellnerin hinter der Theke und eine Frau, die stumm neben ihrem Mann sass, war sie der einzige weibliche Gast im Restaurant.

Neugierige Blicke musterten sie. Auch der Neffe hatte sie entdeckt. Er kippte den Raki hinunter, bestellte einen zweiten und beäugte sie misstrauisch. Er rief einem Mann am anderen Ende des Raums etwas zu. Jasmin hätte nicht sagen können warum, doch etwas an seinem Tonfall missfiel ihr. Wachsam schlürfte sie ihren Kaffee. Der angesprochene Mann durchquerte breitbeinig das Restaurant und stellte sich neben den Neffen. Sein flacher Hinterkopf und der massige Kiefer weckten in Jasmin unangenehme Erinnerungen. Als Streifenpolizistin hatte sie einen Zürcher Türsteher verhaftet, der ganz ähnlich ausgesehen hatte. Sie hatte einige blaue Flecken davongetragen.

Die Stimmung im Raum veränderte sich spürbar. Die Ausgelassenheit wich einem unruhigen Gemurmel. Die Aufmerksamkeit aller schien sich auf Jasmin zu richten. Sie spürte die Blicke in ihrem Rücken, als würde sie physisch berührt. Sie hörte, wie ein Stuhl zurückgeschoben wurde, kurz darauf gesellte sich ein weiterer Mann an die Bar. Auf einmal schoss Jasmin das Bild einer anderen Bar durch den Kopf. Nur Minuten, bevor der «Metzger» sie aufgespürt hatte, war sie genauso an einer Theke gesessen. Ihr Puls schnellte in die Höhe. Sie hatte damals keine Ahnung gehabt, dass sie sich nur wenig später betäubt und gefesselt in der Gewalt eines Psychopathen befinden würde. Ihr Herz schlug beinahe schmerzhaft gegen ihre Rippen. Sie mahnte sich zur Ruhe. Sie durfte keine Panik aufkommen lassen. Angst konnte man riechen; sie war geradezu eine Einladung zu einem Angriff.

Langsam drehte sie sich um, so dass sie die Anwesenden im Blickfeld hatte. Inzwischen waren zwei weitere Männer aufgestanden. Jasmin winkelte das Bein an, damit sie ihr Messer zücken konnte, ohne sich bücken zu müssen. Noch war der Weg zum Ausgang unversperrt. Sie überlegte, ob sie fliehen sollte; sie fürchtete sich jedoch eher vor sich selbst als vor einem erneuten Übergriff. Flucht bedeutete Kapitulation. Wenn sie sich jetzt vertreiben liesse, würde sie in Zukunft ähnliche Situationen meiden. In Angst zu leben, war schlimmer, als gar nicht zu leben. Lieber stellte sie sich ihr.

Der Neffe rutschte vom Barhocker und sagte etwas zum Mann, den Jasmin in Gedanken nur noch den «Türsteher» nannte. Dabei liess er Jasmin nicht aus den Augen. Sie suchte nach Ähnlichkeiten mit Agim Isufi, fand aber keine. Das wettergegerbte Gesicht von Isufi wies auf harte Arbeit hin, der angespannte Zug um Mund und Augen auf Schmerzen. Die Haut seines Neffen hingegen war aufgedunsen und gerötet, was auf Alkoholmissbrauch hindeutete; Letzteres hatten Shpresas Auskünfte bestätigt.

Jasmin beschloss, als Erste zu handeln. Das waren Rabauken nicht gewohnt. Gemessenen Schrittes ging sie auf den Neffen zu, ohne nach links oder rechts zu schauen. Die Männer an seiner Seite machten überrascht Platz, mit Ausnahme des «Türstehers», der die Arme vor der Brust verschränkte. Jasmin ignorierte ihn, den Blick ausschliesslich auf ihr Ziel gerichtet. Sie blieb einen halben Meter vor dem Neffen stehen, die Arme angewinkelt.

«Was willst du», bläffte sie.

Ein drahtiger Mittzwanziger löste sich aus der Gruppe und übersetzte die Frage. Der Neffe zog die Augenbrauen empört zusammen und überschüttete Jasmin mit einem Schwall Albanisch. Jasmin musste sich beherrschen, um nicht vor der Alkoholfahne zurückzuweichen. Von nahem sah sie das Netz feiner Äderchen in den Augen des Mannes.

«Er will wissen, warum du uns nicht in Ruhe lässt», übersetzte der Drahtige.

«Was meint er damit?»

Ihre Frage löste einen Sturm der Entrüstung aus. Offensichtlich ärgerte sich nicht nur der Neffe über sie, sondern auch den anderen Gästen war sie ein Dorn im Auge. Jasmin bemühte sich, keine Reaktion zu zeigen. Ein zweiter Mann löste sich aus der Gruppe, dem Ansehen nach der Älteste unter den Anwesenden.

«Verschwinde! Du hast hier nichts zu suchen!», befahl er in gebrochenem Deutsch. «Ihr seid die Betrüger, nicht Agimi! Nicht wir! So lassen wir uns nicht behandeln. Ihr schickt eure Spione und glaubt, dass wir nichts merken. Wir haben hart für unser Geld gearbeitet. Wir haben ein Recht darauf! Jahrelang haben wir gezahlt. Und jetzt wollt ihr uns ausrauben. Zuerst macht ihr aus uns Verräter, nun kommt ihr selbst, weil keiner mehr mitspielen will.» Er sah zu seinen Kollegen. «Sogar Frauen schicken sie schon!»

Jasmin versuchte zu begreifen, wovon er sprach. Die Wut hatte inzwischen die ganze Menge erfasst. Die Männer redeten durcheinander, wild gestikulierend. Der Besitzer der Pizzeria war hinzugekommen, offenbar besorgt um die Einrichtung des Lokals. Er versuchte, die Gäste zu beruhigen, und redete in einer Mischung aus Albanisch und Italienisch auf Jasmin ein.

«Ich weiss nicht, wovon Sie reden», sagte Jasmin entschlossen. «Ich möchte nur meinen Kaffee trinken.»

Die Männer protestierten wütend. Obwohl zwei von ihnen Deutsch sprachen, verstand Jasmin kein Wort. Sie schielte zum Ausgang, doch inzwischen war er versperrt. Um sich Raum zu verschaffen, stützte sie die Hände in die Seiten und machte einige Schritte zuerst nach links und dann nach rechts. Bis auf den «Türsteher» wichen alle zurück.

«Veton Ujkani würde auch gerne öfters einen Kaffee trinken!» Der selbsternannte Sprecher der Gruppe deutete auf einen korpulenten Mann im Hintergrund. «Aber er kann es sich nicht mehr leisten! Und nun wollt ihr uns auch noch an die Pension!» Als Jasmin nichts sagte, fuhr er wütend fort. «Glaubst du, wir hätten das Schweizer Nummernschild nicht gesehen? Wir wissen, wer dich schickt!»

Jemand wollte ihnen an die Pension? Eine leise Ahnung beschlich Jasmin. Vage konnte sie sich erinnern, eine Schlagzeile über AHV-Renten und Kosovaren gesehen zu haben. Den Artikel hatte sie aber nicht gelesen. Sie verfluchte ihre Unwissenheit und schwor sich, in Zukunft regelmässig Podcasts vom Internet herunterzuladen, wenn sie schon keine Zeitungen las.

Sie hob die Hand, um sich Gehör zu verschaffen. «Ich habe nichts mit den Behörden zu tun. Auch nicht mit der AHV. Ich bin auf eigene Faust hier. Und nun muss ich gehen.» Sie kramte zwei Euro hervor, die sie neben den Neffen auf die Theke legte. Vermutlich kostete ihr Kaffee nur die Hälfte, aber sie wollte kein Risiko eingehen. Schwungvoll wandte sie sich ab, um das Restaurant zu verlassen.

Da packte sie der «Türsteher» am Arm. «Detective!», zischte er.

Verärgert riss sich Jasmin los. Dabei stiess sie gegen die Theke. Sie versuchte abzuschätzen, ob vom Mann ernsthaft Gefahr ausging. Sie wollte ihr Messer nur ziehen, wenn sie keinen anderen Ausweg mehr sah. Die Gruppe zu provozieren, war ihr zu gefährlich. Es war nicht auszuschliessen, dass jemand eine Waffe auf sich trug. Wenn die Situation ausser Kontrolle geriet, war der weitere Verlauf der Auseinandersetzung nicht abzusehen.

Doch der «Türsteher» hatte nicht vor, sie einfach gehenzulassen. Erneut griff er nach ihr, diesmal so, dass Jasmin sich ihm nicht entziehen konnte. Seine Finger bohrten sich in ihren Oberarm. Ein Anflug von Panik überkam sie. Sie schluckte die Galle hinunter, die ihr in den Mund gestiegen war. So leicht durfte sie sich nicht aus dem Gleichgewicht bringen lassen. Wenn sie den «Metzger» überlebt hatte, so war dies hier ein Kinderspiel. Nicht anders als eine der zahlreichen 1.-Mai-Demonstrationen, an denen sie aufgeboten worden war. Keine Psychopathen, sondern eine Gruppe Männer, die sich über eine als ungerecht empfundene Entscheidung ärgerte. Sie atmete tief ein.

«Worum geht es bei dieser AHV-Sache?», fragte sie den Sprecher der Gruppe.

Ihre Frage schien ihn zu verwirren. Sie erklärte erneut, dass sie nichts damit zu tun habe, aber davon gehört habe.

«Wir bekommen keine Renten mehr aus der Schweiz. Aber das wissen Sie!»

«Meinen Sie Ihren Freund?» Jasmin deutete mit dem Kinn auf Veton Ujkani. «Kann er sich deshalb nichts mehr leisten?»

«Mir können Sie nichts vormachen! Sie gehören zu Ihnen! Sie sind da, um uns auszurauben!», warf der Sprecher ihr vor.

Der «Türsteher» drückte fester zu. Jasmin drängte es, ihn ernsthaft zu verletzen. Sie zwang sich, vernünftig zu bleiben. Der Neffe rutschte vom Barhocker und stellte sich ebenfalls vor Jasmin. Inzwischen hatte er den dritten Raki intus. Durch seinen Kollegen ermutigt, packte er Jasmin am anderen Arm. Laut sagte er etwas auf Albanisch, das zustimmendes Gemurmel auslöste.

Jasmin kam es vor, als kippe der Raum vor ihr weg. Die Gesichter verschwammen zu einer einzigen, wütenden Masse. Verzerrte Münder, blitzende Augen, raunende Stimmen. Sie wusste nicht, ob tatsächlich Bewegung in die Anwesenden gekommen war, oder ob ihre Nerven ihr wegen der Erinnerungen, die die Situation wachrief, einen Streich spielten. Sie konnte die Bilder vom «Metzger» nicht mehr verdrängen. Ihr Verstand zog Parallelen, ihr Körper reagierte, als befände sie sich tatsächlich wieder in Gefangenschaft. Dass sie ihre Arme nicht bewegen konnte, hatte sie in die Vergangenheit zurückkatapultiert.

Aber ihre Beine waren frei. Die Erkenntnis traf sie wie ein Schlag. Nicht ihr Verstand lieferte ihr die Information, sondern ihr Instinkt. Jahrelanges Training steuerte Jasmins nächste Bewegungen. Sie nahm kaum wahr, wie sie zu einem Fusstritt ausholte. Automatisch griff sie zuerst den Neffen an. Wie erwartet, sackte er augenblicklich zusammen. Sofort reagierte der «Türsteher». Er griff nach ihrem freien Arm, doch Jasmin war schneller. Sie spürte, wie ihr Fuss auf etwas Dumpfes stiess, als hätte sie einen prallen Boxsack getroffen. Die Abfolge der Tritte und Schläge hatte sie verinnerlicht. Wegen ihres geringen Gewichts steckte zwar nicht genug Kraft in ihnen, um den «Türsteher» zu Fall zu bringen, doch Jasmin führte sie mit einer Sicherheit aus, die den Mann überraschte. Mit jedem Schlag wurden die Bilder des «Metzgers» blasser.

Wäre sie keine Frau gewesen, hätten die Gäste vermutlich schneller eingegriffen. Doch sie schienen zu überrascht, um sich zu regen. Das verschaffte Jasmin genug Zeit, um sich ganz vom Türsteher zu lösen. Erst als er in die Knie ging, kam Bewegung in einen kräftigen Mittfünfziger. Die buschigen Augenbrauen unterstrichen das zornige Funkeln in seinen Augen. Gleichzeitig nahm Jasmin ein anderes Aufblitzen wahr. Vor der Pizzeria erleuchtete ein unregelmässiges Licht die Dunkelheit. Es dauerte einen Moment, bis Jasmin begriff, dass es sich um das Blaulicht zweier Streifenwagen handelte.

Erleichterung durchströmte sie. Die Tür wurde aufgerissen, und vier Polizisten stürmten herein. Als Jasmin Bekim Shala erkannte, öffnete sie überrascht den Mund. Ihr erstaunter Ausruf ging im anschliessenden Lärm unter. Die Situation war rasch unter Kontrolle. Der Anblick der Uniformen wirkte offenbar ernüchternd auf die Männer. Während die Polizisten die Beteiligten separierten, um Personalien und Aussagen aufzunehmen, kümmerte sich Bekim Shala um den Neffen, der immer noch am

Boden lag. Er tastete ihn nach Waffen ab, zog aber lediglich ein Handy aus seiner Hosentasche.

Als Jasmin das Modell sah, erstarrte sie. «Geben Sie her!»

Irritiert sah Bekim Shala auf.

«Bitte», fügte Jasmin hinzu.

Der Polizist reichte ihr das Nokia 7230. Das gleiche Modell, das Fabian Zaugg vermisste. Aufgeregt klickte sich Jasmin ins Adressbuch ein. Sie war nicht erstaunt, als sie die vertrauten Namen sah: Karin, Michelle, Patrick, Raffi.

«Es gehört Fabian Zaugg!», stiess sie aus.

«Sind Sie sicher?», fragte Shala.

«Ja! Er behauptet, es sei seit dem 3. Oktober verschwunden!»

Bekim Shala musterte den Neffen, der mehr unter den Folgen des Alkohols als unter seinen Verletzungen litt. Als er ihn fragte, ob Jasmins Aussage zutreffe, nickte er benommen. Shala befahl einer Streife, ihn mitzunehmen. Anschliessend bat er den Wirt, ihm einen Raum für die Befragungen zur Verfügung zu stellen.

«Sie kommen zuerst mit», befahl er Jasmin. Nachdem er die Tür eines kleinen Büros geschlossen hatte, sah er sie mit einer Mischung aus Sorge und Ärger an.

«Sind Sie verletzt?», fragte er.

«Nein.»

«Was ist geschehen?»

Jasmin schilderte den Ablauf der Ereignisse. «Woher wussten Sie, was los war? Hat der Wirt angerufen?»

«Herr Palushi», antwortete Shala. «Glücklicherweise gibt es im Dorf nur ein einziges Restaurant. Ich wusste gleich, wo Sie sich befinden.»

Jasmin glaubte, ihn falsch verstanden zu haben.

«Er hat alles über Ihr Handy mitbekommen», erklärte Shala.

Jasmin griff in ihre Gesässtasche und zog ihr Handy hervor. Als sie sah, dass die Verbindung hergestellt war, presste sie das Telefon an ihr Ohr. «Hallo?»

«Jasmin!», rief Pal. «Bist du verletzt? Ich werde fast wahnsinnig!»

«Alles bestens!», beruhigte sie ihn. «Nur ein kleiner Zwischenfall. Wie lange hörst du schon mit?»

«Eine ganze Weile. Hast du nicht absichtlich angerufen? Ich dachte, es sei ein Hilferuf.»

«Nein, vermutlich wurde die Rückwahltaste aktiviert, als ich gegen die Theke gestossen ... als ich mich zurückgelehnt habe.»

«Du meinst während der Schlägerei!»

«Ganz so dramatisch war es nicht.»

«Ich habe einige üble Beschimpfungen mitbekommen. Das hätte schlimm ausgehen können! Bekim Shala scheint zum Glück rechtzeitig eingetroffen zu sein. Ich habe mir solche Sorgen um dich ...»

«Ich habe Fabian Zauggs Handy gefunden! Agim Isufis Neffe hatte es bei sich!»

Pal holte tief Atem. «Bist du sicher?»

Jasmin rollte die Augen. «Natürlich bin ich sicher!»

«Sein Neffe, hast du gesagt? Darf ich kurz mit Bekim Shala sprechen?»

Jasmin reichte dem Polizisten ihr Handy. Während er mit Pal sprach, öffnete sie die Tür einen Spalt weit und spähte hinaus. Die meisten Gäste waren inzwischen gegangen. Nur der «Türsteher» sowie die Anführer der wütenden Gruppe sassen noch an den Tischen, wo sie darauf warteten, dass ihre Aussagen aufgenommen wurden. Vom «Türsteher» kassierte Jasmin einen zornigen Blick. Der Übersetzer hingegen wirkte leicht beschämt. Die Kellnerin rückte mit unbeteiligter Miene die Stühle zurecht.

Auf einmal fühlte sich Jasmin müde. Sie setzte sich auf einen Bürostuhl und stützte den Kopf in die Hände. Die emotionale Achterbahnfahrt, die sie hinter sich hatte, machte sich bemerkbar. Dass der «Metzger» immer noch so präsent war in ihrem Unterbewusstsein, bedrückte sie. Sie hatte geglaubt, die Erlebnisse besser verarbeitet zu haben. Nun merkte sie, dass die Ermittlungen sie nur abgelenkt hatten.

«Herr Palushi möchte Sie sprechen», unterbrach Bekim Shala ihre Gedanken.

Jasmin nahm ihr Handy entgegen. Pal erklärte, dass er mit dem Polizisten den Fragekatalog besprochen habe. Die Aussage des Neffen würde eine wichtige Rolle spielen. Sollte er das Telefon tatsächlich von Besarta Sinani erhalten haben, so würde sich eine Verbindung zwischen den Isufis und der Bardame nicht mehr bestreiten lassen.

«Hast du das mit der AHV mitbekommen?», fragte Jasmin. «Weisst du, worum es ging?»

Pal erzählte, dass Kosovaren, die nach der Pensionierung in ihre Heimat zurückkehrten, seit kurzem keine AHV-Rente mehr erhielten. Offenbar wolle der Bund das bilaterale Sozialversicherungsabkommen nicht mehr anwenden, das die Schweiz 1962 mit dem damaligen Jugoslawien geschlossen hatte. «Im Grunde geht es aber um etwas anderes», erklärte er. «Die Schweiz fürchtet eine Zunahme von Betrugsfällen wegen der verbreiteten Korruption.»

«Ich dachte, das betreffe vor allem die IV», meinte Jasmin.

«Die Abkommen hängen zusammen. Auch IV-Renten werden nur noch an Kosovaren ausbezahlt, die in der Schweiz leben.»

«Und was ist mit alle jenen, die bereits zurückgekehrt sind?»

«Sie sind von der neuen Regelung nicht betroffen. Schwierigkeiten bekommen sie nur, wenn sie des Betrugs verdächtigt werden. Du hast sicher von den IV-Detektiven gehört, die die Fälle aufzudecken versuchen. Das geschieht unabhängig vom Sozialversicherungsabkommen. Der Bund hat vor einem Jahr eine private österreichische Firma beauftragt, Abklärungen vorzunehmen. Die Detektive wurden aber massiv bedroht. Daraufhin wurde das Pilotprojekt abgebrochen. Inzwischen läuft wieder ein neuer Versuch, diesmal mit einem anderen Partner.»

Jasmin hörte schweigend zu. Ein Gedanke nahm langsam Form an. Als der «Türsteher» sie «Detective» genannt hatte, war sie automatisch davon ausgegangen, er spreche ihre Ermittlungen im Fall Zaugg an. Doch woher konnte er davon wissen? Der Sprecher der Gruppe hatte das Schweizer Nummernschild an ihrer Duc erwähnt. Ein Zufall?

«Bist du noch dran?», fragte Pal.
«Wie gingen die IV-Detektive vor?», fragte Jasmin aufgeregt. «Weisst du Genaueres darüber?»
«Wenn ein starker Verdacht bestand, wurde eine Observation angeordnet – das wurde durch die 5. IV-Revision möglich. Allerdings dürfen die Kontrollen nur im Rahmen des internationalen Rechts getätigt werden. Und natürlich muss auch das im betreffenden Staat geltende Recht eingehalten werden. In Kosova beziehen rund 300 Personen eine IV-Rente. Man vermutet, dass sich darunter rund 50 Betrüger befinden.»
«Aber wie? Wie werden die Observationen durchgeführt?»
«Das weisst du besser als ich. Ich nehme an, nicht anders als bei der Polizei.»
«Wird dabei fotografiert? Oder gefilmt?»
«Eher gefilmt», mutmasste Pal. «Schliesslich muss bewiesen werden, dass ein IV-Rentner trotz seiner angeblichen Verletzungen arbeiten kann.»
«Zum Beispiel Zementsäcke schleppen?»
Auf einmal schien Pal zu begreifen, worauf sie hinauswollte.
«Du hast gehört, was man mir hier an den Kopf geworfen hat!», stiess Jasmin aus. «Die Männer wissen nur, dass die Schweiz einen neuen Partner gefunden hat. Nicht aber, wen!»
«Doch nicht die Swisscoy!»
«Das weiss Agim Isufi nicht. Woher auch? Was, wenn er geglaubt hat, Fabian Zaugg habe ihn absichtlich gefilmt? Wäre es denn so abwegig? Aus seiner Sicht, meine ich?»
«Nein», gestand Pal. «Überhaupt nicht.»
«An seiner Stelle würde ich dafür sorgen, dass der Film so rasch wie möglich verschwindet. Beziehungsweise das Handy, auf dem der Film gespeichert ist. Kannst du abklären, ob Isufi eine IV-Rente bezieht? Und wenn du gerade dabei bist: Der Name Veton Ujkani ist auch gefallen in diesem Zusammenhang. Jede Wette, ihm wurde die Rente gestrichen.»

33

Pal hätte sich gerne die Schläfen massiert. Aber er gab dem Wunsch nicht nach, denn das hätte den Anschein erweckt, als habe er Kopfschmerzen. Was zwar zutraf, aber niemanden etwas anging. Schon gar nicht einen Klienten, der von ihm hundertprozentige Leistung erwartete und ihn entsprechend entlöhnte. Der Geschäftsmann hatte Pal Verträge für die Fusion zweier Immobilienfirmen anfertigen lassen. Die einzelnen Unternehmensstrukturen waren an sich schon kompliziert, hinzu kam jedoch, dass die Hauptsitze in Pristina respektive Belgrad lagen. Bis gestern nacht war Pal nicht dazu gekommen, seine Entwürfe noch einmal durchzusehen. Nach dem Telefongespräch mit Jasmin hatte er die Dokumente kurz für die heutige Besprechung überprüfen und anschliessend früh zu Bett gehen wollen. Da hatte er einen Fehler entdeckt, der ihm nicht hätte unterlaufen dürfen.

Es war vier Uhr morgens geworden, bis er die neuen Verträge fertiggestellt hatte. Obwohl er mit wenig Schlaf auskam, forderten die vielen kurzen Nächte langsam ihren Tribut. Er war reizbar und unkonzentriert, was ihn zusätzlich ärgerte. Eigentlich hätte er Grund gehabt, sich zurückzulehnen und ein wenig durchzuatmen. Eine Haftentlassung bedeutete immer, dass ein wichtiges Teilziel erreicht war. Fabian Zaugg war frei, unmittelbarer Handlungsbedarf bestand also nicht mehr. Sobald die Untersuchung abgeschlossen war, würde Pal die vollständigen Akten zur Einsicht erhalten; bis zur Verhandlung würde mindestens ein halbes Jahr verstreichen, sofern der Fall überhaupt vor Gericht käme. Vieles würde von Zora Giovanoli abhängen.

Dass sich Pal trotzdem nicht entspannen konnte, lag an Jasmin. Während er als Anwalt hauptsächlich die Lage seines Klienten verbessern wollte, suchte Jasmin nach der Wahrheit. Sie war noch nicht am gleichen Punkt angelangt wie er; sie wollte weiterermitteln, bis sie Licht in die Angelegenheit gebracht hatte. Dazu war sie auf Pals Unterstützung angewiesen. Deshalb hatte er heute morgen als erstes mit Maja Salvisberg telefoniert und sie über die Ereignisse des Vorabends informiert. Normalerweise hätte er zuerst dringendere Pendenzen erledigt. Es gab Fristen, die er einhalten musste, und andere Klienten, die sich weiterhin in Haft befanden. Doch Jasmin stand kurz vor dem verdienten Durchbruch. Pal wollte sie nicht enttäuschen. Es ging um weit mehr als um diesen Fall. Jasmin war daran, ins Leben zurückzufinden, und Pal wollte ihr möglichst viele Hindernisse aus dem Weg räumen.

Aus diesem Grund hatte er trotz des wachsenden Pendenzenbergs auf seinem Schreibtisch ein ausführliches Gespräch mit Maja Salvisberg geführt. Pal selbst waren die Hände gebunden. Er hatte keine Möglichkeit herauszufinden, ob Agim Isufi oder Veton Ujkani Renten bezogen. Die Invalidenversicherung durfte die Informationen, die Pal benötigte, nicht preisgeben. Jasmin realisierte immer noch nicht, dass die Arbeit der Verteidigung in dieser Beziehung um einiges schwieriger war als jene der Strafverfolgung. Pal war es jedoch gelungen, Salvisberg von der Notwendigkeit einer raschen Abklärung zu überzeugen.

Er unterdrückte ein Gähnen, während sein Klient die Verträge unterschrieb. Der Geschäftsmann nickte zufrieden. Nachdem sie einige Minuten Höflichkeiten ausgetauscht hatten, verliess er die Kanzlei. Pal sah auf die Uhr. Es war kurz vor Mittag. Er betrachtete die Pendenzen, die er heute noch erledigen sollte, und beschloss, ausnahmsweise am Schreibtisch zu essen. Er würde Lisa Stocker bitten, ihm ein Sandwich mitzubringen, wenn sie von ihrer Mittagspause zurückkäme. Als hätte sie seine Gedanken gelesen, klingelte das Telefon auf seinem Schreibtisch.

Pal nahm ab. «Lisa?»

«Hier ist jemand, der dich unbedingt sehen will.» Die Sekretärin senkte die Stimme. «Ich habe ihr gesagt, dass sie zuerst einen Termin vereinbaren muss, aber sie besteht darauf.»

Pal unterdrückte einen Seufzer. «Wer ist es?»

«Karin Zaugg», erwiderte Lisa Stocker.

Pal zögerte einen Moment. «Schick sie herein.»

Er legte den Hörer auf und öffnete die Fenster, um frische Luft hereinzulassen. Als es klopfte, schloss er sie wieder und zog seine Krawatte gerade. Er wusste nicht, was er erwartete, auf jeden Fall nicht, dass Karin Zaugg mit zusammengepressten Lippen in sein Büro marschieren und vorwurfsvoll die Hände vor der Brust verschränken würde. Ihr Gesicht war blass, unter ihren Augen lagen dunkle Ringe. Sie sah aus, als habe sie nicht viel mehr geschlafen als er.

«Sagen Sie mir, was Sie herausgefunden haben!», platzte sie heraus.

«Bitte, setzen Sie sich», sagte Pal, auf einen Besucherstuhl deutend.

«Hat Ihre Assistentin etwas aufgedeckt?»

«Sie wissen, dass ich ohne Entbindung vom Anwaltsgeheimnis nicht mit Ihnen darüber reden darf.» Pal legte seine Hand auf die Stuhllehne. «Frau Zaugg?»

Widerwillig nahm Karin Zaugg Platz. «Ich muss wissen, was mit meinem Bruder los ist! Bitte!»

«Er braucht vielleicht eine Weile, um die Untersuchungshaft zu verarbeiten. Sie kann enorm belastend sein. Vor allem, wenn jemand zuvor noch nie mit dem Gesetz in Konflikt geraten ist.»

Karin Zaugg lachte ohne Humor auf. «So belastend, dass er völlig durchdreht?»

«Was ist passiert?», fragte Pal besorgt.

Karin Zaugg holte Luft, schloss den Mund aber gleich wieder. Hilflos sah sie sich im Raum um, als fände sie die Antwort auf Pals Frage in einem Regal oder an der Wand. «Ich weiss es nicht. Er… er ist nicht mehr derselbe. Gestern, als ich ihn abholte, wollte er nicht nach Hause. Er bestand darauf, bei mir auf dem Boden zu schlafen. Ich wohne in einer WG, viel Platz haben wir nicht. Er behauptete, es sei ihm egal. Den ganzen Abend lang hat er auf dem Balkon draussen in der Kälte telefoniert. Keine Ahnung, mit wem. Jedenfalls nicht mit meinen Eltern! Sie sind ausser sich! Können Sie sich vorstellen, welche Sorgen sie sich während der vergangenen Wochen gemacht haben? Als ich ihnen gestern erzählt habe, dass Fibu entlassen werde, hat meine Mutter vor Freude geweint. Sie hat eine Lasagne zubereitet, Fabians Lieblingsessen. Und dann musste ich ihr sagen, dass wir nicht nach Münsingen fahren würden. Ihre Enttäuschung war riesig. Ich dachte, Fibu brauche einfach einen Abend für sich. Ich habe meiner Mutter gesagt, er würde heute nach Hause kommen. Aber als ich aufstand, war er weg! Einfach weg! Ich fand einen Zettel, auf dem stand, er sei nach Stans gefahren. Ist das zu glauben? Seine Sachen nahm er mit.»

Pal war darüber weit weniger erstaunt als Karin Zaugg. Während der Haft hatte sein Klient nie einen Hehl daraus gemacht, dass sein wichtigstes Ziel die sofortige Rückkehr nach Kosovo sei. Kein Wunder, setzte er nun alle Hebel in Bewegung, seinen Einsatz fortzusetzen. Pal hatte es längst aufgegeben, nach Fabian Zauggs Beweggründen zu fragen.

«Sie dürfen es nicht persönlich nehmen», versuchte er Karin Zaugg zu trösten. «Als Soldat ist es seine Pflicht, sich sofort beim Kommandanten zu melden.»

«Wir sind doch nicht im Krieg! Nicht einmal die Armee kann etwas dagegen haben, wenn ein Soldat nach sechs Wochen Haft seine Eltern besucht, bevor er wieder einrückt! Ausserdem hätte Fabian wenigstens zu Hause anrufen können.»

«Sie haben selbst gesagt, Ihr Bruder habe sich verändert. Schon bevor er zur Swisscoy ging. Das ist in diesem Alter normal.»

«Er ist 20, nicht 15!»

Pal lächelte schwach. «Wir Männer entwickeln uns etwas langsamer.»

Plötzlich sackte Karin Zaugg zusammen. «Es tut mir leid. Ich hätte Ihnen das alles nicht einfach an den Kopf werfen sollen. Es ist nur... ich möchte ihn verstehen. Ich begreife einfach nicht, warum er nicht mit mir redet. Früher standen wir uns so nahe. Ich glaube immer noch, dass er gegen seinen Willen in etwas hineingezogen wurde. Können Sie mir wenigstens einen Anhaltspunkt geben?»

«Ich bin ans Anwaltsgeheimnis gebunden», erklärte Pal. «Aber so viel kann ich Ihnen verraten: Mir gegenüber verschweigt er, was ihn beschäftigt.»

«Ist er in Gefahr?», bohrte Karin Zaugg weiter.

«Ich glaube nicht.» Pal hielt inne, als es an der Tür klopfte. Lisa Stocker streckte den Kopf herein und fragte, ob sie ihm etwas mitbringen könne. Dankbar bestellte Pal ein Sandwich.

«Ich halte Sie vom Mittagessen ab», bemerkte Karin Zaugg plötzlich. «Entschuldigen Sie! Ich mache mich gleich auf den Weg.» Sie wollte aufstehen, da klingelte ihr Handy. Nach einem Blick aufs Display sah sie Pal zögernd an. «Darf ich? Es ist Fibu.»

«Natürlich.» Pal beobachtete, wie der Ärger Karin Zaugg erneut packte, während sie mit ihrem Bruder telefonierte. Mit angespannter Miene hörte sie zu, was er zu sagen hatte.

Nach einer Weile seufzte sie. «Und was erwartest du von mir?» Schweigen. «Ich habe keinen blassen Schimmer. Aber ich bin gerade bei deinem Anwalt. Ja, ich werde ihn fragen.» Sie brach die Verbindung ab und lachte bitter. «Das hat er nun davon. Sie wollen ihn nicht.»

«Die Armee hat seinen Antrag abgelehnt?»

«Er war beim Personalchef. Ich weiss nicht, was Fibu sich gedacht hat. Ich war nie in der Armee, aber ich habe während der letzten zwei Jahre einiges mitbekommen. Es hätte mich gewundert, wenn er einfach ins nächste Flugzeug hätte steigen und nach Kosovo fliegen können. Aber es ist typisch für Fabian, dass er es sich so einfach vorstellte. Offenbar hat der Personalchef ziemlich verhalten reagiert. Er hat eine Rückkehr zwar nicht von vornherein ausgeschlossen, aber erklärt, der Prozess daure eine Weile, was immer das heissen mag.»

«Es heisst, dass die Angelegenheit intern auf höchster Ebene besprochen werden muss», erklärte Pal. «Man wird Vor- und Nachteile sorgfältig abwägen. Es geht nicht nur um Ihren Bruder, sondern auch um den Ruf der Swisscoy. Vergessen Sie nicht, Ihr Bruder wurde zwar aus der Untersuchungshaft entlassen, aber das

Verfahren gegen ihn wurde nicht eingestellt. Fabian Zaugg wird nach wie vor beschuldigt, eine Frau vergewaltigt zu haben. Die Swisscoy will keine negative Presse.»

«Aber er war es nicht!»

Pal schwieg.

Karin Zauggs Augen weiteten sich. «Wissen Sie mehr? Hat er ... ist etwas ...?»

Pal wich der Frage aus. «Sie haben Ihrem Bruder am Telefon soeben gesagt, Sie würden mich etwas fragen. Worum ging es?»

Karin Zaugg hing immer noch ihren Gedanken nach. Gerne hätte Pal ihr erklärt, dass er von der Unschuld ihres Bruders überzeugt sei. Doch bis Jasmins Entdeckung bewiesen war, wollte er sich nicht äussern. Als sein Magen knurrte, räusperte er sich. «Frau Zaugg?»

Mit einem Ruck sah sie auf. «Ach so, ja. Fibu fragt, ob Sie ihm helfen würden.»

«Wobei genau?»

«Er glaubt, wenn Sie beim Kommandanten ein gutes Wort für ihn einlegten, dürfte er zurück.»

Pal verkniff sich eine sarkastische Bemerkung. Er hätte viel darum gegeben, die Gedanken seines Klienten nachvollziehen zu können. Zuerst hielt ihn dieser für ein Mitglied der albanischen Mafia oder sonst einer Verbrecherbande, dann glaubte er, Pal habe Einfluss auf die Schweizer Armee. Trotzdem empfand Pal Mitleid. Fabian Zaugg hatte in den vergangenen Wochen viel durchgemacht. Obwohl er die Ereignisse vermutlich durch seine Naivität und das Nichtbefolgen von Dienstvorschriften ausgelöst hatte, hatte er nicht in böser Absicht gehandelt. An den Folgen würde er jahrelang leiden.

Pal wählte seine nächsten Worte sorgfältig. «Wenn Sie Ihrem Bruder wirklich helfen wollen, gehen Sie an die Öffentlichkeit», riet er. «Die Armee fürchtet nichts so sehr wie negative Schlagzeilen.»

Karin Zaugg runzelte die Stirn. «Aber das würde Fibu doch auch schaden!»

Pal verschränkte die Arme. «Unschuldig im Knast», zitierte er einen imaginären Zeitungsartikel. «Soldat Fabian Z. will nur eines: Zurück zur Swisscoy.» Pal lehnte sich vor. «Aber lassen Sie mich aus dem Spiel! Ich will meinen Namen nicht in der Zeitung lesen!»

Ein Lächeln breitete sich auf Karin Zauggs Gesicht aus. «Versprochen!»

Pal merkte kaum, wie der Nachmittag vorbeiraste. Nachdem er das Thonsandwich gegessen hatte, das ihm Lisa Stocker zusammen mit einem kleinen Salat hingelegt hatte, bat er die Sekretärin, keine Anrufe durchzustellen, und vertiefte sich in die Akten auf seinem Schreibtisch. Erst als sich Lisa Stocker um halb sechs verabschiedete, sah er kurz auf. Er hatte heute abend vor, seinen Eltern einen längst fälligen Besuch abzustatten. Normalerweise schaute er mindestens einmal pro Woche bei ihnen vorbei, doch nun hatte er sich seit fast drei Wochen nicht mehr blicken lassen. Dass er sich ausgerechnet heute die Zeit dafür nehmen wollte, lag nicht nur an seinem Pflichtgefühl. Sein Vater kannte die kosovarische Diaspora wie seine eigene Familie. Bestimmt hatte er von Agim Isufis Unfall gehört. Pal erledigte noch eine Stunde lang Korrespondenzen, dann fuhr er seinen Computer herunter. Er hatte die Motorradkleidung bereits übergezogen, als sein Handy klingelte. Als er sah, dass es Maja Salvisberg war, nahm er den Anruf entgegen.

«Agim Isufi erhält eine IV-Rente», kam die Untersuchungsrichterin gleich zur Sache.»

«Die IV hat Ihnen Auskunft erteilt?», fragte Pal. «Trotz Datenschutz?»

«Ich bin auch überrascht. Aber wie heisst es so schön: Einem geschenkten Gaul schaut man nicht ins Maul. Isufi ist zu 100 Prozent arbeitsunfähig. Daran besteht kein Zweifel. Veton Ujkani hingegen wurde tatsächlich observiert, weil er des Betrugs verdächtigt wurde. Er hatte ein Schleudertrauma geltend gemacht, arbeitete jedoch nach seiner Rückkehr nach Kosovo immer wieder sporadisch als Maurer. Seine 50-Prozent-Rente wurde ihm vor rund neun Monaten gestrichen. Offenbar kam es deswegen zu einigen unschönen Szenen.»

«Hat Agim Isufi einen Grund zu befürchten, dass ihm Ähnliches blüht?»

«Ausgeschlossen. Seine Verletzungen waren so gravierend, dass niemand auf die Idee käme, seinen Gesundheitszustand bereits jetzt zu überprüfen.»

«Und trotzdem hat er vermutlich genau das befürchtet.»

«Das wird die Einvernahme hoffentlich klären. Bleibt es dabei, dass Sie mitkommen? Oder haben Sie sich für die Videoübertragung entschieden?»

«Ich komme mit. Wie sieht es mit Terminen aus?»

«Würde Ihnen der kommende Freitag passen?», fragte Salvisberg.

Pal überlegte kurz. «Ich könnte es mir einrichten.»

«Das wäre gut. Frau Giovanoli ginge es ebenfalls.»

Salvisberg verabschiedete sich ohne Umschweife. Sie klang müde. Pal vermutete, dass es ihr erster grosser Fall war. Wahrscheinlich hatte sie bis anhin hauptsächlich mit Dienstversäumnissen zu tun gehabt. Er erinnerte sich an sein erstes Plädoyer vor Obergericht. Er hatte einen Klienten vertreten, der der fahrlässigen Tötung angeklagt gewesen war. Pal hatte doppelt so viele Stunden investiert, wie er heute brauchte, um sich auf eine Verhandlung vorzubereiten. Auf der Fahrt nach Dietikon, wo seine Eltern seit zwanzig Jahren wohnten, zogen die vergangenen Jahre an ihm vorbei. Er hatte nicht gemerkt, wann genau seine Arbeit zur Routine geworden war. Nicht, dass er deswegen nachlässig geworden war. Aber er genoss es, auf einige Jahre Erfahrung zurückblicken zu können.

Die Dreizimmerwohnung seiner Eltern war wie immer überfüllt. Zwar lebte nur noch sein jüngster Bruder zu Hause, doch bis auf Shpresa kamen seine anderen Geschwister wie er häufig zu Besuch. Inzwischen hatten alle Kinder, so dass Pal der Lärmpegel jedesmal höher vorkam, wenn er die Wohnungstür aufstiess. Auch heute sassen zwei seiner Brüder auf dem Sofa, während ihre Frauen sich mit seiner Mutter in die Küche zurückgezogen hatten, die immerhin gross genug war, dass ein Tisch darin Platz fand. Sein vierjähriger Neffe warf sich ihm mit einem fröhlichen «Pali!» an die Beine. Pal hob ihn hoch, legte ihn über seine Schulter und drehte Pirouetten, bis der Kleine vor Vergnügen kreischte. Nachdem er ihn wieder abgesetzt hatte, stülpte Pal ihm seinen Helm über den Kopf. Sofort setzte sich der Junge und ahmte Motorradgeräusche nach.

Seine Familie hatte bereits erfahren, dass Pal bei Shpresa zu Besuch gewesen war. Erst nachdem er alle Einzelheiten geschildert hatte, kam er auf Agim Isufi zu sprechen. Wie erwartet hatte sein Vater vom Unfall gehört.

«Ein guter Mann, Isufi. Das hatte er nicht verdient. Aber das kommt davon, wenn immer mehr gespart wird! Ich habe schon lange gesagt, die Sicherheit leidet als Erstes. Doch wen kümmert es? Hauptsache, die Bauherren machen fette Gewinne.» Er zeigte mit dem Finger auf Pal. «Die solltest du dir einmal vorknöpfen. Sorg dafür, dass sie hinter Gitter kommen. Das hätten sie verdient!»

Pal hatte ihm schon oft erklärt, dass er nicht die Anklage vertrat, doch dafür hatte sein Vater kein Gehör. Er warf Pal vor, seine Zeit zu verschwenden, indem er Nichtsnutzen half. Als der Sohn eines Freundes aber wegen Dealens erwischt worden war, hatte Nexhat Palushi sofort Pals Dienste angeboten.

«Was ist mit Veton Ujkani?», fragte Pal. «Kennst du ihn auch?»

«Ujkani, sagst du?» Sein Vater dachte nach. «Der Sohn von Driton Ujkani?»

«Seine Schwester ist eine heisse Nummer», meldete sich Pals Bruder. «Veton liess keinen in ihre Nähe. Jetzt ist sie verheiratet.»

«Mit seiner Schwester hat das nichts zu tun. Veton prügelt sich einfach gern», widersprach der zweite Bruder. «Sie hat sich immer anständig benommen. Ich habe mal mit Veton Kabel in einem Neubau verlegt. Er war als Hilfsarbeiter eingestellt worden. Von da an kam ziemlich viel Material weg. Der Boss konnte ihm aber nichts nachweisen.»

Beide Brüder trauten ihm einen Betrug ohne weiteres zu. Pals Vater ärgerte sich, dass Gauner wie Veton Ujkani den Ruf der Kosovaren zerstörten. Pal wechselte rasch das Thema, bevor er sich wieder Vorwürfe wegen seines Berufes anhören musste. Er fragte nach seiner jüngsten Schwägerin, die ihr zweites Kind erwartete. Ein Fehler, wie er sofort merkte.

«Es geht ihr gut», erklärte sein Vater. «Warum auch nicht? Sie ist jung. Kinder zu bekommen, ist in diesem Alter normal.»

Pal sah auf die Uhr und stand auf. «Ich muss los, ich habe morgen einen langen Tag.»

Sein Vater tat, als höre er ihn nicht. «Shpresa sagt, du seist mit deiner Freundin bei ihr gewesen. Dieser Polizistin.»

Stille trat ein. Sogar die Kinder, die am Boden spielten, spürten die Anspannung und hielten inne. Pal lächelte gequält. Seit Jahren warf ihm sein Vater vor, er warte zu lange mit der Gründung einer eigenen Familie. Kaum tauchte eine Frau in seinem Leben auf, und sei es nur eine Bekannte, entflammten die Diskussionen von neuem.

«Wann stellst du sie uns vor?», fragte sein Vater.

«Im Moment ist sie in Kosova», antwortete Pal. «Ich weiss nicht, wie lange sie dort bleibt.»

«Shpresa mag sie», stellte seine Mutter fest, die gekommen war, um Kaffee nachzuschenken.

Sein Vater schnaubte, sagte aber nichts. Pal nutzte die Gelegenheit, um sich zu verabschieden. Er folgte seiner Mutter in die Küche, wo sie die Arme um ihn schlang. Pal wusste nicht, wie sie mit seinen Brüdern umging, wenn sie mit ihnen alleine war, doch er hegte den Verdacht, dass sie ihn anders behandelte. Zwischen ihnen lag etwas, das er nicht richtig benennen konnte. Er schien einen Platz in ihrem Herzen belegt zu haben, der nur für ihn reserviert war. Lange hatte er geglaubt, es liege daran, dass er als

Einziger studiert hatte. Doch im Gegensatz zu seinem Vater hatte seine Mutter nie mit Pals Schulleistungen geprahlt.

«Bringst du sie vorbei, wenn sie wieder da ist?», bat sie.

«Sie ist Schweizerin», warnte Pal.

Seine Mutter strich ihm über die Wange. «Dein Vater hat aus seinen Fehlern gelernt.»

34

Besarta Sinani klammerte sich an ihre Reisedokumente. Eine Stimme kündigte an, dass der Flug bereit zum Boarden sei. Ob das Gepäck noch einmal durchsucht würde, bevor Besarta das Flugzeug betreten durfte? Ob sie noch mehr Fragen beantworten müsste? Dass die Amerikaner so viel von ihr wissen wollten, machte sie nervös. Immer wieder hatte sie im Kopf ihre Geschichte wiederholt, um ja keinen Fehler zu machen. Sie flog nach Newark. Das lag in New Jersey. Dort besuchte sie gute Freunde. In drei Wochen würde sie zurückkehren. Sie hatte eine Anstellung im Camp Casablanca. Ihre Zukunft in Kosovo war gesichert. Sie wiederholte die Sätze nochmals.

Agim Isufi hatte ihr erklärt, sie müsse ein Retourticket kaufen, da die Amerikaner sie sonst nicht ins Land liessen. Sie würden sicher sein wollen, dass sie nicht vorhatte zu bleiben. Bis ins Detail hatte sie schildern müssen, warum sie Agim Isufis Tochter besuchte, woher sie einander kannten und wie ihre Beziehung aussah. Agim Isufi hatte ihr sogar Geschenke mitgegeben, damit ihre Erzählung glaubhaft wirkte. Seine Tochter hatte einen Brief geschickt, in dem sie erwähnte, wie sehr sie sich auf Besarta freue.

Der Amerikaner, der Besarta befragt hatte, war rothaarig gewesen und hatte sie spitzbübisch angelächelt. Besarta liess sich nicht täuschen. Alle Amerikaner waren freundlich, damit man ihnen vertraute. Es war ein Trick, um Menschen Geheimnisse zu entlocken. Davor war Besarta gewarnt worden. Deshalb hatte sie nur so viel gesagt wie nötig. Nicht zu wenig, denn das hätte womöglich den Verdacht erweckt, sie verstecke etwas. Aber auch nicht zu viel, denn die Amerikaner überprüften alles.

Als sie sich in die Schlange beim Gate einreihte, pochte ihr Herz heftig. Dass sie alle Tests bestanden hatte, würde sie erst glauben, wenn sie in der Luft war. Sie fürchtete sich nicht nur vor den Amerikanern, auch die Schweizer könnten ihr noch zum Verhängnis werden. Dreimal hatte ihre Anwältin versucht, sie zu erreichen. Was, wenn sie Besarta ausschreiben liess? So wie die Verbrecher, nach denen gesucht wurde? Vielleicht hätte sich Besarta die Haare schneiden sollen. Aber dann hätte sie nicht mehr so ausgesehen wie auf dem Passfoto. Und darauf legten die Amerikaner Wert.

Langsam wurde die Schlange vor ihr kürzer. Um sich von ihrer Nervosität abzulenken, stellte sich Besarta vor, wie Alban auf ihr Verschwinden reagieren würde. Ohne sie hätte er keine Möglichkeit, an die Genugtuung zu kommen. Er würde leer ausgehen. Der Gedanke entlockte Besarta ein Lächeln. Geschah ihm recht! Er hatte nichts anderes verdient. Sollte er selber schauen. Er würde toben, sie suchen, doch es würde ihm alles nichts nützen.

Besarta war so in ihre Gedanken vertieft, dass sie es zuerst gar nicht merkte, als sie an der Reihe war. Eine Hand streckte sich nach ihren Dokumenten aus. Mit einem unsicheren Lächeln übergab Besarta der Frau am Schalter alles. Ohne weitere Fragen beantworten zu müssen, erhielt sie daraufhin einen Boardingpass. Sie betrachtete das neue Papier und legte es zu den anderen. Erst als sie aufgefordert wurde weiterzugehen, wurde ihr klar, dass dies die letzte Hürde gewesen war.

Flugzeuge kannte Besarta zwar aus Filmen, doch sie war nicht auf die Realität vorbereitet gewesen. Als sie die mächtige Maschine bestieg, die vielen Passagiere sah, fragte sie sich, wie es möglich war, damit abzuheben. Mit Unbehagen nahm sie auf dem ersten freien Sitz Platz, um kurz darauf von einem Geschäftsmann vertrieben zu werden. Eine Flugbegleiterin bemerkte ihre Verwirrung und fragte nach ihrer Sitznummer. Angst ergriff Besarta. Sie wusste sie nicht! Fehlte ihr doch ein Dokument? War sie so weit gekommen, nur um jetzt zur Umkehr gezwungen zu werden? Unfähig, sich zu bewegen, starrte sie auf ihre Füsse.

«Ihre Boardingkarte, bitte», wurde sie aufgefordert.

Besarta reichte sie der Flugbegleiterin. Daraufhin wurde ihr gezeigt, auf welchen Platz sie sich zu setzen hatte. Rasch befolgte Besarta die Anweisung. Vor Erleichterung war ihr etwas schwindlig. Rund um sie herum wurden Gepäckstücke verstaut, Zeitungen ausgepackt und Sitzgurte geschlossen. Staunend nahm Besarta den Bildschirm zur Kenntnis, der auf der Rücklehne des Vordersitzes montiert war. Sie hatte immer geglaubt, dass in den Filmen übertrieben wurde, doch anscheinend gaben sie die Wirklichkeit wieder. Sie schloss daraus, dass auch Amerika so sein würde, wie sie es aus dem Fernsehen kannte. Vorfreude erfasste sie. Sie malte sich aus, wie sie wohnen würde: vielleicht in einem Hochhaus. Oder lieber am Meer? Für ein Kind wäre es am Strand schöner. Leonardo spielte bestimmt gerne im Sand. Sie würde mit ihm ein grosses Loch graben und es mit Wasser füllen, Muscheln sammeln und in den Wellen planschen. Besarta hatte nie Schwimmen gelernt, aber Leonardo bestimmt. Amerikaner konnten alles.

Eine Stimme hiess die Passagiere willkommen. Auf einmal schwoll der Lärm der Motoren an. Besarta klammerte sich an die Armstützen, unsicher, ob mit dem Flugzeug alles stimmte. Da niemand beunruhigt wirkte, nahm sie an, dass die Geräusche normal seien. Sie erinnerte sich an das Dröhnen der Militärflugzeuge. Sie hatte immer die Hände auf die Ohren gepresst, wenn Rogova überflogen wurde. Schon von weitem hatte sie die Nato-Jets kommen hören, wie ein fernes Donnergrollen.

Ob sie ihren Geburtsort je wiedersehen würde? In den letzten Wochen hatte sie sich so auf ihr Ziel konzentriert, dass sie kaum daran gedacht hatte, was sie zurückliess. Würde sie Kosovo vermissen? Da sie isoliert gelebt hatte, hatte sie kaum Freunde. Zur Familie gehörte sie schon lange nicht mehr. Was blieb ihr, ausser Luan? Ihr kamen nur schmerzhafte Erinnerungen, Vorwürfe, Getuschel und abschätzige Blicke in den Sinn. Nein, beschloss sie, sie würde ihre Heimat nicht vermissen. Von nun an wäre sie in Amerika zu Hause. Bei ihrem Sohn.

Besarta schloss die Augen, als das Flugzeug langsam auf die Startbahn zurollte. Sie sah nicht, wie die Flugbegleiterin die Sicherheitsvorkehrungen demonstrierte. In Gedanken ging sie die Geschichte noch einmal durch, die sie bei der Einreise erzählen würde. Sie tastete nach dem Geld, das in einem kleinen Beutel um ihren Hals hing, gut versteckt unter ihrer Bluse. Fast 3000 Euro hatte sie in den vergangenen Jahren zusammengespart. Nachdem sie den Flug und das Visum bezahlt hatte, blieben immer noch 2000 Euro. Genug, um eine ganze Weile zu leben. Vielleicht würde sie zu Beginn gar nicht arbeiten, sondern ihre Tage zusammen mit Leonardo am Meer verbringen. Sie würde sich ein Strandkleid kaufen und eine schicke Sonnenbrille. Eine mit kleinen Brillanten am Bügel. Eine ähnliche hatte sie in einer Modezeitschrift gesehen; die Steine sahen edel aus. Man würde sie für reich halten.

Die Motoren heulten auf, obwohl das Flugzeug stillstand. Auf einmal fragte sich Besarta, ob sie ihren Namen ändern müsste, damit ihr Vater und Alban sie nicht finden konnten. Sie überlegte, was zur Brille passen würde, stolz auf ihre Weitsicht. Mimoza hatte ihr immer gefallen. Mit einem englischen Namen würde sie aber vermutlich weniger leicht zu finden sein. In Gedanken ging sie die Schauspielerinnen durch, die ihr gefielen. Angelina? Pamela? Cameron? Auf einmal blitzte eine Idee auf: Kate natürlich. Kate Winslet spielte neben Leonardo DiCaprio die Hauptrolle in «Titanic». Kate und Leonardo. Nicht ein Liebespaar, dafür Mutter und Sohn. Besarta murmelte die Namen vor sich hin. Kate klang nicht besonders schön. Vielleicht Katie?

Ihre Gedanken wurden unterbrochen, als sich das Flugzeug wieder in Bewegung setzte. Diesmal viel schneller als vorhin. Der Sitz unter ihr zitterte, die Gespräche waren verstummt. War es so weit? Ging die Reise endlich richtig los? Während das Flugzeug über die Startbahn rollte, rasten die vergangenen Jahre vor ihrem inneren Auge vorbei. Die Fahrt nach Prizren vor fünf Jahren, auf der Angst und Ungewissheit sie geplagt hatten; die Ankunft am Busbahnhof, wo sie ziellos dagestanden war, überwältigt von Einsamkeit; die Suche nach einer günstigen Unterkunft, als sie realisiert hatte, dass ihr Budget nicht für ein Hotelzimmer reichte. Nicht einmal mit dem Geld ihrer Mutter hätte sie mehr als einige Tage in einem Hotel verbringen können. Anschliessend der Besuch des Studenten aus Pristina, der eines Tages aus dem Nichts aufgetaucht war und erklärt hatte, sein Vater arbeite als Sprachmittler im Camp. Er bot Besarta an, ein gutes Wort für sie einzulegen, wenn sie sich bei den Schweizern um eine Stelle bewerben wolle.

Während der ersten Arbeitswochen im Camp Casablanca hatte sich Besarta kaum getraut, den Soldaten in die Augen zu schauen. Mit der Zeit hatte sie gelernt, die Uniformen auszublenden und die Menschen dahinter zu sehen. Sie hatte scheu mitgelacht, wenn sie feierten, die begehrlichen Blicke als Komplimente aufgefasst; die Sprüche ignoriert, wenn sie ihr nicht passten. Irgendwann hatte sie sogar gewagt, die Soldaten direkt anzusprechen, tröstende Worte an sie zu richten, wenn etwas schiefgelaufen oder jemand betrübt gewesen war. An Geburtstagen oder manchmal sogar zur Geburt eines Kindes zu gratulieren.

Sie wünschte, ihr Abschied wäre anders verlaufen. Sie war so gegangen, wie sie gekommen war: mit gesenktem Blick. Die Einvernahmen im Camp waren fast schlimmer gewesen als die Zurechtweisungen ihres Vaters. Die drei Anwälte waren ihr wie Henker vorgekommen, vor allem Pal Palushi mit seinen ausdruckslosen Augen. Da war Besarta ihr Vater lieber. Ihm hatte sie sofort angesehen, in welcher Stimmung er war. Dieser Palushi hingegen verheimlichte etwas. Besarta fragte sich, was er mit ihr vorgehabt hatte. Vielleicht wollte er ihr irgendwann auflauern, um die Wahrheit aus ihr herauszupressen. Oder noch schlimmer: um sie aus dem Weg zu räumen. Ihr schauderte bei der Vorstellung.

Nur etwas bereute sie: Dass sie sich nicht bei Fabian Zaugg entschuldigen konnte. Sie hatte ihn nie verletzen wollen. Als Agim Isufi sie erstmals angesprochen hatte, hatte Besarta ihm ihre Hilfe verweigert. Das Geld, das er ihr angeboten hatte, hätte ihr schlechtes Gewissen nicht besänftigen können. Doch Isufi hatte nicht lockergelassen. Immer wieder hatte er gefragt, was er ihr bieten könne. Als sie erfahren hatte, dass seine Tochter in Amerika lebte, schwand ihr Widerstand. In ihrer Situation ein Visum zu erhalten, war beinahe unmöglich. Ohne Isufi hätte sie illegal einreisen müssen, ein teures und gefährliches Abenteuer. Sie hatte seinem Plan zugestimmt, um endlich Leonardo wiederzusehen. Das hätte Fabian Zaugg bestimmt verstanden. Er war ein guter Mensch.

Plötzlich wurde Besarta in den Sitz gedrückt. Sie schnappte nach Luft. Vor dem kleinen Fenster kippte die Startbahn zur Seite. Wo soeben noch Asphalt gewesen war, sah Besarta einen schneebedeckten Acker. In der Ferne ragten Gebäude in die Höhe. Pristina? Wie klein die Hauptstadt plötzlich aussah! Und die Strassen! Die dünnen, grauen Striche verloren sich fast in der Ebene. Sogar die Berge waren geschrumpft. Besarta versuchte, Rogova zu erkennen, doch die Dörfer sahen alle gleich aus. Ehrfürchtig betrachtete sie die Weite, die sich vor ihr auftat. Der Druck in ihren Ohren liess die Stimmen um sie herum gedämpft klingen. Sie fühlte sich, als sei sie die Einzige, die abhob.

Bald wäre sie nicht mehr alleine. Irgendwo da draussen wartete Leonardo auf sie. Die Vorstellung erfüllte sie mit Zuversicht. Sie schloss die Augen und malte sich das Wiedersehen aus. Die dunklen Augen würden sie im ersten Moment fragend ansehen, doch sie war sicher, dass Leonardo das unzertrennbare Band spüren würde, das sie verband. Sie stellte sich vor, wie er seine Kinderarme nach ihr ausstreckte und sich an ihre Brust schmiegte. Besarta erinnerte sich an das Pochen seines Herzens über ihrem, an das Gefühl seiner Haut und das Zucken, wenn er Schluckauf hatte. Sie stellte sich die Wärme vor, die von seinem Körper ausging, und die kleine Faust, die ihren Finger umklammerte.

Als sie die Augen wieder öffnete, lag Kosovo hinter ihr.

35

Jasmin starrte auf die Schlagzeile. Sie hatte verschiedene Artikel im Internet abgerufen, um mehr über die IV-Revision und die Änderungen bei der Auszahlung von AHV-Renten im Ausland zu erfahren. Sie wollte sich nicht blamieren, wenn Pal morgen kam. Da der Lautsprecher an Shpresas Computer defekt war, konnte sie sich die Radiobeiträge, die sie zum Thema gefunden hatte, nicht anhören. Also kämpfte sie sich durch die Texte.

Dabei war sie auf die Online-Ausgabe einer Wochenzeitung gestossen. «Unschuldig im Knast», lautete die Überschrift. Mit wachsendem Erstaunen las Jasmin den Artikel über Fabian Z.: Der Journalist berichtete, wie der unbescholtene Soldat mitten in der Nacht abgeführt worden sei, ohne dass man ihn über die Vorwürfe, die gegen ihn erhoben wurden, informiert habe. Die «schrecklichen Haftbedingungen» sowie das «rüpelhafte Vorgehen» der Militärpolizei wurden angeprangert. Weiter wurden die «unnötig lange Haft» sowie die «überforderte und unqualifizierte militärische Untersuchungsrichterin» kritisiert.

«Idiot», fluchte Jasmin. Sie hatte sich als Polizistin oft über die Medien geärgert, aber der Bericht über Fabian Zaugg übertraf alles, was sie bisher erlebt hatte. Der Journalist griff Einzelheiten heraus und verallgemeinerte sie, so dass die Aussagen nicht mehr der Wahrheit entsprachen. Er benutzte die Geschehnisse als Plattform für seine Kritik an der Swisscoy und der Militärjustiz, ohne Gegenargumente aufzuführen. Auch als ungeübte Leserin empfand Jasmin den Artikel als unprofessionell. Als sie las, dass es bereits 1997 zu einem ähnlichen Vorfall gekommen sei, schnaubte sie. Sogar sie wusste, dass die Swisscoy damals noch gar nicht existiert hatte.

Als Jasmin ein Zitat von Karin Z. sah, blinzelte sie überrascht. «Mein Bruder will nur eines», las sie. «Zurück in den Einsatz.» Plötzlich lachte sie laut auf. Hatte Karin Zaugg sich freiwillig für ein Interview zur Verfügung gestellt? Wollte sie so Druck auf die Swisscoy ausüben? Ob sie geahnt hatte, dass der Journalist ihre Aussage für seine Zwecke instrumentalisieren würde? Pal wäre ausser sich, dachte Jasmin. Rasch überflog sie den Artikel, bis sie seinen Namen fand. «Der Verteidiger von Fabian Z. wollte nicht Stellung nehmen», las sie.

Kopfschüttelnd schloss sie die Seite. Sie begriff nicht, warum Fabian Zaugg unbedingt zurückwollte. Mit seinem guten KV-Abschluss würde er problemlos eine Stelle in der Schweiz finden. Er passte viel besser in ein Büro als in die Armee. Wenn ihm Kosovo so gut gefiel, könnte er das Land als Tourist bereisen. Warum also zurück in den Einsatz? Eine Männerstimme riss sie aus den Gedanken.

«Okay?», fragte Genti.

Jasmin deutete mit dem Daumen nach oben. Shpresas Mann sprach kein Deutsch, und sein Englisch reichte nur für einfache Gespräche. Trotzdem verstand sich Jasmin ausgezeichnet mit dem gutmütigen Arzt. Überhaupt fühlte sie sich wohl in Shpresas Haus. Vor drei Tagen hatte sie auf ihr Drängen hin aus dem Hotel ausgecheckt und sich bei der sechsköpfigen Familie einquartiert. Die Atmosphäre war geprägt von gegenseitiger Zuneigung und von Respekt. Mit einer Selbstverständlichkeit, die Jasmin erstaunte, hatten die beiden Söhne ihr Zimmer geräumt und ihr überlassen. Jasmins Proteste hatten nur Verwunderung ausgelöst. Daran, dass ein Gast in Kosovo einen hohen Status genoss, konnte sie sich nicht recht gewöhnen.

Ihre eigenen Brüder hätten nie jemanden in ihr Zimmer gelassen. Nicht einmal für eine einzige Nacht. Ihre Mutter hätte einen Gast zwar aufgenommen, doch gefreut hätte sie sich über den Besuch nicht. Sie habe schon genug um die Ohren, hatte sie immer gemeint. Nach der Arbeit wolle sie sich ausruhen. Sie hatte selten Gelegenheit dazu gehabt. Nach der Schicht im «Hirschen» hatten der Haushalt sowie drei Kinder auf sie gewartet. Auf einmal überkam Jasmin ein schlechtes Gewissen. Sie hatte sich nicht mehr gemeldet, seit sie in Kosovo war. Ihre Mutter machte sich bestimmt Sorgen. Kurzentschlossen nahm sie ihr Handy hervor und wählte Edith Meyers Nummer.

«Hallo Mam, ich bin's.»

«Jasmin? Wo bist du? Immer noch da unten? Wie geht es dir? Warum hast du nie angerufen? Ist etwas passiert? Geht es dir gut?»

«Bestens», antwortete Jasmin.

«Warum rufst du nie an? Wenn dein Anwalt nicht wäre, wüsste ich gar nicht, was du treibst! Wenigstens hat er mir erzählt, was da unten in Albanien läuft. Er ist ein richtiger Gentleman, was hast du nur für ein Glück! Als er deine Sachen holen kam, hat er mir einen Blumenstrauss mitgebracht. Aus dem Blumenladen, nicht aus der Migros. Weisst du, was das kostet? Ich weiss nicht mehr, wann mir ein Mann das letztemal Blumen geschenkt hat! Falls überhaupt. Du hast mir früher einmal zum Muttertag einen Strauss gepflückt, erinnerst du dich?»

«Ja», antwortete Jasmin. «Und Bernie hat ihn dem Hasen des Nachbarn verfüttert.»

Edith Meyer lachte. «Dein Bruder ist übrigens gerade hier. Er hat sich auch Sorgen um dich gemacht.»

Jasmin stiess einen ungläubigen Laut aus. «Gibst du ihn mir bitte kurz?»

«Hey, Mini», erklang Bernies Stimme. «Lebst du noch?»

«Hör mal, Bernie, es tut mir leid. Dass ich einfach gegangen bin, meine ich. Hast du einen neuen Mech gefunden?»

Bernie räusperte sich. «Schon okay.»

«Du hast etwas von mir zugut.»

«Vergiss es», erwiderte er verlegen. «Übrigens, du hattest recht. Mit dem TDI. Ich hab das Abgasrückführventil ausgetauscht. Es war nicht nötig, den Motor zu überholen.»

Jasmin verschlug es bei diesem Eingeständnis die Sprache.

«Ähm... willst du Mam noch mal?», fragte Bernie.

«Ja, gib sie mir.»

Jasmin versuchte, nicht an ihre Handyrechnung zu denken, als ihre Mutter zu einem weiteren Redeschwall ansetzte. Sie erzählte, dass Ralfs Tochter krank sei, eine Nachbarin ihren Mann nach 27 Jahren Ehe verlassen habe, die Baustelle vor dem Haus sie fast in den Wahnsinn treibe und sie sich überlege, die Weihnachtsguezli dieses Jahr im Coop zu kaufen statt in der Migros. Vorsichtig unterbrach Jasmin, ehe Edith Meyer zu einer neuen Runde ausholte.

«Hör zu, ich muss langsam gehen. Ich melde mich bald wieder.»

«Wann kommst du nach Hause?», fragte ihre Mutter.

«Ich habe noch keine Pläne», antwortete Jasmin. «Ich ruf dich an, sobald ich mehr weiss.»

Nachdem sie die Verbindung abgebrochen hatte, stand sie auf. Es stimmte nicht, dass sie keine Pläne hatte. Doch sie begannen sich erst langsam zu formen. Noch waren sie nicht spruchreif. Jasmin rechnete damit, dass Pal ihre Dienste bald nicht mehr brauchen würde. Wenn Isufi morgen gestand, Besarta Sinani zu den Anschuldigungen gegen Fabian Zaugg angestiftet zu haben, wäre ihre Arbeit zu Ende. Zwar wussten sie immer noch nicht, was Fabian Zaugg verschwieg, doch für Pals Verteidigung war dies nicht mehr relevant. Mit der Wahrheit konfrontiert, würde vermutlich auch Besarta Sinani ein Geständnis ablegen. Dass Fabian Zaugg sie vergewaltigt hatte, erschien Jasmin immer unwahrscheinlicher.

Bis zur Gerichtsverhandlung des «Metzgers» im März, an der Jasmin unbedingt teilnehmen wollte, blieben ihr noch drei Monate. Sie wollte die Freiheit auskosten. Letztes Jahr hatte sie den Winter an ein Bett gefesselt verbracht. Als sie Ende Februar erstmals frische Luft eingeatmet hatte, hatte sie sich kaum auf den Beinen halten können. Jede Nacht dachte Jasmin daran, als sie einschlief; jeden Morgen, wenn sie ihre Joggingschuhe anzog. Lange war sie einfach nur erleichtert gewesen, dass sie sich bewegen konnte. Wann genau es wieder ein Genuss geworden war, konnte sie nicht mehr sagen. Sie hatte intensiv Sport getrieben, weil sie nur so für kurze Zeit den Albträumen entfliehen konnte. Inzwischen löste die Anstrengung wieder das altbekannte Hochgefühl aus. Das Pochen ihres Herzens und die harten Schläge ihrer Füsse auf dem gefrorenen Boden schienen ihr die Zukunft zu weisen – ein Rhythmus, der sie noch Stunden nach dem Jogging begleitete.

Irgendetwas hatte sich im Laufe der Reise verändert. Vielleicht hatte es in Kroatien begonnen, vielleicht erst in Kosovo. Jasmin wusste nur, dass der Prozess noch nicht abgeschlossen war. Deshalb wollte sie noch nicht in die Schweiz zurück. Sie befürchtete einen Rückschlag, wenn sie bereits jetzt in ihre gewohnte Umgebung eintauchte. Die Wunden, die der «Metzger» ihr zugefügt hatte, waren noch nicht verheilt. Die dünne Hautschicht, die sie bedeckte, konnte jederzeit aufreissen.

Zum Beispiel an Weihnachten.

Der «Metzger» hatte Heiligabend gefeiert, als sei Jasmin freiwillig bei ihm gewesen. Er hatte sie bekocht und beschenkt, von einer gemeinsamen Zukunft gesprochen und Pläne geschmiedet. Zum ersten Mal hatte sie das ganze Ausmass seines Wahns erkannt. Ein falsches Wort, ein falscher Blick, und sie hätte sterben können. Noch immer genügte der Anblick einer Kerze, um die Furcht wieder aufleben zu lassen.

In einem muslimischen Haushalt wurde Weihnachten nicht gefeiert. Shpresa hatte sie mehrmals eingeladen, länger in Zajqevc zu bleiben. Jasmin hatte abgelehnt, doch langsam liess ihr Widerstand nach. Nicht nur, weil sie so die Feiertage ignorieren konnte. Jasmin fühlte sich von Shpresas Familie akzeptiert, sie konnte kommen und gehen, wie es ihr passte. Niemand nahm es ihr übel, wenn sie sich zurückzog. Suchte sie Gesellschaft, so war sie trotzdem jederzeit willkommen. Warum also nicht bis Neujahr bleiben? Wohin sie anschliessend gehen würde, musste sie noch nicht entscheiden. Vielleicht zurück an die Küste. Von Südalbanien schwärmten viele Kosovaren. Oder nach Brezovica. Das kosovarische Skigebiet würde sie ebenfalls gerne erkunden, wenn auch lieber auf ihrer Monster als auf Skiern.

Als sich Jasmin ihre Möglichkeiten ausmalte, fühlte sie sich leicht und frei. Einzig Pal würde sie vermissen. Vielleicht würde er sie weiterhin ab und zu übers Wochenende besuchen. Oder sogar die Feiertage bei seiner Schwester verbringen. Jasmin stellte sich die gemeinsame Woche vor: Sie könnten auf der Duc Ausflüge machen, zusammen joggen, Nacht für Nacht nebeneinander einschlafen. Oder auch nicht schlafen. Ein Lächeln schlich sich auf ihr Gesicht. Sie holte die Erinnerungen an seinen knackigen Hintern hervor, spürte seine feuchte Haut und die Kraft in seinen Oberarmen, wenn er sich über ihr aufstützte. Leise stöhnte sie. Diese Anziehung hatte sie vom ersten Tag an gespürt. Sie waren wie füreinander geschaffen. Zumindest körperlich.

Die vertraute Unsicherheit meldete sich zurück. Wie lange würde ihm der gute Sex alleine genügen? Würde Pal irgendwann die Gesellschaft von Valentin vorziehen, mit dem er über juristische Themen fachsimpeln konnte? Als Jasmin ihn einmal gefragt hatte, was er machen würde, wenn er jede Woche einen Tag geschenkt bekäme, hatte Pal ohne zu zögern erklärt, er würde ihn in der Bibliothek der juristischen Fakultät verbringen. Jasmin hatte gerade rechtzeitig ein lautes Lachen unterdrücken können. Sie hatte seinen sehnsüchtigen Gesichtsausdruck gesehen und gemerkt, dass es ihm ernst war.

Aus der Küche hörte sie das Scheppern von Pfannen. Sie fuhr den Computer herunter und folgte dem Geräusch. Als sie fragte, ob sie behilflich sein könne, schenkte Shpresa ihr ein warmes Lächeln und reichte ihr einen Sack Kartoffeln und einen Schäler. Während sie das Abendessen zubereiteten, erzählte Pals Schwester von ihren Kindern. Jasmin lauschte dem Klang ihrer Stimme und genoss die Geborgenheit in der Küche. Trotz der vielen Familienmitglieder kam nie Hektik auf. Unweigerlich verglich Jasmin die Stimmung mit dem Aufruhr, der jeweils herrschte, wenn sie sich mit Bernie, Ralf und ihrer Mutter im selben Haushalt aufhielt.

Das Klingeln ihres Handys riss sie aus den Gedanken. Mit einem entschuldigenden Blick spülte Jasmin die Erde von den Händen und nahm den Anruf entgegen.

«Hier spricht Daniel Pellegrini. Haben Sie kurz Zeit?»

Jasmin brauchte einen Moment, bis sie den Namen zuordnen konnte: der Presseoffizier der Swisscoy. «Eine Sekunde.» Sie verliess die Küche. «Gibt es Neuigkeiten?»

«Ich habe einige Informationen für Sie», erklärte Pellegrini. «Nichts von Bedeutung, aber ich dachte mir, Sie würden die Resultate meiner Abklärungen trotzdem erfahren wollen.»

«Auf jeden Fall.»

«Werden Sie morgen zusammen mit Fabian Zauggs Anwalt ins Camp kommen?»

«Ich hatte es nicht vor, warum?»

«Wenn Sie in der Nähe wären, könnten wir im Swiss Chalet einen Kaffee trinken.»

«Das lässt sich gut einrichten», erklärte Jasmin. «Ich werde Herrn Palushi vom Flughafen abholen. Ich kann gleich mit ihm nach Suhareka fahren.»

«Perfekt. Fragen Sie am Eingang nach mir. Ich hole Sie dort ab.»

«Mach ich», sagte Jasmin. «Nur eine Frage: Haben Sie herausgefunden, ob jemand zur gleichen Zeit wie Fabian Zaugg Urlaub beantragt hatte?»

«Kein Soldat hat genau die gleichen Daten wie Zaugg angegeben», erklärte Pellegrini. «Lediglich ein lokaler Angestellter. Ein Infanterist wollte zwar am gleichen Tag abfliegen, er wäre aber drei Tage früher als Zaugg zurückgekehrt. Der NCC musste im selben Zeitraum aus familiären Gründen in die Schweiz reisen, doch die Überschneidung betraf nur zwei Tage. Dasselbe gilt für eine Sanitäterin. Ich zeige Ihnen die genauen Daten morgen. Ich fürchte, ich muss los. Ein Team vom Schweizer Fernsehen ist hier.»

«Danke für den Anruf. Bis morgen!»

Jasmin blieb mit dem Handy in der Hand im Gang stehen. Pellegrinis Worte hatten sie auf einen Gedanken gebracht, der ihr jedoch gleich wieder entglitten war. Vielleicht war es auch nur seine Stimme gewesen, die sie an etwas erinnert hatte. Je mehr Jasmin versuchte, sich zu erinnern, desto weniger konnte sie den Gedanken fassen. Schliesslich gab sie auf und kehrte in die Küche zurück.

36

Zora Giovanoli schaute auf die Uhr. Zwei Falten bildeten sich an ihren Mundwinkeln. Mit jeder Minute, die verstrich, wurde sie ungeduldiger. Pal regte sich nicht. Mit ruhigem Blick musterte er die Geschädigtenvertreterin, was sie zusätzlich zu ärgern schien. In Gedanken passte er seine Strategie der veränderten Situation an. Er glaubte nicht, dass Besarta Sinani noch auftauchen würde. Sie hätte vor fast einer Stunde eintreffen müssen. Ihr Cousin telefonierte aufgebracht vor dem Eingang des Rapptraums. Offenbar wusste er auch nicht, wo sie steckte. Ihr Handy war ausgeschaltet, in ihrem Zimmer befand sie sich laut Militärpolizei nicht.

Agim Isufi war mit dem Dolmetscher an die frische Luft gegangen, um eine Zigarette zu rauchen. Seine Nerven lagen offenbar blank. Als Pal sein von Schmerz und Leid gezeichnetes Gesicht gesehen hatte, hatte er sich zurückhalten müssen, um nicht Mitleid mit ihm zu empfinden. Er rief sich Fabian Zauggs Verzweiflung in Erinnerung und konzentrierte sich auf die Fragen, die er zu stellen beabsichtigte.

«Ich fürchte, wir können nicht länger warten», sagte Maja Salvisberg und bat einen Militärpolizisten, Alban Sinani zum Ausgang zu begleiten.

«Noch eine halbe Stunde!», bat Zora Giovanoli.

Salvisberg schüttelte den Kopf. «Es tut mir leid.»

Maja Salvisberg schien die Situation nicht recht zu sein. Doch die dunklen Ringe unter ihren Augen waren wohl eher eine Folge der Medienkampagne, die auf ihre Kosten ausgetragen wurde. Sie würde sich eine dickere Haut zulegen müssen, wenn sie in ihrem Beruf überleben wollte, dachte Pal. Er bereute es zwar nicht, die Zeitungsartikel angeregt zu haben, wünschte sich jedoch, die Berichterstattung wäre seriöser. So diente sie lediglich der Auflagensteigerung. Eine wirkliche Diskussion über Sinn und Unsinn von Auslandeinsätzen fand nicht statt. Fundierte Argumente fehlten ebenso wie sachliche Überlegungen. Sonst hätte die hervorragende Arbeit von Maja Salvisberg gelobt werden müssen.

Das Nikotin schien Agim Isufis Nerven nicht beruhigt zu haben. Als er nach der Stuhllehne griff, zitterte seine Hand. Er setzte sich schwerfällig. Während Salvisberg ihn über seine Rechte aufklärte, senkte er den Kopf. Sogar Zora Giovanolis Wut legte sich angesichts seines Elends ein wenig. Die Anwältin seufzte leise und richtete ihre Aufmerksamkeit auf Salvisberg, die die Einvernahme mit allgemeinen Fragen zu Isufis Person und zu seinem Verhältnis zu Besarta Sinani und Fabian Zaugg begann. Seine Antworten stimmten mit den Aussagen überein, die er Pal gegenüber gemacht hatte.

«Herr Isufi», sagte die Untersuchungsrichterin, zum Hauptvorwurf kommend. «Sie haben in der Gegenwart des Polizisten Bekim Shala, des Rechtsanwalts Pal Palushi sowie dessen Assistentin Jasmin Meyer ausgesagt, Sie hätten Besarta Sinani dazu aufgefordert, Fabian Zaugg der Vergewaltigung zu beschuldigen. Ist das richtig?»

Pal hielt den Atem an. Einen Moment lang glaubte er, Agim Isufi würde es abstreiten, doch dann schaute der Kosovare langsam auf. Seine Augen glänzten feucht, als er bejahte.

«Können Sie uns bitte erklären, wie es dazu kam?», bat Salvisberg.

Isufi öffnete mehrmals den Mund, bis er die richtigen Worte fand. Als er aber zu reden begann, floss seine Geschichte richtiggehend aus ihm heraus. Er schilderte seinen Unfall und dessen Auswirkungen: die langen Spitalaufenthalte, die Belastung für seine Familie und die rechtlichen Folgen. Arbeiten könne er seither nicht mehr, sondern sei ganz auf die Unterstützung der IV angewiesen, erklärte er. Weil die Lebenskosten in Kosovo tiefer seien, sei er in seine Heimat zurückgekehrt, sobald es seine Gesundheit zugelassen habe. Seit dem Tod seines Schwiegersohns sei er zusätzlich für seine jüngere Tochter und ihre Kinder verantwortlich. Sein Neffe sei arbeitslos; Söhne, die Geld nach Hause schicken würden, habe er keine.

«Ich kann wirklich nicht arbeiten», wiederholte Isufi mit flehendem Blick. «Auch wenn Sie denken, ich lüge! Ich weiss, dass ich keine Zementsäcke tragen darf. Aber mein Neffe schaffte es einfach nicht alleine. Die einzelnen Säcke waren zu schwer für ihn. Es war eine Ausnahme! Sie müssen mir glauben! Bitte! Ich habe nur ein Mal ausgeholfen.»

Salvisberg zeigte ihm Fabian Zauggs Foto. «Sprechen Sie dieses Bild an?»

«Es war nur dieser eine Sack, bitte glauben Sie mir!»

«Herr Isufi, wir sind nicht von der Invalidenversicherung», stellte Salvisberg klar. «Ich möchte von Ihnen wissen, warum Sie Besarta Sinani zu den Anschuldigungen angestiftet haben. Warum wollten Sie Fabian Zaugg schaden?»

«Er wollte unser Leben zerstören!», antwortete Agim Isufi.

Isufi erzählte, wie IV-Detektive Veton Ujkani observiert hätten. Sie hatten ihn gefilmt, als er Dachziegel an seinem Haus reparierte. Seither bekam er keine Rente mehr ausbezahlt. Pal vermutete, dass mehr dahintersteckte. Ein Schleudertrauma wurde von der IV immer kontrovers eingestuft, und die Umstände wurden deshalb besonders genau untersucht. Doch Isufi schien die Geschichten, die im Dorf kursierten, zu glauben.

«Wie kamen Sie auf die Idee, Fabian Zaugg arbeite für die Invalidenversicherung?», fuhr Salvisberg fort.

Erstmals trat ein verwirrter Ausdruck auf das Gesicht des Kosovaren. «Das ist bekannt. Die IV hat einen neuen Partner. Früher waren es Österreicher, aber das ging schief.»

Salvisberg lehnte sich vor. «Sie glauben, die Swisscoy arbeite mit der Invalidenversicherung zusammen?»

«Natürlich. Das weiss man.»

«Bitte erklären Sie mir, wie Besarta Sinani ins Spiel kam.»

Agim Isufi senkte schuldbewusst den Blick. «Ich brauchte das Handy, weil der Film des Soldaten darauf war. Ich musste dafür sorgen, dass er ihn nicht weitergeben konnte, verstehen Sie? Die Tochter eines Nachbarn putzt im Camp. Zuerst fragte ich sie, doch sie wollte mir nicht helfen. Sie erzählte mir aber, Besarta Sinani sei mit diesem Soldaten befreundet. So etwas spricht sich herum. Also ging ich zu ihr. Ich offerierte ihr Geld, aber sie lehnte ab. Ich war verzweifelt. Ich bot ihr sogar meinen Neffen an. Ich hätte sie in die Familie aufgenommen, obwohl sie im Camp arbeitet! Aber sie wollte ihn nicht heiraten. Als ich ihr von meiner Tochter erzählte, die in den USA lebt, war sie plötzlich interessiert. Sie fragte, ob ich ihr ein Visum besorgen könne. Ich sagte, ja. Meine Tochter in den USA musste eine Krankenversicherung abschliessen und garantieren, dass sie für alle Kosten und die Unterkunft aufkommen würde. Sogar einen Bankauszug musste sie schicken. Mit diesen Papieren konnte Besarta Sinani dann ein Touristenvisum beantragen. Dafür hat sie das Handy gestohlen und mir gegeben.»

«Sie hat nicht nur ein Handy gestohlen», stellte Salvisberg fest. «Sie hat Fabian Zaugg der Vergewaltigung beschuldigt.»

Agim Isufi schwieg.

«Warum, Herr Isufi?»

«Er wollte uns alles wegnehmen!» Isufi knetete seine Hände. «Wovon sollen wir leben? Meine Tochter hat nicht genug, um uns auch noch zu unterstützen. Ich brauche diese Rente!»

«Aber Sie hatten das Handy mit dem Film darauf bereits», warf Salvisberg ein.

«Der Soldat musste auch weg! Er hätte mich sonst nicht in Ruhe gelassen. Ich weiss, wie das läuft.» Agim Isufi legte die Hand auf die Brust. «Viele, viele Knochen in meinem Körper waren gebrochen. Wenn ich morgens erwache, kann ich fast nicht aufstehen. Wenn es kalt ist, habe ich sogar Schmerzen beim Atmen. Der Arzt sagt, es wird nie wieder gut. Was soll ich tun? Wie soll ich so arbeiten?»

«Sie haben Besarta Sinani also instruiert, Fabian Zaugg der Vergewaltigung zu beschuldigen, damit der Soldat zurück in die Schweiz geschickt wird?»

«Ich brauche die Rente!», wiederholte Isufi mit verzweifelter Stimme. «Wie soll meine Familie sonst überleben?»

«Was ist mit Fabian Zaugg? Haben Sie je an die Folgen gedacht, die eine Verurteilung für ihn haben würde?»

Pures Erstaunen breitete sich auf Agim Isufis Gesicht aus. «Für ihn hat das alles keine Folgen!»

«Wie bitte?», fragte Salvisberg perplex.

Isufi zog die Stirn kraus. «Ihm passiert nichts.»

«Wie kommen Sie darauf?»

«Nicht einmal der Gruppenführer, der die Abstände der Schrauben falsch berechnet hat, musste ins Gefängnis. Er ist schuld am Tod meines Kollegen, aber er ist ein freier Mann», erklärte Isufi. «Kein Schweizer Gericht wird diesen Soldaten bestrafen. Das macht man dort nicht.»

Pal rief sich das Gerichtsurteil in Erinnerung. Tatsächlich war nur eine bedingte Strafe ausgesprochen worden. Der Gruppenführer war zwar der fahrlässigen Tötung für schuldig befunden worden, doch da keine Anhaltspunkte für eine Wiederholungsgefahr vorlagen, hatte das Gericht einen Aufschub des Vollzugs als angemessen betrachtet. Aus juristischer Sicht ein nachvollziehbarer Entscheid, für das Unfallopfer jedoch schwer zu begreifen.

Salvisberg fasste Agim Isufis Aussage zusammen. «Und dann haben Sie dafür gesorgt, dass die sogenannte Vergewaltigung an die Öffentlichkeit kam. Damit Fabian Zaugg Suhareka verlassen musste.»

Sofort opponierte Zora Giovanoli. «Herr Isufis Aussage entlastet Fabian Zaugg nicht! Ich gehe immer noch davon aus, dass er meine Klientin vergewaltigt hat. Ihre Wortwahl suggeriert, dass Zaugg unschuldig ist.»

Salvisberg protokollierte den Einwand und wandte sich wieder an Isufi. «Hat Besarta Sinani mit Ihnen über die Nacht des 3. Oktobers gesprochen?»

«Nein, wir haben nur über das Visum geredet.»

«Hat sie Ihnen gegenüber gesagt, sie sei vergewaltigt worden?»

«Nein.»

«Hat Besarta Sinani gelogen, als sie behauptete, vergewaltigt worden zu sein?»

«Ich weiss es nicht!» Agim Isufi atmete schwer. «Wir haben nie darüber geredet, was wirklich geschah.»

«Sie haben Besarta Sinani nicht gefragt, was sich wirklich zugetragen hat?»

«Ich bin einfach davon ausgegangen, dass alles nach Plan verlief!»

«Hat Sie Ihnen gegenüber eine Drittperson erwähnt, die sich in der Nacht des 3. Oktobers ebenfalls in Fabian Zauggs Wohncontainer aufgehalten hat?»

«Nein.» Agim Isufi vergrub das Gesicht in den Händen. «Was passiert jetzt mit mir? Werden Sie meine Rente streichen?»

Erneut betonte Maja Salvisberg, dass die laufende Untersuchung nichts mit der Invalidenversicherung zu tun habe. Pal sah Isufi jedoch an, dass er nicht begriff, in welche Situation er sich hineinmanövriert hatte. Er fragte sich, welche Konsequenzen die Tat für den Kosovaren haben würde. Falsche Anschuldigung nach Artikel 178 Militärstrafgesetz fand auf Isufi keine Anwendung, weil er Zivilist und keine schweizerische Militärperson war. Obwohl es sich in diesem Fall um ein Delikt handelte, welches das Strafverfahren der schweizerischen Militärjustiz beeinträchtigt hatte, vermutete Pal, dass sowohl Besarta Sinani als auch Agim Isufi kosovarischem Recht unterstanden. Sogar wenn die Schweizer Behörden für die Strafverfolgung zuständig wären, zweifelte er daran, dass Kosovo einer Auslieferung zustimmen würde. Das Verfahren hier war zweigeteilt: Nicht nur die Justiz musste einwilligen, auch das Einverständnis der politischen Behörden war erforderlich.

Schliesslich würde Fabian Zaugg darüber befinden müssen, ob er gegen Isufi Strafanzeige einreichen oder ob er zivilrechtlich gegen ihn vorgehen wollte. So, wie Pal seinen Klienten einschätzte, würde der Entscheid vom weiteren Verlauf des Verfahrens abhängen. Wenn die Sache bald vorbei wäre, würde Zaugg kaum darauf bestehen, Isufi und Sinani zur Rechenschaft zu ziehen. Wahrscheinlich wäre er einfach nur froh, seinen Einsatz ohne Aufsehen zu Ende führen zu können. Pal schätzte die Chancen für einen raschen Abschluss des Verfahrens jedoch als gering ein. Es stand nach wie vor Aussage gegen Aussage. Zwar mit leicht verbesserter Indizienlage für Fabian Zaugg, doch Pal befürchtete, dass der Auditor doch Anklage erheben würde. Ihm blieb kaum eine andere Wahl, da der Grundsatz «im Zweifel für den Angeklagten» erst vor Gericht galt. In dieser Beziehung war der Militärstrafprozess nicht anders als ein ziviler Strafprozess. Zora Giovanoli würde mit Sicherheit rekurrieren, wenn das Verfahren eingestellt würde. Ohne neue Instruktionen seitens ihrer Klientin musste sie den eingeschlagenen Weg weitergehen. Rein theoretisch könnte Besarta Sinani verunfallt oder sogar entführt worden sein. Pal glaubte zwar eher, dass sie endlich das ersehnte Visum erhalten hatte und ausgereist war, doch erfahren würden sie es wohl nie. Dass sie niemandem erzählt hatte, was in dieser Nacht wirklich geschehen war, kam Zora Giovanoli vielleicht sogar entgegen. Sie würde vermutlich einräumen, dass ihre Klientin das Handy gestohlen habe; gleichzeitig würde sie aber behaupten, Besarta Sinani sei zwar mit der Absicht, ihre Chancen bei einer späteren falschen Anschuldigung zu erhöhen, in Fabian Zauggs Container gegangen, dann aber hätten sich die Ereignisse anders entwickelt als geplant.

Während Salvisberg die Einvernahme zu Ende führte, blätterte Pal im Militärstrafprozess. Wie vermutet, konnte die Hauptverhandlung auch ohne Besarta Sinani stattfinden, da sie bereits ausgesagt hatte. Trotzdem beneidete er Giovanoli nicht. Lieber ein schweigender Klient als gar keiner. Als hätte sie seine Gedanken gelesen, trafen sich ihre Blicke. Ruckartig schob Zora Giovanoli eine rote Haarsträhne aus dem Gesicht. Sie verzichtete überraschenderweise auf Ergänzungsfragen und schob ihren Stuhl zurück. Nach einer knappen Verabschiedung verliess sie den Raum.

Nachdem auch Agim Isufi gegangen war, schob Maja Salvisberg die Hände in die Taschen ihres Tarnanzugs.

«Ihr Klient hat Glück», sagte sie. «Der NCC setzt sich für ihn ein. So, wie es aussieht, wird er bald zurückkehren dürfen.»

«Er sehnt sich danach», sagte Pal.

«Wissen Sie eigentlich, warum?»

Pal sah sich in der Baracke um. «Ehrlich gesagt, nein.»

Maja Salvisberg lächelte müde. «Sie hören wieder von mir, sobald die Untersuchung abgeschlossen ist. Ich gehe nicht davon aus, dass weitere Einvernahmen nötig sind. Ich bringe Sie noch zum Ausgang.»

«Ich bin im Swiss Chalet verabredet», erklärte Pal. «Doch vorher muss ich noch mit meinem Klienten telefonieren.»

«Ich warte draussen.»

Fabian Zaugg hatte die Einvernahme nicht via Videoübertragung mitverfolgen wollen. Dafür hätte er nach Oberuzwil fahren müssen. Pal wusste nicht, ob ihm der Weg zu weit war, oder ob er einfach nichts mehr mit der Militärjustiz zu tun haben wollte. Als Pal ihm nun berichtete, dass Agim Isufi seine frühere Aussage bestätigt habe, schwieg sein Klient.

«Das ist gut für Sie», erklärte Pal. «Auch wenn es Sie nicht völlig entlastet.»

«Ich kann das alles irgendwie gar nicht glauben», sagte Fabian Zaugg. «Die ganze Sache ist nur wegen dem Film passiert?»

«Agim Isufi fühlte sich bedroht.»

«Aber ich wollte doch nur Geu filmen – wie er versucht hat, Rauchkringel zu formen. Es war zum Totlachen!»

«Nicht für Isufi», stellte Pal trocken fest.

Nach einer längeren Pause räusperte sich Fabian Zaugg. «Also dann. Auf Wiedersehen.»

Die Long Street lag bereits im Schatten, als Pal den Gefechtsstand verliess. Eine Gruppe Infanteristen lud Splitterschutzwesten in einen Puch, während der Fahrer einem Mechaniker etwas zurief. Pal verstand die Worte nicht, doch lautes Gelächter brach unter den Soldaten aus. Zwei Österreicher gingen strammen Schrittes vorbei und grüssten ihn mit «Mahlzeit». Die Luft war klar und kalt, ein leichter Geruch nach Käse wehte Pal entgegen. Aus dem hinteren Teil des Camps vernahm er Schüsse.

Maja Salvisberg begleitete ihn bis zum Eingang des Swiss Chalets und verabschiedete sich. Als Pal die Tür aufstiess, schlugen ihm Käseduft und Rauch entgegen. Zumindest in dieser Beziehung hatten sich die Schweizer den lokalen Sitten angepasst. Aus einem Lautsprecher erklang Radio DRS, das löste in Pal eine seltsame Vertrautheit aus. Doch weder der Schweizer Nachrichtensprecher, noch das Schindeldach über der Bar, noch die Kantonsfahnen täuschten darüber hinweg, dass er sich in Kosovo befand. Pal hätte nicht genau sagen können, warum. Vielleicht lag es an der Art und Weise, wie die Wände gezimmert worden waren oder an der Albanerin mit dem weiten Ausschnitt hinter der Theke. Möglicherweise an der Anordnung der Tische oder der Form der Stühle.

Jasmin sass Daniel Pellegrini gegenüber, eine Cola in der Hand. Sie sprang auf, als sie Pal erblickte. Ihre grossen Augen schimmerten aufgeregt, ihre Haltung signalisierte Einsatzbereitschaft. Die Energie, die von ihr ausging, traf Pal mit voller Wucht. Allein ihr Anblick genügte, um ihm das Blut aus dem Kopf zu ziehen. Ein wissendes Lächeln breitete sich auf Daniel Pellegrinis Gesicht aus, es weckte in Pal das Verlangen, die Besitzverhältnisse umgehend klarzustellen.

«Und? Wie ist es gelaufen?», fragte Jasmin.

«Gut», antwortete Pal mit einem Seitenblick zu Pellegrini. «Seid ihr auch fertig?»

Jasmin verstand. «Fast. Herr Pellegrini will mir noch den Coiffeursalon zeigen. Kommst du mit?»

Pal runzelte die Stirn. Jasmins Aufregung war spürbar. Offensichtlich führte sie etwas im Schilde. Genau wie er wollte sie aber nicht vor dem Presseoffizier darüber sprechen. Pal nickte und folgte ihr nach draussen. Unterwegs erklärte Pellegrini, dass am nächsten Tag bereits wieder ein Fernsehteam anreise. Fabian Zauggs Geschichte stiess auf grosses Interesse.

«Gib mir dein Handy», flüsterte Jasmin.

Pal reichte ihr sein Telefon und beobachtete, wie sie eine Nummer eintippte. Anschliessend liess sie das Gerät in ihrer Tasche verschwinden. Seine Neugier wuchs. Was hatte sie von Pellegrini erfahren? Warum konnte sie nicht mit dem eigenen Handy telefonieren? Sie kamen an einem verlassenen Sportplatz vorbei. Jasmin zeigte auf ein Holzhäuschen und erklärte, dass es sich um die Bar handle, in der Besarta Sinani gearbeitet habe. Ganz in der Nähe befand sich der Salon des Frisörs.

Pellegrini sah auf die Uhr. «Heute ist nur Sabri hier. Er wird nächstens abschliessen. Aber es reicht noch, um einen Blick in den Salon zu werfen.»

«Super», meinte Jasmin. «Wenn es der gleiche Raum ist wie auf Fabian Zauggs Foto, dann kann ich das Bild auch abhaken. Es ist das Einzige, das ich noch nicht zuordnen konnte.»

Pal hörte die Notlüge mit wachsendem Erstaunen. Warum brauchte Jasmin eine Ausrede, um den Coiffeursalon betreten zu dürfen? Pellegrini öffnete ihnen die Tür. Als Erstes fiel Pals Blick auf drei Coiffeurstühle auf der rechten Seite. Vor jedem war ein Spiegel montiert. Gegenüber zog sich eine Holzbank der Wand entlang. Wie in der Schweiz ebenfalls üblich, lagen Hefte auf einem niedrigen Beistelltisch. Ein junger Kosovare wischte den dunklen Keramikplattenboden sauber. Pal erkannte ihn anhand von Fabian Zauggs Foto. Pellegrini begrüsste den Frisör und erklärte, dass sie sich nur kurz den Salon ansehen wollten.

Jasmin ging langsam zum Fenster neben der Tür. «Von hier aus hat man einen guten Blick aufs ‹Pulverfass›», stellte sie fest, während ihre Hand in der Jackentasche verschwand. «Wurde Besarta Sinanis Stelle eigentlich schon wieder besetzt?»

Auf einmal klingelte ein Handy. Der Frisör erstarrte.

«Noch nicht», antwortete Pellegrini. «Aber die Nachfrage ist gross.»

Plötzlich hörte das Klingeln auf. Jasmin wandte sich vom Fenster ab und durchquerte den Raum. Gegenüber befand sich ein zweites Fenster, durch welches das Volleyballfeld zu sehen war. Erneut klingelte ein Handy, der Ton kam aus einer Jacke, die an der Garderobe neben dem Fenster hing. Der Frisör liess den Besen fallen, schnappte sich die Jacke und murmelte eine Entschuldigung. Eilig verliess er den Salon.

«Der Fitnessraum scheint begehrt zu sein», stellte Jasmin fest, auf ein hellerleuchtetes Fenster deutend.

«Im Winter sowieso», stimmte Pellegrini zu. «Es gibt nicht viel anderes zu tun am Abend.»

Die Tür ging auf, und der Frisör kehrte zurück. Auf seinem Gesicht lag ein enttäuschter Ausdruck.

Jasmin wandte sich vom Fenster ab. «Ja, ich glaube, es handelt sich um den gleichen Raum. Danke, dass wir reinschauen durften! Jetzt ist auch die letzte Frage geklärt.»

37

Maj Kilian Aldenkamp, 46, dCdr Swiss Intelligence Cell, Saas Fee

Der militärische Nachrichtendienst verfolgt die politische Wetterlage in Kosovo. Oberstes Ziel muss immer die Sicherheit der Schweizer sein. Es halten sich nicht nur Swisscoy-Soldaten im Land auf, sondern auch Zivile: Mitglieder von Nichtregierungsorganisationen, der Eulex oder Botschaftspersonal zum Beispiel. Was hier läuft, beeinflusst sogar die kosovarische Diaspora in der Schweiz. Deshalb gehört es zu meinen Aufgaben, mich regelmässig mit lokalen Politikern und Entscheidungsträgern zu treffen. Ich erstelle zusammen mit meinen Mitarbeitern Lageberichte und biete bei heiklen Fragen Rat und Fachinformationen an.

Die gesammelten Informationen werden nicht an die Invalidenversicherung weitergeleitet. Es bestehen keinerlei Zusammenarbeitsverträge. Dass ein Swisscoy-Soldat im Auftrag der IV Rentenbezüger filmt, ist undenkbar. Doch Gerüchte sind hartnäckig. Ist der Verdacht erst einmal in die Welt gesetzt, hält er sich lange. Diese Geschichte zeigt, warum dem Auftritt eines Soldaten grosse Bedeutung zukommt. Wie ein Soldat wahrgenommen wird, kann Folgen haben, die er selbst nur schwer abschätzen kann. Sein Verhalten wirkt sich auf das Image der ganzen Truppe aus und setzt möglicherweise falsche Zeichen.

Die Swisscoy geniesst in Kosovo nach wie vor ein hohes Ansehen. Daran wird der Fehltritt eines einzelnen Infanteristen nichts ändern. Die Kfor-Truppen haben viel zur Befriedung der Region beigetragen. Die Sicherheitslage gilt als relativ stabil, die Zahl der Übergriffe auf Minderheiten ist zurückgegangen. Kriminalität und Korruption existieren zwar weiterhin, und auch die wirtschaftliche Situation ist immer noch schwierig. Diese Probleme können aber nicht von der Kfor gelöst werden. Dazu sind die Regierung und die EU-Rechtsstaatsmission Eulex da. Die Kfor hat jedoch einen Grundstein gelegt. Darauf einen funktionierenden Staat aufzubauen, ist ein schwieriger Prozess, der lange dauern wird. Eine grosse Hürde besteht noch: Bald wird der Internationale Gerichtshof entscheiden, ob die Unabhängigkeit Kosovos im Einklang mit dem Völkerrecht steht. Das wird auch die Zukunft der Kfor in Kosovo beeinflussen. Bereits jetzt reduzieren einige Länder ihre Truppenbestände. Bis zu einem möglichen Rückzug muss die Swisscoy ihre Aufgaben weiterhin seriös und gewissenhaft erfüllen. Wir können uns einen Imageverlust nicht leisten. Die Schweiz ist eng mit Kosovo verflochten. Gute Beziehungen zwischen den beiden Ländern erleichtern die Zusammenarbeit auf allen Ebenen.

Obwohl Soldat Zaugg nicht mit böser Absicht gehandelt hat, hat er die Dienstvorschriften verletzt. Weder ist es einem Infanteristen erlaubt zu filmen, noch darf er eine lokale Angestellte mit in seinen Container nehmen. Das muss Konsequenzen haben. Ich schätze, dass der Auditor eine Disziplinarstrafe aussprechen wird. Sie dürfte jedoch an die Untersuchungshaft angerechnet werden. Was den Vorwurf der Vergewaltigung angeht, so scheint nicht viel dahinterzustecken. Darüber wird jedoch ebenfalls die Militärjustiz entscheiden müssen.

38

Jasmin überliess Pal die Bestellung und lehnte sich zurück. Ihr Blick schweifte durch das traditionell eingerichtete Restaurant. Im Erdgeschoss standen Holztische und Bänke, im oberen Stock sassen die Gäste beim Essen in einem Kreis auf dem Boden, wie noch vor kurzem in Kosovo überall üblich. An den Wänden hingen landwirtschaftliche Gerätschaften und Landschaftsbilder, die Jasmin mehr aus Gewohnheit als aus Interesse wahrnahm. Ihre Gedanken kreisten um Fabian Zaugg. Rückblickend war sein Verhalten in jeder Hinsicht stimmig. Jasmin fragte sich, warum sie es nicht früher gesehen hatte. Sie tadelte sich dafür, so in ihren Denkmustern gefangen gewesen zu sein.

Als sich der Kellner entfernte, beugte sich Pal ungeduldig vor. «Jetzt sag endlich, warum du den Coiffeursalon anschauen wolltest. Und wozu du mein Handy gebraucht hast!»

Jasmin knackte mit den Fingern. «Ich wollte von deinem Handy aus telefonieren, weil Fabian Zaugg es benützt hatte. Damit es so aussieht, als komme der Anruf von ihm.»

«Du hast also die Nummer gewählt, die er eingestellt hat? Damals in Oberuzwil?»

«Ja.»

«Aber du hast mit niemandem gesprochen.»

«Das war nicht nötig», erklärte Jasmin. «Ich wollte nur sehen, wo es klingelt. Und deshalb musste ich zum Frisör.»

«Die Anrufe», dämmerte es Pal. «Es hat zweimal geklingelt. Das warst du?»

Jasmin nickte. «Fabian Zaugg hat von deinem Handy aus mit dem Frisör telefoniert.»

«Aber warum? Meinst du… wurde mein Klient durch Sabri Rahimi in etwas hineingezogen?» Pal grübelte. «Könnte es sein, dass der Frisör in illegale Aktivitäten verstrickt ist? Denkst du an Drogen?»

Jasmin lächelte. «Illegal ist es nur, weil Sabri Rahimi Kosovare ist.»

Pal blickte sie verständnislos an.

Jasmin beugte sich ebenfalls vor. «Siehst du es wirklich nicht?» Als Pal leicht verärgert den Kopf schüttelte, fuhr sie fort. «Fabian Zaugg ist verliebt!»

«In wen?», fragte Pal.

Jasmin schlug sich an die Stirn. «Komm schon, Pali, sonst bist du auch nicht so schwer von Begriff!»

Pals Ohren wurden dunkler.

«In Sabri Rahimi!», erklärte Jasmin. «Den Frisör!»

«Sabri ... aber er ist ein Mann!»

Jasmin rollte die Augen.

«Zaugg ist schwul?», stiess Pal ungläubig aus.

Der Kellner brachte die Getränke. Jasmin nahm einen Schluck Cola und betrachtete Pal. Sie sah ihm an, dass er in Gedanken jede Begegnung mit seinem Klienten durchging. Ihr war es nicht anders ergangen. Als Daniel Pellegrini ihr erzählt hatte, dass einzig Sabri Rahimi zur gleichen Zeit Ferien beantragt habe, hatte sie die Tatsache zuerst als Zufall abgetan. Zum Glück hatte sich da eine warnende Stimme in ihr gemeldet. Zufälle mussten immer genauer untersucht werden. Als sie die Augen dann endlich öffnete, sah sie es sofort. Alle Informationen, die sie über Fabian Zaugg gesammelt hatte, passten plötzlich zusammen.

Was genau in ihm abgelaufen war, konnte Jasmin nur erahnen. Sie vermutete, dass er erst in der Rekrutenschule realisiert hatte, warum er nicht dasselbe für seine Freundin empfand wie Michelle für ihn. Die Erkenntnis hatte ihn wohl ziemlich aus der Bahn geworfen. Einen Augenblick hatte sich Jasmin gewundert, dass Homosexualität heute noch ein Problem darstellte. Dann aber hatte sie sich Fabian Zauggs konservative Umgebung in Erinnerung gerufen; dazu seinen Drang, nicht aufzufallen und alle Erwartungen zu erfüllen. Karin war die Rebellin; Fabian der Mustersohn. Sie ging ihren eigenen Weg; er den vorgegebenen.

Hinzu kam, dass er sich in einem homophoben Umfeld bewegte. Nirgends war Männlichkeit so wichtig wie in der Armee, ausser vielleicht im Sport. Auch wenn auf dem Papier Gleichberechtigung herrschte, hatte sich Jasmin lange genug in Männerwelten bewegt, um die Sprüche zu kennen, die über Homosexuelle fielen. Sie gehörten zum Alltag. Vielleicht waren sie gar nicht verletzend gemeint, doch sie drückten Unverständnis und oft Verachtung aus. Für jemanden wie Fabian Zaugg, der um jeden Preis dazugehören wollte, ein guter Grund, seine Neigung zu verbergen.

Dass er nach der Rekrutenschule die Armee nicht sofort verlassen hatte, deutete in Jasmins Augen darauf hin, dass er die Augen vor der Wahrheit verschlossen hatte. Möglicherweise hatte er gehofft, er würde sich seinen Kameraden anpassen können – dass er durch männliches Verhalten so werden würde wie sie. Oder aber, er wollte einfach möglichst rasch weg, um sich Klarheit zu verschaffen, ohne Michelle Moser oder seine Familie dabei im Nacken zu haben. Vielleicht hoffte er schlicht, vor sich selbst fliehen zu können.

Offenbar war ihm das nicht gelungen. Im Camp Casablanca passierte genau das, was Fabian Zaugg hatte vermeiden wollen: Er verliebte sich in einen Mann. Noch dazu in einen lokalen Angestellten, was ein doppeltes Tabu darstellte. Wie schwierig es gewesen sein musste, diese Liebe zu verbergen, konnte sich Jasmin nur ausmalen. Fabian Zauggs Verhalten liess auf die inneren Kämpfe schliessen, die er ausgestanden haben musste. Jasmin dachte daran, wie er jeden Blödsinn mitgemacht und sich als Macho aufgespielt hatte. Gleichzeitig hatte er seine sensible Seite erfolgreich verborgen. Es kam Jasmin vor, als habe er sich in zwei Teile gespalten: Eine Seite war für seine Kameraden bestimmt, die andere für Sabri Rahimi. Den Ereignissen nach zu schliessen, waren diese beiden Teile immer weiter auseinandergedriftet.

«Bist du sicher?», fragte Pal.

«Was glaubst du, warum Fabian Zaugg die ganze Zeit zum Frisör ging?», hielt Jasmin ihm entgegen. «Vermutlich hat er sich die Streifen nur machen lassen, weil man sie jede Woche nachrasieren muss. Sonst sieht es scheisse aus. Das lieferte ihm einen Grund, Sabri Rahimi zu sehen. Seit er in der Schweiz ist, hat er sich nicht ein einziges Mal die Haare schneiden lassen! Aber darauf gekommen bin ich, weil Sabri Rahimi gleichzeitig in die Ferien wollte. Das wäre vermutlich die geplante Reise nach Albanien gewesen. Ich nehme an, für den Frisör ist die ganze Sache auch nicht einfach. Oder wie ist das in Kosovo? Wie steht man zu Homosexuellen?»

«Es gibt keine», sagte Pal schlicht. «Auch wenn man genau weiss, wo sie sich treffen.»

«Was würde passieren, wenn sich jemand outet?»

«Die Familie würde dafür sorgen, dass es nicht so weit käme.» Auf einmal hielt Pal inne. «Davor hat Fabian Zaugg also Angst», sagte er langsam. «Vor Sabri Rahimis Familie. Mit ihr soll ich also ‹unter einer Decke› gesteckt haben!»

«Eine begründete Angst?»

«Natürlich. Wenn Sabris Vater von der Beziehung erfahren hätte, hätte es gewaltigen Ärger gegeben. Es hätte durchaus sein können, dass er derjenige gewesen wäre, der Besarta Sinani zu falschen Anschuldigungen angestiftet hatte. Versetz dich in Zauggs Lage: Er weiss nur, dass sich Sabri Rahimi vor seinem Vater fürchtet. Da wird Zaugg plötzlich verhaftet und muss Kosova verlassen. Die Schlussfolgerung ist naheliegend. Und dann tauche ausgerechnet ich auf, der einzige albanische Strafverteidiger in der Schweiz. Kein Wunder glaubte er an eine Verschwörung!» Pal verstummte, als der Kellner die Getränke und Brot brachte. «Schade, denn ich hätte ihm viel besser helfen können, wenn ich die Wahrheit gekannt hätte.»

«Meinst du?», fragte Jasmin skeptisch.

«Wir hätten gezielt klären können, ob Sabri Rahimis Familie dahintersteckt. Wäre der Verdacht erst einmal ausgeräumt gewesen, so hätte uns Zaugg bei der Suche nach dem wirklichen Motiv für die falsche Anschuldigung helfen können. Zudem hätten wir nicht wertvolle Zeit mit unnötigen Abklärungen verschwendet.»

«Andererseits bist du ihm so ohne Vorurteile begegnet.»

«Ich habe keine Vorurteile gegenüber Homosexuellen!», wehrte sich Pal, nach einem Stück Brot greifend.

«Bist du sicher? Klopfst du nie gedankenlos Sprüche? Zum Beispiel, wenn du mit Valentin zusammen bist? Oder mit deinen Brüdern?»

Ertappt sah Pal weg.

«Siehst du», stellte Jasmin fest. «Es gehört einfach dazu. Warum glaubst du, bist du nie auf die Idee gekommen, Zaugg könnte schwul sein? Ich bin auch nicht besser. Wir haben eine Quittung für 60 Pariser gefunden! Nicht ein einziges Mal haben wir ... was ist?»

Pal war sichtbar bleicher geworden. «60 Stück!»

«Offenbar hatte Zaugg nicht vor, vor Ende seines Einsatzes in die Schweiz zurückzukehren. Ist doch gut, dass er sich schützt!»

Pal legte das Brot hin. Jasmin verschränkte die Arme und beobachtete ihn. Obwohl er versuchte, ein rein sachliches Gespräch zu führen, machten ihm seine Instinkte offenbar einen Strich durch die Rechnung. Es nützte nichts, dass er grundsätzlich nichts gegen Homosexualität hatte. Die Vorstellung zweier Männer zusammen ekelte ihn, und er konnte nichts dagegen tun. Jasmin fragte sich, wie jemand wie Enrico Geu auf die Tatsache reagieren würde, dass sich sein Zimmerkollege für Männer interessierte. Mitleid mit Fabian Zaugg stieg in ihr auf. Nicht einmal ausserhalb des Dienstes hatte er Gelegenheit gehabt, sich von den Rollenspielen zu distanzieren. Rund um die Uhr war er mit Infanteristen zusammen gewesen, für die machohaftes Verhalten eine Selbstverständlichkeit war. Die Belastung musste enorm gewesen sein.

Plötzlich passte ein weiteres Puzzleteil. «Die zweite Spermaspur», sagte sie. «Sie stammt von Sabri Rahimi.»

«Wozu brauchte er dann die Präservative?», fragte Pal trocken.

«Willst du es wirklich wissen?»

Rasch schüttelte Pal den Kopf. «Ich kann es mir vorstellen!»

«Deshalb wollte er nicht, dass das Leintuch untersucht wird», fuhr Jasmin fort. «Er fürchtete, alles würde auffliegen. Ausserdem wusste er, dass die Spur nicht relevant war.»

«Das erklärt auch die Siegelung des Laptops», griff Pal den Gedanken auf. «Es ging Zaugg um die Fotos von Sabri Rahimi. Ich habe nicht realisiert, dass der Frisör das Hauptsujet war. Ich habe einfach angenommen, Zaugg habe die Soldaten beim Haare schneiden fotografiert. Der Unbekannte, der mit Zaugg vor dem Kfor-Hauptquartier CDs gekauft hat, war wohl auch Rahimi.»

Jasmin nickte nachdenklich. Sie hatten vieles «einfach angenommen». Zu vieles. Verärgert zupfte sie an einem Stück Brot. Wie hatte sie es so weit kommen lassen können? Sie war immer stolz auf ihre professionelle Ermittlungsarbeit gewesen. Sie hatte sich nicht blenden lassen, war Ungereimtheiten auf den Grund gegangen, auch wenn sie ihr nicht wesentlich erschienen waren. Ihre eigene Weltanschauung hatte sie stets auszublenden versucht, um möglichst neutral und wertfrei Zusammenhänge erkennen zu können.

«Wie wird es weitergehen?», fragte sie. «Glaubst du, der Fall kommt vor Gericht?»

Pal berichtete ausführlich von der Einvernahme. «Ich gehe davon aus, dass es zu einem Prozess kommen wird. So, wie ich Zora Giovanoli einschätze, wird sie bereits im Vorfeld mit einem Rekurs drohen, in der Hoffnung, auf diese Weise eine Einstellung zu verhindern. Das wird den Auditor vermutlich zu einer Anklage bewegen. Ein Rekurs würde die ganze Sache unnötig verlängern. Für Fabian Zaugg wäre es auch besser, er könnte endlich einen Strich unter alles ziehen.»

«Würde ihn die Wahrheit entlasten? Wirst du ihn überhaupt darauf ansprechen?»

«Eher nicht», antwortete Pal. «Wenn ihm seine Intimsphäre so wichtig ist, dass er lieber in U-Haft sitzt, als seine Beweggründe zu schildern, muss ich das respektieren. Ausserdem bin ich nicht sicher, ob ihn seine Homosexualität wirklich entlasten würde. Schliesslich hatte er trotzdem mit Michelle Moser Geschlechtsverkehr. Und vergiss nicht: Was er im Camp gemacht hat, ist eine grobe Verletzung der Dienstvorschriften. Intime Beziehungen mit Lokalen sind den Soldaten strengstens untersagt. Fabian Zaugg würde auf der Stelle entlassen.» Pal blickte nachdenklich in die Ferne. «Sabri Rahimi natürlich auch. Zaugg hat sich nicht nur vor der Familie des Frisörs gefürchtet, er wollte Rahimi wahrscheinlich auch vor einer Kündigung schützen.»

Der Kellner brachte zwei Teller mit gegrilltem Lammfleisch, Kartoffeln und einer Joghurtsauce, die Jasmin das Wasser im Mund zusammenlaufen liessen. In Gedanken versunken griff sie nach ihrer Gabel. Bis jetzt hatte sie hauptsächlich Mitleid für Zaugg empfunden. Nun aber führte sie sich vor Augen, wie stark seine Gefühle für Sabri Rahimi sein mussten, wenn er so viel für die Beziehung opferte. Fabian Zaugg hatte einen Menschen gefunden, für den es sich zu kämpfen lohnte. Noch schöner wäre, der Kampf wäre gar nicht erst nötig. Doch davon waren sowohl die schweizerische als auch die kosovarische Gesellschaft weit entfernt. Jasmin hoffte, dass Zaugg mit der Zeit genug Selbstbewusstsein entwickeln würde, um seinen Weg ohne Versteckspiele zu gehen.

«Woran denkst du?», fragte Pal.

«An die Liebe.» Sie packte ihn an den Ohren und küsste ihn auf den vollen Mund.

39

Fabian faltete den Nato-Marschbefehl und steckte ihn in die Tasche seines Tarnanzugs. Während der Pilot den Anflug auf Gjakova einleitete, suchte Fabian nach bekannten Merkmalen in der schneebedeckten Ebene unter ihm. Er glaubte, in der Ferne Rahovec zu erkennen, war sich aber nicht sicher, ob er sich nicht doch täuschte. Seine Ungeduld wuchs mit jeder Minute. Als er erfahren hatte, dass sein Antrag bewilligt worden war, wäre er am liebsten gleich abgereist. Doch er hatte sechs Tage warten müssen, bis er auf dem Versorgungsflug der Farnair einen Platz zugeteilt bekommen hatte. Während dieser Zeit war seine Familie von Journalisten belagert worden. Dass sie ihn als Helden feierten, war ihm unangenehm. Er mochte die Aufmerksamkeit nicht. Glücklicherweise hatte er sich in Stans verstecken können. Nur heute morgen am Euro-Airport in Basel hatte er eine unangenehme Überraschung erlebt, als beim Check-in plötzlich eine Kamera aufblitzte.

Nach Münsingen war er gar nicht erst gefahren. Die Presse hatte ihm eine gute Ausrede geliefert. Einige Journalisten hatten über 24 Stunden vor seinem Elternhaus auf seine Rückkehr gewartet, bevor sie abgezogen waren. Stattdessen waren seine Eltern nach Stans gereist, um ihn zu treffen. Fabian hatte sie davon abzuhalten versucht, aber sie liessen nicht locker. Zusammen mit Karin hatten sie in einer Nidwaldner Bauernstube zu Mittag gegessen. Fabian wusste, dass er seine Familie mit seiner Zurückhaltung verletzte, aber er ertrug es kaum, das unbekümmerte Lächeln aufzusetzen, das seine Eltern von ihm erwarteten.

Sein Vater hatte die eigene Militärzeit aufleben lassen, Anekdoten erzählt und Fabian stolz auf die Schulter geklopft. Seine Mutter hatte sich Sorgen gemacht, weil er abgenommen hatte, und musste sich immer wieder vergewissern, dass er wirklich gesund genug war, um nach Kosovo zurückzukehren. Karin hatte ihn mit Fragen zur Untersuchung gelöchert. Er hatte die Antworten gegeben, die alle hören wollten, seinen Teller leer gegessen und sich erleichtert verabschiedet, sobald es der Anstand zugelassen hatte.

Der Pilot kündigte die Landung an. Das flaue Gefühl in Fabians Magen hatte nichts mit dem Höhenverlust zu tun. Heute noch würde er Sabri wiedersehen. Er hatte sich die Szene während der Haft so oft ausgemalt, dass er noch gar nicht fassen konnte, dass es endlich so weit war. Stundenlang hatten sie in den vergangenen Tagen telefoniert. Sabri hatte erzählt, was sich im Camp während Fabians Abwesenheit ereignet hatte; Fabian hatte von der Untersuchung berichtet. Von Besarta Sinani hatte Sabri nichts mehr gehört. Offenbar traf Pal Palushis Annahme zu, dass sie abgereist war.

Während der Haft war Fabian viel zu sehr mit sich selbst beschäftigt gewesen, um an die Bardame zu denken. Erst als er die Wut in Sabris Stimme wahrgenommen hatte, war ihm bewusst geworden, was Besarta Sinani ihm angetan hatte. Trotzdem verspürte er keinen Ärger. Dazu fehlte ihm schlicht die Energie. Er musste sich auf die bevorstehende Herausforderung vorbereiten. Sich weiterhin mit Sabri zu treffen, ohne entdeckt zu werden, erforderte Konzentration; Fabian kam es vor, als lebe er in ständiger Alarmbereitschaft. Daneben hatte wenig Platz.

Er hielt den Atem an, als die Räder des Flugzeugs die Landebahn berührten. Bis die Tür aufging, verstrich eine Ewigkeit. Als Fabian die Treppe hinunterstieg, füllte er seine Lungen mit der klaren Luft. Am Rande des Flugplatzes sah er die Baracken der Italiener, daneben standen zwei Schweizer Militär-Fahrzeuge. Er war wieder da. Ein Lachen breitete sich auf seinem Gesicht aus. Der Air Operator, der auf Fabian zukam, erwiderte es.

Auf der Fahrt nach Suhareka konnte Fabian seinen Blick nicht von der Umgebung lösen. Sie war ihm vertrauter als Münsingen, obwohl er nur wenige Monate hier verbracht hatte. Der Schnee liess alles sauberer erscheinen als im Sommer, sogar die halbgebauten Häuser erhielten dadurch etwas Fertiges. Die glatte Strasse hinderte die Autofahrer nicht daran, mit halsbrecherischen Manövern zu überholen. Mehr als einmal fluchte der Fahrer des Puchs, als er an den Rand fuhr, um Platz für ein entgegenkommendes Fahrzeug zu machen.

Als die ersten Häuser von Suhareka auftauchten, kontrollierte Fabian seine Uniform, putzte sich die Nase und zog die Mutz auf dem Kopf gerade. Eine Gruppe Schulkinder marschierte am Strassenrand, ohne den Puch zu beachten. Auf einmal wurde Fabian nervös. Wie würden ihn die Kameraden empfangen? Würden sie hinter seinem Rücken tuscheln? Bewunderte man ihn immer noch dafür, dass Besarta Sinani ihn so offensichtlich gemocht hatte? Oder hatte er sich lächerlich gemacht, indem er ihrem Wunsch, Fotos aus Münsingen anzuschauen, so leichtfertig nachgekommen war? Ein Infer, der einer Frau auf den Leim gekrochen war, der sich hatte übertölpeln lassen – darüber mussten Sprüche gefallen sein. Die Freude über das baldige Wiedersehen mit Sabri trat etwas in den Hintergrund.

Fabian öffnete das Fenster einen Spaltbreit. Der Strassenlärm erschien ihm leiser als früher. Um so lauter waren die kritischen Stimmen in seinem Kopf. War es ein Fehler gewesen zurückzukehren? Alle Augen würden auf ihn gerichtet sein. Man würde sein Verhalten besonders genau beobachten. Er hätte noch grössere Schwierigkeiten als früher, unbemerkt in die Wasserhalle oder den Fahrzeugpark zu gelangen, wo er sich heimlich mit Sabri treffen konnte. Ob sein Foto auch in kosovarischen Zeitungen abgebildet gewesen war? Würde man ihn sogar auf der Strasse wiedererkennen?

Der Puch bremste ab, als das Camp vor ihnen auftauchte. Der Fahrer meldete seine Ankunft per Funk. Fabian schlug das Herz bis zum Hals. Als er den Schriftzug «Casablanca» auf der rotweissen Tafel beim Eingang erblickte, fühlte er sich in die ersten Wochen seines Einsatzes zurückversetzt. Er war immer erleichtert gewesen, wenn er nach einer Patrouille zurück ins Camp gekommen war. Der Stacheldraht hatte ihm ein Gefühl von Sicherheit vermittelt. In seinem Wohncontainer war ihm die Welt weniger fremd vorgekommen, Kleinigkeiten wie das Foto von Mr. Bone oder die Toblerone im Schrank hatten sein Heimweh gelindert. Er konnte sich gar nicht mehr daran erinnern, wann er aufgehört hatte, Schokolade im PX-Laden zu kaufen oder seine Freizeit auf Facebook zu verbringen. Im Laufe der Monate war seine Neugier auf die Welt ausserhalb des Camps gewachsen und hatte seine Unsicherheit verdrängt. Dass Sabris Leben dort stattfand, spielte dabei eine wesentliche Rolle.

Langsam passierten sie die Eingangskontrolle. Gegenüber verliess eine Patrouille das Camp, Fabian erkannte die Soldaten im Fahrzeug jedoch nicht. Als er sich nach vorne beugte, um einen Blick auf die Baracken zu erhaschen, traute er seinen Augen nicht. Eine Reihe Piranhas stand Spalier; hoch über ihnen schoss ein Wasserbogen durch die Luft. Waren die Infanteristen gekommen, um ihm die Ehre zu erweisen? Fabian blickte über die Schulter, um sicherzugehen, dass kein weiteres Fahrzeug hinter ihnen fuhr.

Gerührt nahm er die salutierenden Kameraden zur Kenntnis. Ein Kloss bildete sich in seinem Hals. Als der Puch kurz darauf anhielt, musste er mehrmals schlucken, bevor er die Tür öffnen konnte. Er hatte mit vielem gerechnet, aber nicht mit diesem Empfang. Als Enrico Geu sich aus der Menge löste und auf ihn zukam, überrollte eine Welle aus Angst, Freude und Unsicherheit Fabian. Sein Kollege klopfte ihm auf den Rücken.

«Willkommen zurück, Bone!»
Fabian fand keine passenden Worte.
«Verdammt, haben sie dich zu Hause nicht gefüttert?», fragte Geu. «Du brauchst eine anständige Portion Knödel! Sonst verlierst du unterwegs erneut die Hose.»
«Hauptsache, du fotografierst mich nicht wieder dabei», scherzte Fabian.
Geu nahm Fabian lachend die Mutz vom Kopf und zerzauste ihm das Haar. «Schau dich mal an! Coiffeure gibt es im Gefängnis offenbar auch keine.»
Ein Grinsen breitete sich auf Fabians Gesicht aus. «Ich wollte nichts riskieren. Wer weiss, was für eine Frisur sie mir da in Frauenfeld verpasst hätten.»
«Dann schau zu, dass du jetzt wieder einen anständigen Schnitt bekommst! Deine Frisuren haben hier Kultstatus.»
Fabians Grinsen wurde breiter. «Mach ich. Grad als Erstes!»
«Und danach wird gefeiert. Bier exen ist angesagt.» Geu beugte sich zu Fabians Ohr. «Bei der Neuen im ‹Pulverfass› wackelt's noch mehr als bei der Sinani!»

Sabri Rahimi bediente einen Kunden, als Fabian den Coiffeursalon betrat. Er drehte den Kopf nicht, als sich Fabian auf die Holzbank an der Wand setzte. Im Spiegel sah Fabian jedoch, dass Sabris Augen ihn fixierten. Dabei verzog er keine Miene. Auch Fabian liess sich nichts anmerken. Doch er verfolgte jede Bewegung des Frisörs. Äusserlich ruhig wartete er, bis Sabri dem Leutnant die Haare von den Schultern gewischt und das Honorar einkassiert hatte. Danach setzte er sich auf den freigewordenen Stuhl.
Sabri legte ihm den Umhang um. Er streifte mit den Fingern Fabians Hals und verharrte eine Weile dort, bevor er den Kunststoff glattstrich. Ihre Blicke trafen sich kurz, es reichte gerade für ein Lächeln, bevor die Tür aufging und ein neuer Kunde auf der Bank hinter Fabian Platz nahm. Fabian beugte sich vor, damit Sabri ihn berühren musste, als er nach der Schere griff. Während der Frisör zu schneiden begann, beobachtete Fabian ihn im Spie-

gel. Er sog jedes Detail ein, von den hohen Wangenknochen über die feine Ader an seiner Stirn bis zu den schmalen Händen, mit denen er so wunderbare Gefühle in ihm auszulösen vermochte. Als der Soldat auf der Wartebank nach einem Heft griff, kratzte sich Fabian unauffällig. Eine Sekunde lang berührte er Sabris Ellenbogen, bevor er den Arm wieder sinken liess.

Sie sprachen über das Muster, das sich Fabian diesmal rasieren lassen wollte. Sabri schlug eine Spirale am Hinterkopf vor, machte Fabian aber darauf aufmerksam, dass er sie mindestens einmal pro Woche nachrasieren lassen müsse, damit sie gut aussah. Seine Augen funkelten dabei. Fabian unterdrückte den Impuls, die Hand nach ihm auszustrecken. Im Hintergrund legte der Soldat das Heft beiseite und schaute auf die Uhr.

Obwohl eine Rasur nicht nötig war, bestand Fabian darauf. Sabri verteilte Rasierschaum auf seinen Wangen und seinem Hals, um anschliessend zärtlich mit dem Rasiermesser darüberzufahren. Sein Gesicht war so nah, dass Fabian seinen Atem spürte. Er stellte sich vor, wie es wäre, wenn er Sabri berühren dürfte, ihm die Hand auf die Wange legen, seinen Körper spüren könnte. Die Sehnsucht, die in ihm aufstieg, machte sich als dumpfer Druck auf seiner Brust bemerkbar. Sie hatte etwas Bittersüsses, weil sie im Moment so unerfüllbar war, gleichzeitig aber von einem Glücksgefühl begleitet wurde, von dem er wusste, dass Sabri es teilte.

Der wartende Soldat rutschte ungeduldig hin und her. Sabri liess sich nicht drängen. Grosszügig verteilte er Rasierwasser auf Fabians Gesicht, bevor er zur Massage überging. Er stellte sich hinter Fabian, so dass er ihn vor dem Blick des Soldaten abschirmte. Die kräftigen Finger massierten Fabians Kopfhaut ein bisschen länger als üblich. Gekonnt regte er die Durchblutung an, dehnte Hals- und Schultermuskeln. Als er sich zu den Brustmuskeln vorwagte, lehnte Fabian den Hinterkopf gegen Sabris Bauch und schloss die Augen. Sabri knetete weiter.

Epilog

Die Hauptverhandlung vor dem Militärgericht 6 fand an einem regnerischen Junitag in Wil statt. Seit Jasmin Anfang März in die Schweiz zurückgekehrt war, hatte sich die Sonne kaum blicken lassen. Manchmal kam es ihr vor, als wolle das Wetter sie auf den Ernst des Alltags einstimmen. Wie dieser aussehen würde, wusste sie immer noch nicht. Sie war hin- und hergerissen zwischen einer Festanstellung und dem Versuch, sich als freischaffende Ermittlerin den Lebensunterhalt zu verdienen. Immerhin hatte sie endlich eine Wohnung gefunden. Die zwei kleinen Zimmer lagen in Altstetten, nur zehn Minuten von Pals Residenz entfernt. Er hatte ihr angeboten, bei ihm einzuziehen, doch Jasmin fürchtete, ihre Beziehung würde damit ein vorzeitiges Ende nehmen.

Oft dachte sie an den blauen Himmel über der Adria und an die erfrischende Bergluft im albanischen Hinterland. Nachdem sie sich Mitte Januar von Shpresas Familie verabschiedet hatte, war sie zurück an die Küste gefahren. Von Durres aus war sie bis nach Saranda getourt, nahe der griechischen Grenze, wo Pal sie im Februar noch einmal eine Woche besucht hatte. Bereits die Feiertage hatte er mit ihr verbracht. Es waren ruhige Tage gewesen, während denen Pal hauptsächlich gelesen hatte und Jasmin ihren Gedanken nachgehangen war. Über die Zukunft hatten sie wenig gesprochen. Die Verhandlung des «Metzgers» war wie eine Mauer davorgestanden.

Der historische Saal, in dem das Militärgericht 6 tagte, hatte keine Ähnlichkeit mit den nüchternen Räumen des provisorischen Zürcher Obergerichts. Trotzdem zog Jasmin Parallelen. Die fünf uniformierten Richter strahlten die gleiche Ernsthaftigkeit aus wie die Oberrichter an der Verhandlung im März. Eine ähnlich grosse Menge Journalisten verfolgte jedes Wort, das gesprochen wurde. Der grosse Unterschied bestand darin, dass Jasmin diesmal nicht im Mittelpunkt stand. Und dass sie mit Fabian Zaugg, der als Angeklagter exponiert auf einem Stuhl vor den

Schranken sass, Publikum und Anwälte im Rücken, Mitleid empfand. Der «Metzger» hatte nichts als blanken Hass in ihr ausgelöst.

Trotzdem war sie froh gewesen, dass sie ihrem Peiniger noch einmal in die Augen geschaut hatte. Sie hatte persönlich erleben müssen, dass er ihr wirklich nichts mehr antun konnte. Deshalb hatte sie darauf verzichtet, ihre Aussage in seiner Abwesenheit zu machen. Die Vorstellung, dass er sie nur wenige Meter entfernt über Video beobachtete, war ihr unheimlich gewesen. Zusätzliche Mühe hatte ihr bereitet, dass ihre ehemaligen Kollegen ihrer Schilderung gelauscht hatten. Ihr war schmerzlich bewusst geworden, dass die Tat des «Metzgers» sie jeglicher Privatsphäre beraubt hatte.

Darunter schien auch Fabian Zaugg am meisten zu leiden. Mit hochroten Wangen beantwortete er die Fragen des Gerichtspräsidenten, eines Obersts, der zumindest äusserlich seinem Rang gerecht wurde. Er überragte die anderen Richter um fast einen Kopf, wirkte dadurch jedoch nicht bedrohlich, sondern strahlte eine ruhige Autorität aus. Der gemütliche Baselbieter Dialekt nahm seinen Fragen etwas an Schärfe. Stockend gab Fabian Zaugg über seine Beziehung zu Besarta Sinani Auskunft. Seine Erklärung, er habe nie von Intimitäten mit ihr phantasiert, wirkte wenig glaubhaft. Es war zu offensichtlich, dass er etwas verbarg.

Pal hatte seinen Klienten nie auf Sabri Rahimi angesprochen. Jasmin musste sich immer noch daran gewöhnen, dass er sich als Dienstleistungserbringer betrachtete und seine Aufgabe nicht darin sah, die Wahrheit ans Licht zu bringen. Jasmin quälte es, dass sie die vielen Fragen, die offengeblieben waren, nicht hatte stellen können. Sie wollte wissen, wie die Speichelspur von Besarta Sinani auf das Kissen gekommen war; ob der Unbekannte, der eine CD von Ermal Fejzullahu gekauft hatte, tatsächlich Sabri Rahimi gewesen war; wo Fabian Zaugg die Präservative versteckt hatte und ob er sich immer noch mit dem Frisör traf.

Fast noch mehr beschäftigte sie die Frage, wo sich Besarta Sinani heute aufhielt. Zora Giovanoli hatte kein Lebenszeichen mehr von ihr erhalten. Die Aussagen der Bardame waren dem Gericht daher ausnahmsweise aus den Protokollen vorgelesen worden. Zora Giovanoli schien darüber mehr resigniert als unglücklich zu sein. Das Plädoyer der Geschädigtenvertreterin war ungewöhnlich kurz ausgefallen. Fabian Zaugg hatte bestätigt, dass er nicht daran interessiert sei, die falschen Anschuldigungen weiterzuverfolgen. Somit würde Zora Giovanoli den Fall nach der Verhandlung zu den Akten legen. Ohne Fabian Zauggs Unterstützung würde vermutlich auch Agim Isufi nicht zur Rechenschaft gezogen werden. Obwohl der IV-Rentner mit seinem Plan viel Leid verursacht hatte, war Jasmin erleichtert. Agim Isufi hatte die Geschichte zwar ins Rollen gebracht, doch die Schuldfrage war damit nicht wirklich geklärt. Zumindest nicht aus ethischer Sicht. Sowohl Agim Isufi als auch Besarta Sinani hatten den einzigen Ausweg aus einer schwierigen Situation gewählt, der ihnen ihrer Meinung nach offengestanden war. Auch Fabian Zaugg hätte anders gehandelt, wenn er die Konsequenzen nicht hätte fürchten müssen. Das Leben hatte alle genug bestraft.

Jasmin fragte sich, wie lange Fabian Zaugg sein Doppelleben weiterführen würde. Würde er sich irgendwann seiner Schwester anvertrauen? Den Eltern die Wahrheit erzählen? Kurt und Elisabeth Zaugg verfolgten den Prozess ängstlich. Immer wieder flüsterte Karin ihnen etwas zu, vermutlich Erklärungen über die Bedeutung einzelner Aussagen oder zum Ablauf der Verhandlung. Die Sorge der Eltern um ihren Sohn wirkte auf Jasmin fast schon peinlich. Vielleicht nur, weil sie im Gegensatz zu Kurt und Elisabeth Zaugg wusste, was hinter seinem seltsamen Verhalten steckte.

Jasmin richtete ihre Aufmerksamkeit auf Pal. Er war circa in der Hälfte seines Plädoyers angekommen. Sein Auftritt liess Zora Giovanoli wie eine Studentin aussehen, dachte Jasmin stolz. Nicht nur, weil er wie immer tadellos gekleidet war, sondern weil er es verstand, die juristischen Fakten so zu präsentieren, dass sie das Interesse der Zuhörenden weckten. Hinter den einfachen Sätzen steckte viel Arbeit. Die Wortwahl hatte er nicht dem Zufall überlassen, sondern sich genau überlegt, welche Reaktionen er auslösen wollte. Trotz seines leichten Akzents sprach er fliessend und setzte Mimik und Körpersprache gezielt ein.

Die Presse hatte der Tatsache, dass Pal gebürtiger Kosovare war, grosse Bedeutung beigemessen. Verschiedene Journalisten hatten darüber spekuliert, ob sich mehr hinter dem Fall Zaugg verberge, als der Öffentlichkeit bekannt sei. Hauptsächlich hatten die Medien den Fall aber als Aufhänger benützt, um ihre Meinung über Friedenseinsätze und IV-Betrüger kundzutun. Während sich viele Journalisten mit Pauschalurteilen begnügten, gab es auch einige differenzierte Stellungnahmen. Diese warfen die Frage auf, wie Missbräuche vermieden werden könnten, wiesen aber gleichzeitig darauf hin, dass es sich lediglich um eine kleine Anzahl Fälle handle. Fabian Zaugg war als Einziger nicht mehr Zielscheibe der Kritik. In ihm sah die Presse nun einen Helden; von konservativer Seite wurde er als Opfer von Schmarotzern und kriminellen Ausländern dargestellt, die Linken sahen ihre Vorurteile gegenüber der Armee bestätigt.

Jasmin liess ihren Blick durch den Gerichtssaal schweifen. Nicht nur Fabian Zauggs Familie war anwesend, auch zahlreiche Swisscoy-Soldaten sassen auf den unbequemen Holzbänken, unter ihnen Enrico Geu. Der Einsatz des letzten Kontingents war vor sechs Wochen zu Ende gegangen, die meisten Soldaten waren wieder ins zivile Leben zurückgekehrt. Fabian Zauggs Antrag auf eine weitere Verlängerung war abgelehnt worden. Offiziell lautete die Begründung, es seien zu viele andere gute Bewerbungen eingegangen.

Pal kam zum Schluss seines Plädoyers. Er fasste die wesentlichen Punkte kurz zusammen und beantragte einen Freispruch. Jasmin entging der bewundernde Blick nicht, den Karin Zaugg ihm zuwarf. Unerwartet spürte sie einen Stich von Eifersucht. Die anschliessenden Worte des Auditors sowie Pals Duplik nahm sie kaum wahr. Bevor sich das Gericht zur Beratung zurückzog, wurde Fabian Zaugg die Gelegenheit zu einem Schlusswort gegeben.

«Ich habe Besarta Sinani nicht vergewaltigt», stammelte er mit schuldbewusster Miene. «Ich hatte gar keinen Grund dazu. Ich meine, warum hätte ich das tun sollen?»

Jasmin unterdrückte ein Stöhnen. Am liebsten hätte sie Zaugg die Hand vor den Mund gehalten. Auch Pal fixierte seinen Klienten mit einem alarmierten Ausdruck. Glücklicherweise wusste Fabian Zaugg nicht mehr weiter und verstummte. Dankbar stand Jasmin auf.

«Du warst toll», flüsterte sie Pal zu.

Mit einem kurzen Nicken gab er zu erkennen, dass er sie gehört hatte, wandte sich aber gleich an seinen Klienten. Er schlug vor, die Pause im Anwaltszimmer zu verbringen, obwohl sie mindestens eine Stunde dauern würde. Doch einen Kaffee würden sie kaum irgendwo in Ruhe trinken können. Jasmin bot an, Verpflegung zu holen. Glücklicherweise hatte keiner der Journalisten sie mit der Verteidigung in Verbindung gebracht. Als sie eine Viertelstunde später zurückkam, schlüpfte sie ungesehen an ihnen vorbei.

Fabian Zaugg stand am Fenster, die Hände in den Taschen vergraben. Während seine Eltern und Karin Pal mit Fragen löcherten, schien er gar nicht richtig zuzuhören. Als Jasmin ihm einen Energy-Drink hinhielt, überraschte er sie mit einem Lächeln.

«Genau das Richtige», sagte er.

«Kein Golden Eagle», erwiderte Jasmin, «aber immerhin.»

Seine Aufmerksamkeit war geweckt. «Waren Sie auch in Kosovo?»

Jasmin stellte sich vor. «Ich bin die Privatdetektivin, die im Auftrag von Herrn Palushi an Ihrem Fall gearbeitet hat.»

Das Lächeln gefror auf Fabian Zauggs Gesicht.

«Wissen Sie schon, was Sie nachher machen werden?», fragte Jasmin.

Zaugg zuckte unverbindlich mit den Schultern.

«Es ist schwierig, eine Stelle zu finden, wenn man mitten in einem laufenden Verfahren steckt», stellte Jasmin fest.

Wieder ein Schulterzucken.

«Aber bald ist es vorbei», fuhr Jasmin unbeirrt fort. «Und es sieht gut aus für Sie.»

Er nahm einen Schluck von seinem Energy-Drink. Dabei beobachtete er Jasmin unentwegt. Schliesslich räusperte er sich. «Ich werde mich da und dort bewerben.»

«Wo genau?»

Er vergewisserte sich, dass seine Eltern nicht mithörten. «Bei der Unmik vielleicht. Oder einer Hilfsorganisation.»

«Cool!» Jasmin prostete ihm mit ihrem Energy-Drink zu. «In Kosovo, nehme ich an.»

Er nickte.

«Machen Sie Fortschritte beim Albanisch lernen?», fragte Jasmin.

Fabian Zauggs Augen verengten sich. «Warum?»

«Reine Neugier», meinte Jasmin. «Ich finde es eine ziemlich schwierige Sprache. Das liegt vermutlich daran, dass ich nicht besonders sprachbegabt bin. Trotzdem würde ich gerne mehr verstehen. Irgendwie gehört es dazu, wenn man einen albanischen Partner hat, finden Sie nicht?»

Fabian Zaugg erstarrte.

Jasmin schenkte ihm ein aufmunterndes Lächeln.

Er befeuchtete nervös die Lippen und schaute noch einmal über die Schulter. Seine Familie war immer noch in ein Gespräch mit Pal vertieft.

«Irgendwie schon», sagte er leise.

Jasmin senkte ebenfalls die Stimme. «Ich wünsche euch viel Glück. Und Durchhaltevermögen.»

Fabian Zaugg schob die Hände in die Hosentaschen und nickte.

Die fünf Militärrichter sassen schweigend hinter der Schranke, als die Parteien wieder in den Gerichtssaal gebeten wurden. Aus ihren Mienen war nicht zu entnehmen, wie das Urteil lauten würde. Obwohl Pal ihr am Vorabend versichert hatte, dass es zu einem Freispruch kommen würde, wurde Jasmin plötzlich nervös. Was, wenn er sich täuschte? Sie musterte Fabian Zaugg, der unaufhörlich seine Finger knetete. Seine Zukunft hing von den nächsten Worten des Gerichtspräsidenten ab. Ein Schuldspruch würde sie auf einen Schlag und unwiderruflich zerstören. Als Fabian Zaugg gebeten wurde aufzustehen, stiess er gegen seinen Stuhl. Nur Pals schnelle Reaktion hinderte diesen am Umkippen.

«Wir kommen zur Urteilsverkündung», begann der Gerichtspräsident mit ausdrucksloser Stimme.

Jasmin hielt den Atem an. Aus dem Augenwinkel sah sie, wie Elisabeth Zaugg nach der Hand ihres Mannes griff. Einige Swisscoy-Soldaten beugten sich gespannt vor, zwei Journalisten tuschelten. Fabian Zaugg starrte auf einen Punkt irgendwo zwischen den Richtern und seinen Füssen. Seine Stirn glänzte feucht.

«Das Militärgericht 6 erkennt: Erstens, der Angeklagte Fabian Zaugg wird freigesprochen vom Vorwurf der Vergewaltigung.» Ein leises Raunen ging durch die Reihen. «Zweitens, der Angeklagte Fabian Zaugg wird unter Annahme eines leichten Falles freigesprochen vom Vorwurf der Nichtbefolgung von Dienstvorschriften und disziplinarisch bestraft mit drei Tagen Arrest. Die Arreststrafe gilt als durch die erstandene Untersuchungshaft verbüsst.»

Punkt für Punkt las der Gerichtspräsident das Dispositiv vor. Jasmin hörte nicht mehr genau hin. In ihrem Kopf hallte das Wort «freigesprochen». Sie war überrascht über das Ausmass ihrer Erleichterung. Sie hörte leise Schluchzer und drehte sich um. Elisabeth Zaugg presste ein Taschentuch gegen ihren Mund, unfähig, die Tränen zurückzuhalten. Die Swisscoy-Soldaten in den hinteren Reihen grinsten breit. Nur Fabian Zaugg zeigte keine Regung. Immer wieder schaute er zu Pal, als erwarte er Instruktionen.

Mit ernster Miene kam der Gerichtspräsident zum Schluss. Seine Stimme wurde schärfer, sein Blick stechender. Die Ermahnung, Dienstvorschriften in Zukunft nicht auf die leichte Schulter zu nehmen, liess Fabian Zaugg mit gesenktem Kopf über sich ergehen. «Die Verhandlung ist damit geschlossen», beendete der Gerichtspräsident seine Ausführungen.

Plötzlich kam Leben in den Gerichtssaal. Karin Zaugg warf sich ihrem Bruder um den Hals, der Holzboden knarrte, als sich Swisscoy-Soldaten um ihren Kameraden drängten. Kurt Zaugg schüttelte Pal die Hand, den Arm um die Schultern seiner weinenden Frau gelegt. Ab und zu erhaschte Jasmin einen Blick von Fabian Zaugg. Langsam schien bei ihm die Erkenntnis durchzusickern, dass alles vorbei war. Auf seinem Gesicht lag ein verwunderter Ausdruck, der allmählich in Erleichterung überging.

Während sich der Saal leerte, sortierte Pal seine Unterlagen. Jasmin schob eine Akte beiseite und setzte sich auf den Tisch, das Kinn auf ihr Knie gestützt.

«Das hast du gut hingekriegt!», sagte sie.

«Findest du?»

«Und wie!» Sie zupfte ein Haar von seinem Armanianzug. «Ich kenne keinen Anwalt, der so gut plädiert und dabei erst noch sexy aussieht.»

Pal richtete sich auf. «Sexy?»

«Sexy», bestätigte sie.

Pal lächelte.

Jasmin warf einen Blick zum Ausgang. Mit einem verschmitzten Grinsen beugte sie sich vor, bis ihre Lippen Pals Ohr berührten. «Wir sind ganz alleine», flüsterte sie. «Willst du einen Gerichtssaal mal aus einer ganz anderen Perspektive kennenlernen?»

Pal liess seine Plädoyernotizen fallen.

Jasmin lachte schallend. «Nur ein Witz!»